SALVAR UN
CORAZÓN

· **Dirección editorial:** Marcela Aguilar
· **Edición:** Carolina Kenigstein
· **Colaboración editorial:** Florencia Cardoso y Natalia Yanina Vázquez
· **Coordinación de diseño:** Marianela Acuña
· **Diseño de portada:** Carolina Marando
· **Diseño de interior:** Cecilia Aranda

-MÉXICO-
Dakota 274, colonia Nápoles
C. P. 03810, alcaldía Benito Juárez, Ciudad de México
Tel.: 55 5220 6620 • 800 543 4995
e-mail: editoras@vreditoras.com.mx

-ARGENTINA-
Florida 833, piso 2, oficina 203, (C1005AAQ), Buenos Aires
Tel.: (54-11) 5352-9444
e-mail: editorial@vreditoras.com

Primera edición: diciembre de 2020

ISBN: 978-607-8712-52-6

Impreso en México en Litográfica Ingramex, S. A. de C. V.
Centeno No. 195, Col. Valle del Sur, C. P. 09819
Alcaldía Iztapalapa, Ciudad de México.

SALVAR UN CORAZÓN

MARÍA LAURA GAMBERO

VéRa

Lo importante está en mi esencia,
en siempre saber quién soy.
Que el tiempo enriquezca mi alma,
que el hombre descubra mi don.

PRÓLOGO

Ingresó a la discoteca con paso seguro y cara de pocos amigos. Mirko Milosevic era un hombre alto y delgado, de hombros anchos y caderas estrechas. El cabello castaño claro, lacio, aunque siempre despeinado, le rozaba los hombros, y tenía unos ojos de un celeste luminoso que difícilmente pasaban desapercibidos. El conjunto ofrecía una apariencia peligrosamente sensual, que atraía con facilidad a las mujeres, proporcionándole una ventaja que sabía aprovechar. Era como un gato seductor, que se movía con sigilo, envolviendo a sus presas hasta ganarles la voluntad y obtener de ellas lo que deseaba.

En Mar del Plata, la temporada estival se encontraba en su apogeo. Durante el día, sus atractivas playas congregaban multitudes, mientras que la vida nocturna parecía no tener fin. Ese verano, la ciudad vibraba.

Tal era el caso de Extasius, la discoteca en la que estaba

7

Mirko. Allí una importante cantidad de jóvenes se contorsionaba al ritmo de la música, ajenos a mucho de lo que entre esas paredes sucedía.

Con actitud firme y segura, se mezcló entre los presentes; un solo objetivo gobernaba su mente: cumplir con su parte y saldar, de una buena vez por todas, la deuda que lo acosaba. A medida que avanzaba, recorría el lugar con la mirada sin detenerse en nada en particular. No se vanagloriaba de su proceder, hacía ya mucho tiempo que había dejado de cuestionarse. Lo suyo, por donde se lo mirase, era pura necesidad; y subsistir, la única preocupación en su vida.

Eludiendo a quienes se cruzaban en su camino, se las ingenió para alcanzar la barra principal; una vez que llegó, se sentó en el único taburete que quedaba vacío. Volvió a repasar el lugar con la vista, ahora con cierto hastío. No veía lo que había ido a buscar. La chica con la que necesitaba dar no se hallaba a simple vista, y eso era algo que siempre lo frustraba. Masticando fastidio, se volvió hacia la barra.

—¿Cómo estás, Mirko? —dijo Lalo, el barman—. Pensé que te vería más temprano.

Se saludaron con un intercambio de golpes de puños, propios entre camaradas. Lalo era su único amigo; se conocían de niños. De hecho, era Mirko quien le había conseguido el trabajo cuando Lalo obtuvo su libertad luego de ocho meses de encierro por un delito menor.

—Todo bien —respondió sin mucho entusiasmo.

Lalo lo miró con cierta aprensión; comprendía perfectamente qué le estaba sucedía, por eso no agregó comentarios.

—¿Lo viste a Candado? —preguntó Mirko.

—Sí, debe andar por el fondo —respondió el barman, introduciendo la mano en el bolsillo trasero de su pantalón, de donde extrajo una llave que le extendió—. Me dijo que te la entregara, que tú entenderías y que debes estar listo para las tres y media.

Mirko asintió y estiró su mano para tomar la llave, pero Lalo cerró el puño negándosela. Lo miró directo a los ojos.

—Fue categórico cuando ordenó que te limites a cumplir con tu parte —agregó, incómodo, sintiendo algo de culpa. Mirko lo fulminó con la mirada—. No me mires así. Solo soy el mensajero. En el lugar de siempre tienes la primera parte.

Le entregó la llave a Mirko y lo contempló detenidamente.

—Tienes que encontrar la manera de salir de este lío —dijo con evidente preocupación—. Esto no va a terminar bien.

—Lo sé —accedió con renuencia—. Pero no es tan sencillo.

Si no fuera porque debía reunir la cuantiosa suma de diez mil dólares, ya habría resuelto esa situación. Pero estaba atado de pies y manos, y lo sabía. *¡Qué pies y manos!*, pensó Mirko. *Ese maldito me tiene sujetado del cuello.* Casi en un gruñido, le pidió a Lalo que le sirviera su trago preferido: vodka con soda y hielo.

—Aquí tienes, campeón —dijo Lalo al colocar el trago frente a él—. Espirituoso como a ti te gusta…

Dedicó varios minutos a observar el lugar. La música electrónica se había adueñado de la pista y los presentes se contorsionaban rítmicamente. La oscuridad reinante, salpicada por el juego de luces blancas que enorgullecía a los dueños de la discoteca, por momentos envolvía a los presentes en un manto de sensualidad del que Mirko pensaba aprovecharse.

Bebió un poco de vodka, y sintió cómo el aguardiente bajaba por su garganta. Entonces dio con lo que estaba esperando encontrar. Entre la dicotomía de los claroscuros, detectó una figura que llamó su atención. Agudizó la vista concentrándose en una muchacha que bailaba desinhibida sobre una tarima y, a simple vista, su falda, ligera y corta, dejaba al descubierto unas largas y delgadas piernas. Tenía el cabello oscuro, busto atractivo y cintura pequeña. *Muy bien*, pensó al verla moverse al ritmo de la música. No se molestó en apreciar los rasgos de su rostro, a su entender era lo que menos importaba. Sonrió jactancioso. *Objetivo detectado.*

La música cambió y poco a poco los ritmos de los años ochenta se adueñaron del lugar. Mirko terminó su trago sin apartar la vista de la muchacha que, en ese momento, bajaba de la tarima. Prestó atención al notar que ahora bailaba con una mujer. Esperaba que le gustaran los hombres. Miró su reloj y comprobó que eran pasadas las dos de la madrugada; tenía poco menos de una hora y media para lograr seducirla y convencerla de que lo acompañase al fondo del local. No creía que fuera difícil lograrlo.

Antes de comenzar su cacería, Mirko Milosevic decidió estimular sus sentidos. Con la mente focalizada en su objetivo, se abrió paso entre los presentes hasta alcanzar los baños públicos. Ingresó al de caballeros y, pasando de largo los retretes, se dirigió a la última puerta. Se deslizó dentro y, sin demora, buscó el hueco en la pared, oculto tras un cubo de basura. De allí tomó un pequeño sobre con varios gramos de cocaína; la primera parte de su paga. Tembló un poco al sentirlo en su mano y,

luego de dejar todo como lo había encontrado, se apresuró a bajar la tapa del retrete. Con suma precisión dibujó un par de líneas de polvo blanco, para luego esnifarlas; primero por un orificio nasal, después el otro. Por unos segundos permaneció de pie con los ojos cerrados, entregándose al efecto que se iba adueñando de sus sentidos.

Ya más a gusto, animado y predispuesto, regresó a la barra.

—Dame otro espirituoso, Lalo —deslizó al ubicarse en el asiento, desde donde trató de dar con su presa.

Recorrió una vez más la pista de baile con la mirada y sonrió afanosamente al detectarla; había regresado a la tarima. Bebió un poco de vodka, estudiándola con disimulo. Ella lo observó y él advirtió el impacto que había causado en la mujer. Ocultó la sonrisa tras su trago al ver que descendía y se dirigía hacia la barra. *Picó*, pensó y se volvió hacia Lalo, a quien guiñó un ojo con complicidad.

—El juego está a punto de comenzar, Lalito —informó al dejar la copa sobre la barra—. Estate atento.

Mirko la miró de reojo. Parcialmente apoyada sobre la barra, la chica pedía dos margaritas. Se dedicó a observarla con el mayor disimulo del que fue capaz. Se concentró primero en los glúteos; eran redondos y llamativos. *Me gusta*, pensó, cada vez más satisfecho con su elección. Fue ascendiendo, recorriendo la cintura con la mirada hasta alcanzar sus senos, apenas sostenidos por una prenda sin mangas. *Perfecta*, afirmó con conocimiento de causa. La chica parecía no darse cuenta de su sensualidad y eso lo divirtió porque sería mucho más sencillo convencerla. *Vaya noche de suerte*, se dijo al considerar

que era el mejor ejemplar de los últimos cuatro que le había tocado abordar. Con ella tal vez hasta lo disfrutaría.

—¡Qué suerte que decidimos venir! —gritó la rubia al pararse al lado de él—. Me encanta este lugar.

A su amiga también le gustaba. Mirko lo supo porque ambas hablaban a los gritos y, desde su ubicación, podía escucharlas perfectamente sin esforzarse demasiado. Lalo eligió ese momento para entregar las margaritas que le habían ordenado y se ocupó de que la muchacha elegida por Mirko recibiera el trago correcto. Era su manera de ayudarlo.

—Brindemos, amiga —dijo la morena—. Voy a extrañar mucho nuestras salidas cuando esté instalada en Madrid.

—Porque un buen madrileño tome mi posta y te lleve de fiesta —deslizó la rubia, divertida, al chocar sus tragos.

—Por Madrid, entonces.

Siguieron bebiendo entre risas. De tanto en tanto se movían al ritmo de "Aserejé", que en ese momento tenía a los presentes al borde de la locura. Al cabo de unos minutos, la rubia dejó la copa sobre la barra y se alejó dirigiéndose hacia los baños.

El momento había llegado. *Hora de entrar en juego*, se ordenó Mirko. No tenía más tiempo que perder.

De repente, como si un telón se hubiese elevado dejando al descubierto sus verdaderas intenciones, Mirko dejó de mirarla con disimulo para hacerlo con descaro. Deliberadamente, por varios segundos se limitó a recorrer con la vista las líneas de su rostro, procurando que ella se sintiese observada primero y deseada después. Su mirada siempre lograba debilitar la resistencia femenina, las tornaba accesibles y predispuestas.

No pasó mucho tiempo hasta que hizo contacto visual con la muchacha. Ella le sostuvo la vista con determinación, clavando sus ojos negros en los celestes de él. Mirko terminó sonriendo ante la firmeza que ella presentaba y, una vez más, reconoció que su elección no podía haber sido mejor.

—¡Lalo, otra margarita y lo de siempre para mí! —indicó Mirko sin apartar la mirada de la chica, que ahora lo contemplaba con algo de reparo—. Supongo que puedo invitarte un trago, ¿verdad?

Ella lo miró súbitamente embelesada. Hacía rato que no veía a un hombre tan atractivo, tan sensualmente peligroso. El azul de sus ojos la envolvía, la acariciaba y ella se dejó llevar. *¿Por qué no?*, se dijo. *¿Qué mejor forma para disfrutar de mi última noche en Mar del Plata?* En pocos días volaría a Madrid, donde pensaba establecerse. *Me merezco una buena despedida*, pensó, entusiasmada.

Por el rabillo del ojo vio que su amiga pasaba de largo al notar que estaba entretenida con ese apuesto hombre. Se mordió los labios para ocultar la sonrisa al ver el gesto que su amiga le hacía.

—Aquí tienen —dijo Lalo deslizando los tragos frente a ellos.

Mirko los tomó y le ofreció uno a la muchacha, que parecía encandilada. Ella sonrió y agradeció por lo bajo cuando tomó la copa.

—Mi nombre es Milo —se presentó con voz sensualmente melosa—. ¿El tuyo?

La sonrisa se amplió en el rostro de la joven, que claramente no creyó que ese fuera un nombre real. Tampoco tenía intenciones de ser demasiado sincera y dar el suyo. Bebió un poco de su trago antes de responder y decidió seguirle la corriente.

—Mile —respondió, desafiante, mostrándose divertida por el juego de palabras.

Mirko rio ante lo ocurrencia. *Ingeniosa y provocadora; cada vez me gusta más.* Era bueno que se mostrara dispuesta a seguirle el juego. Eso facilitaría mucho las cosas. La bebida espirituosa estaba haciendo efecto; se le notaba en la mirada, en la sonrisa y en el modo en que se sostenía de la barra para no perder el equilibrio. Ya tenía a su presa comiendo de su mano. En adelante, todo sería más sencillo. Con disimulo consultó su reloj. Faltaban cuarenta y cinco minutos para las tres y media.

Se dispuso a avanzar un poco más. Acercándose a ella, inició una conversación. Le hablaba casi al oído apoyando despreocupadamente su mano sobre el hombro desnudo, rozando su piel con ligereza. Luego se separaba y la miraba directo a los ojos a la espera de su respuesta. Por momentos, parecía que a ella le costaba hablar. En dos ocasiones se mordió los labios y en otras tres rio con nerviosismo. *Pan comido*, pensó Mirko, decidido a pasar a la siguiente etapa.

Terminó su vodka sin apartar la vista de la muchacha, que parecía derretirse con sus atenciones. Luego de apoyar su copa sobre la barra, estiró la mano para pasarla por la cintura de ella. La arrastró hacia él procurando que una de sus piernas se interpusiera entre las de ella.

—Así está mejor —murmuró Mirko sensualmente, y sonrió. Necesitaba tantearla, cerciorarse de que empezara a caer en sus manos. Una vez más acercó su nariz al cuello de ella. Lo recorrió con delicadeza provocándole un temblor que no pasó desapercibido para él—. Deliciosa —susurró.

Ella se estremeció cuando el aliento de Mirko le rozó el cuello primero y la nuca después. Empezaba a sentirse obnubilada por el modo en que él la abordaba. Las piernas le flaquearon y terminó sentada sobre el muslo de Mirko, quien ahora le sonreía maliciosamente.

Encandilada por sus ojos celestes, no fue consciente del momento en que él deslizaba sutilmente la mano por su pierna hasta alcanzar su intimidad.

—Bebe —le indicó ofreciéndole el trago con la mano libre. Ella accedió y bebió un largo sorbo mientras el calor crecía entre sus piernas. Se sobresaltó al sentir que el nudillo del dedo corazón de Mirko recorría, por sobre la delgada lencería, toda la abertura de su sexo, y no pudo evitar estremecerse de deseo. Él lo notó y sonrió ufanamente, y una vez más acercó su boca al oído de ella—. ¿Alguna vez has tenido un orgasmo entre tanta gente?

Ella apenas pudo negar con la cabeza. Comenzaba a sentirse mareada, algo sofocada y completamente hipnotizada por la voz de ese hombre que la seducía, la envolvía y plantaba imágenes en su mente. Se le agitó la respiración.

—Mejor bailemos un poco —sugirió él, quebrando completamente el clima que había creado. Eso la descolocó.

Lo cierto era que Mirko no deseaba que ella alcanzara el clímax que todo su cuerpo anhelaba casi con desesperación; la quería excitada y necesitada de lo que él pudiera darle. Quedaban solo veinte minutos para las tres y media y en ese tiempo volvería a llevarla hasta el límite de su necesidad para negárselo, para inundar su mente de todo lo que pensaba hacerle; pero no allí.

El baile estaba en su apogeo, y Mirko sabía que no contaba con mucho tiempo. Mientras se trasladaba hacia la pista de baile llevando a la muchacha de la mano, logró divisar a un grupo de diez personas que se dirigían a la parte trasera del local siguiendo a Candado. *Buena cantidad*, pensó.

Dedicó dos canciones a seducirla, a tentarla masajeándole los glúteos con descaro, rozando la piel de su cintura con la yema de los dedos; provocándola, esquivando su boca, que desinhibidamente buscaba la de él. Ese juego estimulaba a Mirko, quien también empezaba a prepararse, y la enloquecía a ella, que a esas alturas hubiera sido capaz de desvestirse allí mismo si él se lo hubiese insinuado.

Ella sentía que algo extraño sucedía con su cuerpo y con su mente; fue consciente de ello en un atisbo de lucidez, pero no tenía ni fuerzas ni intenciones de resistirse. Él la tenía envuelta en sus brazos. Balanceándola al ritmo de la música, le susurraba al oído todo lo que pensaba hacer con ella. Un estremecimiento le recorrió el cuerpo a medida que su mente visualizaba cada palabra que escuchaba. Las piernas le flaqueaban, por momentos la vista se le nublaba, y la música, los gritos y los cantos de la gente que la rodeaba se amortiguaban. El deseo corría raudo por sus venas, quemando los pocos resabios de consciencia que perduraban en ella. Fuego desmedido, ardiente y desbocado era lo que sentía en su interior; se sentía sofocada y desbordada. Lo deseaba de un modo desesperante, a tal punto que la piel le ardía.

Mirko eludió una vez más la boca de la chica, que en un descuido casi lo alcanza. Lamentablemente, eso era algo que nunca le daría, pues él no besaba; nunca besaba en los labios a las mujeres con las que se acostaba por dinero, ni a las que pagaban por sus servicios, ni a las que cazaba para cancelar su deuda con Candado, como era el caso de esa noche. Le revolvía el estómago pensar en besar a esas mujeres que no significaban absolutamente nada para él; lo suyo era netamente comercial.

Sin romper el contacto y alimentando aún más el hechizo, Mirko la fue guiando hacia el fondo del local donde, tras un oscuro cortinado, se encontraba una puerta que conducía a un sector privado. La abrió con la llave que Lalo le había entregado y, con sigilo, arrastró a la joven hacia adentro. Era un lugar pequeño, de paredes cubiertas por cortinados negros y luces tenues pero puntuales que enfocaban una cama circular, y tenía una silla que enfrentaba un amplio espejo rectangular empotrado en la pared y una mampara opaca.

A estas alturas, la chica no era dueña de ninguno de sus movimientos, solo accedía a lo que Mirko propusiera. La detuvo frente a un espejo y allí, de pie, comenzó a desvestirla sin dejar de besar su cuerpo, sosteniéndola con los brazos, rozando sus pechos, susurrándole al oído dulces palabras y suaves. Ella temblaba y, ya despojada de sus prendas, se recostó contra el cuerpo de él completamente entregada a la propuesta.

Con sus manos le dio lo que deseaba; casi un premio por su buena predisposición. Entonces la penetró enérgicamente. Miró su rostro reflejado en el espejo y sonrió con arrogancia al notar que sus rasgos transmitían tanto placer como gozo y lujuria. *Bien, eso es algo que gusta y paga*, pensó. Todo se desarrollaba según lo planeado. La muchacha estaba a punto de alcanzar una vez más

lo único que todo su cuerpo deseaba. Sus gemidos podrían haber despertado hasta a un muerto, y cuando se sumergió en el espiral que la condujo a la cima, el grito de liberación fue tan agudo como extraordinariamente sensual.

Con un movimiento preciso, Mirko la giró para alzarla y obligarla a rodearlo con sus piernas. Pero entonces ella lo tomó desprevenido y, enroscando sus brazos al cuello de él, se apoderó de su boca de un modo tan salvaje que Mirko no tuvo cómo contrarrestar el embate. Su boca era fresca, era suave a pesar de la fuerza que el beso imponía. El beso era profundo, hambriento y tan ardiente que lo sacudió. Esta vez fue él quien sucumbió al estímulo. ¿Cuánto hacía que no recibía un beso, uno deseado, uno genuino y sincero? No halló en todo su cuerpo resabios para neutralizarlo y se encontró respondiéndolo con igual intensidad hasta sentir que empezaba a perder el control. Agitado, se separó y por un momento se mareó al sentir que la oscuridad de los ojos de ella contagiaba de bruma los suyos. Entonces, la recostó sobre la cama y ya no fue dueño de nada. El estremecimiento fue poco a poco gestándose en su entrepierna primero hasta propagarse por sus muslos, por su vientre y apoderarse de su voluntad.

La muchacha, que en un principio se había mostrado sumisa y doblegada, volvía a besarlo con avidez y descaro, generando sensaciones que Mirko no había experimentado en muchísimo tiempo. Una batalla de voluntades se instaló en sus bocas. Un intercambio casi violento que por momentos tuvo mucho de necesidad animal. El sexo se tornó primitivo, lujurioso y desenfrenado, casi salvaje. Ninguno de los dos tenía el control; ninguno podía imponer su voluntad.

Cuando todo terminó, cayeron rendidos sobre las sedosas sábanas de la cama circular, con la respiración agitada y los cuerpos exhaustos. Mirko entreabrió los ojos procurando recuperarse. Sentía el cuerpo de la chica pegado al suyo y le resultó tan extraño como tranquilizador. Ella estaba acurrucada contra él; una de sus piernas cruzaba las suyas, y una mano reposaba serenamente sobre su pecho. La miró con cierta aprensión, considerando lo inusual de toda la situación; no entendía qué demonios había sucedido. A pesar del desconcierto, se encontró recorriendo el rostro de ella con la yema de los dedos; admirándola, develándola. Un gesto cargado de una ternura desubicada en él. Se descubrió pensando en la cálida profundidad de esa muchacha a quien no conocía y, sin embargo, había movilizado fibras que nunca nadie había alcanzado. ¿Por qué? ¿Cuál era la diferencia con las otras mujeres? No lo sabía, tampoco lo entendía, pero se sentía extraño y el deseo de volver a saborear su boca lo abordó y no se privó de hacerlo. Ella respondió como lo había hecho durante toda la noche, pero en esta ocasión sus labios transmitían plenitud, y la mano que acariciaba su pecho, ternura. Fueron besos dulces, reconfortantes, que inundaron su cuerpo de un calor inusual y reparador. Se dejó llevar.

Al cabo de media hora, Mirko consideró que era suficiente sentimentalismo. Esa noche, Candado podía considerarse más que pagado; no tenía recuerdos de haber atravesado una actuación semejante. Se puso de pie y, luego de estirarse, buscó su ropa. Necesitaba un trago y verificar que Candado hubiera dejado lo prometido en el baño. Una vez vestido dejó la habitación. La chica dormiría un poco más.

El silencio que la rodeaba se quebró por un estruendo que duró unos segundos. Se irguió, frunciendo el ceño. Un dolor punzante le atravesaba la cabeza; le dolía todo el cuerpo, principalmente la entrepierna. Agradeció la luz tenue, tenía la visión difusa, pero la intensidad del silencio lejos de relajarla, la alarmó. No recordaba cómo había llegado allí, mucho menos en qué circunstancias se había desnudado.

Poco a poco sus ojos fueron focalizando y comenzó a ver con mayor nitidez. Un escalofrío la estremeció al percibir los recuerdos que, como relámpagos, llegaban a ella. Sin embargo, no podía recordar con precisión el rostro del hombre con quien había estado. Se puso de pie y su imagen quedó reflejada en el espejo. Tembló, asustada por no tener mucha consciencia de lo que había hecho. Estaba mareada, sentía las piernas débiles y le costaba mantenerse en pie. Se sentía mal, pésimo. Sin poder controlarlo, se le revolvió el estómago y vomitó sin remedio. Con cierta debilidad logró erguirse. Tenía que salir de allí a como diera lugar. Recogió su ropa, que se hallaba desparramada por el suelo, y se vistió con premura.

Desesperada, recorrió la habitación con la mirada; no había puertas ni ventanas, solo oscuros cortinados. ¿La habían encerrado allí? ¿Dónde estaba? No lograba recordar. Casi corriendo, con el rostro arrasado por las lágrimas y la visión empañada, llegó a uno de los cortinados. Lo recorrió hasta dar con una abertura. Salió de esa habitación y vio una puerta. Esperanzada por haber encontrado una vía de escape, se dirigió hacia allí.

Para su desconcierto, descubrió que no se trataba de una salida, sino de una habitación que apestaba a tabaco y cigarros.

Cada vez más aterrorizada, repasó el lugar con la mirada y el corazón casi se le detiene de azoro al contemplar la gran cantidad de sillas que, desordenadas, enfrentaban un amplio ventanal. Se acercó y se espantó aún más al comprobar que desde allí se tenía una visión óptima de la habitación donde ella había estado. Comenzó a temblar sin control. El terror gobernaba cada uno de sus sentidos y, a los tumbos, regresó al oscuro corredor desde donde milagrosamente divisó una salida de emergencia camuflada con el color oscuro de la pared. Estaba a punto de alcanzar la salida cuando escuchó las voces que se acercaban a ella. La abordó una ola de pánico que casi logra paralizarla, pero con la poca fuerza que le quedaba empujó la puerta de salida y salió de allí desesperada.

—Siéntete más que pagado —dijo Mirko con cierto cansancio—. La de esta noche cancela mi deuda, Candado.

—Puede ser, pero no creo que sea así —le aseguró con voz áspera. Lo miró con sorna y algo de malicia—. Te conozco de sobra, Croata, en una semana volverás a estar en deuda conmigo. ¿Dónde piensas conseguir?

Mirko no dijo nada, pues era cierto. La única manera de que Candado lo proveyera era que él cumpliera con su parte. Pero estaba harto. No quería más de eso; tenía que encontrar la manera de abrirse.

—Ahora es mi turno —sentenció Candado palmeándole la mejilla—. Quiero que tomes unas buenas fotos.

—No… no me parece.

Mirko desvió la vista preguntándose a qué venía tanto escrúpulo con esa mujer; no lo entendía, pero no quería que Candado la tocase.

—Me importa una mierda lo que a ti te parezca —aclaró, riéndose como si hubiese escuchado una buena broma—. Acá las órdenes las doy yo, Croata, no te hagas el estúpido conmigo. ¿Dónde está esa perra? —chilló, enajenado. Furioso, se volvió hacia Mirko—. ¡¿Dónde está?!

—Estaba aquí hace un momento —le respondió casi en un murmullo.

—Dime que tomaste las fotografías —demandó Candado. Mirko desvió la vista sin atreverse a decir que no—. Estás en problemas, Croata. No debiste dejarla ir.

Mirko permaneció en el centro de la habitación tratando de pensar. En un rincón debajo del espejo creyó ver algo. Ofuscado, se acercó y lo tomó. Era una cédula de identidad. Frunció el ceño y se acercó al foco de luz. Sonrió con malicia. Tenía un nombre y una dirección por donde comenzar a buscar.

Gimena Rauch, leyó con rabia. *¿Dónde te metiste? Te voy a encontrar.*

Con paso rápido, dejó el recinto y salió a la parte trasera de la discoteca. Estaba amaneciendo, pero lo que más llamó su atención fueron las sirenas de las patrullas que se acercaban al lugar. Entonces hizo lo único que podía hacer: correr.

CAPÍTULO 1

—No fue así, Étienne —protestó al ingresar a la terminal 4 del aeropuerto de Barajas—. No fue así y lo sabes.

Con fastidio bufó y se detuvo a un costado para evitar que la atropellara la gente que iba y venía arrastrando sus maletas sin perder de vista los letreros indicadores. En su oído, Étienne seguía protestando, como si al hacerlo tuviera la más leve posibilidad de convencerla de no viajar. Retomó su camino hacia el sector de Iberia, donde los pasajeros comenzaban a congregarse.

—No entiendo porqué no quieres comprenderlo, te lo expliqué no una sino mil veces —remarcó subiendo el tono de voz sin importarle las personas que se acumulaban a su alrededor—. Basta. No tiene ningún sentido seguir hablando. Se terminó.

Sin prestar la debida atención a lo que su pareja de los últimos cinco años le decía, Gimena se acomodó en la larga fila que antecedía los mostradores donde despacharía su equipaje.

23

—No me importa si se modificó la fecha de una exposición o si el mismísimo rey de España estará presente en tu galería —protestó, interrumpiéndolo—. Hace más de un año que estamos programando este viaje. Me aseguraste que me acompañarías al casamiento de mis amigos. Dijiste que nada ni nadie lo impediría. Fueron tus palabras. Eso es lo que me disgusta.

Llegó al mostrador sin apartar el celular de su oreja y, con cara de pocos amigos, entregó su pasaporte y la tarjeta para que le cargaran las millas acumuladas.

—¡No me vengas con eso! —explotó Gimena golpeando el mostrador—. Habíamos acordado visitar juntos mi país. No lo puedo creer… esta fue la gota que colmó mi vaso, Étienne. Hasta acá llegué.

La empleada de la aerolínea la observó con mala cara. Gimena se forzó a sonreírle e intentó prestar atención a sus palabras por sobre la voz ronca de Étienne que retumbaba en su oído. Tomó nota mental del horario de embarque y guardó la documentación luego de alejarse del mostrador.

—Lo que sea, Étienne —sentenció, categórica; estaba cansada de escucharlo—. Mira, como ya te he dicho, no pienso modificar mis planes. Por lo pronto, estaré unos seis meses en Buenos Aires. ¿No te parece?, pues qué pena. Te llamo a mi regreso; si es que regreso. Adiós.

Sin segundas consideraciones, Gimena cortó la comunicación y arrojó el celular al fondo de su bolso. Respiró hondo tratando de despojarse de la contrariedad que la conversación había dejado en ella. Se sentía tan desilusionada.

Hacía más de cinco años que estaban juntos; aunque usar

la palabra "juntos" era una forma de decir, porque Étienne Ducrot, dueño de una prestigiosa galería de arte ubicada sobre la *rue* Saint-Honoré a pocos metros de *rue* de Castiglione, vivía en la bella Ciudad de la Luz, al igual que su exesposa y sus cuatro hijos, algo que no perturbaba el espíritu de Gimena. Ella no era una mujer celosa del pasado, y como los hijos de Étienne siempre ocuparían un lugar importante en su vida, había aprendido a aceptarlos. Con él había disfrutado de veladas maravillosas, tanto en París como en Madrid y también bellísimas vacaciones cargadas de romance. Oh, sí, ella había disfrutado muchísimo de su relación con él porque, más allá de todo, ambos tenían sus espacios y vivían a una distancia adecuada; quizás por eso había funcionado por tanto tiempo.

Pero el idilio se había acabado. Gimena adoraba la relación libre y sin ataduras que compartían. Por años, el amor fluyó con naturalidad hasta que él empezó a no conformarse con solo verse una o dos veces al mes. De buenas a primeras, las demandas de Étienne se intensificaron y la presión se incrementó. La quería en París. El problema era que Gimena no deseaba mudarse, ni atarse a él tiempo completo; su insistencia la agobiaba.

A los treinta y siete años, Gimena Rauch tenía claro qué deseaba de su vida y qué no. Perder su libertad por un puñado de palabras dulces era algo a lo que no estaba dispuesta. Su vida no estaba en Francia, y no tenía dudas de que su camino se dirigía hacia nuevas fronteras. Había puesto toda su energía en su profesión y eso sí era un aspecto de su vida que la gratificaba. Gimena era feliz ocupándose de lo que le gustaba; sintiéndose libre de cuerpo y alma.

La vida en Madrid le había enseñado mucho. Sus días en la capital española, con su ritmo y con el abanico de oportunidades que ofrecía, la ayudaron a descubrir sus verdaderos deseos, a crecer y a atreverse a conquistar aquello que anhelaba, sin ayuda de nadie. Estaba demasiado cerca de alcanzar sus sueños y ni París ni Étienne parecían entrar en el futuro que empezaba a vislumbrar.

Cuando anunciaron su vuelo, juntó sus pertenencias y encaró la larga fila que empezaba a formarse en la puerta de embarque. A medida que se acercaba, pensaba en todo lo que esperaba encontrar en Buenos Aires después de siete años de no visitar su país. Con emoción pensó en sus amigas y en los hijos de ellas. De todo el grupo de niños, solo conocía a Joaquín y Pilar, los hijos de Mariana, y a Fermín, el primogénito de Carola. Pero el número de sobrinos postizos se había incrementado considerablemente durante su ausencia. Sonrió al recordar los tres hermosos hijos de Lara y Andrés, una niña bellísima y dos varones muy guapos; Carola y Javier habían concebido dos varones más, mientras que Miguel y Mariana, además de los que ya tenían de sus matrimonios anteriores, habían tenido tres hijos. En total era un batallón de doce.

Gimena embarcó en silencio y se ubicó en su asiento sin problemas. En pocos minutos, el avión comenzó a moverse. Con algo de nostalgia, observó el exterior y aprovechó para despedirse. Extrañaría Madrid, eso era seguro. En tierra española quedaría un poco de ella. Se había sentido como en casa entre su gente, sus costumbres. Pensó en el apartamento donde había vivido los últimos años y que con tanto cariño

había decorado. Pensó en la editorial, con su vorágine, sus compañeros de trabajo, los proyectos, las risas, la camaradería. *Dios, cómo voy a extrañar todo aquello*, se dijo, consciente de que era mucho lo que dejaba atrás.

Por otra parte, Buenos Aires la abrumaba; la ciudad en sí misma removía demasiadas fibras en su interior, y aunque se resistía a que los recuerdos la abordasen, no podía contra ellos. Lo que más la condicionaba era asumir que, adrede, no se había comunicado ni con su madre ni con su hermano; ninguno sabía de su regreso. Tampoco había resuelto cuándo o cómo se pondría en contacto con ellos. Le resultaba muy difícil dar ese paso cuando todavía no lograba perdonarlos.

Las tripulantes de cabina, distribuyendo *snacks* previos a la cena, interrumpieron sus pensamientos. Pidió vino tinto y no pudo evitar pensar en Étienne, que detestaba las bebidas que servían en los vuelos. No había sido del todo sincera con él respecto de su regreso a la Argentina. Lo cierto era que la cancelación de su viaje la había llenado de tal indignación que, en un arrebato, aceptó la propuesta que le habían hecho: José María Solís, su jefe, le había encargado que, una vez en Buenos Aires, visitase la editorial que los españoles subsidiaban y que, de ser posible, le echase un vistazo al lugar. No estaban conformes con el desempeño de la directora de Editorial Blooming, Antonella Mansi; de hecho, estaban convencidos de que los estaba engañando.

Después de la cena, se enfrascó en una película francesa que la terminó durmiendo. No volvió a abrir los ojos hasta que el avión comenzó a descender.

El vuelo aterrizó en horario y no le costó trabajo conseguir un auto que la llevase a la ciudad. Cerca de las diez de la mañana, llegó al hermoso edificio de la calle Suipacha, a pocos metros de la Basílica Nuestra Señora del Socorro. Ingresó al vestíbulo cargando su bolso y arrastrando su maleta. Allí encontró al encargado, quien la guio hasta el fondo de la planta baja, donde le entregó la llave que su amigo, Raúl Olazábal, había dejado para ella.

Era un apartamento sofisticado. Un amplio ambiente en forma de L apareció frente a ella en cuanto puso un pie dentro. Lo contempló, encantada. En uno de los extremos divisó la cocina con techo de vidrio y salida a un pequeño lavadero abierto; y en el opuesto, un ventanal de cuatro hojas conducía a un atractivo patio interno, colmado de plantas y una fuente de pared decorativa. La sorprendió que las ventanas estuvieran abiertas permitiendo que los tibios rayos del sol de mayo se filtraran e inundaran el ambiente de luz. La decoración era exquisita: pudo admirar tres cómodos sillones blancos salpicados de coloridos cojines, junto a la mesa baja de madera clara, colmada de revistas de viaje. Además, dos butacones enfrentaban un magnífico televisor de pantalla plana, empotrado en una biblioteca repleta de libros.

Gimena caminó admirando el apartamento. Dejó su bolso de mano sobre una mesa rústica y sonrió al ver que, al lado del fanal de hierro que decoraba el centro, había una nota doblada con su nombre escrito en una de las caras. Reconoció la letra, era de Raúl, el dueño del apartamento, quien hacía ya dos años que se había instalado en Santiago de Chile.

Este fin de semana estuve en Buenos Aires. Te esperé todo lo que pude para darte una bienvenida como te mereces, pero lamentablemente no pude cambiar el pasaje de regreso. La verdad, querida Gimena, es que no sé cuándo podré escaparme a verte. Así que, si lo deseas, bien puedes tú cruzar la cordillera para darme un abrazo como sé que me merezco. Te quiero. R.

P. D.: No le dije nada a Manuel de tu visita. Hablen, Gimena, te hará bien hacerlo.

Meditó brevemente sobre esta última línea y se obligó a eliminarla de su mente. No deseaba pensar en Manuel; tampoco sabía cuándo lo haría. Lidiando con esos pensamientos, se dirigió a la habitación principal anhelando despojarse de la ropa que llevaba puesta desde hacía una eternidad y darse una ducha caliente.

Media hora más tarde, con el cabello envuelto en una toalla y cómodamente cubierta por una bata que había encontrado en el cuarto de baño, Gimena volvió al salón principal. La ducha la había renovado en parte. Sin embargo, no había logrado descansar durante el vuelo y sentía el cansancio acumulado sobre sus hombros; solo la adrenalina la mantenía en pie. Se acercó a la cafetera y eligió la cápsula que deseaba. Necesitaba la dosis diaria de cafeína para comenzar a moverse.

Con su jarra de café en la mano, deambuló por el ambiente aceptando que el casamiento de Mariana San Martín había sido la excusa perfecta para regresar. Más allá de todo, reconocía que se sentía muy bien estar en Buenos Aires. No obstante,

luego de más de siete años de ausencia, pensar en volver a saber de su familia la angustiaba. Por si fuera poco, Étienne ya no estaba para acompañarla, ahora se vería obligada a enfrentarlo sola. El rostro masculino de Étienne llegó a ella y, por primera vez, sintió su lejanía. Tal vez fue la costumbre, pero un impulso la llevó a grabar un audio.

–Hola, Ét. Hace casi tres horas que llegué. Todo perfecto. Hablamos uno de estos días. Besos.

Bebió un poco de café contemplando los ventanales, y salió al patio. Era una mañana fresca pero despejada. Sonrió al recordar lo mucho que disfrutaba los otoños en Buenos Aires. Se sentó en una banca ubicada junto a la puerta de salida y encendió un cigarrillo. Se tomaría ese día para instalarse y organizarse. Tenía mucho trabajo del cual ocuparse. Más allá de visitar la editorial, se había comprometido a entregar varios artículos en fechas determinadas para la revista en la que trabajaba desde hacía seis años.

Volvió a servirse café en la taza y regresó a la habitación dispuesta a desarmar la maleta. Fue entonces cuando vio los obsequios que había comprado para los hijos de sus amigas. Con renovado entusiasmo, se sentó al borde de la cama y tomó su celular para dar señales de vida. "Lleguéééé", escribió en el grupo de WhatsApp que compartían.

No tardaron en aparecer las respuestas de Carola, Mariana y Lara, que ya habían hecho planes para festejar el reencuentro. Se reunirían a cenar esa noche; solo faltaba que Gimena confirmara si estaba de acuerdo. Por supuesto que lo estaba.

CAPÍTULO 2

Buenos Aires, mayo de 2015.

Abrió los ojos abruptamente como si una alarma interior lo forzase a recordar que debía ocuparse de algo importante. La habitación estaba en penumbras, pero faltaba poco para que la claridad de un nuevo día se filtrara entre los cortinados.

Miró de reojo miró a la mujer que dormía a su lado. Suspiró con desgano y estiró la mano hacia la mesa de noche donde se encontraba su celular. Verificó la hora. Eran cerca de las seis; tenía tiempo de sobra. Se dejó caer contra la almohada y clavó la vista en el cielorraso pensando en las órdenes que tenía.

A sus treinta y siete años, Mirko Milosevic cargaba sobre sus hombros unos nutridos antecedentes penales que iban desde delitos de hurto menor hasta posesión y tráfico de drogas. Tenía varias entradas y salidas de distintos penales y reformatorios que no hicieron más que curtirlo y acrecentar su fama. Así y todo, lejos estaba de sentirse orgulloso de su vida, pero no

31

tenía tiempo para pensar en ello. Durante un tiempo, había considerado que lo mejor que podría haberle sucedido era haber muerto el mismo día que nació. Luego ese pensamiento se transformó en una convicción. Odiaba su vida. Odiaba cada maldito día vivido porque en ninguno había nada bueno para rescatar o recordar.

Pero gracias a la misión en la que se encontraba, toda esa época parecía haber quedado atrás. El futuro se mostraba prometedor. Pensando en todo lo que había transcurrido en los últimos años, su mente se trasladó a aquella mañana de 2013 en la que todo su mundo pareció dar un giro inesperado. De tanto en tanto, necesitaba apelar a esa situación para recordarse por qué estaba donde estaba, por qué hacía lo que hacía y, principalmente, cuál era el objetivo final.

En ese año, el 2013, el mes de octubre se había presentado inusualmente caluroso. El clima no era mejor en el interior de la cárcel de Batán, en la provincia de Buenos Aires. Allí se respiraba un aire enrarecido, y un movimiento extraño parecía cernirse sobre su persona.

De los cinco años que llevaba encerrado, esa última semana había sido, por mucho, la peor, y el último mes, una constante pesadilla. Antes del amanecer, luego de casi seis días encerrado en la celda de aislamiento, dos guardias del servicio penitenciario provincial fueron por él. Lo levantaron a bastonazos para conducirlo a una oscura celda en la que nunca había estado. Lo dejaron allí, sin agua ni comida, acompañado solo por la incertidumbre. Le temblaba todo el cuerpo. Pasó hambre y frío.

—Vamos, Croata —había gritado con aspereza el guardia tras

abrir la puerta de la celda—. Una bella dama vino a visitarte —anunció, impaciente, dejando que el sarcasmo se filtrara—. Estás teniendo muchas visitas últimamente —agregó con cierto desdén y tono amenazador—. No estarás contando cosas que no deberías contar, ¿no, Croata?

Con cierta dificultad, Mirko se puso de pie y, renuente, miró al guardia. Le sostuvo la mirada, consciente de que lo contemplaba con ganas de asestarle un golpe. Toda la escena lo llevó a pensar en los hombres de la Fiscalía Federal que, tiempo atrás, ya no recordaba cuando, se habían presentado de imprevisto para entrevistarlo. Le mostraron fotografías esperando que reconociera algún rostro. La respuesta de Milosevic fue contundente: no tenía idea de quiénes eran. Pero lo cierto era que conocía a cada uno de los fotografiados y podía apostar a que los de la Fiscalía lo sabían.

La misma situación tuvo lugar unas semanas más tarde. A esas alturas, Mirko se sentía por demás intranquilo. Sin embargo, lo más preocupante no era saber que no le creían ni una palabra, sino entender qué pretendían con sus visitas.

—Apresúrate, que debes ponerte presentable —ladró el guardia dándole un empujón.

Le permitieron asearse, cambiar sus ropas y ponerse en condiciones para la entrevista. Media hora más tarde lo condujeron por un pasillo que atravesaba el penal.

Un grupo de hombres dedicados a ejercitarse lo observaron alejarse e intercambiaron miradas recelosas. Los ignoró y, con desgano, pasó junto al guardia, quien de un empujón lo instó a apresurarse. Por sobre su hombro, Mirko lo miró con actitud

altiva y sonrió con un dejo de soberbia. Se había ganado la reputación de duro e incisivo a base de soportar golpes y asestar con precisión. Nadie dudaba de su rudeza y eso era lo único que lo mantenía con vida.

—Cuidado, Croata, que un día de estos se te puede acabar la suerte —amenazó finalmente el guardia antes de volver a empujarlo—. Camina y mira para delante. Ya te vas a sosegar.

Preguntándose de qué se trataría en esa oportunidad, se dejó guiar por el largo pasillo que comunicaba con otro pabellón. Le llamó la atención que no lo condujeran a través del patio interno, que era el camino directo hacia las salas de visitas. En cambio, se sumergieron en un corredor que él nunca había transitado. Eso lo puso alerta, pero no dijo nada. Al cabo de unos metros, el guardia lo obligó a detenerse frente a una puerta.

Una vez que les habilitaron la entrada, ingresaron a una sala cerrada y sin ventanas. Solo se veía un escritorio, detrás del cual una mujer, escoltada por un uniformado fuertemente armado, leía unos papeles.

—Por favor, póngase cómodo que hoy tenemos mucho de que hablar —dijo sin levantar la vista de la carpeta que tenía frente a ella.

El guardia lo acercó al escritorio de un empujón y se apresuró a esposarlo a la mesa.

—No hace falta —sentenció la mujer.

El oficial la observó ceñudo para luego mirar a Mirko, quien le dedicó una sonrisa displicente. Maldiciendo, el penitenciario lo liberó y se retiró sin emitir palabra.

Con algo de desconfianza, Mirko la observó con todos los sentidos atentos a cada movimiento o palabra que de ella proviniese. No tenía idea de quién era; nunca la había visto. Su mente procuraba repasar cada una de las conversaciones mantenidas con los distintos agentes que se habían acercado a interrogarlo durante los últimos seis meses. La abstinencia le jugaba en contra, llevaba días sin consumir y no lograba concentrarse; se sentía confundido y desorientado.

La mujer estaba elegantemente vestida con un traje color petróleo e inmaculada blusa blanca de pronunciado escote. Llevaba el cabello oscuro recogido en una coleta y unos lentes de marco negro y cuadrado que le concedían un aspecto severo. Enfrentándolo con firmeza, se presentó como la fiscal Claudia Garrido y, según sus palabras, actuaba como enlace entre la Fiscalía Federal y la Secretaría de Lucha contra el Narcotráfico. Pero más allá de la dureza que su cargo le confería, era bonita, de rasgos femeninos y labios por demás sensuales.

—¿Cómo se encuentra esta mañana? —preguntó más por romper el hielo que por verdadero interés.

—He tenido días mejores —fue la rápida y seca respuesta de Mirko.

La mujer se irguió y, cruzándose de brazos, lo observó con determinación. Endureció el gesto al notar el hematoma que bordeaba el ojo izquierdo.

—¿Qué le sucedió en el rostro? —quiso saber.

—Me tropecé —respondió, tajante.

Garrido lo estudió comprobando que era tan filoso y áspero como le habían informado; respondía con rapidez, sin bajar la

guardia, en actitud agazapada. El que tenía enfrente era un hombre curtido por la vida, peligroso, difícil de abordar. Por todo lo que había averiguado sobre él, que era mucho a esas alturas, podría asegurar que era una persona que había recibido muchos golpes. Pero eso no la ablandaría, necesitaba ser dueña de la operación.

—Un tropiezo que le valió una semana en la celda de aislamiento, según tengo entendido —agregó, displicente, recuperando por completo la actitud altiva—. ¿Cuántas van? Las reclusiones en la zona de buzones, digo. Muchas. Demasiadas en estos años, ¿no?

Mirko no respondió este último comentario. Simplemente desvió la vista y eludió la mirada de la mujer.

—Ya lo creo que han sido muchas. Pero no estoy aquí para hablar de su comportamiento —aclaró ella volviendo una vez más su atención a los papeles desplegados sobre la mesa—. Me gustaría cotejar cierta información primero para luego avanzar a lo verdaderamente importante —prosiguió con firmeza—. Su nombre es Mirko Milosevic; alias Milo o Croata. Nació en la ciudad de Rovinj, península Istría, Croacia. Un lugar bellísimo, aunque usted no haya tenido la oportunidad de conocerlo. Llegó a la República Argentina al año de vida, con su madre adoptiva, que en realidad más que madre adoptiva, podríamos llamarla usurpadora ya que lo sacó ilegalmente de Croacia, porque no hay un solo documento que indique que usted fue legalmente adoptado, o que su madre biológica muriera. ¿Nunca lo investigó? Tal vez usted es solo un chico robado; uno más de tantos.

La mujer bajó la vista buscando cotejar la información, y

luego volvió a alzarla para estudiar al recluso una vez más. Él la miraba con odio helado; ahora sí había despertado su atención y su animosidad. Milosevic era un hombre peligrosamente apuesto, su encanto y sensualidad no pasaban desapercibidos para nadie, mucho menos para una mujer; ella lo comprendía. Podía sentir la atracción que generaba; el poder oscuro que su cuerpo emanaba. Lo había apreciado desde el instante en que puso un pie dentro de esa sala de reuniones; era difícil desentenderse de su magnetismo. Volvió su atención a los papeles.

—Prosigamos. Tiene un expediente interesante, Milosevic —dijo recobrando la postura fría y distante—. Aquí tengo todos sus antecedentes. Una verdadera joyita. Solo por recordarlo: a los doce tuvo su primera visita a una comisaría. Lo detuvieron por disturbios en la vía pública y posesión de droga. Empezó de chico, por lo que veo. A los catorce dejó la escuela, y volvieron a detenerlo al poco tiempo; otra vez por posesión. Pasó seis meses en un reformatorio del que se escapó. Lo atraparon un mes más tarde y esto le valió seis meses más a la sombra.

La mujer hizo una pausa y cotejó ciertos datos. Por sobre el marco de los lentes, clavó la mirada en el rostro de Mirko, que ahora tenía la vista fija en ella. Garrido sintió su desprecio y se recordó andar con cuidado.

—¡Qué vida de mierda, Milosevic! Te la has pasado entrando y saliendo de los penales —sentenció, pasando deliberadamente al tuteo—. Lamento lo de Soraya. Por lo que dice aquí, cuando finalmente dejaste del reformatorio, ella había muerto. Nadie se tomó la molestia de avisarte que ya nada quedaba. Tenías dieciocho años. Ahora entiendo por qué a partir de ese momento

comenzó tu maratónica carrera. Aunque tengo que reconocer que te fuiste puliendo, terminaste como todos los de tu condición, cambiando reformatorio por penales; preso por tu adicción.

Esta vez la fiscal lo miró directo a los ojos, y eso en parte la debilitó. En esta ocasión, Mirko detectó cierta conmiseración. Lo percibió primero y lo notó después. Esa mujer tan elegante y dueña de sí había tambaleado. Displicente y soberbio, bajó lentamente la vista hacia sus senos y una ceja se alzó jactanciosa al tiempo que sonreía, reconociendo el efecto que podría tener sobre ella.

—¿De qué se trata todo esto? —dijo inclinándose levemente sobre el escritorio para acercar su rostro al de la mujer que lo interrogaba.

—Aquí las preguntas las hago yo, Milosevic —respondió sin poder apartar la mirada de esos ojos cautivantes y luminosos que la envolvieron—. Estoy en condiciones de hacerle una propuesta que puede interesarle —agregó, volviendo al trato inicial.

—¿Busca diversión a cambio de reducirme la condena? —susurró con una voz tan sensual como desafiante.

Una carcajada quebró el clima, pero no amedrentó a Mirko, que creía haber encontrado una veta en la rígida armadura de la mujer. Tomó nota mental de su talón de Aquiles.

—Mucho le gustaría a usted, ¿no? —replicó ella sosteniéndole la mirada—. Reconozco que la suya es una propuesta tentadora —agregó dispensándole una sonrisa ancha y arrebatadora—. Otro día, si quiere, jugamos un poquito a eso —continuó—. Ahora volvamos a lo verdaderamente importante.

Bajó la vista hacia una segunda carpeta y la abrió. Con

rapidez colocó cinco fotografías delante de Mirko y sonrió. En todas aparecía él rodeado de muchas de las personas que meses atrás había negado conocer. Gente de la noche de dudosa reputación; personajes asociados al tráfico de drogas y de personas. Todos amigos de Candado, el traficante a quien le debía su situación actual. Mirko se arrellanó en su duro asiento; ese era el mundo del que no sabía cómo despcgarse.

—Es usted un hombre con muchos contactos, señor Milosevic —prosiguió Garrido, volviendo a estudiar la información con la que contaba—. Por otra parte, tengo entendido que durante estos cinco años aprovechó para superarse —destacó alzando la vista para ver su reacción—. Sé que terminó sus estudios secundarios y tomó varios cursos; eso está muy bien —continuó, bajando la vista a la ficha que tenía frente a sus ojos—. Veo que le interesa la fotografía. Genial. Habla de una persona que busca regenerarse, que busca progresar —Garrido alzó la vista y estudió al recluso con cuidadosa intención—. ¿Quiere sinceramente darle un sentido a su vida? ¿Está dispuesto a hacer el esfuerzo? —continuó enfatizando cada una de las preguntas. Hizo una pequeña pausa mientras evaluaba otros documentos—. Porque si bien usted ha cometido muchos delitos, creo comprender que mayormente fue empujado por su adicción. No me parece que sea un hombre violento. No hay un solo registro de agresión física, pero sabe defenderse —hizo una pausa un poco más prolongada que la anterior—. ¿Le gustaría salir de aquí y entrar en un programa de reinserción laboral? —deslizó con suavidad.

Mirko no respondió. La propuesta era por demás tentadora, pero él hacía rato que había descubierto que nada era gratis en

esta vida, de modo que permaneció expectante a las siguientes palabras de la fiscal.

Deliberadamente, interrumpiendo los pensamientos de Mirko, Garrido colocó dos fotografías más delante de él. Lo miró con suficiencia y aguardó permitiendo que las contemplara. En una de ellas, Mirko reía despreocupadamente junto a un reconocido traficante, Patricio Coronel, exsocio de Candado; en la otra se lo mostraba inclinado sobre una línea blanca.

—¿La extraña? —deslizó la mujer con malevolencia—. Imagino que sí; no debe haber de esta por aquí, ¿verdad?

No le gustaba el rumbo que estaba tomando la conversación. En un abrir y cerrar de ojos se sintió entre la espada y la pared. Las pruebas que esa mujer tenía eran tan incriminatorias que bien podían aumentar su condena. La expresión del rostro de Mirko se tensó y las palmas de sus manos se humedecieron.

—¿Qué quiere? —ladró, rabioso. Sentía la cuerda que se ajustaba en torno a su cuello. Estaba en manos de esa mujer.

—Parece que nos vamos entendiendo —dijo Garrido con suficiencia—. Como bien decía, creo que tiene posibilidades. Colaborar conmigo puede ser un buen comienzo —afirmó convencida—. Sería muy sensato de su parte que lo considerara.

Mirko sacudió la cabeza sin poder creer lo que acababa de escuchar. Era una locura, un suicidio. Todo el mundo sabía que trabajar para la Fiscalía, la Policía o la Secretaría de Lucha contra el Narcotráfico era colocarse un blanco en medio de la frente. No era estúpido. También sabía que la fiscal no tenía el poder de reducirle la condena por el solo hecho de ponerse bajo sus órdenes.

Su mente trabajaba a toda velocidad, pero la imagen de él consumiendo no lo estaba ayudando. Aunque el deseo se despertó, en todo momento fue consciente de que la propuesta bien podía ser una trampa. Alzó la vista y miró a la mujer que lo estudiaba a la distancia.

—No voy a aceptar sin saber de qué se trata —balbuceó Mirko algo desconcertado.

—Milosevic, usted no está en condiciones de hacer ningún tipo de reclamo —dijo la fiscal poniéndose de pie y, bordeando la mesa, se le acercó—. Lo que sí puedo asegurarle es que, de aceptar, alguien de mi equipo se ocupará de gestionar la autorización para que empiece a salir en libertad condicional. Tal vez se pueda apelar al sistema dos por uno. Después de todo, lo sentenciaron a once años y lleva casi seis encerrado.

La mujer reunió todos los documentos en silencio, claramente dando por terminada la entrevista.

—Piénselo. Analice bien lo que le dije —sugirió—. Le doy una semana para que considere minuciosamente lo que conversamos —insistió. Una nueva pausa logró poner un poco de suspenso a su discurso—. Lo digo en serio. Si se decide, puedo ocuparme de que el juez de ejecución agilice su salida. Al aceptar mi propuesta le quedaran menos de seis meses de encierro, Mirko, y cumpliría su condena en libertad condicional. Yo, en su lugar, comenzaría a pensar en el futuro. Nos vemos en siete días, Milosevic.

La fiscal no le había mentido esa vez. Tan solo una semana más tarde volvió con una propuesta formal en la que se veía tanto el sello de la Fiscalía como la firma de un juez. Eso lo

tranquilizó un poco. Tras un ida y vuelta de palabras, y ante la condición de que trabajaría bajo las órdenes directas de la fiscal, Mirko terminó firmando. Luego hablarían de los años pendientes de condena.

Seis meses más tarde, llegó la notificación de que le habían otorgado el beneficio de la libertad condicional. Su vida parecía estar encauzándose, eso fue lo que pensó al contemplar consternado el papel firmado por el juez Máximo Ramírez Orión. Saldría, finalmente pondría un pie fuera de ese agujero. Le costaba creer que fuera cierto.

Llevaba grabado en su mente el instante en que cruzó el portal pensando que todo sería más sencillo desde ese momento en adelante. El sol lo encandiló al poner un pie fuera del penal, y cerró los ojos disfrutando de la sensación. Lo primero que vio al abrirlos fue a la fiscal Garrido conversando a pocos metros del estacionamiento con un hombre a quien no conocía.

Sin mucha explicación lo subieron a un vehículo y lo trasladaron a la Ciudad de Buenos Aires para instalarlo en una vivienda céntrica. En la casa de tránsito, como Garrido la llamó, encontraron a un hombre bajo, de hombros anchos y mirada dura y penetrante, que la fiscal presentó como Gonzalo Ibáñez, un colaborador suyo que también formaba parte de la misión.

Mirko apenas lo saludó y bajó la vista hacia las tres fotografías que Ibáñez colocaba sobre la mesa. En todas se veía a un individuo de mediana edad al cual Mirko nunca había visto. En la primera, el hombre caminaba por la calle hablando por celular. Era atractivo, de cabello oscuro y tupido, tez trigueña y rostro cuadrado de rasgos duros. En la segunda fotografía se lo

veía conduciendo un BMW negro último modelo. En la última, en una pasarela rodeado de bellas y jóvenes mujeres.

—¿Quién es? —preguntó Mirko, intrigado—. Sinceramente no lo conozco.

—Ya sé que no lo conoces. Tampoco él te conoce —le aclaró Garrido—. Ese es uno de los motivos por los cuales fuiste elegido.

—Su nombre es Alejandro de la Cruz —informó Ibáñez con sequedad—. Aunque es hijo de argentinos, nació en Perú y vivió la mayor parte de su vida en Miami, donde se relacionó muy bien y logró abrir una agencia de modelos. Hace ya tres años que se instaló en Buenos Aires.

—De la Cruz es el principal accionista de una agencia de modelos que tiene su casa matriz en Miami y dos subsidiarias, una en Buenos Aires y la otra en la provincia de Misiones —prosiguió la mujer, ahora adueñándose de la conversación en una clara actitud de superioridad que divirtió a Mirko—. Estamos tras la desaparición de estas tres chicas —agregó colocando frente a él la fotografía de cada una de ellas—. Sabemos que pasaron por esa agencia. Pero todas las investigaciones llegan a punto muerto porque las tres chicas, muchos meses antes de sus desapariciones, habían rescindido sus contratos.

Ibáñez volvió a hablar de De la Cruz, mientras la fiscal colocaba otras fotografías sobre la mesa para avanzar en la información que debían suministrarle. Mirko concentró entonces su atención en las imágenes de una atractiva rubia de voluminosos senos y figura curvilínea.

—En dos meses comenzarás a trabajar para esta mujer. Su nombre es Antonella Mansi, es la esposa de De la Cruz.

Mirko alzó la vista y clavó su mirada azulada en los ojos de la fiscal. Una vez más, notó en la pupila de la letrada el solapado interés que ella intentaba doblegar. Sonrió vanidoso y, ya más seguro, se atrevió a preguntar:

—¿Qué quieren que haga con esa mujer? —trataba de entender—. ¿Quieren que la seduzca para molestar al esposo?

—No, hombre, no sea básico —protestó Ibáñez. Miró a Garrido—. No va a servir. Te lo dije.

—Es la directora de una revista de moda. Creemos que ella es la principal pantalla para las operaciones de su esposo —informó la fiscal—. Tengo entendido que sabes manejar una cámara. Hasta donde sé, te defendías tomando fotografías para Candado y, por lo que averigüé, en tus años de encierro leíste bastante sobre el tema.

Mirko asintió preguntándose si sabrían qué tipo de fotografías tomaba. Seguramente.

—En unas semanas esa mujer necesitará un fotógrafo —prosiguió Ibáñez sin abandonar el tono áspero—. Alguien deslizará su currículum con una recomendación, y lo llamarán. Para entonces, deberá estar preparado.

—¿Y qué se supone que haré mientras tanto?

—Mientras tanto te quedarás aquí —retomó Garrido, que había seguido la conversación en silencio—. Hasta que el momento de entrar en acción llegue, estudiarás toda esta carpeta. Aquí está toda la información que necesitas; teléfonos, procedimientos y el modo en el que necesitamos que te desenvuelvas.

Se hizo un silencio. Mirko tomó la carpeta y hojeó su contenido.

—Hay algo que aún no te he dicho —deslizó Garrido sabiendo el impacto que tendría la información que estaba a punto de suministrar—. Tu viejo amigo Candado está involucrado en toda esta operación. También a él lo queremos atrapar. Supongo que sigues pensando en vengarte del maldito desgraciado que te mandó a prisión.

La propuesta de Garrido le había cambiado la vida, y Mirko era muy consciente de que a ella le debía su libertad y la posibilidad de tener un futuro. Hacía ya más de un año que lo había contactado; habían pasado casi siete meses desde que logró ingresar en la Editorial Blooming, y poco más de cuatro que había conseguido despertar el interés de su directora. Tal como originalmente la fiscal le informó, Antonella Mansi era la cabeza de la editorial que manejaba dos revistas puntuales; una de moda, que acaparaba más del 85% del presupuesto y generaba buenos dividendos y alto grado de popularidad; y otra de carácter cultural, que cubría semestralmente los eventos más destacados de la ciudad.

Por un tiempo, Mirko creyó estar alcanzando cierta estabilidad y que bastaba con informar todo lo que sucedía en la editorial. Pero, entonces, llegaron nuevas órdenes: seducir a Antonella Mansi e intentar llegar a los lugares de mayor intimidad, para colocar dispositivos de escucha.

Luego de haber logrado que lo aceptara en el plantel de fotógrafos de la sección moda, no le había costado mucho seducirla y que ella lo aceptase, primero en su despacho y poco a poco en su cama. La mujer, con sus cuarenta y tantos, se había sentido más que halagada porque un hombre como él se interesase por

ella. No obstante, por el momento, además de cansancio, no era mucho lo que Mirko había logrado reunir, pero sí podía asegurar que esa mujer escondía algo turbio y que estaban bajo la pista correcta.

Mirko se sentó en la cama y miró de reojo a la mujer de rubia cabellera ondulada que dormía desparramada a su lado. Cuidando de no despertarla, se puso de pie y se dirigió al cuarto de baño. Necesitaba comunicarse con Claudia Garrido e informarle que finalmente había logrado colocar los dispositivos de escucha. La casa de Antonella Mansi y Alejandro de la Cruz estaba completamente monitoreada.

Sentado en el retrete, consultó la hora. Garrido solía levantarse alrededor de las seis y media. "¿Despierta?", escribió Mirko con una sonrisa malévola en sus labios. "Ya estoy en posición. Finalmente, logré que accediera a traerme a su cama. Estoy dentro —del apartamento, no de ella—. De la Cruz está en MIA y regresará el viernes por la noche en un vuelo privado. No me dijo para qué viajó, pero lo averiguaré. Ya instalé todo. Los ambientes que suelen frecuentar están cubiertos. En media hora también deberían empezar a funcionar los dispositivos. Estate atenta a las imágenes y los sonidos".

La respuesta de Garrido no tardó en llegar. Bajó la vista y sonrió al leer. "No pienso quedarme a escuchar cómo te diviertes. Luego la escucharé a ella. Camilo ya tiene sus órdenes. Ocúpate de que no vaya a la editorial hasta el mediodía. Nos vemos luego".

En algún punto lo divertía alterarla, provocarle celos con Antonella, mucho más si tenía en cuenta que era ella quien lo había

puesto en manos de la editora. La fiscal se había convertido en su amante mucho antes que Mansi y, por un tiempo, había logrado despertar mucho más que su interés; algo que nunca le diría a ella, por supuesto. Claudia Garrido disfrutaba tanto del buen sexo como del estímulo que unas buenas líneas podían otorgar. Juntos habían compartido encuentros memorables que por varias horas los transportó a otras dimensiones. Pero todo tenía su precio y él lo estaba pagando con creces pues, sin previo aviso, Garrido comenzó a mostrarse excesivamente posesiva, algo violenta y obsesiva con él.

"Bien. Esta tarde también la tengo ocupada; Antonella arregló una sesión de fotos con cuatro modelos nuevas de la Agencia De la Cruz. Luego te indicaré sus nombres y características. Creo que tengo algo. Ya te contaré más", respondió Mirko.

Tenía que ponerse en movimiento y para ello necesitaba un refuerzo. Se apresuró a buscar en la bata la bolsita que había escondido la noche anterior. Rápidamente, preparó las dos líneas y, segundos más tarde, se regocijó al sentir el efecto que se esparcía por su cuerpo.

Se frotó la nariz buscando eliminar cualquier resto de droga y entreabrió la puerta; no escuchó un solo ruido. De nuevo en la habitación, se movió con sigilo; primero fue hasta su abrigo y buscó un pequeño tubo metálico y una bolsita de donde extrajo un botón negro diminuto. Divisó el celular de Antonella sobre la mesa de noche; fue hasta allí, lo tomó y se ocupó de instalar el pequeño dispositivo.

Giró y se acercó a la cama donde ella dormía parcialmente cubierta por la sábana. Activó el dispositivo y le tomó varias

fotografías para enviárselas al número que Ibáñez le había indicado. Luego las borró para que Antonella nunca se enterase de lo ocurrido. Buscó su propio teléfono y escribió: "Todo listo. Me ocuparé de que no llegue hasta pasado el mediodía".

CAPÍTULO 3

¿Qué me pongo?, ¿qué me pongo?, ¿qué me pongo? La pregunta rebotaba en su mente provocándole ansiedad y una sensación de vértigo que la alteraba. El asunto de elegir su vestuario le generaba tanta tensión que hasta se le cortaba la respiración. Vestirse debería ser algo natural. Lo era para todo el mundo, menos para ella.

—¿Qué mierda me pongo? —estalló, ofuscada, cuando ya no soportó la presión que ese hecho insignificante le generaba.

A Gimena la contrariaba tener que destinar tantos minutos a algo que para ella era una pérdida de tiempo. La fastidiaba verse en la obligación de concentrarse para decidir si lucía de negro, de blanco, de azul o de amarillo. Pero, esa mañana, quería verse bien a los ojos de toda la editorial, ese era el único motivo por el cual estaba dedicando tanto tiempo a seleccionar el vestuario.

En Madrid, su gran amiga Belén le había enseñado un par de *tips* para salir del aprieto y así sentirse segura; pero no estaba funcionando esa mañana. *Pantalón negro, camisa blanca, el abrigo que gustes,* recordó las palabras de su amiga. *Botas, las que desees; siempre en la tonalidad del pantalón o el abrigo; por supuesto, botas con tacón, para que tus piernas se vean mucho más largas y delgadas.*

Odiaba sentirse tan insegura en ese campo. Desde que tenía recuerdos, todos criticaban su forma de vestir. No lo entendía, no podía comprender que la gente prestara tanta atención a algo que para ella era completamente secundario. Tomó una camisa blanca y el pantalón ajustado de terciopelo negro. Por último, se calzó las botas de caña media con elegante tacón y puntera de croco. Se miró al espejo y se vio tan insulsa, tan falta de colores, que tuvo ganas de llorar. *Accesorios, Gimena. Accesorios.* Eso le hubiese dicho Belén. Pensar en su amiga madrileña y recordar sus consejos la tranquilizaba.

Llevada por un impulso, miró su reloj y calculó la diferencia horaria con Madrid; debía ser media tarde en España. En un arranque desesperado, tomó una fotografía de su imagen en el espejo y se la envió a su amiga preguntándole si tenía alguna sugerencia.

"Eres de no creer, Gimena. Ponte las cadenas doradas que coloqué con los accesorios. También el abrigo bordó de cuero que te sienta de maravillas, junto con la chalina de seda de Hermes que te obsequió Étienne para tu último cumpleaños. Luego te maquillas. Rocíate con Miss Dior, que te hará sentir Natalie Portman y, quién te dice, tengas la suerte de cruzarte con Thor en Buenos Aires. Envíame una foto cuando estés lista", le respondió.

Gimena acató cada uno de los puntos que Belén le había indicado y, una hora más tarde, dejaba el apartamento sintiéndose segura y a gusto con su apariencia. Todo gracias a su amiga, que terminó asesorándola a la distancia. Sonrió al pensar en Thor. Definitivamente, ella no tenía nada de Portman, ni siquiera la planta de *Perfecto asesino*.

Gracias a una segunda nota que Raúl le había dejado en la mesa de noche, descubrió que las sorpresas no habían terminado. *Un monumento tendría que hacerle a Raúl Olazábal*, pensó Gimena. Su querido amigo no solo le había ofrecido su apartamento para que ella se instalara, sino que, conociéndola, había llenado el refrigerador de delicias que no necesitaban mucha elaboración y, como última genialidad, le había conseguido un hermoso y coqueto Fiat 500 de color rojo. Gimena no lo podía creer y, antes de subirse, tomó una fotografía para enviársela a Raúl. "Te adoro, amigo", escribió. "Me encanta. Gracias, gracias, gracias". Los ojos se le llenaron de lágrimas cuando la respuesta ingresó a su celular. "Procura no matarte en el tráfico de Buenos Aires. Disfrútalo mucho, preciosa".

La Editorial Blooming funcionaba en la segunda planta de un edificio ubicado en la calle Chacabuco casi esquina México, en pleno vecindario de San Telmo. Tal como le había sucedido cuando se presentó en las oficinas de la editorial en Madrid, estaba nerviosa, la tensaba no saber con qué podría encontrarse. No obstante, salvando las distancias, en esta ocasión Gimena se presentaba en calidad de enviada de España, lo cual le agregaba un plus interesante.

Dejó el elevador y cruzó el corredor que conducía a la doble

puerta de vidrio que daba acceso a la editorial. El nombre de fantasía la predispuso negativamente, hubiese preferido un nombre español; después de todo, ¿quién ponía el dinero?

La recepción era moderna, minimalista. Dos sillones de cuero blanco enfrentaban una mesa baja con tapa de vidrio, a través del cual podían verse los ejemplares de las revistas y suplementos que allí se publicaban. Le agradó lo que vio, aunque si hubiese estado en sus manos, hubiese agregado algún detalle para darle un poco de vida.

—Buenos días —saludó Gimena al acercarse al mostrador de la recepción donde una hermosa morena de ojos oscuros y labios color carmín alzó la vista al escucharla—. Tengo una entrevista con la señora Antonella Mansi. Mi nombre es Gimena Rauch.

—Un segundo, por favor —dijo la muchacha con una sonrisa—. Tome asiento que ya mismo la anuncio.

Gimena le agradeció y se dirigió a los sillones donde se sentó y tomó un ejemplar de la revista de moda. Una hermosa morena de centellantes ojos verdes se lucía en la portada. Gimena no tenía idea de quién podía ser. A un costado, vio la delgada publicación cultural. Frunció el ceño y la tomó. Era una publicación semestral, pobre en contenido y en edición. La indignó pensar que un buen cuerpo podía interesar más que un artículo bien desarrollado sobre la gran movida cultural que Buenos Aires poseía. Sin disimular lo que estaba haciendo, guardó uno de los ejemplares en el maletín que llevaba.

Consultó su reloj. Ya habían pasado quince minutos de las once de la mañana. La directora de la editorial ya debería haberla recibido. Se había desacostumbrado a la impuntualidad

argentina. Para Gimena, la puntualidad era importante; señal de buena educación y de respeto por el tiempo del otro.

Se entretuvo unos minutos más contemplando el suelo. Como en la mayoría de las editoriales, se trataba de un gran salón desprovisto de paredes pero con gran cantidad de cubículos individuales separados unos de otros por paneles divisores. De un pantallazo, calculó que habría unos cincuenta puestos de trabajo, de los cuales muchos menos de la mitad estaban ocupados. Solo había tres despachos cerrados. Supuso que uno de ellos sería el de Antonella Mansi. *Pero ¿dónde está todo el mundo?*, se preguntó apreciando el escaso movimiento de la editorial.

Sus pensamientos comenzaron a viajar y su corazón se encontró añorando el puesto que había dejado en Madrid; el ritmo que había alcanzado en la editorial Sáenz y el reconocimiento de sus pares. Extrañó las risas y las conversaciones con sus compañeros de oficina; las salidas después de hora y el vértigo al cierre de una edición. Extrañó la camaradería y las buenas amigas que allí había hecho. Extrañó Madrid y su gente.

Procurando controlar el incipiente fastidio que le generaba la espera, se arrellanó en el sillón, concentrándose en la revista cultural. La analizó con detenimiento; era un espanto, una precariedad de diseño y contenido que mostraba un completo desconocimiento de la temática. Contaba con dos artículos que difícilmente le interesarían a alguien y un detalle básico de las funciones del semestre del Teatro Colón, de las distinguidas colecciones privadas que se presentaban en el Malba y de las exposiciones que ofrecían el Museo de Arte Decorativo y el de Bellas Artes. También, en menor medida, hacía referencia a las

muestras populares. No había leído ni dos páginas y ya tenía una larga lista de aspectos a modificar. *Contrólate, Gimena*, se autocensuró. *Ajústate a lo planificado.*

—Señorita Rauch —dijo una joven acercándose a ella. Hacía más de cuarenta minutos que esperaba—. Mi nombre es Romina, soy la asistente de la señora Mansi. Le pido mil disculpas, pero ella está algo demorada.

—¿Tardará mucho? —preguntó, conteniendo su fastidio.

—No sabría decirle —se disculpó la joven claramente incómoda—. Lo único que me ha informado es que tuvo un contratiempo. Me pidió encarecidamente que la disculpase con usted.

Gimena extrajo de su bolso un elegante tarjetero de cuero rojo, del cual tomó una tarjeta y se la extendió.

—Lamentablemente, no voy a poder seguir esperando —informó—. Aquí le dejo mi número de celular. Por supuesto, desestime los números de Madrid —aclaró, sin disimular su contrariedad—. Le pido que me llame para coordinar una nueva entrevista cuando a la señora Mansi le quede cómodo. Buenos días.

Sin esperar la respuesta, Gimena se dirigió a los elevadores masticando indignación. Una vez en la acera, buscó su celular y se comunicó con la sede central de Madrid. Si de inversiones se hablaba, a simple vista, la revista argentina demostraba ser muy poco rentable en estas condiciones.

José María Solís no tardó en atenderla. Luego de los saludos y de ponerlo al tanto de cómo había encontrado Buenos Aires, pasaron a hablar de trabajo.

—¡Puedes creer que me ha dado un plantón! —exclamó, indignada—. ¡Qué falta de educación, por Dios! Aunque no he

visto mucho desde la recepción, te aseguro que el movimiento del lugar es ínfimo. La situación no es nada halagüeña. Te lo digo para que vayas haciéndote a la idea.

—Pues no me sorprende lo que dices —respondió el español, contrariado.

—Te juro que ya mismo podría hacerte una gran lista de todo lo que debería modificarse en ese lugar —chilló Gimena destilando fastidio.

—Pues a mí me encantaría leer una propuesta de tu parte —repuso José María, ahora risueño.

—No me tientes, José, que ya mismo me pongo a escribir —agregó.

El hombre carcajeó.

—Pues, primero lo primero, Gimena —dijo, conteniendo la risa—. Necesito tus artículos para poder cerrar la próxima edición. De lo demás, te irás ocupando a medida que los hechos se vayan presentando. ¿Estás de acuerdo?

—Está bien, tienes razón —accedió. Se sentó en el bar más cercano y alzó la mano para pedir un café—. Ahora cuéntame cómo están todos. No sabes cómo los extraño.

Era ya cerca del mediodía cuando Antonella abrió los ojos. Parpadeó varias veces hasta lograr enfocar. Se sentía algo embotada y le demandó cierto esfuerzo despejar la mente. Lo primero que vio fue el brazo de Mirko cruzando su cuerpo y el bello rostro del fotógrafo enfrentándola. Antonella se acomodó mejor bajo el brazo masculino protector y suspiró. El hombre dormía luego de una fuerte sesión de sexo que los había dejado a ambos más que exhaustos.

Incorporarlo al equipo de la editorial había sido un gran acierto. Era muy bueno en todo lo que hacía; en todo. Desde la mañana que había cedido a sus insinuaciones, algo cambió en ella. Mirko Milosevic le generaba una dependencia casi adictiva que por momentos la asustaba, pero que siempre despertaba su interés. Era potente, certero y sabía cómo provocarle más placer del que jamás había experimentado. Se le hacía agua la boca de solo rememorar las horas pasadas.

Con desgano, procurando no romper el contacto con su cuerpo, estiró la mano hacia la mesa de noche y tanteó buscando su celular. Sorpresivamente, este vibró y Antonella se apresuró a atender. De un salto se irguió al advertir que era pasado el mediodía; si mal no recordaba, tenía agendada una reunión para las once de la mañana de ese día. Se había quedado dormida. Apremiada, atendió la llamada. Era su secretaria que le consultaba si estaba todo bien. Antonella no era de llegar tarde a las reuniones.

—Hace casi una hora que te estoy llamando —comunicó la chica algo alterada—. ¿Dónde estás, Antonella? Hace unos quince minutos se marchó la mujer que venía enviada de la casa matriz en España. Ahora el que está sentado en la sala de reuniones es Octavio Otamendi.

—Estoy saliendo para la editorial, Romina. Tuve un contratiempo. Llegaré en una hora —aclaró apresurada—. Dile a Abel que se ocupe de atenderlo y trata de dar con la española a como dé lugar. Debo reunirme con ella en el día de hoy. Sí o sí.

Mirko la escuchaba simulando dormir. La oyó salir de la cama y correr al baño maldiciendo al despertador. Abrió los ojos y, apenas escuchó el sonido del agua, se apresuró a enviar un mensaje con su celular.

Recibió la respuesta de Garrido cuando Antonella acababa de cerrar la ducha . Bajó la vista, apremiado. "Camilo ya está terminando. Avisa cuando se marche. Ya sabes lo que debes hacer para activar el sistema".

Al regresar a la habitación, Antonella lo encontró semidesnudo. Mientras terminaba de secarse, se deleitó estudiando cada centímetro de ese cuerpo firme y torneado; costaba creer que estuviera durmiendo en su cama. Si hasta las cicatrices que tenía en su espalda eran atractivas. Nunca le había preguntado cómo se las había hecho; no le gustaba escucharlo hablar de temas desagradables y eso debió haber sido doloroso. En cambio, le encantaba verlo dormir. Sonrió, vanagloriándose de su desempeño. Su ego la alentó a considerar que era gracias a ella que él dormía como el angelito que no era. Sin apartar la mirada, se acercó y, para despertarlo, deslizó la yema de dos de sus dedos sobre el hombro desnudo hasta alcanzar la nuca. Siguiendo el juego, Mirko se estiró como un gato mimoso.

—Hora de levantarse, cariño —le susurró ella al oído—. Es tarde y necesito que a las cuatro te ocupes de una sesión fotográfica.

Mirko no respondió. Simplemente escondió su rostro bajo la almohada fingiendo dormir; necesitaba retenerla lo más posible.

—Qué dormilón resultaste —comentó, divertida—. Está bien, quédate remoloneando un rato más —murmuró al oído de Mirko libidinosamente—. Pero no te demores, ¿me oyes? A las tres te

quiero en la editorial. Las modelos están convocadas para las dos y media y estamos justos de tiempo –terminó diciendo para luego estamparle un beso en los labios–. Me voy que me están esperando.

Solo cuando escuchó la puerta de entrada cerrarse, Mirko se irguió y dejó la cama de un salto. Extrajo su computadora portátil de la mochila y se conectó remotamente a su correo interno. Camilo había preparado todo para que él activara el sistema de escucha y seguimiento en cuanto Antonella dejase su hogar. Solo debía enviar un mensaje de correo desde su puerto al de Mansi para que un troyano se disparara y comenzara a emitir.

De: MM
A: AM
Maravillosa noche. Dime que hoy repetimos.

Su mensaje parpadeó solo unos segundos y, antes de que dejara de hacerlo, Mirko pulsó dos teclas al unísono. El mensaje quedó suspendido a la espera de ser aceptado; en cuanto eso sucediese, el troyano se activaría. *Listo*, pensó al tiempo que tomaba su celular y enviaba a otro destinatario un corazón como contenido del mensaje. De ese mismo número lo llamaron un segundo más tarde.

–Todo despejado –informó.

–Perfecto –respondió la voz de un hombre.

–Vas a entretenerte mucho escuchando todo lo que pasa en esta cama –comentó, jactancioso–. Esta noche tenemos nueva función. Presta atención, así aprendes.

—¡No me fastidies! —ladró Ibáñez sorprendiéndolo.

—El dispositivo del celular debería estar transmitiendo —comentó Mirko conteniendo la risa. Lo divertía fastidiarlo. Detestaba a ese hombre.

—Lo está —le aseguró Ibáñez sin un ápice de cordialidad—. Ahora encuentra algo que conecte a Mansi con De la Cruz.

—¿Algo como una partida de matrimonio? —sugirió, entre risas.

—¡No seas imbécil! —exclamó—. Sabes muy bien lo que tienes que buscar. Tenemos que descubrir cuál es el circuito que utilizan. Nos estamos quedando cortos de tiempo y eso no es bueno para nadie.

CAPÍTULO 4

Apenas pasadas las tres de la tarde, Mirko ingresó al edificio donde funcionaba la Editorial Blooming. Había pasado por su apartamento para ducharse y cambiarse de ropa. Allí había encontrado a Garrido aguardándolo, furiosa. Lo amenazó con no suministrarle más mercancía y con quitarle su protección si no se esforzaba un poco en conseguir información en lugar de hacerse el vivo restregándole lo bien que lo pasaba en la cama de Antonella Mansi. Información, le exigía la fiscal, pero él comprendía que era otro el reclamo. No dijo nada y soportó el castigo, consciente de que su libertad dependía de ella y de cuan contenta la mantuviera. Despechada, Garrido podría ser de temer.

Su relación con la fiscal había sufrido muchos altibajos desde el momento en que ella lo sacó de la cárcel de Batán. Mirko empezaba a hartarse de los vaivenes emocionales de

Claudia, quien se mostraba seria, sofisticada y segura, pero sus ojos destellaban una mezcla siniestra de sentimientos oscuros, que solo el sexo y la droga parecían aplacar. Consumía tanto como él y muchos de sus encuentros rayaban en lo salvaje. En algún punto, Mirko reconocía que se estaba volviendo algo peligrosa e impredecible. No era nada tranquilizador saberse en manos de una mujer así.

Todavía lidiando con el mal humor que Garrido le había provocado, salió del elevador y encaró la recepción con paso rápido. Al pasar, le dedicó una sonrisa a la recepcionista, que lo contemplaba embobada; le servía mucho estar en buenos términos con ella y de tanto en tanto invitarla con un trago. Leticia siempre sabía quién entraba y salía del edificio; también quién se relacionaba con quién. Era una vasta fuente de información; nada se le escapaba.

Esa tarde, el corazón de la editorial se encontraba. Mirko se dirigió directamente al box que le habían asignado para trabajar. Allí se quitó el abrigo, lo colgó en uno de los percheros y, sin perder más tiempo, reunió el equipo fotográfico que utilizaría esa tarde.

La secretaria de Antonella, que salía del despacho de su jefa, acaparó su atención. Algo en su actitud lo alertó. Consultó su reloj, consciente de que era tarde, y consideró que unos minutos más no empeorarían la situación. Se acercó a la muchacha en busca de información.

—Hola, Romi —la saludó al llegar a su lado—. ¿Antonella te dejó algo para mí?

—Sí, dame un segundo, Mirko —respondió. Bajó la vista

hacia una pila de carpetas y buscó una de cartulina amarilla; se la extendió—. Aquí tienes la información y las especificaciones sobre las modelos de hoy. Los productores están esperándote hace media hora.

—Perfecto. Gracias —respondió sin molestarse en verificar la información—. Noto cierta tensión en el ambiente —puntualizó simulando preocupación—. ¿Sucede algo?

—De todo —respondió Romina, tensa—. Antonella llegó tardísimo; tenía dos reuniones muy importantes, y en ambas quedó para el demonio —comentó preocupada—. Primero se presentó una mujer que venía de la casa matriz de España; luego un posible inversionista. Ambos tenían sus entrevistas pautadas hacía semanas. El hombre que venía con una fuerte recomendación, la esperó más de una hora y se marchó indignado —hizo una pausa al percatarse que había hablado de más. Miró a ambos lados, como si buscase constatar que nadie la escuchaba. Luego estiró su cuello acercándose a Mirko—. Fue una vergüenza —agregó en un susurro—. El tipo se fue furioso y ni te digo la española. Por suerte logré contactarla y accedió a venir a última hora. Pero el hombre está difícil.

Romina seguía compartiendo con él sus apreciaciones, pero Mirko hacía rato que había dejado de escucharla. Su mente intentaba unir las situaciones que, aunque parecían aisladas, podían no serlo. Estaban muy cerca de detectar la conexión entre la agencia, la editorial y la tercera pata que contactaba a los clientes. Meses de asumir riesgos para averiguar qué tramaban, de modo que si un inversionista se ofuscaba o no con Antonella, no lo conmovía.

—Tranquila, Romi —dijo, buscando aplacar a la chica, quien vivía aterrada de perder su trabajo—. Ya verás que Antonella se ocupará de seducirlo. Me voy a trabajar.

Dos plantas por encima de la redacción y del sector administrativo, la editorial contaba con un amplio salón completamente vacío, destinado a eventos o diversas producciones fotográficas organizadas por la revista de moda.

—Por fin, Mirko —dijo uno de los productores al verlo—. Ya tenemos todo listo. Solo faltabas tú.

—Perdón, me demoró el tráfico —mintió con naturalidad—. En un segundo comenzamos, Marcos —agregó Mirko mientras apresuraba el paso hacia un tablón de madera que descansaba sobre unos rústicos caballetes junto al escenario donde posarían las modelos.

Lo primero que extrajo de la mochila fue la computadora portátil y la ubicó en uno de los extremos de la mesa. Por sobre su hombro, se aseguró de que nadie estuviese observándolo y rápidamente verificó que el dispositivo funcionara bien. Antonella seguía sentada en su escritorio manteniendo una conversación telefónica. *Perfecto*, pensó. Pulsó dos teclas y la imagen se ocultó.

Desplegó los materiales y abrió la carpeta que Romina le había entregado con las especificaciones que Antonella había indicado. Tomó nota mental de todo mientras preparaba su cámara de mano y se colgaba otra del cuello. Entonces, giró hacia el corazón del lugar y se ocupó de ubicar en los trípodes el resto de las cámaras que utilizaría. Para terminar, ajustó la iluminación según su necesidad.

Una vez más, recorrió el recinto con la mirada. Los vestuaristas conversaban con las modelos del otro lado del salón; los maquilladores y los estilistas se dispersaban por el lugar hasta que sus servicios fueran nuevamente requeridos. Llamó su atención una hermosa mujer de rubia cabellera a quien no conocía; no parecía tener la edad para el tipo de modelos que esa tarde se habían convocado. *Debe ser personal de la agencia*, dedujo al verla conversar con el director de Arte.

—Empecemos —anunció al acercarse a los productores.

Todos acataron la indicación. En ese ambiente, Mirko se sentía a gusto, útil y respetado. Ese era su dominio. Viendo el mundo a través de la lente de la cámara, se olvidaba de su vida, de su pasado y de su presente. Renacía. Bajo esa gratificante sensación pasó la siguiente hora disparando su cámara, dando indicaciones, buscando ángulos, haciendo oídos sordos a los comentarios de los productores y soportando las excentricidades de las modelos que, siendo prácticamente desconocidas, se creían Cindy Crawford.

Durante el primer cambio de vestuario, aprovechó para refrescarse. Fue en busca de una botella de agua mineral y se dirigió al baño, donde una buena dosis logró que volviera a sentir su mente despejada y el cuerpo vigoroso. De un trago terminó la botella de agua y revisó el celular, que vibraba en su bolsillo. Era Garrido quien le escribía:

"¿Cómo puede ser que me entere antes que ti que esa perra está a punto de mantener una reunión que puede poner en juego toda la operación?¿Para qué mierda te saqué de ese infierno? Quiero saber qué sucede antes de que pase. No me defraudes, Croata".

Maldijo, indignado y furioso. Abrió la computadora portátil y observó lo que estaba sucediendo en el despacho de Antonella. Nada. Antonella caminaba por su oficina con su celular en la oreja.

—Creo que no nos han presentado —una voz femenina le habló desde atrás.

Se volteó abruptamente a mirarla al tiempo que cerraba la computadora portátil con brusquedad. Era la atractiva rubia que había visto conversando con el director de Arte. Una bella mujer de ojos verdes y sonrisa contagiosa.

—Soy Serena Roger —agregó—. Trabajo para la Agencia De la Cruz.

—Mirko Milosevic —respondió escuetamente pero alerta. No le agradaba el modo en que esa mujer parecía analizarlo. Se sintió estudiado, atravesado por una mirada pesada y firme—. Encantado.

—Vaya, tenía muchos deseos de conocerte —dijo la mujer, seductora—. He oído tantos comentarios sobre ti que estaba intrigada.

Sorprendido, Mirko le sostuvo la mirada y no le gustó la suficiencia con que le sonreía. Había mucho más tras esa sonrisa.

—Si me disculpas, tengo que seguir —dijo intentando sacársela de encima y, buscando poner distancia, caminó hacia el trípode donde había dejado una de sus cámaras.

Serena Roger lo observó un instante y se alejó de él para reunirse con el vestuarista y el maquillador que se habían congregado junto a la mesa de refresco.

Mirko la siguió con la mirada. Algo en la actitud de esa

mujer lo intranquilizó y no pudo evitar preguntarse qué sería lo que se rumoreaba de él. En silencio, simuló estar ajustando la lente y disparó varias veces. Revisó las imágenes tomadas y sonrió al notar que la había registrado varias veces. Por sobre su hombro, la observó y sus miradas se encontraron.

Serena, por su parte, fue muy consciente del momento en que Mirko registraba varias imágenes suyas. Sabía que había despertado su curiosidad y eso era justamente lo que deseaba lograr; quería ganar su atención. No se había equivocado al sospechar de él. El fotógrafo era parte de la operación, no tenía dudas. Ahora sabía que debía apresurar sus movimientos.

Las que siguieron fueron dos horas tensas en las que apenas dio indicaciones y, cuando lo hizo, se expresó con demasiada aspereza.

—Terminamos —anunció cuando creyó que ya tenía suficientes imágenes—. Muchas gracias a todos.

Tardó poco más de treinta minutos en reunir todo el equipo y acomodar las luces para futuras producciones. Por el rabillo del ojo, vio a las modelos dirigiéndose a la zona de vestuarios. Dos de ellas hablaban despreocupadamente de un desfile al que deseaban asistir; otras tres, sobre una fiesta para la que las habían contratado. Todas aguardaban confirmación para participar de otros eventos en exclusivas discotecas.

Al regresar a la mesa de tablón, miró la pantalla de la computadora. La imagen mostraba a Antonella, en actitud tensa e incómoda, conversando con una mujer morena, sentada de espaldas a la cámara. Algo estaba ocurriendo en la planta principal. Cerró la computadora portátil y la guardó rápidamente

en la mochila. Tenía que intentar descubrir qué sucedía; tal vez de eso se trataba el mensaje de Claudia Garrido.

Mientras se dirigía hacia la salida, divisó a Serena Roger un poco apartada del resto. Hablaba por celular con gesto circunspecto. Sus miradas volvieron a conectarse. Ella le sonrió transmitiéndole algo que Mirko no logró detectar, pero que no le agradó. Fue un gesto presuntuoso, como si estuviese convencida de estar a punto de atrapar a la presa que venía acechando.

Inquieto por la aparición de esa mujer, apresuró el paso para salir de allí. Alcanzó la planta principal pensando en lo que era verdaderamente importante de lo que estaba sucediendo en ese lugar. Cruzó la recepción sin molestarse en saludar a Leticia, quien lo miró desilusionada. De camino a su box, chocó con Romina, que salía del despacho de Antonella llevando en sus manos la bandeja con la que solía servir café. Al verlo, la secretaria le hizo un gesto para comentarle que la cosa se complicaba.

—¿Con quién está reunida? —preguntó Mirko, intrigado.

—Con la española, Mirko —le recordó, molesta porque no prestara atención. Lo miró con detenimiento—. ¿No me escuchaste hoy? —Mirko sacudió la cabeza negativamente, de pronto algo desorientado. La muchacha le dispensó una mirada de resignación—. Te comenté que esta mañana se presentó una mujer que viene de la casa matriz, de España.

—¡Ah, cierto! —exclamó, sin comprender la importancia del caso—. ¿Y?

—¿Cómo "y"? —replicó Romina—. No estás tomando dimensión de lo que su presencia puede generar —lo amonestó—. Antes de que llegara, Antonella me dijo que está convencida de que esa mujer desea quedarse con la editorial. Ella viene haciéndose la mosquita muerta, pero Anto también tiene sus contactos y sabe que tiene órdenes de dar vuelta todo –continuó–. Parece que se va a instalar aquí por un tiempo con la excusa de preparar unos artículos para la revista de España, pero en el fondo lo que hará será analizarnos a todos –informó ubicándose en su silla y mirando a Mirko con seriedad–. Tengo miedo de perder mi trabajo.

Inconscientemente, Mirko elevó la vista y la dirigió hacia el despacho en cuestión.

–Bueno, parece que tendremos toda una situación –dijo con su atención centrada en la conversación que las dos mujeres mantenían. La conexión de España podía ser una punta–. No te preocupes, Romi, estoy seguro de que Antonella lo resolverá –le aseguró para tranquilizarla–. Voy a terminar mi trabajo – anunció–. Te veo luego.

Al llegar a su box privado, extrajo una vez más la computadora portátil de la mochila. Conectó los auriculares y se dispuso a escuchar la conversación que Antonella mantenía en su despacho. Lo primero que detectó fue que la morena con quien Antonella estaba reunida no era española; su acento era, sin dudas, argentino. Prestó mayor atención y no tardó en descubrir que la mujer en cuestión era sofisticada y estaba preparada y poco dispuesta a seguirle el juego a Antonella. Con suavidad y buenos modales, le estaba haciendo una gran cantidad de preguntas a la directora de Blooming acerca de la editorial, dejando entrever que todos los comentarios estaban basados en consultas de los directivos de la casa matriz.

Hasta donde había escuchado, no había nada extraño en la entrevista que Antonella y la morena mantenían. Sin desatender la conversación, se ocupó de descargar las fotos que había tomado y comenzó a trabajar en ellas. De tanto en tanto, echaba una mirada a lo que sucedía en el despacho de dirección, cada vez más convencido de que esa visita no tenía nada que ver con lo que Garrido buscaba. En cambio, parecía que Romina estaba en lo cierto: la presencia de esa mujer podría terminar afectando indirectamente su misión.

La situación era bastante singular. Antonella se defendía como podía y no siempre sus respuestas la dejaron bien parada; algo que hasta Mirko, que no conocía la temática, advirtió. No veía el rostro de la morena, pero al cabo de varios minutos de escucharla, su voz le resultó cautivante, incluso sensual. En dos ocasiones, Mirko sonrió al notar que a la enviada de casa matriz no le agradaba el tono condescendiente que Antonella utilizaba con ella; era evidente que la crispaba que la tratara como a una novata y que eso era algo que no iba a tolerar.

Sin embargo, la sonrisa se borró del rostro de Mirko cuando la mujer mencionó que, tal como le había adelantado por correo electrónico, necesitaba un espacio donde poder trabajar. Tenía que entregar varios artículos para la revista *Arte Global*, para la cual trabajaba. Antonella no puso objeciones y se apresuró a llamar a Romina para que se ocupara de asistirla.

—Romi, ven, por favor —decía Antonella—. Quiero presentarte a Gimena Rauch…

El impacto en Mirko fue profundo y, por varios segundos, tardó en asimilar lo que había escuchado. *No, no puede ser*

posible, fue lo que pensó con la mirada clavada en la pantalla, pero sin poder ver lo que deseaba. *Tiene que ser otra con el mismo nombre*, se dijo.

Los latidos de su corazón retumbaban en su pecho, aturdiéndolo. Bruscamente, se puso de pie y se quitó los auriculares. Los recuerdos de otra época emergieron y, en su mente, comenzaron a amontonarse imágenes confusas. No recordaba su rostro con claridad. En realidad, recordaba vagamente la foto de la identificación que ella había perdido siete años atrás; pero nunca olvidó su nombre.

Ya sin poder detenerse, sus pensamientos volvieron al pasado, a ese antro de mala muerte, a esa última noche; a la redada policial y a los días de abstinencia encerrado en una celda sucia y húmeda; a los cargos que no tardaron en llegar y al infierno del que Garrido lo había rescatado.

No volveré allí, pensó, sintiendo que se le cerraba la garganta como si una cuerda lo estuviese estrangulando. No lo permitiría; antes, muerto.

CAPÍTULO 5

Estaba molesta. Puso en marcha el vehículo y se dirigió hacia la avenida Pasco Colón con destino al vecindario de Belgrano. No podía dejar de pensar en la Editorial Blooming y en Antonella Mansi. Bajó la ventanilla, ofuscada, y encendió un cigarrillo. Esa mujer la había enfadado.

En primer término, le fastidió que la directora no se encontrase en su despacho esa mañana cuando hacía más de un mes que se había acordado la reunión. Sin embargo, cuatro horas más tarde, cuando finalmente Antonella Mansi la recibió, no fue el aspecto de mujer de la noche lo que más la alteró, ni su falta de conocimiento o preparación, sino que fue la actitud altanera y arrogante lo que le causó rechazo. *Menuda zorra*, pensó, consciente de que en todo momento quiso sacársela de encima. Golpeó el volante, irritada.

Terminó su cigarrillo intentando comprender el motivo por

el cual Antonella Mansi se mostraba tan reacia a darle mayor espacio y empuje a la revista de cultura. Manejaba el producto como un folletín o un suplemento para anexar a la revista de moda, cuando Buenos Aires era una ciudad rica en ofertas culturales. A los españoles no les agradaría enterarse de la impresión que Gimena se estaba llevando de ese lugar.

Encontró espacio para estacionar a media cuadra del restaurante que Carola había reservado. Descendió del automóvil y se tomó unos minutos para quitarse el mal humor de encima. A medida que se acercaba, fue sintiendo la emoción que le producía el reencuentro con sus amigas.

Al llegar a la esquina, contempló la vieja casona restaurada donde se había emplazado un coqueto restaurante de comida de autor. El lugar exhibía una fuerte impronta de arte y diseño que convivían armónicamente. Carola no podría haber elegido una mejor opción.

El interior era mucho más acogedor que lo que anticipaba la fachada. Sobrevolaba el amplio salón una música suave que terminaba de ensamblar mixturas y tendencias creando un clima confortable y ameno.

—¡Acá, Gimena! —exclamó Lara alzando su mano para que la viera—. Por fin...

Gimena se volvió hacia sus tres amigas con los ojos húmedos de emoción. Antes de acercarse, contempló a Lara Galantes, a Carola Herrera y a Mariana San Martín; sus mejores amigas desde la escuela primaria. Estaban iguales. Los siete años que llevaban sin verse y los hijos que habían tenido no las habían cambiado en absoluto.

Lara fue la primera en abrir sus brazos para recibirla. Llevaba el cabello castaño, mucho más corto que antes pero que enmarcaba un rostro hermoso, lleno de fuerza y determinación. Carola esperaba su turno de pie, con los labios apretados por la emoción, el gesto pícaro sobrevolando los ojos verdes. Otro abrazo efusivo, otro cosquilleo en el alma. Por último, fue el turno de Mariana, que enroscó sus brazos en el cuello de Gimena contagiándola de cariño y alegría.

—Ay, chicas, ¡cómo las extrañé! —confesó, limpiando las lágrimas que corrían por sus mejillas—. No puedo creer estar aquí con ustedes. ¡Están iguales! —agregó contemplando a las tres.

—¡Qué vamos a estar iguales! —sentenció Lara con una mueca divertida en su rostro—. El espejo de mi habitación no dice lo mismo y a ese le creo más que a mi esposo.

Todas rieron y reconocieron estar en la misma situación, sobre todo Mariana, cuyo último hijo tenía apenas siete meses de vida y ella aún no recuperaba por completo su figura.

—Tú te ves genial, Gimena —comentó Mariana—. Por Dios, mujer, qué estilo. Estás hecha una diosa.

—Qué exagerada, Marian —protestó Gimena, ruborizándose.

—Me cuesta creer que hayas aprendido a combinar la ropa —comentó Carola con una mezcla de sinceridad y burla en el tono de su voz—. Increíble lo que logran unos años en Europa.

Gimena las dejó que se divirtieran admirando su atuendo y no pudo evitar sonreír ante los comentarios.

Se tomaron unos minutos más para analizar el menú. Mientras lo hacían, quisieron saber cómo seguía su relación con Étienne. De las tres, solo Lara lo conocía; el encuentro se había

producido un par de años atrás cuando ella y su esposo, Andrés, viajaron a Europa para participar de una feria gastronómica a la que había sido invitada.

—No estoy muy segura de qué contarles, chicas —empezó diciendo. Hizo una pausa mientras la camarera servía las bebidas y aprovechó para organizar sus pensamientos—. Estamos en un *impasse*. Él quiere formalizar, yo no estoy segura. Quiere que me instale en París, pero no sé.

—A ver, Gimena, hace más de cinco años que están juntos —comentó Lara—. ¿No te parece que ya deberías ir dándole algo de forma a la relación? No pueden seguir él en París y tú en Madrid.

Gimena le dispensó una mueca y bajó la vista hacia su servilleta.

—Pero no es solo eso —agregó—. Étienne no lo sabe, pero vine a Buenos Aires con varios proyectos en mente —dijo y miró a Mariana—. Tu casamiento, Marian, fue el punto de partida, pero hay otros asuntos que debo atender.

—Dime que has hablado con Manuel —aventuró Carola.

Gimena sacudió su cabeza negativamente y, por un breve instante, se le ensombreció el semblante.

—Manuel no sabe que estoy en la ciudad —respondió, con pesar—. Estoy en el apartamento de Raúl. Él me guarda el secreto. No tengo ganas de ver a Manuel.

—Pero ya pasaron más de tres años —comentó Lara, estirando su mano hasta alcanzar la de Gimena—. Tienes que superarlo.

—Todavía me cuesta digerir lo sucedido.

—Bueno, bueno, no vamos a entristecernos por eso ahora que acabas de llegar —dijo Carola buscando apaciguar los ánimos—.

Hace siete años que no nos vemos, hoy no hablaremos de cosas feas —concluyó y, elevando su copa, propuso un brindis—. Por nosotras.

—Por nosotras —repitió Lara, alzando su copa y uniéndose a la propuesta.

La camarera se acercó a tomar sus pedidos. Una vez que estuvieron a solas, Lara quiso saber de qué se trataban esos proyectos que Gimena había mencionado.

—Bueno —accedió, agradecida por el cambio de tema—. Para empaparme del tema, en Madrid estuve entrevistándome con algunos especialistas que trabajan con arteterapia. Quiero realizar varias entrevistas al respecto en Buenos Aires —continuó explicando, apasionada—. Me interesa profundizar en ese campo.

—Ese tipo de terapias se usan en la clínica de mi mamá —comentó Mariana—. Es más, si mal no entendí, ella me comentó que en un programa de esas características estaba Ada, la madre de Micky.

—¡Qué bueno! Pásame el contacto de tu mamá así coordino una reunión con ella —terminó diciendo Gimena—. Gracias por el dato, Marian.

—Ya mismo —le respondió.

—Por otra parte, mi jefe me pidió que eche un vistazo al funcionamiento de la editorial que subvencionan desde Madrid. Supongo que al instalarme ahí podré observar todo mejor y, sobre la marcha, irán notándose las falencias y los aspectos a informar. Ya veremos con qué me encuentro realmente.

—Vas a estar entretenida —comentó Carola.

—Sí, además, un poco en broma un poco en serio, le

mencioné a mi superior que podría presentarles un proyecto para levantar la revista de cultura —agregó y su propio entusiasmo la sorprendió.

—¿Y?

—Dijo que lo esperaba —sonrió, orgullosa—. La verdad es que me entusiasma la idea de hacerme cargo de esa revista y, además, quedarme en la Argentina —respiró hondo resuelta a cambiar de tema—. Así que, todavía no sé qué haré o qué le diré a Étienne. Por lo pronto, durante el tiempo que esté en Buenos Aires, estamos algo así como separados —terminó diciendo Gimena con una sonrisa—. Cambiemos de tema, cuéntenme de ustedes, de sus esposos, sus hijos. Chicas, me cuesta creer que tengan tantos niños.

Las tres sonrieron e intercambiaron miradas. Lo que Gimena mencionaba como una novedad hacía rato que había dejado de serlo para ellas. La realidad era que las tres estaban bastante en contacto. Ellas eran amigas, sus esposos eran amigos entre sí y, como si eso fuera poco, Mariana y Carola enviaban a sus hijos al mismo colegio, donde Mateo Estrada y Bautista Torino eran compañeros de curso. Inseparables. Aguardaron que les llevaran sus platos hablando de los chicos. —Quiero saber todo sobre los preparativos —dijo Gimena.

—Está todo encaminado —respondió Mariana.

Durante el resto de la velada, hablaron de lo que faltaba hacer para que la ceremonia fuera perfecta. Como siempre, Lara se estaba ocupando de todos los detalles y Mariana estaba encantada de que así fuera.

—No saben el vestido que traje para la fiesta —exclamó

Gimena, entusiasmada—; directo de las Galerías Lafayette. Una belleza. Se van a morir de envidia.

—Pago por verlo —dijo Carola con una gran sonrisa—. ¿Color?

—Verde loro —fue la rápida respuesta de Gimena.

La carcajada de Lara llamó la atención de varias mesas. Entre risas y recuerdos de divertidas anécdotas, las cuatro sintieron la alegría de estar todas juntas nuevamente. Para cuando la cena concluyó y las amigas se separaron, Gimena sintió que su corazón volvía a vibrar. Estaba en casa.

CAPÍTULO 6

La siguiente vez que se presentó en la editorial, preguntó directamente por Romina del Pino. La chica de cabello corto y lacio, y carita de veinteañera, parecía tensa y algo incómoda con el rol que le tocaba desempeñar. Saludó a Gimena con una actitud distante, propia de quien está recibiendo a alguien que seguramente alteraría la placentera vida laboral de esa editorial. *No se equivoca*, pensó Gimena, consciente de la gran cantidad de rumores que su presencia debía estar provocando.

Romina la guio a lo largo de un grupo de boxes, señalándole los distintos sectores en los que se distribuía la empresa. *El editorial-tour*, pensó sarcástica Gimena. Allí estaban los diagramadores y los diseñadores; también los editores y los que representaban al área comercial. *Generalmente llegan pasado el mediodía*, había acotado la chica para justificar la falta de personal. *Por supuesto*, acotó mentalmente Gimena con algo de ironía.

A la distancia, le señaló el despacho que Antonella había sugerido ofrecerle; había sido el despacho de quien fuera el segundo a cargo de la editorial y que había fallecido tan solo diez meses atrás. Ese comentario le produjo a Gimena cierta aprensión, pero no dijo nada, aun cuando detectó dos mensajes subliminales en el discurso: el despacho pertenecía al "segundo"; y también, que estaba "muerto".

—Es espacioso y luminoso —dijo Romina una vez dentro. Giraron para apreciar el lugar, que estaba delimitado por paredes de vidrio que permitían tener una buena visión de toda la planta—. Perdón, pero a Rubén le gustaba controlarlo todo, nunca usó cortinas.

—No te preocupes —respondió. Sin embargo, en el fondo estaba convencida de que Antonella prefería tenerla expuesta a la vista de todos—. No me molesta para nada. Además, solo serán unos meses.

Antes de marcharse, Romina le ofreció un café que Gimena aceptó con gusto. Agradeciendo estar a solas por unos momentos, estudió mejor la oficina que le habían asignado. No estaba mal; aunque podría estar infinitamente mejor. Nada que no pudiera solucionar. Estiró su mano y tomó el teléfono; funcionaba. Encendió la computadora que habían dejado instalada; también funcionaba, pero la usaría poco y nada, ya que tenía su propio equipo con programas mucho más actualizados.

Resolvió instalarse ese mismo día. Era la necesidad de plantar bandera la que la apremiaba. Mentalmente tomó nota de todo lo que deseaba hacer para acondicionar ese despacho y así tornarlo más acogedor para los meses que tenía pensado quedarse.

—¿Estarás cómoda aquí? —preguntó Romina colocando una bandeja con el café sobre el escritorio.

Gimena asintió y guardó silencio por unos segundos.

—Sí, tiene buena vista y buena energía —dijo finalmente acompañando sus palabras con una sonrisa—. Despreocúpate, podré trabajar con mucha comodidad. Me instalaré hoy mismo si no es molestia. No quiero perder más tiempo.

Romina asintió; no podía decir nada contra ello, aunque no estaba segura de que su jefa se sintiera entusiasmada con la idea. En realidad, Antonella esperaba desalentarla, pero parecía que la oferta había tenido el efecto contrario en ella.

Como si Romina ya se hubiese retirado, Gimena se sentó en el sillón tras el escritorio y extrajo de su bolso un anotador con su correspondiente bolígrafo. También depositó una agenda de cuero, grande y cuadrada, que mecánicamente abrió en el día de la fecha. Por último, acomodó unos parlantes portátiles y extrajo su Mac y su iPad.

—Bueno, Gimena, cualquier cosa que necesites me avisas —agregó Romina sin saber qué otra cosa decir. La asombraba la facilidad con la que esa mujer se acomodaba—. Mi extensión es la 144.

—Muchísimas gracias, Romi —respondió con amabilidad—. ¿Cuál es la mía? Y para hacer alguna llamada, ¿debo marcar algún número?

—La 212 es tu extensión. Para llamadas debes presionar el 9 para tomar línea.

—Gracias una vez más.

Mirko llegó a la editorial pasado el mediodía. Todavía le dolía la cabeza y sentía el cuerpo rígido luego de una noche difícil. La repentina aparición de Gimena Rauch le había provocado un estado de ansiedad importante, tanto que, buscando aplacar la sensación, había consumido más de la cuenta. Solo así había logrado dejar de sentirse acosado y alcanzar un poco de paz.

Con la excusa de estar apremiado por la entrega de la última producción fotográfica en la que había trabajado, se sumergió en su box sin cruzar palabra con nadie. Apenas se sentó, extrajo de su mochila la computadora portátil. En pocos segundos, una nueva ventana se abrió y Mirko contempló a Antonella escribiendo tras su computadora.

El sonido de su celular lo sobresaltó. Leyó el mensaje que alguien le habían enviado. "Se activó. Ocúpate". Comprendió perfectamente que Antonella estaba haciendo contacto con la persona que les interesaba.

Mirko respiró hondo, se volvió una vez más hacia su computadora portátil y conectó los auriculares. Antonella hablaba por celular. Le decía a su interlocutor que ya había enviado la información solicitada y que esperaría nuevas directivas. También insistía en que correspondía que algunas de las invitaciones fueran enviadas desde la editorial. La conversación no había durado mucho más, pero la había dejado tensa. Durante los siguientes veinte minutos, la atención de Mirko osciló entre los fotogramas y lo que sucedía en el despacho de Antonella. La directora no había vuelto a escribir ni a hablar.

Apenas transcurrieron quince minutos cuando recibió un nuevo mensaje. Seguro que debía tratarse de Garrido. Bajó la vista, fastidiado. Lo sorprendió advertir que se trataba de un número no identificable. El mensaje decía:

"Eres un hombre de lo más atractivo. Ahora entiendo muchas cosas. Tú y yo deberíamos encontrarnos un día de estos. Algo me dice que tenemos mucho en común. No perdamos el contacto. SR".

Se dejó caer contra el respaldo de su asiento con la vista clavada en la pantalla de su teléfono. *¿Serena Roger?*, se preguntó, completamente descolocado pero seguro de su deducción. *¿Cómo consiguió mi número?* No le causó nada de gracia recibir ese mensaje. En el mismo instante en que la conoció, había advertido que debía estar atento con ella. Detrás de ese rostro bellísimo se escondía otra cara y Mirko no tenía idea de qué pretendía o para qué lado jugaba. Buscó las imágenes que le había tomado el día anterior y las estudió una a una; fácilmente notó la tensión en sus rasgos. Esa mujer estaba alerta. *Definitivamente hay algo más, pero no voy a alertar a Garrido hasta no estar seguro*, concluyó.

—Mirko —lo llamó Romina deteniéndose junto a su box.

Sobresaltado, alzó la vista y frunció el ceño al ver a la secretaria de Antonella acompañada por una mujer a quien reconoció en el acto. Tragó y se le tensaron todos y cada uno de los músculos de su cuerpo, y el estómago se le convirtió en piedra. Paralizado, aguardó el momento en que la mujer lo descubriera y todo explotara por los aires. Era el fin.

—Quería presentarte a Gimena Rauch —siguió diciendo Romina, diligente, sin percibir nada de lo que a Mirko le sucedía.

Se volvió hacia la mujer—. Gimena, él es Mirko Milosevic uno de los fotógrafos de la editorial.

Gimena le dedicó una mirada suave primero y una sonrisa amigable después. Educadamente, estiró su mano para estrechar la de él. Mirko tardó en corresponder el saludo. La miró con reparo. Era diferente a como creía recordarla. Su rostro le pareció delicado, de rasgos finos y mirada cálida. No era una belleza descollante, pero el conjunto tenía cierto poder. Sintiendo que jugaba con fuego, que caminaba por una cornisa extremadamente delgada y que no tenía la menor posibilidad de desembarazarse de la situación, estrechó su mano. El contacto le resulto suave, afable y le provocó un escalofrío.

—Encantada —dijo ella, algo desconcertada por el modo de reaccionar de él. Intrigada, lo miró directo a los ojos con tanta naturalidad que Mirko se sintió en completa falta y fue incapaz de emitir palabra.

—Gimena va a quedarse unos meses con nosotros —prosiguió Romina procurando llenar el incómodo silencio que se había generado entre ellos—. Justamente le estoy mostrando las instalaciones y presentando a algunos de los chicos que trabajan en el área de Cultura. Va a ocupar el que era el despacho de Rubén.

—Bienvenida —logró articular Mirko sintiendo un nudo en la garganta y el corazón a punto de estallar en su pecho.

—Muchas gracias —dijo sin dejar de sonreír. Miró a Romina—. ¿Seguimos?

Mirko la observó alejarse. Todavía con el corazón galopando en su pecho, se dejó caer en su asiento y respiró profundamente. No lo había reconocido; no podía creer su suerte. Le temblaban

las manos y empezaba a sentirse transpirado. Raudo, se dirigió al sanitario donde se encerró en uno de los privados.

Buscando serenarse, se tomó la cabeza con ambas manos. Tenía que tranquilizarse o terminaría por delatarse él mismo. Se esforzó por recuperar la calma para pensar con mayor claridad. Al final, llegó a la conclusión de que solo tenía que tratar de evitarla. *Sí, solo debo evitarla*, se ordenó, sin poder contener el miedo y la culpa. *Ella por un lado y yo por el otro. Sencillo.*

Gimena había terminado la escueta recorrida y ya se encontraba en el despacho que le habían asignado. Tenía que reconocer que el personal presencial era aun menor del que ella había aventurado; y como debería haberlo anticipado, la mayoría de la gente que allí se encontraba trabajaba para la revista de moda. Eventualmente prestaban colaboración con la publicación cultural, pero nada más. La misma Romina le había explicado que, dado que el suplemento de cultura era semestral, no tenía ningún sentido tener gente sentada sin hacer nada. La irritaba que trataran a esa revista como un suplemento y menospreciaran el trabajo que allí se difundía. Gimena la había dispensado mentalmente porque comprendió que la chica repetía con veneración todo lo que Antonella Mansi le decía.

La distrajo el apuesto fotógrafo que le había presentado. Venía de la recepción, donde seguramente había fumado un cigarrillo en el balcón; Romina ya le había enseñado que ese era el lugar para hacerlo. Bebió un sorbo de café sin apartar la

vista del atractivo hombre que despertaba miradas y comentarios a su paso. *Este es más que consciente de lo que genera; es de los peligrosos*, pensó divertida, aceptando que era un hombre de aura oscura y que bien podía estar aprovechándose de eso. *Pero ya no*, concluyó al verlo ingresar con familiaridad al despacho de Antonella Mansi. *Este pica alto*, agregó ahora con seriedad. Y si de algo estaba segura Gimena era de que a la editora no le agradaba compartir. Mucho menos el bocado que se estaba comiendo.

—Te extrañé anoche —dijo Antonella, con voz aniñada, al verlo aparecer. Se puso de pie y mecánicamente verificó que las cortinas estuviesen corridas—. Me hubiese venido tan bien uno de tus maravillosos despertares.

—Puedo darte uno ahora si lo deseas —se ofreció besando su cuello.

—No lo digas dos veces, mi amor —se apresuró a decir Antonella, melosa—. Pero prefiero disfrutarte por más tiempo y en otras condiciones.

—Hagamos una cosa —sugirió Mirko posando sus manos sobre los delgados hombros de la mujer. Los masajeó con movimientos lentos y circulares tal como a ella le gustaba—. Podemos cerrar con llave, y adueñarnos de ese sofá —sugirió con la voz ronca, abordándola antes de que ella pudiera siquiera evaluar la propuesta. La besó intensamente provocándole un estremecimiento—. ¿Qué dices?

—Ufff, tus besos me dejan haciendo trompos —confesó en un susurro para luego morderle el labio inferior—. Aunque me encantaría aceptar tu propuesta, tengo demasiado de qué ocuparme antes de asistir a una importante reunión.

—¿Reunión?

—Sí, en un rato viene Alejandro —respondió volviendo su atención a los papeles sobre los que había estado trabajando—. Nos reuniremos con un nuevo socio. Y seguramente luego iremos a cenar con él —agregó.

Las últimas palabras de Antonella lo alertaron. Ese era el tipo de información que Garrido siempre le demandaba.

—Pues entonces lo dejaremos para otro día —deslizó acompañando sus palabras con una sonrisa cargada de promesas—. Vuelvo a lo mío.

Antonella asintió, sin demostrar mucho entusiasmo, y se volvió hacia su computadora.

Luego de informar a Garrido de la reunión y de la posible cena, Mirko se mantuvo en su escritorio. Desde allí, simulando estar trabajando en varias fotos que había tomado días atrás, procuraba seguir el movimiento de la editorial para no perderse el momento en el que De la Cruz se presentara.

No había transcurrido ni una hora cuando escuchó la voz de Romina saludándolo. Con discreción, observó al hombre de porte distinguido ingresar al despacho de Antonella. Ahora solo debía concentrarse en la información que podría surgir de esa reunión.

Como si nada estuviese sucediendo, se volvió hacia la computadora portátil y conectó los auriculares para escuchar la conversación que Antonella mantenía con su esposo. Era una

bendición que hablaran con tanta soltura, pues pudo descubrir que se estaba organizando una fiesta bastante privada. La charla giraba en torno a los beneficios que les traería asociarse con un tercero.

Mirko sonrió maliciosamente al escuchar la información. *Esta vez Garrido estará satisfecha*, pensó. Pero la sonrisa se borró de sus labios al escuchar que, en cuanto el futuro socio se presentara, se trasladarían a la sala de reuniones, donde estarían más cómodos. Maldijo su suerte, no había tenido ocasión de plantar micrófonos allí y esa había sido una omisión imperdonable.

La voz de Gimena Rauch lo sacó del trance. La mujer pasó junto a su box hablando en francés. No solo el idioma le llamó la atención, sino también la tirantez que había en su voz al hacerlo. Se le aceleró el pulso al verla deambular entre los escritorios, tan libre, tan ajena a todo, tan peligrosamente cerca de él. Tragó. En sus oídos, el matrimonio comenzaba una discusión. De la Cruz la amenazaba con dejarla fuera del negocio; Antonella replicaba recordándole que, sin ella, él tendría que esforzarse mucho para alcanzar sus objetivos. Mal que les pesara a ambos, se necesitaban.

No lograba concentrarse en la discusión que mantenían Antonella y su esposo. Le costaba mantener la atención, más cuando Gimena volvía a pasar a su lado y su perfume sobrevolaba el ambiente. La miró de soslayo, considerando que parecía rondarlo un espectro que en cualquier momento podría arrastrarlo a las tinieblas. Tenía que tratar por todos los medios de mantener a Gimena Rauch lo más apartada posible o, como mínimo, intentar neutralizar su efecto.

Mirko se puso de pie, buscando despejar un poco su mente y quitarle así algo de tensión a la situación; necesitaba pasar por el baño.

Luego de una línea se sintió revivir. Fue por un café y por un cigarrillo.

Esto es una broma de mal gusto, pensó al salir al balcón y ver a Gimena hablando por teléfono. *¿Por qué demonios no habla en su despacho?*, maldijo, incómodo. Encendió el cigarrillo y clavó su mirada en el celular para evitar cualquier contacto. No obstante, trató de prestar atención a lo que ella hablaba. Aunque no entendía una palabra, dedujo que había algún tipo de relación con su interlocutor.

Al cabo de unos minutos, Gimena Rauch regresó al interior sin siquiera mirarlo. Mirko respiró hondo sintiendo cómo el alma regresaba a su cuerpo. Definitivamente tenía que prestar más atención para evitarla a como diera lugar.

La siguió con la mirada hasta que desapareció de su vista. Agradeció que se marchara; lo ponía nervioso y tenía asuntos que atender. Desde donde estaba parado, tenía una buena visión de la recepción de la editorial, de modo que, cuando Alejandro de la Cruz y Antonella se acercaron para recibir al hombre con quien debían reunirse, pudo observar toda la escena con claridad.

Dio un paso atrás, impactado al ver a ese hombre tan cerca de él. Ocultándose detrás de los cortinados de los ventanales, estudió a Candado sintiendo que el odio renacía en su interior. A simple vista se lo veía más canoso y gordo, pero su costoso traje, sus finos zapatos y la exclusiva corbata hablaban de un muy buen pasar. *¡Maldito desgraciado!*, gritó su mente furiosa. Le

dio una última pitada a su cigarrillo e hizo una llamada.

—¿Cuál es la relación entre Candado y De la Cruz? —demandó sin siquiera saludar a su interlocutora.

—¿Dónde estás? —preguntó la fiscal al otro lado de la línea y la delató la ansiedad—. ¿Los viste juntos?

—Responde mi pregunta. No me tomes por idiota, Claudia —dijo con la voz helada—. Cuando todo esto comenzó, me aseguraste que tendrías información sobre Candado. ¿Cuándo piensas darme algo? ¿Qué sabes de él?

—De momento solo sé que suele organizar selectas reuniones donde corren las apuestas, las drogas y las mujeres —explicó a regañadientes—, pero no tengo nada más. Hace rato que le perdimos la pista. Lo último veraz que supe era que estaba instalado en Paraguay.

Mirko masticó esta última información. Encendió un nuevo cigarrillo y observó con disimulo a Romina dirigirse a la sala de reuniones llevando una bandeja con tres cafés.

—Tu momento de responder, Croata —demandó, ofuscada—. ¿Estás viendo a Candado con De la Cruz? Necesito esa información.

—Tal vez —respondió, cortante—. Luego te llamo.

—Escúchame, Mirko —dijo la mujer tratando de controlar sus propios impulsos—. Ni se te ocurra hacer una locura y tirar toda la operación por la borda. Tranquilízate porque un arrebato sin sentido puede arruinar años de esfuerzo. No te dejes ver, corres el riesgo de que te mate si llega a reconocerte. Hablo en serio.

Mirko no respondió, simplemente culminó la conversación y dejó el balcón maldiciendo por no haber colocado micrófonos

en la sala de reuniones. Estaba seguro de que debía ser muy interesante lo que allí estaban discutiendo. La existencia de Gimena Rauch había dejado de preocuparlo.

—¿Tienes las fotografías? —dijo De la Cruz mirando a su esposa.

—Sí, aquí —respondió ella tomando el sobre que Mirko le había entregado—. Son lindas chicas; tentadoras. Creo que podremos obtener buenos dividendos.

—Estupendo —repuso Candado—. Esperemos que sepan desenvolverse.

—¿Recibiste el detalle del próximo número? —preguntó Antonella a su esposo.

—Sí —respondió Alejandro sin apartar la mirada de las fotos que desplegaba sobre la mesa—. Está todo encaminado.

Candado miró con detenimiento las fotografías que Alejandro le presentaba y asintió conforme con la selección que De la Cruz había realizado un mes atrás.

—Perfecto. Si estas salen publicadas en el siguiente ejemplar —comenzó diciendo—, podemos hacer la entrega en agosto. Creo que con un mes de preparación será suficiente.

De la Cruz extrajo un celular de su bolsillo y tomó nota de los nombres de las chicas. Junto a cada nombre agregó el rótulo código naranja, lo cual indicaba que esas chicas serían incorporadas a un grupo de elite.

—¿Cómo viene la entrega de julio? —quiso saber De la Cruz.

Candado se dejó caer en el respaldo de la silla y meditó sus

próximas palabras. Por momentos lo incomodaba un poco hablar tan abiertamente de esos asuntos. Gracias a lo celosamente precavido que era, había logrado seguir en el negocio.

—Muy bien —respondió Candado escuetamente—. Calculo que en unos días recibirán sus invitaciones para la apertura del lugar.

—Perfecto. Dejen que les diga que nuestros clientes están encantados de haber abierto esta nueva plaza —agregó Alejandro de la Cruz con algo de soberbia—. El último encuentro fue de lo más productivo. Nuestras chicas comprendieron el juego y se mostraron más que predispuestas.

—Hay algo que me gustaría que supieran —dijo Antonella ante la primera oportunidad—. Hace dos días se presentó una mujer enviada por la casa matriz. Esta misma mañana se instaló en la redacción; según dijo, debe realizar algunos trabajos para España. No debería preocuparnos porque su interés está en el suplemento de cultura y solo va a quedarse seis meses.

—¿En qué podría perjudicarnos? —quiso saber Candado.

—A simple vista, en nada —respondió Antonella—. Ya sé que puede no ser importante, pero me preocupa que ponga el ojo en nosotros y busque irregularidades.

—Está bien que lo menciones —dijo Candado adueñándose de la conversación—. Estaremos atentos. Si llega a hacer preguntas, las irás respondiendo a medida que las vaya presentando. Si se acerca mucho a donde no debe, ya veremos cómo lo manejamos. No entres en pánico. No hay nada de que sospechar.

Por momentos, el imperioso deseo de patear la puerta de la sala de reuniones y abalanzarse sobre ese cretino para romperle la cara a golpes lo abordaba con una fortaleza alarmante. Recapacitó en cada uno de esos arrebatos, convencido de que una reacción así no ayudaría a nadie, mucho menos a él. Pero cómo lo odiaba, llevaba años alimentando ese sentimiento.

Ansioso por saber el tiempo que llevaban reunidos, consultó su reloj. Eran cerca de las ocho de la noche y la editorial comenzaba a vaciarse, solo un par de redactores y algún que otro corrector permanecía con la cabeza inclinada hacia sus monitores; el resto ya se había marchado. El silencio empezaba a apoderarse del lugar y eso ayudaba a Mirko, que no tenía intenciones de marcharse hasta que la reunión finalizara. Aguardaría el tiempo que fuera necesario solo para echarle una última mirada a Candado. El shock había sido tan importante que le había impedido observarlo debidamente; necesitaba hacerlo para grabar su rostro y no olvidarlo más.

Decidido, se puso de pie y cruzó las oficinas hacia el sector de refrigerios en busca de un café. A excepción de la sala de reuniones, la editorial estaba desértica. Leticia ya se había marchado; solo Orlando, el empleado de seguridad, permanecía entre la puerta vidriada y los elevadores, custodiando la entrada. Mirko lo saludó con un ademán y miró de soslayo la puerta de la sala de reuniones. Seguro de que nadie notaría su presencia, se acercó y, luego de constatar que desde su ubicación Orlando no podía verlo, se deslizó sigilosamente en el despacho de Antonella. El escritorio estaba limpio; la computadora encendida, pero bloqueada. Discretamente fue husmeando en las distintas gavetas.

El celular vibró en su bolsillo, interrumpiéndolo. Garrido insistía. Desde que le preguntó por Candado, ya le había enviado cuatro mensajes. En el primero le exigía que le confirmara si verdaderamente había visto a Candado con De la Cruz. En el segundo reclamaba noticias suyas; en el tercero le informaba que esa noche pasaría a verlo. Mirko palpó la amenaza que escondía el mensaje. "No me molestes, Claudia. Déjame trabajar. Luego te aviso". Envió el mensaje. "Mantenme informada. Ni se te ocurra hacerte el vivo conmigo", fue la respuesta de Garrido.

Volvió a lo que estaba haciendo. Se concentró en el escritorio; sabía que no contaba con mucho tiempo. Fue casi por casualidad que, al revolver una de las gavetas, algo rozó sus nudillos. Intrigado, se inclinó para observar mejor. Frunció el ceño al ver la libreta cuidadosamente adosada a la gaveta superior.

Se disponía a extraerla, cuando escuchó voces provenientes del pasillo. Alarmado, alzó la vista. Candado, Antonella y Alejandro estaban parados junto a la recepción. Tenía que salir de allí si no quería ser descubierto; la libreta quedaría para otro momento. "Están saliendo los tres a cenar", informó rápidamente a Garrido. "Síguelos", fue la respuesta de ella.

CAPÍTULO 7

El restaurante donde se realizaría el encuentro estaba ubicado en la Costanera Norte. Era elegante, sobrio y con una inmejorable vista del Río de la Plata. Desde la recepción, oculto entre la decoración, Mirko observaba la mesa donde Antonella cenaba con su esposo y Candado. Un poco alejados divisó a dos hombres que, a juzgar por el modo en que miraban hacia la mesa, bien podrían ser enviados de Garrido.

Una vez en la acera, encendió un cigarrillo y revisó su celular. Tenía mensajes de la fiscal. En el primero le comentaba que en el interior había dos agentes suyos; le respondió que creía haberlos visto. Luego le indicaba que se quedara en zona; si podía obtener imágenes de las personas en cuestión, mejor.

Por más de una hora permaneció en la sombra, espiando de tanto en tanto la mesa de su interés. Cuando los vio ponerse de pie y acercarse a la salida, se agazapó contra una de las paredes

y aguardó. Tenía la vista fija en Candado, quien, con soberbia y algo de jactancia, mencionaba que ya tenía todo listo para acondicionar el salón donde se llevaría a cabo la fiesta.

—Excelente —respondió Alejandro—. Solo falta definir la lista de invitados.

—Sí, pero salvo unos pocos, serán los de siempre —comentó Candado.

—Las invitaciones ya están confeccionadas —informó Antonella, esforzándose por ser tomada más en cuenta en las decisiones—. Solo necesito que me indiques dónde debo enviarlas o, mejor dicho, a quién.

Mirko no pudo escuchar nada más, pero se las ingenió para tomar varias imágenes con el celular antes de que dos empleados del restaurante acercaran los vehículos. En pocos segundos, el automóvil del matrimonio De la Cruz se alejaba, seguido a escasos metros por el de Candado. Mirko bajó la vista hacia su teléfono y envió las imágenes capturadas.

—Vaya —deslizó una voz femenina a escasos metros de distancia—. ¿Por qué será que no me sorprende encontrarte aquí?

Sobresaltado, Mirko elevó la vista y el rostro se le contrajo al ver a Serena Roger.

—Acabo de cruzarme con tu jefa —deslizó la mujer. Dio un paso más hacia el fotógrafo, que ahora la miraba con ferocidad—. Alejandro necesitaba que le acercara un documento. ¿A ti también te convocaron?

—Estaba esperando a alguien que no va a venir —dijo a modo de excusa.

Serena alzó la capucha de su abrigo negro y se cubrió la

rubia cabellera con un solo movimiento. Se acercó un poco más hasta permanecer a unos pocos centímetros de distancia de Mirko.

—Tenemos mucho de que hablar —dijo mirándolo directo a los ojos—. Algo me dice que no tienes idea de dónde te estás metiendo.

Sin decir más, estiró su cuello con la intención de despedirse de él con un beso. Se detuvo unos segundos con su mejilla pegada a la de él y sus labios rozándole la oreja.

—Si te decides, te espero en una hora en esta dirección —deslizó casi en un susurro al tiempo que introducía un papel en el bolsillo del abrigo de Mirko—. Esto es entre tú y yo. No te vas a arrepentir. Eso te lo aseguro —se separó de él y lo miró directo a los ojos dándole énfasis a sus palabras.

Serena giró y se alejó de él, sin darle tiempo a nada. Sintiéndose completamente expuesto, Mirko siguió la silueta de la mujer con la mirada hasta que esta subió a un taxi. Desde el interior del automóvil le arrojó un beso.

Mientras degustaba una copa de vino blanco, terminó de seleccionar la ropa que luciría esa noche. Se había obligado a dejar de pensar en la editorial, en Antonella Mansi y en todo lo que le demandaría llevar adelante el proyecto que se gestaba en su mente. Cuanto más lo sopesaba, más factible le parecía. De pronto, y ante la resistencia que Mansi ponía, se sintió empecinada en llevarlo a cabo.

Bebió otro poco de vino, intentando relajarse. Esa noche la esperaban en la casa de Mariana y Miguel, donde todos sus amigos se reunirían a cenar.

Salió del apartamento con tiempo para llegar a horario. Como no quería generar comentarios por su vestimenta, había elegido un vestido negro, botas altas de cuero, también negras, y un amplio y elegante abrigo. Afortunadamente, en esta ocasión se las había arreglado sola y no había sentido la necesidad de llamar a Belén para que la asistiera; su amiga estaría orgullosa y, para demostrarle su avance, se tomó una fotografía y sc la cnvió. Recibió un aplauso por respuesta.

Media hora más tarde, Gimena estacionó a pocos metros de la casa de sus amigos. Descendió del automóvil y sonrió al reconocer a su amigo Guillermo Suárez, que también llegaba.

—Guille, qué alegría —soltó Gimena, encantada de verlo. Se fundieron en un abrazo cálido y sentido. Hacía más de siete años que no se veían; prácticamente desde el casamiento de sus amigos Carola y Javier. Gimena sonrió al recordar que, en aquella ocasión, habían pasado la noche juntos. Descchó csos recuerdos y procuró centrarse en el presente; de lo contrario, no podría ni mirarlo a la cara—. ¿Cómo has estado, tanto tiempo? —preguntó, parándose delante de él antes de tocar timbre—. ¿Tus cosas bien?

—Todo bien, Gimena. Igual que siempre.

Tocaron timbre y enfrentaron la puerta. Desde el interior le llegaron los gritos de los chicos y los ladridos de los perros. Guillermo le sugirió que tomara aire y exhalara con ganas, dando a entender que no estaba preparada para lo que estaba por enfrentar. Ella sonrió y le hizo caso.

La puerta se abrió y ambos sonrieron a Mariana, quien los recibía. En sus brazos llevaba al pequeño Benjamín, de siete meses, que acababa de comer y no deseaba apartarse de los brazos de su madre. Recostado contra el pecho de Mariana, succionaba su chupete a un ritmo parejo y constante.

Guillermo fue el primero en separarse y se apresuró hacia la cocina, que era donde solían reunirse.

—Qué preciosa tu casa, Marian —comentó Gimena admirando la cómoda sala, de amplias dimensiones, decorada en cálidos colores terrosos. Era de estilo rústico y, a diferencia del hogar que Mariana había intentado formar con Esteban, allí se respiraba armonía. Por donde mirasen había grupos de chicos, jugando, conversando y corriendo; era un hogar completamente familiar.

—A mí me encanta —dijo, con emoción—. Siempre supimos que tendríamos una familia grande. Fuimos acondicionando la casa según las necesidades.

Benjamín protestó en los brazos de su madre y Mariana le acarició la cabeza.

—Tienes una hermosa familia, Marian —le dijo y miró al bebé, que ahora jugaba con el cuello de la blusa de su mamá—. Es precioso.

En la cocina encontraron a Guillermo conversando con las hermanas de Mariana, Milena y Marina, quienes se habían sumado a la cena y estaban ayudando a preparar las ensaladas. Al ver a Gimena, ambas se acercaron a saludarla.

—El resto está en el quincho —comentó Mariana acercándose a una gran bandeja colmada de *snacks*, quesos, aceitunas y otras

delicias que ya estaban preparadas para llevar a la mesa. Miró a su hermana Marina–. ¿Puedes encargarte de la bandeja, Mari? Yo me ocuparé de las salsas.

—¿Quieres que duerma a Benja? —se ofreció Milena, la menor de las hermanas y madrina del bebé. Se acercó a Mariana y estiró sus brazos para tomar a su sobrino. Le besó el cuello, acariciándole el rostro con su nariz, y el bebé rio. Mariana se volvió hacia la isla y tomó la bandeja con las copas.

—Gracias, Mile. Si lo logras, déjalo en el cochecito y acércalo al quincho.

En ese momento, Miguel ingresó a la cocina cargando una bandeja. Sonrió al ver a Gimena y a Guillermo.

—¡Qué alegría volver a verte, Gimena! —exclamó. Luego se volvió hacia su amigo—. Hola, Guille —dijo y se saludaron con un abrazo—. ¿Ya te han presentado al pequeñín de la casa? —le preguntó Miguel a Gimena y se acercó a Benjamín para darle un beso en el cuello. El bebé sonrió y le acarició el rostro a su padre.

—Claro que sí y algo me dice que es el rey de este castillo —deslizó, risueña.

Conversando, Miguel y Gimena dejaron la cocina para reunirse con el resto de sus amigos que se encontraban de pie en torno a la mesa.

Uno a uno los fue saludando; hubo abrazos y palabras de cariño. Los pequeños iban y venían en ramilletes. Las niñas por un lado, los niños por el otro, y Gimena fue conociendo a todos.

—Vayan sentándose —dijo Miguel luego de echar un vistazo a la parrilla y apresurándose a preparar una bandeja con hamburguesas para los chicos.

—¿Hablaste con mi mamá? —preguntó Mariana a Gimena una vez que se sentaron todos.

—Todavía no, estoy tratando de organizarme. La situación en la editorial es peor de lo que creía —respondió con algo de preocupación—. Tengo mucho por evaluar si quiero hacer una propuesta interesante para conseguir el puesto de directora de la revista de cultura. Pero la realidad es que no sé ni dónde estoy parada.

—Vaya, ahora vamos por el cargo y todo —deslizó Lara, encantada con lo que escuchaba—. ¡Esa es mi amiga!

—¿No consideraste hacer una auditoría? —sugirió Javier atento a lo que escuchaba. Gimena lo miró con atención, no se le había ocurrido algo así—. Según los resultados que arroje, vas a saber dónde estás parada.

Gimena guardó silencio por varios segundos meditando la sugerencia.

—Me gusta la idea —reconoció—. ¿Podemos hablar en la semana para conversar al respecto?

—Obvio —respondió Javier—. Llámame y coordinamos una reunión para ver en qué te puedo ayudar.

Durante el resto de la velada, no volvieron a tocar temas de trabajo. Hablaron de los hijos y del casamiento que tendría lugar en unas dos semanas.

Después de dar muchas vueltas, resolvió ir al bar donde Serena Roger le había indicado que estaría. No sabía muy bien qué

esperar de ese encuentro, cuando se sentía en clara desventaja. Que esa mujer supiera quién era lo tenía preocupado y no podía dejar de pensar cuánto más sabría de su vida, mientras que él no la conocía en lo absoluto. Este encuentro no tenía nada de cita romántica, todo lo contrario; si había algo que no podía dudar era que estaba allí para hablar de asuntos mucho más serios: información.

Finalmente llegó a la dirección señalada. Con algo de reparo, rechazo y aprensión, observó el ambiente, enfrentando recuerdos amargos que se filtraban entre las oscuras mesas y la música lúgubre. No le sorprendió descubrir que nada había cambiado. Ya resuelto, transitó por el angosto pasillo que conducía a la parte trasera, donde un número considerable de hombres y mujeres se distribuían entre tres mesas de billar y una larga barra que congregaba almas solitarias.

En un primer vistazo, nada le llamó la atención. No quiso perder tiempo. Buscó su celular y marcó el número de Serena. La detectó inmediatamente; la mujer, sentada en uno de los extremos de la barra, levantó la mano para que se acercara.

A la distancia, Mirko la estudió. Desde donde se encontraba, solo podía ver la espalda menuda cubierta por un chaleco holgado de características militares. El cabello estaba sujeto por una banda a la altura de la nuca, parcialmente oculto tras una gorra. Nadie en ese antro podría imaginar que se trataba de la ejecutiva de una agencia de modelos.

Resuelto, Mirko caminó hacia la mujer y en silencio se dejó caer en el taburete que estaba a su lado. Ella ni se inmutó, mucho menos se volteó a mirarlo.

—Me alegra que hayas decidido venir —dijo Serena Roger, y en el tono que empleó no se distinguía ni un ápice de soberbia ni arrogancia.

—¿Quién eres? —murmuró Mirko, como si la pregunta hubiese escapado de su pensamiento—. ¿Qué pretendes?

Serena sonrió y bajó la vista hacia su vaso vacío, sin molestarse en mirar a Mirko. Con un gesto casi imperceptible le indicó al barman que repetiría el trago. A su alrededor, la música era lo suficientemente fuerte como para que nadie pudiese escucharlos. Un grupo reía y aplaudía en torno a una mesa de billar, una prostituta discutía con un cliente que no estaba de acuerdo con el precio, otra se dejaba tocar anticipando una buena paga; pero ellos estaban ajenos a todo aquello.

—Hace meses que te observo —dijo Serena sin responder la pregunta—, y, solo por mencionar algunas cosas, diré que sé muy bien que entraste en el programa de libertad condicional y cumpliste condena hace poco menos de dos meses gracias al bendito dos por uno. También sé que alguien intercedió para agilizar tu salida de la cárcel de Batán; deduzco que es a quien reportas.

Mirko desvió la mirada sin saber cómo proceder. Esa mujer verdaderamente sabía mucho y lo asustaba sentirse en medio de fuerzas cruzadas.

—Sí, te hice investigar —prosiguió ella con sinceridad—. Como te dije antes, no creo que sepas dónde te estás metiendo.

—¡¿Qué quieres?! —exclamó Mirko cuando ya empezaba a perder la paciencia—. ¿Por qué me dices todo esto?

—Lo único que quiero es que no arruines meses de investigación —lanzó Serena con un tono helado que lo tensó—. Me

estoy comprometiendo mucho al hablar de este asunto contigo —continuó—. Pero si no lo hago, corro el riesgo de que te carguen con todas las culpas y esos delincuentes queden libres.

—¿Cargarme con las culpas?

—Sí, mi querido —sentenció ahora con algo de rudeza—. Ese es tu rol en toda esta historia, te lo aseguro. De no prestar atención, tú terminarás condenado.

Por primera vez, Mirko admitió que no era una mujer tan joven y que tenía muchos más conocimientos y autoridad de lo que mostraba. Le indicó al barman que le sirviera un vodka con hielo, y la miró de reojo.

—¿De qué se trata todo esto?

—Se trata de que puedo ayudarte si tú me ayudas.

—¿Ayudarme? ¿A qué?

Serena se volvió hacia él y le dedicó una sonrisa. A la distancia notó que una mujer lo miraba con interés y decidió marcar el terreno. Bajó del taburete y se acercó a Mirko. Con un gesto teatral le acarició el rostro y, tomándolo entre sus manos, lo besó inesperadamente.

—No tengo idea de quién te involucró en todo esto, pero ten por seguro que te están tendiendo una trampa. Estás metiéndote en un juego muy peligroso; un juego que te excede y ni siquiera sabes cómo jugar —susurró a su oído—. No confiaría tanto en tu benefactor. Aunque tu salida de la cárcel está legalmente sustentada y se han realizado todos los pasos estipulados, no queda del todo claro quién se presentó en el penal para acercarte la propuesta. Los documentos se han extraviado y nadie recuerda nada. Solo hay registro de una orden firmada por un juez.

Mirko no estaba seguro de comprender. Mucho de lo que ella decía le resultaba, por lo menos, creíble.

Serena le dio margen para que procesara lo que le había dicho. Notó el desconcierto en el rostro del hombre, que miraba hacia la nada con expresión preocupada, debatiéndose entre creerle o no. Estaba muy bien que lo pensara, eso quería decir que tenía dudas. En el fondo sentía algo de pena; era un pobre tipo, solo en el mundo a punto tal que, si desaparecía, nadie lo echaría de menos. Por eso lo habían elegido; por eso y por su adicción a la cocaína. Era un desahuciado sin posibilidades de nada; fácil de quebrar y de manipular, pero sus armas eran poderosas: encanto, seducción y esa magia en la entrepierna. Las mujeres que habían pasado por su cama se deshacían en elogios. Pero, aunque representaba una terrible tentación, Serena no cometería la estupidez de bajar la guardia con él.

—Escúchame bien —dijo luego de enroscar sus manos en el cuello de Mirko, que permanecía a la expectativa, sin mostrar el más leve signo de reacción—. Cuídate de quien te ayudó a salir. Sigues vivo porque te necesita. Desconfía de todo si deseas mantenerte con vida. Tienes fecha de vencimiento, Croata, no lo olvides.

Mirko la tomó del cabello y, jalándola hacia atrás, la obligó a mirarlo. Ella le sonrió, desafiante.

—Supongo que también me necesitas —explotó, con tono amenazador—. ¿Por qué tengo que creerte? Fácilmente podría delatarte.

—Es verdad —repuso Serena—. Pero no lo harás, porque estás empezando a darte cuenta de que es cierto lo que digo

—le aseguró—. Lo veo en tus ojos —hizo una pausa para que él asimilara sus palabras—. Hace varios años que investigo a De la Cruz —Mirko aflojó el amarre del cabello dedicándole toda su atención—. Por eso sé que eres el cabo suelto en toda esta operación. Te están empujando al ojo de la tormenta y, cuando todo explote, solo tú aparecerás en el centro del embrollo. Todo apunta a que, en el momento indicado, terminarás con una bala entre esos bellos ojos que tienes, para llevarte a la tumba tantos cargos que nadie podrá siquiera insinuar tu inocencia.

Mirko la soltó y frunció el ceño, preocupado. Contuvo el aliento cuando la mujer acercó su rostro al de él.

—Veo que vas entendiendo —dijo. Suspiró teatralizando el momento y consultó su reloj. Lo miró directo a los ojos, e inclinándose hacia él, le susurró al oído—: Piensa en todo lo que te dije y saca tus propias conclusiones, Croata —murmuró—. No confíes en nadie; cúbrete hasta de tu sombra y trata de dar un paso al costado. Un último consejo. No es nada sensato acostarse con Antonella Mansi tan abiertamente; se está hablando mucho de ustedes. De la Cruz puede hacer la vista gorda, pero a nadie le gusta que lo señalen como el cornudo de turno. Cuidado.

CAPÍTULO 8

—Perfecto. Por mí no hay ningún problema –dijo Gimena anotando la dirección que le indicaban al otro lado de la línea–. Excelente. La semana próxima estoy por ahí. Está muy bien. En cuanto lo tenga confirmado, te envío un correo con mis datos y los del fotógrafo. Gracias, Marta.

Dejó el teléfono en su sitio y se recostó contra el respaldo de su sillón. Satisfecha, se estiró y buscó sus notas; tachó ese objetivo con gusto.

Al dejar Madrid, Gimena había diagramado un bosquejo de lo que deseaba realizar en Buenos Aires. Hacía ya un tiempo que había resuelto interiorizarse y comparar los distintos talleres de arteterapia que estaban desarrollándose en América Latina a partir de lo que se llevaba a cabo en Europa. Para ello, investigó algunos centros especializados donde se brindaba este tipo de terapias a personas con Alzheimer, autismo o enfermedades motrices o terminales. Ya tenía pautadas tres entrevistas; estaba muy conforme.

Pensando en todo eso, se puso de pie y buscó su termo para prepararse unos mates. En Madrid solía hacer un alto en sus actividades para disfrutar de un rico y revitalizante mate; era como mantener viva su conexión con Buenos Aires. Mientras calentaba el agua, su mente voló a España, a las caras de sus amigos al probar la infusión rioplatense. Sonrió por la remembranza. Consultó su reloj, a esa hora estaría regresando a su casa luego de asistir a la clase de flamenco. Lo extrañaba.

Tomó el primer mate y regresó a su escritorio. Bebió otro observando las oficinas vacías, y los recuerdos de aquellos años se evaporaron por completo ante lo que tenía frente a sí. La angustiaba la quietud de ese lugar. Pocas veces veía gente trabajando.

Resuelta, llamó a José María Solís, su superior en Madrid. Necesitaba hablar con él para discutir los pasos a seguir; estaba lista para ponerlo al tanto de lo que sucedía en Buenos Aires. Pero más allá de sus apreciaciones, no era mucho lo que podría aportar sobre la revista de moda; en cambio, la situación de la publicación cultural —se negaba a usar la palabra suplemento—, dejaba mucho que desear.

—Hola, querida —la saludó la voz de José María con ese acento madrileño que ella tanto extrañaba—. Estimo que debes tener novedades para mí.

—Hola, José —respondió dejándose caer en el respaldo de su asiento—. No tienes idea de todo lo que está sucediendo aquí. ¡Ufff!, por momentos me indigna tanto desorden. Partamos de la premisa de que les importa un bledo lo cultural o lo

artístico. Aquí manda la frivolidad de una revista repleta de mujeres semidesnudas y chismes baratos.

—Las hay en todos lados, cariño —comentó Solís recordándole que ese tipo de productos solían ser los que pagaban todos los demás—. No te quejes tanto, que esas revistas venden y mucho.

Durante la siguiente media hora, Gimena lo puso al tanto de la situación; también mencionó que estaba por enviarle un correo en el que ampliaba la información que estaba brindándole en ese momento. En unos días podría presentarles una propuesta formal y contundente sobre cómo reflotar la revista cultural, pero prefería adelantarles la situación.

José María rio con ganas. La conocía de sobra y le resultaba evidente que Gimena necesitaba regresar a Buenos Aires, a sus afectos y, principalmente, a resolver muchos temas que habían quedado sin cerrar. Él siempre había intuido que, tarde o temprano, Gimena regresaría a la Argentina. Y allí estaba, desbordante, floreciendo en el jardín al que pertenecía.

—Estoy seguro de que si decides hacerte cargo, nadie te detendrá —dijo José María—. Creo que siempre supe que era eso lo que buscabas. Estoy convencido de que el puesto será tuyo.

—Pero si no has leído mi propuesta —protestó Gimena conteniendo su entusiasmo.

—No, pero te conozco —reconoció con orgullo—. Ahora, ¿qué hay de Étienne?

—Nos estamos tomando un tiempo —respondió—. No llevo ni un mes aquí y habíamos quedado que serían seis. Ya veremos.

—Yo te escucho bastante decidida —dijo José María dándole

un empujón–. Así que mi sugerencia es que no esperes hasta el final para hablar con él –aconsejó sabiendo que le costaba hablar del asunto–. Volviendo al tema editorial, hablaré con Brenet en cuanto llegue el correo que estás por enviarnos. Creo que si él habla con Mansi y le dice que vas a trabajar en el área de cultura, podrás manejarte con mayor libertad. Supongo que la designación oficial de tu cargo llegará más adelante.

–Eso sería genial –repuso, encantada–. Me daría la posibilidad de hacer una auditoría sin pedir permiso. Necesito tener una noción real de qué estoy recibiendo.

–Me parece razonable –accedió–. Envíame cuanto antes ese informe. Aunque sea preliminar.

–Ya mismo –acotó volviéndose hacia la computadora para hacerlo en ese momento.

Cuando cortó la llamada, Gimena no pudo evitar que la cubriera un manto de nostalgia. Pero reconocía que eso le sucedía cada vez que hablaba con José María o con Belén; y la necesidad de abrazarlos la embargaba.

Sus pensamientos sufrieron una leve alteración cuando vio a Mirko atravesar el salón. Sus miradas se rozaron provocándole cierta incomodidad, no quería que ese hombre pensara que lo observaba. Desvió la vista y sus ojos se toparon con la carpeta que Romina le había entregado. La abrió y repasó el nombre de cada uno de los empleados que, según ese listado, trabajaban para la revista de cultura. Mirko Milosevic figuraba. Eso lo convertía en su empleado, no en el de Antonella. *Bueno, ya tengo fotógrafo*, pensó sin poder definir lo que ese hecho le provocaba.

Hacía dos largas semanas que Mirko no lograba salir de su ensimismamiento. Cuestionaba cada movimiento; cada intercambio de información lo ponía tenso. Se sentía observado y en la mira de una legión de asesinos.

Afortunadamente, Garrido no se había puesto en contacto gracias a la información que había obtenido sobre De la Cruz y Candado. No obstante, para no levantar sospechas, ni con ella, ni con Antonella, había continuado con su rutina; escuchaba lo que sucedía en el despacho de la directora, husmeaba entre sus correos para detectar quién la contactaba y luego enviaba un informe a la casilla de correo que le habían indicado desde un comienzo. No podía asegurar que alguien lo leyera, pues nunca recibió ningún tipo de confirmación. Sin embargo, lo que verdaderamente empezaba a preocuparlo era todo lo que Serena Roger le había dicho. Esa mujer había instalado en su mente un interrogante que lo desestabilizaba. ¿Para qué lo habían sacado de la cárcel? No lo tenía claro.

Por esos días, Antonella también se mostraba esquiva y tensa. Mirko lo adjudicaba a la nueva reunión clandestina que se estaba organizando. Lo descubrió de casualidad, al escuchar una de las comunicaciones que ella mantuvo con su esposo. De momento, solo podía asegurar que la reunión se llevaría a cabo; pero aún no sabía ni dónde ni cuándo sería. Nada de esto le había mencionado a Garrido, prefería contar con más información para poder usarla a su favor de ser necesario.

Dado que, desde hacía rato, Antonella estaba trabajando

sobre su escritorio, sin emitir palabra ni utilizar su computadora, Mirko no tenía forma de dilucidar qué estaba haciendo. De modo que, buscando indagar un poco más, se dirigió a su despacho llevando con él las últimas fotografías que le había encargado.

—¿Estás ocupada? —preguntó Mirko tras golpear el marco de la puerta. Antonella alzó la vista y sonrió al verlo—. Tengo las fotografías que me pediste.

—Pasa, quiero verlas. Ya me las estaban reclamando —respondió. Mirko le mostró el material—. Son magníficas —comentó Antonella sin apartar la vista de las imágenes—. Te estás luciendo últimamente —se detuvo en una en particular—. Esta chica tendrá un futuro impresionante si sabemos guiarla —acotó con aire pensativo.

—¿Sabemos? —presionó Mirko comprendiendo que Antonella había cometido un desliz—. ¿Qué podemos hacer nosotros para augurarle una buena carrera?

—Bueno, darle el espacio adecuado aumenta su popularidad —fue la respuesta de Antonella—. Mira esta.

Mirko se acercó a ella y juntos estudiaron con detenimiento cada una de las imágenes. Estaban discutiendo las distintas opciones cuando alguien interrumpió la conversación.

—Permiso… —dijo Gimena asomándose tímidamente. Miró primero a Antonella y luego a Mirko, como si los hubiese pescado en infracción. A ambos les dedicó una sonrisa lo suficientemente artificial como para no desentonar—. Perdón, no sabía que estabas ocupada.

Mirko se tensó. La venía esquivando como a la mismísima peste. Para él, ella era el factor amenazante por excelencia. En

algún punto lo incomodaba la manera en la que Gimena los observaba; por ridículo que pareciera, se sentía en falta. Decidió marcharse.

—Las dejo conversar —dijo, procurando salir de ese despacho lo antes posible.

Antonella lo detuvo tomándolo del brazo indicándole que no quería que se marchara.

—¿En qué puedo ayudarte? —repuso Antonella.

Lo primero que acudió a la mente de Gimena fue pedirle que le prestara a su amante por un par de horas, pero se contuvo. *Contrólate*, pensó con el rostro iluminado por la diversión que su propio pensamiento le provocaba. Una sonrisa genuina brotó de sus labios al mirar brevemente al fotógrafo.

—Son varios puntos, en realidad —comenzó diciendo y, sin esperar invitación, se sentó en el sillón que enfrentaba el escritorio—. Por un lado, me gustaría saber con quién debo hablar sobre la diagramación de la revista de cultura —dijo con seguridad y un tono amistoso que irritó a Antonella. Gimena lo notó y no se amedrentó—. Tengo pautadas algunas entrevistas, que en realidad saldrán publicadas en España, pero he pedido autorización para poder incluirlas aquí también. Como me han dado el visto bueno, me gustaría coordinar las fechas de publicación, los espacios de los textos y las fotografías.

—Ese tema háblalo con Romina —indicó fingiendo amabilidad y camaradería—. Ella sabrá indicarte. Hasta donde tengo entendido, es un suplemento con pocas páginas y de tirada baja.

Una indignación extrema la invadió y debió reunir todo su

poder de concentración para no perder los estribos. Detestaba que hablaran de "suplemento".

—Sí, por eso deseo hablar con el diseñador.

Bajó la vista a su celular. Acababa de recibir un mensaje de José María. "Todo okey. Brenet lo tiene en su escritorio", le decía. Alzó la vista, ya más segura.

—¿Cuál es el nombre, entonces? —preguntó con gesto inocente—. Me gustaría coordinar una reunión.

—Pídele todo a Romina —respondió Antonella con el mismo tono que Gimena había utilizado.

Mirko había seguido la escena desde un costado. En algún punto lo divertía el modo en que ambas mujeres estaban delimitando el territorio. Entre sonrisas, los dardos venenosos iban y venían. Sin embargo, detectó en Rauch una inteligencia sutil; un humor filoso. Estaba desafiando abiertamente a Antonella, que no lo advertía y no podía disimular su fastidio. Era claro quién ganaría esa y las demás contiendas. La diferencia entre ambas era notoria.

Gimena estaba por agregar algo más, pero la interrumpió el golpe de unos nudillos contra la puerta del despacho.

—Gimena —dijo Romina sonriéndole, sin siquiera mirar a Antonella—, llamó el doctor Estrada, te está devolviendo el llamado.

—Perfecto, Romi, muchísimas gracias —respondió con una sonrisa—. ¿Llamaron de España? —preguntó como quien deja caer un comentario.

—No, hoy no.

A Antonella no le causó nada de gracia el intercambio entre su secretaria y Rauch. Mucho menos le agradó que Romina se

ocupase de atender sus llamados y de asistirla. Procuró que no se notara, pero la ofuscó la cercanía con que se trataban.

—Por otra parte, porque no me queda claro —dijo Gimena poniéndose de pie y dirigiéndose a la puerta del despacho—, ¿Mirko es fotógrafo de la editorial o es solo tuyo?

Lo nombró con tanta naturalidad y tanta familiaridad que él se irguió sintiéndose el nuevo objeto de la contienda. Miró a Antonella de reojo, expectante por ver cómo reaccionaba. Gimena no lo sabía, pero estaba tirando de la cola de un dragón; tarde o temprano todo explotaría por los aires.

—Mirko es fotógrafo de la editorial —aclaró Antonella con voz áspera—. Si necesitas de sus servicios y no tiene nada planificado, por supuesto que podrá acompañarte —agregó. Hizo una pausa y lo miró como si acabara de recordar que él estaba allí parado—. ¿Estás de acuerdo?

—Sí, por supuesto —fue la respuesta de Mirko, quien miraba a Gimena con cierto reparo—. Solo necesito saber las fechas para poder coordinarlo.

Gimena le sostuvo la mirada con tal firmeza que de primer momento le heló la sangre, pero no tardó en detectar en sus ojos el brillo de la diversión. *¿Lo está haciendo adrede?*, se preguntó, desorientado. Esa mujer se estaba burlando de ambos en sus propias narices.

El teléfono volvió a sonar y alteró aún más el clima imperante en el despacho. Antonella lo atendió sin apartar la mirada de Gimena, quien le comentaba a Mirko que le haría llegar un cronograma de las entrevistas y visitas que tenía programadas para que él le informara si estaba disponible.

Del otro lado de la línea, Romina le informaba que Juan Antonio Brenet la llamaba desde España. Antes de responder, Antonella entornó los ojos convencida de que Gimena Rauch tendría mucho que ver con ese llamado.

—Necesito atender —anunció mirando a Gimena—. Luego continuamos.

—Por mí ya está —repuso, consciente de que solo a ella la habían invitado a dejar el despacho. Miró a Mirko con intención de molestarla—. Luego hablamos.

Con cierta preocupación, Antonella atendió la llamada. Su intuición no le había fallado. Durante los siguientes veinte minutos escuchó cómo el directivo de España le informaba que estaban evaluando que Gimena Rauch estuviera a cargo del área de cultura de la editorial. Todavía debían analizar el proyecto, pero todo indicaba que sería aprobado por unanimidad. Era cuestión de días para que el nombramiento se hiciera efectivo, ya que todos coincidían en que lo mejor para la sucursal argentina era dividir los productos para darles mayor independencia.

—De más está decirle que tiene todo mi apoyo, señor Brenet —comentó Antonella con voz neutra—. La señorita Rauch puede contar conmigo para lo que necesite.

Con el rostro crispado por la indignación, Antonella dejó el auricular en su sitio procurando digerir la noticia. No solo acababa de perder casi la mitad de su presupuesto, sino que además corría el riesgo de que la mala administración de su gestión quedara expuesta. No era nada bueno lo que estaba sucediendo.

—¡Maldita desgraciada! —estalló Antonella, rabiosa—. Yo sabía que buscaba algo.

—¿Qué sucedió? —la interrumpió Mirko, desconcertado.

—¡Esa maldita está a cargo del área de cultura! Sabía que algo así podía suceder —dijo—. Conozco a una zorra cuando la veo, y esta no me engañó en ningún momento. Pero que no crea que se la voy a hacer fácil. Estoy convencida de que viene a ocupar mi lugar —agregó. Miró a Mirko y una idea comenzó a formarse en su mente—. ¿Así que necesita un fotógrafo? —dijo con tono malicioso—. Pues lo tendrá. Quiero que aceptes cada uno de los trabajos para los que te requiera y que la sigas como su mismísima sombra —deslizó sintiéndose victoriosa—. Quiero que me cuentes hasta los comentarios más insignificantes. Quiero saber qué hace y qué deja de hacer.

—Pero —protestó Mirko.

—No hay forma de eludir que trabajes para ella, cariño —aclaró suavizando el tono—. Después de todo, es muy cierto que formas parte del *staff* de cultura. Ahora déjame, que quiero cerrar un par de temas. Luego definimos esas fotos.

Sin decir más, dejó el despacho de Antonella. *Esto es una pesadilla. ¿Cómo puede ser posible que algo así esté sucediendo?*, se preguntó. Empezaba a sentirse paranoico, pero, así como era un alivio importante que Gimena Rauch no lo reconociera, el que quisiera alterar el clima de la editorial podía ser peligroso, tanto para él como para ella misma; ni hablar para la operación. Consideró intentar sondear a Garrido, tal vez ella supiera algo más sobre Rauch y, por segunda vez, un impulso lo detuvo. El asunto Gimena Rauch era suyo y no quería compartirlo con nadie. Mucho menos con Garrido.

CAPÍTULO 9

La semana transcurrió con lentitud. Las noticias de España no tardaron en propagarse por la editorial y causar cierta zozobra. Sin embargo, Gimena no se inmutó por la energía reinante. El respaldo recibido le dio valor para ponerse en movimiento e imponer su ritmo. Ya más segura, acordó una reunión con Javier Estrada, el esposo de Carola, y preparó un calendario de actividades incluyendo al atractivo fotógrafo.

Estaba terminando el último artículo que debía enviar a José María, cuando Romina se presentó en su despacho para informarle que el doctor Estrada se hallaba en la recepción.

—Perfecto, Romi —le dijo poniéndose de pie—. ¿Podrías hacerle llegar este memo a Mirko?

—Claro —dijo la chica, sorprendida por el encargo—. Ya mismo se lo entrego. Le diré a Leti que haga pasar al doctor Estrada a la sala de reuniones.

Gimena sonrió con algo de benevolencia, pensando que muy a conciencia había acordado el horario con Javier. Quería que todas lo vieran, principalmente Romina y Leticia, quienes esparcirían la novedad por toda la editorial. Ya había solicitado que le acondicionaran la sala de reuniones y pidió que hubiese café, té y agua. Luego de reunir un par de carpetas, se dirigió hasta allí.

—Hola, Javi, gracias por hacerte un hueco tan rápido —dijo Gimena al acercarse a su amigo para saludarlo afectuosamente—. Necesito tanto tu ayuda…

—Por supuesto, para eso vine —respondió—. ¿Es así de tranquilo siempre?

—Sí, y la verdad es que me preocupa —repuso ella, con cierto malestar. Bajó la vista hacia la carpeta que tenía a su lado—. Por eso quiero contratarte para que gestiones una auditoría. No de toda la editorial, pero sí del área cultural.

—Eso es posible si se manejan como administraciones separadas —respondió Javier—. Deja que yo me encargue de guiar la auditoría. Ya mismo le digo a mi secretaria que te envíe un correo con la información que necesito para poder comenzar.

Alguien golpeó la puerta de entrada y los interrumpió. Gimena se tensó y le dirigió una rápida mirada a Javier, cargada de advertencia. Él frunció el ceño comprendiendo el mensaje.

—Perdón que te interrumpa, Gimena —dijo Antonella ingresando a la sala—. Necesitaría saber cuánto tiempo vas a estar aquí. Tengo una reunión en media hora.

—Ya estaba terminando, Antonella —respondió con frescura sabiendo que la mujer se había acercado principalmente para ver

con quién estaba reunida–. Deja que te presente a mi contador, el doctor Javier Estrada.

Ambos estrecharon sus manos y para Javier fue más que evidente que la mujer desconfiaba de Gimena, tanto como Gimena desconfiaba de ella. La enemistad era palpable.

–Perfecto –deslizó luego de saludar a Javier. Se volvió hacia Gimena–. Los dejo concluir. Le diré a Romina que se ocupe de acondicionarla una vez que termines.

Javier había seguido todo el intercambio con atención. No tenía dudas de que no se soportaban.

–¿Qué fue eso?

–Esa bruja está destrozando la editorial –respondió con aspereza.

–Veremos si queda bien parada luego de la auditoría –terminó diciendo Javier al ponerse de pie–. Ya mismo le digo a Silvina que te mande ese correo. Mañana hablamos.

En esta ocasión, Gimena lo acompañó a la entrada. Se despidieron con un abrazo bajo la atenta mirada de Leticia, que parecía fascinada con Javier.

De camino a su oficina, divisó al fotógrafo, que salía del despacho de Antonella llevando una carpeta. También observó cómo Romina lo interceptaba. Gimena sonrió maliciosamente, le había dado toda una semana para ajustarse a los cambios. Pero ya era hora de ponerlo a trabajar. Empezaba a cansarse del poco profesionalismo con el que se manejaba todo en ese lugar.

–Mirko, tengo algo para ti –lo llamó Romina al acercarse a su cubículo. Se volvió hacia la chica con curiosidad–. Me lo

acaba de dar Gimena —dijo extendiéndole una hoja—. Te dije que venía en plan de jefa —se vanaglorió buscando su complicidad—. Ya veo que tendremos el doble de trabajo. Va a quedarse con la editorial. Desde que llegó impuso varios cambios y mucho ritmo.

—Ni lo menciones.

Intrigado, tomó la hoja que Romina le extendía. La leyó sin poder creerlo. Era un memorando interno, algo que no tenía recuerdo que se hubiese utilizado en la empresa. En esta aparente nueva forma de comunicación, Gimena Rauch le informaba las fechas y horarios en los que necesitaría de sus servicios fotográficos. Solo le pedía que se notificara y le indicara si estaba disponible.

La primera cita sería al día siguiente. El lugar de destino era la Clínica Bellos Atardeceres, donde entrevistaría a la directora de la institución, la doctora Marta Guzmán. Por debajo figuraba lo siguiente: "Glorieta de Barrancas, (L a V - 19:30 h)". No siguió mirando, la lista era larga y variada; algo le decía que recibiría varios de esos memos.

Preocupado por cómo los hechos empezaban a enlazarse, alzó la vista y contempló el despacho de Gimena. A través de los vidrios, la vio hablar por teléfono. Caminaba por detrás de su escritorio, gesticulando, enfatizando sus palabras; se la notaba concentrada, seria. Cuando la comunicación concluyó, Mirko la vio alzar sus brazos en clara señal de triunfo.

Era más que evidente que esa mujer tenía claro lo que deseaba. Antonella no se había equivocado al asegurar que una buena manera de conocer las verdaderas intenciones de Rauch era acompañándola tanto como fuera posible. Aunque lo

entendía, hubiese preferido no tener que ocuparse de esa tarea personalmente. Lo condicionaba pensar que en cualquier momento ella podría reconocerlo.

Pensando en eso y en la amenaza latente que representaba su presencia, tomó dos chinchetas y clavó el memorando en un panel de corcho ubicado junto a su escritorio. Releyó el listado, ahora con atención. Figuraban varios centros de asistencia a personas con enfermedades neurológicas; centros culturales como Tecnópolis, la Usina del Arte y diversos festivales barriales programados por el gobierno de la Ciudad; así como también ferias itinerantes y muestras de arte callejero. En total eran unas diez salidas en un lapso de tres semanas. Podía apostar a que la lista crecería.

Respiró hondo y una vez más miró hacia el despacho donde Gimena volvía a hablar por teléfono. Su rostro transmitía fuerza, seguridad e inteligencia y a todo eso se le sumaba la convicción. Mirko lo notó. También detectó vehemencia y determinación en la mirada. Estaba segura de lo que pretendía y lo conseguiría, de eso no tuvo dudas.

¿Cómo puede ser que sea la misma mujer? Cuanto más lo pensaba más inverosímil le parecía. Nunca se había vanagloriado de aquella época; prefería no recordarla. En algún punto le avergonzaba y si hubiese podido borrarla de su existencia, lo hubiera hecho. No lograba olvidar lo que había sucedido; había sido la única mujer que había logrado moverlo de su eje. Someramente recordó sus besos y algo en él vibró.

Se puso de pie y se detuvo al verla salir de su despacho con un café en una mano y el celular pegado a la oreja sostenido por la otra. *¿Dejará de hablar por teléfono en algún momento?*, se preguntó Mirko. La siguió con la mirada y decidió unírsele cuando la vio ingresar al balcón, donde solían congregarse los fumadores.

Gimena se volteó a ver quién se acercaba. Entonces lo saludó.

—Hola —respondió Mirko. Encendió su cigarrillo y se acomodó el cuello del abrigo—. No te hacía fumadora.

Ella le dedicó una mueca antes de dar pitada.

—Tengo temporadas. Aunque nunca parece ser buen momento para dejarlo del todo —confesó, resignada, acompañando sus palabras por otra mueca—. Trato de controlar la cantidad.

Bebió un poco de café y bajó la vista hacia su celular, que acababa de vibrar en su mano. Se apresuró a grabar una respuesta a la consulta.

Mirko prestó atención a lo que ella decía, pero no le pareció importante. Simplemente estaba confirmando haber recibido un correo electrónico con la información que había solicitado. Volvió a aspirar su cigarrillo y exhaló el humo con suavidad.

—¿Recibiste el memorando? —preguntó Gimena.

—Sí —respondió, escueto, eludiendo su mirada. Le costaba asimilar que estaban hablando, pero le costaba mucho más creer que ella no lo recordaba—. Las dos primeras fechas estoy libre —se apresuró a confirmar—. El resto no te lo puedo asegurar ahora.

—No hay problema —reconoció Gimena con liviandad—. Para arrancar, me sirve saber que puedes mañana —bebió un poco de café—. Le envié una copia del memorando a Antonella, para que esté al tanto.

Mirko comprendió, sin margen de dudas, que esa mujer no

solo lo estaba usando para fastidiar a Antonella, sino que también se divertía a su costa. Lo alertó que se le adelantara, que mostrase una actitud solapada y al mismo tiempo que no jugase del todo limpio; debería prestar más atención.

—No tenías por qué —se sintió en la obligación de aclarar—. Pero es mejor que esté enterada.

Gimena sonrió considerando que era un tipo evidentemente oscuro, y ella hacía tiempo que había resuelto no meterse más con chicos malos; había aprendido la lección.

—Lamento haberte alejado de ella —comentó con algo de renuencia, pero palpable sinceridad—. No era mi intención.

—No tengo nada con Antonella —se defendió él—. Ella no es ni mi dueña ni nada que se le parezca.

—Si tú lo dices —respondió consciente del doble sentido—. Solo para dejarlo expreso —agregó con firmeza en la voz y picardía en la mirada—, a mí solo me importan las imágenes que consigas. No me interesa cómo disfrutas de tu tiempo libre; pero durante el horario laboral me gustaría que trabajes.

—¡Qué directa!

—Me gustan las cosas claras —sentenció—. Y en esta editorial todo es demasiado confuso.

Mirko no respondió; esa última apreciación le dio a entender a Gimena que hablaban el mismo idioma. Se miraron a la cara, midiendo sus fuerzas y sus intenciones. Lo tensó descubrir en ella a una mujer plantada, decidida y audaz; estaba al tanto de lo que sucedía entre él y la directora. A Gimena, en cambio, le resultó terriblemente atractivo.

—No sé si estás al tanto de que figuras como empleado de la

revista de cultura, no de la de moda —deslizó con voz suave sin apartar la mirada del rostro de Mirko, quien frunció el ceño, desconcertado—. Por eso y no por otra cosa, a partir de ahora trabajarás para mí y no para Antonella.

—No tengo ningún inconveniente con eso —respondió Mirko tratando de que no se notase su incomodidad.

Elevó el mentón buscando mostrarse estoico y su mirada se enganchó con la de Gimena, que parecía analizarlo. En esta ocasión no se amedrentó; no le daría el gusto, había logrado salir airoso de batallas mucho más duras.

El celular de Gimena vibró cortando el clima. Ella bajó la vista y frunció el ceño al ver quién la llamaba.

—Tengo que atender —comentó con suavidad.

—Atiende —respondió él con actitud intrigante y mirada hechicera—. Luego nos vemos.

—*Bonjour, Étienne. Ça va ?* —dijo al atravesar la doble puerta de vidrio que comunicaba con la recepción de la editorial.

Mirko la siguió con la mirada. A lo largo de las semanas, la había escuchado hablar en francés gran cantidad de veces, pero en esta ocasión, a diferencia de las anteriores, el tono que ella empleaba no le pareció ni relajado ni alegre; en realidad, todo lo contrario. Había cierta bravura en su voz, una pizca de enojo mezclado con frustración. Evidentemente, no la alegraba el llamado.

Por la noche, Antonella lo invitó a su casa. Una vez más, Alejandro se hallaba en la provincia de Misiones y, más allá de disfrutar de una prolongada noche de placer, Antonella se ocupó de recordarle que mantuviera vigilada a Rauch. La quería controlada, deseaba saber qué hacía y qué iba a hacer. *¡Qué*

karma el mío!, pensó Mirko al descubrir que Antonella no era diferente a Claudia Garrido.

Parecía un mal chiste, pero así era. Debía espiar a Antonella para informar a Garrido; y debía espiar a Gimena para complacer a Antonella. Como si eso fuera, poco debía procurar que Rauch no lo reconociera. Lo suyo era una pesadilla constante.

No obstante, toda esa situación le ofrecía cierto beneficio. Con la excusa de tener que dividir su tiempo entre Mansi y los requerimientos de Gimena, Mirko se atrevió a preguntar por la presunta fiesta que Antonella, en un desliz involuntario, había mencionado. Ella se sorprendió ante la pregunta y la desconcertó darse cuenta de que había hablado de ese asunto con él. No lo recordaba, pero bien podría haber sucedido. Con algo de dudas, le comentó que no creía que fuera necesaria su participación. De todas formas, Mirko insistió, argumentando que prefería saber la fecha así la bloqueaba y no corrían riesgos. Le dijo que ella siempre sería su prioridad, entonces Antonella, halagada, terminó cediendo y, aunque no le aseguró que lo necesitaría, le informó que el evento se llevaría a cabo el sábado 11 de julio.

Al día siguiente, llegó a la editorial pasado el mediodía. Estaba tenso, le dolía la cabeza. Tener que pasar toda la tarde con Gimena le ponía los nervios de punta. Se sirvió una taza de café negro y lo bebió mientras leía su correo. Luego revisó lo que podría haber sucedido esa mañana en el despacho de Antonella. Nada.

Desde su lugar, Mirko miró hacia el despacho de Gimena. La vio a través de los cristales, hablaba por teléfono. *¡Qué raro!*, pensó, sarcástico. Resignado a su suerte, se dirigió hacia la oficina de ella. Se detuvo en la entrada, golpeó la puerta con los nudillos y aguardó. Recién cuando lo autorizó, abrió la puerta y asomó su rostro.

—Hola, Mirko —lo saludó Gimena con una sonrisa limpia y entusiasta.

—Permiso —dijo él con sequedad—. Quería avisarte que ya estoy listo. Cuando quieras salimos.

Gimena asintió y se puso de pie. Rodeó el escritorio dirigiéndose a un estante en el que había colocado una cafetera de cápsula. Miró a Mirko y con un gesto le ofreció un café, pero él lo rechazó.

—¿Tienes vehículo o prefieres venir conmigo? —preguntó Gimena regresando a su escritorio.

—La verdad es que prefiero ir en tu auto —respondió con sinceridad—. Tengo una motocicleta y no me agrada llevar las cámaras tan a la vista.

—Perfecto —comentó ella acomodándose en su asiento—. Dame diez minutos y salimos.

Gimena lo observó alejarse. Las pocas veces que había cruzado palabras con él, había tenido la sensación de que ocultaba algo, y eso indefectiblemente despertaba su curiosidad. Si era o no el amante de Antonella, la tenía verdaderamente sin cuidado; pero, por la distancia que él imponía, la llevaba a considerar que había más que eso.

Media hora más tarde, dejaron la editorial y se dirigieron

hacia el estacionamiento en el que Gimena había dejado su vehículo. Mientras pagaba en la caja, le señaló el Fiat 500 de un llamativo e intenso color rojo, que descansaba entre dos camionetas. Se veía diminuto.

—Por dentro te aseguro que es cómodo —deslizó ella al notar que Mirko debía estar preguntándose cómo demonios entraría en ese automóvil.

—Si tú lo dices.

En silencio dejaron el estacionamiento y en silencio transcurrieron los siguientes veinte minutos de travesía. Ella lo miraba de reojo sintiendo que, de tanto en tanto, él la observaba de igual forma. Ya había tomado la avenida Leandro N. Alem y se dirigía rumbo norte cuando Gimena decidió romper el silencio.

—Mirko; muy pocas veces escuché ese nombre —comentó. Él la miró de soslayo, pero no dijo nada ni alteró la expresión de su rostro—. Me gusta —agregó y, al detenerse en un semáforo, le preguntó—. ¿Cuál su origen?

—Croata —fue la seca respuesta de él.

—¿Naciste allí? —preguntó. Mirko asintió desviando la vista hacia la calle—. ¿Dónde?

—Rovinj.

—Un lugar maravilloso —comentó, sonriendo al recordar el viaje a Croacia que habían hecho con Étienne—. Estuve allí hace dos años. Es precioso. ¿Conoces? —preguntó Gimena dispensándole una mirada rápida. En silencio, él sacudió su cabeza negativamente—. Si no la conoces, algún día deberías visitar Rovinj, Mirko —agregó con ensoñación—. Es mágica y bella.

Gimena comenzó a describirle la ciudad brindándole una vasta variedad de detalles que lo ayudaron a visualizar imágenes que fueron como un bálsamo para Mirko. Aunque se resistía, finalmente sucumbió ante la voz cálida y entusiasta de Gimena, que lo acercaba a sus orígenes. Era la primera vez que le hablaban de su tierra y ella parecía estar pintando un cuadro con sus palabras.

La miró con suspicacia, resistiéndose ante la extraña emoción que le generaba. La clara descripción de su ciudad natal lo había sacado de foco, lo había llevado a pensar en su vida, en lo poco que en realidad sabía de sus raíces y en lo que podía haber quedado en aquel lejano país del que nada sabía. Un millón de preguntas comenzaron a amontonarse en su mente, pero ninguna escapó de su garganta.

Gimena guardó silencio esperando algún tipo de comentario que propiciara una conversación, pero este nunca llegó. Al cabo de unos segundos, aceptó que sería en vano tratar de sociabilizar con él; era demasiado seco y parco. Harta del silencio imperante, estaba pensando en poner un poco de música cuando su celular comenzó a sonar. Agradecida, atendió utilizando el sistema bluetooth.

Lo primero que pensó Mirko al escuchar el tono de llamada fue que no era una canción francesa, con lo cual lo más probable sería que no se tratase de la persona con la que Gimena hablaba en ese idioma.

—Hola, Gimena. ¿Puedes hablar?

Era la voz de una mujer joven. Se expresaba con cariño, y Mirko, haciéndose el desentendido, resolvió prestar atención.

—Hola, Lara —le dijo suavizando el tono de su voz—. Estoy conduciendo y no estoy sola. Voy camino de la clínica donde trabaja Marta. ¿Tú?

—Acabo de regresar de una reunión —comentó—. Estuve con Manu —dijo muy a su estilo, directo—. Sabe que estás en Buenos Aires. Me dijo que desea verte.

Mirko frunció el ceño al escuchar el bufido que Gimena dejó escapar. *Esto es interesante*, pensó. *¿Quién será Manu? ¿Manuela o Manuel?*, se preguntó. Dedujo por la reacción de Gimena, que ahora abría la ventana y encendía un cigarrillo, que debía tratarse de alguien importante para ella. La observó disimuladamente para comprobar que de su rostro se había borrado todo rastro de distensión. Definitivamente Manu era importante.

—Debe haber sido Raúl —masculló, ofuscada—. No me importa, Lara. No quiero hablar ni de él, ni con él.

Bien, pensó Mirko, quien no se perdía detalle. *Es Manuel.*

—Yo te entiendo —insistió Lara tratando de suavizar la reacción de su amiga—. Él solo quería saber de ti. Lo noté apenado. ¿Por qué no le das una oportunidad? Pasaron tres años…

—¡No puedo creer lo que estoy escuchando! —estalló Gimena subiendo el tono de voz—. Sabes muy bien lo que hizo; sabes muy bien cómo defraudó mi confianza. Es imperdonable. Lo hemos hablado cientos de veces, Lara. No puedo creer que estés de su lado.

—No estoy de su lado, Gimena, solo que lo vi apenado —reconoció Lara—. El tiempo pasa y todos tenemos nuestras razones. Deja que te explique. Dale esa oportunidad.

—Te juro que me cuesta imaginar cómo logró convencerte

—masculló Gimena con voz helada—. No voy a seguir hablando de este tema, Lara. Te dije que no estoy sola.

—Prométeme que me llamarás después.

—Sí, sí.

Sin decir más, cortó la comunicación. Arrojó el cigarrillo y subió el vidrio. Mirko la observaba. Hasta unos segundos atrás hubiese jurado que sería imposible borrar la sonrisa y el gesto entusiasta de su rostro, pero la tal Lara hablándole del tal Manuel lo había logrado.

Vaya, vaya. Siempre hay una historia detrás de un rostro, reflexionó Mirko ante las emociones que Gimena Rauch comenzaba a mostrar. Ahora intrigado, deseó saber más sobre ella y su mundo.

Durante el resto del trayecto ninguno habló. Gimena conducía inmersa en sus pensamientos, con el entrecejo fruncido y la boca tensa. Su ofuscación era profunda; eso era evidente. Aburrido, Mirko resolvió romper el clima, ese silencio era más inquietante que cualquier conversación.

—¿A dónde vamos?

—A una clínica que se especializa en tratamientos psiquiátricos para adultos mayores —respondió en un tono monocorde, artificial—. La información estaba en el memo que te envíe.

—Estaba la información del lugar al cual iríamos, pero no dónde quedaba —respondió él rápidamente.

Gimena lo miró de soslayo y no pudo evitar sonreír.

—Es cierto —reconoció. Respiró hondo procurando calmarse—. Perdón. El lugar al que vamos queda pasando San Isidro.

—Bien —repuso él, conforme por haberla traído de regreso—. Nunca me especificaste qué tipo de fotos quieres. La verdad, no

entiendo qué puede haber en una clínica de esas características que te interese para publicar en el suplemento cultural.

Gimena controló como pudo la exasperación que le provocaba la palabra "suplemento" cada vez que la escuchaba asociada a su trabajo. Le sonaba a poca cosa, a relleno, a algo que interesaba a unos pocos.

—Primero y principal, mis artículos no saldrán en ningún suplemento —aclaró, contrariada.

Mirko la miró como si no comprendiese bien lo que decía. Hablaba con autoridad y algo de malestar también. No entendía qué había querido decir, pero sea lo que sea, no le agradaría a Antonella.

—Los artículos que debo escribir tratarán sobre arte terapéutico, lo que se denomina hoy en día arteterapia —siguió explicando Gimena ahora con absoluto dominio de sí—. Es una técnica que se utiliza tanto para trastornos físicos como mentales. Hace años que se implementa y está dando grandes resultados.

Mirko asintió, aunque no fue mucho lo que interpretó de lo que ella dijo. Le costaba imaginar que algo interesante pudiera surgir en una clínica con ancianos enfermos.

—Lo que necesito son las imágenes que guarden relación con el arteterapia. El modo en que los terapeutas utilizan el arte en sus formas más variadas para ayudar a los pacientes a expresar sus necesidades, sus emociones o su sentir —explicó—. El arte es una herramienta que está dando grandes resultados, ya que es un camino de expresión.

Mirko se quedó unos momentos meditando la información.

Eso de tener que buscar, elegir y optar lo estimuló. Nunca le habían pedido que lo hiciera. Antonella, desde un comienzo, había dejado claro que lo suyo eran los escotes, las faldas cortas y las expresiones sugestivas. Esto era completamente diferente.

—¿Algún problema? —preguntó Gimena desconcertada por los gestos que veía en el rostro de él.

—No, no, solo estaba pensando que, luego de tanto tiempo de fotografiar modelos semidesnudas, esto va a ser interesante y renovador —comentó con la misma parquedad con que había dicho todo lo demás.

Gimena no pudo evitar carcajear preguntándose si se conmovería con lo que estaba por presenciar.

—La verdad es que estás por dar un gran giro —comentó, todavía con la risa bailando en su voz—. No todos los días se pasa de retratar modelos semidesnudas a pacientes que sufren Alzheimer. Ya me dirás qué conclusiones sacas al respecto —agregó con sarcasmo—. Ahora déjame decirte que no todas las entrevistas serán como esta. En tu memo está detallado el tipo de artículo, nota o entrevista —aclaró—. Será un poco de todo.

Aunque no lo reconocería, le encantaba oírla hablar. Le gustaba el timbre de su voz, el modo en que utilizaba las palabras y cómo las entonaba alargándolas; lo atribuyó a sus años en España. Su carácter parecía ser dócil, sonriente y entusiasta, pero tenía temperamento, y si algo le quedó claro a Mirko fue que no le agradaba que le dieran órdenes ni que le dijeran qué debía hacer. Era una chica lista, independiente; tenía luz propia.

—Ya veremos cómo nos va hoy —dijo con suma naturalidad. Estacionó el vehículo en el primer lugar libre que encontró y se volvió a mirar a Mirko–. Si no te agrada o no te sientes cómodo, puedo hablar con Antonella, que de mil amores me va a recomendar otro fotógrafo.

Bajó del automóvil en cuanto dijo la última palabra. Mirko tardó un poco más en reaccionar. Nuevamente lo había desconcertado el sarcasmo y el tono burlón que ella había utilizado. *Es una bruja con cara de angelito*, pensó y, por un breve instante, temió que estuviera simulando no conocerlo, para tenderle una trampa de la que no podría escaparse. Esa también era una posibilidad.

Ingresaron a la vieja casona subiendo por una amplia escalinata de mármol. Con la cámara ya colgando de su cuello, Mirko siguió a Gimena, que se dirigía hacia la recepción, donde se presentó y mencionó que la directora del establecimiento la estaba aguardando.

–Te voy a presentar a Marta Guzmán –le explicó para ponerlo al tanto de lo que sucedería–. Mi idea es conversar con ella mientras te ocupas de tomar fotografías de las instalaciones.

–Perfecto. Me guío por lo que me dijiste antes –comentó él procurando sonar comprometido–. Me muevo por los alrededores, tomo imágenes que tengan que ver con el uso de las distintas expresiones artísticas de las personas que se encuentran aquí alojadas.

Gimena se lo quedó mirando, sorprendida por la seriedad con la que él se había expresado. Fue un aspecto que no condescendía con la imagen que solía dar. *Vaya, sorpresa*, pensó, *tal vez solo está haciendo buena letra o, tal vez, solo necesita una oportunidad.* Ese hombre era un misterio.

—Sé hacer mi trabajo —le aseguró, eludiendo su mirada.

Marta Guzmán no tardó en aparecer y, luego de saludar a Gimena con un fuerte abrazo y de intercambiar un apretón de manos con Mirko, le indicó al fotógrafo que se colocara un distintivo que lo habilitaba a ingresar a determinados espacios de la clínica.

—Por ese pasillo llegará al jardín trasero. Allí se encuentran la mayoría de los pacientes que participan de los talleres —informó. Luego consultó su reloj—. A esta hora muchos de ellos estarán trabajando sobre sus lienzos.

—Perfecto —dijo, encantado con la sensibilidad de esa hermosa y seria mujer. Miró a Gimena como si esperase una indicación de último momento—. Te veo luego.

Mirko recorrió el pasillo recordando cómo había comenzado a disfrutar de la fotografía. Desde un primer momento, sin importar el objeto que estaba fotografiando, había descubierto que, a través de la lente, todo se veía y se apreciaba distinto. Solo detrás de una cámara, él podía definir lo sustancioso de lo vacuo, lo bello de lo efímero, la esencia del relleno, y eso había sido determinante para mantener cierto equilibrio interior.

Llegó a una galería donde un murmullo contenido alteró el silencio reinante. Desde la puerta de salida contempló el lugar. Frente a él se presentaba un cuidado jardín salpicado de flores y almas perdidas. Era un bello lugar en el cual podría obtener muy buenas imágenes.

Comenzó a recorrer los senderos, entre los canteros, y sus ojos fueron posándose en las personas —los pacientes— que allí se encontraban. Lentamente, a medida que congelaba las

imágenes, comenzó a percibir tantas emociones que terminó conmoviéndose. Afectado por todo cuanto lo rodeaba, comenzó a disparar su cámara sintiendo el abandono que allí se respiraba, la irrealidad que flotaba en el aire; todo eso contrarrestado por la contención y el cariño con que los enfermeros trataban a los pacientes. Sin darse cuenta se le humedecieron los ojos.

Al girar, enfrentó nuevamente la edificación de la casona. En la galería, al reparo de la fría corriente de aire, un grupo de mujeres pintaban bajo la atenta mirada de varios profesionales. Acaparó su atención una hermosa mujer de cabellera plateada cuidadosamente sujeta en la nuca por un broche. Sus rasgos eran armoniosos, delicados, finos, y Mirko supo, sin duda, que de joven debió haber sido una belleza. No pudo contenerse, alzó la cámara y la fotografió. Recién entonces reparó en el modelo que, sentado al lado de ella, era el objeto de toda su atención. Se centró en ambos y lo maravilló el amor y el cariño con que la mujer lo miraba. No era difícil deducir que se trataba de madre e hijo. Los fotografió a ambos varias veces, capturando sus sonrisas, sus miradas y hasta el amor que se tenían.

—Es amigo mío —susurró Gimena a su espalda cuando él bajó la cámara. No había querido interrumpirlo mientras trabajaba; lo había visto tan concentrado que le pareció una pena hacerlo.

Mirko se irguió sin apartar la vista de Miguel y de su madre. Nunca había sentido envidia de algo así, pero en este caso, frente al cariño que esa mujer transmitía y el amor que brotaba de los ojos del hijo, por primera vez en su vida sintió que estaba frente a algo que nunca tuvo ni tendría.

—He terminado —comentó Mirko como si Gimena nunca hubiese hablado.

Simuló verificar las últimas fotos registradas, bajó la vista y se alejó unos pasos de ella tratando de que no se notara lo mucho que la escena lo había sensibilizado.

—Micky, ¿cómo estás?

Escuchó la voz de Gimena y lo sorprendió percibir la alegría y el cariño que transmitió. No pudo evitar voltearse a mirar y permaneció unos segundos contemplando cómo ambos se abrazaban al saludarse. Se mantuvo a un costado fingiendo estar concentrado en otra cosa mientras prestaba atención a cada una de las palabras que intercambiaban. Hablaban de gente en común y de una reunión que se llevaría a cabo en su casa. La sonrisa se borró del rostro de Miguel en cuanto Gimena preguntó por su madre.

—Qué puedo decirte… —respondió—. El deterioro avanza a pasos agigantados. Esta semana me reconoció; hacía meses que no lo hacía.

—Ay, Micky, qué triste —comentó ella, apenada. Como si hubiese recordado algo, miró a Mirko, que se había mantenido apartado—. Mirko, ven que te presento a un amigo.

Toda la situación le resultó de lo más incómoda. No estaba acostumbrado a ser incluido en ese tipo de encuentros y conversaciones; no podía evitar sentirse a la defensiva, como si en cualquier momento fuese a quedar expuesto y en falta.

—Mirko, él es Miguel, esposo de una de mis mejores amigas —anunció. Luego miró a su amigo—. Micky, te presento a Mirko; es fotógrafo, trabaja conmigo.

Los dos hombres se saludaron con un apretón de manos, mientras Gimena mencionaba que Mirko había tomado unas hermosas imágenes de Ada. Emocionado, Miguel lo miró y, aunque lo dudó un momento, le pidió verlas. Mirko se las mostró y Miguel observó toda la secuencia. Se detuvo en una en particular. En esa fotografía, Ada le sonreía acariciándole el rostro. El gesto de su madre era limpio, despejado de las nubes de la enfermedad. Así quería recordarla.

—Te hago llegar una copia por Gimena si quieres —le dijo Mirko conmovido por lo afectado que Miguel se mostraba.

—Muchísimas gracias —respondió Miguel sin apartar la mirada de la fotografía—. Sería un hermoso recuerdo.

Marta Guzmán se unió a ellos en el pasillo y los cuatro caminaron hacia la salida. Mirko aprovechó para separarse. Se despidió de todos y le indicó a Gimena que la esperaba en el auto.

Apoyado contra el vehículo, encendió un cigarrillo. Lo fumó dispensándole de tanto en tanto una mirada a Gimena, que conversaba con Miguel. No pudo evitar pensar en Soraya y en el vago recuerdo que tenía de ella. Era lo más parecido a una madre que él había conocido y, así mismo, nada de cálido había en ella.

Su celular vibró, lo había notado varias veces mientras se dedicaba a tomar fotografías. Balbuceó una maldición al notar que tenía gran cantidad de mensajes de Garrido; también Antonella había deseado contactarlo. Resolvió primero dar señales de vida en el celular de la fiscal. Envió un mensaje templado, ya no sabía cómo tratarla, pero no deseaba levantar sospechas. Luego llamó a Antonella, a quien puso al tanto de lo que estaba sucediendo con Gimena.

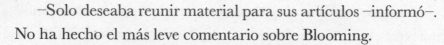

—Solo deseaba reunir material para sus artículos —informó—. No ha hecho el más leve comentario sobre Blooming.

—Perfecto —dijo ella—. Cualquier novedad, me avisas.

Antonella concluyó la conversación sin previo aviso. Mirko alzó la vista, y vio que Gimena se despedía de sus amistades y caminaba hacia él.

—¿Vamos? —dijo al llegar a su lado.

—Vamos —respondió él apresurándose a guardar el celular en el bolsillo de su abrigo.

La entrevista con Marta Guzmán había sido un verdadero éxito. Gracias a la información que le había brindado respecto del uso de ese tipo de terapias para ayudar a los pacientes de la clínica, Gimena contaba con mucha información sobre cómo se trabajaba al respecto en Buenos Aires. De hecho, bien administrada, podía ser utilizada en más de un artículo. Eso la satisfizo; sin habérselo propuesto contaba con material para el futuro.

Se sirvió una copa de vino blanco y se acercó al sillón dejando que la música celta que sobrevolaba el ambiente la relajara. Entre los estantes de la biblioteca, había encontrado un viejo CD y quiso escucharlo. Una mueca cargada de nostalgia se dibujó en su rostro al recordar el viaje que había compartido con Étienne a Irlanda, y, especialmente, el cálido pub de Dublín donde una pareja ofrecía a los turistas un exquisito show de música autóctona con arpa y violín. *¡Qué lejos quedó todo aquello!*, pensó con algo de resignación.

Se ajustó la bata y caminó hacia el patio interno, pensando acerca de su presente. Empezaba a adaptarse a los vaivenes emocionales que le provocaba Buenos Aires; aunque no lograba reunir coraje para enfrentar ciertas problemáticas. Pero lo cierto era que, últimamente, sentía que sus años en Europa habían sido como una suerte de paréntesis, mientras que su presente y su futuro volvían a estar en Buenos Aires.

Era una noche oscura, fría, cerrada, sin luna. Encendió un cigarrillo y dejó que su mente saltara entre tema y tema. Los recuerdos de Madrid fueron mezclándose con los pendientes en Buenos Aires. Pronto, sus pensamientos cayeron en las entrevistas que debía realizar, luego se centraron en la actividad de esa tarde hasta que se detuvo en un fotógrafo en particular.

Ese hombre la perturbaba, la afectaba, aunque se forzase por no admitirlo. Era atractivo, intrigante. Su rostro anguloso, masculino, parecía cincelado de lo perfecto que era. Sus ojos celestes, luminosos e intensos, eran la antesala calma de una personalidad turbulenta; por lo menos eso era lo que Gimena percibía cada vez que se topaba con su mirada. Sin embargo, era su actitud distante e insondable lo que más la desconcertaba. En algún punto la turbaba la barrera que levantaba entre ellos. No estaba acostumbrada a que la gente la rechazara o pusiera distancia con ella. Generalmente era empática con las personas. *Pero ¿por qué percibo que él me rechaza?*, se preguntó tratando de entender su silencio y esa actitud poco natural, como si siempre estuviese esperando ser pescado en falta. *Bueno, en realidad todos en esa editorial tienen esa expresión*, concluyó al terminar su cigarrillo.

Hacía frío para quedarse afuera, regresó al interior y buscó su celular, tentada de enviarle un mensaje. Consultó su reloj; era pasada la medianoche. Se sirvió un poco más de vino y se acomodó en el sofá. Bebió un trago mientras buscaba el contacto de Mirko. Estaba conectado y eso la alentó. Aunque albergaba algunas dudas sobre lo que estaba por hacer, deseaba generar algún tipo de acercamiento y se dejó llevar.

Sin pensarlo mucho más escribió: "Gracias por haberle ofrecido esas fotos a Micky. Para él es importante". Lo envió y se arrepintió de haberlo hecho. Estuvo tentada en borrar el mensaje, pero Mirko no le dio tiempo, pues respondió casi en el mismo momento en que lo recibió. "Es la cuarta vez que me agradeces. No hace falta", fue la seca respuesta que apareció en el mensaje.

A Gimena esas palabras le sonaron ásperas y malhumoradas. Se sintió una estúpida por haber quedado expuesta; seguramente Mirko pensaba que estaba interesada en él. De pronto, ofuscada, respondió: "Tienes razón, no recordaba haberlo hecho. Me quedo tranquila, entonces. Que descanses".

Mirko permaneció varios segundos contemplando la pantalla de su celular. Tomó un poco de cerveza y se acomodó contra las almohadas de su cama. *¡¿A qué habrá venido ese mensaje?!*, pensó. Lo había sorprendido y lo había inquietado; no quería mantener con ella ningún tipo de contacto fuera de la órbita de la editorial. La quería lejos.

La mañana de ese miércoles, Gimena llegó a Blooming cerca de las once. Se había demorado hablando con su amiga Belén, quien la ponía al tanto de las novedades procedentes de Madrid. Las noticias desde España eran muy alentadoras. Aunque José María aún no podía anunciar formalmente la decisión, Belén sabía de buena fuente que el proyecto había sido aprobado y que en cuestión de semanas llegaría su nombramiento.

Le costaba creer que fuera cierto, de modo que, entusiasmada, encaró la jornada con mil cosas en mente. Decidida a no perder más tiempo y a no dejarse llevar por asuntos de poca monta, cargó el termo con agua caliente para el mate y se encerró en su despacho dispuesta a trabajar. No quería distracciones.

Al mediodía ya había terminado dos notas. Almorzó una ensalada en su escritorio, revisando los artículos escritos esa mañana antes de enviarlos a España. Sabía que José María los esperaba ansioso por cerrar la edición.

Dispuesta a tomarse una pausa, se puso de pie. Se acercó a la cafetera y estaba colocando una cápsula en el aparato cuando divisó al fotógrafo, que ingresaba a la redacción. Una vez más, ese hombre se ganó toda su atención. La irritó ver el modo en que las mujeres lo saludaban a su paso y la arrogancia con que él devolvía el saludo; se pavoneaba, disfrutando sentirse el gallo de ese gallinero. *En el fondo son todos iguales*, pensó Gimena indignada por sentirse atraída por él.

Mirko debió haberse sentido observado porque, de la nada, alzó la vista y su intensa mirada de ojos claros se encontró con la de Gimena que, lejos de sentirse en falta, lo contemplaba sin miramientos. Luego lo saludó con una leve inclinación de cabeza que, involuntariamente, acompañó con una suave sonrisa. Él solo inclinó la cabeza.

Por momentos, Gimena parecía estudiarlo, y eso lo incomodaba. La noche anterior había permanecido largo rato digiriendo que, aunque le pesara, se había sentido a gusto con ella, con su conversación y con el modo en que se interesaba por sus cosas. Su franqueza y su sensibilidad habían suavizado la parquedad de Mirko, que ahora empezaba a observarla con otros ojos. Tal vez por eso se sentía incómodo y tan lleno de remordimientos cuando ella se dirigía a él con tanta amabilidad.

Tratando de disipar los fantasmas, Mirko abrió su computadora portátil y activó el puente que lo conectaba a la de Antonella. Nada interesante encontró allí.

Sin mucho por hacer, decidió ir hasta el balcón para fumar un cigarrillo y así matar un poco el tiempo. Al verlo, Romina se acercó para comentarle que Antonella había dejado instrucciones de que se ocupase de coordinar dos sesiones fotográficas.

—Estas son las especificaciones —agregó, entregándole una carpeta con toda la información—. Ahí está el nombre del contacto de la agencia; es una nueva productora.

Mirko le agradeció y pasó a estudiar los requisitos. No había mucho que coordinar; por lo que leía, estaba todo organizado. Buscó el nombre del contacto y casi se le detiene el corazón al leer que se trataba de Serena Roger.

Sus pensamientos fueron interrumpidos por la voz de Gimena, que pasaba junto a su cubículo. Alzó la vista y la vio ingresar al balcón, claramente enfadada. Aunque hablaba en francés e intentaba disimular el enojo, estaba entablando una discusión; se percibía el hartazgo en su voz. Mirko se mordió los labios para que no se viera la sonrisa que asomaba. *Parece que ese francés ya la tiene fastidiada,* concluyó.

Étienne protestaba porque hacía dos días que no sabía nada de ella. Gimena intentaba tranquilizarlo, aunque empezaban a molestarle tanto sus reclamos como los llamados demandando atención. No dejaba pasar ni media hora que ya le estaba enviando mensajes y todo tipo de declaraciones de amor; la asfixiaba.

—Mira, Étienne —sentención con más hartazgo que firmeza—. Estoy muy ocupada estos días. No tengo tiempo para esto…

—¿De qué demonios hablas? —protestó, entre furioso y desesperado—. No me trates como a un imbécil. Quiero la verdad. Estoy empezando a pensar que esto va mucho más allá de un simple "necesito tiempo para pensar en lo nuestro".

Su silencio fue toda una respuesta para Étienne, que sin decir más, cortó la comunicación. Gimena se tomó unos segundos para recuperarse y apaciguar el torrente de emociones que la conversación había desatado. Resolvió que era momento para su segundo cigarrillo del día. Mientras fumaba, llamó a Belén, que era quien más la había escuchado hablar sobre sus sentimientos hacia Étienne y quien realmente la había alentado a no modificar su viaje y a poner distancia entre ellos.

—Me está volviendo loca, Belu —comentó con algo de angustia. Le dio una pitada a su cigarrillo y continuó—: No digo que no me llame; pero, por Dios, a cada rato lo hace… tengo mucho trabajo… No… Bueno sí, acaba de enterarse… Ya sé que tendría que haberlo dicho antes, Belu… Y sí, hubiera sido lo mejor para ambos… Es que ahora no sé si quiero volver.

Mirko se había deslizado al balcón y fumaba en silencio con la mirada clavada en su celular y la atención puesta en las palabras de Gimena. *Así que el francés era su novio-pretendiente. Interesante,* pensó. En su voz notó lo angustiada que la situación la tenía. Agudizó el oído cuando escuchó mencionar que tenía toda su energía centrada en levantar la revista de cultura.

—No tengo tiempo para… —se detuvo y aplastó su cigarrillo en el cenicero de pie—. Está bien, lo reconozco, Belu, sinceramente quiero quedarme en Buenos Aires… Está bien, está bien, tal vez viaje a París para hablar con Étienne… Sí, ya sé que se lo debo. Pero no sé cuándo podré hacerlo… Gracias, amiga. Te quiero. Hablamos mañana.

Al girar la sorprendió ver a Mirko recostado contra una pared. Llevaba auriculares y movía su pierna al ritmo de vaya a saber qué canción mientras miraba atentamente su teléfono. Respiró hondo, agradeciendo que no la hubiera escuchado. Sigilosamente dejó el balcón, sin advertir la sonrisa de triunfo que se instaló en el rostro del fotógrafo.

Todavía lidiando con el mal humor, regresó a su escritorio y se obligó a ceñirse a lo establecido. Estudió con atención el

listado de temas de los que debía ocuparse y decidió comenzar a diagramar las futuras semanas. Analizó detenidamente la posibilidad de entrevistarse con varios conocidos a quienes deseaba integrar al *staff* de la nueva revista. No era tarea sencilla abordar a los periodistas especializados para conseguir que se ocuparan de escribir una columna; más de uno se creía la estrella de un universo imaginario. Bebió un poco de café, pensando que debía sentirse conforme si la mitad de esa lista aceptaba.

Dejó ese asunto de lado, después de todo antes de convocar a esos colegas debía mantener una larga conversación con Javier Estrada para que le informara cuál era la situación real de la editorial. Guardó la carpeta en una de las gavetas y extrajo otra. La abrió y estudió el cronograma que venía armando. Era una larga lista de centros culturales que debía visitar para más adelante incluirlos en las locaciones a cubrir. Tomó un folleto con información sobre la Usina del Arte; no la conocía, y repasó su programación. Se puso de pie al ver una actividad que era de su interés.

Hacía tres horas que trabajaba en un grupo de fotogramas que Antonella le exigía para el día anterior. Pero estaba disperso y malhumorado; le costaba concentrarse. A raíz de un comentario que había escuchado entre Antonella y su esposo, las palabras de Serena Roger cobraron mayor fuerza y volvió a él la sensación de que estaba en peligro. Ya no sabía qué o a quién creer, pero De la Cruz sospechaba que alguien los estaba vigilando.

Estaba casi terminando cuando Gimena Rauch apareció junto a su escritorio. En un primer momento no dijo nada, simplemente notó que ella apoyaba su cadera contra el canto del escritorio y lo observaba trabajar con detenimiento. Mirko alzó la vista al cabo de unos segundos y la miró.

—¿Estás ocupado?

—Más o menos —respondió con aspereza—. ¿Qué necesitas?

—La verdad es que no sé si serás la persona adecuada —respondió ella, evasiva. Mirko puso los ojos en blanco, no estaba de humor para lidiar con ella—, pero quiero ir hasta la Usina del Arte, donde en pocos minutos comenzará la función de una maravillosa sinfónica.

Mirko no tenía deseo alguno de ir a ningún lado, pero Antonella lo excomulgaría si la dejaba ir sola y esa era una puerta que no podía dejar cerrar. Intentando dilatar el momento, se puso de pie y comenzó a preparar su equipo.

—Me alegra descubrir que te gustan las sinfónicas —soltó ella sabiendo que lo fastidiaba.

—No he escuchado una sinfónica en mi vida —acotó—. Pero mi trabajo es cumplir tus órdenes, así que no tengo más remedio que seguirte.

Gimena lo miró un instante desilusionada por la respuesta. En realidad, ella estaba dispuesta a dispensarlo, pero no le agradó su actitud belicosa y desafiante, de modo que se guardó sus preocupaciones.

—Es bueno que tengas las cosas claras —sentenció, tajante. Se irguió y clavó su mirada en él—. Tu predisposición es digna de destacar. Busco mi bolso y salimos.

Por un instante, Mirko se arrepintió de haber sido tan rudo. Más allá del terrible secreto que lo unía a Gimena Rauch —del cual afortunadamente ella no tenía registro—, no le resultaba para nada tedioso acompañarla en las recorridas culturales. En realidad, empezaba a disfrutar de su compañía. Le gustaba conversar con ella, era una mujer cordial, alegre, buena conversadora. No se merecía que él la tratase mal gratuitamente; no era justo.

CAPÍTULO 10

Sin mediar palabra, llegaron a la Usina del Arte. Entre ambos se había instalado una tensión extraña; ella estaba de mal humor; él, a pesar de sentirse en falta, también lo estaba, pero fue el primero en aflojar.

—No quise responderte mal en la editorial —dijo Mirko al bajar del automóvil—. Últimamente, Antonella me está volviendo loco.

Gimena bajó la vista hacia las llaves y las terminó dejando caer dentro del bolso. Luego lo miró.

—¿Y tiene que ver conmigo? —preguntó, estudiando su reacción.

Lo tomó por sorpresa el ataque directo. Mirko elevó el mentón y se analizaron mutuamente. Gimena suspiró con resignación, comprendiendo la respuesta. Dio un paso hacia él y, colocando una de sus manos sobre el brazo del fotógrafo, buscó su mirada.

—Estamos trabajando, Mirko —deslizó con filosa firmeza—. Puedes decirle a Antonella que lo único que busco es hacer bien mi trabajo para convertir la revista de cultura en lo que debe ser. Nada más.

Mirko la observó un instante, afectado por su apasionamiento y enojo. Esa chica tenía fuego en su interior.

—No tengo nada que decirle a Antonella —dijo él abruptamente.

—¿Y yo tengo que creerte? —repuso ella con algo de sarcasmo—. Vamos, que ya debe haber empezado la sinfónica.

Fue en ese momento cuando a él lo alcanzó un desconcertante deseo de besarla. Había una grieta allí donde ella se esforzaba por mostrarse firme y sarcástica, que dejó que Mirko notara la verdadera esencia. Sorprendido por la nueva sensación que ella acababa de provocarle, la observó alejarse.

Caminaron hacia la entrada; él en silencio, ella desparramando conocimiento. Mirko, que no era un buen receptáculo para sus agudos comentarios, la escuchaba atento. A Gimena parecía no importarle que él no tuviera un oído entrenado, ni supiera apreciar las esculturas o los murales que allí se exponían; ella seguía hablando sin detenerse a cuestionar su falta de conocimiento ni a censurar su ignorancia. A Mirko eso le agradaba; pero también tuvo la sensación de que ella se escudaba tras esa actitud contemplativa, para mantener cierta distancia.

La función ya había comenzado cuando llegaron a la entrada del auditorio. Un colaborador del encargado de la sala les proporcionó el pase correspondiente y les indicó que debían aguardar que la primera parte del show concluyese para poder

tomar fotografías. Se ubicaron en el fondo y así como ella se mostraba encantada y entusiasmada, a él, taciturno y serio, no le interesaba en lo más mínimo lo que sucedía en el escenario.

Tratando de aprovechar el tiempo, Mirko se conectó remotamente al correo de la oficina y espió en el de Antonella. Divisó un mensaje de Candado, pero no se atrevió a abrirlo por temor a que Antonella detectase el movimiento en la bandeja de entrada. Tendría que esperar hasta la noche. Todavía no terminaba de comprender cuál era el procedimiento. Solo entendía que De la Cruz ofrecía a sus modelos, pero no alcanzaba a discernir cuál era el rol de Mansi.

Sin embargo, lo que a Mirko le preocupaba era todo lo que Serena había dicho sobre su salida de la cárcel de Batán. Lo inquietaba, aún más, que hablase del asunto haciendo hincapié en que nada se sabía acerca de quién había intercedido por él. Esa inquietud lo llevó a preguntarse qué sabía realmente de Garrido. Desde un primer momento, había aceptado todo lo que la fiscal le había dicho, sin cuestionar absolutamente nada. Se sintió un imbécil, aunque reconocía que Claudia siempre lo había protegido y le había provisto de cuanto necesitaba; incluso tenía un contrato en el que se explicitaba que trabajaba para la Fiscalía. Pero no estaría de más desconfiar un poco.

De tanto en tanto los aplausos lo sobresaltaban, pero no les prestaba atención. Seguramente Gimena le indicaría cuándo debía ponerse en movimiento. La música nunca lo había atraído demasiado, pero sí reconoció que los violines entrelazándose con los acordes del piano generaban una melodía cautivante.

Un golpe seco en su brazo seguido de un tirón lo sacudió.

Con una actitud defensiva, intentó soltarse, pero no pudo y se volvió hacia su costado para dar con una Gimena completamente enajenada. Tenía el rostro surcado por pequeñas lágrimas y una de sus manos se aferraba al brazo de Mirko como si estuviera poseída. *A mí me toca lidiar con todas las locas sueltas,* pensó sin dar crédito a lo que le sucedía.

—Me vas a arrancar un trozo de carne —masculló él con los dientes apretados luego de acercar su rostro al de ella—. Duele.

Gimena lo miró primero con desconcierto, y lo soltó horrorizada al ver la marca de sus uñas en el brazo del fotógrafo.

—Ay, perdón —exclamó procurando no levantar la voz. Tapó su boca con ambas manos para luego volver a acariciar el brazo de Mirko, como si de ese modo pudiera borrar la marca—. Mira cómo te lastimé. No me di cuenta… es que este es un tema muy especial para mí. Mil perdones, no lo puedo creer. Era una de las piezas favoritas de mi padre. Siempre la escuchábamos juntos…

Mirko asintió sin darle demasiada trascendencia a la explicación, e incómodo retiró su brazo. El auditorio estalló en aplausos y Gimena, poniéndose de pie, se sumó luego de secar las lágrimas de sus mejillas.

—¿Te parece que tome algunas fotos? —consultó. Sus palabras sonaron más a propuesta que a consulta.

—Sí, gracias —dijo. Una sonrisa suave se había alojado en sus labios y lo miraba con los ojos vidriosos—. Aprovecha el bis. Tengo entendido que realizarán tres piezas más —comentó—. Quiero una foto general y una de cada músico por separado.

Mirko se apresuró a colgar de su cuello una de las cámaras.

–También intenta obtener alguna imagen que refleje la sala llena –agregó–. Cuando termines nos encontraremos en el *foyer*.

–¿Dónde?

–Afuera –dijo ella sin molestarse en explicarle.

Mirko dedicó la siguiente media hora a tomar fotografías; lo hizo sigilosamente procurando no alterar el clima que allí se respiraba. Parecía mentira que nadie notara su presencia, pero así era. La audiencia solo tenía ojos para lo que sucedía en el escenario; parecían hipnotizados, tal como Gimena lo había estado. Sin desearlo, sus pensamientos se trasladaron a ella.

En cuanto terminó, se dirigió al hall de entrada del auditorio. *¿Cómo lo había llamado?*, no lo recordaba. Era una extraña palabra en francés. *Parece que el francés es importante para ella*, concluyó.

La encontró allí revisando su celular, con un vaso de refresco en la mano. Todavía se la veía conmovida. Gimena alzó la vista al sentirlo acercarse. Le ofreció un poco de la bebida, pero él la rechazó.

–Esta sinfónica es sensacional –comentó ella, como si hubiesen estado hablando del asunto largo rato–. Cuando me enteré de que se presentaba, no quise perdérmela.

–Ya terminé –comentó Mirko como si ella no hubiese hablado. Guardó la cámara en su estuche y la miró–. ¿Vamos?

Gimena encendió un cigarrillo en cuanto pusieron un pie fuera del edificio. Él la imitó y de reojo la miraba avanzar sin levantar la vista del celular. Estaban por cruzar la calle cuando debió detenerla para que una bicicleta no la atropellara.

–¿Puedes levantar la vista de ese aparato? –protestó Mirko

sin retirar la mano de su hombro–. Te lo van a arrebatar o terminarás atropellada, no sé cuál es mejor opción.

–Definitivamente lo peor sería que me lo robaran –respondió guardándolo en su bolso–. Se me va la vida en este celular.

–Me imagino –murmuró él.

–¿Te gustó la sinfónica? –preguntó Gimena una vez dentro del automóvil.

Mirko se encogió de hombros. No tenía la menor idea de qué era lo que habían escuchado y la música le había dado más o menos lo mismo.

–Eran piezas de distintos músicos, pero afortunadamente primó Piazzolla –explicó, con paciencia–. Me encanta.

–Nunca conocí a nadie que llorase por escuchar música.

–No te rodeas de gente muy sensible, ¿verdad? –preguntó ella, divertida. Mirko frunció la frente pero no supo qué decir, o por lo menos eso fue lo que Gimena entendió–. Lloraba porque esa canción era una de las favoritas de mi padre –explicó sin entrar en detalles–. Mi papá solía escucharla seguido y a mí me encantaba sentarme sobre sus piernas mientras él bebía su brandy y disfrutaba de Piazzolla. Siempre que lo escucho se me llenan los ojos de lágrimas; lo siento conmigo. Me acuerdo de su sonrisa, de la manera en que me hablaba y me contaba historias. No puedo evitarlo.

Mirko reconoció la profundidad de sus palabras; la emoción que su voz volvía a transmitir. Hablaba como si el hecho acabara de suceder. Lo abordó una sensación cálida y no pudo evitar sentirse contagiado por lo que ella experimentaba. Tal como le había ocurrido la mañana en la clínica en la que se

sintió afectado por el amigo de Gimena y su madre, ahora volvía a experimentar ese cosquilleo interior que le provocaba una emoción desconocida.

—No me hagas caso —concluyó Gimena y, algo avergonzada, buscó las llaves del automóvil y encendió el motor.

—¿Hace mucho falleció? —se atrevió a preguntar Mirko e imitándola abrochó su cinturón de seguridad.

Gimena asintió conduciendo el vehículo hacia la salida, evitando su mirada.

—Hace unos tres años —comentó, luego de pagar el estacionamiento—. Pero todavía me cuesta aceptarlo.

—Bueno, tienes los recuerdos —dijo Mirko con voz profunda—. Cuando desees tenerlo cerca, escucha a Piazzolla.

Ella lo miró pensando que había entendido mal; pero, aunque costase creerlo, de su boca había salido un comentario amable y reconfortante. Por primera vez, al mirarlo, no vio en él a un hombre áspero y poco instruido, sino que halló calidez en sus ojos. Le sonrió y algo vibró en ella cuando él le respondió la sonrisa.

—Todavía es temprano —deslizó Gimena al cabo de unos minutos—. ¿Tienes planes?

Mirko frunció el ceño y la miró de soslayo sin comprender bien a qué se estaba refiriendo ahora.

—¿Qué tienes en mente? —preguntó, con cautela, prestando atención a su reacción.

—Me gustaría ir a un lugar que solo se puede visitar de noche —comentó sin quitar la mirada del teléfono—. La glorieta, ¿la conoces?

—¡¿Puedes dejar de mirar tu teléfono por un momento?! El semáforo ya cambió —protestó, inseguro de estar en buenas manos. Le arrebató bruscamente el aparato y lo dejó en un compartimiento junto a la palanca—. ¿Dónde queda esa glorieta?

—Barrancas de Belgrano.

Decir que Barrancas de Belgrano estaba cerca de donde se encontraban era ser más que entusiasta; lo cierto era que estaban del otro lado de la ciudad. Pero tenía tantas ganas de bailar un tango, y así sentir que abrazaba a su padre, que no le importaba tener que cruzar toda Buenos Aires para hacerlo.

Mirko sacudió la cabeza pensando que esa mujer era imposible. Entusiasmada, Gimena hablaba de un lugar donde la gente se congregaba para bailar tango y que se había convertido en uno de los tantos atractivos culturales de la ciudad.

—No tengo nada pautado. Así que vamos si quieres.

Gimena le dispensó una ancha sonrisa y, cuando el semáforo le dio luz verde, dirigió el vehículo hacia avenida del Libertador.

Mientras conducía, le habló de la gran cantidad de lugares en los que se bailaba el dos por cuatro, en muchos de los cuales también se enseñaba. Pero, a los efectos editoriales, la glorieta tenía muchos más encantos, y las imágenes que allí Mirko podía tomar serían mucho más atractivas. Le comentó que más adelante podría armar una columna sobre eso. En el siguiente semáforo, buscó su celular y registró la idea. Sonrió, conforme.

—Llegamos justo —dijo luego de estacionar el vehículo—. Están comenzando a congregarse.

Descendieron del pequeño automóvil y caminaron hacia la gran plaza donde se erguía la llamativa glorieta.

—Te encargo todas las fotos que puedas tomar —le dijo con firmeza, pero Mirko no lo interpretó como una orden, en realidad sonaba como un comentario entre compañeros.

—Despreocúpate —la tranquilizó con suavidad.

—Voy a tratar de hablar con el coordinador —anunció ella dispensándole una sonrisa de agradecimiento que lo gratificó.

Sin decir más, Gimena se acercó al grupo que se congregaba en el centro de la glorieta. Un tango de D'Arienzo sobrevolaba los alrededores generando un clima romántico y nostálgico, pero sobre todo, convocante.

El coordinador recibió a Gimena encantado de que finalmente una revista se acercase a hablar de ellos. Mientras las parejas se iban acomodando, le comentaba cómo había surgido la idea y cómo antes de empezar a bailar se impartían clases personales para aquellos que no sabían hacerlo.

Mientras Gimena conversaba, preguntaba, anotaba y sonreía, Mirko fotografiaba todo cuanto veía y llamaba su atención. De tanto en tanto, dirigía la cámara hacia Gimena. Le gustaba observarla a través de la lente. Le agradaba su sonrisa franca, los gestos de su rostro durante una conversación. Lo atraía de un modo completamente novedoso. Tal vez porque ella lo trataba bien, quizá porque se sentía en falta o quizá por el mismo motivo que lo había llevado a abordarla tanto tiempo atrás; era distinta, especial.

La música se intensificó y varias personas se juntaron para dar comienzo al baile. Mirko se acercó y tomó imágenes de distintas parejas que, con ojos entornados, se dejaban llevar por la música. Lo sorprendió ver que Gimena y el instructor que había

estado entrevistando se unían a los bailarines. Una vez más, la siguió con su cámara y disparó varias veces, capturando su sonrisa, su concentración, su frescura.

Bajó la cámara y se limitó a observarla. Lo cautivó la sensualidad de sus movimientos, los pasos enérgicos o arrastrados, el modo en que ese hombre la sostenía y el apasionamiento que mostraba ella ladeando la cabeza. Contuvo la respiración al advertir que, de solo mirarla, el corazón se le había acelerado. Por primera vez, aceptó que deseaba acaparar todas sus sonrisas, adueñarse de toda su atención; pero, por sobre todo lo demás, lo desesperó descubrir el sabor de su boca.

La pieza pareció terminar y Gimena se separó del hombre con quien bailaba, aplaudió con una ancha sonrisa y, luego de despedirse, caminó hacia donde se encontraba Mirko.

—Bailas muy bien —se atrevió a comentar él mientras guardaba cuidadosamente su cámara, procurando que no se notara lo que había estado pensando—. ¿Ya nos vamos?

—¿Tienes prisa? —preguntó ella todavía con la emoción bailando en sus labios. Consultó su reloj—. Perdón, no me di cuenta de la hora. Si tienes planes, estás más que liberado.

—No tengo planes —se encontró reconociendo—. Pero creí…

—Bailemos un poco si no tienes nada que hacer.

Gimena no le dio tiempo a nada. Empujada por su propio entusiasmo, tomó la mochila de las manos de Mirko y la ubicó junto a su bolso. Luego lo tomó de ambas manos y lo arrastró hacia la pista de baile.

—No sé bailar tango —protestó, incómodo, pero completamente conmocionado por el contacto.

—No importa, yo te enseño —respondió ella—. Lo lindo es seguir la música, dejar que te llegue al alma —explicó. Sin darle tiempo a nada, tomó su mano y la ubicó sobre su cintura, luego posó una de las suyas sobre su hombro—. Tú sigue mis indicaciones y déjate llevar.

—Pero…

—Pero nada, Mirko, se te nota en la cara que estás muy necesitado de un buen tango —insistió—. No pienses, siente el ritmo.

Alzó la vista y lo miró directo a esos ojos celestes, cautivantes y luminosos, que la miraban con desconcierto. Le sonrió y alentándolo le palmeó el pecho.

—Vamos, que esto no duele.

Bailaron el primer tango despacio, repitiendo los pasos para que Mirko comprendiera los movimientos. No le costó demasiado seguir el ritmo y, a medida que lo lograba, sus cuerpos parecían ajustarse. La segunda pieza fue mucho mejor y la tercera la disfrutaron.

De tanto en tanto, Mirko la pisaba y, así como en un comienzo le molestaba no hacerlo bien, luego de varias piezas de estar disfrutándolo, se reía ante cada tropiezo.

Cerca de las diez de la noche, los asistentes comenzaron a dispersarse. Una vez más, Gimena se acercó a los organizadores, prometió avisarles cuando el artículo fuese publicado, prometió volver, y se despidió.

Mirko aprovechó que Gimena se había alejado para revisar su celular. Tenía tres llamadas perdidas de Garrido. Le escribió un mensaje: "Imposible ahora. ¿Qué sucede?".

Tenía también un mensaje de Antonella: "No volviste a la

editorial. No me estarás abandonando por esa mosquita muerta, ¿no? Creo que empiezo a arrepentirme de pedirte que la espíes". El siguiente mensaje era un audio de Mansi en el que lo insultaba por su falta de respuesta y le informaba que esa noche estaba ocupada. Con la voz de Antonella retumbando en sus oídos, alzó la vista y vio que Gimena conversaba con los organizadores. Miró nuevamente la pantalla de su teléfono y escribió: "¿Cómo se te ocurre que podría reemplazarte? ¡Qué pena que tengas que salir! Otra noche sin vernos; parece que tu esposo quiere recuperarte". La respuesta de Antonella llegó en el mismo momento en que lo hacía la de Garrido. Ninguna estaba contenta con el mensaje recibido.

La risa espontánea y contagiosa de Gimena lo alcanzó desde el extremo opuesto de la glorieta. Alzó la vista y se quedó mirándola, afectado por su frescura. Esa chica tenía un no sé qué que lo cautivaba. Aunque prefiriese no pensar en ello, cada día se sentía más atraído por ella y eso era peligroso.

Respondió los mensajes con ligereza. A Garrido le informó que De la Cruz estaba cenando en El Mirador de la Recova con unos estadounidenses junto a Mansi, que lo invitaba a reunirse con ella allí y que tal vez lo hiciera. A la directora de la editorial le deseó buenas noches.

—¡Cómo me gusta bailar! —exclamó Gimena al llegar donde estaba Mirko—. Es tan liberador.

Él, al escucharla, se apresuró a guardar el celular en su abrigo. Asintió y se puso la mochila al hombro.

—Estoy muerta de hambre —manifestó Gimena. Lo miró con naturalidad y sonrió ante una idea que acababa de ocurrírsele—.

Estamos cerca del Barrio Chino —dijo como si pensara en voz alta—. ¿Vamos?

Mirko dudó. Las propuestas de ella salían de su boca con tal naturalidad que lo sacaban de eje. Sin medir sus impulsos, lo tomó de la mano y lo guio hacia la estación de tren de Barrancas.

—¿Has estado en el Barrio Chino? —preguntó.

—No —respondió él secamente—. La verdad es que nunca comí comida china.

—Pues puedes ponerte en mis manos —dijo Gimena, con soltura, sin considerar el doble sentido que sus palabras podían ofrecer.

En cualquier otra ocasión, si una mujer le hubiese dicho algo así, ya estaría, mínimamente, apoderándose de su boca. Pero Gimena Rauch hablaba en otro plano y se relacionaba con él de un modo amistoso. Y a él empezaba a gustarle ese tipo de relación con ella.

Entre risas y comentarios absurdos sobre lo que los rodeaba, llegaron a un restaurante bastante concurrido ubicado sobre la calle Arribeños.

Se dirigieron hacia un rincón donde una mesa para dos parecía aguardarlos. Ordenaron una cerveza, y ella se apresuró a ofrecerle algunas sugerencias que él no supo cómo desestimar.

Cenaron conversando sobre la función de la orquesta sinfónica que habían disfrutado esa tarde. Ella puso especial interés en conocer sus respuestas, sus apreciaciones, y él se sintió importante por el modo en que Gimena lo escuchaba. Mientras ella le hablaba de lo que pretendía con esas entrevistas, Mirko se abstrajo y no pudo evitar pensar que era la primera vez que

compartía una cena de ese tipo con una mujer que no solo no había pagado sus servicios, sino que no tenía intenciones reales de terminar en la cama con él. Detuvo allí su pensamiento; prefirió no seguir analizando lo que sentía porque corría el riesgo de terminar recordando lo que había sucedido entre ellos.

—¿Hace mucho que trabajas para Antonella? —quiso saber Gimena, luego de limpiar la comisura de sus labios con la servilleta y beber un poco de cerveza.

—Poco menos de un año —respondió Mirko—. Pero pensé que ya había quedado claro que trabajo para la editorial.

—Es verdad —reconoció. Bajó la vista obligándose a estar atenta con sus preguntas—. Y… ¿te agradó acompañarme? —preguntó, con seriedad. Él alzó la vista sin entender a dónde se dirigía realmente—. Quiero decir, ¿te agradó el cambio de temática?

—Ciertamente es interesante. Aunque lo de la clínica fue duro —respondió recordando la gratitud que había visto en los ojos del amigo de Gimena.

—Sí que lo es. Pero mucho más real que fotografiar anoréxicas semidesnudas, ¿no?

Mirko simplemente asintió. Una vez más, se sintió cautivado. No solo Gimena naturalizaba las situaciones, sino que, además, tenía una manera tan espontánea y entusiasta de expresarse que difícilmente una persona podía mantenerse indiferente.

—¿Por qué me estás diciendo todo esto? —quiso saber.

—Porque la fotografía también es un arte —respondió ella con la misma claridad con que había dicho todo lo demás—. Eres bueno, Mirko, muy bueno. Tienes sensibilidad y me da pena que desperdicies tu capacidad retratando…

161

—Modelos anoréxicas semidesnudas —la interrumpió él con una mueca.

—Pues sí —reconoció Gimena.

Mirko se escudó tras su vaso de cerveza. Nunca nadie le había dicho algo así. Nunca nadie se había molestado en resaltar sus cualidades. Definitivamente ese poder provenía desde lo más profundo de su ser. Ella irradiaba tantas cosas buenas. Era un ser de luz, y Mirko no pudo evitar considerar si fue justamente eso lo que lo llevó a elegirla tantos años atrás. Sacudió la cabeza empujando esos pensamientos al fondo de su mente; era la segunda vez que cuestionaba por qué la había elegido aquella vez. No quería recordar ese tipo de escenas, no ahora, que empezaba a conocer a Gimena y le gustaba.

El celular de Mirko emitió un sonido. Se disculpó un momento con Gimena y leyó. Tenía dos mensajes. Por un lado, uno del número que solía manejar Ibáñez. "Contacto". Según ese mensaje, Antonella debía estar haciendo contacto con la persona que ellos deseaban atrapar. "Candado". Simplemente envió un corazón como respuesta. Pasó al segundo mensaje; provenía de un número desconocido. Lo abrió convencido de saber quién lo enviaba. En esta ocasión, un nudo se formó en la boca de su estómago.

Una vez más, Mirko alzo la vista y vio que Gimena también revisaba su celular. "Hoy estoy complicado, trabajando; imposible", respondió apresurado. "¿Trabajando? No me hagas reír. ¿Con la española que no es española?", escribió Serena acompañando la pregunta con una carita de incomprensión. Luego agregó: "Un nuevo y gratuito consejo. No cometas locuras y,

sobre todo, no le arruines la vida a esa chica. Lagoon. Barra. 12. No me falles".

Mirko guardó su teléfono y contempló a Gimena, que sonreía mientras respondía un mensaje. No, él no tenía derecho de volver a lastimarla. Le gustaba verla con esa actitud entusiasta.

—¿Se puede saber por qué me estás mirando así? —preguntó ella procurando desbaratar la incomodidad que la mirada de ese hombre le generaba—. ¿Sucede algo?

—No, perdón, estaba pensando en otra cosa —respondió. Luego le dedicó una mueca que terminó en una gran sonrisa—. Tengo que confesarte que no me gustó mucho la comida china.

Gimena liberó una carcajada tan espontánea que algo dentro de Mirko vibró alentándolo a reír también. *No*, se dijo, *lo último que haría sería volver a lastimarla.*

Bajó brevemente la vista a su celular y escribió: "No me esperes".

Ingresó a su apartamento pasada la medianoche con la cabeza atiborrada de pensamientos, todos relacionados con Gimena Rauch. Ella le presentaba un mundo desconocido, un mundo de apertura tanto mental como espiritual que no tenía idea de que existía. No obstante, a su vez, le provocaba demasiadas emociones que necesitaba controlar.

Encendió la luz y apresuró el paso hacia la cocina. De uno de los estantes extrajo una maceta y, entre sus hojas, buscó lo que necesitaba. Se horrorizó al ver que estaba vacío.

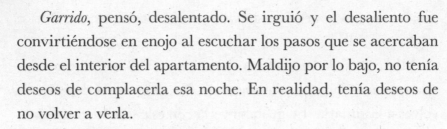

Garrido, pensó, desalentado. Se irguió y el desaliento fue convirtiéndose en enojo al escuchar los pasos que se acercaban desde el interior del apartamento. Maldijo por lo bajo, no tenía deseos de complacerla esa noche. En realidad, tenía deseos de no volver a verla.

—¿Buscabas esto? —deslizó con sorna. Llevaba solo una bata transparente que dejaba a la vista su cuerpo escultural. Lo miraba con desquiciada lujuria y se acercó a él, al tiempo que le mostraba la pequeña bolsita con la preciada mercancía—. Vas a tener que ganártela —dijo, desafiante, al tiempo que balanceaba la bolsita con el polvo blanco—. ¿Cuánto hace de la última vez?

Sonrió con malicia al notar que, involuntariamente, él desviaba la vista a la bolsita que ella movía. La mujer se recostó contra el borde del arco que conducía a la sala. Garrido no tardó mucho en detectar la tensión que la necesidad empezaba a generar en el organismo de Mirko; hacerlo desear no hacía más que aumentar esa tortura.

—¿Por qué no llamaste para avisar de la reunión que mantuvieron De la Cruz y Candado? —demandó con voz helada mientras se acercaba, recorriendo su cuerpo con la bolsa de droga—. ¿Estabas con Antonella? —preguntó, amenazante.

Mirko procuró matizar el odio que empezaba a gestarse en sus entrañas. La fiscal sabía que tenía el poder para doblegarlo, para lograr que él hiciera exactamente lo que ella quería.

La odiaba. La odiaba tanto como había odiado a Candado durante sus años de encierro. Esa mujer lo trataba como un esclavo y cada vez que podía se las ingeniaba para humillarlo. No obstante, Mirko sabía que no podía deshacerse de ella, pero la adicción fue mucho más fuerte y, resignado, caminó tras la mujer.

—Nunca te pregunté —dijo con voz sensual a medida que lo iba desvistiendo—. ¿Las cicatrices son de tu época de Batán?

Mirko no respondió. Toda la situación comenzaba a darle asco. Pero no tenía forma de eludirla. Negarse podía ser peligroso y lo sabía.

—¿Empezamos? —sugirió al dibujar una larga línea del polvo blanco sobre su pubis completamente limpio de vellos—. Esto nunca lo hemos hecho. Estoy segura de que va a estimularte.

Luego de la segunda esnifada, todo fue mucho más sencillo, y el instinto básico y salvaje se mezcló con las emociones más mezquinas, dando como resultado un desempeño explosivo que lo arrastró a un límite peligroso.

Garrido sabía cómo obtener lo mejor y lo peor de él. Esa noche, como si intuyese que Mirko necesitaba ser aleccionado, lo tentó de todas las maneras posibles y él no pudo resistirse. Terminó accediendo a todas las propuestas hasta perder la consciencia.

Cuando abrió los ojos, el sol inundaba la habitación. Parpadeó varias veces, hasta que lentamente su cerebro se puso en funcionamiento. Sentía la garganta seca, y el cuerpo y la mente, entumecidos. Se irguió con desgano. Todavía algo mareado, recorrió el lugar con la mirada. La mente se le despejó en un chasquido de dedos ante el desastre que lo rodeaba. Azorado, contuvo la respiración. Junto a unos vasos de whisky y varias botellas vacías, había rastros de droga junto a una nota.

¿Te das cuenta de lo sencillo que me resultaría sacarte del juego? Con un solo llamado vuelves al infierno de donde te saqué. Solo para recordártelo. No te hagas el vivo conmigo.

P. D.: Estuviste fantástico.

CAPÍTULO 11

Hacía diez días que Gimena no lo veía ni sabía nada de él. Comenzaba a hartarla el comportamiento infantil de Antonella respecto del fotógrafo. Deliberadamente, lo estaba manteniendo lo más lejos posible de la redacción y de ella. Al principio, la había divertido, pero con el paso de los días comenzó a hartarse de ese mezquino manipuleo. El no verlo a diario tenía un efecto contraproducente en ella que, sin desearlo, lo buscaba entre los escritorios, y sus pensamientos caían recurrentemente en él.

Contrariada porque Antonella parecía haberse salido con la suya, esa mañana de principio de julio, Gimena amaneció con pocos deseos de presentarse en la editorial. Mientras desayunaba, decidió que, tal como hacía en Madrid cuando la abordaba la melancolía, tomaría su cámara y, para despejarse y recobrar el ánimo, recorrería la ciudad.

Era una mañana fría aunque soleada y la actividad física estimularía su mente y su ánimo. Resuelta, se vistió con ropa cómoda. Un jean, una camisa, un suéter, abrigo y bufanda, y un buen calzado deportivo para poder moverse con mayor libertad. En su bolso guardó unas botas de tacón fino, para cambiarse apenas llegara a su despacho.

Dejó el automóvil en el estacionamiento frente a la editorial. A dos cuadras, sobre la calle Perú, había una estación de bicicletas. Era una excelente manera de trasladarse por la ciudad. Estimulada con la perspectiva, decidió comenzar su recorrido por La Boca y Barracas, que tiempo atrás fueron vecindarios industriales y, por lo que había escuchado, en la actualidad era la zona elegida por los artistas urbanos para desplegar su arte aprovechando los muros de cemento y metal.

De tanto en tanto, detenía la bicicleta para tomar fotografías de todo lo que llamara su atención: murales, escenas cotidianas que reflejaban el despertar de la ciudad, su idiosincrasia, la esencia de sus habitantes. Adoraba inmortalizar ese tipo de imágenes.

Casi sin darse cuenta, llegó a la zona del Riachuelo. Tomó varias fotografías del puente abandonado, para luego seguir camino hacia la zona de los murales. "El regreso de Quinquela" era su objetivo principal.

—Impresionante —dijo al contemplar el imponente mural.

Dejó la bicicleta a un costado y extrajo la cámara. En sus oídos sonaba Soda Stereo y, entre la música y la emoción de estar apreciando la obra que tenía ante sí, Gimena se fue abstrayendo de todo cuanto la rodeaba. En ningún momento reparó en el nutrido grupo que se congregaba en uno de los extremos de

la calle bajo una amplia carpa. Ella solo disparaba su cámara, extasiada con lo que veía.

Se sobresaltó cuando una mano se interpuso entre el mural y la lente. Asustada, retrocedió y su semblante se relajó al ver que era Mirko quien aparecía de la nada.

—¡Hola! —exclamó Gimena. La sonrisa fue aflorando a medida que amainaba la sorpresa—. ¡Qué casualidad! No tenía idea de que estarías trabajando en esta zona.

—Eso mismo pensaba yo —dijo él sorprendido por el encuentro. Era la última persona con la que pensaba toparse—. ¿Qué haces por aquí?

—Tomando imágenes de arte urbano —comentó ella—. Dicen que Barracas es el nuevo polo.

—No vi nada de eso en el memo —reclamó él con suavidad.

En ese entorno, vestida de modo casual, con el cabello revuelto y la costosa cámara colgando de su cuello, Gimena le pareció muy distinta de la mujer que trataba de eludir en la editorial o de la que le daba indicaciones sobre las imágenes que necesitaba. En cambio, pensó en la mujer con quien había bailado, la que casi le arranca un trozo de brazo porque se emocionó con una canción o la que lo arrastró a comer la desagradable comida china.

—La verdad, fue algo que se me ocurrió a último momento —dijo con esa frescura que Mirko empezaba a disfrutar—. En Madrid, cuando estaba de mal humor, me servía salir cámara en mano, sin plan. Es muy relajante.

¿Estará de mal humor o estará triste?, se preguntó Gimena, estudiando su semblante y notando cierta tensión en él.

—¿Se te pasó el mal humor? —preguntó finalmente Mirko.

—Completamente —respondió acompañando sus palabras con una sonrisa tensa—. Siempre funciona.

Gimena desvió la vista hacia el extraordinario mural y la mantuvo fija allí. Lo cierto era que empezaba a sentirse intimidada por el modo en que Mirko la miraba. Lo que no le había sucedido antes, ocurría en mal momento. Ese hombre la perturbaba. Giró dándole la espalda y, recién entonces, divisó la suerte de campamento que habían montado para la sesión fotográfica. Tres modelos bebían café envueltas en abrigos gigantes. Frunció el ceño al notar que Mirko la seguía.

—Veo que volviste a las anoréxicas —deslizó ella.

—Es mi trabajo, Gimena —respondió Mirko como si tuviese que justificarse—. Reconozco que me gustaría más acompañarte en tu recorrida por la ciudad —agregó dedicándole una sonrisa cómplice que ella devolvió involuntariamente—. Pero cumplo órdenes.

—Por supuesto —coincidió ella—. Bueno, tengo que marcharme —agregó tratando de apartarse de él—. No pensé que fuera tan tarde. Tengo que ir a la oficina.

Mirko sostuvo el manillar de la bicicleta mientras ella guardaba la cámara. Aunque lo más sensato era despedirse y regresar a la carpa donde las modelos estaban tomando un descanso, no quería dejarla ir.

—A mí no me falta mucho —soltó Mirko de la nada—. Si quieres puedes esperarme y regresamos juntos a la editorial. No es muy seguro andar por esta zona en bicicleta, mucho menos con una cámara como esa.

Otra vez estaba siendo atento y cálido. Se preguntó qué habría tras esa fachada de hombre seco y distante. Pero debió desviar la vista para no sofocarse; le costaba mantener a raya las palpitaciones si Mirko la miraba de ese modo.

—Agradezco tu preocupación, pero prefiero seguir —dijo ella—. Nada va a sucederme —agregó. Desvió la vista hacia la carpa, desde donde una mujer rubia los observaba—. Además, te están esperando. Nos vemos, Mirko.

Él la observó alejarse preguntándose si era inconsciente o temeraria; nadie andaba por esa zona en bicicleta y con una cámara de tres mil dólares en la mochila.

—¡Sigamos, Mirko! —exclamó una de las modelos—. Estoy muerta de frío.

En pocos minutos, se encontró arrodillado en el suelo disparando su cámara a las modelos, que caminaban por la acera y posaban para él con actitud divertida. Serena Roger revoloteaba a su alrededor.

—¿Se puede saber quién era esa? —preguntó discretamente la rubia.

—La nueva encargada del área de cultura —respondió con aspereza.

—¿Y desde cuándo la encargada de un área toma sus propias fotografías? —deslizó Serena—. ¿Estabas con ella la otra noche? La española que no es española.

—Déjame en paz, Serena —dijo con los dientes apretados volviéndose bruscamente hacia ella—. Déjame en paz...

—¿No te llamó la atención que apareciera por aquí? —insistió, parándose a menos de un metro del fotógrafo—. Es bastante

llamativo que, de todos los lugares que hay en Buenos Aires, justo vino a tomar fotografías a esta zona.

Mirko resopló ofuscado y les avisó a las modelos que ya podían vestirse. Habían terminado. Se volvió hacia Serena y la atravesó con la mirada.

—Sinceramente me estoy cansando de tu acoso —la amenazó. Ella puso los brazos en jarra y lo enfrentó con actitud soberbia—. ¿Por qué estás tan segura de que no voy a delatarte con Antonella o con De la Cruz?

—Porque mi investigación sobre ti llega a rincones que es mejor olvidar —respondió ella. Se acercó más a él y le susurró al oído—: Sé muy bien qué era lo que hacías para el tal Candado en esa discoteca de la costa. También sé que odias a ese hombre y que estás tramando una venganza. ¿Qué piensas que hará Candado si se entera de que estás tan cerca de él?

A Mirko casi se le detiene el corazón al escucharla. No tenía escapatoria; si Serena abría la boca, era hombre muerto. Ahora su indignación nacía de la frustración que las palabras de esa mujer le provocaban.

—Lamento que me hayas obligado a decir eso —agregó sorpresivamente Serena—. No tengo intención de perjudicarte, Croata —dijo ella, ahora con voz determinante—. Pero debo cubrirme, así que no me obligues a usarte como moneda de cambio.

—¿A qué estás jugando? —preguntó.

—Justamente porque este no es ningún juego es que estoy tratando de que abras los ojos de una buena vez —dijo ella con un tono filoso e imperativo—. Hasta que no reacciones, toda mi misión corre peligro —concluyó—. A ver si vas entendiendo,

Croata —prosiguió—. ¿Quién se encarga de vigilar, escuchar y monitorear a Antonella? ¿Quién se acuesta con ella y colocó micrófonos en todos los lugares donde puede estar? ¿Quién te crees que está registrado en gran cantidad de cámaras, teniendo sexo de todas las maneras posibles?

Mirko no supo cómo tomar esa amenaza encubierta. Esa mujer volvía a adelantársele, de nuevo demostraba saber más de lo que dejaba entrever, y él tenía la desagradable sensación de estar atado de pies y manos.

Serena se separó de él y estudió su rostro, que volvía a mostrarse inexpresivo. Una vez más pensó que Mirko era un hombre que no tenía nada por perder. Eso la apenó.

—Te dejo esto para que puedas constatar lo que te digo —agregó, depositando un *pendrive* en su mano—. Nadie más que tú debe ver el contenido. Allí encontrarás información sobre De la Cruz y Candado; también sobre Antonella y sobre un hombre que se llama Casenave, que maneja el juego clandestino en gran parte de la ciudad. También pasó por la cama de Antonella —deslizó—. Espero que no te hayas creído que tu amante era una monjita de clausura mal atendida por su esposo corrupto.

Preocupado, Mirko caminó hacia la carpa donde estaban los estuches de sus cámaras. Serena lo seguía unos pasos detrás, mencionando con discreción que todos ellos formaban parte de una sociedad que se ocupaba de organizar apuestas y fiestas clandestinas.

—Hora de despertar del sueño; todavía estás a tiempo de hacer las cosas bien —dijo cerrando su abrigo—. Solo quiero que des un paso al costado, Croata.

Mirko se hizo el desentendido e intentó apartarse de ella, pero Serena lo detuvo.

—No me agradan las casualidades —agregó con sequedad—. Que esa mujer haya llegado hasta aquí me intranquiliza y habla de dos posibilidades: o te está siguiendo para informar de tus acciones o está interesada en ti.

—¿Para quién trabajas? —preguntó en un susurro.

—Para los buenos, Mirko —respondió ella también en un susurro—. Trabajo para los buenos.

La miró, ahora con hastío. Ella, en cambio, con la mayor naturalidad se apartó de él y caminó hacia la camioneta donde las modelos la aguardaban.

Gimena ingresó a la editorial apresurando el paso, se le había hecho más tarde de lo que había calculado y las tareas pendientes se le estaban acumulando. Cruzó la sala común para llegar a su despacho, donde dejó caer su bolso en una silla. Se ubicó tras su escritorio, extrajo la memoria de la cámara y la insertó en su computadora portátil para ver las fotografías tomadas.

Aunque el movimiento era escaso, se colocó los auriculares para evadirse de los sonidos del lugar y, al mismo tiempo, recrear el clima de cuando tomó las fotografías. La voz de Cerati volvió a su cabeza y se dejó llevar en un mar de emociones. Había obtenido muy buenas imágenes, muchas de las cuales podían ser aptas para publicar, pero la mayoría serían utilizadas como disparadores para futuros artículos.

Buenos Aires está tan llena de joyas escondidas que parece mentira que esta infeliz lo esté desperdiciando de este modo, pensó, rabiosa. Se obligó a apartar a Antonella Mansi de su mente; solo lograba alterarla. Debía concentrar su energía en la nueva revista.

Una pequeña bolita de papel impactó en medio de su rostro, quebrando por completo sus pensamientos. Molesta por la interrupción, miró hacia la puerta y la expresión se relajó al ver que era Mirko quien le sonreía desde la entrada. Él volvió a golpear el marco solicitando permiso para entrar, dándole a entender con un gesto que llevaba puesto los auriculares.

—¿Hace mucho que estás ahí? —preguntó Gimena, quitándoselos de los oídos.

—Solo unos minutos, pero me causó gracia tu concentración —respondió con una media sonrisa en sus labios. Se acercó y extendió un sobre de papel madera que Gimena tomó—. Son las fotos de tu amigo y su madre.

La sonrisa de Gimena se amplió al tomar el sobre. Extrajo las fotografías y las contempló unos segundos.

—Muchísimas gracias. Micky va a estar encantado —exclamó—. Luego pásame los comprobantes así los firmo.

Mirko asintió y, antes de marcharse, le preguntó por las imágenes que había tomado esa mañana. Quería sondearla, Serena había plantado en su mente la semilla de la duda y él necesitaba descubrir qué buscaba realmente Gimena Rauch. Aflojó el gesto al ver el entusiasmo que iluminó el rostro de ella al contarle, y no pudo evitar sentirse contagiado.

Orgullosa de su trabajo, Gimena lo invitó a que se acercara, le interesaba su opinión. Él no se negó, deseaba hacerlo.

Durante cuarenta minutos, estuvieron viendo y comentando las fotografías. Era buena, y se lo dijo, sabiendo que eso le haría bien.

—En realidad, tengo una buena cámara —aseguró ella. Se detuvo a observar una toma con detenimiento—. En esta debería haber considerado el reflejo del sol, ¿no te parece?

—Puede ser —respondió él sin apartar la vista del monitor.

Un nuevo silencio los envolvió, pero la atención de ambos estaba en las imágenes que se sucedían en el monitor de Gimena.

—¿Te gustaría venir conmigo una de estas mañanas a recorrer las calles de Buenos Aires? —preguntó, alzando la vista para mirarlo.

—Me encantaría.

Sus miradas se engancharon un breve instante y, de no haber sido por Romina, que golpeó el marco de la puerta del despacho de Gimena, algo hubiese sucedido entre ellos.

—Hola, perdón que interrumpa —comentó la secretaria haciéndose la desentendida—. Mirko, Antonella quiere verte.

—Ya voy —dijo simplemente. Miró a Gimena con gesto cargado de convicción—. Cuando quieras lo hacemos.

Sin decir más, dejó el despacho. Esa chica tenía la manía de mirarlo a los ojos, provocándole cosquillas en el estómago.

Para no despertar sospechas, Mirko se dirigió directamente a la oficina de Antonella. La había estado eludiendo abiertamente, pero ya no podía rehusarse. La encontró sentada tras su escritorio, escribiendo frenéticamente en el teclado.

—Pensé que no habías venido —dijo apenas Mirko entró al despacho.

—Estuve toda la mañana tomando fotos con la gente de la Agencia De la Cruz —le comentó. Empezaba a hartarse de dar explicaciones por todo. Se frotó el rostro con una mano—. Estaba bajándolas.

—Las necesito en un rato, Mirko —indicó, sin apartar la mirada del monitor. Lo miró por sobre su hombro—. ¿Qué novedades tienes para mí?

—Nada de importancia —respondió él, resignado—. Esta mañana la vi tomando fotografías por Barracas.

—¡Qué patética! No tiene idea de cómo dirigir un lugar como este —exclamó Antonella con desdén. Respiró hondo y continuó—: Averigua en qué anda.

—Por lo que le escuché decir el otro día —comentó buscando contentarla—, pretende levantar la revista cultural. Eso es lo único que le interesa; no hizo el más leve comentario sobre moda, modelos o algo por el estilo.

—Bien —dijo Antonella—. Esa información es de gran ayuda. Vamos a dejar que se dedique a eso —lo miró dedicándole una sonrisa artificial—. Gracias, Mirko. No la pierdas de vista. Ahora déjame, que tengo mucho que hacer.

CAPÍTULO 12

Ese sábado había amanecido algo nublado, pero a medida que las horas transcurrían, las nubes fueron despejando un cielo celeste, brillante e intenso. Gimena se había levantado temprano. A media mañana tenía turno en la peluquería y antes del mediodía debía estar lista para partir hacia el vecindario de Belgrano donde, a la una en punto, los esperaban para celebrar el casamiento de sus amigos Mariana y Miguel.

La ceremonia se llevaría a cabo en la misma casa donde vivían. No habían querido realizar el festejo en ningún salón, ni tampoco necesitaban una estructura pomposa. Ellos eran felices en el hogar que juntos habían formado y era en ese lugar donde deseaban concentrar todas sus alegrías.

Lara Galantes estaba a cargo de todo. Se había ocupado de acondicionar la gran carpa donde se llevaría a cabo la ceremonia. El servicio gastronómico era de su empresa y las asistentes

del banquete, el DJ y una animadora que se ocuparía de los niños estaban bajo sus órdenes.

Para sorpresa de sus amigas, que hubiesen preferido hacerlo juntas, Mariana prefirió estar a solas para prepararse; las únicas autorizadas a acompañarla eran sus hijas Pilar y Clara y, por supuesto, también Catalina, la hija de Miguel.

Relajada y disfrutando de antemano de la tarde que pasaría entre amigos, Gimena conversaba con la estilista y la manicura sobre el hermoso vestido que había comprado en París para la ocasión. La conversación se interrumpió cuando su teléfono celular comenzó a sonar. Sonrió al ver que se trataba de Mariana. Con complicidad, miró a las dos mujeres con quienes conversaba y les indicó que se trataba de la novia.

—Hola, Marian —la saludó—. Finalmente llegó el día —la sonrisa desapareció de su rostro cuando detectó que la futura esposa lloraba sin consuelo—. Por favor, Mariana, me asustas —dijo irguiéndose en su asiento, súbitamente alarmada—. ¿Qué te pasa?

Entre lamentos, Mariana le confesó que acababa de darse cuenta de que, con todo el revuelo del festejo, se había olvidado de contratar al fotógrafo y al encargado del video.

—Micky me mata, Gimena —balbuceó—. Fueron tantas cosas que se me pasó…

—¿No se ocupó Lara?

—No, le dije que lo haría yo porque conocía a alguien —explicó—. Pero no sé ni donde está su número.

La mente de Gimena trabajaba a toda máquina y no tuvo que ir muy lejos para pensar en un fotógrafo a quien le agradaría contactar; el video era otro cantar.

—No llores, Marian. Hoy tiene que ser un día de felicidad —le dijo mientras se acomodaba en su asiento y permitía a la estilista y a la manicura retomar su trabajo—. Creo que tengo una solución. Pero debo hacer un par de llamadas. Quédate tranquila porque espero poder solucionarte el problema —le dijo—. Tienes que ser una reina hoy. Deja de llorar, que te van a quedar manchas en el rostro.

Antes de llamar a Mirko, consultó su reloj. Faltaban cuatro horas para la ceremonia; solo rogaba que él estuviese disponible para acompañarla. Como tenía una de sus manos ocupadas, resolvió grabar un audio, era más práctico.

—Hola, Mirko —dijo con voz implorante—. Soy yo, Gimena. Gimena Rauch, quiero decir. ¿Estás por ahí? Por favor… necesito pedirte un favor. Por favor, dime que estás libre esta tarde… Es bastante importante. Avísame rápido, ¿sí?

Intuyendo que en el *pendrive* que Serena le había confiado encontraría información de utilidad, se fue a un bar cercano a su apartamento, donde, oculto tras una gorra y unos lentes oscuros, se refugió en una mesa alejada de las demás. Pidió un desayuno completo y aguardó a que el camarero le entregara el pedido para extraer la computadora portátil de su mochila y revisar el contenido del *pendrive*. Hacía un mes que había tomado el recaudo de comprar una nueva computadora para uso personal; ya no se fiaba de la que le había proporcionado Garrido. Así como ese dispositivo estaba preparado para espiar a Antonella,

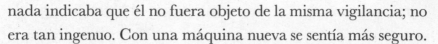

nada indicaba que él no fuera objeto de la misma vigilancia; no era tan ingenuo. Con una máquina nueva se sentía más seguro.

El zumbido que anunciaba el ingreso de un mensaje en su celular lo sobresaltó. Lo miró con recelo, pero el gesto se suavizó al ver que se trataba de Gimena Rauch. *¿Qué querrá ahora?*, se preguntó rogando porque no se tratase de una sinfónica o una nueva sesión de tango; no tenía tiempo para nada de eso. Sin embargo, pensando en la posibilidad de volver a bailar con ella, escuchó el audio y una sonrisa afloró en sus labios.

—Estoy —respondió grabando también un mensaje—. Aunque depende para qué. ¿Una propuesta indecente quizá? ¿Una nueva clase de tango? ¿Para qué me buscas?

Bebió un poco de café, convencido de que la conversación seguiría. De todas formas, insertó el *pendrive* y abrió la carpeta de archivos. Frunció el ceño al ver que había tres videos que, a juzgar por el peso que tenían, eran bastante extensos. También había tres archivos en formato pdf. Abrió primero los videos.

—Me tienes que salvar, Mirko —rogaba Gimena en su siguiente mensaje . Lo mío no tiene nada de indecente —respondió con el mismo tono ansioso y urgente con que había dicho todo lo demás—. Hoy se casa mi amiga Mariana con su esposo y la pobre, desbordada de temas, se olvidó de contratar al fotógrafo. ¿Estás libre esta tarde? Por supuesto que se te va a pagar muy bien por este trabajo. Por favor, dime que puedes… Otro día vamos a bailar tango si quieres.

Volvía a sucederle. La voz de esa mujer lo inquietaba, como si lo zarandeara, y él no podía no prestarle atención. Intentó neutralizar el efecto que ella le provocaba. Respiró

hondo procurando centrarse y minimizar el hormigueo que le generaba.

—Vayamos por partes —empezó diciendo, dispuesto a divertirse un poco más a su costa—. No comprendo eso de que va a casarse con su esposo. ¿Para qué quiere casarse si tiene esposo?

Sonrió divertido cuando su celular comenzó a sonar anunciando una llamada entrante.

—Es más fácil hablar que grabar audios —dijo ella sin siquiera saludarlo—. Esa historia es muy larga. Otro día te la cuento. A él lo conoces. Es mi amigo Micky, al que le sacaste las fotos con su mamá. Te lo presenté en la clínica —hizo una pausa—. Por favor, sería muy importante para mí poder ayudar a mi amiga. Por favor…

Mirko se mantuvo unos instantes en silencio. Aunque ya había resuelto que la ayudaría, la estaba haciendo rogar porque le agradaba sentir que lo necesitaba.

—No tengo nada que hacer esta tarde —confesó, finalmente—. Puedo trabajar en el casamiento de tus amigos.

—Genio, sabía que podía contar contigo —exclamó, feliz—. Mil gracias. Dime por dónde paso a buscarte y también quiero saber tus honorarios. La ceremonia es en tres horas. Otra cosa, no hace falta que vayas con traje, pero sí elegante. Va a ser una reunión informal, unas ochenta personas, calculo. Solo pásame la dirección para pasar…

—Gimena —la interrumpió él.

—¿Qué?

—Respira.

Le dijo que prefería que lo buscase por la editorial, tenía que

pasar por allí para retirar su equipo. Se despidió de Gimena en el instante en que el primer video empezaba a reproducirse en la computadora portátil. Lo puso momentáneamente en pausa y recorrió el lugar con la mirada; nada extraño sucedía. Bebió un poco de jugo de naranja; se colocó los auriculares y pulsó *play* para que comenzara.

Lo primero que vio fue una mesa de póker; el paño verde y gran cantidad de fichas desparramadas entre cinco jugadores. Las voces se mezclaban, los diálogos se distorsionaban. Buscando hacer un paneo de todo lo que sucedía, quien llevaba la cámara anunció que iría por algo de diversión; se puso de pie lentamente y la cámara fue enfocando el entorno. Parecía ser una gran habitación, había varias mesas con hombres sentados ante ellas; también mujeres jóvenes bastante ligeras de ropa.

En un sofá, una chica de apenas veinte años se revolcaba con un hombre que la doblaba en edad. La imagen en conjunto era tan sórdida como repugnante. Entre todas esas caras, detectó a Candado. No pudo apreciar bien qué estaba haciendo, pero su rostro de satisfacción le dio un indicio de lo que podía estar disfrutando. Detuvo el video, asqueado. Ya creía haber visto suficiente.

Antes de pasar al siguiente video, le pidió al camarero un café doble bien cargado. Lo que había visto le había dado náuseas, aunque no había sido nada que no imaginase estando Candado de por medio; vicios conocidos y bien explotados por un hombre que sabía cómo hacerlo. A grandes rasgos, calculó que debía haber unas cincuenta personas en ese video, y la mayoría de las chicas que allí trabajaban no tenían más de veinte años.

El segundo video fue mucho más ilustrativo. Era una fiesta similar a la anterior, pero la grabación estaba hecha desde un lugar mucho más privado. Reconoció la voz de Antonella y la de su esposo; los había escuchado cientos de veces. También detectó a Candado. Sin embargo, había una cuarta persona que no pudo reconocer. La conversación rondaba en torno a la mercadería que estaban probando y el modo en que la harían llegar a los nuevos clientes.

El último fue el más tranquilo de los tres. Lo primero que vio fue una calle muy poco concurrida. El hombre que portaba la cámara estaba sentado en un bar y enfocaba a otro que bebía un café mientras leía el periódico. A pesar de los lentes oscuros y la mala calidad de la imagen, Mirko reconoció al hombre al instante. Se trataba nada más y nada menos que de Alejandro de la Cruz. Intrigado, Mirko siguió mirando con detenimiento; en esta ocasión no había ningún tipo de audio. No había transcurrido ni medio minuto cuando Claudia Garrido apareció en el video. Se sentó frente a De la Cruz y conversaron largo rato con gesto serio, ofuscado. No había nada de cordialidad entre ellos. Claramente discutían. Ella le exigía algo y él terminó accediendo. Entonces, De la Cruz deslizó un sobre por debajo de la mesa, y Garrido lo guardó raudamente en su bolso, sin revisar. Luego de ese intercambio, la conversación se relajó.

En un primer momento, Mirko creyó comprender que Garrido estaba siendo amenazada, pero no tardó en caer en la cuenta de lo equivocado que estaba. Era ella quien lo extorsionaba. ¿Por qué? No lo sabía, aunque bien podía tratarse de desviar la investigación para que nunca los atraparan.

Pasó a los siguientes archivos. En el primero encontró copias del pedido de captura internacional de Candado y varias personas más. En el segundo, un detalle minucioso de su prontuario; desde su primera visita a una comisaría, hasta su salida en libertad condicional y posterior cumplimiento de su condena. Por último, tres fotografías suyas; con cabello largo, con cabello corto, rasurado y con barba. Nada decía de sus años de trabajo junto a Candado, ni acerca de su desempeño en la discoteca de Mar del Plata; esa, evidentemente, era información que Serena se guardaba para ella. Comprendió el mensaje.

Dos horas más tarde, Mirko abría la puerta del pequeño Fiat 500 y quedó boquiabierto al verla. Gimena estaba espléndida. Llevaba el cabello semirrecogido, y dos mechones rebeldes le enmarcaban el rostro delicadamente maquillado. Su vestido era color esmeralda con un hombro al descubierto y el tirante bordado en brillantes; la falda era amplia y corta a juzgar por cómo lucían las piernas.

—¿Vas a tardar mucho en subir? —soltó Gimena tan deslumbrada por lo apuesto que se veía que no notó el modo en que él la admiraba.

Mirko asintió y, luego de colocar un bolso en el asiento trasero, se deslizó dentro para sentarse.

Gimena puso en marcha el automóvil y por unos minutos reinó el silencio; ambos se sentían demasiado impactados por la apariencia del otro.

—Te va bien ese *look* —comentó ella cuando el silencio le resultó por demás incómodo—. Más de una querrá tu tarjeta.

—Siempre las traigo —dijo Mirko golpeando suavemente el bolsillo de su abrigo. Era un hombre sensual y lo sabía muy bien—. Pero para trabajar más tranquilo y evitarme distracciones, podrías presentarme como tu acompañante —notó que a ella se le cortaba la respiración. Parecía incómoda por el comentario—. Fue una broma, Gimena —deslizó con sequedad—. Tengo claro que tienes pareja —prosiguió. No tenía muchas ocasiones de recabar información sobre ella, así que aprovechó—. El francés que siempre te llama, ¿no?

—Estamos tomándonos un tiempo—le respondió sorprendida por el comentario.

—Ya veo —replicó él en un tono entre enigmático y sensual—. Entonces puedo decir libremente que estás preciosa.

Aparcaron a pocos metros de la entrada de la casa de Mariana y Miguel. Mirko fue el primero en descender. Con su equipo al hombro, bordeó el automóvil y se detuvo junto a la puerta de Gimena. La miró divertido al notar que luchaba por salir del vehículo; lo bajo que era el Fiat y la altura de sus tacones atentaban contra su equilibrio. Conteniendo la risa, le tendió la mano para ayudarla.

—Muchas gracias.

—De nada —murmuró. Sin soltar su mano, la miró de arriba abajo, encantado con lo que veía. El verde la favorecía y con esos *stilettos* sus piernas parecían interminables—. ¿Cómo puedes caminar con esos tacones? Las modelos los usan para las sesiones; las piernas lucen mucho mejor, lo reconozco, pero de ahí a llevarlos a un evento donde vas a moverte y seguramente bailar, es insensato.

Su voz era profunda y envolvente, le sensibilizaba la piel. Lo miró, perdiéndose en esos ojos celestes y sonrió al ver que él la sostenía con amabilidad. Simplemente se encogió de hombros al no recordar la pregunta. Se aferró al brazo de Mirko para no caerse mientras atravesaba la acera desnivelada por las raíces de los árboles. Él caminaba lento y reía sin disimulo cada vez que ella parecía perder el equilibrio. Tenía una risa suave, agradable y su rostro parecía iluminarse cuando la liberaba.

Se separaron al llegar a la entrada de la casa. Gimena se acercó a las empleadas que recibían a los invitados. Luego de anunciarse, y de saludar a unos conocidos, Gimena divisó a su amiga Lara Galantes en el centro de la sala de estar. Hacia allí guio a Mirko.

—Hola, Lara —la saludó, apresurada. Luego se volvió hacia el fotógrafo y, colocando su mano sobre el brazo de él, lo presentó—. Él es Mirko Milosevic, el fotógrafo… No sé si sabes…

—Sí, estoy al tanto —deslizó—. No sabes cómo te agradezco —dijo mirando a Mirko—. Tal vez sería conveniente que hables con Micky a ver qué quiere.

Mirko asintió y Gimena se ofreció a acompañarlo. Caminaron por una alfombra roja que cruzaba la galería e ingresaba a la gran carpa que habían instalado en el jardín. Divisó a Miguel conversando con el juez de paz que conduciría la ceremonia. Al acercarse, detectó lo ansioso y nervioso que estaba.

—Micky —lo saludó—. ¿Te acuerdas de Mirko?

—Por supuesto.

Gimena se apartó para saludar a unos conocidos, mientras Micky y Mirko conversaban sobre el casamiento.

—¿Todo en orden? —preguntó Gimena al regresar junto a él.

—Por supuesto —respondió Mirko dirigiéndose a un rincón apartado donde pensaba dejar el equipo—. ¿Son muchos los invitados?

—No, es un casamiento chico —respondió contemplando el lugar, que empezaba a llenarse—. ¿Ves esas cuatro rubias? —preguntó indicándole a Mirko la dirección en la que debía mirar. Él asintió en silencio al tiempo que extraía la cámara de su estuche—. Bueno, esas cuatro bellezas son las hermanas de Mariana; la novia. A Marta ya la conoces, es la mamá; el que conversa con ella y Micky es Marcos, el padre de Mariana. La otra mujer que está con ellos es Liliana, la hermana de Miguel.

Un bufido la interrumpió. Miró a Mirko algo dolida por el modo en que él ponía los ojos en blanco.

—Ve a disfrutar de tu fiesta y de tus amigos, que sé hacer mi trabajo —dijo Mirko—. Si sigues quedándote pegada a mí, voy a pensar que verdaderamente querías que viniera como tu acompañante y no te atreviste a pedírmelo.

—Ya quisieras que así fuera —replicó ella.

Sin decir más, se alejó de él para reunirse con Lara y Carola, quienes aguardaban expectantes la llegada de Mariana, acompañadas por sus esposos e intrigadas por el fotógrafo que había llegado con Gimena. Lo único que sabían era que trabajaba para la editorial y que su amiga no pensaba brindar más información al respecto.

—No hay nada que decir —terminó diciendo. Las miró y en

sus rostros leyó el comentario que ambas estaban pensando—. Sí, chicas, es muy atractivo.

Tan solo unos minutos más tarde, la melodía de *Carrozas de fuego* comenzó a sonar. Mariana apareció desde el interior de la casa escoltada por sus hijos. Parecía un ángel con un vestido de gasa color crema y una faja forrada en tonalidades fucsia y violeta. Una capa corta le cubría los hombros y bajaba por su espalda hasta la cintura. Joaquín, el mayor, llevaba en sus brazos a Benjamín el menor de la familia, caminaba unos pasos delante de su hermana Pilar y de Catalina; unos pasos detrás llegaban Bautista y Clara tomados de la mano.

Mariana avanzaba sola, llevando en sus manos un delicado ramo de jazmines. Tenía la mirada vidriosa por la emoción, clavada en el rostro de Miguel. Él la contemplaba sin parpadear, maravillado y extasiado de solo verla.

Mirko no se perdió detalle. Al ritmo de su corazón, había disparado la cámara para congelar uno de los momentos más románticos y emotivos que había presenciado en su vida. Era amor profundo y duradero el que esa pareja sentía, y el sentimiento con el que se hablaban parecía haber afectado a todos los presentes, incluido él. Pero fue la devoción con que se contemplaban lo que más lo había conmovido. Eran el uno para el otro y los envidió sanamente.

La ceremonia fue corta y, en cuanto el juez de paz los casó, el recinto se alborotó. Sin demora, Miguel se abalanzó sobre su esposa para besarla ante el aplauso de los presentes. Pero el abrazo no duró mucho, pues en pocos segundos, Clara, su pequeña de tres años, pedía los brazos de su padre y Mariana recibía al pequeño Benjamín. Rodeados de sus hijos, recibieron las felicitaciones de los presentes, tanto adultos como niños.

Silencioso, Mirko registró todo, absorbiendo los sentimientos que allí se respiraba. Nunca antes había presenciado nada parecido. No estaba habituado a los lazos familiares, ni a las manifestaciones afectivas. Había chicos dando vueltas por todos lados; algunos bailando con sus padres, otros saltando en un llamativo inflable que habían dispuesto en el jardín. En medio del gentío, de tanto en tanto divisaba a Gimena, siempre riendo, siempre conversando con alguien. Todos parecían quererla. En ese momento bailaba y conversaba con un hombre alto, de barba, a quien escuchó que llamaban Guillermo. Ambos reían con complicidad, había afinidad y confianza en el trato. Repentinamente, se sintió contrariado. Casi dos horas habían transcurrido desde que habían llegado y ella no había vuelto a acercarse; prefirió no seguir mirando. Necesitaba un descanso.

De camino al jardín trasero, tomó una copa de vino de una de las bandejas y agradeció a la camarera que le acercó algo para comer. Encendió un cigarrillo, fastidiado por cómo Gimena se había adueñado de su interés; no era bueno que eso sucediera. Para no pensar más, se refugió en su celular. El estómago se le tensó al ver un mensaje de Garrido que preguntaba si tenía la noche libre para ella. Era consciente de que esa mujer solo pretendía recordarle lo ocurrido la última vez que se habían visto; era peligrosa y los videos que vio esa mañana la tornaban mucho más siniestra aún. Todavía no había resuelto qué hacer con esa información.

También había un mensaje de Antonella que, paradójicamente,

preguntaba lo mismo. *¿Cómo lograré sacarme de encima a estas dos?*, pensó.

—¿Todo bien? —preguntó Gimena al pasar a su lado. Se sentó en la silla que lo enfrentaba.

Mirko le dio una larga pitada a su cigarrillo y dejó escapar gran cantidad de volutas de humo. Luego bebió un poco de vino y la miró con mayor intención. No terminaba de entenderla.

—Todo bien —comentó con sequedad.

Los mensajes de Garrido y Antonella lo habían puesto de mal humor, pero era la atracción que empezaba a sentir por Gimena lo que lo descolocaba.

—¿Seguro que estás bien? —insistió ella, desconcertada por la aspereza de sus respuestas. Estaba siendo el mismo hombre huraño que había conocido en la editorial—. Te noto tenso.

Estaba tenso. Necesitaba pasar por el baño y reanimarse un poco.

—Tengo que ir al baño —anunció.

—Claro —dijo Gimena sumamente sorprendida por el trato cortante.

Se pusieron de pie en el mismo momento. Él se dirigió al *toilette*, ella se reunió con sus amigos. Por un buen rato, Gimena se obligó a no mirarlo. Guillermo la invitó a bailar en más de una ocasión y se divirtió como hacía rato no lo hacía. No volvió a acercarse a Mirko.

Entre bailes, risas, aplausos y vítores para los esposos, la tarde fue muriendo y la noche los encontró a todos reunidos en el interior de la casa recostados en los sillones de la sala.

Mirko empezaba a sentir que sobraba. Había tomado tantas

fotografías que ya no le encontraba el sentido a tomar más. En el lugar solo quedaban los íntimos. Era hora de marcharse.

Desde el extremo opuesto, Gimena lo observaba acomodar su equipo. Marina, una de las hermanas de Mariana, le había preguntado por él, si tenían algún tipo de relación y si le molestaba si ella se acercaba al fotógrafo. Fue extraño decir que nada había entre ellos, pero fue mucho más extraña la sensación que el produjo ver a Marina acercarse a Mirko y conversar con él entre sonrisas. Desvió la vista en el momento en que Mirko le entregaba una de sus tarjetas.

Era cerca de medianoche cuando, cansada y algo malhumorada, Gimena se puso de pie y comenzó a despedirse de todos.

—¿Necesitas que te lleve? —preguntó Gimena al llegar junto a Mirko—. Me estaba por marchar.

—Si no tienes problema —respondió luego de ponerse el bolso al hombro—, me vendría bien. Voy a despedirme de Mariana y Miguel.

—Está bien. Yo ya lo hice —comentó—. Te espero en el auto.

Mirko la observó alejarse preguntándose qué le pasaba. Rápidamente se acercó a Miguel y a Mariana para despedirse de ambos y prometerles que a la brevedad les enviaría las fotografías. Hubo un par de apretones de manos y unos minutos más tarde, caminaba hacia el pequeño vehículo rojo.

Durante el trayecto, la observó de reojo. En dos ocasiones le preguntó si le sucedía algo, pero ella nunca respondió. Parecía ensimismada, pensativa, lejana. Mirko prefirió no insistir. Le indicó la dirección a donde se dirigía y ella apenas asintió.

Tan solo quince minutos transcurrieron desde que dejaron

la casa de Miguel y Mariana y el momento en que Gimena detuvo el automóvil en la calle que él le había indicado. Pero Mirko no bajó. Luego de quitarse el cinturón de seguridad giró, enfrentándola. La estudió un largo rato hasta que ella, hastiada de sentirse observada, lo miró desafiante.

—¿Qué?

—Dímelo tú —respondió él tratando de entender—. De pronto te pusiste de mal humor. Ya no hablas, ladras.

—Estoy cansada y me duele la cabeza.

Mirko la miró ahora con mayor intención. Lentamente fue acercándose hasta tomar el rostro de Gimena en sus manos. Ella contuvo la respiración un instante, él percibió la sutil vibración de su cuerpo. Sin pedir permiso, la besó y sus labios parecieron fusionarse primero, para abrazarse después; las bocas se abrieron al unísono y el beso fluyó con tanta naturalidad que los volvió vulnerables.

Mirko apenas apartó sus labios, todavía saboreando los resabios del beso. La boca de ella era un manjar de agua fresca, una reconfortante tormenta de verano que lo sacudió generándole un remolino en el vientre.

Gimena apenas se movió. Y cuando él se acercó para volver a besarla, giró el rostro.

—¿Por qué hiciste eso? —preguntó ella con la respiración entrecortada—. No deberías haberlo hecho.

—Porque quería besarte, porque querías que te besara —respondió—. Sé leer las señales que una mujer me envía. Y a ti te gustaría ir mucho más allá de un beso. No tengo dudas de ello.

Sus palabras la avergonzaron primero y la enfadaron

después. Lo miró con rostro sombrío y en sus ojos Mirko leyó su desconfianza. Le molestó sentirse rechazado, pero así y todo se replegó; había dado un paso en falso.

—No tiene nada de malo que me quieras en tu cama —dijo, desafiándola.

—Bájate —le ordenó, filosa. Volvió a mirarlo y esta vez él sintió que su mirada lo empujaba fuera del automóvil, lejos de ella—. No te confundas conmigo.

—Sé que no me confundo —replicó—. No entiendo por qué te niegas.

—Me parece que estás muy mal acostumbrado —sentenció—. Ahora bájate, que me quiero ir a dormir.

No esperó a que ingresara al edificio. En cuanto él cerró la puerta del vehículo, Gimena puso primera y se marchó tan rápido como le fue posible. Mirko, por su parte, sintiéndose ofuscado por su rechazo, aguardó a que el automóvil desapareciera de su vista para alejarse de ese lugar. Aunque le gustaría que así fuera, él no vivía en un vecindario tan elegante como Barrio Norte. Afortunadamente, en la estación de servicio de la esquina siempre había taxis. Necesitaba llegar a su apartamento.

No podía dormir. Recostado en su cama con los brazos cruzados tras la nuca y la mirada clavada en el cielorraso, lidiaba con las imágenes que danzaban en su mente, mientras su corazón era un hervidero de emociones. Su cuerpo, dolorido y tenso por las decisiones que debía tomar, se imponía por sobre todo lo demás.

Si bien en un principio, al enterarse de que Gimena Rauch se instalaría en la editorial, se había aterrado por la amenaza que ella representaba, ya no sentía lo mismo. Toda aquella experiencia, de pronto, parecía lejana, irreal, casi de otra vida. Él no era el mismo y ella le despertaba sensaciones que no recordaba haber vivido. Tal vez por eso lo mortificaba que no creyera que verdaderamente quería besarla; le dolía que pusiera distancia o desconfiara de sus intenciones cuando por primera vez creía sentir algo por alguien. Pero no podía culparla.

Cansado de dar vueltas en la cama, se levantó y fue en busca de una cerveza fría. Por un instante pensó en consumir; sin embargo, algo lo detuvo.

Para mantener su mente ocupada, resolvió ver las fotos que había tomado en el casamiento. De la mochila extrajo la cámara y buscó su computadora portátil. Llevó todo al dormitorio y se dejó caer sobre la cama.

En pocos minutos se trasladó mentalmente a la fiesta, a la música, a las risas de la gente, a los rostros cargados de emoción. La primera foto en la que se detuvo tenía a la novia como centro. Era una hermosa mujer, que con solo mirarla se absorbía su alegría y su calidez. Siguió pasando y volvió a detenerse; ahora en el instante en el que Miguel se unía a ella en medio del pasillo. *Un gran momento*, pensó, convencido de que esa sería una de las fotos que elegirían. Pocas veces un abrazo lo había emocionado tanto como ese.

Fue pasando las fotografías con mayor rapidez; de tanto en tanto se detenía en alguna en particular. La mayoría de las tomadas a los chicos le robaron un par de sonrisas. Se sentía orgulloso. Entonces el rostro de Gimena apareció en la pantalla. Conversaba con ese hombre de barba; el tal Guillermo. Ella sonreía ante algo que él le decía; entre ellos había una complicidad que se manifestaba en el modo en que se miraban; la química que tenían trascendía la cámara. Siguió adelante y volvió a detenerse en Gimena, que ahora contemplaba a sus amigos con aire ausente. Estaba parcialmente recostada contra el marco de una puerta. Preciosa.

Hacía ya varios minutos que su mirada no podía apartarse de la pantalla. Llevaba largo rato contemplando su sonrisa congelada en la imagen, el brilloso entusiasmo de su mirada y la contagiosa libertad que brotaba de sus ojos. Pasó a la siguiente fotografía. Bailaba en brazos del barbudo. Contemplando la imagen, recordó cómo había sido tenerla en sus brazos la noche que la acompañó a la glorieta; la música, la complicidad ante los errores y la paciencia para guiarlo; el dulce calor de su cuerpo.

Al principio había pensado que era magia lo que la convertía en alguien tan especial, tan contagiosa y luminosa; pero no era eso, ahora lo entendía. Ella era como la vida misma, con todos sus condimentos; por momentos apacible, por momentos vertiginosa, por momentos desconcertante, pero siempre atractiva, interesante y tentadora. Llevado por un impulso, buscó su celular y decidió hacer contacto.

"Estaba mirando las fotos. Hay varias en las que saliste realmente bien; te queda increíble ese verde", escribió y aguardó un momento. Sonrió al ver que ella acababa de leer el mensaje. No esperó una respuesta, pero le envió la imagen. Siguió mirando las fotos espiando de tanto en tanto el celular; ella seguía ahí, conectada, en línea y atenta a lo que él escribiera. Pero sin responder.

Se apresuró a buscar alguna otra foto para enviarla y dio con una en la que Gimena hablaba con dos de las niñas. Le agradó el gesto dulce y comprensivo con que las miraba. "Hermosas las tres", escribió. Sonrió al detectar que Gimena la había visto inmediatamente.

"Fíjate en el extremo inferior derecho. ¿Puedes mandar foto de eso?", le respondió. Mirko, intrigado, buscó lo que ella había detectado. Frunció el ceño al ver que se trataba del hombre de barba con el que Gimena había bailado. Estaba muy acaramelado con una chica. "¿Te arrebataron al candidato? Pero qué pena", escribió antes de enviar la foto. "No es mi candidato", replicó ella. "Cierto, me olvidaba del francés", respondió Mirko. "Parece que te molestara. Estás desde hoy preguntando por Étienne. No entiendo por qué si tú...".

Allí estaba el asunto entonces. Mensajes de por medio, las cartas empezaban a ponerse sobre la mesa. Mirko no estaba seguro de querer tener esa conversación a esa hora de la noche, aunque él la hubiese generado sin desearlo. Tampoco estaba seguro de qué pretendía con todo aquello. Solo estaba molesto porque ella se interesara por otro. Una nueva fotografía apareció frente a él. Era de la última parte de la fiesta. Gimena fumaba con rostro serio, pensativo; parecía preocupada. Recordaba el momento en el que la había tomado porque lo había impactado todo lo que su rostro transmitía. Sin mucha vuelta, se la envió. "¿En quién pensabas?".

Rogaba porque le dijera que pensaba en él, pero difícilmente

ella confesaría algo así por más cierto que fuese. Masculló una maldición. Desde hace poco tiempo, Gimena Rauch era un rayito de sol en su vida, una brisa de aire fresco en la celda en la que se encontraba, un pequeño soplo de esperanza. Empezaba a sentirla importante.

En la siguiente imagen, Gimena se había vuelto hacia la cámara y lo miraba de frente, desafiándolo. Había reparo y muchos interrogantes; también una negativa tan grande que a Mirko le dolió. "¿Qué deseabas decir? ¿Enojada? ¿Desilusionada? ¿Triste?", envió un último mensaje.

No pasó una buena noche. Soñó demasiado y cuando despertó, lo hizo todo sudado, asustado y bajo el influjo de saberse en falta con alguien. A su alrededor estaba la cámara, la computadora portátil y su celular. Tomó este último y sacudió su cabeza al ver que había mensajes de Garrido, Antonella y Gimena, que ahora se sumaba a su lista de preocupaciones; pero por motivos bien diferentes. Solo leyó el de Gimena: "Creo que desilusionada es la palabra justa".

CAPÍTULO 13

Durante los siguientes días, Antonella lo mantuvo lejos de la editorial. En algún punto era mejor, pues las cosas con Gimena empezaban a salirse de su cauce y se le estaban yendo de las manos; eso no era bueno para nadie.

Haberla besado había sido un error. Podía apostar que a eso se debía el distanciamiento que ella había impuesto. Aunque se moría de ganas por volver a besarla, entendía que no era buena idea forzar ningún tipo de acercamiento. Lo mejor sería concentrarse en el trabajo y dejar de soñar despierto.

Tras una larga jornada en la localidad de Pilar, en la provincia de Buenos Aires, donde debió ocuparse de una producción para el próximo número de la revista, Mirko arribó a su apartamento pasadas las ocho de la noche. Se duchó y, al salir del cuarto de baño, se encontró con Claudia Garrido sentada en la sala. Ya ni se molestaba en tocar timbre; ella simplemente

ingresaba. *Después de todo, soy yo quien paga este lujo*, le había dicho en una ocasión; ya no le discutía nada.

—¿Cómo fue tu día de fotógrafo de causas perdidas? —preguntó, con sorna, la mujer.

Mirko no respondió. En silencio la siguió con la vista tratando de detectar cuál sería el próximo paso de la fiscal. Garrido se sentó en uno de los taburetes y ambos se midieron por unos segundos.

La última vez que había estado allí, la noche había terminado con Mirko inconsciente en su cama, restos de cocaína y alcohol a su alrededor y una nota de Garrido en la que le recordaba que muy fácilmente podía eliminarlo si él la traicionaba. Desde esa noche, no habían vuelto a intimar y él lo agradecía.

—Hagamos las paces, Mirko, a ninguno de los dos le sirve estar en malos términos —dijo y de su bolso extrajo una bolsita con varios gramos de cocaína. La dejó sobre la mesa y lo miró con una sonrisa—. Esto es para demostrarte mi buena predisposición y mi arrepentimiento. Digamos que la última vez me puse celosa y se me fue la mano —explicó, poniéndose de pie y caminando hacia él—. No volverá a suceder, lo prometo —agregó colocando sus manos sobre el pecho y besando sus labios, pero él ni se inmutó—. Veo que sigues enojado. Está bien, lo acepto, me pasé de la raya.

Regresó al taburete y volvió a sentarse. Mirko desconfiaba de todo, hasta de la bolsita que había dejado sobre la mesa.

—Hablemos de trabajo, entonces —terminó accediendo Claudia de mala gana. Tomó una carpeta de su bolso, y la desplegó sobre la mesa—. Ven, Mirko, que quiero mostrarte algo.

Mirko aceptó y se acercó a ella con ambas manos en los bolsillos de su pantalón pijama. Con la mirada clavada en las fotografías que Claudia esparcía sobre la mesa, escuchó con atención lo que la fiscal le indicaba.

—Pronto tendrá lugar la reunión que venimos esperando —empezó. Lo miró ahora con el ceño fruncido—. Sería muy beneficioso que Antonella te incluyera en la lista de ingreso.

—¿Cómo lograré eso?

—¿Qué tipo de pregunta haces? Ya te había dicho que no me importan los cómo. Aquí lo único importante es que debes estar en esa reunión —insistió retomando su discurso. Señaló una de las imágenes—. Este es un empresario que seguramente estará allí —agregó, mirándolo de soslayo—. Tienes que intentar fotografiarlo; lo mismo con estos dos; son jueces. Memoriza sus rostros.

—¿Quiénes son? —preguntó.

—Eso no importa —respondió la fiscal, tajante, al cerrar la carpeta—. Solo asegúrate de estar en esa reunión y de obtener las fotos —sentenció mientras guardaba todo en su bolso y se ponía de pie—. Disfruta de tu blanca, que te lo mereces —agregó, caminando hacia la salida.

En silencio, Mirko la miró alejarse y, una vez que la puerta se cerró y Garrido desapareció de su vista, se acercó para dar dos vueltas de llave. Solo entonces, seguro de que ella no iba a volver, regresó a la mesa sin apartar la vista del pequeño envoltorio. Lo tomó y lo observó sintiendo su corazón acelerarse. Por un momento dudó, pero la necesitaba, todo su cuerpo reclamaba y lo empujaba a ceder. Respiró hondo procurando controlar la ansiedad que repentinamente se había apoderado de su cuerpo. Apretó los dientes esforzándose por controlarla. Sus ojos volvieron hacia la pequeña bolsa que descansaba en su mano; era tan sencillo acabar con el tormento. Sin embargo, sabía que antes tenía que ocuparse de algo importante.

Ingresó en la cocina y abrió la puerta del refrigerador; simulando estar mirando el interior, extrajo el celular de su bolsillo para corroborar que se hubiese grabado la conversación. Lo había hecho. Rápidamente envió un mensaje de texto solo con un sobre. Cerró la puerta del refrigerador y se sirvió la copa de vino que había ido a buscar.

Con la copa en su mano regresó a la mesa y allí se sentó con la vista clavada en la bolsita. Con cierta duda la abrió y volcó apenas una pizca en la yema de su dedo meñique; se la llevó a la boca para saber si se trataba de un nuevo engaño de Garrido. Una vez que se cercioró de que era de la buena y que la fiscal no había tratado de timarlo, comenzó a volcar el polvo sobre la mesa. Con delicadeza, disfrutando el momento, tomó una tarjeta y lentamente fue formando las dos líneas. Se le estaba haciendo agua la boca y el corazón latía acelerado de excitación.

CAPÍTULO 14

Siguiendo la indicación de Javier Estrada, Gimena había convocado a una reunión para esa mañana. Mirko todavía no había confirmado su asistencia, aunque tampoco creía que se presentara. Antonella le había mencionado que estaba organizando una producción en Colonia, Uruguay, donde pensaba pasar el fin de semana. Ese último comentario la había enfadado; pero no iba a darle el gusto de preguntar.

A las once de la mañana en punto, todo estaba listo para la reunión por el lanzamiento de la nueva revista cultural. Javier Estrada fue uno de los primeros en presentarse y lo hizo acompañado por una colaboradora especialista en contratos y sociedades. El resto, un total de diez personas, fueron presentándose y se acomodaron en la sala de reuniones. Mirko nunca se presentó y la fastidiaba su ausencia. Sin embargo, ocultó sus sentimientos y encabezó la reunión con profesionalismo.

Durante las siguientes dos horas compartió con los presentes las pautas y lineamientos de la nueva revista, remarcó los objetivos y fue muy clara respecto de lo que se esperaba de cada uno de ellos. Presentó a Javier Estrada e informó que ya se estaba ocupando de llevar a cabo una auditoría, y también a su colaboradora, Diana Colante, quien se convertiría en asesora legal. Gimena tenía cierto capital para comenzar, pero ya había diagramado un plan de acción para atraer fondos. Los interesados en participar de la iniciativa también acercaron sus propuestas, y a Gimena la gratificó sentir que empezaban a formar un equipo.

Un incipiente dolor de cabeza la acosaba cuando terminó la reunión. Mientras pensaba en tomar algún analgésico, Leticia se acercó para informarle que una persona la aguardaba. Acomodó el escritorio y dejó su despacho preguntándose quién podría ser.

Al dirigirse hacia la recepción, la vista se le desvió hacia el cubículo de Mirko, pero, como era de esperar, estaba vacío. La mortificaba pensar que podía estar con Antonella, que esa mañana tampoco se había presentado.

Llegó a la recepción y se volvió hacia Leticia para saber quién había preguntado por ella. No hizo falta que la recepcionista respondiera, porque una voz se le adelantó.

Azorada, Gimena se volvió hacia el hombre que, de pie junto al ventanal, la miraba con una peligrosa mezcla de furia y hartazgo.

—¡¿Qué haces aquí?! —exclamó Gimena sintiendo el estupor que se tornaba en enojo.

—Te di tiempo suficiente para que te instales y recapacites

—informó con voz seca y autoritaria—. Es hora de que tú y yo hablemos.

—No tenemos nada de que hablar —replicó ella, sin amedrentarse.

El hombre respiró hondo y desvió la vista buscando serenarse. Volvió su atención a Gimena fulminándola con la mirada.

—Mira que resultaste cobarde —soltó Manuel. Dio un paso hacia ella con determinación—. Pues, te guste o no, tenemos mucho de que hablar. Son demasiados los puntos que debemos resolver y es fundamental que participes de las reuniones con Braña.

—No tengo nada que hablar contigo —insistió Gimena—. Ya me pondré en contacto con Braña o, mejor dicho, mi abogado lo hará.

Se miraron a la cara transmitiendo todo el enojo, el resentimiento y el dolor que llevaban acumulados por años. Sintiéndose observada por quienes se encontraban en la editorial y avergonzada por ello, Gimena fue la primera en flaquear. Luego de hacerle un gesto a Manuel para que la siguiera, giró sobre sus talones y comenzó a caminar hacia su despacho.

—Escúchame, Gimena —continuó diciendo una vez que ella cerró la puerta—. Vamos a sentarnos y a conversar como dos personas adultas.

—¡No quiero conversar contigo! —chilló Gimena al borde de las lágrimas—. ¡Este es mi lugar de trabajo, no te quiero acá!

Manuel se sentó en el sillón enfrentando el escritorio, sin reparar en lo que ella decía. Miró a Gimena con algo de displicencia.

—¡Vete, Manuel! —insistió ella, furiosa—. Me estás haciendo pasar vergüenza.

—¡Esto es de no creer! —exclamó él, con gesto sardónico—. Ahora resulta que yo te hago pasar vergüenza. Estás más trastornada de lo que creía.

Se midieron una vez más. Gimena era consciente de que muchos curiosos los observaban. No deseaba que nada de eso sucediese; no ahora que estaba haciéndose cargo de la revista.

—Hagamos una cosa, Manuel —dijo controlando su enojo—. Esta tarde paso por tu oficina y hablamos.

—¿Puedo creerte? —preguntó Manuel. Ella asintió con los ojos vidriosos—. Me parece bien. Estaré en el hotel. Y déjame decirte que, aunque no me creas, me alegra mucho verte.

Aunque la conmovió escucharlo, Gimena eligió pasar por alto ese comentario; era más sencillo seguir despreciándolo. Era tan profundo el dolor que le había causado que, aunque quisiera, no podía desentenderse. Todavía se le estrujaba el corazón al recordar la mañana en que Manuel la había llamado para comunicarle su decisión. Gimena había gritado, había implorado que no lo hiciera, pero Manuel se mantuvo firme y, desde Madrid, fue poco lo que ella había podido hacer para detenerlo.

Más de tres años habían pasado y aún le costaba asimilarlo. Con todos esos recuerdos acumulados en su cabeza, Gimena acompañó a Manuel hasta la recepción haciendo caso omiso a los ojos curiosos que los seguían. Luego de despedirse de un modo frío y distante, Gimena regresó a su despacho con la frente en alto y andar estoico. Por segunda vez, al pasar cerca del cubículo de Mirko, miró hacia el interior, pero en esta ocasión no se preguntó dónde se encontraría. Su mente estaba llena de Manuel.

Romina había seguido de cerca toda la conversación para luego poder informarle a Antonella. La directora estaba que trinaba con Gimena, y Romina podía asegurar que disfrutaría mucho de enterarse que un hombre, por demás atractivo, se había presentado en la editorial demandándole algo a Rauch.

Intrigada y buscando conocer más detalles, Romina se acercó a Leticia, quien comentaba con una de las redactoras lo sucedido.

—Te digo que es él —decía la recepcionista—. Mi prima trabajó en su empresa.

—¿De quién hablas, Leti? —preguntó Romina buscando obtener cierta información.

—Del hombre que acaba de marcharse —respondió sin levantar la vista de la pantalla.

—Era muy atractivo —comentó—. ¿Será un ex de Gimena?

—No, no lo creo. Ese era Manuel Rauch Mondini —respondió con suficiencia. Colocó sus manos sobre el teclado de la computadora y, rápidamente, tecleó ese nombre en una extensa base de datos—. Aquí lo tienes —agregó cuando la información comenzó a bajar—. Es CEO y socio mayoritario de la Cementera Rauch y dueño principal del holding hotelero Mondini.

—¿Y qué relación tiene con Gimena? —preguntó Romina sorprendida por lo que acababa de descubrir. No estaba segura de que a Antonella le agradara enterarse de que esa mujer pertenecía a una de las familias más ricas y poderosas de la ciudad—. Vamos, Leti, necesito saberlo.

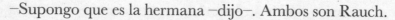

—Supongo que es la hermana —dijo—. Ambos son Rauch.

—Busca en internet, Leticia —indicó con premura—. Busca ambos nombres.

—Déjame ver… Sí, es el hermano mayor de Gimena. Tiene cuarenta y dos y desde hace años se ocupa de los negocios de la familia. Es divorciado. No tiene hijos.

La conversación fue interrumpida por Gimena, que apareció de improviso en la recepción obligándolas a simular que no estaban hablando de ella. Apenas se despidió hasta el día siguiente y con paso rápido se dirigió hacia los elevadores.

Todavía le duraba el fastidio que Gimena le había generado al preguntar por el tal Guillermo. Se sentía menospreciado, ultrajado en sus sentimientos después de haberla besado y que ella lo rechazara. Con sus sonrisas tentadoras y sus ojos luminosos, se había burlado de él; pero no volvería a hacerlo. Afortunadamente, Antonella le había indicado que la acompañase a un importante desfile que se llevaría a cabo esa tarde en el prestigioso Hotel Emperador Mondini. Gustoso había aceptado; cualquier opción era buena si lo mantenía alejado de la redacción donde seguramente Gimena estaría trabajando.

Aunque Mirko nada sabía, Antonella quería cerciorarse de las personas con las que se relacionaba su fotógrafo; últimamente, estaba algo cambiado y eso había despertado su curiosidad y desconfianza. En un primer momento, había creído que Gimena lo había conquistado; pero Mirko había dejado bien

claro que la tenía atragantada. De modo que su interés debía centrarse en otro lugar. Prestaría atención a las mujeres que podían acercársele.

Llegaron juntos al hotel y, al ingresar al salón, Antonella le recordó que debía retratarla rodeada de personalidades. Luego se alejó de él para ubicarse en la primera fila, junto a destacadas figuras del ambiente artístico y de la moda. Entre flashes ella se sentía la reina del mundo.

Mirko disfrutaba de cubrir los desfiles que se desarrollaban en hoteles de categoría, donde los lujosos salones daban un marco sofisticado y él se sentía importante formando parte de ese entorno. Pero esa tarde, el mal humor se negaba a abandonarlo.

Durante más de dos horas tomó fotografías de las modelos que lucían la ropa de cuatro casas de alta costura de la ciudad. Una de las columnistas de Antonella le había brindado las especificaciones de lo que buscaba; era fácil moverse en ese ámbito.

El desfile se preparaba para entrar en la última tanda cuando divisó a Serena Roger caminando hacia él. Al llegar a su lado, se detuvo brevemente dispensándole una sonrisa insinuante al tiempo que se inclinaba para susurrar algo a su oído.

—Cuando todo termine, te espero en la 201.

Él intentó decirle que no lo esperase, pero fue imposible, ella se alejó dedicándole significativas miradas. Mirko tragó saliva, estaba dejando pistas para que todos creyeran que sucedía algo entre ellos . Era tan evidente que lo incomodó. Resignado, la miró perderse tras los cortinados que separaban la zona de camarines. No le agradaba el juego que jugaba esa mujer. Lo último que deseaba era que le llenara la cabeza de

teorías conspirativas. Quería apartarse de todo eso, pero no encontraba la forma.

Cerca de las siete y media de la tarde concluyó el desfile. Entre aplausos, los principales modistos se acercaron al extremo de la pasarela, donde recibieron el cariño y la aceptación del público. A la distancia, Mirko vio que Antonella se ponía de pie y se despedía de las personas sentadas a su lado. La siguió. La encontró en el pasillo revisando su celular. Al verlo lo enfrentó con gesto serio.

—Me tengo que marchar —informó con sequedad—. Me esperan en otro sitio.

Mirko asintió. Sabía que debía reunirse con su esposo en el Faena Hotel.

—Está bien, tengo que tomar un par más de fotografías.

—Perfecto —accedió Antonella. Se acercó a despedirse con un beso en la mejilla—. Luego te llamo.

En el piso superior del Hotel Emperador Mondini, se encontraban las oficinas del directorio corporativo. De todos sus miembros, el único que se dejaba ver por ahí de tanto en tanto era Manuel Rauch Mondini.

Con cara de pocos amigos, Gimena se presentó ante la secretaria de su hermano. Más allá de ser muy consciente de estar entrando en los dominios de Manuel, nada lograría doblegar su determinación; estaba decidida. Venía en plan de guerra y su rostro así lo transmitía.

—Hola, Andrea —la saludó al llegar al escritorio.

La mujer de cortos cuarenta años alzó la vista y la miró, sorprendida de tenerla allí.

—¡Ah! Por Dios, Gimena —exclamó, poniéndose de pie. Caminó en torno al escritorio para saludarla con un abrazo—. Te juro que cuando Manuel me comentó que vendrías no le creí.

—No haces bien no creyéndole a tu jefe —rcspondió de un modo por demás antipático.

La mujer asintió haciendo caso omiso a la mala respuesta. Conocía a Manuel y a Gimena desde hacía años y, hasta donde ella podía recordar, los hermanos siempre se habían llevado de maravillas, pero de un tiempo a esta parte la animosidad entre ambos no era ningún secreto para nadie. En esta ocasión, Andrea estaba más de acuerdo con la reacción de la hermana menor que con la de su jefe. Ella entendía muy bien el dolor y el resentimiento que Gimena tenía hacia Manuel.

—Pasa por aquí, Gimena —dijo guiándola hacia el despacho principal.

Sin golpear, abrió la puerta y le indicó que se pusiese cómoda. Manuel debía estar por llegar. Se encontraba en una de las salas de reuniones ultimando detalles para un viaje que debía emprender a China.

—¿Te puedo ofrecer algo para beber? —preguntó la secretaria.

Gimena la miró y le dedicó una sonrisa comprensiva. Andrea era buena gente y, además, era una de las pocas que había subsistido en su puesto sin intimar con su jefe. Asintió y le pidió un jugo de naranja.

Las oficinas de Manuel eran imponentes. Desde la cómoda

sala de estar que enfrentaba el grandioso escritorio, podía apreciarse una magnífica vista del puerto y de la costa del Río de la Plata. La oficina tenía un estilo exquisito y Gimena recordó que su amiga Carola había tenido algo que ver con la decoración de todo ese hotel. Bien por Carola y muy bien por Manuel, que había tenido en cuenta a sus amigas a la hora de contratar proveedores; también había contratado a Lara para organizar eventos y banquetes ofrecidos por la Cementera Rauch.

A su espalda sintió la puerta del despacho abrirse y luego cerrarse. Dedujo que debía tratarse de Andrea de modo que no se volvió a mirar.

—Te agradezco que estés aquí —dijo Manuel con voz seca—. Reconozco que no estaba del todo seguro de si vendrías.

—Te dije que lo haría. Yo cumplo con mi palabra a diferencia tuya.

—No empecemos, Gimena —replicó Manuel suavizando el tono—. Estamos aquí para tratar de llegar a un entendimiento.

Gimena giró para enfrentarlo. Le sostuvo la mirada brevemente sintiendo la furia que volvía a ella.

—Error —dijo secamente—. Estamos aquí para que te quede claro que no tenemos nada de que hablar. Yo no necesito llegar a ningún entendimiento.

Manuel suspiró y, resignado, caminó hacia su escritorio. Se ubicó en su sillón y contempló a su hermana menor; la adoraba, siempre la había querido y cuidado como a un tesoro y le dolía muchísimo que no comprendiera que la decisión que había tomado había sido por el bien de todos.

—Necesito tu firma para varios trámites —comunicó con

renuencia, sabiendo que sus palabras desatarían la furia de Gimena. Pero no tenía remedio, había que hablar de ciertos temas.

Ella sacudió su cabeza y caminó hacia el sillón donde había dejado su bolso. No era ese el tipo de conversación que esperaba mantener, pero tendría que haberlo anticipado. Manuel se puso de pie de un salto y se acercó a su hermana tratando de que lo escuchase.

—Gimena, yo entiendo que no te interese y entiendo mucho más que no me hayas perdonado lo de papá —explicó interponiéndose entre ella y la salida—. Pero necesito que te hagas cargo de tu herencia o me des un poder para manejarla. No puedo hacer ciertas operaciones sin tu consentimiento; son muchos los negocios que están parados por ese detalle.

—¡No entiendo a qué viene eso ahora! —chilló ella, angustiada—. Nunca me necesitaste, ¿por qué ahora es diferente?

Manuel respiró hondo y desvió brevemente la vista preguntándose si su hermana había hecho la pregunta para que él dijera lo que nunca había podido decirle de frente. Volvió su mirada hacia ella y se estudiaron.

—Es diferente porque papá ya no está —confesó.

—Querrás decir, porque lo mataste.

—No lo maté, Gimena —replicó con voz tensa—. Hacía ya muchos años que no estaba con nosotros.

—Estaba durmiendo —lo corrigió—. Él dormía y estaba bien cuidado. No puedo aceptar que decidieras deshacerte de él.

—No me deshice de él; Gimena, por Dios, hacía más de quince años que papá no estaba con nosotros, ¿por qué nunca pudiste

enfrentarlo? —balbuceó, afectado por el dolor de su hermana—. No podía seguir en esa habitación. Era inhumano mantenerlo vivo cuando hacía mucho tiempo que había dejado de estarlo. Necesitaba irse; teníamos que dejarlo ir.

—¿Eso quién lo dice? ¿Tú? ¿Mamá? —exclamó ahora con los ojos llenos de lágrimas—. Ustedes no tenían derecho a hacer algo así.

—Mamá tenía derecho a rehacer su vida, Gimena —deslizó Manuel sabiendo que sus palabras la alterarían.

—Hacía muchos años que mamá había rehecho su vida —replicó—. Supongo que sigue en Miami con Alfonso.

Manuel la miró; se le estrujaba el corazón. Gimena nunca había aceptado el estado vegetativo en el que había quedado su padre luego de haberse estrellado con la avioneta familiar. Su cerebro estaba completamente destrozado y, solo gracias a las máquinas, había continuado con vida por quince largos años. Gimena era la única que juraba que su padre se había movido, que había parpadeado, que había reaccionado frente a una caricia. Pero nada de eso era cierto y nunca la había contradicho por la pena que le producía escucharla sostener lo insostenible.

Por unos segundos los envolvió el silencio. Demasiado dolidos para continuar la batalla, ella puso su bolso al hombro y él permaneció rígido, observándola.

—¿Fue Raúl quien te dijo dónde encontrarme? —quiso saber Gimena.

Manuel sacudió la cabeza negativamente.

—Aunque sé que te estás alojando en su apartamento, él no me ha dicho una sola palabra de que estabas en Buenos Aires

—respondió con voz neutra—. Hablo todos los días con Raúl y nunca te mencionó —aclaró—. Fue Étienne quien me lo dijo. Cené con él en París la semana pasada. Está preocupado. Teme que no vuelvas con él.

—¿Étienne? Él sabía que yo no quería que lo supieras…

—No es tonto, Gimena, es el principal proveedor artístico del hotel de París —le aclaró Manuel con una mueca comprensiva—. Me lo comentó en cuanto pregunté por ti. No digo que no te quiera, pero estar contigo tiene ciertos beneficios para él y lo sabe.

—Traidor —balbuceó, al borde de las lágrimas—. Si necesitaba algo para convencerme de que nada queda entre nosotros, ya lo has hecho.

—No reacciones así. Étienne te quiere —volvió a decir Manuel—. Estoy seguro de que lo hizo pensando que te hacía un bien.

—No lo creo, estoy segura de que siente más devoción por ti que por mí —sentenció.

—Gimena, por favor, francamente no me interesa lo que pase entre ustedes —deslizó Manuel acercándose a ella. Estiró su mano para tomarla del hombro. Ella se volteó a mirarlo—. Me gustaría que un día de estos cenemos juntos —dijo. Había algo de súplica en el tono de su voz que alcanzó a Gimena—. Quiero recuperar a mi hermana.

—¡Lo único que quieres es que te firme esos papeles! —disparó movilizada por las palabras de Manuel.

—No es así —replicó él con un tono frío—. Aunque necesito tu firma, no es de eso de lo que estoy hablando y lo sabes. Prométeme que lo vas a pensar.

Ella lo miró y tal vez fue la necesidad de creerle lo que logró traspasar la dura coraza que la separaba de su hermano. Asintió, no tuvo herramientas ni coraje para negarse a hacerlo, pero se marchó sin poder acerarse a él.

Al segundo golpe en la puerta, Serena abrió y lo alentó a apresurarse a entrar.

—¡Por fin! —exclamó la mujer, luego de cerrar la puerta tras su ingreso—. Tenemos mucho de que hablar y muy poco tiempo.

—No estoy seguro de qué demonios estoy haciendo en esta habitación —susurró Mirko. Se respiraba una tensión alarmante entre esas paredes—. ¿Desde cuándo trabajamos juntos? —preguntó, claramente incómodo.

Serena se acercó tratando de tranquilizarlo. Lo contempló brevemente notando el sutil cambio que titilaba en él. Algo se había modificado en su persona. Una sonrisa suave sobrevoló sus labios al considerar que no todo estaba perdido.

—Mira, Mirko, creo que estás aquí justamente porque tú solito descubriste que no te mentí en ningún momento y que el lío en el que estás metido es bastante grande —aclaró—. Viniste porque sabes que todo lo que te dije es cierto y está muy bien que quieras colaborar con nosotros para salir de esta mierda.

Mirko respiró hondo y desvió la vista aceptando lo que Serena Roger decía.

—Estamos muy cerca de atraparlos —continuó cuando notó la duda asomando en los ojos celestes—. Nos falta ubicar a la mujer

que estaba con De la Cruz en el segundo video. No sabemos ni quién es, ni por qué De la Cruz le pasa un sobre, evidentemente con dinero. Pero intuimos que es importante y que trabaja en el gobierno.

Mirko la miró con sorpresa, hasta ese momento no había advertido que Serena no tenía idea de quién era Garrido. Había dado por sentado que el video era para que él entendiera quién era quién. ¿Cómo era posible que no supiera que una fiscal estaba involucrada en ese caso? Eso no lo esperaba. ¿Para quién trabajaba entonces Roger?

—Hasta donde pude averiguar, pronto habrá una reunión —comentó—. Son reuniones mensuales —explicó. De un portafolio tomó una de las últimas revistas y se la extendió a Mirko—. Las chicas son presentadas a través de la revista; es como una suerte de menú, el valor de las prendas que llevan puestas representa lo que valen ellas. El valor del calzado es lo mínimo que cobran; el resto de los valores son los distintos servicios que ofrecen.

Intrigado, Mirko hojeó la revista advirtiendo que todas las fotos publicadas eran suyas. Conocía a cada una de las modelos; las de ese número eran todas menores de edad.

—Las modelos de las últimas dos portadas no llegan a los dieciséis años, Serena —la corrigió cuando la mujer mencionó que las involucradas contaban entre dieciocho y veinticuatro años—. Yo mismo tomé esas fotos.

Serena asintió; lo sabía, solo quería corroborarlo. Como también estaba al tanto de que, al ser parte de ese tipo de reuniones, se aseguraban gran cantidad de contratos y mayor participación en encuentros futuros.

—Bien, hasta ahora todo indica que se tratará de una reunión ligada a la prostitución, pero sabemos que correrá mucha droga —siguió diciendo Roger—. Muchos negociados saldrán de allí.

—¿Qué sabes de la gente que asistirá? —se atrevió a preguntar Mirko. Serena lo miró con profundidad, de un modo tan penetrante que Mirko pudo palpar su desconfianza—. Me han dicho que irán jueces e importantes empresarios y me han pedido que intente retratarlos.

—¿Quién te dio esa indicación? —preguntó, sorprendida. Mirko desvió la vista y sacudió su cabeza negándolo—. Ya veo, tu grandioso benefactor. ¿Algún dato más?

—No, solo que memorizara sus rostros —respondió secamente—. Y, de ser posible, que tome imágenes de ellos.

—Ese es un pedido peligroso, Croata, casi te diría que es un nuevo punto para que prestes atención —alegó, por momentos asombrada por la ingenuidad de ese hombre—. Te puedo asegurar que lo último que podrás hacer en esa reunión es tomar fotografías. Pero estate atento a esos rostros.

Lo que Serena no pensaba informarle era que Candado buscaba congraciarse con uno de los grandes jefes de la zona para así obtener el manejo de una de las rutas que conectaba Buenos Aires con la Triple Frontera. Gracias a De la Cruz ya había hecho base en Iguazú; ahora, si lograba un acuerdo mayor, podría triangular con libertad. Hasta donde ella sabía, tanto De la Cruz como su esposa eran meros peones en toda la operación; Candado solo les había hecho creer que dominaban el asunto; nada más alejado de la realidad. El encuentro solo buscaba ubicar grandes volúmenes de cocaína y así demostrar y ostentar

el poder que podía llegar a tener; las modelos, las lolitas y las apuestas eran una atractiva pantalla.

—¿Para qué me necesitas? —preguntó cuando la incertidumbre lo asfixiaba—. Empiezo a no comprender esa parte.

—Para atestiguar —confesó—. De la Cruz y su esposa creen que tienen todo controlado, pero no es así. De momento no puedo decirte más; como tampoco pucdo asegurarte qué motiva a tu benefactor, pero de nuestra parte, si atestiguas, tendrás todo el respaldo que puedas necesitar. Escucha bien…

Durante la siguiente media hora, Serena se explayó en su explicación; necesitaba que Mirko comprendiese que, gracias a todo lo que él sabía, la operación podría tener éxito; además, era él quien había logrado infiltrarse.

—La reunión será en unos días —le dijo con mayor firmeza—. Es verdaderamente importante que estés ahí, principalmente para cerciorarte de que también esté Candado. Sé muy bien que fue él quien te entregó y te envió a prisión; sé que él es el motivo de tu venganza. Pues déjame decirte que es a él a quien queremos; es él quien se ocupa de traficar drogas y mujeres. Ayúdanos a atraparlo y a meterlo preso. Nosotros te necesitamos con vida, Mirko. ¿Puedes decir lo mismo de tu benefactor?

Mirko la miró, afectado por el ímpetu y la convicción con que Serena hablaba. Así como siempre había desconfiado de Garrido, a ella le creía, aunque no sabía bien por qué.

—¿Para quién trabajas? —preguntó Mirko.

—Creo que ya lo sabes —respondió Serena, y miró de soslayo la cama—. Ahora ayúdame a desarmar un poco estas sábanas; esto tiene que parecer un encuentro de amantes.

CAPÍTULO 15

No quiso usar al elevador privado de Manuel. En cambio, cruzó el pasillo con paso rápido dirigiéndose a las escaleras, sin molestarse en despedirse de Andrea, que no intentó detenerla. Descendió un piso y allí tomó el ascensor que usaban los huéspedes. En cuanto las puertas se cerraron, Gimena cubrió sus ojos con una mano sin poder contener las lágrimas. La había devastado enfrentarse a su hermano de esa manera; heridas que no sabía que aún no cicatrizaban habían vuelto a abrirse.

Estaba tan inmersa en su dolor que no advirtió que el elevador se detenía y dos personas ascendían en silencio. Procurando ocultar sus lágrimas, les dio la espalda. Tenía que recuperarse, mínimamente dejar de llorar. A través de los espejos, su mirada se encontró con la de Mirko. Sorprendida y avergonzada, le costó reaccionar al verlo junto a la atractiva blonda que creyó haber visto antes.

Desvió la vista, evitándolo, y en cuanto llegaron a la planta baja, Gimena salió rauda del elevador. Con paso acelerado, cruzó el lobby dirigiéndose a la salida. La pena que acarreaba por el enfrentamiento con Manuel se mezclaba con la sorpresa de haber encontrado a Mirko; pero no podía pensar en él en ese momento.

Preocupado, él apresuró el paso para alcanzarla. La tomó del brazo.

—Detente, Gimena —ordenó.

—Déjame —protestó evitando el contacto visual—. Suéltame…

Él la soltó y se la quedó mirando con gesto sombrío, como si lo hubiese atrapado en falta. No se había confundido, estaba seguro, Gimena estaba llorando.

—¿Qué sucede? —preguntó—. ¿Por qué lloras?

—Nada que valga la pena contarle a Antonella —disparó—. Aunque ahora que lo pienso no era Antonella la mujer con la que estabas en el ascensor.

Más allá de la filosa acusación que le echó en cara y que a él se le clavó en el corazón, fue el tono agresivo, mordaz y punzante lo que más lo afectó. Gimena podía ser hiriente si se la provocaba, y lo estaba demostrando. Se había alejado varios pasos de él y caminaba con rapidez, pero Mirko se apresuró para alcanzarla. Nuevamente la detuvo tomándola del brazo y obligándola a voltearse para enfrentarlo.

Gimena notó la sincera preocupación brillando en los ojos celestes, y eso la debilitó; sin poder contenerse, rompió en llanto.

Mirko se sintió desconcertado primero y mucho más alarmado después. Entonces, la abrazó permitiéndole llorar en sus

brazos; la sintió frágil, vulnerable y pequeña. Poco a poco, Gimena fue tranquilizándose y al hacerlo se apartó de Mirko, avergonzada.

—Perdón —balbuceó mientras se limpiaba el rostro con ambas manos—. Gracias, pero no tendrías que preocuparte, estoy bien.

—No parece —presionó Mirko negándose a ser dejado de lado.

Ella lo miró directo a los ojos. Sin buscarlo, quedó prendida de su mirada azulada y experimentó no solo la tensión que la atracción por ese hombre le generaba, sino también la certeza de estar pisando suelo resbaladizo.

—No lo hagas, Mirko —susurró casi en un ruego después de que él buscara sus labios con la mirada—. Mucho menos si vienes de besar a otra mujer.

—No vengo de besar a nadie —se encontró diciendo sin apartar sus ojos del rostro de Gimena—. Es la primera vez que se me seca la boca por desear un beso; y es la segunda vez que me pides que no te bese. Eres la única mujer que verdaderamente me interesa, y la única que vive rechazándome.

Ella desvió la vista, abrumada por la profundidad con la que él había hablado. Un calor tibio la inundó al escucharlo. Pero era difícil desentenderse de su reputación, ella sabía de sus encuentros con Antonella y de esa hermosa rubia a quien no conocía.

—Será justamente por eso que estás interesado —atacó, peleadora—. Me parece que estás demasiado mal acostumbrado y yo no quiero ser una más en tu lista.

—No me ando acostando con cuanta mujer me cruzo, Gimena —se defendió él.

Volvió a mirarlo y en esta ocasión le dedicó una sonrisa triste y cansina.

—No sabes cómo me gustaría creer eso —dijo al cabo de varios segundos de silencio.

La afirmación de Gimena tuvo el efecto de un puñetazo en su estómago. Aunque no le había agradado la barrera que insistía en levantar entre ambos, había algo de luz entre sus palabras. No perdería la oportunidad; hacía rato que había descubierto que Gimena Rauch era otra cosa y la deseaba.

Si bien hacía mucho frío, la calle Arroyo se apreciaba extrañamente concurrida. Mirko recordó entonces que esa noche las galerías de arte abrían sus puertas al público hasta la medianoche; no quiso dejar pasar la ocasión.

—Hoy es la Noche de las Galerías —dijo él, pasando por alto su negativa—. Habíamos acordado cubrir este evento. Por lo menos estaba en tu bendito memorándum.

Si bien su voz había vuelto a llenarse de aspereza, y la propuesta olía a trampa, a Gimena le resultó imposible rehusarse. Mirko la miraba aguardando la respuesta, con sus ojos penetrantes, su actitud algo pendenciera y al mismo tiempo tentadoramente sensual. Ella simplemente asintió y, sin decir nada, comenzó a caminar hacia la gente que ya deambulaba entre las galerías de la calle Arroyo.

Durante la siguiente hora y media caminaron entre los concurrentes. Un DJ ambientaba la noche con música *soul* instrumental de los años sesenta, y atractivas muchachas repartían copas de champagne y vasos de cerveza entre los presentes. Mirko caminaba capturando imágenes, prestando atención a

las reacciones de la gente, a las obras que se exponían. No se perdía detalle ni de lo que acontecía a su alrededor, ni del modo en que Gimena de tanto en tanto lo observaba; de esto último se hizo el desentendido.

En varias oportunidades tomó fotografías de Gimena, considerando lo buena modelo que podría ser. Era armónica, su fisonomía delgada la hacía verse elegante, atractiva y estética. Su rostro transmitía un dejo melancólico que la volvía enigmática. Mirko sonrió, lo tenía fascinado.

A medida que avanzaban en el recorrido, Gimena fue soltándose y de buenas a primeras empezó a compartir comentarios con él. Mirko notó el cambio, pero se cuidó de que ella no se sintiera presionada. No quería que se rompiese el vínculo con la misma facilidad con que se había generado. Caminaba tensa, él lo notaba, y aunque se esforzase por parecer concentrada en el entorno, tenía toda su atención puesta en él.

—Bueno, yo creo que seguir tomando fotos no servirá de nada —deslizó, consciente de que ella estaría atenta a su comentario—. Las últimas fueron todas iguales.

Se volvió hacia Gimena, que se había detenido a su lado. Le sonrió con picardía y alzó la cámara para tomarle varias fotografías.

—¡No hagas eso! —chilló Gimena ocultando su rostro—. Nunca salgo bien.

—Eso es mentira, te tomé una gran cantidad de fotografías sin que lo notaras y puedo asegurarte que eres de lo más fotogénica —sentenció y, estirando su cuello, la besó en la mejilla—. Tengo frío —agregó—, podríamos ir a comer algo, ¿no?

—No esta noche —dijo ella con voz débil, alejándose unos pasos de él, poniendo distancia–, hoy no tengo fuerzas para defenderme de tus intenciones.

Mirko se acercó a ella y la obligó a mirarlo.

—¿No será que tienes miedo de tus propias intenciones más que de las mías? —acusó–. ¿No será que te sientes condicionada por tus propios deseos más que por los míos? Yo solo hablé de ir a cenar.

Gimena sacudió su cabeza negativamente, pero sus ojos se habían llenado de lágrimas. Mirko no pudo aguantarse y allí mismo, entre los transeúntes que entraban y salían de las galerías, la besó con furia, ganándose aplausos y vítores de la gente que conversaba bajo un farol.

—Gimena, hazte cargo de lo que sientes —dijo todavía con su rostro cerca del de ella. Volvió a besarla con la misma intensidad y fogosidad–. Nada va a suceder si no quieres que suceda —murmuró él a su oído todavía sosteniendo su rostro con ambas manos–. El tema es qué deseas que suceda.

Gimena desvió la vista y no se resistió cuando Mirko pasó un brazo por sobre sus hombros para conducirla nuevamente hacia la calle Arroyo. Ella se dejó guiar, consciente de que era una locura dejarlo entrar a su hogar, pero no había nada que deseara más que dejarse envolver por sus brazos.

—Desde ya te digo que no pienso cocinar —deslizó ella cuando llegaron al edificio donde vivía.

—No esperaba que lo hicieras —respondió él–. Mi idea era invitarte a un restaurante, no se me había ocurrido que me trajeras a tu apartamento.

Ella se detuvo en seco comprendiendo que había quedado en evidencia. Contuvo la respiración sintiendo el calor subir hasta su rostro. Se volvió a mirarlo y se encontró con una sonrisa divertida en los labios de Mirko.

—Estoy empezando a arrepentirme.

—No te creo —repuso él y, sin darle tiempo, la rodeó con su brazo y la arrastró dentro—. Vamos, que hace frío.

Sin querer presionarla más, ni que ella sintiera que él era una suerte de lobo agazapado para saltarle encima, la siguió en silencio al interior del apartamento. El lugar le pareció por demás acogedor, confortable y colorido. Era muy del estilo de Gimena. Se lo dijo, tratando de recuperar el diálogo.

—No es mío —respondió ella mientras encendía dos lámparas—. Es de un amigo que está trabajando en Chile.

—¡Tienes buenos amigos!

—Así es —respondió ella, orgullosa—. Ahora veo qué podemos pedir para cenar. ¿Te gustaría algo en especial?

Enfrentó el refrigerador a ver qué clase de imanes tenía Raúl para pedir comida. Nada la atrajo, de modo que resolvió comunicarse con la cocina del hotel. Mirko no tenía por qué saberlo.

—¿Pastas? —sugirió—. Aquí a la vuelta hay un lugar excelente donde podemos pedir.

—Perfecto.

—Ahí está la bodega. Elige el que gustes.

Gimena ya había colocado las copas sobre la encimera. Mientras él se ocupaba de llenarlas, ella hizo el pedido. Mirko prestó atención a la conversación y le llamó la atención que hiciera referencia a su nombre y que le explicara a su interlocutor que llamaba desde el apartamento de Raúl Olazábal. Pero no le dio importancia.

Entre los dos dispusieron la mesa. Un silencio cargado de nerviosismo se adueñó del ambiente y Gimena se esforzó por llenar los vacíos con comentarios sobre el apartamento. A Mirko le encantaba escucharla hablar, pero esa noche no era la de siempre.

—Estás triste —sentenció ante la primera pausa que hizo. Su voz sonó profunda, no había nada más que conmiseración en su tono—. No estoy acostumbrado a verte así, no me gusta.

—No se puede estar siempre con el mejor ánimo —comentó ella—. ¿Tú estás siempre alegre?

—Nunca lo estoy —respondió tajante.

No había nada de retórico en su respuesta, y no había que ser versado para darse cuenta de que estaba siendo sincero. Lo miró un instante preguntándose demasiadas cosas sobre su persona, pero sin el menor deseo de indagar.

El timbre sonó en ese momento y, luego de atender, Gimena se dirigió a recibir el pedido. Mirko se quedó solo y aprovechó para cotejar su celular. Masculló una maldición al ver dos mensajes de Antonella; en el primero le preguntaba quién era la rubia con quien había conversado durante el desfile; en el segundo, lo requería; su esposo viajaba a Uruguay y no deseaba pasar la noche sola. No supo qué responder; una negativa era impensada si deseaba avanzar en su objetivo, pero esa noche nadie lo alejaría de ese apartamento.

Gimena ingresaba cuando él terminaba de escribir una excusa ridícula. Lo miró de reojo, percibiendo su prisa. Prefirió no hacer conjeturas. En silencio, se ocupó de servir ambos platos

y los colocó sobre la mesa, frente a Mirko, quien seguía con la vista clavada en el teléfono.

—Come antes de que se enfríe —lo amonestó ella. Se sentó y lo miró, desafiante—. ¡¿Qué tal si apagamos los teléfonos?!

Mirko sonrió y dejó el celular de lado.

Cenaron hablando principalmente de la editorial y de todos los cambios que Gimena había implementado desde su ingreso. Ella justificaba cada decisión, pero él no siempre estuvo de acuerdo. Con vehemencia, ella insistía en que la intensa actividad cultural de la ciudad debía ser difundida; en que era una plaza rica, variada, mucho más que el resto de los países de la región; en que las calles de Buenos Aires tenían vida propia y valía la pena mostrar todo aquello al mundo. A su entender, era uno de los atractivos turísticos más importantes de la ciudad.

—No me vas a decir que no es más interesante ser testigo de la actividad cultural de esta magnífica ciudad, que retratar mujeres medio desnudas —lo desafió.

—Riquísimos los sorrentinos —dijo Mirko dedicándole un gesto cargado de inocencia.

Gimena se sintió una estúpida por el planteo que había hecho. No pudo más que carcajear y él le devolvió una sonrisa traviesa. Mirko aprovechó la tregua y, buscando encauzar la conversación alzó, su copa para brindar. Lo hicieron mirándose a los ojos, sabiendo que empezaban a caminar juntos hacia un rumbo que por momentos se tornaba incierto, pero, por otros, parecía ser la única senda posible.

—No me vas a contar qué te sucedió en el hotel, ¿verdad? —preguntó Mirko luego de rellenar ambas copas de vino.

—No quiero hablar de eso.

Él asintió y estudió sus reacciones. Poco a poco, una idea comenzó a formarse en su mente y no le agradó demasiado lo que empezaba a intuir.

—Ya veo —dijo de la nada, con tono contrariado.

—¿Se puede saber qué ves? —preguntó Gimena, intrigada por lo que él podría estar pensando. No había forma de que estuviera al tanto de lo sucedido con Manuel.

—Pescaste al barbudo con la otra en una de las habitaciones —aventuró.

Gimena abrió grande los ojos y carcajeó sin poder creer lo que estaba escuchando.

—¿De qué estás hablando? Tú eres el único barbudo que encontré en el hotel con otra —replicó—. Eres de lo que no hay.

El rostro de Mirko se contorsionó en una mueca de fastidio. Había olvidado por completo lo sucedido con Serena Roger, y no era nada bueno que Gimena lo recordara.

—Me gustaría dejar algo claro —dijo mirándola directo a los ojos, sin pestañar—. No me acosté con Serena ni hoy ni en ningún momento —explicó—. Sé que todo indica lo contrario, pero no tengo nada con ella. Tampoco tengo forma de demostrarlo.

Ella deseó poder creerle, pero qué difícil era. Él tenía todo para ser considerado un tramposo, un mujeriego y un oportunista. Pero se moría por probarlo, por descubrirlo y dejar que él hiciera lo que quisiera con ella. Llevaba semanas soñando con él, con sus ojos y con ese andar seductor que la tentaba.

Para poner un poco de paños fríos entre ambos, Gimena eligió ese momento para levantar la mesa. Dejó los platos en el fregadero y al volverse se encontró con Mirko parado junto a ella.

—Necesito que me creas. No tengo ningún interés por esa mujer —deslizó con suavidad. Le acarició la mejilla y el roce tuvo un efecto instantáneo en ambos—. Eres tú quien me interesa.

Sin poder postergarlo más, Mirko se acercó a ella rogando que esta vez no lo rechazara. Pegó su cuerpo al de Gimena, aprisionándola. El beso fue tan delicado que ella debió doblegar su esfuerzo para contenerse. Lo estaba haciendo adrede, la estaba haciendo desear jugando con sus labios, con su lengua. Un gemido sordo escapó de su garganta provocando una sonrisa en los labios de él. Se separó un poco de ella, sintiendo el fuego que crepitaba en su interior y el recuerdo de otros besos mucho más ardientes y fogosos llegó a él. *¡Dios!*, pensó. Cada día la recordaba más y eso lo tenía en las nubes.

Entre besos suaves y delicados, la alentó a seguirlo hasta el sofá. Ella deseaba tanto de él como él de ella, pero ninguno quería apresurarse. Con la respiración agitada, se separaron un instante y se miraron a los ojos. Ambos sonrieron pícaramente y bastó que sus bocas volvieran a encontrarse para que la pasión se desatara en ambos y quemara cada gota de duda y desconfianza.

Gimena lo buscaba, lo tentaba y lo desafiaba sin guardarse nada. Mirko respondía, retándola, ofreciéndole un poco más de lo que ella pedía. Entre besos fueron desvistiéndose, descubriendo palmo a palmo sus cuerpos. En un momento, ella suspiró y al abrir los ojos se encontró con la mirada brumosa de Mirko.

—Quiero verte sonreír siempre —dijo él, con voz ronca, recostándola sobre el sofá al tiempo que terminaba de desvestirla.

Ella contuvo el aliento sintiendo el ardor que sensibilizaba su piel ante el contacto de su boca. Con la respiración entrecortada, se arqueó ofreciéndose más; rogando por más.

Se moría por sumergirse en ella, aun cuando todo indicaba que nada bueno podía salir de lo que sucediera esa noche. El pasado en común no era un secreto para él, que recordaba con total claridad lo que había ocurrido. Necesitaba, casi desesperadamente, creer que esta vez era real. Necesitaba todo de ella, por poco que durase.

Gimena tembló de emoción en el momento en que Mirko se entregó a lo que más deseaba. Se arqueó buscando estar más cerca y liberó una exclamación que él sofocó adueñándose de su boca.

Mirko la contuvo en sus brazos y una sonrisa de triunfo afloró en su rostro cuando estalló su orgasmo. Se ocupó de acompañarla para luego entregarse a la perdición, que fue total.

En silencio, permanecieron abrazados largo rato; recuperando fuerzas, normalizando sus respiraciones y permitiendo que sus cuerpos volvieran reaccionar ante la cercanía del otro.

—El postre lo quiero en la cama —dijo Mirko recorriendo la espalda de Gimena con la yema de sus dedos.

Ella alzó la vista y carcajeó al dar con la pícara mirada de él, que se puso de pie de un salto y, tomándola en sus brazos, la llevó hasta la habitación, donde en cuestión de segundos todo volvió a comenzar.

—Dime, ¿cómo te gusta? —balbuceó él una vez que la recostó sobre la cama sin dejar de recorrer su cuello con los labios—. Quiero conocer tus deseos…

—Me gusta que te involucres —lo interrumpió entre jadeos—. Juntos es mejor —agregó mirándolo directo a los ojos. Notó levemente que él se replegaba—. No te escapes.

No le dio tiempo a nada, tomó su rostro entre sus manos y lo besó, ahora con voracidad incitándolo a tomarla de la misma manera. Él no se hizo esperar. La pasión brotaba de la boca de Gimena y lo invitaba a sumarse al viaje.

Mirko se dejó llevar, todavía lidiando con la emoción que ella había inyectado en él. Gimena sonrió y fue todo lo que necesitó él para comprender lo perdido que estaba por esa mujer que, sin saberlo, le estaba enseñando el camino a la luz.

—Juntos —murmuró, emocionado, antes de perderse en ella completamente.

Estallaron al unísono, sus labios se fusionaron acallando los gemidos, manteniendo la efervescencia de la pasión que parecía no extinguirse. Mirko finalmente liberó la boca de Gimena y la contempló deleitándose con cada expresión de su cara. Ella sabía a gloria y él acababa de descubrirla.

Era entrada la madrugada cuando Mirko despertó. A su lado, Gimena dormía con rostro sereno. Sonrió, no pudo evitarlo, algo de ella lo atraía, no sabía bien qué, pero sabía que era así. Ella lo desdoblaba. A su lado, se olvidaba de lo terrible y oscura que era su vida; junto a ella se olvidaba de quién era.

Dejó la cama y se dirigió primero al baño. Luego fue por un poco de agua. En la sala de estar habían quedado las lámparas encendidas. Encontró una botella de agua fresca en el refrigerador. Bebió un poco y reunió la ropa que había quedado desparramada por el lugar. Del bolsillo delantero de su

pantalón extrajo una pequeña bolsa. La contempló un instante, y volvió a guardar. Sobre la mesa estaba el celular. Lo tomó y revisó los mensajes. Antonella no se había puesto en contacto. En cambio, había un mensaje de Garrido; quería saber dónde se había metido. Había llegado una notificación del celular de Antonella; se había puesto en contacto con Candado y necesitaba que averiguase de qué se trataba. "¿Dónde mierda estás?", le preguntaba. Maldiciendo, apagó el teléfono. No la llamaría. En ese momento lo único que deseaba era volver a la cama y dejarse invadir por el calor de Gimena.

Al regresar a la habitación, se acostó a su lado e intentó despertarla. De solo mirarla sentía deseos de ella. Gimena se movió y, notando su calor, se acomodó contra el cuerpo de Mirko sin molestarse en abrir los ojos. Suspiró.

—Gimena, ¿estás dormida? —susurró a su oído mientras le acariciaba la espalda.

—Sí, lo estoy —balbuceó, somnolienta, estrechándose contra él—. Necesito dormir.

—Floja —repuso con una sonrisa en los labios.

—Engreído.

La sonrisa se amplió en los labios de Mirko, que se acomodó mejor contra ella para abrazarla. La besó en el cuello, justo detrás de la oreja, antes de susurrarle que durmiese; él la cuidaría.

Era casi mediodía cuando Mirko volvió a despertar. Tardó un rato en recordar dónde se encontraba y cuando lo hizo se volvió

hacia el otro lado de la cama donde estaba Gimena, que lo observaba.

—Buen día —saludó él, acomodándose para enfrentarla de lado. A la luz de la mañana, le pareció aún más hermosa—. ¿Hace mucho que despertaste?

—Un rato —respondió ella casi en un susurro. Alzó la vista hasta que sus ojos se encontraron con los de Mirko—. Estaba admirando tu espalda.

Mirko se tensó y, eludiendo su mirada, se dejó caer boca arriba. Esta vez fue ella la que estiró su mano para obligarlo a mirarla.

—¿Cómo te hiciste esas cicatrices? —preguntó entre horrorizada y curiosa—. Son tremendas.

Mirko asintió, pero tardó en hablar. Un silencio prolongado se instaló entre ellos. Parecía contrariado, como si una batalla de voluntades se estuviese desatando en su interior, buscando resolver si mentía o le confiaba a ella parte de su verdad.

A su lado, Gimena percibía que él se debatía entre sincerarse o simplemente decir que no deseaba hablar de ello. Decidió ayudarlo a resolverse. Sensualmente se acomodó mejor, contra él primero y sobre él después. Le dedicó una sonrisa traviesa y buscó su mirada. Eso terminó de convencerlo.

—En la cárcel —respondió, apesadumbrado.

La rotunda respuesta provocó un silencio aún más profundo que el anterior. Mirko prefirió no mirarla, por miedo a detectar su rechazo. Se fue aflojando al notar que Gimena no se apartaba de él, de modo que lentamente regresó su mirada a ella comprendiendo que no había más opción que mantenerse entre verdades a medias.

—Estuve casi seis años preso —agregó rogando porque ella no se alejase—. Me encontraron con gran cantidad de droga. Aunque me tendieron una trampa y muchos de los cargos no eran ciertos, no puedo decir que no estuviera metido en cosas sucias.

Gimena no sabía qué decir. Definitivamente esa no era la respuesta que esperaba escuchar, era una realidad que la superaba. Nunca había estado cerca de una persona que hubiera estado presa; por lo menos eso creía. Sin embargo, ahora entendía el porqué de esa actitud por momentos distante, por momentos alerta. Percibía en él una oscuridad que desdoblaba su persona y una soledad profunda que bien podía haberse incrementado en prisión y que probablemente nunca lo abandonase del todo.

Mirko comenzó a relajarse. Lo reconfortaba que ella le prestara atención. Era la primera vez en su vida que alguien lo escuchaba hablar de ese asunto; siempre que mencionó la cárcel, lo contemplaron con algo de desprecio. Pero Gimena ahora lo abrazaba sin interrumpirlo, para darle espacio y acompañarlo. Le contó entonces cómo a los seis meses de estar en ese infierno unos internos se ensañaron con él. Fueron tiempos difíciles, pero, salvo las cicatrices y algún hueso roto, salió indemne.

—¿Con qué te lastimaron así? —preguntó sin saber qué otra cosa decir.

—Mangueras calientes —respondió automáticamente—. Las usaron como látigos.

—¡Ay, por Dios!

—Bueno, terminé en enfermería —explicó tratando de eludir los dolorosos recuerdos de las semanas durmiendo boca abajo—. Pero ellos terminaron en la celda de castigo y se llevaron un buen recuerdo mío —agregó, intentando bajarle el dramatismo al relato.

Durante largo rato permanecieron en silencio. Ella, esforzándose por sacarse de la mente las imágenes que le provocaron el relato de Mirko; él, rogando porque ella no hiciera más preguntas.

—Ya pasó —dijo Mirko cuando el silencio fue demasiado prolongado para su gusto—. La espalda ya no duele y hago lo posible para no recordar aquella época —aclaró, sin necesidad de entrar en detalles—. Terminé cumpliendo mi condena en libertad condicional. Ahora soy un hombre libre que trata de hacer bien las cosas.

Gimena volvió a abrazarlo, apoyando su cabeza sobre el pecho de Mirko. Se acomodó a su lado y así permanecieron un buen rato meditando lo que habían estado hablando.

—Mi turno de preguntar —dijo Mirko, rompiendo el silencio—. ¿Qué sucedió en ese hotel?

—¡Insistente! —exclamó ella, que intentó apartarse, pero él no se lo permitió. Rodeándola con sus brazos, la obligó a rodar hasta quedar sobre él.

—Ya sé que el barbudo no tiene nada que ver...

Gimena carcajeó y, esta vez, se incorporó sobre su pecho para enfrentarlo.

—Deja a Guille tranquilo—respondió. Hizo una pausa y posó su cabeza sobre el pecho de Mirko, quien ajustó sus brazos en torno a su cuerpo para darle calor—. Fui a encontrarme con mi hermano —confesó, reticente—. No nos veíamos desde hacía más de cinco años, y no nos hablamos desde hace unos tres.

—¿Por qué dejaron de hablarse?

—Mi padre tuvo un accidente casi veinte años atrás —aclaró ahora con voz apesadumbrada—. Su avioneta cayó en el campo; no murió, pero nunca despertó.

—Me habías dicho que murió hace tres —dijo él, desorientado.

—Así es.

Hizo una pausa y se pasó una mano por el cabello procurando ordenar tanto sus emociones como sus pensamientos. Los ojos amenazaron con inundarse de lágrimas, y la garganta se tensó.

—No quiero hablar de todo aquello. Tal vez nunca lo haga. Es demasiado doloroso —agregó y la voz se le quebró levemente—. ¿Cómo llegamos a hablar de todas estas cosas?

—Uno preguntando, el otro respondiendo —deslizó mirándola a la cara.

Gimena se había erguido y, recostada sobre él, lo observaba de frente. Le acarició el rostro, admirando su belleza masculina; sonrió cuando él le besó la palma de su mano.

—Sí, bueno, ninguno puso mucha resistencia —reconoció—. Supongo que necesitábamos hablar —agregó recorriendo cada línea del rostro de Mirko con la mirada. Buscó sus ojos—. ¿Hablaste alguna vez con alguien sobre la cárcel? —Mirko apenas sacudió la cabeza—. ¿Te hizo bien contarme que estuviste preso? —preguntó ella con voz suave.

Mirko le dedicó una sonrisa triste. La estudió un poco más conmovido por lo fácil que era hablar con ella.

—Tanto como a ti compartir el dolor que te produjo la muerte de tu padre —fue su rotunda respuesta.

—Supongo que somos dos almas que necesitaban compartir su pena —dijo Gimena, emocionada.

Mirko frunció el ceño y la contempló tratando de entender qué había querido decir. La profundidad con que Gimena había hablado lo afectó de un modo novedoso. En alguna medida, pensó que eran mucho más que dos almas perdidas cuando estaban en la cama, hablando de temas personales luego de haberse saciado. Sin embargo, se reconocía en cada uno de los sentimientos que Gimena evocaba. Eso lo incomodó.

—Muchas veces hablas raro —repuso él poniendo cierta distancia de sus emociones—. Pero me encanta escucharte.

La besó con suavidad, casi como si se tratase de un nuevo despertar, y se estremeció al sentir las delicadas manos de Gimena acariciándole la espalda.

—¿Sabes qué me gustaría hacer? —preguntó ella al recuperar el habla.

—¿Qué?

—Desaparecer durante el fin de semana —confesó estirándose para tomar el celular que vibraba en la mesa de noche. Miró y frunció el ceño al ver un llamado de su hermano—. ¿Ves?, no quiero que nadie me encuentre. Voy a apagarlo —dijo. Lo hizo y observó a Mirko con una sonrisa—. ¿Pasarías todo un fin de semana conmigo? —preguntó ella sintiéndose osada—. ¿Lo harías?

—Todo un fin de semana sin celular —repitió evaluando la idea—. Solo nosotros dos. Me gusta —admitió. La sonrisa se amplió en el rostro de Mirko, quien, sin apartarse de ella, tomó su celular y también lo apagó. Volvió a besarla, deleitándose con

su carnosidad y dulzura—. Ahora, ¿qué tal si desayunamos? —propuso, suplicante—. Estoy muerto de hambre.

Cuando la noche del viernes Mirko la siguió a la salida del hotel para saber qué le sucedía, jamás imaginó que en dos días su apreciación de la vida podría cambiar tanto. Resultó un fin de semana renovador y revelador para ambos. El fantasma de Gimena Rauch, que tanto lo había acosado, se había desvanecido por completo; no obstante, ahora tenía otros motivos para rogar que ella no lo descubriese nunca.

CAPÍTULO 16

El lunes a la mañana, apenas terminaron de desayunar, se apresuraron a ordenar todo.

—Me tengo que ir —dijo él, renuente—. Tengo cosas que hacer y no voy a llegar.

Un último beso dio lugar a una catarata de nuevos besos. Así, llegaron a la puerta.

—Te juro que me quedaría el día entero, pero no puedo —insistió él.

—Yo también debería comenzar el día —accedió ella a regañadientes—. Tengo que reunirme con Javier.

—¿Javier?

—Javier Estrada. El esposo de mi amiga Carola, el que se está ocupando de la auditoría, ya te lo había contado —explicó ella.

—Es verdad —reconoció Mirko—. Tengo una producción —dijo antes de besarla una última vez y separarse—. Me fui.

Mirko dejó el edificio sintiéndose en una nube. Mientras caminaba hacia avenida del Libertador, repasaba los acontecimientos del fin de semana y terminó aceptando que nunca en su vida había disfrutado tanto con una mujer. Gimena empezaba a representar demasiadas cosas para él. Con ciertas reservas, se había abierto a ella como nunca lo había hecho, y se sentía verdaderamente bien.

Pero la fantasía había terminado, por lo menos de momento, y él tenía que volver a una realidad por demás complicada. Esa mañana, antes de seguir a Gimena al cuarto de baño, había aprovechado para revisar sus celulares y había divisado un mensaje de Garrido en el que protestaba porque tenía información fresca que necesitaba compartir con él. No respondió; más tarde la llamaría. Por su lado, Antonella no estaba menos enojada que Garrido y tampoco se guardó nada. Respiró hondo, preguntándose cómo lograría apaciguarla. Un último mensaje lo descolocó: "La noche es joven. Te estoy esperando", provenía del celular de Serena Roger.

Pensando en ella, y todavía sorprendido porque le hubiera escrito a ese teléfono, buscó el aparato con el que solía ponerse en contacto con Serena Roger; había tres audios. Eso sí que era raro. Escuchó el primero: "Sucedió algo. Está en peligro toda la operación. Te espero a medianoche en el mismo bar de la última vez". Frunció el ceño y detectó que ese mensaje había sido enviado el sábado por la noche. *Maldición*, exclamó para sí. El segundo audio decía: "¿Dónde estás? Tengo que improvisar. Sobre a tu nombre, donde nos vimos la última vez. No me falles, Croata". Empezaba a preocuparse.

Mirko miró su reloj. Eran cerca de las ocho de la mañana. Tratando de comprender qué podría estar sucediendo, caminó hacia la entrada del Hotel Emperador Mondini. Tenía un mal presentimiento. Extrajo una gorra de su mochila y se la colocó. El *lobby* estaba muy concurrido a esa hora de la mañana; grandes contingentes de turistas se congregaban allí para comenzar el día. Se mezcló entre la gente, tratando de detectar algo que llamase su atención; nada. Deambuló unos minutos procurando parecer un turista más. Cuando se sintió seguro, se acercó a la conserjería y preguntó por un sobre a su nombre. Dentro estaba la llave de la habitación, junto a una nota:

Está pagada hasta el miércoles. Si llegaste tarde, estamos perdidos.

Preocupado, bajó la vista hacia la llave de la habitación y, ocultando su rostro, se dirigió hacia allí.

Ingresó con cautela y llamó a Serena, aun cuando sabía que difícilmente ella se encontrara allí. Nadie había usado esa habitación, eso era claro; comenzó a sentirse cada vez más preocupado. Recorrió el ambiente en busca de algo, pero no divisó nada. Se dirigió entonces a la caja de seguridad dentro de uno de los armarios. Serena le había indicado cuál era la clave. Allí encontró un nuevo sobre y un teléfono celular. Abrió el sobre y dentro encontró un nuevo *pendrive* y una nota con varios nombres que él no conocía. El celular no parecía tener nada importante, pero luego de mucho buscar encontró en la galería de imágenes dos videos reveladores.

—Si está viendo esto es porque algo malo ha sucedido. Aunque te cueste creerlo, eres la única persona en quien puedo confiar. En ese pendrive hay información de vital importancia para desbaratar la banda de Candado, Mansi y De la Cruz. Guárdalo bien junto al otro pendrive *que te di y trata de ubicar a Cachorro Andragón o a Ratón Blandes; ambos trabajan conmigo. Ellos sabrán qué hacer.*

El video se interrumpía abruptamente. Con la respiración agitada, pasó al segundo video, en el que Serena le decía que se marchara de allí; que ninguno de los lugares donde se habían reunido eran seguros, y concluía:

—Busca un lugar distinto donde ocultar las pruebas. No confíes en nadie más que en ellos. ¿Quieres salir de esta mierda, Mirko?, pues te estoy ofreciendo la salida. Si haces bien las cosas, serás recompensado.

Ansioso, se sentó en la cama. De su bolsillo extrajo el celular con el que solía comunicarse con Serena Roger. Por un momento estuvo tentado de intentar contactarla, pero no era buena idea. El otro teléfono vibró en su bolsillo. Era Garrido, no atendió. Tenía que salir de allí.

Una vez en la calle, se apresuró a abordar el primer taxi que pasó frente a él. Le dio la dirección de su apartamento y se dejó caer contra el asiento, preocupado. Su mente repasaba una y otra vez las palabras de Serena Roger. No lograba entender qué podría haber sucedido cuando la situación parecía estar bajo control.

Estaba casi llegando a destino cuando detectó un movimiento extraño en la cuadra donde vivía. Aprovechó que un semáforo detuvo el vehículo para estudiar la escena. Frente a su edificio había una ambulancia, dos patrulleros y personal de la

Policía Científica cercando el lugar. *¿Qué demonios está sucediendo?*, se preguntó, asustado. No podía detenerse allí.

—Disculpe, pero acabo de recordar que debo ir a otro sitio —dijo cuando el semáforo cambió y el hombre puso en marcha el vehículo.

Al pasar frente al edificio observó con disimulo el movimiento. Lo primero que pensó fue que Garrido le había tendido una trampa. Buscó su mensaje y maldijo al releer que ella le preguntaba si estaba muy ocupado. *Maldita desgraciada*, masculló, convencido de que su apartamento debía verse como una cocina de droga.

Unos minutos más tarde, bajó del taxi en la puerta de la editorial. Estaba seguro de que a esa hora de la mañana no habría nadie allí. Necesitaba pensar en soledad. La convicción de que su fecha de vencimiento se acercaba crecía a pasos agigantados.

Hacía tiempo que había estudiado el precario circuito de cámaras de seguridad y tenía muy claro cuáles funcionaban y cuáles no. De modo que, cuidando no ser registrado, llegó al piso correspondiente. La editorial estaba en penumbras. Sigilosamente, abrió una de las puertas de vidrio con una llave que tiempo atrás Antonella le había confiado.

Como un gato, avanzó procurando no generar el más leve sonido. El silencio era total; perturbador e inquietante. Llegó a su pequeño búnker. Sin perder tiempo, buscó en el armario superior su computadora portátil y se apresuró a guardarla en la mochila. Luego buscó la cámara que venía utilizando, quería verificar las últimas imágenes tomadas.

Cuando ya tenía todo lo que había ido a buscar, regresó

al corredor dispuesto a salir de allí inmediatamente. Recordó entonces la libreta que hacía no mucho había encontrado en el despacho de Antonella. Era un buen momento para adueñarse de ella; estaba convencido de que debía contener mucha información. No pensaba entregársela a Garrido; antes quería saber de qué se trataba.

Utilizando una copia de la llave que oportunamente había hecho de cada una de las gavetas que Mansi mantenía cerradas, extrajo fácilmente la libreta. La guardó en su mochila con todo lo demás y, cuidando de dejar todo como lo había encontrado, se marchó.

Se alejó de la editorial caminando. Prefería dejar la motocicleta en el estacionamiento y mezclarse entre la gente. Se detuvo en el escaparate de una tienda de electrodomésticos al ver que en los televisores mostraban imágenes de la entrada de su edificio: "Mujer aparece muerta en un apartamento de la calle Aráoz. Aparentemente, sobredosis", decía el copete. No lo podía creer. La primera noción que tuvo fue que Serena Roger no se ponía en contacto desde la madrugada del domingo, y que ella fuera la mujer hallada muerta en su cama, era mucho más que una posibilidad. No obstante, fuera ella o no, lo inquietaba que alguien hubiera dejado un cadáver en su apartamento. Era un claro mensaje.

Se alejó de allí a paso rápido e intentó ponerse en contacto con Garrido; pero la fiscal no atendió su llamada. Le envió varios mensajes preguntándole qué estaba tramando y por qué su apartamento era una congregación de policías. Ella era una funcionaria, tenía contactos, podía averiguar. Necesitaba respuestas;

necesitaba verla. Aunque no confiaba en ella, Claudia Garrido era el único punto de partida que tenía para obtener un poco de información. Media hora más tarde, recibió tres mensajes, con un corazón cada uno, señal de que todo estaba bien. Alterado, le envió un audio mostrándole todo su descontento; no le había causado nada de gracia sentir que la fiscal le soltaba la mano. Un cuarto mensaje le indicaba dónde y cuándo debía esperarla. "Tranquilízate, nos vemos en una hora".

Garrido lo había citado en un bar de mala muerte en la estación de trenes de Constitución, no muy lejos del hotel donde Mirko pensaba esconderse hasta que todo se aclarase. Ingresó a la concurrida terminal de trenes, esquivando transeúntes que iban y venían, hasta acercarse al punto de encuentro. No sabía qué esperar. Le costaba creer que Garrido hubiese eliminado a Serena. El asesinato no era un proceder propio de ella, aunque sí la imaginaba contratando a un sicario para deshacerse del problema.

La divisó inmediatamente en la entrada del bar. Vestía ropa urbana: unos jeans, botas cortas con suela de goma, una camisa negra y un abrigo del mismo color. El cabello, a diferencia de otras veces, lucía tirante sujeto por un broche. Sus ojos estaban ocultos tras unos lentes oscuros.

Mirko pasó a su lado y se dirigió directamente a uno de los taburetes junto al mostrador. El lugar era bastante ruidoso; el movimiento de clientes, incesante. Nadie parecía prestar atención a nadie allí. Sin demora, Mirko ordenó un sándwich de jamón y queso y un refresco. Menos de un minuto había transcurrido cuando la sintió ubicarse a su lado.

—Me parece que hiciste enojar a alguien —deslizó ella con maliciosa ironía.

—No me fastidies —respondió él en un murmullo cargado de furia—. ¿Qué hiciste esta vez?

—Aunque te cueste creerlo, no tuve nada que ver. Este embrollo lo armaste tú solito —respondió con evidente tensión—. No solo no estaba en mis planes algo así, sino que me gusta tan poco como a ti.

—No te creo nada. ¿No era que había cámaras en ese apartamento? —dijo con los dientes apretados—. ¿Qué mierda sucedió?

—Lamento decirte que lo de las cámaras no era cierto —confesó Garrido sabiendo que eso lo alteraría—. El apartamento está limpio de tecnología.

La fiscal hizo una pausa y aguardó a que el hombre tras el mostrador colocara frente a Mirko lo que había pedido. Aprovechó para ordenar un refresco que el empleado extrajo del refrigerador y, sin demora, lo colocó frente a ella junto con un vaso.

—¡Maldita sea, Claudia! —chilló por lo bajo—. ¿Candado descubrió mi escondite?

—No lo sé —respondió, tensa—. Ese era un apartamento estéril; nadie tendría por qué asociarlo a tu nombre. No me sirve tu foto en la televisión. Estamos a nada de atraparlos y esto altera los planes.

—No me digas... —protestó Mirko, entre dientes.

Garrido no acusó recibo del comentario. Bebió un poco de refresco y recorrió disimuladamente el lugar con la mirada. Nada sospechoso, nada de que preocuparse. Se volvió levemente hacia Mirko, que comía su bocadillo con la vista clavada en el plato.

—Volvamos a lo nuestro —demandó Claudia—. ¿Qué sabes de la reunión de la que te había hablado?

—Nada, de momento —reconoció—. Antonella había dicho algo del 11, pero nada más.

—Es imperioso que estés en esa reunión —demandó—. Ya te lo había dicho. 11 es pasado mañana, no hay mucho tiempo.

Mirko estaba visiblemente tenso. Sabía que estaba metido en una trampa, y la sensación era tan desagradable como inquietante. Garrido le parecía cada vez más peligrosa, tanto por lo que afirmaba como por lo que callaba, y su desconfianza crecía. La voz de Serena Roger puntualizando que su rol en toda la operación era llevarse todos los cargos a la tumba cada vez se oía más fuerte en su cabeza.

Garrido se estiró y tomó su bolso, que estaba entre sus piernas. Extrajo la billetera y con ella un sobre blanco, abultado y largo, que ocultó entre el bolso y los pliegues de tela de su abrigo. Hizo un gesto al empleado para pagar.

—Acá tengo parte de lo que te mereces; parte de lo que te has ganado —murmuró la fiscal al tiempo que se levantaba. Simuló acomodar su ropa y, al girar, dejó caer el sobre entre las piernas de él—. El resto te lo daré cuando atrapemos a Candado. Que te dure, Croata. Cuesta conseguirla hoy día y no habrá más hasta que todo termine. Intenta cambiar tu apariencia y no vuelvas a la zona del apartamento; hay demasiado movimiento allí. Averiguaré qué está sucediendo. Dentro del sobre hay una tarjeta; es la llave de la habitación de un hotel. Quédate ahí hasta nuevo aviso. Te va a venir bien una buena ducha y ropa decente. Está todo considerado. No te quiero en una pocilga

donde las prostitutas te reconocerían con facilidad; no nos conviene. Ahora deja de lamentarte y muévete.

Sin agregar nada más, Garrido giró y salió del bar con paso rápido. Mirko se apresuró a guardar el sobre en un bolsillo interno de su abrigo. Arrojó un par de billetes sobre el mostrador y salió tan raudo como pudo. La sensación de estar caminando hacia una emboscada crecía.

—Está bien, vamos a tu casa —decía Gimena mientras repasaba su agenda del día. Consultó su reloj para comprobar que tenía tiempo, eran las cuatro de la tarde en Madrid y sabía que José María estaría en una exposición—. No te preocupes. Si a ustedes les resulta más cómodo, no tengo problema. En cuanto vea a Mirko le pregunto por las fotos.

Conversaron un rato más hasta que Mariana debió dejarla para cambiar los pañales de Benjamín. Día por medio, Gimena hablaba con alguna de sus amigas, pero era difícil organizar un encuentro entre todas. Eran demasiados chicos, demasiados horarios y responsabilidades. Lo más conveniente era encontrarse todos en casa de los Torino, donde los chicos podían jugar libremente y ellos disfrutaban de las conversaciones en tranquilidad. Miguel y Mariana adoraban que así fuera.

Durante toda la mañana, Gimena se concentró en escribir los artículos que tenía pendientes de enviar a Madrid; por la tarde, luego de un almuerzo frugal, se preparó para la reunión que tenía pautada con los futuros jefes de redacción, diseño y

corrección. El proyecto de la nueva revista marchaba viento en popa. Todavía no habían acordado fecha de lanzamiento, pero los lineamientos habían sido aceptados y los involucrados en el proyecto ya trabajaban en ello.

Fue cerca de las dos de la tarde cuando Antonella se presentó en su despacho. Desde la entrada, golpeó el marco llamando su atención.

—Disculpa que te moleste —dijo la mujer. Gimena bebió un poco de su café y la miró—. Necesito pedirte que me acompañes a la sala de reuniones.

—¿Sucede algo?

—Sí, se presentó un detective de la policía —dijo Mansi con seriedad—. Necesita hacernos unas preguntas.

Sin decir más, giró y se alejó del despacho de Gimena, que la miró todavía procesando lo que había escuchado. Lentamente se puso de pie y la siguió. *¿Qué puede estar sucediendo para que un policía se presente en la editorial?*, pensó, mientras recargaba su vaso térmico con café.

Ingresó a la sala de reuniones y enfrentó al hombre de mediana edad y aspecto intimidante.

—Encantado, señorita Rauch —dijo con una media sonrisa estrechando la mano de Gimena—. Soy el detective Jorge Castro. Estamos investigando un homicidio que tuvo lugar en el edificio de la calle Aráoz 70. ¿Conocen esa dirección?

—No, detective —respondió Antonella con suficiencia—. No tengo la menor idea de a quién puede pertenecer esa dirección.

—Tampoco yo la reconozco —agregó Gimena—. ¿Por qué deberíamos conocerla?

El hombre asintió comprendiendo que se había adelantado. Se acomodó en su asiento y, luego de endulzar su café, alzó la vista. Ambas mujeres lo miraban expectantes. Su ojo entrenado detectó la diferencia entre una y otra, pero no profundizó su análisis; no estaba allí para eso.

—Este fin de semana, en este domicilio, encontraron el cadáver de una mujer —comenzó diciendo con aire misterioso—. Por cuestiones relativas a la investigación, no puedo dar más detalles, pero necesito ubicar al dueño de la vivienda para hacerle algunas preguntas.

Ambas mujeres cruzaron miradas; no alcanzaban a comprender la conexión con ellas o con la editorial.

—¿A quién busca, detective? —se adelantó Gimena, intrigada e impaciente por las vueltas que daba el policía—. Disculpe, pero no estoy pudiendo entender qué está necesitando de nosotras.

El detective asintió y prosiguió:

—El apartamento donde fue hallada la mujer pertenece al señor Mirko Milosevic —dijo estudiando a ambas mujeres—. Tengo entendido que trabaja aquí —agregó ahora mirando a Antonella.

—Sí, efectivamente trabaja aquí —respondió Gimena y el color pareció abandonar su rostro.

—Pero hoy no le he visto —se apresuró a agregar Antonella sin modificar el gesto de su rostro—. En realidad, suele venir más tarde.

—Intercambié unos mensajes con él hace un rato —mencionó Gimena ganándose una mirada cargada de desaprobación de parte de Antonella. La ignoró—. Mencionó que no pasaría por aquí hoy. Tenía algo que hacer.

—¿No le dijo de qué se trataba?

—No, y la verdad es que no se me ocurrió preguntar —reconoció Gimena—. ¿Piensan que fue él, detective?

—No podemos asegurarlo, pero resulta bastante sospechoso que no podamos dar con él —respondió—. Necesitamos encontrarlo para hacerle algunas preguntas. ¿Cuándo fue la última vez que vieron al señor Milosevic?

—Estuve con él desde el sábado por la tarde —se apresuró a responder Antonella—. Y gran parte del domingo, teníamos que tomar unas fotos y nos juntamos para trabajar en ellas.

Castro asintió, sin agregar comentarios, y tomó nota de lo que acababa de escuchar. Gimena frunció el ceño advirtiendo la mentira de la mujer y ocultó su turbación tras la taza de café. *¿Qué se propone Antonella?*, se preguntó, indignada.

—Entiendo —comentó. Miró a Gimena—. ¿Usted?

—Nos cruzamos el viernes por la noche a la salida de un desfile —comentó con voz débil. La incomodó sentir los ojos de Antonella sobre su rostro y se alegró de haberla ofuscado de ese modo, pues claramente no le agradó lo que acababa de descubrir—. Cubrimos el evento de la Noche de la Galerías; Mirko es el fotógrafo de la editorial.

Castro volvió a asentir mientras registraba las palabras de Gimena.

—¿Sabían que tenía antecedentes?

—¿Antecedentes? —preguntó Antonella, sobresaltada.

—Sí —respondió Gimena con soltura. Se irguió con actitud altiva al sentir una vez más la dura mirada que Antonella le dispensaba. No le hizo caso—. Él mismo me lo comentó. También

dijo que ya había cumplido su condena y que era un ciudadano libre.

—Sí, así es —reconoció Castro con sequedad.

Siguieron distintas preguntas de rigor en las cuales el detective trató de establecer cuál podría ser el paradero de Mirko, cuál podía ser su relación con la occisa y desde cuándo trabajaba para la editorial. Al cabo de unos minutos, cerró la libreta y la guardó en su bolsillo.

—Bueno, eso será todo por ahora —comentó el policía poniéndose de pie.

Le entregó una tarjeta personal a cada una recordándoles que se comunicaran con él por cualquier información que creyeran importante.

—Hay algo que no comprendo —dijo Antonella antes de que el detective dejara la sala. Tanto el policía como Gimena la miraron con atención—. ¿Cómo encontraron el cuerpo?

—Lo encontró una mujer —respondió Castro—. La puerta del apartamento estaba abierta de par en par. Le llamó la atención y entró. De no haber sido por esa mujer, vaya uno a saber cuándo la encontrábamos.

—Tal vez la hubiese encontrado Mirko al regresar a su apartamento —sugirió Gimena, demostrando claramente su postura.

—Puede ser —accedió Castro con algo de suspicacia.

—Seré curiosa —insistió Gimena—. ¿Cómo murió la mujer?

—Entienda, señorita, no puedo hablar del caso.

—Claro, disculpe —reconoció.

El detective Castro se despidió de Gimena estrechando su mano, y siguió a Antonella, que ya lo guiaba hacia la salida.

Gimena regresó a su despacho y se sentó tras el escritorio sumamente preocupada. Revisó su correo por el solo hecho de parecer estar haciendo algo. A la distancia, vio a Antonella regresar a su oficina. Se la quedó mirando, preguntándose por qué había mentido sobre el sábado y el domingo; no alcanzaba a imaginar cuál podría ser su propósito; pero de que había un propósito, no tenía dudas.

Intentando evitar que Antonella se le adelantara, trató de ponerse en contacto con Mirko para advertirle que la policía lo buscaba y para saber si él estaba al tanto de lo que había sucedido. Le envió un mensaje preguntándole si pensaba pasar por la editorial. Aguardó algunos segundos, pero no obtuvo respuesta, de modo que dejó el celular junto al teclado de su máquina; tenía que ponerse a trabajar.

No habían transcurrido ni diez minutos cuando una notificación la sobresaltó. Miró la pantalla y se aflojó al ver que Mirko había respondido: le enviaba una flor. Un nuevo mensaje ingresó. Era un corazón. "No lo creo, ¿por qué? ¿Sucedió algo?", respondió él. "Te busca la policía. ¿Estás al tanto de eso?", preguntó ella. La respuesta tardó casi un minuto en aparecer y, para entonces, Gimena vio que Antonella dejaba su despacho y se acercaba al de ella. Al escuchar la notificación, bajó la vista. "No sé nada de eso, pero prefiero hablar personalmente", fue su siguiente mensaje. "Okey", escribió ella. "Deja que me organice. Yo te llamo", propuso él.

—Gimena, tengo que salir —informó Antonella desde el umbral de la puerta. Gimena la miró sorprendida.

—¿Desde cuándo me pones al corriente de algo así?

—Desde el momento en que la policía visitó esta editorial —respondió con aspereza—. Calculo que me reuniré con Mirko, no sé en qué demonios está metido, haré todo lo posible para cubrirlo.

Gimena se recostó contra el respaldo de su sillón y la estudió, conteniendo las palabras que se agolpaban en su garganta y el rechazo que Mansi le provocaba.

—Pero ¿dónde está? —preguntó siguiéndole la corriente—. Según entendí, Mirko no pudo haber matado a esa mujer —comentó Gimena con naturalidad—. Castro dijo que los forenses ubicaron la muerte de la mujer entre las tres y las seis de la madrugada del domingo, y, por lo que mencionaste, Mirko estaba contigo en ese momento.

—Sí, tal cual —respondió con gesto de preocupación—. Pero es todo muy raro; ¿no te pusiste a pensar quién podrá ser esa mujer? —continuó diciendo Antonella—. ¿Qué hacía en su apartamento?

—Lamento decirte que eso es evidente —deslizó Gimena, maliciosa—. Una eventual amante que seguramente estaba esperándolo. ¿Qué más?

Antonella se hizo la desentendida, acomodó mejor el bolso que llevaba colgado del brazo y suspiró.

—Supongo que en un rato, cuando lo vea, me quitaré las dudas —concluyó—. Nos vemos mañana, Gimena.

Maldita. Las dudas y más de una prenda te gustaría quitarte con él, pensó, indignada. Bajó la vista hacia su celular, pero Mirko no había vuelto a escribirle. Ahora sí que estaba furiosa. Aunque ella mejor que nadie sabía con quién había estado Mirko, el hecho de que Antonella se adueñara de él de ese modo la sacaba de

quicio. ¿Por qué estaba tan segura de que esa noche se verían? ¿Ya lo habían acordado? ¿Sería eso lo que tenía que organizar Mirko? Estaba tan furiosa que en ese momento no alcanzaba a discernir si deseaba protegerlo o no. Por un breve instante, estuvo tentada de volver a escribirle para mandarlo al demonio. La cordura afortunadamente llegó a tiempo para frenar sus impulsos, forzándola a recordar que solo había compartido con ella un fin de semana; tan solo dos días que, por mágicos que hubieran sido, no eran más que un puñado de horas. ¿Cómo se le había ocurrido a ella pretender más de un hombre como él? Se puso de pie, resuelta a fumar un cigarrillo; su propio razonamiento la había alterado.

CAPÍTULO 17

Los mensajes de Gimena lo habían puesto alerta y tenso. No había pensado que llegarían tan rápido a la editorial. Parecía que estaban poniendo mucho empeño en atraparlo. Volvió a pensar en Serena, cada vez más convencido de que era ella quien había perdido la vida. *Seguramente por su investigación*, concluyó perturbado.

Antes de dirigirse al hotel que Garrido le había indicado, Mirko decidió detenerse en un pequeño albergue familiar que había conocido tiempo atrás. Para cubrir sus pasos, tomó la habitación por dos días y pagó en efectivo de antemano. Necesitaba pensar, organizar lo poco que sabía.

Una vez en la precaria habitación, cerró con llave y espió por la ventana. No notó nada extraño. El celular había sonado gran cantidad de veces mientras deambulaba por la ciudad, pero no quiso arriesgarse. Sintiéndose más seguro, lo revisó con

cierto reparo. "Cuando uno traiciona, no debería sorprenderse de que le paguen con la misma moneda", leyó en un primer mensaje. "Acércate a un televisor", decía un segundo.

Mirko así lo hizo. Y cayó sentado sobre la cama al ver que en las noticias hablaban del crimen, y que oficiales de Narcóticos trabajaban en el apartamento. Lo que solo significaba que conocían sus antecedentes relacionados con la tenencia y el tráfico de drogas. Según los expertos, el homicidio debió haberse perpetrado durante la madrugada del domingo. Una vieja foto suya se difundía junto a la imagen de la entrada del edificio del crimen. Estaba perdido, lo supo cuando uno de los periodistas informó que, si bien la información se mantenía en reserva, sabían de buena fuente que la DEA y el Estado argentino irían hasta las últimas consecuencias; el sospechoso tenía antecedentes. Todos los cañones apuntaban a él.

Tenía que moverse y actuar con rapidez. Se desnudó y sobre la cama desplegó las prendas que había comprado luego del encuentro con Garrido; dos pantalones, varias camisetas, un abrigo y un gorro. Por último, en una farmacia había conseguido una rasuradora eléctrica.

Se contempló en el espejo del diminuto baño. Sin más demora, tomó la rasuradora y dedicó un buen rato a raparse la cabeza y a despojarse de la barba. El resultado final lo sorprendió. Los signos del cansancio se acentuaron en su rostro, que mostraba oscuras marcas moradas bajo sus ojos. Parecía otra persona; mucho más flaco de lo que en realidad era. Las cicatrices de los innumerables golpes recibidos en la cabeza y en el rostro emergieron, confiriéndole una apariencia oscura y amenazante.

Todavía desnudo, se sentó sobre la cama y de la mochila extrajo el sobre que Garrido le había entregado.

Lo primero que cayó en su mano fue una bolsita transparente con varios gramos de cocaína. La contempló unos segundos y no lo dudó. Su cuerpo se lo pedía.

Empujado por el efecto de la droga, se ocupó de mirar la libreta que había tomado del despacho de Antonella. La hojeó detenidamente y allí encontró toda la información que necesitaba sobre la reunión que tendría lugar esa misma noche. Lo sorprendió descubrir que Mansi había intentado engañarlo. Seguramente, le había proporcionado información falsa porque Candado y sus secuaces sabían que estaban siendo vigilados.

Fue en ese momento cuando un nuevo mensaje ingresó a su celular. Con cierto reparo lo miró. "Te espero. No me falles, te estás negando muy seguido últimamente. Eso no me agrada". Era de Antonella y le indicaba dónde se verían esa noche.

Contuvo la respiración un instante y consultó su reloj; eran las seis de la tarde. El tiempo corría y consideró que ya era hora de informar a Garrido de las novedades. Escribió un mensaje lo más cifrado posible, acordando enviar especificaciones cuando las tuviera. El corazón a modo de respuesta no tardó en llegar. Segundos más tarde un nuevo mensaje apareció en su pantalla. Era el mismo número desconocido que lo había alertado de que su rostro estaba en todos los canales. Con cierto apremio, lo leyó.

"Adivina, ¿qué está a punto de suceder?", decía el mensaje que anticipaba un video. Temeroso, pulsó para ver de qué se trataba. Lo que vio fue una puñalada en medio del pecho:

un mensajero le entregaba un sobre en mano a Gimena en la editorial.

—*¿De dónde viene?* —preguntaba ella.

—*No lo sé, señora,* —decía el hombre— *solo me indicaron que debía entregarlo en mano, y que le dijera que aquí hay información que puede interesarle. Es un video muy ilustrativo.*

Mirko quedó petrificado. Pensó lo peor, y si lo que intuía era cierto, Gimena estaba a punto de descubrir toda la verdad. Lo odiaría, eso era seguro, ya no lo miraría ni con calidez, ni con deseo. Como si una cuerda se enroscase en su cuello, sintió que el fin se acercaba. Las cartas ya estaban echadas y él tenía una muy mala mano. Estaba todo perdido.

Sin pensarlo dos veces, reunió sus pertenencias. Se puso el gorro y dejó la habitación del albergue. Ya no volvería allí.

En la calle, la fría tarde moría y la gente apresuraba el paso para llegar a sus hogares. Mirko se mezcló entre la multitud. El gorro y la capucha de su abrigo escondían su rostro y distorsionaban su apariencia. Deambuló sin rumbo fijo hasta que la sonrisa de Gimena relampagueó en su mente. Por largo rato sus pensamientos se mantuvieron anclados en ella, aferrados a su luz y generosidad; a su humanidad y al mundo que le había enseñado. La pensó; la imaginó sentada en su escritorio de la editorial. De golpe, lo abordó la certeza de que ella era lo más maravilloso que le había sucedido, y quiso verla, aunque fuera una última vez.

Gimena entró a su despacho con el sobre que acababa de recibir. Despreocupadamente, lo arrojó sobre el escritorio sin darle mucha importancia. La reunión que había mantenido había sido muy productiva y los datos que había aportado Javier la habían ayudado a tener una noción mucho más completa de dónde se encontraba parada para arrancar.

Se sentó tras su escritorio y no pudo evitar pensar en Mirko. Hacía ya varias horas que no sabía nada de él. La nueva situación que debía enfrentar parecía ser por demás compleja. Estaba preocupada. Su mirada cayó entonces en el sobre que el insistente mensajero le había entregado. Lo miró con curiosidad y recién entonces reparó en que, bajo su nombre, estaba escrita la palabra "URGENTE" en claras letras mayúsculas.

Lo abrió sin mucha más dilación. Dentro encontró un CD y una nota escrita a máquina:

No tienes ni idea de quién es él. Te sugiero mantenerte apartada.

La amenaza la tomó desprevenida y borró de su mente todo rasgo de cansancio. Su mirada se trasladó al CD. Con cierto temor lo tomó y lo colocó en una lectora externa. Lo primero que vio fue una habitación cuadrada, con un gran espejo enfrentando una amplia cama circular. La iluminación era tenue; el clima, insinuante.

Casi se le corta la respiración cuando un hombre joven y una mujer morena irrumpieron en la escena; se amaban frenéticamente y, casi con violencia, se fueron desvistiendo. Su

mirada, entonces, quedó anclada en la imagen de él que, ya completamente desnudo, abordaba a la mujer. Si bien llevaba el cabello mucho más largo, la espalda no lucía las terribles cicatrices y los ojos parecían algo turbados, no tenía dudas de que se trataba de Mirko.

Aunque sabía que se trataba de él, Gimena sentía que el que contemplaba era el rostro de un ser atractivo, oscuro; un depredador peligroso que nada parecía condecir con el hombre tierno, sensible y seductor con quien había dormido durante el fin de semana. De pronto, la imagen se alejó y Gimena tomó dimensión de la habitación donde se encontraba la pareja. Había algo en toda la escena que le provocaba cierto terror. Flashes desdibujados de viejos recuerdos se presentaron sin mucha nitidez. La pavura se apoderó de ella y, asustada, pausó el video. No quería, ni siquiera podía considerar, que esa fuera la misma habitación donde tiempo atrás había despertado, desnuda y dolorida, abrumada y desorientada; drogada.

Los recuerdos del fin de semana compartido con Mirko llegaron a ella para rescatarla del terror e instalarla en una nube de desconcierto. Suavemente se limpió la solitaria lágrima que resbalaba por su mejilla. En la pantalla había quedado congelada la imagen del rostro de Mirko; bello, sombrío y peligroso. Se había enamorado de ese hombre. Desde el primer día que lo vio, sintió por él una atracción intensa y la extraña sensación de tener mucho en común. Pero después del fin de semana…

Desvió su atención a la pantalla. No tenía coraje para mirar todo el video; con los primeros minutos le bastó. Abrumada, dejó el despacho en busca de aire fresco.

Afortunadamente, nadie quedaba en la redacción a esa hora de la noche. El despacho de Gimena continuaba iluminado, pero desde donde estaba, Mirko no la veía. Se acercó y, oculto tras la puerta, observó el interior. No estaba allí. Resuelto, se aproximó a mirar el escritorio. Se le estrujó el estómago al ver su imagen congelada en la pantalla. Movió el *mouse*, y el video cobró vida. Había transcurrido casi un minuto; Gimena había visto poco, pero suficiente.

Desesperado, miró la lectora externa y extrajo el CD. Lo guardó en un bolsillo, no quería que ella viera nada más.

Un sonido a su espalda lo hizo alzar la vista. Gimena lo miraba, aterrada y, aunque tardó en reaccionar, logró hacerlo y giró tan rápido como pudo para escapar hacia la recepción.

—Por favor, escúchame —dijo cuando la alcanzó, llegando a la salida. Ella se detuvo al oír su voz—. Gimena, soy yo. No voy a hacerte daño —le susurró al oído y aspiró brevemente el delicado perfume que tanto le gustaba. Hizo que se volteara y su mirada se clavó en los ojos oscuros de la muchacha.

Terminó de decir eso y se quitó la capucha. Ella lo miró sin ver primero. Entre la capucha y el cambio de aspecto no lo había reconocido.

La abrazó con fuerza y se relajó un poco al sentir los brazos de Gimena en torno a su cuerpo. Al cabo de unos segundos, Mirko se apartó. Le acarició el rostro con ternura. No sabía qué esperar luego de descubrir que ella había visto parte del video; temía preguntar, pero ella no parecía rechazarlo.

—¿Mirko? —dijo finalmente Gimena con los ojos llenos de interrogantes.

Él la besó buscando tranquilizarla, pero por primera vez la notó tensa y algo distante. Se separó un poco de ella y la estudió brevemente. Si bien Gimena no le recriminaba nada, toda su actitud hacía pensar que el sobre que había recibido había generado la grieta que buscaba generar. La terminó soltando y retrocedió para darle espacio sin apartar la mirada.

—No vives donde te dejé el otro día —comentó ella, como si el detalle fuera importante—. ¿Por qué me mentiste?

—Quería protegerte —fue su respuesta. Le acarició el rostro—. Cuanto menos supieras de mí, mejor para ti.

—¿Por qué andas en cosas raras? —disparó de pronto. Él solo desvió la vista y eligió no responder—. La policía estuvo haciendo preguntas —comentó intentando encausar la conversación—. ¿Quién es la mujer que apareció muerta en tu apartamento?

Mirko notó claramente su aspereza, su distancia y cierto reparo al hablarle. Definitivamente algo había cambiado. Guardó silencio y prefirió aferrarse a la sensación de que ella estaba allí enojada y dolida, porque, después de todo, algo sentía por él.

—Gimena, no sé quién es esa mujer, aunque intuyo que debe tratarse de la misma con quien me viste en el hotel.

—La asesinaron.

—Lo sé. Está en todas las noticias —fue la respuesta de Mirko, que no despegaba su mirada de los ojos de Gimena—. Pero yo no pude haberla matado, lo sabes.

—Claro que sé que no pudiste haberla matado —replicó, ofuscada. Mirko intentó decir algo más, pero ella no se lo permitió—.

Antonella se ocupó de darte una coartada. Le dijo al detective que estuvo contigo desde el sábado por la tarde y todo el domingo. El detective tomó nota de ello. También dijo que seguramente se reuniría contigo esta noche.

—No se va a reunir conmigo —se excusó él, que empezaba a fastidiarse. Se estudiaron un momento y esta vez fue Mirko quien tomó la delantera—. Voy a aclararte dos cosas, Gimena —sentenció—. Como te dije en su momento, nunca me acosté con Serena, era información lo que intercambiábamos en ese hotel —hizo una pausa preguntándose si no estaba extralimitándose en su confesión—. Con respecto a Antonella, no tengo idea de qué pretende, pero voy a averiguarlo. Y no voy a reunirme con ella. Seguramente lo dijo para hacerte enojar, algo que evidentemente consiguió.

Se miraron un momento. Poco a poco, a Gimena se le fueron llenando los ojos de lágrimas. No sabía dónde estaba parada; le costaba creer en su inocencia, aun cuando sabía que no había matado a esa mujer. Era tanto lo que él escondía. Las imágenes del video relampagueaban en su mente, torturándola. No soportaba pensarlo con otra mujer; no se atrevía a considerar siquiera esa posibilidad.

—Con respecto a esto —agregó sacando el CD de su bolsillo—, quiero que sepas que es pasado, un pasado del que no me enorgullezco, pero contra el que nada puedo hacer. Ya no soy ese hombre.

Una lágrima se deslizó por la mejilla de Gimena y se sobresaltó cuando, con delicadeza, Mirko la limpió. Le acarició el rostro y fue acercándose hasta rodearla por completo con sus brazos.

—No llores —dijo casi en un susurro y le besó suavemente la sien—. Te juro que voy a averiguar qué está sucediendo.

—Entrégate —dijo casi en un ruego—. No la mataste, yo soy tu coartada.

Mirko sacudió su cabeza negativamente y, sintiéndose vencido, apoyó su frente contra la de Gimena. Estaba cansado de esconderse, harto de los secretos, pero no podía acceder a lo que ella le pedía, era peligroso.

—No puedo entregarme —respondió, abrumado—. Es mucho más complicado de lo que dicen las noticias, Gimena —dijo con tono abatido—. No voy a volver a ese agujero. No me pidas algo así. Alguien quiere que cargue con ese muerto, pero no lo logrará.

—Mirko, es lo que tienes que hacer —insistió—. Eres inocente. Tu desaparición es sospechosa. Por favor, si sientes algo por mí, hazlo.

—No me corras por ese lado, Gimena —replicó él sin mucho argumento.

—¿Vas a encontrarte con Antonella?

Mirko bufó, no podía creer que insistiera con eso.

—Seguramente la vea —confesó, sin oponer resistencia. Gimena intentó desviar la mirada, pero Mirko se lo impidió—. No es lo que estás pensando.

—¿Tengo que creerte? —murmuró ella con voz débil y la mirada cargada de lágrimas. Intentó soltarse, pero él la detuvo—. Tienes más historia con ella que conmigo.

—Gimena —comenzó diciendo con amargura—, Dios sabe que no te merezco; Dios sabe que eres demasiado para mí

—confesó y sin pedir permiso tomó su rostro entre sus manos y la besó largamente. Quería llevar ese recuerdo adonde fuese, incluida su tumba, de la que cada vez se sentía más cerca. Se separó unos centímetros para admirarla—. Te amo, aunque te cueste creerlo. Y ni siquiera sé lo que eso significa…

—Si sientes algo por mí, entrégate —insistió, mareada por la rotunda afirmación de Mirko y por sus propias emociones.

Él seguía sosteniendo el rostro de Gimena entre sus manos, agradecido de que ella no lo apartase. Volvió a besarla. Un beso mucho más largo, profundo e intenso que el anterior. Esta vez ella correspondió el beso uniendo su miedo a la excitante sensación de peligro. Lo rodeó con sus brazos pegándose a su cuerpo e intensificando el contacto.

—No puedo entregarme, mi amor —respondió y a ella casi se le detiene el corazón de solo escucharlo—, estoy seguro de que van a eliminarme.

—Mirko, por favor…

—Te amo, no lo dudes —sentenció—, pero no puedo hacer lo que me pides. Tengo que irme.

Ella intentó detenerlo, pero él fue mucho más rápido, y para cuando Gimena reaccionó, ya se había marchado dejando tras su huida una desconcertante sensación de pérdida y vacío.

Ingresó en el Hotel Intercontinental. En todo momento mantuvo la vista oculta bajo la gorra negra con visera. Nadie notó que se dirigía directo a los elevadores y pulsaba el botón de la tercera

planta. Rápidamente encontró la habitación indicada. Una vez dentro, la revisó minuciosamente. Era cómoda, espaciosa, propia de un hotel cinco estrellas. Sobre la cama encontró un costoso traje y una bolsa con más ropa; también un sobre blanco y un celular nuevo. Dejó su mochila sobre la cama y espió dentro de la bolsa de ropa; había otro pantalón, una camisa, dos camisetas y ropa interior. A un costado de la cama, divisó los zapatos. Todo lo que veía era de excelente marca y calidad; alguien había gastado una pequeña fortuna para que se viera bien.

Vació el contenido del sobre encima de la cama; había una nota, cuatro fotografías y una pequeña llave. Primero leyó la nota con detenimiento. Las fotos eran de los cuatro hombres a quienes debía ubicar en el lugar. Si lograba fotografiarlos tanto mejor, pero si le resultaba imposible, bastaba con que le enviara un mensaje para informarle que estaban allí. Tenía que reemplazar su celular por el que le habían dejado; el teléfono era completamente estéril y solo servía para hacer llamadas y enviar mensajes de texto, no había forma de que fuera interceptado. En cuanto a la llave, cuando todo terminase, le informaría la ubicación del casillero al que pertenecía; en su interior hallaría el resto de la paga y algo más para poder desaparecer por completo.

Con esas palabras, Garrido cerraba la nota. La releyó varias veces sin poder deshacerse de la desconfianza que la fiscal le generaba. No obstante, de algo estaba convencido: de momento ella lo necesitaba y mientras así fuera él estaría seguro.

Se duchó y buscó la ropa que le había dejado: un traje negro, de buena confección, ceñido, y una camisa blanca; el conjunto

le daba una apariencia sensual. Se veía apuesto, sugerente y lo sabía. Su cabello rapado y la barba inexistente destacaban sus ojos celestes en un rostro anguloso. Respiró hondo y buscó una de las bolsitas que le quedaban. Preparó dos líneas y las aspiró con ganas. Se sintió un poco mejor.

Sorpresivamente, su celular comenzó a sonar. Frunció el ceño, desconcertado, no era conveniente que lo escucharan hablar. El corazón le dio un sobresalto al ver que se trataba de Gimena. No lo atendió, ya era demasiado saber que la había desilusionado. Los ojos se le humedecieron de culpa y debió tragar varias veces para suprimir la angustia. El teléfono dejó de sonar, pero un minuto más tarde entró un mensaje de WhatsApp, y un minuto más tarde, otro.

Primero consideró borrarlos sin escucharlos; luego pensó que podía oírla una última vez, y luego eliminarlos. Tenía que deshacerse de ese teléfono.

—"¿Dónde estás, Mirko? Estoy asustada, ya no sé ni qué pensar con todo lo que está sucediendo. Pero de una cosa estoy segura, y es que no quiero que nada te suceda. No huyas más, no lo hagas, puedes demostrar tu inocencia. Estabas conmigo cuando esa mujer murió. Deja que lo diga. Llámame, por favor. Llámame —decía el mensaje de voz.

Mirko tragó saliva y bajó la vista sintiéndose aún más culpable; era tanto lo que Gimena no sabía de él. Como si llegara desde el más allá, su mente le recordó la última sugerencia de Serena Roger. *Solo en ellos confía, Mirko y si tomas la decisión correcta, saldrás libre, te lo aseguro*, recordó. Respiró hondo sin saber qué hacer. Estaba asustado.

Dudó en escuchar el segundo audio; pero la necesidad de ella fue mucho más fuerte.

—Sé que estás preocupado. No es para menos, pero ¿por qué no hablas con un abogado para que te asesore? Tienes antecedentes; seguir huyendo no te va a ayudar. Por favor, no te alejes de mí. Quiero ayudarte.

Se le llenaron los ojos de lágrimas una vez más. Gimena era demasiado buena y valía la pena cada sacrificio que estar a su lado representaba, pero él no podía acceder a lo que ella le pedía. No podía flaquear en ese momento cuando estaba tan cerca. Si quería ser libre, tenía que llegar hasta el final, y llegar hasta el final era arriesgarlo todo, hasta su propia vida de ser necesario. Solo así podría sentirse merecedor de su amor.

—No te preocupes que estaré bien —dijo, grabando el audio—. Muchas cosas pueden suceder esta noche. Pero, pase lo que pase, nunca olvides que te amo.

No esperó respuesta. Apagó el celular y lo dejó caer dentro de la mochila donde ya se encontraba el aparato con el que se comunicaba con Claudia, más el que usaba con Serena y la libreta de Antonella. Se obligó a concentrarse en lo que sucedería esa noche. Se acercó a las fotos que Garrido le había dejado y las estudió brevemente. Volvía a tener un mal presentimiento. Si algo lo había mantenido con vida durante todo ese tiempo era su instinto, y esa noche tenía un mal pálpito. No se sintió seguro en esa habitación. Tomó su mochila y se marchó de allí. Sería una larga noche.

CAPÍTULO 18

Descendió del taxi en la esquina de la avenida Corrientes y San Martín. La fiesta clandestina se llevaría a cabo en la planta superior de un local ubicado en pleno microcentro de la ciudad, que a esa hora de la noche se presentaba con un tinte fantasmal. Estaba nervioso. Esa noche todo terminaría, para bien o para mal. Luego sería libre.

Antes de ingresar, envió un mensaje a Garrido en el que le indicaba la dirección exacta, y le informaba que estaba entrando. La fiscal debía estar atenta a sus mensajes porque esta vez respondió con celeridad un "Okey. Mantenme al tanto".

Dos hombres de considerable aspecto custodiaban la puerta. Con paso seguro, Mirko se acercó y les ofreció la contraseña antes de que se la pidieran. Automáticamente, se hicieron a un lado y le habilitaron la entrada. Accedió por una larga escalera que lo condujo a un gran salón majestuosamente decorado. Era

271

un solo ambiente, iluminado con luz tenue en los extremos y más intensa en el centro, donde se encontraban las cinco mesas de naipes y distintos sillones ubicados en torno a ellas. En el fondo, un pequeño escenario con un caño central donde una chica, liviana de ropa, se lucía mostrando, entre otras cosas, acrobacias.

A simple vista, Mirko calculó que había unas cincuenta personas distribuidas entre las mesas de naipes, los sillones y los taburetes que enfrentaban el escenario. A ambos laterales, se apreciaban cuatro aberturas parcialmente cerradas por pesados cortinados de terciopelo rojo.

Manteniéndose en la zona más oscura, Mirko circuló por el recinto. Detectó a varias modelos que trabajaban en la Agencia De la Cruz y que él había fotografiado en reiteradas oportunidades. A la distancia, divisó a Candado jugando en una de las mesas. Conversaba con un hombre que tenía a una joven aferrada de la cintura. Mirko ajustó la vista y comprobó que se trataba de uno de los hombres que Garrido le había indicado. Una chica completamente vestida de negro se le acercó ofreciéndole un trago; tomó un vodka de la bandeja y siguió circulando por el lugar.

Escuchó un sonido extraño detrás de él. Corrió el cortinado creyendo saber con qué se encontraría. No se había equivocado. Dos jóvenes mujeres se ocupaban de un hombre entrado en años. Sobre la mesa había rastros de polvo blanco. Cerró la cortina y siguió caminando. En todas las aberturas que conducían al interior, se encontró con habitáculos similares en los que algunos grupitos o parejas tenían algo más de intimidad. Vio de todo, pero nada lo horrorizó.

De momento no había nada que pudiera interesarle a Garrido, pues todo cuanto lo rodeaba tenía más de burdel sofisticado que de tráfico de droga. Pero estaba seguro de que allí había mucho más de lo que se veía.

Buscando no ser visto, se recostó contra una de las paredes y desde allí cubrió la totalidad del salón. Afortunadamente, Antonella no lo había visto, pero él sí a ella. Hacía rato que la había descubierto. Llevaba unos tacones altísimos y un vestido con un atractivo tajo lateral. Observó que Candado la abordaba por detrás y le susurraba algo al oído. Ella sonrió y, luego de mirarlo sugestivamente, lo siguió tras uno de los cortinados. Mirko decidió echar una mirada.

Hacia allí se dirigía cuando una mujer con sonrisa traviesa se cruzó en su camino. Era una de las modelos que había reconocido.

—Pero miren a quién tenemos aquí —dijo con un tono de voz que fácilmente dejaba entrever que había consumido. Posó su mano en el hombro de Mirko—. ¡Qué elegancia! Me gustas más así. Te sienta bien, te da un toque osado. ¿Estás disponible esta noche?

—No tenía idea de que te gustaban estas fiestas, Loli —comentó él, sin moverse.

—Tengo que venir si quiero que mi carrera crezca —respondió, resignada. Recostándose levemente sobre Mirko, señaló a dos hombres que conversaban con De la Cruz—. Son jueces, bastante conocidos. Alejandro dice que si dejo contento a uno de ellos, mi *cachet* va a aumentar considerablemente. ¿Qué te parece?

Patético, pensó Mirko, pero sabía que así se manejaban las cosas. Sin agregar comentarios se disculpó con la modelo alejándose de ella antes de que la vampiresa intentara clavar sus colmillos en él. En el otro extremo del salón, divisó a Antonella, que reaparecía acomodándose el vestido. Se unió a un grupo de personas que bebían.

Detectó a otro de los hombres que Garrido le había indicado reconocer. Lo estudió con detenimiento. Conversaba con dos chicas semidesnudas.

—El juez Leónidas —deslizó Antonella al ver cómo Mirko lo observaba. Le ofreció un trago—. A ese hay que tenerlo contento, maneja varias causas sensibles —agregó.

Hizo una pausa y desabrochó varios botones de la camisa de Mirko para alcanzar su piel con la punta de sus dedos.

—Te estaba buscando —aclaró él dedicándole una sonrisa.

—Mentiroso —repuso Antonella, desafiante. Alzó su copa y lo instó a brindar con ella. Luego ambos bebieron—. Pero me alegra que hayas llegado, estás más que lindo hoy, así que te perdono. Sígueme.

Lo condujo a una habitación ubicada a un costado del escenario. Mansi cerró la puerta tras él y caminó hacia una mesa de donde tomó una pequeña cajita. Se acercó a Mirko y le enroscó uno de sus brazos en el cuello.

—Después de esta noche, no te van a quedar ganas de traicionarme con otra —dijo Antonella ahora con la mirada desquiciada.

—¿Traicionar? —dijo él separándose—. ¿De qué hablas?

—De la rubia —deslizó, filosa, mientras abría la cajita e introducía uno de sus dedos dentro. Alzó la vista y desparramó

la droga por sus labios–. Pero no me habías dicho que estuviste con Gimena el viernes. Últimamente no me cuentas nada de lo que haces con ella.

La sola mención de Gimena lo tensó y enturbió su pensamiento. Antonella seguía ofreciéndole cocaína y Mirko comenzaba a asustarse de no poder controlar la situación.

–Antonella…

–Te busca la policía –siguió diciendo ella con malicia–. Parece que alguien apareció muerto en tu apartamento.

–No maté a nadie –repuso Mirko, incómodo con la conversación.

–Lo sé. Pero yo sí –confesó fríamente. Lo miró directo a los ojos y, por primera vez, Mirko comprendió lo peligrosa que podía ser–. Tu eres mi coartada y yo la tuya. ¿No es magnífico? ¿A quién te parece que le creerá la poli si yo digo que me forzaste a cubrirte para que no delataras nuestro romance con mi esposo?

–¡¿La mataste?! –exclamó Mirko sin dar crédito a lo que escuchaba. Esa era una opción que no había considerado.

–Hacía demasiadas preguntas y no me gustó la forma en la que te abordó en el hotel –comentó restándole importancia–. Algo me decía que no era quien decía ser y que ustedes tenían mucho en común. No me gustaba cómo te miraba.

Mirko no supo qué decir. La situación era por demás delicada. Tenía que encontrar la manera de enviar ese mensaje y desaparecer.

Alguien golpeó a la puerta y Antonella se excusó un momento. Mirko empezaba a sentirse algo mareado. Observó el trago que estaba tomando y recordó que Candado solía alterar

las bebidas con cocaína para generar futuros clientes. El mal pálpito volvió a gestarse en su vientre. Aunque era más que consciente de que estaba en la boca del lobo, fue el recuerdo de Serena lo que lo terminó de sacudir. Ella le había dado a entender que él era el cabo suelto en toda esa historia y que debía cuidarse y desconfiar de todo el mundo. Su instinto le decía que se marchara o no saldría vivo de allí.

Preocupado y urgido por cumplir su cometido, extrajo el celular de su bolsillo y envió el mensaje al número que le habían indicado. "Están todos aquí. Imposible tomar fotografías. Algo no está bien".

La puerta se abrió en ese momento y, al alzar la vista, se encontró con una mirada que lo estremeció. Candado, sonriendo maliciosamente, ingresó a la habitación seguido por dos hombres de aspecto amenazante que miraban a Mirko con furia.

—Vaya, vaya. Cuando Antonella me dijo a quién tenía en esta habitación, me costó creerlo —dijo Candado sin dar crédito a lo que veía—. Te había perdido el rastro, Croata. Lo último que supe fue que alguien te sacó de la cárcel de Batán.

—Hace mucho tiempo de eso —respondió Mirko irguiéndose entre los dos matones que se habían acercado a él—. ¿Cómo has estado, Candado? Parece que van bien los negocios, tienes empleados nuevos y has engordado.

—¡¿Qué haces aquí?! —ladró.

—Me invitaron —respondió manteniéndose lo más derecho posible a pesar de la droga que le habían suministrado—. Pero ya hice lo que tenía que hacer, ahora me marcho.

—¿A quién llamaste? —preguntó amenazadoramente. Dio un

paso hacia Mirko hasta quedar a la altura de su rostro–. Te conviene pensar bien la respuesta.

–A nadie… –sostuvo Mirko, desafiante.

Uno de los matones extrajo el celular de un bolsillo del abrigo de Mirko y se lo entregó a Candado.

–No juegues conmigo, Croata, creí que eso ya lo habías entendido –deslizó mientras revisaba el teléfono. Un puñetazo le cruzó el rostro haciéndolo tambalear–. Llévenlo abajo.

En el estado en el que se encontraba, no fue capaz de oponer resistencia. Los dos matones se ubicaron uno a cada lado de Mirko.

–Malnacido, tendría que haberme ocupado de ti años atrás –murmuró Candado. Alzó la vista y miró a ambos matones–. Que no le quede ni un hueso sano. Cuando terminen, arrójenlo en algún basural para que las ratas se sirvan de él.

No tuvo idea de dónde vino el primer golpe, pero no alcanzó a recuperarse de uno que ya le asestaban otro. Y sin saber qué más hacer, Mirko se encomendó al Dios del que muchos hablaban y él descreía. La lluvia de puñetazos y patadas caía con saña sobre su cuerpo. Abruptamente, se detuvieron y, en la nebulosa de dolor en la que estaba inmerso, creyó escuchar tiros, golpes, gritos. Las voces se amortiguaron y los hombres que antes lo golpeaban se alejaron de él. En pocos minutos reinó el caos.

Como pudo, se arrastró hacia uno de los cortinados, desde donde logró espiar. Un grupo de hombres completamente vestidos de negro regaba el gran salón con disparos. El miedo lo ayudó a arrastrarse y, con cierta dificultad, llegó hasta una puerta lateral, que mágicamente estaba abierta. Tenía que salir de allí.

CAPÍTULO 19

La noticia de que un enfrentamiento entre narcotraficantes había tenido lugar esa madrugada en el microcentro porteño era la estrella de los noticieros matutinos. Nadie tenía información precisa, salvo que un comando fuertemente armado había irrumpido en plena noche en un local clandestino para fusilar a varios de los que allí se encontraban. El periodista hablaba de nueve muertos, y aunque sus nombres no se habían dado a conocer, sí había trascendido que habían perdido la vida dos jueces nacionales, el director de una agencia de modelos, tres mujeres jóvenes y un par de guardaespaldas.

Por lo que se informaba, varios cabecillas habían alcanzado a huir. Extraoficialmente, los investigadores asociaban este hecho con el caso de la mujer que había aparecido muerta días atrás en un apartamento de la calle Aráoz. Se empezaba a mencionar la ruta de la cocaína.

Gimena observaba las noticias con el corazón en un puño. Aunque no tenía forma de asegurarlo, nada le quitaba de la cabeza que Mirko estaba involucrado. En la editorial comenzaban a correr los rumores de que el director de la agencia que había muerto era nada más y nada menos que Alejandro de la Cruz. Pero, de momento, solo eran rumores.

Ya a media mañana comenzaron a circular algunas imágenes de los presuntos prófugos. En cuanto la imagen de Antonella Mansi se difundió como una de las personas buscadas, la editorial se revolucionó. La tensión se palpaba por los pasillos de la redacción y el miedo a perder el empleo comenzó a contagiarse entre los empleados. Fue Gimena quien, haciéndose cargo de la situación, se ocupó de tranquilizarlos.

—Pero, por favor, no piensen locuras, todavía no sabemos qué está sucediendo realmente —anunció, intentando sosegar los ánimos—. Vamos a esperar.

El detective Castro no tardó en volver a presentarse en la empresa. Gimena lo recibió en la sala de reuniones. En esta ocasión, el hombre hizo muchas preguntas acerca de Antonella Mansi y su esposo; la relación que existía entre la editorial y la agencia de modelos. No siempre Gimena tuvo respuestas para darle.

—Entiéndame, detective, llegué hace unos meses de Madrid. Lo mío es el área cultural. Puedo informarle sobre mucho de lo que sucede en la editorial, pero realmente no tengo idea de lo concerniente a la revista de moda —confesó—. No sé qué más puedo decirle.

—¿Supo algo de Milosevic?

—Nada —respondió con tanta naturalidad que hasta ella se sorprendió—. Pero sinceramente me cuesta creer que esté involucrado en algo así.

—¿Por qué sostiene eso? La señora Mansi también hizo un comentario parecido.

La mención de Antonella asociada a Mirko no le causó nada de gracia a Gimena, que trató de disimular sus opiniones al respecto. En cambio, pasó a comentarle al detective que Mirko formaba parte del *staff* de la revista de cultura y que era un fotógrafo eficiente, sensible y dedicado. En ningún momento había notado en él un comportamiento agresivo o violento; en realidad, todo lo contrario.

—Mirko siempre se mostró tranquilo, cordial —terminó diciendo—. Me cuesta creer que pueda estar metido en algo así.

—Hasta donde sé, Milosevic es un adicto, señorita Rauch. Con los adictos nunca se sabe cómo pueden reaccionar en momentos de abstinencia —dijo el detective guardando su libreta—. Por otra parte, su desaparición es bastante sospechosa y, si bien el hombre tiene una coartada, no puedo evitar pensar que se la está dando una mujer que ahora está prófuga de la justicia —sentenció dando por terminada la conversación., y se puso de pie—. Le vuelvo a encomendar que cualquier cosa que sepa o que considere importante para la investigación me lo haga saber. Estamos seguros de que hay cierta conexión entre lo sucedido en ese club nocturno y el cadáver encontrado en el apartamento de Milosevic.

Gimena prefirió no sumar comentarios. Estaba preocupada por Mirko, quien evidentemente había logrado salir antes de que

la balacera comenzara o de que la policía llegase. Pero no saber nada de su paradero era lo que verdaderamente la inquietaba.

—No se preocupe, detective, cualquier cosa me pondré en contacto con usted —le aseguró Gimena—. Estamos todos a disposición de la investigación.

—Muchas gracias, señorita Rauch.

Permaneció el resto de la tarde encerrada en su despacho. Las noticias no eran para nada alentadoras y empezaba a no saber qué hacer. Las ideas más descabelladas cruzaban por su mente. La angustiaba no tener noticias. Todos se habían marchado, afectados por lo ocurrido y también preocupados por perder el trabajo. Ella, en cambio, había demorado la partida aguardando que Mirko diera señales de vida. Su preocupación estaba alcanzando niveles impensados.

Eran casi las siete de la tarde cuando decidió que podía esperar las noticias de Mirko en su apartamento. Mientras pensaba en todo eso, fue guardando sus pertenencias. Apagó su computadora y empezaba a ordenar su escritorio dispuesta a marcharse, cuando su celular vibró, sobresaltándola. Era de un número desconocido. "Necesito verte. Por favor, necesito verte", decía el mensaje. Se le aceleró el corazón intuyendo que era él quien se estaba poniendo en contacto. "¿Dónde estás?", escribió. Aguardó un instante rogando por una respuesta. "Necesito verte". El mensaje se repitió varias veces y eso no hizo más que alarmarla.

Dejó el edificio y cruzó la calle sorteando los vehículos del escaso tráfico que a esa hora transitaba por la ciudad. El mensaje había entrado dos veces más. Cada vez estaba más convencida de que Mirko estaba herido. Apresuró el paso hacia el

Fiat, aparcado en un rincón del estacionamiento. De su bolso extrajo la llave y el celular. Ingresó sin necesidad de desconectar la alarma; siempre lo dejaba abierto, por si Paco, el encargado del garaje, necesitaba moverlo.

Una vez dentro del automóvil arrojó su bolso al asiento del acompañante y envió un nuevo mensaje, rogando porque Mirko respondiese. Casi se le detiene el corazón cuando escuchó un sonido a sus espaldas; era la notificación de la entrada de un mensaje. Lentamente se volvió hacia el asiento trasero y allí lo vio, contorsionado para no ser visto en tan diminuto espacio.

—¡Oh, por Dios! —exclamó ella sobresaltada al dar con sus bellos ojos celestes perdidos en un rostro sucio de sangre, deformado por la hinchazón y los magullones—. ¿Qué te pasó?

—Te sugiero que arranques cuanto antes —dijo Mirko con voz débil. Hablaba lento, arrastrando las palabras. Era evidente que le demandaba un gran esfuerzo—. Necesito que me ayudes. No tengo adónde ir. Pero salgamos ya de aquí.

Gimena asintió y, en silencio, tomó su abrigo y cubrió mejor a Mirko. Sus miradas se encontraron brevemente y a ella se le llenaron los ojos de lágrimas al contemplarlo tan golpeado. Contuvo la respiración y se acomodó tras el volante. Puso en marcha el auto y suavemente dejó el estacionamiento.

En el primer semáforo consultó el reloj. Eran apenas pasadas las siete de la tarde. La ciudad se mostraba oscura y una llovizna molesta y espesa bajaba del cielo como un manto.

—¿Cómo te sientes? —preguntó. Necesitaba escuchar su voz. Mirko tardó en responder y Gimena se aterró de que estuviera inconsciente—. Háblame, Mirko.

—Me duele todo —respondió con voz débil—. No sé si tengo algún hueso roto. Tengo sed. Tengo un mal sabor en la boca.

—Tranquilo —dijo ella, asustada y nerviosa—, déjame pensar.

Viajaron en silencio durante los primeros minutos. Gimena subió a la Autopista 25 de Mayo y tomó rumbo oeste. Tenía que pensar dónde llevarlo. Su apartamento no era buena opción; le costaría bajarlo del auto y llamaría demasiado la atención. De entre los lugares posibles uno comenzó a asomar. Hacía más de diez años que no lo visitaba, pero, aunque los recuerdos fueran demasiado dolorosos, no había nada mejor. Era seguro y apartado. No lo pensó más.

—No quise involucrarte en todo esto, Gimena —balbuceó Mirko—. Pero no sabía a quién recurrir.

—Hiciste bien en venir a mí —le aseguró, con ternura—. Voy a parar en una estación de servicio para comprar agua.

Gimena tomó la salida que conducía a la estación de servicio y detuvo el auto en el espacio más apartado que encontró. Antes de descender, giró hacia atrás y buscó los ojos de Mirko. Se miraron en silencio y ella estiró su mano para acariciar primero el rostro magullado y luego su mano.

—No quería involucrarte —murmuró, apenado.

—A mí me alegra que lo hicieras —le aseguró—. Quiero que te quedes tranquilo y que trates de no dormirte. Te llevaré al campo de mi familia. Ahí podrás reponerte sin temor a que te encuentren. Ya vuelvo.

Ayudarlo a beber fue complicado. Pero a él lo reconfortó sentir algo fresco en la boca. Unos minutos después, retomaron el viaje. Mirko respiraba pausado y de tanto en tanto se quejaba.

Gimena reunió coraje y, utilizando el sistema de manos libres, se comunicó con los cuidadores del campo. Cada tono de llamada acompasaba los latidos de su corazón y un nudo se le formó en la garganta cuando Eva atendió.

—Buenas noches, Eva —saludó Gimena con una sonrisa nerviosa bailando en sus labios—. ¿A qué no sabes con quién hablas?

—¿Gimena? ¡Pero santo cielo, niña, tantos años! —exclamó la mujer, emocionada—. ¿Cuándo vendrás a visitarnos?

—Casualmente, estoy yendo para allí —anunció—. ¿Podría pedirte que tengas preparada mi habitación?

—Por supuesto, mi niña —se apresuró a decir la mujer—. Qué alegría me has dado. Te esperaré con la cena lista.

—Algo de sopa sería genial, Eva. Calcula que en hora y media llegaremos.

Luego de la llamada, Gimena condujo en silencio. Para ella era todo un desafío regresar al campo donde la tragedia familiar había tenido lugar. Los recuerdos parecían agolparse en su mente a medida que se acercaba a la calle de tierra que debía tomar para alcanzar la entrada a la estancia. La ansiedad por llegar la alentó a acelerar sin recordar que no viajaba sola. La queja de Mirko le recordó que no estaba montando la yegua que su padre le había regalado, y que su padre no estaría esperándola para recibirla con los brazos abiertos.

—Perdón —se disculpó aminorando la velocidad—. ¿Estás bien? Ya casi llegamos.

—Se soporta, gracias —respondió Mirko con un dejo sarcástico, e intentó acomodarse mejor.

Era una noche oscura, cerrada, gruesos nubarrones

ocultaban la luna. Gimena se guiaba por las luces que a lo lejos titilaban. Estaba segura de que Eva le había indicado a Rosendo que las encendiera para que ella pudiera llegar. Sonrió al ver que la tranquera empezaba a abrirse. Sus ojos se corrieron hacia el haz de luz que apenas iluminaba el sendero. Bajó la ventanilla y sacudió su mano para saludar a Rosendo.

—¡Qué alegría, querida niña! —la saludó el hombre con voz gruesa y áspera—. Vamos, adelante, que Eva está ansiosa por verte.

Gimena se olvidó de Mirko durante los pocos minutos que duró el trayecto desde la tranquera hasta la casona familiar. Los recuerdos volvieron a ella, junto con las risas, los cantos y las explicaciones de su padre. Pensó en su hermano, que adoraba salir con Rosendo a recorrer los campos a caballo. Todos bellos recuerdos de infancia. La única que no disfrutaba del campo era su madre. Ella prefería quedarse en la ciudad. Nunca los acompañaba.

Sonrió al ver la gran casa iluminada y a Eva parada bajo el dintel de la puerta principal. Detuvo el vehículo, y la mujer rolliza y baja se acercó para recibirla con los brazos abiertos. Gimena salió del auto y se perdió en un abrazo sentido con esa mujer que la había visto crecer.

—¡Pero qué linda que estás, querida, tantos años! —exclamó la mujer, con ojos anegados. Se dispuso a conducirla al interior de la casa—. Vamos, que la cena esta lista.

—Espera, Eva, no vengo sola —dijo Gimena deteniéndola. La enfrentó con seriedad—. Me acompaña un amigo que ha tenido una pequeña pelea. Está muy golpeado y necesito que se recupere.

—Por Dios, pero ¿dónde está ese hombre? —dijo la mujer mirando al pequeño automóvil.

Gimena se aceró al auto y luego de correr el asiento del acompañante, introdujo el cuerpo para ayudarlo. Quejándose con cada movimiento, Mirko se irguió y se dejó asistir. Le costó mucho más salir del vehículo de lo que le había demandado entrar. Gimena lo abrazó por la cintura y, tomando uno de sus brazos, lo guio para que la abrazara.

—*¡Madonna santa!* —exclamó la mujer al ver el estado en que Mirko había quedado—. Llevémoslo a la habitación de Manuel.

—No, Eva, a la mía. Vamos a quedarnos ahí.

—Pero…

—Pero nada —dijo Gimena, con firmeza. Alzó la vista y sus ojos se toparon con los de él, que la observaba con admiración y respeto. Le sonrió y lo alentó a recostarse levemente sobre ella—. Vamos entrando, que hace frío y necesitas recostarte.

Tardó cerca de cinco minutos en llegar a la habitación que Eva había calefaccionado. Mientras la mujer fue en busca de agua caliente para limpiarle el rostro, Gimena lo ayudó a recostarse.

—¿Duele? —preguntó quitándole el abrigo.

—Ya no tanto.

Mirko tenía un ojo completamente cerrado y empezaba a ponerse morado. El labio superior estaba hinchado y el inferior partido. La camisa blanca mostraba manchas de sangre y suciedad. Gimena se ocupó de quitársela.

—Me gusta cuando me desvistes —dijo él, tratando de restarle dramatismo a la situación. Aunque más allá de eso, estaba

encantado con la delicadeza que ella mostraba al desprender los botones.

—No te hagas el vivo, que esto no tiene nada de divertido —lo amonestó, severa—. ¿Puedo preguntar si fue De la Cruz quien te dejó en este estado?

—Muy graciosa —repuso, de pronto ofuscado—. No, no fue De la Cruz.

—A mí no me causa nada de gracia —agregó ella—. Era una buena posibilidad.

Mirko elevó lentamente su mano hasta el mentón de Gimena para que lo mirara a los ojos.

—Eso estuvo de más —sentenció, con el rostro rígido por la hinchazón y la mirada molesta—. Ahora, si me dices dónde está el baño, te lo voy a agradecer.

Una hora más tarde, cómodamente instalado en la gran cama, Mirko por fin se relajaba. Había disfrutado de una cena como no recordaba haber comido en su vida y el cansancio acumulado empezaba a hacerse notar.

Gimena se hallaba en el baño. El sonido de la ducha era una música estimulante que se mezclaba con el canto de los grillos y el débil croar de las ranas. No tenía idea de cuán grande sería el campo de la familia de Gimena, pero a juzgar por lo poco que había visto, la antigua casona debía ser de un tamaño considerable.

Un aroma silvestre perfumaba el ambiente. La tenue luz de una lámpara iluminaba la estancia, generando un clima reparador. Cerró los ojos y procuró relajarse. Se sentía de maravilla allí. Estaba en el paraíso y seguía vivo.

Una vez que la ducha se cerró, Mirko aguardó los diez largos minutos que Gimena tardó en salir. Una sonrisa asomó en sus labios cuando la puerta se abrió y un perfume floral lo alcanzó.

—¿Cómo te sientes? —quiso saber ella al llegar a su lado.

—Ahora mucho mejor —respondió—. Gracias.

Ella lo contempló con ternura y por un momento sus miradas se encontraron. Era demasiado lo que flotaba entre ambos; tanto para decir, tanto para confesar y compartir.

En silencio, Gimena bordeó la cama y se recostó a su lado. Suspiró y lo tomó de la mano. Se la acarició con la mirada clavada en el techo. Mirko devolvió la caricia sobre la mano de ella.

—¿Qué fue lo que sucedió?

—No voy a contarte —fue la tajante respuesta de Mirko—. Como te dije antes, no quiero que sepas nada.

Ella se tensó comprendiendo que el lío en el que estaba metido era grande. Pero, así y todo, le costaba imaginarlo en un acto de violencia. Lo miró de reojo. Él parecía tener los ojos cerrados, aunque con lo hinchado que estaba su rostro bien podían estar abiertos.

—El noticiero habla de nueve muertos —prosiguió Gimena, sin claudicar—. Parece que uno de los muertos es De la Cruz. No se sabe nada de Antonella.

Mirko no respondió. Se mantuvo rígido e inmutable, asimilando las noticias. Sin embargo, siguió acariciando la mano de Gimena.

—Háblame, Mirko. Quiero ayudarte.

—No voy a hablar de eso contigo, Gimena.

—¡¿Y con quién quieres hablarlo?! —protestó cansada de su

tozudez–. Podemos llamar al detective Castro. Él va a estar encantado de charlar contigo al respecto.

Mirko la miró ahora con dureza. Tenía que alejarla de ese tema. La amaba demasiado para confesarle algo como lo que había vivido la noche anterior. No deseaba involucrarla ni con el pensamiento a un hecho tan sórdido. Ya bastante con que lo estaba escondiendo para que se recuperara. No, no le diría absolutamente nada. No quería que volviera a mirarlo con miedo o rechazo.

–¿Aquí tuvo lugar el accidente de tu padre? –preguntó directamente sabiendo que el cambio de tema era brusco y que la descolocaría.

Gimena soltó su mano automáticamente y se sentó en la cama poniendo distancia.

–¿Por qué siempre que quiero que compartas algo conmigo, me atacas? –disparó, ofuscada–. Eres injusto y vengativo.

–No te estoy atacando, solo quiero saber si es cierto lo de tu padre –aclaró él–, porque si así fue, es un gran sacrificio el que estás haciendo por salvarme –dijo Mirko con tono suave.

–No te salvé de nada –respondió con desgano–. Solo estoy ofreciéndote un lugar donde reponerte.

–Da igual, para mí es lo mismo –respondió él tratando de sonreír–. Te estás arriesgando por mí –le aclaró–. Nunca nadie hizo algo así –agregó, y la atrajo hacia él. La abrazó y ella se dejó envolver por su brazo.

El silencio los cubrió y ninguno se molestó en romperlo. Sus respiraciones se entrelazaron, fundiéndose en una sola, y así permanecieron largo rato.

—¿Cuánto viste del video que te hicieron llegar? —quiso saber Mirko.

—Poco… suficiente —respondió ella, con sinceridad, sorprendida de que él eligiera hablar de eso—. Estabas con una mujer en una habitación donde solo había una cama, una silla y un gran espejo.

—Entiendo —repuso él interrumpiéndola.

Lo desconcertó que ella pareciese no recordar lo sucedido. Él, en cambio, recordaba con claridad esa habitación; la recordaba a ella en esa habitación. Respiró todo lo profundo que el cuerpo le permitía y ajustó el brazo en torno al cuerpo de Gimena. Decidió darle parte de la verdad.

—Si no lo hacía me mataban, Gimena —confesó—. Debía mucho dinero y era eso o que me rompieran hasta el último hueso. Lo siento. Lamento que hayas visto algo así. Eso es parte de un pasado que quiero olvidar.

Los envolvió un silencio mucho más denso. Cada uno lidiando con sus propios pensamientos. Gimena estuvo tentada de compartir con él el recuerdo de lo sucedido en aquella discoteca de Mar del Plata, pero le resultó descabellado y hasta fuera de lugar. Además, no quería pensar en ello; mucho menos asociarlo. Pero necesitaba decir algo para desbaratar ese silencio inquietante.

—Mi papá se estrelló con su avioneta a unos mil metros de la casa —explicó de la nada; tenía que cambiar de tema—. Yo estaba con Eva viéndolo descender. Siempre lo esperaba cuando él regresaba de la ciudad. Siempre bajaba y se acercaba a mí con una sonrisa sabiendo que le ofrecería su mate amargo. Era un ritual entre nosotros.

El silencio se intensificó y Mirko lo respetó sabiendo que para ella no era nada sencillo hablar del asunto. Se las ingenió para subirle la camiseta que llevaba puesta hasta alcanzar su piel.

—Ese fin de semana había viajado a Chile por negocios y en lugar de venir el jueves como siempre hacía, llegó el sábado por la tarde —aclaró, aunque no fuera un detalle importante—. Hacía frío y el viento se había intensificado; había pronóstico de tormenta. No estoy segura de qué fue lo que sucedió, pero papá perdió el control y se estrelló. Estuvo diecisiete años inconsciente en una cama. Nunca despertó.

Mirko se acomodó mejor y lo mortificó sentir las lágrimas de Gimena correr por su hombro. Le acarició la espalda y le hubiese encantado poder besarla para transmitirle su contención, pero apenas podía moverse.

—Mi madre y mi hermano resolvieron desconectarlo hace tres años —confesó con la voz cargada de angustia—. Por eso discutí con Manuel la noche que nos cruzamos en el hotel. No puedo perdonarlos.

A Mirko le resultó imposible encontrar algo para decir. Gimena parecía perdida en su dolor y, en algún punto, él tuvo la sensación de que ella estaba cerrando un duelo. A pesar del dolor que su cuerpo le provocaba, giró hasta enfrentarla y la rodeó con los dos brazos.

—Pero tienes que dejarlo ir, Gimena —susurró a su oído. Ella asintió, abrazándolo también—. No te quedes con el recuerdo de él en una cama. Recuérdalo bien. Volando en su avioneta. Acuérdate que él está en Piazzolla.

Otra vez el silencio; otra vez las respiraciones que se volvían una y sus almas parecían encontrarse en la oscuridad. Una dulce sensación de reparo los envolvió, apaciguándolos. Ella lo ayudó a acomodarse nuevamente contra las almohadas. Mirko reconoció el esfuerzo que había representado para Gimena haber compartido con él ese trágico episodio de su vida. Y, aunque no pensaba hablar de lo que ella quería escuchar, se sintió en la obligación de compartir algo de su pasado.

Respiró hondo y volvió a envolverla con uno de sus brazos. Cuando empezó a hablar lo hizo sobre su Croacia natal y lo poco que sabía de sus orígenes. Le habló de lo que su madre adoptiva le había contado y de los baches que por momentos tenía esa historia; pero era lo único que tenía. Le habló de la soledad, del hambre y de las noches que pasó en la calle. No le habló ni de los reformatorios ni de las veces que la policía lo había arrestado por disturbios en la vía pública. No quiso mencionar nada sobre lo solo que siempre se sintió, ni acerca del miedo, mucho menos quiso hablar de la muerte con la que sentía haber convivido desde el primer día de vida. En cambio, le contó de las noches en la playa de Mar del Plata y de cómo su mundo terminó de derrumbarse cuando Soraya murió.

Dejó de hablar cuando sintió las lágrimas de Gimena correr una vez más por su piel. La acarició y percibió lo infeliz que había sido su vida. Nunca nadie había llorado de ese modo por él. Nunca nadie se había arriesgado como ella se estaba arriesgando por él.

—No llores, Gimena —dijo al cabo de unos segundos—. Todo eso pasó hace mucho tiempo.

—Es muy triste, Mirko —logró articular—. Puedes ser mucho más que eso. No creas que no advierto todo lo que estás callando. Creo en tu capacidad. Creo en ti.

Ahí estaba de nuevo creyendo en él. Otra vez la palabra de aliento, la palabra que trasmitía esperanza. Ella creía en él más que él mismo, aun más allá de las sospechas que se cuidaba en callar.

No volvieron a hablar y así se durmieron. Ella, con la cabeza recostada sobre su hombro; él, sosteniéndola con uno de sus brazos. Por fin, sintiendo algo de paz.

CAPÍTULO 20

Empezaba a amanecer cuando Gimena despertó. Cuidando de no alterar el sueño de Mirko, dejó la cama y se dirigió al baño. Se lavó la cara, los dientes y contempló su rostro en el espejo. Estaba cansada, pero, aunque hubiese deseado seguir durmiendo, había mucho por hacer. Alguien tenía que volver a la ciudad para averiguar qué estaba ocurriendo.

En silencio, regresó a la habitación y se vistió sin apartar la mirada de Mirko, quien dormía profundamente. Que él se negara a contarle sobre lo sucedido no le daba buena espina. La angustiaba la sensación de que en cualquier momento podía volver a perderlo. No podía asegurar qué futuro tendrían, pero amaba a ese hombre bello e imperfecto de un modo tan absoluto que estaba resuelta a arriesgarlo todo por él y a defenderlo hasta de él mismo si era necesario. Antes de marcharse, se acercó a la cama y rozó suavemente sus labios.

Arribó al apartamento cerca de las nueve de la mañana. Sin perder tiempo, se duchó, se cambió y, luego de reunir algunas pertenencias, se marchó. Estaba justa de tiempos.

Llegó a la editorial apenas pasadas las diez y media de la mañana. No pensaba permanecer mucho tiempo allí, quería regresar cuanto antes al campo. Desde el auto había llamado a Eva, quien le aseguró que Mirko seguía durmiendo.

Cruzó la recepción preguntándose cuántos empleados habrían asistido, y el escaso ritmo de la redacción la alarmó considerablemente. Estaba alcanzando su despacho cuando notó cierto movimiento en la oficina de Antonella.

Romina, al verla, se apresuró a acercarse y, sin siquiera saludarla, mencionó que el detective Castro se había presentado a primera hora con una orden para revisar el despacho.

—Romi —le dijo posando suavemente una de sus manos sobre el hombro de la muchacha. La notó angustiada, temerosa—, quiero que te tranquilices. Era lo único que podías hacer. No te mortifiques.

—Es que toda esta situación me tiene mal, Gimena —confesó al borde del llanto.

—Lo sé. Estamos todos igual —le aseguró—. Escucha, si el detective necesita algo, dile que lo hable conmigo. ¿Entendido?

—Está bien. Gracias.

Gimena la observó volver a su escritorio. Sabía que tenía que tomar cartas en el asunto. Sobrevoló los boxes con la mirada y divisó muy pocas cabezas trabajando. Suspiró, evitando mirar el despacho de Antonella. Ingresó a su oficina procurando no abrumarse más de lo que ya estaba.

Resolvió ir paso a paso y, como primera medida, leyó los matutinos. En uno se hablaba de la fiesta clandestina que se había llevado a cabo en un establecimiento de la calle San Martín, a pocas cuadras de la Casa de Gobierno. Aunque no había pistas fuertes, todo parecía indicar que se había tratado de un ajuste de cuentas entre dos bandas. Lo más destacado de la "masacre", tal como habían comenzado a llamar el episodio, tenía que ver con la muerte de dos jueces federales, los doctores Leónidas y Carranza, ambos duramente criticados por sendas sentencias en casos de narcotráfico. También se destacaba la muerte de De la Cruz, a quien la división Narcóticos y la Agencia Antidrogas en Buenos Aires venían observando. Nada se sabía aún de la esposa de De la Cruz ni de un tal Gómez Urduz, alias Candado, a quienes muchos señalaban como el cabecilla.

Cambió de matutino, y la siguiente pantalla que se abrió ante ella la dejó congelada. Allí estaba el rostro de Mirko mencionado como una de las personas asociadas a la masacre de la calle San Martín. Gimena no lo podía creer.

Un golpe en la puerta del despacho la sobresaltó. Elevó la vista y se forzó a sonreír al ver al detective Castro parado en el umbral.

—Pase, detective —dijo Gimena poniéndose de pie—. ¿Puedo ofrecerle un café? Estaba a punto de servirme uno.

—Lo voy a aceptar, señorita Rauch —repuso, con cansancio.

Se acercó y se ubicó en uno de los asientos. A Gimena no le pasó desapercibido el modo en que el hombre repasaba su escritorio con la mirada.

—Comencé muy temprano —comentó.

—¿Encontró algo de utilidad? —quiso saber Gimena.

—Puede ser —respondió, evasivo—. Pero a diferencia de su casa, la oficina estaba limpia. Nos estamos llevando su computadora para que la analice un especialista informático.

—La verdad, detective, es que para mí todo esto es muy abrumador —confesó ella colocando el café frente a Castro—. No estoy acostumbrada.

—La entiendo. Este es un caso bastante complejo —comentó—. Como recién le decía, la casa de los De la Cruz estaba plagada de cámaras y micrófonos que no sabemos para quién emitían. Por otra parte, hemos encontrado pruebas contundentes de que la señora Mansi y Milosevic hace casi un año que mantienen una relación. ¿El esposo puso esas cámaras y micrófonos para pescar a los amantes? ¿Los amenazó y lo mataron?

—¡Qué horror, detective! —exclamó Gimena sinceramente afectada—. Pero a usted le parece que llevarían a cabo una masacre si ese fuera el caso. ¿Y los jueces? ¿Las modelos?

—Es verdad; como ya le dije, es un caso complejo —reconoció Castro, quien luego de terminar su café se puso de pie—. Pero bueno, yo calculo que en cuestión de días daremos con ellos. Para mí, están juntos.

—Espero que todo esto termine pronto —acotó Gimena—. El personal está muy afectado. No se les puede reprochar, están preocupados por sus trabajos.

—Más que entendible —dijo el hombre y estiró su mano para saludarla—. Señorita Rauch, siempre es un placer verla. Muchas gracias por el café. Estamos en contacto.

Gimena regresó a su asiento y observó cómo Castro y

sus colaboradores se marchaban. Se esforzó por mantener la compostura, pero temblaba por dentro. Ahora más que nunca tenía que convencer a Mirko de no moverse del campo. Solo allí estaría seguro. Consultó su reloj, era cerca del mediodía. Quería marcharse cuanto antes.

El celular sonó estrepitosamente y casi se le detiene el corazón. *Tranquilízate, Gimena,* se ordenó. Atendió sin mirar quién llamaba y se sorprendió aún más al escuchar la voz de su hermano. Por un breve instante, temió que Rosendo o Eva le hubieran avisado que ella había visitado el campo; cruzó los dedos.

—¿Cómo estás, Manuel? —lo saludó con parquedad.

—Preocupado —dijo él dejando de lado la animosidad de su hermana—. ¿Cómo estás? Vi las noticias. ¿Qué está sucediendo en esa editorial?

—Estoy bien. No te preocupes —respondió relajándose un poco—. La verdad es que no estoy muy segura de qué está sucediendo. Es una situación extraña. La policía está más tiempo aquí dentro que en la comisaría.

—¿Por qué no te alejas unos días de ese lugar? —sugirió Manuel—. Entiendo tu deseo de ser independiente, pero me parece un tanto peligroso…

—Imposible, tengo mucho trabajo que no puedo dejar —explicó—. Además, aquí nada sucederá. Solo debemos soportar la fea sensación de saber que hemos trabajado con gente indeseable.

—Está bien. En una hora me voy a China —informó—. Me gustaría que nos viéramos a mi regreso.

—Está bien —dijo esta vez—. Te lo prometo.

—Excelente —repuso Manuel, complacido. Hizo una pausa y preguntó—: ¿Seguro que estás bien? ¿Puedo irme tranquilo?

—Estoy bien, Manu, nada va a sucederme.

—Bueno —accedió—. Voy a estar dos días en París. ¿Le digo algo a Étienne?

—Que sigamos sin hablarnos —fue la rápida respuesta—. Buen viaje.

Por unos minutos pensó en su hermano. Aunque no podía perdonar lo que habían hecho, lo extrañaba. La noche anterior, cuando le contó lo sucedido a Mirko y revivió todo aquello, había añorado la cordialidad y el cariño con los que siempre se habían tratado. Empezaba a flaquear, sabía que no podría sostener por mucho tiempo más la distancia con Manuel.

Apagó la computadora, acomodó su escritorio y se marchó. De pasada, le indicó a Romina que la vería el lunes. Tenía trabajo de campo que realizar y aprovecharía para hacerlo esos días. Le indicó que la llamara ante cualquier eventualidad; principalmente si Antonella aparecía.

Llevaba cerca de cuarenta minutos observándolo. Todo lo que había descubierto esa mañana daba vueltas en su mente. Le dolía el alma de pensarlo con Antonella y le revolvía las entrañas que todos hablasen de la relación que los unía. No obstante, quería protegerlo porque sabía que mucho de lo que se decía era mentira y así como una parte lo era, también podía serlo todo lo demás.

Lo que la tenía verdaderamente confundida era el modo en que las pruebas en contra de Mirko parecían ir apareciendo como por arte de magia. En dos ocasiones, Castro había mencionado que una fuente había deslizado esto, que otra les había hecho llegar tal dato y todos los cañones parecían apuntar a él. Prestaría atención a ese punto.

—Buenos días, dormilón —lo saludó Gimena al verlo parpadear.

Mirko intentó erguirse, pero una puntada aguda le atravesó las costillas. Le dolía el cuerpo y tardó unos minutos en lograr moverse. Giró en la cama hacia la voz que acababa de saludarlo y sonrió al verla sentada en un cómodo sillón no muy lejos de donde él estaba. La observó a la distancia. Se sentía tan bien despertar y verla.

—Buen día —repuso él, todavía algo dormido—. ¿Hace mucho que estás ahí?

—Un ratito —respondió. Se puso de pie y se acercó a la cama—. Me gusta verte dormir.

Mirko sonrió ante el comentario y lentamente fue sentándose.

—¿Qué hora es? —quiso saber.

—Las dos y media de la tarde —anunció ella con un gesto cómplice—. Parece que necesitabas descansar. ¿Cuánto hacía que no dormías una noche entera?

—Mucho —fue la respuesta de Mirko.

Intentó ponerse de lado para levantarse, pero Gimena se apresuró a impedírselo.

—Vas a quedarte en esa cama —le ordenó. Él la observó con el ceño fruncido—. No me mires así, Mirko. Tienes que reponerte.

—Tengo que ir al baño, Gimena.

—Sí, claro —repuso ella ayudándolo a ponerse de pie—. Le diré a Eva que te prepare algo para comer. Te lo traeré así lo comes en la cama.

Mirko puso los ojos en blanco.

—No estoy tan mal —comentó mientras caminaba hacia el baño con cierta dificultad—. No puedo quedarme en la cama todo el día. Necesito moverme.

Gimena intentó interrumpirlo, pero él no le estaba haciendo caso. Lo siguió hasta el baño para decirle que tenía ropa limpia para ponerse, pero él le cerró la puerta en la cara.

—Te espero afuera —anunció, resignada.

—Me parece lo mejor. Seguro que te voy a encontrar.

Permaneció un buen rato bajo la ducha pensando en lo que había vivido y en lo que le quedaba por enfrentar. No sabía qué podía estar sucediendo en la ciudad, pero una cosa era segura: su cabeza tenía precio. Estar en ese campo apartado era muy ventajoso. No lo era tanto estar tan cerca de Gimena, que lo hacía dudar de todo y lo enfrentaba con su propia conciencia. Sin embargo, no era momento para remordimientos; necesitaba estar enfocado, su vida estaba en peligro.

Dejó a Gimena de lado por unos minutos y se concentró en Antonella. Todavía le costaba creer que esa mujer, a quien había creído manejar, había asesinado a Serena porque la creyó su amante. *¿Entonces no sabía nada de la investigación?*, se preguntó Mirko, desconcertado. No lo creía. Gimena había mencionado que el nombre de De la Cruz sonaba entre los muertos; pero nada se sabía de Candado. *El muy desgraciado debió haberse escapado,*

pensó Mirko. *¿Estarán juntos él y Antonella?* Era muy posible. Esos dos tenían mucho en común.

Cerró la ducha pensando en Garrido y en los matones que habían ingresado en el establecimiento. No tenía dudas de que ella estaba detrás de eso; lo que no lograba conectar era su rol en la operación. Aunque no tenía muy en claro lo sucedido, entendía que los hombres que habían irrumpido en la fiesta tenían objetivos que eliminar. *¿Seré yo también un objetivo?*, se preguntó de pronto preocupado; estaba prácticamente convencido de que así era. *Eres el cabo suelto en toda esta operación. Desconfía de todo el mundo*, le había dicho Serena tan solo unas semanas atrás.

Mientras se secaba, pensó en la gran cantidad de información y pruebas que tenía. También tenía los dos nombres que Serena Roger le había dejado para que contactase, pero le costaba confiar. Se miró al espejo y se sorprendió de su aspecto. El cabello comenzaba a asomar y el rostro desfigurado por los golpes asustaba. No podía deambular por la calle con ese aspecto; llamaría demasiado la atención, la gente recordaría sus hematomas.

Dejó el cuarto de baño y se apresuró a vestirse. Recién entonces reparó en las comodidades de la habitación en la que estaba. La cama era enorme, con un bello cabezal de hierro forjado. Frente a esta había un cómodo sofá que enfrentaba un hogar con revestimientos de roble. Tenía vestidor y baño privado. El estilo era campestre, femenino, acogedor.

Fuera de la habitación, se encontró con un corredor exquisitamente decorado con muebles antiguos y cuadros rurales. Una alfombra marcaba el camino central y lo siguió hasta llegar a una

sala de estar de considerables dimensiones. Allí podían verse dos sofás, uno frente a un hogar con marco de roble donde ardía un fuego copioso, y el otro enfrentado con dos butacones. Los separaba una amplia mesa cuadrada sobre la cual se lucían un tablero de ajedrez, uno de backgammon y finas cajas de naipes.

Mirko avanzó sorprendido por lo fastuoso que se veía todo. En esa casa había mucho dinero, se notaba en el mobiliario, en el buen estado de la vivienda cuando nadie la habitaba. A la distancia, escuchó la voz de Gimena y apresuró el paso hacia ella. Cruzó un arco con vigas de madera y la vio sentada ante una gran mesa. Conversaba con la mujer que los había recibido la noche anterior. Aguardó unos segundos antes de presentarse; no quería interrumpirla. Le gustaba mirarla; era tan expresiva, tan alegre y entusiasta.

Fue Eva quien advirtió su presencia y, al verlo, sonrió.

—Se lo ve mejor a la luz del día —le dijo—. Hasta me atrevo a arriesgar que es un hombre apuesto. Luego voy a darle algo para el rostro —agregó—. Un remedio casero que lo va a ayudar a que baje la hinchazón.

—Muchas gracias —respondió él avanzando hacia la mesa—. Eso me vendría bien.

—¿Tienes hambre? —preguntó Gimena.

—Mucha.

—Ya mismo les traigo la comida —acotó Eva guiñándole un ojo a Gimena.

Mirko esperó que la mujer se retirara.

—Así que eres de familia adinerada —deslizó él al sentarse.

Ella simplemente se encogió de hombros. Detestaba ese

tema y agradeció al ver a Eva salir de la cocina con una gran bandeja en sus manos. Le indicó que dejara todo sobre la mesa, ella se encargaría. Era una buena manera para desviar la atención de Mirko hacia otros asuntos.

Mientras servía, le comentó que se había levantado temprano esa mañana y que se había trasladado a la ciudad para buscar ropa. Había aprovechado para pasar por la editorial e informarse de lo que podría estar sucediendo.

Mirko agradeció el plato que ella colocaba frente a él y escuchaba con atención lo que Gimena contaba. Puso cara de hartazgo cuando ella volvió sobre el tema de la desaparición de Antonella y la muerte de De la Cruz.

—¡Yo no hice nada! —protestó, molesto.

—Lo sé, la policía sabe que fueron unos matones a sueldo, pero tu desaparición es tan sospechosa como la de Antonella —sentenció Gimena sabiendo que sus palabras tendrían el efecto deseado. Él la miró, contrariado por la insinuación, pero ella no se amedrentó—. Mirko, una mujer apareció muerta en tu apartamento, y desde entonces nadie sabe dónde estás. Por lo pronto, eso fue lo que me dijo el detective Castro; también está al tanto de que entre Antonella y tú existía una relación. Después de todo, ella es tu coartada —agregó, sarcástica—. Castro está convencido de que se esconden juntos.

Mirko desvió la vista con incomodidad. No quería hablar del asunto con ella. No quería discutir estrategias con ella. Él se sentía un hombre prácticamente sentenciado y lo que escuchaba confirmaba sus sospechas. Comió un poco de su almuerzo meditando qué decir.

—No quiero que te involucres más, Gimena, lo digo en serio —ordenó, con más firmeza de la que había usado con ella antes—. Ya hiciste suficiente. Voy a pedirte asilo por esta noche y mañana regresaré a Buenos Aires.

Ella lo miró con cierta aprensión. Terminó de servir su plato y se sentó. Antes de comenzar, llenó ambas copas con vino tinto.

—No le encuentro el sentido a esa decisión —dijo con más calma de la que en realidad sentía. Bebió un poco de vino—. Es suicida.

—No puedo ocultarme aquí toda la vida, Gimena —replicó él, bajando la voz, pero sin abandonar la aspereza—. Yo te agradezco todo lo que estás haciendo —continuó—, pero te pido que no te involucres más.

—Si me preguntas a mí —insistió ella como si él no hubiese hablado—, te diría que…

—El caso es que no te pregunté —la interrumpió, exasperado.

—Mirko, no estás en condiciones de vagar por ahí. ¿Dónde vas a dormir? ¿Dónde te vas a ocultar? No tienes adónde ir. Te busca la policía, están encontrando pruebas que te comprometen. En cuanto te huelan, van a caerte encima. Tu rostro está por todos lados.

Él no dijo nada. Comió en silencio y bebió un poco de vino, consciente de que ella tenía razón y de que le estaba dando el margen para arribar a la única conclusión posible.

—Quédate un par de días hasta que todo se tranquilice —insistió Gimena—. Puedo ir y venir de la ciudad y así enterarme de qué está sucediendo para mantenerte al tanto. No me resulta tan terrible. Es apenas una hora y media de viaje.

Él la miró sin dar crédito a lo que escuchaba. Ella insistía y, aunque la propuesta era tentadora, Mirko sabía que no podía aceptar.

—No —comenzó diciendo él, con voz neutra—. No me parece. Es una locura.

—A ver, no digo que te encierres aquí de por vida —insistió—. Solo hasta reponerte. No es tan complicado. Acá nadie te va a buscar, vas a poder descansar y recuperarte. De paso las cosas se van tranquilizando en Buenos Aires.

Mirko dejó de comer y recorrió el lugar con la mirada. Empezaba a impacientarlo su insistencia. Tomó la copa de cristal tallado y la miró con detenimiento. Volvió a dejarla sobre la mesa sin siquiera beber. Respiró hondo y se puso de pie. Sumido en sus pensamientos, caminó hacia la ventana.

—Esto no está bien —dijo, con la vista perdida a través de los ventanales—. Este campo es impresionante —agregó y giró para enfrentarla—. Pertenecemos a mundos distintos.

—¡¿De qué demonios estás hablando?! —protestó ella dejando la mesa para acercarse a él—. Mirko, vivimos en el mismo planeta, hasta donde tengo entendido. No seas necio.

—Gimena, no soy necio. No te das cuenta —siguió diciendo él. Cada vez más convencido de su línea de pensamiento—. Algo me dice que tu hermano no es el *lavacopas* del bar del Hotel Emperador.

Gimena no pudo contener la risa de solo imaginar a Manuel entre trastos sucios. Pero en el fondo, el comentario de Mirko la había molestado. Estaba por responder, cuando vio a Eva asomarse para levantar la mesa. Contuvo el temperamento y la miró.

—Eva, ¿nos llevarías café a la galería, por favor?

No esperó ningún tipo de respuesta, simplemente siguió hacia el exterior sin mirar a Mirko, que sí la observaba, asombrado por su actitud altiva y el fuerte carácter que mostró tener. Decidió seguirla.

Ya en la galería, Gimena encendió un cigarrillo y se sentó en uno de los sillones. Fumó tensa, claramente contrariada.

Mirko la siguió en silencio. La miró de reojo, percibiendo claramente su disgusto. Sin pedir permiso estiró la mano y tomó un cigarrillo. Lo encendió y se sentó a su lado.

—Gimena…

—No puedo creer que resultaras ser tan patéticamente clasista —disparó, indignada—. Mi hermano no es lavacopas, ni chef, ni conserje. Ni siquiera es un maldito director. Mi hermano es el dueño del Hotel Emperador Mondini y de varios otros, por cierto. ¿Es eso acaso importante?

—Ya lo creo que es importante —exclamó él sin entender la pregunta y superado por lo que escuchaba. Siguió fumando en silencio—. ¿Te desheredaron?

Gimena carcajeó sardónica y apagó su cigarrillo con brusquedad.

—No, Mirko. A mí nadie me desheredó —respondió, hastiada del tema—. ¿Por qué siento que es un problema que tenga cierto respaldo?

—Es más que cierto respaldo —respondió él entre dientes—. Gimena, no me gustaría que pienses…

—Yo no pienso nada, Mirko, eres tú quien piensa de más —protestó ella comprendiendo a dónde se dirigía—. Somos lo

que somos y mientras te recuperas podemos disfrutar de estos días de paz.

—La realidad es que lo que nos trae aquí no es un fin de semana romántico precisamente —dijo él tratando de hacerla entrar en razón—. Te estás involucrando en una situación complicada y delictiva. Pueden acusarte de encubrimiento.

—¡Tú lo estás convirtiendo en una situación complicada! —retrucó, furiosa—. Si te hubieras presentado ante Castro en su momento, nada de esto estaría sucediendo.

—Es que no lo entiendes; me quieren muerto, Gimena —disparó él sin anestesia—. No se trata de si soy culpable o no. En cuanto asome la cara, me van a matar para que no abra la boca.

Gimena sintió el impacto de sus palabras y se puso de pie, buscando poner distancia de una realidad que empezaba a no poder manejar. Se negaba a creer que era como él decía; se negaba a perderlo ahora que lo había encontrado. Se detuvo en el extremo de la galería desde donde se apreciaba una de las vistas más atractivas del campo.

Mirko la observó y poco a poco su ofuscación fue cediendo. Terminó su cigarrillo y caminó hacia ella, reconociendo lo difícil que debía resultarle estar allí. La abrazó por detrás y lo gratificó que Gimena se recostara contra su cuerpo.

—Solo intento protegerte —deslizó a modo de disculpa.

—Lo sé y por eso te quiero —dijo él ajustando sus brazos para sostenerla mejor. Brevemente recorrió los alrededores con la mirada y la besó—. ¿Sabes?, este sería un buen momento para hacer las paces con tus recuerdos, ¿no te parece?

Gimena asintió sin decir nada, pero pensando que aun

estando en el ojo de la tormenta, Mirko había logrado que ella volviera a concentrarse en sus asuntos pendientes.

—Te propongo algo —susurró Mirko. Ella apoyó la totalidad de su cabeza contra el cuerpo de él dedicándole toda su atención—. ¿Qué tal si me muestras los rincones más lindos de este lugar?

Ella sonrió y giró para mirarlo mejor. Le dispensó una sonrisa suave que iluminó su rostro. Sus miradas se encontraron y ambos sonrieron. Gimena estiró su cuello hasta alcanzar los labios de él. Los rozó con delicadeza.

—¿Duele?

—Un poco —respondió encantado de verla sonreír nuevamente—. Voy a buscar mi cámara. Me gustaría escuchar las historias que guarda este hermoso campo.

CAPÍTULO 21

Acordaron no volver a hablar de lo sucedido durante el tiempo que estuviesen allí. De ese modo, disfrutaron de cinco días idílicos, concentrándose solo en ellos; convirtiendo ese lapso de tiempo y espacio en un refugio donde pudieron liberar sus emociones y amarse con libertad. Pero había llegado la hora de volver a la realidad.

—Me voy a poner a trabajar en las fotos que tomamos —le aseguró él con entusiasmo. La tenía tomada por la cintura.

—Me parece bien —respondió ella—. Ahora dame otro beso y nos vemos a la noche.

Se apoderó de su boca y la besó con la misma intensidad que lo venía haciendo desde el amanecer. No quería separarse, no quería dejarla ir; porque ya no la vería más. Ella no tenía idea de cuáles eran sus planes, no habían vuelto a abordar el tema y así sería mejor. Pero él nunca se perdonaría si, por su culpa,

Gimena estaba en peligro. Era mejor desaparecer, aunque le rompiera el corazón.

Gimena se dirigió hacia el auto. Se subió y, luego de encender el motor, le arrojó un beso con la mano. En ese momento, divisó a Eva que salía de la casa y le ofrecía un mate. Gimena desvió la vista rogando que él la perdonase. Podría apostar a que él intentaría marcharse. *No está en condiciones de enfrentar a la gente que lo busca*, pensó, convencida de su proceder. Le había dado claras indicaciones a Eva para que Mirko durmiese gran parte del día.

Durante la hora y media que duró su traslado hacia la ciudad, Gimena repasó los maravillosos momentos que habían compartido. Parecía mentira que él hubiera despertado tanto en ella en tan poco tiempo. Sus sentimientos hacia Mirko tenían una intensidad y una profundidad de la que nunca se creyó capaz. Por eso había hecho lo que había hecho, solo esperaba que él no se enojase tanto; después de todo, solo dormiría todo el día.

Esa mañana se dirigió directamente a la editorial donde la esperaba una gran cantidad de trabajo atrasado. Suspiró pensando en las novedades que podría encontrar en Buenos Aires. No habían vuelto a hablar de lo sucedido, ni de la mujer que había aparecido muerta en el apartamento, ni de Antonella y su desaparición; mucho menos de lo que podría haber sucedido en la fatídica fiesta.

Lentamente, la editorial comenzaba a retomar su ritmo. Había muchas más personas que la última vez que había estado, pero un clima enrarecido flotaba en el ambiente. Al llegar a su despacho, divisó a un grupo de empleados de la revista de

moda que conversaban entre sí. Hicieron un alto al ver aparecer a Gimena y, a la distancia, la saludaron.

No había transcurrido ni una hora cuando Romina se acercó apresuradamente a su despacho. Hasta ese momento, Gimena había intentado concentrarse en varios de sus asuntos pendientes, pero era imposible; era difícil desentenderse de la tensión de ese lugar.

—Gimena, en las noticias están hablando del caso —anunció, alarmada—. Creo que apareció Antonella.

Se puso de pie de un salto y siguió a Romina a la sala de reuniones, que era donde se habían congregado los pocos empleados que quedaban.

La imagen de Antonella estaba en todos los canales. La habían encontrado en un deteriorado edificio del vecindario de La Boca, donde funcionaba un antro clandestino que hacía tiempo que la policía observaba. La habían trasladado a un penal y permanecería incomunicada hasta nuevo aviso. El reportero que cubría la noticia hablaba de un matrimonio de dudosos antecedentes; también los relacionó con el caso de las tres jóvenes oriundas de la provincia de Misiones, quienes, luego de haber firmado contrato con De la Cruz, habían desaparecido hacía ya un tiempo. La palabra prostitución y tráfico de menores se deslizó en más de una oportunidad.

Gimena suspiró y una presión le oprimió el pecho al ver en la pantalla los rostros de Mirko y de un hombre, a quien ella no conocía, como dos sospechosos buscados por la policía. Pensó en Mirko y rogó porque estuviera durmiendo, ajeno a todo lo que sucedía en la ciudad. Ya lidiaría con su malhumor.

—¡Dios, no puedo creer que Mirko esté involucrado en esto! —dijo uno de los redactores de la revista de moda que observaba el televisor, azorado.

—Hacía rato que andaba con ella —agregó otro.

—Sí, pero una cosa es acostarse con ella y otra muy distinta es ser parte de toda esa mierda —acotó otro de los muchachos.

Gimena tragó y por un momento pensó que tal vez era bueno que la gente sospechara eso; pero cómo le dolía.

—¿Qué vamos a hacer, Gimena? —preguntó Romina y todos los empleados la miraron, expectantes.

—Ustedes, tranquilos —les aseguró—. Voy a hablar con los españoles. Convocaré a una reunión de Directorio para definir los pasos a seguir.

—¿Pueden cerrar la editorial? —preguntó otro poniendo en el aire el temor de todos.

—No, si puedo evitarlo —les aseguró tratando de darles ánimo—. Ahora quiero que sigan trabajando en el nuevo número como si nada sucediese. De ustedes también depende que no cierre.

Con la cabeza colmada de problemas, regresó a su despacho. Buscó un cigarrillo y se acercó a la ventana. No tenía ni ganas ni tiempo de trasladarse al balcón para fumar. Antonella estaba presa, la editorial a la deriva y Mirko corría riesgo de ser arrastrado por esa mujer vengativa.

Mirko, pensó; necesitaba saber cómo estaba. Tomó el auricular y llamó a la casa del campo. El teléfono sonó muchas veces, pero sorpresivamente Eva no atendió. Intentaría más tarde.

Durante la siguiente hora, Gimena se abocó a realizar varios

llamados para intentar salvar la editorial. Desde España estaban preocupados por los acontecimientos y entendían que toda la situación solo podía tener una connotación por demás negativa. Si bien acordaron aguardar unos días antes de tomar una decisión, José María le adelantó que la intención de retirarse era bastante firme por parte del Directorio.

Pero los españoles no eran los únicos que querían una explicación. Lara había sido la primera en llamar ese día. En realidad lo venía haciendo desde la semana anterior, y Gimena se negaba a atenderla porque la conocía y no tenía fuerzas para enfrentar su temperamento. En cambio, y casi por error, había atendido a Carola, quien trató convencerla de que se reunieran para hablar. Todos estaban preocupados por ella.

La vibración de su celular la distrajo y se alarmó cuando vio que se trataba de un llamado del campo. Atendió y lo que escuchó le heló la sangre. Eva hablaba todavía temblando, y su discurso era desordenado.

—Respira, Eva. Tranquilízate —le indicó—. ¿Qué sucedió?

Del otro lado de la línea, la mujer hacía un gran esfuerzo por reponerse del susto que se había llevado. Dos motos habían ingresado violentamente en el campo y los habían atacado a balazos. En un principio, Rosendo había creído que se trataba de asaltantes comunes, pero comprendieron que no era así cuando descendieron de las motos e irrumpieron en la casa buscando al fotógrafo. Mirko, que en ese momento estaba en la habitación, huyó saltando por una ventana. Los asaltantes se centraron en él y, al verlo huir hacia el galpón principal, se generó una balacera importante.

—¡Por Dios, Eva! —exclamó, aterrada—. ¿Están todos bien? —preguntó Gimena con el corazón en la boca—. ¿Dónde está Mirko?

—No sé dónde está. Tomó una de las motocicletas que usan los muchachos para recorrer el campo —informó la mujer con voz temblorosa—. Escapó en una de ellas.

—¿Cómo que escapó?

—Eso es lo único que sabemos, querida —respondió la mujer, asustada—. Las tres motos se marcharon a campo traviesa.

—Por Dios —balbuceó Gimena.

Se reclinó en el asiento mientras escuchaba el relato de Eva. Una de las motos había caído cerca de la tranquera. Y los hombres se marcharon corriendo. La otra motocicleta siguió a Mirko, que, zigzagueando, se perdió en la lejanía.

—¿Llegó a tomar los mates que le preparaste? —preguntó Gimena rogando porque Mirko no estuviese drogado.

—Solo tomó uno —respondió Eva—. Esos hombres irrumpieron en la casa cuando terminaba de preparar el termo. Venían por él, Gimena, fue horrible. ¿En qué está metido este hombre?

Los siguientes fueron días desesperantes para Gimena, ya que no tenía forma de saber dónde estaba Mirko. La exasperaba no saber dónde buscar, dónde encontrar una pista que le diera alguna respuesta o la acercara a su ubicación. Solo rogaba que estuviera escondido, fuera del alcance de los matones y de la policía que lo buscaban.

Esa noche la esperaban a cenar en casa de Mariana, donde todo el grupo se reuniría. Finalmente había aceptado verlos y, aunque no estaba de humor para sostener conversaciones livianas sobre el crecimiento de los chicos y sus avances en la escuela, entendía que era hora de hablar con sus amigos sobre Mirko y lo que las noticias decían sobre él. Podía apostar que estarían llenos de preguntas; muchas de las cuales Gimena no tenía deseos de responder.

No sería agradable. No se sentía preparada para enfrentar críticas, ni dar explicaciones de por qué había hecho esto o aquello. Los conocía y, después de haber discutido con Lara, podía imaginar el tipo de preguntas o comentarios que cada uno haría. Pero, más allá de todo eso, necesitaba a sus amigas. Definitivamente necesitaba de la sensatez de Lara, del ímpetu de Carola y de la convicción de Mariana para que la ayudasen a ordenar su cabeza; ya no podía ni pensar.

En esta ocasión, fue Miguel quien abrió la puerta y, aunque su calidez era difícil de opacar, Gimena notó su parquedad y su distancia. Conversando sobre trivialidades referida a los hijos del matrimonio, cruzaron la sala hasta salir al parque. Un grupo de chicos corría tras una pelota, seguidos por tres bellísimos golden retriever color caramelo, mientras las niñas conversaban en unos sillones ubicados en la galería. En silencio, llegaron al quincho donde sus amigos estaban congregados.

Uno a uno los saludó y no fue hasta el final que advirtió que no se encontraba Javier. Al preguntar por él, Carola mencionó que estaba demorado en su estudio. Gimena asintió y se ubicó junto a Andrés, que la miró de reojo con cierta conmiseración.

—¿Cómo están las cosas en la editorial? —preguntó.

—Peor de lo que parece, Andrés —respondió Gimena y la presión que estaba sintiendo afloró en sus ojos y en su voz—. La policía viene a cada momento. Parece que Antonella Mansi estaba metida, junto con su esposo, en una asociación involucrada en la trata de menores y el tráfico de drogas. Los empleados están aterrados de perder su trabajo. Los españoles amenazan con quitar el apoyo económico. Un desastre.

De pronto, se sintió tan abrumada que las lágrimas colmaron sus ojos. La reconfortó sentir la mano de Andrés sobre su hombro. Le dedicó una triste sonrisa de agradecimiento.

—Gimena, ¿por qué no nos cuentas de una buena vez qué está sucediendo? —disparó Lara ubicada del otro lado de Andrés—. Las noticias son realmente alarmantes y estamos todos muy preocupados.

—¡Sí, y de paso me encantaría que me explicaras cómo pudiste meter a un asesino en mi casa! —chilló Mariana.

Gimena la miró y recién en ese momento reparó en que era eso lo que todos pensaban. Sacudió la cabeza negativamente como queriendo rechazar esa línea de pensamiento. Bajó la vista hacia su bolso de donde extrajo una caja dorada con aspecto de cofre. La colocó bruscamente sobre la mesa.

—Aquí están las fotos del casamiento —empezó diciendo—. Quedaron fantásticas por si les interesa saberlo.

Nadie se movió ni se conmovió por el comentario. La tensión que se respiraba en el ambiente era asfixiante, y Gimena comprendió que disiparla dependía de ella. Respiró hondo y estudió sus rostros con algo de aprensión.

—Mirko no es ningún asesino, Mariana —exclamó con más aspereza de la que sentía y, una vez más, la tensión y la angustia se filtraron en su voz—. Y lo que tuviste en tu casamiento fue un fotógrafo de primera línea porque te olvidaste de contratar uno. Y esta tonta te solucionó el problema.

Había hablado con indignación. Estaba bien claro qué era lo que pensaban sobre Mirko, y no pensaba quedarse callada. Lo defendería.

—Lo busca la policía, Gimena, y por lo que dicen en las noticias una mujer apareció muerta en su apartamento —esta vez fue Carola quien habló tratando de calmar los ánimos—. Los reporteros hablan de un hombre peligroso. Estuvo preso.

Gimena volvió a sacudir su cabeza. Se puso de pie y encendió un cigarrillo. Le temblaban las manos de lo nerviosa que estaba y toda la angustia que venía acumulando por días bulló en sus entrañas luchando por liberarse.

—Claro que lo busca la policía, cómo no lo va a buscar si estuvo preso y una mujer apareció muerta en su cama —accedió, fastidiada—. Los reporteros pueden decir lo que mierda se les ocurra, la gente se tragará fácilmente sus mentiras —continuó con un hilo de voz—. Son todas mentiras para llenar espacio. Créanme cuando les digo que no tuvo nada que ver.

—Pero las pruebas indican lo contrario —puntualizó Miguel, preocupado—. ¿Cómo puedes defenderlo con tanta certeza?

—Porque estuvo conmigo todo ese fin de semana, Miguel. Desde el viernes por la noche hasta la mañana del lunes. No nos movimos de mi apartamento —estalló, desesperada—. Esas pruebas fueron plantadas.

Un silencio rotundo se adueñó del ambiente. Gimena apagó su cigarrillo y se sentó nuevamente. Desbordada por las emociones, apoyó ambos codos y ocultó su rostro entre las manos. La reconfortó sentir una caricia en la espalda. Al levantar la vista, se encontró con Guillermo, que la miraba preocupado.

—Si no tuvo nada que ver, ¿por qué se esconde? —preguntó abriéndole el camino para que hablara.

—Porque tiene antecedentes y la prensa está empecinada con él. Todas las pruebas apuntan a Mirko —respondió Gimena mirándolo solo a él—. Está convencido de que lo quieren muerto. Sabe que si se entrega irá preso y, en cuanto ponga un pie en el penal, alguien se ocupará de eliminarlo.

Hizo una nueva pausa y, al levantar la vista, vio los rostros de espanto e incomprensión en cada uno de sus amigos. Lo que escuchaban estaba por demás fuera de sus mundos. Los horrorizaba que una situación tan compleja y peligrosa pudiera estar siquiera rozando sus vidas.

—Yo entiendo que ustedes están preocupados por todo esto —siguió diciendo Gimena, limpiando las lágrimas que corrían silenciosas por sus mejillas—. Pero les aseguro que le están tendiendo una trampa. El otro día casi lo matan a golpes —agregó cuidando no dar más detalles de los necesarios—. Lo oculté en mi campo.

—¡Por Dios, Gimena, eso es encubrimiento! —exclamó Lara interrumpiéndola—. ¿Te das cuenta de que pueden levantar cargos en tu contra? Tienes que sacarlo de allí.

—Ya no está ahí —respondió automáticamente—. Hace unos días se presentaron dos motociclistas en el campo, balearon parte de la casa buscándolo. Hasta donde sé, logró escapar.

—¡Por favor, Gimena! —exclamó Miguel, azorado—. ¿Tienes noción del lío en el que estás metida?

Gimena se hizo la desentendida y bajó la vista poniendo distancia a las palabras de Miguel. No quería pensar en su situación, estaba demasiado preocupada por Mirko para pensar en ella.

—Lo único que sé es que desde hace cinco días no sé nada de Mirko —reconoció y las lágrimas volvieron a correr—. Estoy desesperada de pensar que puede estar malherido. No quiero ni considerar que…

—Puede estar en Uruguay o en Paraguay —puntualizó Mariana, realista.

Azorada, Gimena alzó la vista hacia su amiga.

—No —dijo simplemente—. Él no haría algo así.

—¿Qué no haría? ¿Abandonarte? —la presionó Lara—. ¡Por favor, Gimena, abre los ojos!

Un nuevo silencio se adueñó del ambiente. Miguel aprovechó para revolver el guiso de lentejas que se calentaba en la cocina. Guillermo se ocupó de rellenar las copas con vino mientras Lara y Carola sacaban conclusiones sobre lo conversado.

—A mí me parece que te conviene analizar la situación con algo de frialdad —dijo Andrés, metódico—. ¿No será que se aprovechó de tu buena voluntad y te manipuló para su beneficio?

Gimena negó con la cabeza y tomó un nuevo cigarrillo. Se negaba a pensar que Mirko podría haberla usado; no tenía fuerzas para dudar de su palabra, de sus miradas. *No, Mirko me ama*, se recordó con tambaleante convicción. Habían compartido mucho y ella estaba segura de la clase de hombre que él era.

—Andrés tiene razón, Gimena —aventuró Carola acercándose

a su amiga–. Muchas veces, cuando una quiere a alguien, ve lo que quiere ver y no el cuadro completo.

Las palabras de Carola fueron las gotas que rebalsaron un vaso que venía llenándose lentamente. Todos estaban queriendo apartarla de Mirko, sencillamente porque no encajaba. Los asustaba saberse cerca de alguien con sus antecedentes; un hombre que había pasado casi seis años preso, que era buscado por la policía en un caso de homicidio y que estaba vinculado al mundo de las drogas. Era demasiado para ellos.

Visto de esa manera, Gimena entendía sus reacciones, pero no pensaba igual. Ella conocía al hombre sensible que lograba captar momentos únicos con su cámara; al hombre a quien habían privado de una vida justa; al hombre que solo buscaba que lo dejaran en paz y eso era lo más doloroso.

—Ustedes no entienden —balbuceó con los ojos llenos de lágrimas—. No lo conocen.

—¿Qué tenemos que entender? —sentenció Lara—. Gimena, es un delincuente por donde lo mires.

—¡No es un delincuente, Lara, deja de llamarlo de esa manera! —protestó, enérgica. Le dolía en el alma el modo en el que todos hablaban de él—. Cometió un error y lo pagó. Pero ya cumplió su condena —replicó y el enojo se mezcló con su angustia—. Es un hombre que merece una oportunidad. Todos ustedes tuvieron oportunidades; él nunca las tuvo.

—No me parecen ejemplos comparables, Gimena —deslizó Guillermo—. Nosotros no cometimos ningún delito.

—Mirko tampoco, Guille —repuso ella ahora con voz suave. Estaba cansada de defenderlo y dolida por la postura rígida y

absolutista que estaban teniendo sus amigos–. Lo guiaron a un laberinto del que no lo dejan salir. Intentaron matarlo dos veces en los últimos diez días. Yo les aseguro que no es el hombre que la televisión difunde.

El celular de Carola quebró el clima. Todos se volvieron a mirarla. Tomó el teléfono y se apartó para hablar mientras la discusión seguía.

–Javi dice que está viniendo –comentó Carola.

CAPÍTULO 22

Hacía cerca de una hora que aguardaba agazapado a que Javier Estrada apareciera. No le había costado mucho averiguar dónde estaba ubicado el despacho del contador del que tan bien hablaba Gimena. Bajó la vista al pensar en ella; hacía cerca de una semana que no la veía. La extrañaba y el dolor que su ausencia le provocaba era lo que realmente le indicaba que estaba vivo.

Mirko entendía que lo que estaba por hacer era la única alternativa posible para limpiar su nombre y hacer las paces con el mundo. Si su jugada valdría la pena o sería un intento vano, no lo sabía, pero debía arriesgarse. Ya no le quedaba dónde esconderse.

Lidiaba con todos esos pensamientos cuando divisó a Javier Estrada despidiéndose del hombre de seguridad del edificio y caminar hacia la acera con andar despreocupado. Mirko se

apresuró a moverse. Se acercó a Javier en el momento en el que este dejaba el edificio, y lo llamó a corta distancia.

Sorprendido, Javier giró y fue entonces cuando se quedó petrificado al sentir el cuchillo presionado contra su costado.

—No se asuste, Estrada —dijo Mirko, con voz cansina—. No quiero hacerle daño. Solo quiero que me escuche.

—¿No era más sencillo pedir una cita? —exclamó Javier, desconcertado. Guiado por el arma blanca, se acercó nuevamente al edificio y allí se detuvieron—. ¿Por qué no guarda ese cuchillo? Podemos arreglarlo de otra manera.

—Me sigue la policía —respondió Mirko con la mirada inquieta—. Me acusan de un crimen que no cometí. Por eso le ruego que me escuche. Gimena dijo que usted era un buen hombre, que lidiaba con problemas complejos. Necesito que me escuche; me quieren matar.

—Usted está confundido. No soy abogado penalista —replicó hasta que comprendió de quién estaba hablando—. ¿Gimena? ¿Gimena Rauch?

—Sí. Ella dijo que era amiga suya —comentó, y la desesperación asomó filosa—. Necesito que me escuche.

Javier se tomó dos segundos para pensar. Que mencionara a Gimena lo desconcertó. El hombre temblaba y, a juzgar por lo demacrado que se veía, bien podía estar herido o bajo el influjo de alguna droga. Javier también detectó que su nivel de desesperación podía ser peligroso; debía tener cuidado. Lo estudió un poco más, pero entre la oscuridad y la capucha su rostro se distorsionaba; así y todo, creyó conocerlo de algún lado.

—Voy a escuchar lo que tenga para decir —le aseguró—; pero,

como primera medida, quiero que se tranquilice −le indicó Javier−. Ahora le pido que guarde ese cuchillo. Vamos a ingresar al edificio y no quiero que llame la atención.

Mirko lo miró con algo de desconfianza, pero sin margen.

−Prefiero tenerlo en la mano −respondió, reacio−. No voy a arriesgarme a que llame a la policía.

−Nadie va a llamar a la policía −insistió Javier−. Por lo menos, no hasta que escuche lo que tiene para decir. Tiene mi palabra.

−Está bien. Es un trato justo −accedió Mirko sin guardar el cuchillo−. Lo llevaré oculto.

−Como quiera −accedió Javier cautelosamente−. Pero tranquilo. Sígame.

En silencio subieron a la planta del estudio. La recepción estaba desierta, solo quedaba la recepcionista acomodando todo para partir.

−Javier −lo saludó, sorprendida−, pensé que te habías...

Se interrumpió al ver la filosa arma blanca que se asomaba en la mano del hombre que acompañaba a Javier. Algo asustada, Lucy elevó la vista hacia su jefe y esperó alguna indicación.

−Lucy, voy a estar en la sala de reuniones. Por favor, envía café, agua y algo para comer. Lo que consigas más rápido −le ordenó haciendo un gesto para que Mirko avanzase−. También llama a mi papá para que se reúna con nosotros. Comunícate con Carola a su celular, y dile que lamentablemente estoy demorado; no sé cuándo me voy a liberar. No llames a nadie más, Lucy. Gracias.

La muchacha se lo quedó mirando sin dar crédito a todo lo

que le había indicado en tan pocos segundos. Asustada, siguió a Javier con la mirada. De todos los años que llevaba trabajando allí, nunca le había ocurrido algo así. Resignada, se quitó el abrigo, se ubicó tras el conmutador y pulsó el botón del despacho del doctor Carlos Estrada.

La sala de reuniones estaba a oscuras. Javier se ocupó de encender las luces y abrir una de las ventanas. Era una sala rectangular con una gran mesa con capacidad para quince personas. Como todo en el Estudio Estrada & Zubiría, era refinada y elegante. Desde la ventana, que daba a un balcón francés, Javier se volvió hacia Mirko.

—No recuerdo su nombre —dijo Javier al encender un cigarrillo—. Aunque tengo la sensación de que nos conocemos.

Arrojó el paquete sobre la mesa indicándole que se sirviera. Mirko, con cierto recaudo, miró a Javier.

—Mirko es mi nombre —respondió y tomó un cigarrillo casi con desesperación—. Mirko Milosevic.

—Ahora sí; te recuerdo, fuiste el fotógrafo del casamiento de Micky —deslizó Javier y su voz fue perdiendo intensidad a medida que recordaba que era un hombre buscado. Contuvo un momento la respiración al comprender que la situación era mucho más compleja de lo que había creído en un principio—. Tu rostro se ha vuelto bastante popular.

La puerta se abrió abruptamente interrumpiendo el diálogo. Sobresaltado, Mirko retrocedió empuñando el cuchillo en actitud defensiva, con la mirada clavada en el hombre de aspecto señorial que ingresaba a la sala.

Carlos Estrada miró a Javier, desconcertado; acababa de

comprender por qué lo convocaba a una reunión a esa hora del día. Intrigado, dirigió su atención al extraño.

—No hace falta que te alteres, Mirko —se apresuró a apaciguarlo Javier—. Él es mi padre, Carlos Estrada. Papá, él es Mirko Milosevic.

Se saludaron con una leve inclinación de cabeza. Mirko apenas se movió; empezaba a sentirse mareado. A esas alturas del día, sus fuerzas flaqueaban y le demandaba un gran esfuerzo mantenerse erguido y firme para defenderse.

Carlos aprovechó para acercarse a Javier, que fumaba junto a la ventana, visiblemente tenso.

—¿Qué sucede? —preguntó, preocupado.

—Me abordó en la calle —informó y corrió levemente el abrigo para que su padre apreciara la sangre que había manchado la camisa—. Estoy bien, solo es un rasguño. Pero está desesperado. Quiere que lo escuchemos. Lo busca la policía por un homicidio que según él no cometió.

—Todos dicen lo mismo —susurró Carlos. Frunció el ceño analizando al hombre que ahora fumaba acurrucado contra una pared. Luego se volvió hacia Javier—. ¿No es el hombre que buscan por…?

—Sí —se apresuró a responder Javier—. No me preguntes por qué, pero le creo cuando dice que no tuvo nada que ver —reconoció—. Está asustado, agotado, pero dice tener mucho para contar.

—¿Cómo llegó aquí?

—Es conocido de Gimena Rauch, la amiga de Carola —informó Javier.

Alguien golpeó a la puerta y Carlos Estrada se acercó a abrir. Él mismo tomó la bandeja que llevaba Lucy y le pidió que, por favor, se comunicara con Tomás Arriaga.

—Es urgente, díselo. Una vez que Tomás llegue, puedes irte —terminó diciendo Estrada—. Y, Lucy, suma discreción con todo este asunto.

Cerró la puerta y se acercó a la mesa donde colocó la bandeja. Miró a Mirko y le ofreció un café. Depositó la taza frente a él, que temblaba en una silla mientras estudiaba claramente lo que sucedía a su alrededor.

—¿Se siente bien? —preguntó Carlos Estrada con cautela.

Mirko miró a Javier. Sus miradas se encontraron y el joven Estrada debió haber leído sus pensamientos, porque se acercó a su padre.

—Puedes confiar en mi padre, Mirko. Es como si hablaras conmigo —comentó con tono apaciguador—. Aunque creo que lo mejor será que esperes al doctor Tomás Arriaga, que es abogado penalista, y podrá asesorarte mejor que nosotros.

—No voy a hablar con extraños —sentenció poniéndose de pie, asustado. Se le aceleró la respiración y comenzó a agitarse—. Me quieren muerto, vine aquí porque Gimena siempre dijo que usted es confiable. No voy a hablar con nadie más.

—Tomás Arriaga es de nuestra entera confianza —le aseguró Javier. Dio un paso hacia Mirko y buscó contacto visual con él—. Mirko, nosotros podemos escucharte y darte nuestra opinión, pero no tenemos las herramientas para ayudarte. Tomás sí las tiene.

Mirko se puso de pie y deambuló nervioso por la sala. Por

momentos, el cuerpo se volvía tembloroso, lento, pesado. En dos oportunidades, Carlos notó que le costaba coordinar. Saltaba a la vista que los últimos días no habían sido los mejores, y la sospecha de que estaba lastimado creció en la mente de Carlos.

—Señor Milosevic, Mirko —lo llamó Carlos Estrada con suavidad y se ganó su atención inmediatamente—, ¿cuánto hace que no duerme o no come? —preguntó, sin dejar de analizarlo—. Vamos, siéntese y tranquilícese. Nadie va a hacerle daño aquí.

El tono paternal de Estrada logró apaciguarlo. Regresó a la silla y se sentó, sintiéndose extremadamente cansado.

—Hace unos cinco días que no duermo más que unos minutos corridos —respondió con cierta cautela—. No como desde ayer a la mañana. Ningún lugar es seguro. No podía arriesgarme.

—Bueno, pues aquí está seguro —afirmó Carlos mirándolo directo a los ojos—. Quiero que entienda que vamos a escucharlo —hizo una pausa y aguardó a ver la reacción de Mirko; este asintió y bajó la vista hacia el cuchillo que seguía en su mano—. Me gustaría que me entregara ese cuchillo. Nadie va a lastimarlo.

Mirko dudó brevemente y, al alzar la vista, su mirada se encontró con la de Carlos. Accedió. Dejó el cuchillo sobre la mesa y lo empujó hacia el centro.

—Muy bien, gracias; así estamos todos más tranquilos —dijo Carlos, poniéndose de pie hasta alcanzar el cuchillo. Lo tomó y se lo extendió a Javier—. ¿Quiere adelantarnos algo? —preguntó con mesura—. Ni mi hijo Javier ni yo somos abogados, pero sabemos escuchar. Tal vez lo ayude compartir algo con nosotros para ir ordenando sus ideas para cuando llegue el doctor Arriaga. Tomás ha trabajado con nosotros en muchas

oportunidades. Es un prestigioso abogado penalista, mucho más acostumbrado a estos temas que nosotros.

Mirko volvió a dudar. Era tan difícil confiar en alguien. Se tomó unos segundos para resolver qué hacer. La necesidad de compartir lo que sabía con alguien era por demás pesada, pero, al mismo tiempo, esa información en las manos equivocadas era una sentencia de muerte. Recordó a Serena Roger y la sugerencia de que solo confiara en dos personas; pero no recordaba sus nombres. Se tomó unos segundos más para estudiar a los Estrada, y en ellos solo notó preocupación. Finalmente se resolvió.

—Hace ya diez días que apareció muerta en mi apartamento una mujer a quien conocía poco, pero conocía —dijo, con voz monocorde. Padre e hijo intercambiaron miradas—. Yo no la maté y aunque sé quién lo hizo, no estoy seguro de poder probarlo. Pero alguien quiere que cargue con esa muerte. Y eso es lo más leve que vengo a contar.

Carlos y Javier cruzaron miradas. Por momentos, la voz de Mirko parecía un susurro a la deriva, y en otros cobraba ímpetu. Se lo notaba tenso y alerta, consciente de estar a punto de poner su vida en manos de hombres a quienes no conocía.

—En los últimos días han intentado matarme —prosiguió luego de encender un nuevo cigarrillo—. Tengo mucha información sobre varios delitos relacionados con el narcotráfico. Mucha de la información con la que cuento me la dio la persona que apareció muerta en mi apartamento, y mucha la reuní solo. En definitiva, para eso me sacaron de la cárcel.

Carlos Estrada se dejó caer contra el respaldo de su asiento al escucharlo. El de Milosevic no era solo un caso de homicidio.

Algo le sugirió no forzarlo a hablar más hasta que llegase Tomás Arriaga. Empezaba a no estar seguro de querer saber. Respiró hondo y se puso de pie.

—Creo que esta va a ser una noche larga, muchacho —deslizó Carlos tratando de que confiara en él y se mostrara tranquilo. Le dirigió una mirada a su hijo, quien permanecía de pie junto a la ventana—. Tendría que comer algo más sustancioso.

—Sí, le dije a Lucy que se ocupara. Veré si consiguió algo —se ofreció Javier. Antes de dejar la sala, se volvió hacia su padre—. Voy a llamar a Carola para que sepa que estamos bien. ¿Le digo que llame a mamá?

—Sí, gracias, hijo.

Se detuvo al abrir la puerta. Miró a Mirko por sobre su hombro y sus miradas se encontraron.

—Gimena debe estar cenando con Carola —comentó Javier, y el cambio en la mirada de Mirko fue notable—. ¿Le digo algo?

—Que estoy bien. Gracias.

Finalmente lo habían dejado solo. Estaba cansado y resignado a su suerte. Sin embargo, en ese lugar se sentía seguro; solo esperaba no haberse equivocado. Le dolía el cuerpo entero por los golpes sufridos en su huida; no se atrevía a corroborar el estado de su pierna después de las dos caídas de la motocicleta. Cruzó los brazos sobre la mesa y escondió su rostro entre ellos. La imagen de Gimena llegó a él y, una vez más, sintió el peso de su ausencia. Quería verla, la necesitaba a su lado. En ese momento le

pareció una locura haber querido abandonarla; ella era su luz. Suspiró, cerró los ojos y se dejó vencer por el sueño.

No podía precisar cuánto tiempo había dormido, pero lo despertó el sonido de la puerta y el aroma a hamburguesas calientes. Alzó la vista, sobresaltado y, tambaleándose, se puso de pie, en guardia, como si esperara un nuevo ataque.

—Tranquilo —le dijo Javier con cautela—. Aquí llegó la comida. Hamburguesas es lo que Lucy consiguió más rápido.

Mirko asintió y bruscamente tomó la bolsa que Javier le ofrecía. Sin demora, rompió el envoltorio, tomó una hamburguesa y la mordió. Cerró los ojos deleitándose.

—Trata de comer despacio —deslizó Javier asombrado por cómo Mirko devoraba la comida.

Javier bebió un poco de café. Ya en el casamiento de Miguel había reparado en que era un hombre apuesto. Sin embargo, sus llamativos ojos celestes apenas se apreciaban, un poco por el cansancio acumulado y otro poco por los tajos y magullones que mostraba su rostro. Uno de los ojos todavía lucía una variada gama de colores que evidenciaba la golpiza que había recibido.

—Me lastimé entrando con la moto en un pastizal —dijo luego de advertir el modo en que Javier miraba sus nudillos ensangrentados—. Fue la única manera de escapar.

Javier asintió como si eso lo explicara todo. Le costaba imaginar los tormentos que ese hombre debió pasar para llegar a la complicada situación en la que estaba.

—Hablé con Gimena —anunció Javier. Mirko elevó la vista en cuanto escuchó su nombre—. Viene para acá. No pude convencerla de lo contrario.

—Está bien —respondió Mirko y una leve sonrisa le iluminó el rostro—. Tendría que haberlo imaginado. Quiero verla.

—¿Qué tipo de relación te une a ella? —preguntó de pronto Javier.

Mirko se dejó caer en el respaldo de su silla. Pensativo, tomó una servilleta para limpiarse primero la boca y luego las manos.

—¿Le preocupa?

—La verdad es que sí —reconoció—. Realmente la aprecio.

—No tiene por qué preocuparse, Estrada —respondió, resignado al rechazo—. Si hay algo en lo que seguramente usted y yo estemos de acuerdo es en que ella es demasiado para un hombre como yo —siguió diciendo y la voz se tornó lúgubre—. Si tengo que serle sincero, lo mejor para ella sería regresar a Madrid; a su glamoroso trabajo y a la relación estable con ese francés que la llama a cada rato —la voz se le quebró y bebió un poco de refresco para disimularlo; pero no escapó a la sagacidad de Javier—. Una mujer como ella merece una vida llena de lujos. Yo nunca podría darle eso.

Javier lo observaba con detenimiento. Sus años de tenista le habían enseñado a detectar los movimientos de su oponente, y era una habilidad que no había perdido con el paso del tiempo. Ese hombre, más allá de todo lo que afrontaba, tenía fuertes y profundos sentimientos hacia Gimena y estaba teniendo una actitud noble. Había notado la amargura que se adueñó de su voz al hablar de ella, también el modo en que su mirada perdía brillo, como si su esencia se apagara por el solo hecho de insinuar que ella debía alejarse.

Mirko también lo estudiaba. En algún punto comprendía su

silencio y creía entender en qué podría estar pensando Javier. La angustia que le producía saber que no era merecedor de una mujer como ella fue convirtiéndose en enojo, y se incrementó considerablemente al percibir que Javier estaba de acuerdo en cada una de sus palabras. El cansancio se mezcló con la melancolía y la rabia que le producía tener una vida tan miserable, tan llena de privaciones. Alzó la vista y miró a Javier, que parecía seguir analizándolo.

—Veo que pensamos igual —disparó, ofuscado.

—En realidad pensaba que no hay nada escrito —se atrevió a decir Javier con actitud contemplativa—. Si Gimena cree en ti y te quiere, qué más puedo decir yo, cuando evidentemente tú sientes algo por ella.

Lo ofuscó que Estrada simplificara tanto las cosas. Sin embargo, la afirmación de ese hombre, a quien realmente no conocía, lo salpicó de esperanza.

—No estoy en condiciones de ilusionarme con algo así. Sería demasiado egoísta de mi parte —deslizó, sintiéndose debilitado—. A mi entender, Gimena se merece un hombre como usted. Uno con trajes costosos, gemelos de oro y porte distinguido. Un hombre que no tenga idea de lo miserable que la vida puede ser cuando el hambre aprieta o el frío se convierte en mucho más que en una compañía desagradable —hizo una pausa y, estirándose, tomó un cigarrillo del paquete que Javier había dejado sobre la mesa, lo encendió con algo de brusquedad y aspiró con nerviosismo—. Ella se merece mucho más que cargar con un hombre como yo, Javier, y usted lo sabe —sentenció Mirko, con amargura, volviendo al trato distante.

—En realidad creo que ella merece estar con el hombre que ama —repuso Javier—. Y merece mucho más que ese hombre la ame.

Por unos minutos reinó el silencio. Javier advirtió el padecimiento que estaba atravesando por la abstinencia. Tratando de ayudarlo, le acercó un vaso de agua, que Mirko aceptó y bebió de un trago para luego volver a concentrarse en su cigarrillo. Se puso de pie y se acercó a la ventana. Necesitaba alejarse de la mirada de Estrada. Allí permaneció, abrazándose, contemplando la noche.

Un sutil golpe en la puerta quebró el silencio. Javier se puso de pie y se acercó. Carlos se asomó para anunciar a Gimena, pero no tuvo tiempo para mucho más, pues ella irrumpió en la sala. Ni siquiera saludó a Javier. En cuanto vio a Mirko se arrojó a sus brazos sin ocultar su preocupación. Mirko la abrazó y, por primera vez desde que había comenzado toda aquella locura, se aflojó. Cerró los ojos y descansó su cabeza sobre el hombro de Gimena.

—Estaba desesperada —balbuceó aferrada a él—. ¿Por qué no me llamaste?

—No recordaba tu número —confesó—. No quería llamar a la editorial. Dijiste que había un detective pendiente de mi aparición. ¿Cómo están Eva y Rosendo? ¿Les hicieron algo?

—Ellos están bien —respondió—. Asustados, pero ni los miraron.

Gimena le acarició el rostro con ternura. Estaba tan preocupada por él que no fue capaz de reparar ni en Javier ni en Carlos, quienes los miraban analizando cada movimiento para

tratar de entender cómo esa chica podía desvivirse así por ese maleante.

—Gimena —dijo Mirko tomándola por las manos y separándose de ella. La miró, expectante—, ¿dónde quedó mi mochila?

—La tengo yo —le aseguró con una sonrisa que intentaba tranquilizarlo.

—La necesito —afirmó casi en un ruego—. Necesito que me la traigas.

—Olvídate de esas bolsitas —sentenció ella con firmeza.

—No, no es eso —exclamó él avergonzado por su planteo—. Es otra cosa lo que necesito, Gimena.

La estudió un momento con atención. Con la vista recorrió sus facciones y reparó en algo que antes no había pensado.

—¿Las bolsitas siguen en mi mochila? —preguntó con cierto temor.

—¡Eso te va a matar, Mirko! —exclamó con amargura y desvió la vista—. No debería haberlas tirado, pero de solo pensar en el daño que eso te provoca no me arrepiento.

—¡¿Las tiraste?! —estalló, desencajado y asustado. Se separó de ella y se dejó caer contra una pared, deslizándose hasta el piso—. ¡¿Cómo pudiste?! —exclamó—. La necesito, Gimena, me voy a volver loco.

Javier seguía la escena con cierto reparo. Parecía que Mirko podía tornarse violento en cualquier momento. La desesperación empezaba a reflejarse en su rostro. Pero, para su sorpresa, Gimena no se amedrentó. Resuelta, se acercó a Mirko, tomó su rostro en sus manos y lo acarició con ternura, apaciguándolo.

Sin dejar de mirarlo a los ojos, le confesó que había tenido

tanto miedo que hacía días que solo rogaba porque él apareciera sano y salvo. Su voz era casi un murmullo. Le aseguró que le conseguiría algún sedante o ansiolítico. No consentiría que siguiera consumiendo.

—Pero Gimena…

—Confía en mí, como yo confío en ti —susurró, con los ojos llenos de lágrimas—. No quiero perderte, juntos vamos a salir de esto —agregó. Se separó de él y, con una sonrisa, le limpió las lágrimas que empezaban a deslizarse—. ¿Mejor? —preguntó suavemente. Mirko asintió y la abrazó con fuerza—. Quédate tranquilo, voy a buscar tu mochila.

Se separaron y Gimena se dirigió a la puerta.

—Te acompaño a la entrada, Gimena —se ofreció Javier. No le estaba gustando nada como se estaba involucrando en un asunto por demás peligroso.

—Gracias —dijo Mirko sabiendo que el joven Estrada debía desaprobar su manera de actuar—. Hay mucha información en esa mochila.

—No te preocupes, vuelvo enseguida —dijo Gimena.

Javier la siguió fuera de la sala de reuniones. En cuanto cerraron la puerta tras ellos, Gimena se derrumbó.

—Estoy tan asustada, Javi —balbuceó—. ¿Viste cómo está?

—Tranquila —dijo, conteniéndola—. Ya pasó lo peor —le aseguró colocando un brazo sobre los hombros de ella—. Ya llamamos a un abogado penalista para que lo asista.

—Gracias por escucharlo. Fuiste el único que le dio esa posibilidad —agregó con amargura—. Nuestros amigos no fueron tan comprensivos cuando les conté.

—No es tan sencillo, Gimena. Reaccionan como pueden ante situaciones que asustan y sacan a cualquiera de su eje —respondió Javier tratando de darle mayor perspectiva de la situación.

—Pero tú le creíste —sentenció ella.

—Es difícil, Gimena, aunque él dice que no la mató, todo indica lo contrario.

—¡No la mató! —exclamó Gimena cansada de repetirlo—. Estaba conmigo. No entiendo por qué no lo dice. Estuvimos juntos todo ese fin de semana.

—Te está protegiendo —accedió Javier—. No quiere que tu nombre aparezca. De todas formas, solo espero que sepas lo que estás haciendo.

—Lo sé. Cometió errores, pero no es ningún delincuente —sentenció antes de llegar a la recepción—. Debo irme. Vuelvo en un rato.

Javier la observó alejarse y cruzar las puertas del estudio a toda prisa. Se acercó a su padre, quien usaba el celular a un costado de la entrada.

—¿Se sabe algo de Tomi? —quiso saber Javier una vez que llegó junto a Carlos.

—Su secretaria me llamó para decirme que estará aquí en unos minutos.

—Bien —respondió Javier—. Mirko se va a quedar dormido en cualquier momento. Ese hombre está exhausto.

—Lo sé. Voy a conversar con él.

Javier aprovechó para tomar su teléfono de uno de los bolsillos. Llamó a su esposa, que aún permanecía en casa de Miguel y Mariana. Luego de hablar brevemente con Carola sobre lo que estaba sucediendo, pidió que lo pusiera en altavoz, necesitaba que sus amigos comprendieran la gravedad de la situación.

—Hola a todos —dijo con voz tensa y cansada—. A ver, la situación es por demás compleja. Milosevic se encuentra bastante golpeado. Evidentemente, es un adicto que no consume hace días. Se declara inocente de todo lo que lo acusan. Dice tener mucha información y que por eso lo buscan para matarlo.

—Gimena salió para allá apenas llamaste —comentó Miguel.

—Lo sé, Micky. Estuvo aquí —dijo Javier y pasó a contarles lo que había sucedido—. Ella está desesperada, preocupada y asustada. No lo tomen a mal, pero no es momento para que la peleen ni para que le demanden explicaciones que no puede dar. Está enamorada de Milosevic.

—Pero ¿qué nos estás diciendo, Javier? —fue Lara quien reaccionó primero—. ¿Estamos hablando del mismo hombre? ¿El que busca la policía por homicidio y no sé cuántas cosas más?

—Sí, del mismo, Lara. Y, si me preguntan, estoy empezando a creer todo lo que dice. Para mí, no solo que no la mató —afirmó sabiendo que su opinión los aplacaría—, sino que le están tendiendo una trampa.

CAPÍTULO 23

El estudio estaba sumido en silencio y penumbra cuando Tomás Arriaga irrumpió en la recepción. Estaba intrigado; generalmente los casos que le llegaban desde el Estudio Estrada estaban relacionados con delitos en la órbita de lo económico, y ninguno de los casos que Javier manejaba exigía reuniones de urgencia a esas horas de la noche.

Que el mismísimo Carlos Estrada estuviera esperándolo impaciente en la recepción para intercambiar algunos comentarios antes de pasar a la sala de reuniones, no lo tranquilizó.

—Es una situación un tanto delicada —informó Carlos poco acostumbrado a lidiar con ese tipo de circunstancias—. Es el hombre que busca la policía por el caso de la mujer que apareció muerta en el apartamento de la calle Aráoz. ¿Lo tienes presente?

—Por supuesto que tengo presente el caso —repuso Arriaga

con algo de soberbia–. Está en todos los noticieros junto con la fiesta clandestina que terminó en masacre.

–Bueno, él sostiene que no la mató –comentó Carlos–. También dice que tiene mucho más para contar. Alega que han tratado de matarlo en más de una ocasión por la cantidad de información que tiene en su poder.

Arriaga meditó las palabras de Carlos. La situación comenzaba a cobrar sentido.

–¿Puedo preguntar cómo un hombre así terminó en tu estudio? –dijo con cierto cinismo–. Tus clientes suelen ser de otro *target*.

–Creo que tiene que ver con una amiga de mi nuera –respondió.

–Las amistades, divino tesoro –deslizó Arriaga. Miró su reloj, eran las nueve y media de la noche–. Bueno, veamos qué tiene para decirnos.

La puerta se abrió de pronto y Carlos Estrada ingresó seguido por Tomás Arriaga, a quien se ocupó de presentar. El abogado, de porte serio y soberbio, estiró la mano hacia el muchacho de aspecto sucio y desaliñado que lo observaba con desconfianza. Era un contraste digno de observar.

–Disculpe la demora, pero tenía asuntos pendientes que requerían de mi atención –dijo Tomás Arriaga, ubicándose frente a Mirko. Como si los Estrada hubiesen desaparecido, se dirigió a él con frialdad y firmeza–. A ver, para dejar las cosas claras de entrada, señor Milosevic, no estoy muy seguro de que pueda representarlo. Estoy bastante ocupado estos días, pero lo escucharé y le daré mi opinión por la relación que tengo con los Estrada.

—Entiendo —aseguró Mirko, que no pensaba perder su oportunidad—. Usted me parece un tipo ambicioso y soberbio —retrucó con firmeza ganándose una dura mirada por parte del abogado—. Créame que mi historia le resultará, por lo menos, tentadora. Y para ser claro, deje que le diga que no confío en los abogados penalistas.

Arriaga lo estudió brevemente. La rápida respuesta del hombre lo puso alerta, obligándolo a prestar mayor atención. Podía parecer abatido, pero todavía le quedaba resto.

—Bien, convénzame de ello, entonces —dijo el abogado cruzándose de brazos.

—Puede parecer arrogante —comentó Javier tratando de apaciguar los ánimos—. Pero es muy bueno en lo suyo, Mirko. Confía en él, no te va a engañar.

Mirko contempló brevemente a Javier, con la duda bailando en su semblante. Finalmente asintió y respiró profundo dándose ánimos. Decidió comenzar por el principio ofreciéndole un buen resumen de cómo era vivir en las inmediaciones del puerto de Mar del Plata y en los reformatorios que pronto conoció.

—No importa tanto todo eso —lo cortó Arriaga—. Hasta donde sé lo buscan por el homicidio de una mujer. Por lo que vi en las noticias, y por lo que Carlos me informó, la encontraron muerta en su cama.

—Yo no la maté y aunque sé quién lo hizo, me parece importante avanzar de a poco en la historia para que comprenda todo —sostuvo Mirko—. La muerte de Serena es solo un eslabón en toda la historia; por favor, necesito que me escuche. Luego saque sus conclusiones.

Había algo en el tono de voz empleado que intrigó aún más a Arriaga. Él era un legista experimentado que había visto de todo en el ámbito penal. El que tenía delante no era un hombre temeroso de volver a la cárcel; el que tenía delante era un hombre que sabía que estaba sentado en un polvorín y que su vida pendía de lo que estaba por decir. Tampoco parecía importarle demasiado cómo toda esa historia terminaría; estaba jugado.

Arriaga asintió. Se estiró para tomar del centro de la mesa un block y un bolígrafo. También se sirvió un café bien negro.

—Lo escucho, entonces —dijo con seriedad antes de darle un sorbo a su café—. Prometo no interrumpirlo a menos que sea necesario.

Mirko asintió y comenzó su monólogo. Tal como lo había decidido, comenzó hablando de cómo conoció a Candado, cuyo nombre real era Omar Gómez Urduz, según Antonella Mansi le había informado. Él nunca había escuchado su verdadero nombre, solo conocía su apodo. Candado era proveedor de droga en el vecindario de Constitución, en la ciudad balnearia de Mar del Plata. Tenía un *modus operandi* bastante básico. Se acercaba a los más jóvenes, principalmente adolescentes con poca o ninguna contención familiar. Los tentaba, les fiaba hasta volverlos adictos; luego, endeudados con él, los manejaba a su antojo. Si se negaban o se resistían, terminaban muertos. Así había comenzado su historia, pues de tanto consumir lo que Candado le daba, un buen día se encontró haciendo un pacto con el mismísimo diablo; fue por esa deuda que Candado lo tenía amenazado de muerte si no hacía lo que él decía.

—Permítame que lo interrumpa —dijo Arriaga, que empezaba

a interesarse por el relato–. Me gustaría entender un poco mejor qué era lo que ese hombre hacía. ¿A usted le consta que se han cometido asesinatos en ese entorno?

–Me consta, claro que me consta. Por lo general, caían accidentalmente de algún acantilado de la zona o simplemente alguien los atropellaba –dijo, sin vueltas–. Pero no voy a entrar en más detalles porque usted no me representa.

Arriaga se replegó un momento; el hombre estaba atento, alerta.

–Está bien. Me parece justo –dijo el abogado tomando nota–. Pero me gustaría saber cómo terminó preso.

–Me tendieron una trampa –respondió, con rencor–. No tengo dudas de que Candado me armó la causa para direccionar toda la atención hacia mí y quedar libre de culpas. Después de todo, necesitaban un culpable. Mi apartamento apareció lleno de droga y con una gran cantidad de videos pornográficos caseros.

Mirko hizo una leve pausa ante los recuerdos que se agolpaban en su mente y alimentaban el rencor que ese hombre le provocaba. Respiró hondo y agradeció el vaso que Javier le ofrecía. Bebió un poco y prosiguió.

Un pésimo abogado, que actuaba de oficio, se había ocupado de su defensa. Seis fueron los años que estuvo encerrado en el penal de Batán y no la pasó nada bien, tenía cicatrices que de por vida le recordarían el infierno que había vivido.

–Una tarde, se presentaron dos personas que dijeron ser de una Fiscalía –continuó con voz monocorde–. Uno de ellos me mostró varias fotografías de gente que conocía de la época de

Candado. Negué conocerlos. No era bueno que me relacionaran con ellos. Hicieron muchas preguntas y no volvieron a aparecer. Ni siquiera sé sus nombres, nunca me los dijeron. Fue al poco tiempo que una fiscal federal se presentó para hablar conmigo. Quería hacer un trato.

Les habló entonces de la propuesta de Garrido, de cómo ella se ocupó de acelerar la autorización para salidas transitorias primero y libertad condicional después. También le ofreció techo a cambio de trabajar bajo sus órdenes; por último, le facilitó el ingreso a la editorial donde necesitaba que trabajara.

—En realidad, tenía toda una operación organizada —aclaró—. De hecho, cuando me sacó de la cárcel, una de las primeras cosas que me dijo fue que, en poco tiempo, necesitarían un fotógrafo en la editorial.

—Ese es un procedimiento por demás peculiar —comentó el abogado de pronto interesado en lo que escuchaba—. Las fiscalías no suelen manejarse así.

Mirko se encogió de hombros, no tenía nada para decir. Desconocía los procedimientos de los que Arriaga hablaba.

—¿Cómo se llama la fiscal? —preguntó el abogado cada vez más intrigado—. Y ¿qué era puntualmente lo que quería de usted?

—Garrido, Claudia Garrido —respondió Mirko con aspereza—. Ella quería que yo le informara lo que hacía Antonella.

—¿Antonella Mansi? —preguntó Arriaga. Mirko asintió—. ¿Usted la conocía?

—De antes, no. Yo conocía a Candado —explicó—. Claudia sabía que entre Antonella y su esposo había algún tipo de

relación con Candado. Espiándola a ella, era posible llegar a él. Nunca me dijo de qué se trataba la operación que dirigía. Ella sabía que yo quería vengarme de Candado por haberme enviado a la cárcel. Garrido sostenía que Candado, tarde o temprano, aparecería. Él siempre fue mi objetivo. Hasta donde yo sé, a Claudia le importaban De la Cruz y Mansi.

Arriaga asintió y tomó nota de todo. Volvió su atención a Mirko, que ahora retomaba el relato. Les habló entonces de cómo Garrido lo introdujo en la editorial, de Antonella Mansi y su esposo, de lo ficticio de ese matrimonio y de cómo no tardó mucho tiempo en convencer a Mansi de ser su amante. También eso fue algo que Garrido le había indicado que hiciera; tenía que lograr que Antonella lo tratase como a un confidente, que le abriese las puertas de su casa, de su mundo. No fue difícil lograrlo.

Todo lo que iba descubriendo debía transmitírselo a Garrido y ella le daba las indicaciones para seguir. Cuando su sentencia se cumplió, la fiscal le dijo que desde ese día en adelante trabajaría para ella. Le presentó un documento; una suerte de contrato que él firmó y, desde entonces, pasó a cobrar un sueldo mensual; su trabajo era encubierto y solo debía reportarse con ella.

Durante un tiempo no fue mucho lo que sucedió y eso favoreció a Mirko, ya que empezaba a darse cuenta de que le agradaba la fotografía. Siempre que podía tomaba cursos y, poco a poco, fue consolidándose en la editorial. Descubrió que no solo disfrutaba, sino que además era bueno.

No pasó mucho tiempo hasta que, finalmente, Candado se presentó en la editorial. Para ese entonces, Mirko ya había logrado

poner micrófonos y cámaras en el domicilio de Antonella; también se habían instalado un par de troyanos que actuaban como un espejo entre la computadora laboral de Mansi y una pequeña computadora portátil que Garrido había dejado a Mirko. Así descubrieron que Antonella estaba involucrada en la asociación que tenían Candado y De la Cruz.

Hagamos una pausa —dijo Arriaga, interrumpiendo el monólogo de Mirko. Necesitaba revisar sus notas—. Hasta ahora tengo a la fiscal Garrido, al tal Candado y al matrimonio De la Cruz —dijo el abogado repasando sus anotaciones ante la primera pausa de Mirko—. ¿Dónde entra la mujer que apareció muerta en su domicilio?

—A esa mujer la conocí en una sesión fotográfica. Dijo ser productora de moda de la Agencia De la Cruz —explicó Mirko, con impaciencia—. Se acercó para hablar conmigo. Fue un momento extraño, parecía que me estudiaba, me sondeaba. Luego, a los pocos días, la vi coqueteando con De la Cruz y deduje que deseaba ganarse la atención de su jefe. Pero…

—No era así —interrumpió Arriaga, que empezaba a cansarse con tantos datos, a su entender, innecesarios.

—Nada más lejos de la realidad —reconoció.

Pasó a contarles los distintos lugares en donde la cruzó, hasta que ella decidió acordar un encuentro para hablar más tranquilos. Fue allí cuando mostró quién era verdaderamente.

—Fue bastante impactante comprobar que ella estaba al tanto de mis antecedentes —continuó—, sabía mi nombre, mis apodos y cómo había dejado la cárcel. También me advirtió que no confiara demasiado en mi benefactora; que por algún

motivo me había sacado de prisión. Por último, mencionó que yo era un cabo suelto en toda la operación y que, cuando ya no me necesitaran, me eliminarían.

Arriaga se puso de pie y se estiró. El cansancio empezaba a manifestarse en su rostro. Necesitaba ordenar la información antes de avanzar. Era mucho lo que había escuchado y Milosevic parecía tener bastante más para compartir; aunque todavía nada ayudaba a aclarar los acontecimientos del presente.

—¿Cómo dijo que se llamaba esa mujer?

—No lo dije —respondió Mirko tajantemente. Arriaga alzó la vista y sus miradas chocaron, midiéndose—. La conocí como Serena Roger, pero no sé si ese es su nombre real. No lo creo.

Mirko encendió un nuevo cigarrillo. Meditó brevemente y pasó a hablarle de los últimos encuentros con Serena. Arriaga alzó la mano interrumpiéndolo.

—Una pregunta, ¿por qué cree usted que ella se inclinó por confiar en usted? —quiso saber—. Es raro que, sin conocerlo, optase por contarle tanto.

—Desde un primer momento, ella me dijo que creía que me harían cargar con todas las culpas —confesó, con aspereza. No le agradaba el modo en que ese engreído le hablaba—. Ella decía que si yo no prestaba atención iba a terminar arruinando años de seguimiento e investigación. Tenía muy clara toda la situación y estaba segura de que, llegado el momento, me iban a eliminar. Y eso es, justamente, lo que está sucediendo. Antes de que la maten, me envió un par de audios; parece que comprendió que era su única opción. Pero no sé por qué.

Mirko no pensaba agregar más que eso al respecto. Entonces

pasó a contar lo que ella le había dicho la última vez que la vio con vida. De momento, se cuidó de no mencionar las pruebas; no lo haría hasta no saber si ese abogado arrogante lo representaría. Solo entonces hablaría de todo aquello.

—¿Cuándo y dónde la vio por última vez? —preguntó Arriaga, cuando Mirko terminó de hablar de ese encuentro.

—En el Hotel Emperador Mondini. Fue luego de un desfile que Antonella me había pedido cubrir para la revista —respondió—. Serena tenía reservada una habitación. Allí nos encontramos.

—¿Encuentro íntimo?

—No, jamás me acosté con ella —respondió, tajante—. Solo intercambiamos información.

—¿Qué tipo de información? —preguntó Arriaga cada vez más intrigado con todo lo que escuchaba.

Mirko sonrió maliciosamente y termino su cigarrillo de una sola aspirada. Dejó salir el humo lentamente al tiempo que lo apagaba. Luego alzó la vista y miró al abogado. No pensaba compartir esa información con él aún. Sacudió su cabeza y así lo dio a entender.

—Está bien, es justo —reconoció Arriaga. Bajó la vista hacia sus anotaciones—. Entonces esa fue la última vez que la vio con vida. ¿Qué pasó después?

—Garrido tenía especial interés en que Antonella me incluyera en el listado de invitados de una fiesta en la que todos ellos estarían —informó—. Serena lo supo y buscaba la misma información. Esa era la gran oportunidad que todos parecían estar esperando, porque en ese lugar se encontrarían todos los involucrados.

—¿La masacre del 11? —preguntó Arriaga, sorprendido. Frunció el ceño tomando dimensión de todo lo que escuchaba—. ¿Usted estuvo ahí?

—Sí, los golpes son de ese día —respondió señalando su rostro—. Candado me descubrió enviando un mensaje, me atraparon entre dos matones y se ensañaron conmigo —comentó con el mismo tono que había dicho todo lo demás—. Por irónico que parezca, estoy vivo gracias a esos tipos que entraron a los tiros. Los dos que no paraban de pegarme me dejaron para ver qué sucedía.

Tomás Arriaga se dejó caer en el asiento y frotó su rostro con una mano. Tomó el termo de café y lo encontró vacío. Cruzó miradas con Javier, quien se puso de pie y fue a reponer. Era cerca de la una de la madrugada y todo indicaba que faltaba un poco para que terminaran.

—¿Quiénes eran las personas que tenía que informar que estaban allí?

Mirko lo miró con cierta aprensión. No terminaba de resolver si confiaba en él. Se sentía embotado; su mente estaba saturada de tanto pensar, de tanto tratar de recordar. Necesitaba parar un poco. Sin responder la pregunta del abogado, se puso de pie y, temblando nerviosamente, se acercó a la ventana. Encendió un nuevo cigarrillo y casi no lo fumó.

—No va a responderme, ¿verdad? —insistió Arriaga—. Por lo menos dígame si tiene pruebas de todo lo que me contó.

—Claro que las tengo —balbuceó, al borde de sus fuerzas—. ¿Por qué mierda cree que me quieren matar? Tengo todas las pruebas.

Se volvió hacia la ventana y tambaleó. Se sobresaltó al sentir un brazo que lo sostenía. Balanceándose, retrocedió un paso y miró al abogado, que ahora lo estudiaba con cierta conmiseración. Algo en la mirada de Arriaga lo aplacó. El hombre volvió a tomarlo del brazo y lo ayudó a sentarse.

—Siéntese, Milosevic —dijo el abogado con suavidad, y esta vez se sentó a su lado—. Usted necesita descansar, hombre.

—No antes de terminar de hablar…

—¿Quiere contarme algo más sobre la muerte de esa mujer?

—No hay mucho que contar. Fue una muerte estúpida y sin sentido —confesó—. Antonella Mansi mató a Serena. Ella misma me lo dijo.

—Pero ¿sabe por qué motivo la mató o por qué la dejó en su apartamento? —apuntó Arriaga, asombrado por el descubrimiento.

—La mató por celos; pensó que ella tenía algo conmigo —respondió automáticamente. Ya no tenía forma de resistirse. Estaba demasiado agotado—. La dejó en mi apartamento para atarme a ella. Creo que también dejó una buena cantidad de cocaína para inculparme. Le dijo a la policía que habíamos estado juntos. Lo que ella no sabe es que yo estaba con otra persona.

—¿Con quién? —preguntó, pero Mirko sacudió su cabeza negativamente.

Arriaga lo estudió un momento. Ya no sabía qué pensar. También él estaba cansado. Llevaba horas encerrado en esa sala escuchando todo lo que Milosevic decía. Tenía mucho en qué pensar y, aunque todavía no había resuelto si le creía, por lo menos, dudaba.

Javier ingresó en ese momento seguido por Gimena, quien se apresuró a acercarse a Mirko. Él sonrió débilmente al verla y se recostó contra ella en cuanto lo abrazó. Arriaga los miró mientras llenaba una taza con café y comprendió quién era su coartada real.

—Vamos a hacer lo siguiente —anunció luego de darle un sorbo. Miró a Mirko y a Gimena, quienes habían alzado la vista hacia él—. Quiero que vaya a descansar. Duerma todo lo que necesite. Voy a hacer algunas averiguaciones. Mañana lo llamo para volver a reunirnos. Trate de quedarse en un lugar seguro —sugirió Arriaga. Luego miró a Gimena—. Pásele a Javier un número donde pueda ubicarlo.

—Claro, doctor. Gracias.

Le costó bastante convencerlo de que el hotel era un lugar seguro. Mirko no estaba de acuerdo, el intenso movimiento de gente podía ponerlos en riesgo, alguien podría ver su rostro y reconocerlo. No, no le parecía adecuado. Además, tampoco quería seguir involucrándola. Mientras conducía, Gimena lo dejaba hablar; notaba su verborragia y su paranoia y lo adjudicaba a la abstinencia; había hecho algunas averiguaciones, por eso no lo censuraba.

—¿A dónde vamos? —preguntó, desorientado, al ver que no se detenían en la entrada principal del hotel.

—A la entrada de servicio —respondió Gimena.

—¿A quién le contaste que veníamos? —preguntó exaltado.

—Uno de los chefs es amigo mío —respondió con tranquilidad—. Le dije que quería deslumbrar a un hombre a quien quiero conquistar —agregó dedicándole una pícara mirada. Eso

lo apaciguó un poco y él respondió con una leve sonrisa–. Mi hermano no está en Buenos Aires. No le dirá nada a nadie, te lo aseguro. Me debe un favor.

Mirko no estaba tan seguro. Por momentos, sentía que tenía mil ojos sobre él, siguiéndolo, esperando el segundo en que se descuidara para caerle encima. Estaba asustado.

–Ahí está Jordi –dijo Gimena disminuyendo la velocidad.

El chef los aguardaba con la puerta de servicio entreabierta. Un joven de apenas veinte años se apresuró a llegar junto a Gimena para ocuparse del automóvil en cuanto ella y Mirko descendieron.

–No sabes lo agradecida que estoy, Jordi –dijo Gimena abrazando al chef. Mirko se mantuvo apartado y nadie reparó en él.

–Feliz de poder ayudarte, mi reina –respondió el hombre–. ¿Quieres que en breve te envíe algo para comer?

–Sí, te lo agradecería –respondió ella–. Algo liviano.

Sin perder más tiempo, Gimena tomó a Mirko de la mano y lo guio hacia un elevador de servicio. Marcó el último piso, donde se encontraba la habitación privada que su hermano tenía reservada para grandes ocasiones. Solo él autorizaba su uso, pero estaba segura de que si ella le informaba que estaría allí nadie la molestaría.

Una vez en la habitación, Mirko contempló el ambiente, azorado. Nunca había visto algo de semejante envergadura, lujo e imponencia. Lo primero que vio fue una cómoda sala de estar con el comedor integrado, que enfrentaba a un hogar. Un poco más alejado, sobre una tarima, se alzaba una gran cama frente a unos amplios ventanales de pared a pared. Mirko se acercó y

contempló la negrura del río y la luminosidad de la ciudad. Era una vista maravillosa.

—No te preocupes, tiene cortinados que bloquean el sol —anunció ella.

Gimena se acercó a él y lo ayudó a quitarse el abrigo. Mirko giró para mirarla y la abrazó. Deseaba sentirla cerca. Estaba tan cansado de esconderse y huir.

—Vamos a bañarnos —le dijo ella con suavidad—. Necesitas relajarte.

—No sé qué intenciones tendrás —comentó con una mueca—. Pero sugiero que lo dejemos para después de dormir un poco. Estoy agotado.

Gimena rio y, luego de tomar su rostro y besarlo suavemente, lo condujo ál gran baño, en el que un cómodo hidromasaje circular era el gran protagonista. Lo encendió y le indicó que se quitara la ropa. Así lo hicieron los dos y no tardaron en sumergirse.

Gimena se estremeció al ver los múltiples hematomas que tenía Mirko en varias zonas del cuerpo. Sin embargo, no hizo ningún comentario. Ya en el agua, tomó la botella de jabón líquido y comenzó a bañarlo. Él se dejaba mimar, con los ojos cerrados.

—No te duermas, Mirko, que no voy a poder sacarte —le dijo y, aunque parecía un comentario cómico, era bastante real—. Háblame.

—¿De qué?

—¿Te pareció que Arriaga te creyó?

—Tal vez, todo depende de lo que descubra con sus averiguaciones —respondió, somnoliento—. ¿La mochila?

—Está en la habitación. Dentro de mi bolso.

—Gracias —comentó, recostando la cabeza contra el hombro de Gimena. Se aflojó—. Me estoy durmiendo.

Lo alentó a salir del hidromasaje, lo envolvió en una bata y lo secó. Lo guio hacia la cama donde lo ayudó a recostarse. Antes de que se durmiera profundamente, le dio un comprimido.

—¿Qué es?

—Un tranquilizante para que duermas y combatas la abstinencia —le aseguró, mirándolo directo a los ojos, en los que encontró un alto grado de vergüenza—. Te va a ayudar.

Mirko asintió y aceptó lo que ella le daba. Se durmió antes de apoyar la cabeza en la almohada. Agotada, Gimena se acostó a su lado. Eran las dos y media de la mañana.

CAPÍTULO 24

Tomás Arriaga tenía por costumbre levantarse temprano. No importaba demasiado la hora en que se hubiera acostado y, sin importar el día de la semana que fuera, él a más tardar a las siete y media dejaba la cama. En el gimnasio que había montado en su cómodo apartamento, ejercitaba cerca de una hora para luego ducharse e ir a desayunar. Sin embargo, esa mañana le costó concentrarse en su rutina. Su mente estaba abarrotada de pensamientos; todos relacionados con lo que había escuchado la noche anterior. Corrió treinta minutos en la cinta pensando en la historia de Milosevic y en cada uno de los personajes que la componían. Mientras se duchaba, trató de repasar cada punto y, finalmente, resolvió que lo primero en corroborar sería la Fiscalía a la que pertenecía Garrido, a quien recordaba de nombre, pero no la asociaba a episodios como los que involucraban a Milosevic. Luego, trataría de averiguar quiénes estaban implicados

en la investigación del caso de Antonella Mansi y el crimen del apartamento de la calle Aráoz.

Durante el desayuno, releyó las notas tomadas la noche anterior, y luego hizo un bosquejo de cómo plantearía la investigación. Todavía no le confirmaría nada a Milosevic, pero ya había resuelto que se ocuparía del caso. No solo era interesante desde el punto de vista penal, sino que además incrementaría su reputación y le daría posicionamiento. *A ponerse en movimiento*, se dijo, y tomó su celular.

—Buen día, Adriana —saludó a su secretaria personal—. Necesito pedirte que me averigües cuanto antes lo siguiente.

—Buen día, doctor Arriaga —repuso la joven—. Dígame, que tomo nota.

—Necesito saber dónde puedo encontrar a la doctora Claudia Garrido, es fiscal, pero no sé de qué Fiscalía —le indicó—. Quiero que consigas toda la información posible; número de teléfono, correo electrónico y, principalmente, las últimas causas en las que estuvo involucrada.

—Perfecto. ¿Se lo envío al correo o prefiere un informe para cuando llegue? —preguntó la secretaria.

—Con que lo tengas para cuando llegue, está perfecto —respondió con sequedad—. Otra cosa. Averíguame quién es el fiscal de la causa contra Antonella Mansi y, por último, quién está a cargo del caso de la mujer que apareció muerta en ese apartamento de la calle Aráoz.

—Listo, doctor —dijo la muchacha—. Le indico la agenda del día.

Una vez concluida la conversación, Arriaga se puso de pie. Más tarde, volvería a ocuparse del caso Milosevic.

—Está durmiendo todavía, Javi —dijo Gimena en voz baja—. Anoche se durmió apenas llegamos, no pude ni hablar con él… No, no vio nada de las pruebas.

Alguien golpeó a la puerta y Gimena se puso de pie para abrir. Había pedido servicio de desayuno completo. Estaba muerta de hambre y podía asegurar que Mirko también lo estaría cuando despertase. Dejó ingresar al camarero, que colocó todo junto a la mesa y se retiró sin necesidad de que Gimena firmase nada.

—Si quieres, puedes darle este número a Arriaga —decía Gimena—. ¿Sabes algo de él?

Javier le comentaba que había hablado con el abogado hacía poco más de una hora y que lo único que le había informado era que el fiscal que llevaba la causa de Antonella Mansi era un conocido de la facultad. Pensaba hablar con él para interiorizarse del caso. Al juez lo conocía poco; solo de nombre.

—Bueno, supongo que solo resta esperar que él se comunique con nosotros —dijo Gimena. Se volvió hacia el interior de la habitación y la sobresaltó ver a Mirko mirándola con seriedad—. Se acaba de despertar.

—¡¿Con quién hablas?! —ladró Mirko, asustado.

—Con Javier —le respondió ella con calma—. ¿Quieres decirle algo? —preguntó. Mirko sacudió la cabeza negativamente y se dejó caer en una de las sillas junto a la mesa—. Bueno, Javi, hablamos más tarde.

Gimena dejó el celular sobre la mesa y miró a Mirko, que contemplaba el lugar con aire ausente. Bordeó la mesa y se

acercó a él para abrazarlo por la espalda. Así permanecieron unos segundos.

–Tengo hambre –manifestó Mirko.

Gimena se separó de él y caminó hacia la gran bandeja que el camarero acababa de dejar. Sirvió una taza de café con leche y se la extendió. Luego, acercó a él un plato de bocadillos, otro de fiambres; también había frutas y variedad de panes. Por último, colocó una jarra de jugo de naranja.

Gimena disfrutaba de un café negro mientras observaba cómo Mirko deglutía en silencio. Comió absolutamente todo lo que había sobre la mesa y lo hizo con una desesperación considerable.

–Come despacio –le dijo en reiteradas ocasiones–. Te va a caer mal.

–Tu amigo me dijo lo mismo anoche –respondió con aspereza.

Ella palpaba su mal humor y su distancia. No dijo nada de momento, prefirió que él madurara su malestar. Algo le pasaba y, en el tiempo que habían compartido, había descubierto que lo mejor era darle espacio cuando estaba así; finalmente siempre compartía el motivo de su fastidio.

Cuando terminó el café, Gimena se puso de pie y fue hacia su bolso. Sentía la mirada de Mirko clavada en su espalda, pero no dijo nada. Buscó la mochila y la colocó sobre la mesa.

–Me voy a duchar –anunció–. Supongo que te gustará tener cierta privacidad para revisarla.

Mirko no dijo nada, simplemente asintió. Esperó a que Gimena ingresara en el cuarto de baño para tomar la mochila.

Con poca paciencia la vació. Dejó la pequeña computadora sobre la mesa junto a todo lo demás y buscó el sobre donde tenía el celular y la memoria externa.

Se sirvió más café y un gran vaso de jugo de naranja que bebió de un trago. Acomodó la computadora, conectó los auriculares y se puso a trabajar. En pocos minutos, tenía todo el material descargado en su computadora portátil y desde allí pudo analizar mejor el contenido.

Con detenimiento, repasó la totalidad de la información. Lo afectó escuchar la voz de Serena Roger y, por primera vez, detectó el miedo y la preocupación en ella. Sabía que la seguían; sabía que podían llegar a eliminarla, por eso había dejado el sobre y ese último mensaje en el hotel. Luego conectó el *pendrive* que ella le había dejado. Allí había mucha información: varias fotografías de Candado entrando a una gran casa en el conurbano de la provincia de Buenos Aires; también encontró fotografías de De la Cruz con varias modelos, en apariencia menores de edad, en situaciones un tanto sospechosas. En un archivo estaban registradas las distintas direcciones de los lugares donde De la Cruz solía ocultarse y donde acopiaban droga. Si bien miró todo muy por encima, aun así detectó que se trataba de mucha evidencia; demasiado concreta e incriminatoria.

Lo tranquilizó comprobar que allí no había nada que lo incriminase; ni siquiera su nombre figuraba. Volvió a ver los últimos videos de Serena y fue entonces que recordó los dos nombres que había indicado: Cachorro Andragón o Ratón Blandes. ¿Tenía que informarle a Arriaga? Roger había dicho que solo a ellos les confiara esa información.

Tan inmerso estaba que no advirtió que Gimena había salido del baño hasta que el aroma de su perfume floral lo alcanzó y despertó su necesidad de ella. Se quitó los auriculares y la observó. Llevaba solo la toalla anudada al cuerpo y el cabello recogido en un rodete alto. Desde donde estaba, Mirko apreció su cuello delgado y la firmeza de sus hombros rectos que enmarcaban una espalda esbelta. Tentado, se puso de pie y, sigilosamente, se le acercó.

Gimena lanzó un grito y el corazón casi se le sale del pecho cuando él la abordó arrojándola sobre la cama.

—¡Me vas a matar de un susto! —chilló ella.

—¿Pero a quién más esperabas? —respondió él, divertido por su sobresalto.

No le dio tiempo a nada. Mientras ella trataba de responder, Mirko se abalanzó contra su cuello y fue descendiendo hasta toparse con la toalla. Alzó la vista y se deshizo de ese impedimento con la boca. Gimena rio. Todas sus emociones revivieron al sentir el roce de sus labios. Se entregó sin reservas, sabiendo que solo con él alcanzaba el paraíso.

Arriaga dejó el auricular en su sitio y se reclinó contra el respaldo de su asiento. Ese día no había hecho otra cosa más que empaparse de los dos casos que involucraban a Milosevic. Y, cuanto más averiguaba, más crédito le daba a lo que Mirko había mencionado. Todo concordaba. Aunque la información que más lo abrumaba era la que su secretaria le había entregado

ese mediodía y que él acababa de corroborar. Ahora solo debía discutir el caso con Milosevic y definir los pasos a seguir.

Tomó su celular y llamó a Javier Estrada. Habían hablado varias veces durante el día y tenía que reconocer que su amigo, el joven contador, se había mostrado a la altura de las circunstancias.

—Javier —dijo, sin molestarse en saludar—. Necesito reunirme con ellos. Tengo mucha información que discutir con Milosevic.

—Dame cinco minutos y te llamo.

Mientras esperaba, reunió las distintas anotaciones que había hecho durante el día. No se había atrevido a abrir el juego a su socia; le parecía demasiado peligroso, prefería que ella se ocupase de los casos que ya venían trabajando juntos. El celular no tardó en sonar y Arriaga tomó nota mental de la hora y el lugar donde se reunirían con Javier.

Entraron al *lobby* del Hotel Emperador Mondini hablando de lo increíble que era el último Audi que Javier había adquirido. Todavía extrañaba su TT, pero desde que los chicos habían nacido, Carola no quería saber nada de un automóvil sin puertas traseras.

—Cómprate uno —exclamó Tomás, con suficiencia—. Ella puede tener la gran camioneta y tú un bellísimo TT.

—Esa es buena idea, Tomi —repuso dirigiéndose hacia un elevador ubicado en el extremo más alejado.

Era un ascensor privado que conducía a un sector del hotel

al que solo un reducido número de personas tenía acceso. Una vez dentro, Javier pulsó el botón *Pent-house*.

—¿Ella tiene contactos en este hotel?

—Podríamos decir que tiene tantos contactos como su hermano, Manuel Rauch Mondini.

—¡No puedo creerlo! —exclamó Arriaga.

—Aunque te cueste creerlo, así es.

—Mi Dios —balbuceó—. ¿Dónde conoció a Milosevic?

—Creo que en la editorial… pero no estoy seguro.

Cuando salieron del ascensor, dieron con una puerta blanca de doble hoja con marcos negros. Javier se ocupó de golpear. Gimena abrió segundos más tarde y los saludó a ambos invitándolos a pasar. Ya había hecho un pedido de café, té y otras bebidas para no tener que interrumpir la reunión.

—Pensaste en todo —dijo Javier—. ¿Estás bien? —preguntó al notar lo tensa que estaba.

—Sí, pero estamos nerviosos —respondió señalando a Mirko con la mirada.

Los tres hombres se saludaron y se sentaron en torno a la mesa. Gimena se ocupó de servirles café mientras la reunión comenzaba. Fue Arriaga quien tomó la palabra en primer lugar. Empezó hablando del caso de la mujer asesinada; extrañamente el detective Castro le había informado que ya no estaba al frente de esa investigación. Desde hacía tres días, el caso estaba en manos de la División de Narcóticos, que trabajaba codo a codo con agentes de la DEA. Nadie sabía a ciencia cierta cuál era el nombre de la mujer fallecida, pero el caso estaba tomando ribetes que escapaban a un homicidio convencional.

Mirko asintió. Todavía no había resuelto si compartiría o no con él toda la información que tenía al respecto.

—Por otra parte, con respecto a la fiscal —dijo acomodando sus papeles—, un amigo en común me ha informado que Claudia Garrido se jubiló recientemente.

—¿Jubilada? —preguntó Mirko—. ¿Cómo se va a jubilar si no llega a los cuarenta años?

Arriaga lo miró con desconcierto. La mujer que él conocía como Claudia Garrido tenía casi setenta años. No la recordaba bien porque rara vez se habían cruzado, pero en cuanto vio su fotografía la reconoció. Era una prestigiosa fiscal, de impecable trayectoria, seria, trabajadora y poco mediática.

—Esto no está bien —exclamó Mirko, de pronto sintiéndose a la deriva. Se estiró y tomó la computadora portátil ubicada en el extremo opuesto de la mesa—. Voy a mostrarle un video que me entregó Serena donde aparece Garrido. Roger estaba interesada en el hombre; nunca le preocupó la mujer. Tampoco le dije que se trataba de Garrido.

En silencio, los cuatro vieron el video. Javier quiso saber quién era el otro hombre. Gimena le aclaró que se trataba del esposo de Antonella Mansi, Alejandro de la Cruz.

—Tenemos que averiguar quién es esa mujer verdaderamente —deslizó Arriaga—. Porque si logró hacerse pasar por una fiscal federal, sacarlo de la cárcel y meterlo en todo este lío, es más peligrosa de lo que usted cree.

—Claro que es ella —afirmó Mirko, cada vez más desconcertado—. En mi apartamento tiene que estar el contrato que me hizo firmar. Tengo todo guardado en un lugar seguro.

—Vamos a tener que obtener una autorización para ingresar a su apartamento y buscar esas pruebas —comentó Arriaga.

—¿Vamos? —acotó Mirko.

Arriaga elevó una mano para que se tranquilizara. Se puso de pie y caminó por el lugar rascándose la barbilla, cavilando. Concentrado, trataba de unir todos los puntos, convencido de que aún faltaban varios personajes para completar el cuadro.

—A ver, Mirko —dijo entonces enfrentándolo—. Vamos a hablar claro. Quiero representarlo. Estuvo en lo cierto cuando dijo que el caso me interesaría. Pero esto es demasiado grande. Necesito tener toda la información. Necesito que me cuente absolutamente todo.

Mirko terminó de convencerse y, antes de acceder a entregarle todo, le habló del último mensaje de Serena. Para que no hubiera dudas, les mostró los videos que había encontrado en el celular que Roger le había dejado.

—Tengo que encontrar a Cachorro Andragón y Ratón Blandes —comentó mirando a Tomás—. Algo me dice que ellos deben estar esperando esta información o, por lo menos, deben estar buscándola.

Arriaga asintió. Pensó entonces que esa tarde, al hablar con el detective Castro, no había preguntado por los investigadores que se habían hecho cargo del caso de la calle Aráoz, como Castro tenía rotulado ese homicidio.

—Déjenme verificar algo —dijo el abogado tomando su teléfono.

Había registrado el número del celular del detective Castro; uno no sabía cuándo podía necesitar a la policía. Lo llamó.

Dedujo que si hablaba con los investigadores de Narcóticos, podría obtener algo de información, pero debía ser discreto.

—Hola, detective, habla Tomás Arriaga —dijo con tono cordial—. No sé si me recuerda, pero conversamos sobre el caso del homicidio de la calle Aráoz —hizo una pausa; evidentemente del otro lado estaban hablándole—. Disculpe que lo moleste nuevamente, pero necesitaría saber si puede informarme quién está a cargo de la investigación del caso. Mi cliente está dispuesto a hablar con las autoridades y necesita buscar cierta información que se encuentra en su apartamento.

Arriaga se inclinó sobre la mesa y tomó un bolígrafo para anotar los nombres que Castro estaba por darle. Alzó la vista luego de anotar el apellido Blandes y giró el papel para que Mirko pudiera leerlo.

—Entiendo —terminó diciendo el abogado—. No sabe cómo le agradezco, detective. Ha sido de gran ayuda. Que tenga un buen día, señor —miró a Mirko y le dedicó una sonrisa arrogante—. Bingo, ahí tenemos a una de las personas que necesitamos ubicar; Blandes es quien está a cargo de la investigación de la muerte de Roger.

—Genial —dijo Mirko, entusiasmado—. ¿Cuándo podré hablar con él?

Arriaga notó su ansiedad y su desesperación. Tenía que tranquilizarlo y volverlo a la conversación que mantenían en esa habitación.

—¿Por qué no me cuentas un poco más sobre lo que sucedió en esa fiesta clandestina? —sugirió Arriaga pasando deliberadamente al tuteo—. Ya está decidido que te representaré. Así

que ahora me gustaría ordenar un poco la información para cuando converses con esos hombres.

Mientras continuaban hablando de las pruebas que Mirko deseaba entregar, Gimena se acercó a Javier. Necesitaba hablar con él sobre otro asunto. Estaba preocupada por Mirko; su adicción era importante y ella no tenía idea de qué hacer para ayudarlo. Por lo que había investigado, uno de los principales problemas que sufría un adicto que se hallaba en período de abstinencia, era la depresión y hasta la posibilidad de que decantara en una actitud suicida.

—Necesita ayuda especializada —terminó diciendo, angustiada—. Anoche le di un ansiolítico para tranquilizarlo, pero no sabes lo mal que durmió.

—Hablaré con alguien que creo que puede ayudarlo —dijo Javier, cada vez más convencido de que ese hombre merecía una oportunidad—. Mi padre tiene un amigo que es médico, que ha trabajado mucho en zonas rurales contra distintos tipos de adicciones. Creo que en la clínica donde está internada la mamá de Micky atienden pacientes con esa problemática.

—Claro, Marta —exclamó—. Voy a llamarla y preguntarle.

—Yo haría eso —sugirió Javier.

—No me va a alcanzar la vida para pagarte todo lo que estás haciendo, Javi —dijo ella con los ojos llenos de lágrimas.

Javier la abrazó con fuerza; en sus ojos había visto tanto temor, tanta angustia, que lo conmovió. De por sí no era una situación sencilla; si a eso se le sumaba su problema con la cocaína, era todo un desafío salvar a ese hombre. Pero él reconocía en ella esa fortaleza.

—No te preocupes, Gimena —dijo Javier tranquilizándola—. Voy a ver si conseguimos algún médico para estabilizarlo un poco. Pero sería bueno que vayas barajando la idea de que Mirko necesita ir a un centro especializado para luchar contra su adicción.

—Lo sé, Javi —respondió ella—. Pero necesito avanzar paso a paso o me voy a volver loca.

Arriaga se había puesto de pie y se servía un nuevo café. Le dio un sorbo y buscó un número en su teléfono celular. Luego se llevó el aparato al oído. Caminando por la habitación, hablaba con firmeza. Estaba arreglando una entrevista, pero necesitaba que no quedaran registros de ella. Era primordial reunirse con esos dos agentes para delimitar los distintos cargos que podían afectar a Mirko.

Gimena aprovechó para acercarse a él. Lo notaba algo perdido, abrumado, como a quien le cuesta entender. Se ubicó a su lado y, delicadamente, le acarició el cabello, que ya había comenzado a asomar. Mirko la miró y en sus ojos no encontró ni calidez ni emoción. Los notó oscuros, distantes y algo extraviados.

—¿Qué pasa? —preguntó Gimena—. ¿En qué estás pensando?

Mirko no respondió. Se puso de pie y se alejó de ella hacia el gran ventanal que enfrentaba la cama. Allí se quedó contemplando la vista de la ciudad, la estación de trenes de Retiro y, más allá, el Río de la Plata. Bajó la vista cuando sintió que ella llegaba a su lado.

—Estoy cansado —murmuró—. Me estoy preguntando si no sería más fácil entregarle todo a Arriaga y desaparecer. Terminar con esto de cuajo; no hay futuro para mí.

—¡¿De qué demonios estás hablando?! —chilló de pronto, asustada—. ¿Qué te dijo Arriaga para que ahora pienses así?

—No me dijo nada. Pero no puedo más —balbuceó casi al borde de las lágrimas—. Me estoy volviendo loco. Ya sé que no lo quieres escuchar… pero necesito conseguir…

Se estaba desmoronando lentamente. Gimena ya lo había notado y empezaba a ver en él algunos de los síntomas que había leído sobre los adictos a la cocaína.

—Mirko —lo llamó Arriaga con el rostro iluminado por la satisfacción—, Andragón y Blandes vienen para acá.

Mirko asintió y se volvió a mirar a Gimena, que lo contemplaba asustada, angustiada. Él entendió el motivo y la abrazó con fuerza.

—No te preocupes, no voy a cometer ninguna locura —le aseguró al oído. Gimena sintió como si esa afirmación se le clavara en el corazón, porque era una confirmación de que lo estaba pensando.

—Te tomo la palabra —le aseguró ella.

Los detectives se presentarían en la habitación del hotel de un momento a otro. Todos, incluido Mirko, habían estado de acuerdo en que no era conveniente que el lugar estuviese lleno de testigos cuando el encuentro se concretara. Aunque a Gimena le costó ceder, terminó aceptándolo.

El *lobby* estaba atestado de gente que iba y venía. Al fondo del gran salón, el restaurante comenzaba a iluminarse, mientras un jardín, románticamente decorado, albergaba a los más osados que desafiaban las bajas temperaturas.

En cuanto descendieron del elevador, Javier miró su reloj. Todavía era temprano para volver a su casa. Necesitaba descargar tensiones y tenía un par de puntos que deseaba discutir con Gimena, de modo que le propuso que tomaran un trago antes de marcharse.

—A ti también te vendrá bien hacerlo —sugirió—. Vamos, que nos lo merecemos.

No habían terminado de hacer el pedido al camarero, cuando sorpresivamente un hombre se deslizó en el único sillón vacío que quedaba junto a ellos.

—Aquí estoy —anunció Andrés Puentes Jaume, el esposo de Lara, con una sonrisa sardónica—. Perdón si llegué tarde.

—Justo a tiempo —respondió Javier con cara de póquer.

Gimena los miró a ambos primero con desconcierto y sorpresa, luego con algo de fastidio y hastío.

—Son dos tramposos —protestó, indignada. Miró a Javier, poniéndose de pie—. Confiaba en ti.

—No seas melodramática —replicó Andrés alzando un brazo hasta alcanzar el hombro de Gimena para que se sentara—. Solo queremos conversar un poco.

—¡Pues yo no tengo ganas de conversar con ustedes, Andrés! —disparó—. Por lo menos no quiero hacerlo sobre ciertos temas.

Andrés detuvo a uno de los camareros para pedirle un gin tonic con hielo.

—A ver, Gimena —comenzó diciendo Andrés con una voz envolvente y aterciopelada que transmitía suavidad, pero Gimena notó en el gris de sus ojos su ofuscación y su irascibilidad—. Más allá de que me estoy cansando de escuchar a Lara despotricar porque rechazas sus llamadas, nos tienes preocupados. No me gusta toda esta situación.

—No me digas que te envió para convencerme de atenderla —protestó Gimena con tono hiriente—. Qué bajo que cayó.

—Digamos que no sabe que estoy aquí —se excusó Andrés con renuencia—. Pero me parece que tienen que sentarse a hablar.

—No me voy a sentar a escuchar a que me digan todo lo que me dijeron la última vez —respondió Gimena, filosa—. Tu esposa puede volverse un tanto arbitraria, y no tengo ganas de soportarla.

—Estoy totalmente de acuerdo contigo —sostuvo Andrés—. Pero te quiere y está muy preocupada.

—¡Vamos! Ustedes son amigas, Gimena, no pueden dejar que una diferencia de opiniones las aleje así —intervino Javier intentando apaciguar los ánimos—. También Carola está muy apenada con todo esto.

Gimena contuvo su malestar. Estaba tan enojada y dolida con la actitud de sus amigas que le costaba encontrar un punto de inflexión que abriera el paso al diálogo. Pensar en Carola, Lara y Mariana la mortificaba y le quitaba energía; energía que había resuelto concentrar en ayudar a Mirko.

—Lo siento mucho por ellas —dijo, luego de darle un sorbo a su bebida—, pero me dolió muchísimo cómo reaccionaron las tres. No me lo merecía. Yo estuve junto a cada una de ellas en los momentos más difíciles de sus relaciones.

—Gimena… —fue Andrés quien intentó interrumpirla, pero ella no se lo permitió.

—No, Andrés, yo estuve con Lara cuando ella no sabía cómo ocultar su dolor al verte en Nueva York con alguna modelo colgada de tu cuello —le lanzó en la cara, sin anestesia. Luego se volvió hacia Javier—. También escuché a Carola confesar entre lágrimas que te había perdido porque tú nunca le perdonarías lo que había hecho.

—No te enojes con ellas. Las noticias eran por demás preocupantes. Homicidio, tráfico de drogas —dijo Andrés al cabo de varios segundos de silencio—. Solo estábamos preocupados por ti.

—¡Podrían haber intentado hablar conmigo! —sentenció, ofuscada—. Yo las escuché cuando ellas necesitaron hablar.

—Sí, pero en este caso, antes de escucharlas, resolviste no atender sus llamadas —le recordó Javier—. Sé que Mariana intentó comunicarse contigo cuando la fotografía de Mirko comenzó a circular.

—Estaba enojada porque había metido a un delincuente en su casamiento —se defendió Gimena—. Estaba segura de que solo deseaban recriminarme y echarme en cara que estaba involucrándola con un hombre poco conveniente para sus vidas. Conozco a Mariana.

—Pues yo te aseguro que no es así —reforzó Javier su postura.

Lo cierto era que ninguno cedía y, aunque Javier notaba que se hablaban con cordialidad, la línea divisoria entre el fastidio y el enojo empezaba a ser muy delgada. Por su parte, ya tenía una decisión tomada respecto al tema de la discusión, y no concordaba cien por ciento con ninguna de las dos partes.

—La verdad, Gimena —dijo Andrés—, fue Javier quien nos puso al corriente del caso.

Gimena lo miró y no pudo enfadarse. Andrés le aclaró que, gracias a la intervención de Javier, todos habían entendido y así habían tomado conciencia de la delicada situación en la que Mirko se encontraba.

—Gracias, Javi —dijo Gimena con los ojos vidriosos—. Tú le creíste desde el primer momento.

—Sí, pero también estoy de acuerdo con Andrés en un punto —se apresuró a agregar—, y por eso le pedí que viniera.

Gimena frunció el ceño y miró primero a Javier y luego a Andrés. Ambos estaban serios; claramente preocupados.

—¿Por qué no me dicen lo que tienen que decir de una buena vez?

—Que hable Javier, con él no te enojas tanto como conmigo —protestó Andrés fingiendo sentirse ofendido.

Gimena le dedicó una sonrisa que logró suavizar el momento.

—Te escucho —dijo dirigiéndose a Javier.

—Lo que verdaderamente nos preocupa es la estabilidad de Mirko —empezó diciendo—. Lo he visto y el deterioro puede ser importante.

—¿De qué estás hablando?

—Es un adicto que lleva muchos años consumiendo —continuó Javier—. Es muy difícil salir de eso.

—Lo va a logar. Lo vamos a lograr.

Un nuevo silencio se apoderó de la mesa. Andrés y Javier intercambiaron miradas. Ambos asintieron en silenciosa comunicación.

—Javier se refiere a las secuelas que la droga pudo haber dejado en él —dijo Andrés posando una mano en el hombro de Gimena, ganándose su atención—. Va a ser muy difícil, pero no imposible. Solo queremos que sepas que, más allá de todo lo dicho, estamos a tu lado para lo que necesites.

—Somos tus amigos, Gimena —agregó Javier—. Las chicas están muy preocupadas. Dales el espacio para disculparse. Trata de entender y reconoce que la situación es por demás compleja.

—No te alejes de nosotros —siguió diciendo Andrés—. Va a ser un camino complicado. Tú también necesitarás contención.

Gimena bajó la vista y meditó sobre lo que acababa de escuchar. Luego miró a Andrés y le dedicó una sonrisa cargada de emoción. Estiró su mano hasta alcanzar la de él; lo mismo hizo con la de Javier. Les agradeció a ambos. Prometió que hablaría con sus amigas.

—También las extraño y no saben lo que me hubiera gustado sentir un poco de apoyo de parte de ellas —dijo casi en un susurro.

—De mi parte, solo puedo decir que Lara lo sabe —le aseguró Andrés.

—No deseo mostrarme rencorosa —insistió—, pero…

—Lo entendemos —la interrumpió Javier—. Carola estaba sumamente angustiada porque sabe que te lastimó.

Gimena asintió y no agregó nada más. También podía imaginar lo mortificada que debía sentirse Mariana que, como siempre, había sido la más punzante e hiriente; pero así era ella de sincera y franca.

Sonrió, las quería como hermanas; eran sus hermanas de la

vida. Ya hablarían, se dirían unas cuantas verdades, llorarían y se perdonarían. Siempre era así. Gimena respiró hondo y se irguió en su asiento. Alzó su mano y llamó al camarero.

—Pedro —le dijo, luego de leer el cartelito con su nombre—, tráenos una ronda más de tragos y algo para comer. Lo dejo a tu criterio —agregó y miró a sus amigos ahora con una sonrisa—. La casa invita.

CAPÍTULO 25

Eran cerca de las siete de la tarde cuando los detectives se presentaron en la habitación del último piso del Hotel Emperador Mondini. Ambos fueron recibidos por Arriaga, quien se hizo cargo de la situación.

—La verdad es que nos sorprendió mucho su llamado, doctor Arriaga —dijo el hombre ancho y calvo, de mirada penetrante y gesto adusto que se había presentado como Andragón—. No esperábamos un giro de este tipo en la investigación.

—No piensen que para mí fue diferente —le aseguró el abogado indicándoles que tomaran asiento en la sala de estar donde se llevaría a cabo la entrevista—. Antes de que traiga a Milosevic, déjenme decirles que sufre de abstinencia; pero está lúcido y es coherente.

—Estoy bien, Arriaga —sentenció Mirko con aspereza al escucharlo.

Ambos detectives se pusieron de pie para estrechar sus manos con él. Mirko notó el recelo que le dispensaban y esperaba, tal como había sucedido con Arriaga, que eso cambiase cuando lo escuchasen.

—Bueno, usted dirá qué tiene para contarnos —dijo Blandes.

Era más pequeño que su compañero, pero de aspecto igualmente rudo y filoso. Llevaba el cabello castaño corto, como militar. Era, claramente, quien estaba a cargo de la investigación.

—En primer lugar, quiero decirles que yo no maté a Serena —dijo mirando a ambos hombres a la cara—. No sé si ese era su nombre real, pero así me dijo que se llamaba: Serena Roger.

Sin aclarar nada, ambos hombres asintieron y uno de ellos le hizo un ademán para que siguiera hablando.

Entonces, Mirko se apresuró a mencionar que tenía coartada; había estado todo el fin de semana con una mujer. Andragón y Blandes asintieron sin mirarse y Mirko prosiguió. Les habló de Antonella Mansi y de cómo había confesado su crimen. No estaba seguro de poder probar eso, pero ella se había ufanado abiertamente de haberlo hecho para poder estar con él; para presionarlo, pues había confesado que habían estado juntos cuando Serena murió. El motivo, teniendo en cuenta la totalidad de la situación, era bastante estúpido, pues fueron los celos los que la llevaron a matarla. Hasta donde él entendía, Antonella nunca sospechó lo que Serena realmente buscaba.

Los hombres volvieron a cruzar mirada despertando la suspicacia de Mirko. A esas alturas desconfiaba de todo y de todos; incluso por momentos dudaba de los consejos profesionales de Arriaga.

Andragón lo estudiaba con detenimiento, mientras Blandes intentaba hacerlo hablar. Lo que él acababa de decir sobre Antonella Mansi podía ser cierto como no; de momento era palabra contra palabra.

—Hasta ahora son solo conjeturas y palabras en el aire, Milosevic —sentenció Blandes, ofuscado por lo vano del discurso de Mirko—. Prometimos no arrestarlo porque dijo tener mucha información que tenía que ver tanto con la muerte como con la investigación de Diana.

—¿Diana? —preguntó Mirko, de pronto perdido. No conocía ninguna mujer con ese nombre.

Andragón posó su mano sobre el brazo de su compañero para tranquilizarlo y para que no siguiera insistiendo por ese camino. Dirigiéndose a Mirko le informó que Diana Bakos era el nombre encubierto de Serena; además de ser la exesposa de Blandes.

Blandes lo observaba con recelo. Mirko se apresuró a asegurarle que entre él y Bakos no había sucedido nada más que intercambio de información. Ella se había acercado a él porque intuía que estaba alterando el escenario de su investigación.

—Esas fueron sus palabras —aclaró.

—¡¿Por qué no nos cuenta qué mierda sabe de todo esto y nos ahorramos tiempo y paciencia?! —ladró Blandes, que empezaba a perder los estribos.

—Me cuesta confiar en ustedes —respondió—. Lo único que tengo es el mensaje de Serena.

—Mire, Milosevic, no tiene opciones —le indicó Blandes—. O nos cuenta todo lo que sabe o lo arrestamos por homicidio. Su apartamento está lleno de pruebas.

Mirko cruzó miradas con Arriaga, que asintió indicándole que hablase. Los policías tenían razón, no había mucha opción. Se puso de pie y fue en busca de su computadora, los *pendrives* y los celulares. Dejó todo sobre la mesa. Andragón comenzó a analizar los teléfonos, mientras Blandes continuaba con el interrogatorio.

—Además de lo que nos dijo y lo que le envió en audios y videos, ¿hay algo más que Diana le haya dicho? —quiso saber Blandes, con aspereza—. Me cuesta creer que le haya confiado tanto a usted; hay algo que no encaja.

—No hay nada más —comentó Mirko sosteniéndole la mirada—. No crea que no me hice esa misma pregunta, pero no lo sé. Ella solo dijo que temía que le arruinase toda la investigación; que me había investigado y que tenía que arriesgarse.

Durante la siguiente hora, Andragón se dedicó a analizar cada una de las pruebas que Mirko le había entregado. Se detuvo en un video en particular y le pidió a Mirko que le indicase quiénes eran.

—El hombre es De la Cruz —respondió con seriedad—. La mujer a la que le entrega el sobre es la que me sacó de la cárcel, yo la conocía como la fiscal Claudia Garrido, pero ya me enteré de que ese no puede ser su nombre.

Andragón miró a la mujer con detenimiento. Luego volvió su atención a Mirko y le pidió que le hablase de aquel episodio. Una vez más, Mirko se encontró hablando de cómo había llegado a la cárcel de Batán y cómo una mujer refinada había aparecido para sacarlo de allí. Ella se encargó de que un juez firmase la autorización para salidas transitorias primero y libertad condicional

después. Al cabo de un tiempo, Mirko cumplió su condena. Todo estaba en el expediente. Mientras Blandes escuchaba, Andragón tomaba nota de lo que Mirko decía, convencido de conocer a la mujer del video, pero no sabía de dónde.

—¿Recuerda el nombre del juez que lo liberó?

—No. Sí, en cambio, recuerdo que fue un tal Carranza quien me mandó a prisión —comentó Mirko tratando de recordar. Empezaba a dolerle la cabeza—. No estoy seguro… ¿Puedo ir a fumar?

Blandes asintió y volvió su atención a Andragón que, fascinado, abría los archivos que se encontraban en la computadora portátil de Mirko.

—¡Todo está aquí! —exclamó Andragón, eufórico—. Lo tenemos. Diana encontró la manera de unir todos los puntos y nos lo entregó en bandeja. Solo falta saber dónde puede esconderse Gómez Urduz. Es cuestión de días hasta que lo atrapemos.

Blandes se puso de pie y caminó hacia el gran balcón donde Mirko fumaba en silencio. Asomó la cabeza y le preguntó si sabía dónde podría estar Candado. Mirko lo miró por sobre su hombro y meditó la respuesta.

—No lo sé —respondió evasivamente. Empezaba a cansarse de todo aquello, quería terminar de una buena vez. Entonces recordó la libreta—. Pero tengo algo más que puede interesarle.

Apagó su cigarrillo y, luego de ingresar, caminó hacia la habitación seguido unos pasos detrás por Blandes. De un estante, tomó su mochila y la colocó sobre la cama.

—No se ofenda, pero prefiero ser yo quien vea qué hay en el interior de esa mochila —sentenció Blandes con frialdad. Mirko

alzó la vista y se encontró con el detective que lo apuntaba con un arma–. Disculpe, pero no puedo arriesgarme a que cometa una locura. Un paso atrás, por favor.

Mirko alzó las manos y retrocedió. Solo entonces el policía guardó su arma, tomó la mochila y le indicó que regresara al salón principal.

–No tengo armas –confesó Mirko sentándose junto a Arriaga, que se limitaba a analizar el comportamiento de los detectives y a tomar nota mental de lo que podía utilizar para su beneficio–. No hace falta que se ponga violento.

–No era mi intención, pero no puedo arriesgarme –respondió Blandes. Buscó en el interior de la mochila y extrajo una libreta de tapas negras–. ¿Qué es esto?

–Esa libreta la encontré oculta en una gaveta del despacho de Antonella –respondió–. Allí hay mucha información relacionada con toda la operación. Principalmente con las reuniones que organizaban. Tal vez encuentre lo que necesite.

Andragón y Blandes no daban crédito a lo que tenían en sus manos. Entre los datos que Diana había recabado y lo que Milosevic aportaba, tenían lo que necesitaban para enjuiciar a Antonella Mansi y a Gómez Urduz.

–Me encantaría ver cómo aplastan a esa cucaracha –deslizó Mirko con odio.

–¿Puedo darle un consejo, Milosevic? –dijo Andragón sin apartar la mirada de la libreta–. Olvídese de Gómez Urduz. Si buscaba venganza, créame que ya se está vengando trayéndonos todas estas pruebas. Ese hombre va a pasar el resto de su vida en la cárcel.

—Solo cuando lo vea, lo creeré —murmuró Mirko con dientes apretados—. A él le debo el infierno que viví.

—Lo entiendo, pero no vale la pena —insistió Blandes—. Como dice Cachorro, con todo lo que nos trajo, ya lo destruyó. Además, usted está en posición de hacer un muy buen trato. No lo arruine.

Había llegado el momento de hacerlo, así que fue entonces cuando Arriaga se hizo dueño de la conversación.

Mirko aprovechó para separarse. Se puso de pie y fue directo a la mesa de bebidas. Se sirvió una medida de whisky y bebió sin saborearlo. Tenía la cabeza atiborrada de pensamientos; voces distorsionadas, imágenes que, vertiginosas, se sucedían unas a otras mezclándose con recuerdos eufóricos y sensaciones desmoralizantes. Se sirvió otro whisky para vaciarlo de un trago.

—Trate de tomar agua —sugirió Blandes, que advertía lo que Mirko atravesaba—. Va a ser duro, es bueno saberlo, pero no es imposible, Croata.

—Sabe cómo me dicen…

—Sé casi todo sobre usted, Milosevic —reconoció—. Pero hágame caso. Necesita un buen médico que lo ayude a estar controlado. No es imposible.

Mirko rellenó el vaso, pero no bebió de él. Caminó hacia el balcón y, una vez fuera, se dejó caer en uno de los camastros y encendió un cigarrillo. Sintió detrás de sí los pasos de Blandes.

—No hace falta que me siga —protestó Mirko—. No voy a saltar por el balcón.

—Lo sé, simple procedimiento —respondió el detective, con cordialidad—. Además, no todos los días puedo estar en un lugar como este —agregó—. Qué vista impactante.

Mirko asintió sin decir una palabra. Fumó y bebió en silencio completamente perdido en sus pensamientos. El whisky no había ayudado a despejar su mente pero, por lo menos, el cuerpo se relajaba. A su lado, Blandes se movió y el sonido interrumpió sus desvaríos.

—¿Por qué le dicen Ratón? —preguntó Mirko tratando de llenar el silencio.

Blandes rio con ganas y tomó una botella de agua mineral. Bebió un poco y compartió con él la historia de su bautismo en Narcóticos y de cómo se ganó ese apodo. Resultó ser una historia divertida. Mirko por lo menos rio y pudo distenderse un poco. Terminó lo que quedaba de su trago y lo observó.

—Siento mucho lo de Serena —dijo. El rostro de Blandes se ensombreció—. No la conocí mucho, pero me pareció valerosa.

—Lo era, eso puedo asegurárselo —respondió. Bebió largamente de la botella de agua como si quisiera que lo ayudase a tragar el mal momento—. Hace un tiempo mencionó que había encontrado a alguien que podría ser de ayuda. Dijo que lo estaba analizando. Calculo que debía tratarse de usted. Recuerdo que dijo que creía que estaba involucrado, pero que parecía no tener mucha idea de qué buscaba.

—Supongo que podría haber estado hablando de mí —confesó Mirko, con voz neutra—, algo así me dijo en algún momento.

Por un largo rato ninguno habló. El frío de la noche bajaba desde el cielo y un viento helado proveniente del río se adueñó hasta de sus pensamientos; ya no era confortable estar afuera.

En el interior, Andragón se mostraba exultante con la gran cantidad de información que allí había. Necesitaba llevar al laboratorio tanto los teléfonos celulares como los *pendrives* para seguir analizándolos. Blandes se unió a su compañero mientras Arriaga se apresuraba a interceptar a Mirko.

—Ya tengo prácticamente todo acordado —anunció el abogado—. Debo terminar de cerrar el asunto con el fiscal, pero todo indica que el trato que haremos será más que favorable.

—Bien, eso me tranquiliza.

—Por otra parte —continuó Arriaga—, Andragón quiere que te traslades a un lugar más seguro.

—No voy a ir a ningún lado —protestó Mirko—. Acá me siento seguro.

—Escúcheme, Milosevic —se apresuró a decir Blandes en cuanto escuchó la negativa de Mirko—. Tenemos que protegerlo y aquí es muy difícil hacerlo.

—No hace falta que me protejan —dijo Mirko con firmeza—. Ya tienen todas las pruebas. Yo no quiero saber nada más.

—Estamos casi al final, Croata, pero para que todo esto tenga valor, necesitamos que testifique y que su declaración forme parte del expediente. Hasta que eso ocurra tenemos que llevarlo a un lugar seguro.

—Entendemos que esté asustado —le aseguró Andragón—, pero es lo mejor.

—Mirko —dijo Arriaga tratando de convencerlo.

Necesitaba acallar las voces que se anidaban en su mente y que fomentaban una sensación de amenaza que lo asustaba. Estaba en peligro; irían por él; querían matarlo. Sacudió su cabeza y retrocedió atemorizado. Blandes fue el primero en reaccionar. Dio un paso hacia Mirko mirándolo directo a los ojos.

—Tranquilo, Croata, tranquilo —le dijo—. No pasa nada, quiero que respire —miró a Andragón y a Arriaga—. Está teniendo una crisis. Tenemos que tranquilizarlo y procurar que no se lastime.

Mirko empezó a temblar. La ansiedad y la certeza de que iban a matarlo se adueñaron de él. Retrocedió poniendo distancia. Su instinto le decía que lo peor que podía suceder era que lo sacaran de esa habitación. Allí se sentía seguro, protegido y principalmente, allí estaba Gimena para contenerlo. No, no saldría de esa habitación. No confiaba en esos hombres, era muy probable que lo que buscaran fuera matarlo para sacarle las pruebas y así ayudar a Candado. Ya no confiaba en nadie.

—¡¿Dónde está Gimena?! —gritó, fuera de sí—. ¡¿Dónde se la llevaron?!

—¡¿Quién demonios es Gimena?! —ladró Andragón.

—Su novia —respondió Arriaga. Miró a Mirko y tomó su teléfono—. Ya la estoy llamando. Está en el *lobby*. Ya sube, Mirko. Tranquilo.

Mirko asintió y, abatido, se dejó caer contra una pared.

—Gimena.

Se encontraba en el jardín de invierno, fumando un cigarrillo, pensando en sus amigas y en todo lo que Javier y Andrés le habían hecho ver. Hacía ya más de media hora que ellos se habían marchado. Lo habían hecho luego de que Gimena les asegurara que estaba bien y que pensaría en todo lo que habían hablado.

Le daba la última pitada a su cigarrillo cuando su celular

sonó trayéndola a la realidad. Se sobresaltó al ver que era Arriaga quien la llamaba. Preocupada, atendió y se dirigió hacia los elevadores.

Tardó menos de un minuto en llegar a la puerta de la habitación. Ansiosa, golpeó y aguardó a que Arriaga le abriera. En cuanto ingresó, el penalista la retuvo un segundo para ponerla al tanto de lo acontecido.

—Quieren llevarlo a otro lugar —terminó diciendo—. Temen por su vida, es mucho lo que sabe. Dicen que aquí no pueden cuidarlo como deberían.

—¿Usted qué cree?

—No sé qué creer a estas alturas, pero que sabe demasiado es una realidad —respondió con total sinceridad—. Por otra parte, está atravesando una crisis. Solo pide por usted. No quiere moverse de aquí.

Gimena asintió y siguió al abogado al interior de la habitación. Andragón y Blandes se pusieron de pie al verla ingresar. Estrecharon sus manos a modo de saludo.

—¿Dónde está?

—Recostado —respondió Arriaga.

Mirko apareció en cuanto escuchó su voz. Se abalanzó sobre ella para abrazarla con desesperación. Al oído confesó estar perdiendo la batalla; necesitaba un poco de cocaína; ya no aguantaba más, se estaba volviendo loco.

—¿Dónde la arrojaste? Tal vez esté allí…

Gimena lo sostuvo con fuerza. Le acarició la espalda unos segundos al tiempo que le susurraba al oído palabras tranquilizadoras. Sintió que Mirko se aflojaba lentamente. Recién

entonces se separó un poco y lo miró, preocupada. Las líneas de su rostro se mostraban tensas; se lo veía demacrado, demasiado delgado. Los ojos lucían opacos, inyectados de sangre por la falta de descanso; la desesperación se reflejaba en su semblante. Gimena lo trataba con ternura, apaciguándolo, mientras intentaba convencerlo de que juntos lo lograrían.

—Solo te pido que resistas un poco más —le dijo con suavidad—. Yo voy a estar a tu lado todo el camino.

Mirko asintió y se dejó abrazar de nuevo. Gimena volvió a guiarlo hacia la sala de estar, donde lo ayudó a sentarse. Miró a todos los que allí se encontraban y reconoció el cansancio que sus rostros transmitían.

—¿Es necesario el traslado?

—Sí, lo es, señorita Rauch —dijo Andragón, con aplomo—. Como le explicábamos al doctor Arriaga, aquí no tenemos forma de cuidarlo. Lo necesitamos con vida.

—Entiendo a qué se refiere, yo también lo necesito con vida —repuso, sarcástica. Arriaga le dispensó una mirada cargada de reprimenda, mientras que los policías se sintieron amonestados por su falta de tacto—. ¿Pueden trasladarlo mañana? —preguntó—. Esta noche me gustaría ayudarlo a tranquilizarse.

Entre todos discutieron ese punto. Andragón no parecía convencido, en cambio, Blandes sugirió que no era mala idea, pues de ese modo podrían coordinar mejor el operativo.

—Podemos apostar a uno de los nuestros en la puerta —sugirió Blandes mirando a Andragón, que asentía pensativamente.

—Eso no va a ser necesario —repuso Gimena—. No quiero ninguna persona en el pasillo que llame la atención.

Discutieron un poco más el asunto, hasta que Gimena logró convencerlos de que al día siguiente definirían a dónde llevarían a Mirko. De momento, él necesitaba descansar y estar tranquilo.

—Está bien —terminó accediendo Andragón. Dirigiéndose a Mirko agregó—: Descanse, Milosevic —dijo y volvió su atención a Gimena—. Nosotros nos marchamos y vamos a coordinar todo para trasladarlo mañana.

—Pero… —intentó protestar Mirko.

—Pero nada, Croata —lo amonestó Blandes—. ¿Usted quiere que termine esta pesadilla? Pues deje que hagamos nuestro trabajo. Mañana hablaremos.

Afuera, el frío de la noche se había adueñado de la calle. La avenida del Libertador apenas se mostraba salpicada de vehículos que iban y venían en distintas direcciones. Una vez en la acera, ambos hombres encendieron un cigarrillo.

Andragón fue el primero en hablar, asombrado por todo lo que habían escuchado; entendía que era momento de tomar una decisión.

—No me enorgullece lo que estamos por hacer —confesó, sin mirar a su compañero—. Pero vale la pena el riesgo.

—Estoy de acuerdo —acordó Blandes—. Si hacemos las cosas bien, lo más probable es que nada le suceda. No seamos pesimistas.

—Vamos, Ratón, ambos sabemos que en cuanto hagamos los llamados que tenemos que hacer, Milosevic será hombre muerto.

—Tal vez —accedió Ratón Blandes—. Pero nada es seguro. En realidad, lo único seguro es que esta es nuestra última oportunidad para atrapar a Gómez Urduz y al traidor que está filtrando información. La operación amerita el riesgo; no vamos a encontrar mejor carnada. Así que hagamos lo que tenemos que hacer. El resto queda en manos de Dios.

Blandes fue quien dio el primer paso. Del bolsillo de su abrigo extrajo su celular y, luego de pulsar un par de teclas, se llevó el aparato al oído.

—Buenas noches —saludó con aspereza—. Sí, ya sé que es tarde, pero la situación lo requiere. Necesito que tu juez convoque a una reunión urgente —indicó sabiendo que del otro lado entendían el mensaje—. Está constatado y quiere hablar. Aunque lo protegeremos, tenemos información de que quieren matarlo. Sí, eso pienso. Es imperioso que se reúna con el juez cuanto antes. Mañana mismo a primera hora, si es posible.

Por su parte, Andragón también hacía un llamado telefónico.

—Hola, habla Cachorro. Escucha bien lo que te voy a decir; quiero que hagas correr la voz. Atraparon al Croata —dijo con voz neutra—. Sí, el mismo. Mis fuentes dicen que está dispuesto a hacer un trato; información a cambio de protección. Por lo que me han informado, quieren mover la madriguera y vengarse de una buena vez de viejos rencores. Tiene mucho para compartir. No estoy seguro de a dónde lo trasladarán, pero sé que ahora está con su novia en un importante hotel. Mañana lo moverán.

Guardaron sus celulares al mismo tiempo. Se miraron con incomodidad por lo que acababan de hacer, pero con la

satisfacción del deber cumplido brillando en sus ojos. Toda misión tenía sus sacrificios; ambos lo sabían.

–Vamos, Cachorro –dijo Blandes–. Te invito una cerveza.

En la planta trece del Hotel Emperador Mondini, Gimena se recostaba junto a Mirko, que finalmente se estaba quedando dormido. Como hipnotizada, lo observaba respirar rítmicamente, admirando su perfil de labios rellenos y rasgos sensuales. Lo veía hermoso, como si su rostro hubiese sido cincelado y, al mismo tiempo, lo sentía tan golpeado por la vida, tan lleno de invisibles y hondas cicatrices, que le dolía el alma al sentir su dolor.

Una vez más la maravilló la profundidad de sus sentimientos hacia él, como si sus almas fuesen una y estuvieran entrelazadas desde siempre y para siempre. Así lo había sentido desde el primer día.

Para tranquilizarlo, lo había guiado al hidromasaje. Allí permanecieron largo rato conversando de banalidades. Gimena quería su mente lejos de lo que sucedería al día siguiente. Para distraerlo, rescató el tema del proyecto que habían discutido en el campo; le gustaba y hasta creía que podría funcionar. Él escuchaba recostado contra ella, que lo sostenía en sus brazos; lo apaciguaba saber que tenían proyectos juntos. Luego cenaron en la cama, mimándose, permitiendo que la intimidad fuera mucho más profunda que las caricias. *Háblame de Croacia*, le había pedido él y ella accedió, encantada. Le habló primeramente de su Rovinj natal, conocida como la pequeña Venecia croata; le habló de su gente, de sus calles, estrechas y adoquinadas, bordeadas por atractivas casas de coloridas fachadas.

Mirko sonrió y cerró sus ojos cautivado por su voz y por las imágenes que ella le ofrecía. Gimena hablaba de ciudades medievales, de serpenteantes costas acantiladas que morían en mares cristalinos. Le contó sobre Dubrovnik, una de las ciudades más bellas que ella había visitado, y de cómo desde su fortaleza se apreciaban las vistas más increíbles.

¿Con quién la visitaste?, había querido saber él, luego de que se ubicaran en la cama. Gimena se apresuró a decir que había viajado con amigas. Mirko rio y para ella fue mágico volver a escuchar su risa. *No te creo. Estoy seguro de que fuiste con ese francés que muere porque vuelvas con él*, había lanzado con cierta malevolencia ya quedándose dormido.

Gimena percibió la picardía y lo besó sin decir nada cuando él sonrió dándole a entender que ya no importaba. La abrazó con fuerza, asegurándole que no la dejaría volver con él; ya no se sentía ni tan generoso ni tan noble para hacerlo.

—Jamás te dejaría —murmuró Gimena unos instantes después, acariciándole la mejilla—. Te amo demasiado, Mirko —agregó—. En qué momento te convertiste en el centro de mi vida, no lo sé, pero te aseguro que, esta vez, lo vamos a lograr.

No supo bien de dónde llegaba esa certeza, pero la convicción de haber pasado por situaciones similares la abordó provocándole un escalofrío. Mirko se acomodó y balbuceó algo en sueños. Gimena sonrió y, buscando su calor, se acurrucó contra él. Finalmente, dejándose acunar por su rítmica respiración, se quedó dormida.

CAPÍTULO 26

Al día siguiente, disfrutaron de una reparadora mañana de silencio e intimidad. La necesitaban luego de tanto ajetreo. Desayunaron en la cama, hablando de temas irrelevantes que postergaban las preocupaciones y las definiciones de las próximas horas. Era agradable sentir un poco de normalidad.

Cerca de las diez, se presentaron Tomás Arriaga y el detective Andragón, que estaría a cargo del traslado de Mirko a los Tribunales, donde los esperaban. Luego, seguramente, regresarían al hotel, dado que aún no habían ubicado un lugar al cual llevarlo.

—Bueno, vamos hablando —dijo Gimena al acompañar a Mirko hasta la puerta de la habitación—. Por la tarde estaré en la editorial —le dijo, antes de saludarlo con un beso—. Tratar de organizar ese caos me va a ayudar a mantener la cabeza ocupada.

—Me parece muy bien. De algo vamos a tener que vivir cuando todo esto termine —le aseguró Mirko, con una sonrisa—. Desde ya te digo que me niego a ser un mantenido.

—Ya te voy a encontrar algo para hacer, no te preocupes por eso —le aseguró ella mirándolo profundamente. Le sonrió y, no pudiendo contenerse, volvió a besarlo—. Mucha suerte. Recuerda que te amo. Avísame cuando termines.

Gimena cerró la puerta y toda la preocupación que sentía afloró en su rostro. No había querido mencionarlo, pero, desde que había despertado, una sensación de inquietud la acosaba. La certeza de que cada vez que se habían separado algo malo había sucedido creció llenándola de desasosiego.

Más que una declaración testimonial ante la justicia, el encuentro que tendría lugar en el despacho del doctor Ferrari parecía una reunión cumbre para definir los pasos a seguir en un fuerte operativo. Acompañado por Arriaga, Mirko se presentó a la hora acordada. Durante el traslado, se interiorizó de los principales aspectos de la reunión que mantendría y todo lo que de ella dependía.

El detective Blandes fue quien los recibió y se encargó de las presentaciones. El primero en ponerse de pie fue un hombre de unos sesenta años, de aspecto distinguido; era el juez Román Ferrari. A su lado se encontraba el doctor Eugenio Arguindegui, secretario de Justicia en representación del Poder Ejecutivo, y el fiscal general, Nicolás Montaña. Por último, una mujer de unos setenta años, de cabello entrecano y cuerpo regordete, se puso de pie.

—Estaba muy intrigada de conocerlo, señor Milosevic —dijo antes de que Blandes pudiera presentarla—. Soy Claudia Garrido, la real, exfiscal federal —agregó altivamente—. Y sinceramente no creo haberlo conocido ni en el ámbito profesional, ni mucho menos en mi vida privada; lo recordaría, sin duda.

Mirko frunció el ceño y la contempló sin saber si debía tomar el comentario como un halago o como una expresión de malestar. La mujer lo estudiaba con detenimiento. Tenía una mirada punzante, filosa e intimidante que a Mirko le costó sostener.

—Encantado, señora, nunca nos hemos visto —accedió finalmente él, dedicándole una sonrisa nerviosa.

La mujer también sonrió y, con un ademán, los invitó a que tomaran asiento. Entre todos se saludaron y se ubicaron en torno a la mesa. La reunión comenzó sin más demora. Primeramente, la exfiscal quiso saber cuántas veces su nombre había sido utilizado.

—Me refiero a cuántas veces se utilizó mi investidura —aclaró—. Porque a todos los delitos que se le imputan a esa mujer, debe sumársele el de usurpación de identidad.

—No sabría responder esa pregunta —repuso Mirko con seguridad—. Por lo pronto yo la conocí hace más de dos años.

—Empiece desde el principio, señor Milosevic —indicó el juez transmitiendo toda su autoridad—. Iremos haciendo las preguntas que creamos convenientes a medida que avance en su relato.

Mirko asintió y una vez más comenzó a contar su historia. Mientras él hablaba de cómo la falsa Garrido se había

presentado en el penal de Batán y de la propuesta para colaborar con la Fiscalía, sus interlocutores seguían sus palabras con atención. De tanto en tanto, tomaban notas o asentían ante alguna mención puntual.

—¿Qué fue lo que le ofreció a cambio de colaborar con la Fiscalía? —quiso saber la verdadera Garrido.

—Agilizar mis salidas transitorias —respondió Mirko como si fuese lo más evidente del mundo—. Me ofreció la oportunidad de comenzar una nueva vida, trabajando para el lado de los buenos.

El juez Ferrari y el fiscal Montaña tomaron nota de ello y le indicaron a Mirko que continuara, aun cuando todos notaron el dejo sarcástico en su tono de voz. Pasó a hablar de la Editorial Blooming y de cómo le facilitaron su ingreso; también de los dispositivos que le indicaron que colocase tanto en el despacho de Antonella como en la casa de ella. Al principio parecía que no había ningún delito a la vista; pero, entonces, una tarde apareció Candado.

—¿Cuando habla de Candado se refiere a Gómez Urduz? —preguntó el secretario de Justicia. Mirko asintió—. ¿Qué hacía cuando lo vio?

—Se reunía en la editorial con Antonella Mansi y De la Cruz —respondió pensando que seguramente toda esa información estaba en el expediente que tenía delante.

—¿Sabe para qué se reunían?

Mirko miró a Arriaga brevemente y este le devolvió una imperceptible afirmación con la cabeza. Pasó a hablarles del rol que ocupaba cada uno en la suerte de sociedad que tenían: De

la Cruz proveía sus modelos, Antonella las difundía mediante la revista. Tenían un código, donde el valor de cada prenda equivalía al servicio que ofrecían. Candado se ocupaba del lugar y los clientes para el intercambio. Esas fiestas clandestinas eran el punto de encuentro.

Empezaba a ponerse nervioso. Las manos le sudaban y una sensación de ahogo lo inquietaba. Tomó el vaso de agua con algo de brusquedad y lo vació de un trago. Resolviendo cómo continuar hablando, extrajo un cigarrillo que no encendió, pero mantuvo entre sus dedos.

—Una vez descubiertos quiénes eran los actores, todo fue mucho más sencillo —siguió—. Nos enteramos de que se estaban organizando esas reuniones y una tarde, de pura casualidad, cayó en mis manos una libreta que pertenecía a Antonella; allí hallé la fecha exacta, la dirección del lugar y la contraseña para entrar. También había detalles de las anteriores y las futuras reuniones.

—¿Para qué lo querían en esa fiesta? —quiso saber el representante del Poder Ejecutivo—. ¿Tenía algún objetivo?

—Sí, lo tenía. Días previos al encuentro, la mujer que se hacía pasar por la fiscal me pidió que, además de cerciorarme de que Candado y De la Cruz estuvieran allí, tenía que ubicar a otras personas —respondió con voz neutra—. Ella me mostró tres fotografías para que los reconociera. Solo quería que, en cuanto viese que todos estuvieran, le avisase.

—¿Los vio allí entonces? —preguntó Ferrari, preocupado. Mirko asintió—. ¿Qué hizo después?

—Una vez que los ubiqué, me comuniqué con Claudia

—terminó diciendo y miró a la verdadera Garrido dedicándole una mueca—. Ella me había dicho que eran corruptos, que hacía años que los buscaba y que sería una excelente oportunidad para atraparlos a todos con las manos en la masa —explicó, con algo de tensión. Hizo una pausa y miró al fiscal Montaña—. Francamente, esperaba que fuera la policía quien llegara después de mi llamado. Para mí fue una verdadera sorpresa cuando esos matones irrumpieron disparando a mansalva.

—No fue a mansalva —lo corrigió el juez—. De haberlo sido, tendríamos muchos más muertos. Esos hombres sabían a quiénes debían matar.

—Tiene razón, señor —reconoció Mirko—. Estoy seguro de que yo era uno de los blancos —bajó la vista, resignado—. Eso fue justamente lo que Serena Roger dijo que sucedería. Eso y que, cuando estuviera muerto, me llenarían de pruebas para parecer culpable de todo. Ella también estaba interesada en esa reunión.

El juez intercambió miradas con el fiscal y el secretario de Justicia. Los tres coincidían con Milosevic, pero no podían decirlo. Volvieron a prestar atención cuando Mirko pasó a contarles que Candado lo había descubierto y la golpiza a la que lo estaban sometiendo cuando los matones irrumpieron en el lugar. Había logrado escapar de milagro. Se escondió en un campo hasta donde esos mismos matones lo siguieron e intentaron liquidarlo. No mencionó a Gimena y rogó porque nadie preguntara cómo había llegado allí.

—Usted tiene más vidas que un gato, señor Milosevic —acotó la exfiscal—. ¿Cómo logró sobrevivir?

—Me crie en las calles del puerto de Mar del Plata, señora —fue su rotunda respuesta—. El instinto y la supervivencia son la base de todo.

—Entiendo —accedió Garrido—. ¿Puedo preguntar quién es Serena Roger? No recuerdo haber leído su nombre en el informe.

Esta vez fue Blandes quien se ocupó de suministrar la información requerida. Lo primero que mencionó fue que era la mujer que había aparecido muerta en el apartamento que pertenecía a Milosevic. Además de aclarar que trabajaba en una operación encubierta, hizo hincapié en el papel que Mirko había tenido y cómo gracias a él las pruebas que había conseguido la agente Diana Bakos, el verdadero nombre de Serena Roger, quedaron bien resguardadas.

—Antonella Mansi confesó ese crimen la noche de la fiesta —comentó Mirko—, pero no tengo forma de probarlo.

El juez abrió la carpeta que tenía delante de él. Era un detallado informe sobre la vida de Mirko y su prontuario. Junto al referente del Ministerio Público Fiscal, habían estado desmenuzando todas las pruebas que la policía les había acercado. Luego de mucho analizar, ambos letrados encontraron sumamente llamativa la gran cantidad de concordancias que había entre los distintos hechos.

—Hábleme de las personas asesinadas en la masacre del 11 —indicó el juez colocando las fotos de cada uno de los fallecidos y sin apartar la mirada del rostro de Mirko—. ¿Por qué ellos?

—No conocía a esos hombres hasta que Claudia me mostró sus fotografías —comentó. Miró a Arriaga, que guardaba silencio pues, a su entender, Mirko se estaba desenvolviendo bien—. Ni

siquiera sé bien cuáles son sus nombres. Supe que eran jueces cuando me lo dijo Loli −dijo señalando la fotografía de la modelo muerta−. También mencionó que De la Cruz le había indicado que, si quería que su carrera fuera ascendente, debía mantener-los contentos.

−Bueno, deje que le cuente un poquito quiénes eran −dijo el fiscal, con firmeza−. Por un lado, el doctor Leónidas fue quien autorizó sus salidas transitorias −agregó señalando la foto del hombre en cuestión−. Este era el doctor Héctor Carranza, quien lo condenó en el año 2008 −continuó−. A De la Cruz ya lo conocemos y simplemente podemos agregar que usted an-daba con su esposa; en cuanto a las modelos, las tres trabajaron bajo sus órdenes.

−Soy fotógrafo, ellas tres y muchas otras trabajaron con-migo, señor −se defendió.

Arriaga puso su mano sobre la pierna de Mirko para conte-nerlo; era importante medir sus palabras. Él asintió, dándole a entender que comprendía.

−Doctor Ferrari, hace casi dos horas que mi cliente está ha-blando −dijo Arriaga, con tranquilidad−. ¿Podemos hacer una pausa?

El juez accedió y, por unos minutos, todos se relajaron. Ferrari aprovechó para atender un llamado y la exfiscal con-versó con Arriaga sobre conocidos en común, mientras el se-cretario de Justicia respondía un par de mensajes en su celular. Una secretaria se acercó para reponer las bebidas y Mirko le preguntó dónde podía fumar. Le indicó que saliera por una puerta balcón que daba al exterior.

Una vez fuera se apresuró a encender su cigarrillo y llamó a Gimena. La encontró camino a la editorial.

—¿Estás bien? —preguntó ella notando la ansiedad que su voz transmitía—. Te noto tenso. ¿Cómo te está yendo?

—Creo que bien. Parecen conformes —respondió entre pitadas—. Pero hacen muchas preguntas. Estoy cansado.

—Te va a ayudar mucho compartir todo con ellos, Mirko —deslizó ella dándole ánimo—. Todo va a salir bien, mi amor.

—Seguro. Te aviso cuando todo termine, te amo.

Regresó a la sala, donde una secretaria había colocado dos fuentes con bocadillos y refrescos. Mirko tomó un poco de agua primero y un bocadillo después. Estaba cansado, pero le producía un gran alivio compartir toda esa información; necesitaba liberarse de esa carga. Por fin sentía que estaba haciendo algo que lo redimía.

—¿Cómo estás? —preguntó Arriaga, con calma. Mirko se encogió de hombros. Bajó la voz para que solo su defendido pudiera escucharlo—. Lo estás haciendo muy bien. Así que, sigue así.

La reunión continuó como si nunca se hubiese interrumpido. Durante la siguiente hora, un poco para tratar de entender la trama que se había tejido y, otro tanto, para intentar individualizar a los personajes involucrados, Mirko respondió preguntas. Habló de todo y de todos.

En una pausa, su mirada se cruzó con la del fiscal Montaña, que aprovechó para pedirle que les hablara de la mujer que había aparecido muerta en su domicilio. Volvió a hablarles de Bakos, conocida por él como Serena Roger, y de lo que Antonella Mansi le había confesado.

La doctora Garrido notó que Mirko empezaba a ponerse ansioso e irascible y lo adjudicó a la abstinencia; en alguno de los tantos informes que habían caído en sus manos, había leído sobre su adicción. Decidió cambiar de tema ante la primera pausa de Milosevic. De la carpeta que el juez tenía frente a sí, extrajo una copia del contrato que la mujer que había usurpado su nombre le había hecho firmar a Mirko.

—Parece mentira que hayan confeccionado este documento —dijo, sin dar crédito. Todos la miraron y fruncieron el ceño, preocupados. Era algo más a considerar—. Incluso tiene el sello oficial. Nadie hubiese dudado de su validez.

—Sinceramente, siempre creí que trabajaba para la Fiscalía —reconoció Mirko—. No fue sino hasta que Serena... quiero decir, Diana Bakos mencionó ciertos puntos y todo comenzó a desmoronarse que empecé a pensar que era una trampa —explicó y la debilidad comenzaba a notarse en su voz—. Yo creía que estaba haciendo las cosas bien.

Nadie emitió comentario alguno ante esta afirmación; pero los tres funcionarios habían visto demasiadas buenas representaciones para dejarse convencer tan fácilmente.

—Creo que mi cliente necesita salir de esta habitación —deslizó Arriaga—. Todos estamos agotados.

—Está bien, señor Milosevic, dejemos el asunto por hoy —se apresuró a decir el juez.

—Una última cosa antes de que se marche —acotó el secretario de Justicia ganándose la atención de todos—. Esta mañana, Antonella Mansi apareció muerta en su celda —informó—. Se están investigando los hechos, pero todo apunta a un suicidio.

Mirko quedó boquiabierto. No le agradaba enterarse de que, uno a uno, todos los involucrados en el caso iban muriendo; y no de muerte natural, precisamente. ¿Quién estaba detrás de todo aquello? ¿En qué situación quedaba él parado?

—Le voy a pedir que no salga de la ciudad, Milosevic —le ordenó el juez—. Vamos a necesitar reunirnos varias veces más.

—¿Mi cliente está imputado? —preguntó Arriaga presionando.

—No, doctor, para nada. Es más, su colaboración es más que provechosa —respondió el fiscal con determinación. Miró entonces a Mirko con acritud—. Gracias a todo lo que aportó, podremos imputar a muchos otros; no obstante, teniendo en cuenta que ha participado en muchos actos delictivos y, aunque sabemos que lo engañaron para que participara, tenemos que analizar todas las pruebas en su contra.

—Demasiada palabrería para mi gusto —sentenció Mirko, contrariado—. ¿Tengo que preocuparme?

—Queremos protegerlo, Milosevic —le aseguró el secretario de Justicia, poniéndose de pie luego de que el juez Ferrari lo hiciera—. Para hacerlo, tenemos que estar bien seguros e informados.

Eran cerca de las seis de la tarde cuando Mirko llegó a la habitación del hotel. Desde que había dejado el despacho del juez, había intentado comunicarse con Gimena , pero ella no atendía.

—Trate de descansar —dijo Blandes, antes de marcharse—. Beba agua, toda la que pueda, eso lo ayudará a limpiarse.

Mirko asintió, más por concluir el tema que por darles la razón. Cruzó miradas con Arriaga, que lo observaba.

—¿Estás bien? —preguntó el abogado cuando Blandes se alejó de ellos—. ¿Necesitas algo más?

Mirko sacudió su cabeza negativamente y le aseguró que estaba bien; pero no lo estaba. Lo ponía nervioso que Gimena no lo atendiese. Lo último que había sabido de ella era que pensaba pasar por la editorial.

—¿Vamos, doctor? —dijo Blandes mirando a Arriaga—. Cachorro se quedará.

—Hablamos luego, Mirko —se despidió el abogado.

Andragón seguía concentrado en la información del caso. Estaba intrigado por algo. Mirko se sirvió un trago y sonrió al ofrecerle uno y escuchar el claro "no puedo, estoy de servicio" como respuesta. Cachorro Andragón tenía la vista clavada en la computadora; no podía dejar de pensar en la mujer que se hacía pasar por Claudia Garrido.

—¿Sabe? —dijo de pronto, mientras analizaba una captura del video donde la falsa fiscal aparecía. La estudió una vez más, contrariado por no poder reconocerla—. Me cuesta desprenderme de la sensación de haber visto a esta mujer. Me saca de quicio no ubicar dónde la vi.

—Ya le dije todo lo que sé —replicó Mirko, con cierto hastío.

—No es eso, Croata —se apresuró a aclarar Andragón—. Es que incluso tengo la sensación de haberla visto varias veces y de haber hablado con ella —agregó fastidiado por no poder recordarlo. Miró a Mirko y le dedicó una sonrisa maliciosa—. Algo me dice que cuando lo haga comprenderemos muchas cosas. ¿Por

qué no descansa un rato? —sugirió al cabo de unos segundos, al ver a Mirko mirar su celular con gesto preocupado. Guardó la imagen de Garrido entre los documentos con los que había estado trabajando—. Y si a usted no le molesta, haré lo mismo.

Mirko asintió y, en silencio, se retiró a la habitación pensando una vez más en Gimena. Se dejó caer en la cama. Tomó la medicación que lo ayudaba a mantenerse contenido. En pocos minutos, la mente comenzó a apaciguarse y la pesadez fue lentamente apoderándose de su cuerpo. En la habitación contigua, Andragón había encendido la televisión. Eso fue lo último que supo, pues la oscuridad se adueñó de él.

Lo despertó el sonido de su teléfono por la entrada de un mensaje de texto. Antes de atender, se irguió en la cama y se frotó los ojos para despejarlos. A su alrededor, la noche se había adueñado de las calles. Un segundo zumbido llamó su atención y, todavía algo adormilado, tomó el celular, que había dejado bajo la almohada. Una sonrisa se instaló en su rostro al ver que se trataba de Gimena. Lo abrió.

Pero la alegría le duró poco, pues casi se le detiene el corazón al ver la foto de Gimena sentada en su escritorio, amordazada. Miraba a la cámara con gesto de pánico. Debajo, el mensaje decía: "Tú por ella, Croata. Tienes media hora para salir de tu escondite y venir a rescatar a tu damisela. Te recomiendo que te deshagas de la poli. Tenemos mucho de que hablar".

Lo primero que sintió fue un dolor punzante en la boca del estómago, como si lo hubiera atravesado una lanza. Su mente, todavía bajo los efectos del ansiolítico, luchaba por romper las cadenas que la contenían. Logró ponerse de pie. En la

habitación contigua, Andragón dormía desparramado sobre uno de los sofás. Un nuevo mensaje terminó de despertarlo: "En la editorial encontrarás más instrucciones. Sin policías, Croata, de eso depende que la chica viva".

Candado de mierda, pensó lleno de odio. "La llegas a tocar y te mato", escribió fuera de sí.

Sigilosamente, se colocó los zapatos y tomó un abrigo. Luego cruzó la habitación principal cuidando de no hacer el más leve sonido que alertase a Andragón. Una vez en el pasillo, corrió hacia la escalera de emergencia, no quería perder tiempo aguardando el elevador.

Cachorro Andragón se irguió en cuanto escuchó la puerta cerrarse. Tan rápido como pudo, tomó su celular y llamó a Blandes.

—Acaba de salir —anunció—. Perfecto. Sí, sí, entiendo. Ya le aviso al Búho.

CAPÍTULO 27

El edificio estaba en penumbras cuando Mirko llegó. El empleado de seguridad que cubría el horario nocturno no se encontraba en su puesto. Con el rostro tenso, ingresó y se detuvo en seco al ver el mensaje pegado en la puerta del elevador. Mirko lo tomó con aprensión. Candado le indicaba que se desvistiera y dejara toda la ropa en la recepción. Quería ver que no llevara micrófonos. Lo esperaba en la editorial. Las últimas palabras de la nota fueron:

Sube por el ascensor; no te haré ejercitar. Si llego a ver que no cumples mis indicaciones, la mato.

Dejó su celular sobre el escritorio de la recepción; no había señales de Arriaga aún. Le había enviado un mensaje a su abogado, luego de intentar dar con él y no conseguirlo.

Se estaba arriesgando, pero no tenía opción, necesitaba que alguien supiera dónde estaba o no tendrían chances de sobrevivir. Comenzó a desvestirse.

Ingresó en el elevador llevando solo su ropa interior. Hacía frío, pero la tensión era tan grande que Mirko no sentía nada; solo rogaba por Gimena. No quería pensar acerca de lo que sería capaz de hacer si Candado la tocaba. Nunca había sentido ni tanto miedo ni tanto odio hacia alguien y, una vez más, consideró lo absolutamente egoísta que era por no querer apartarse de ella.

Al alcanzar la segunda planta, Mirko se detuvo un momento. El lugar estaba oscuro y silencioso. Respiró hondo e ingresó.

—Candado, aquí estoy —anunció con voz audible y clara—. Ya me tienes aquí, déjala ir.

No hubo respuesta de ningún tipo; el silencio era fantasmal. Mirko contuvo la respiración y recorrió la oscuridad con la mirada. Cautelosamente, cruzó la recepción, atento a posibles movimientos. Candado podía estar oculto en cualquier recoveco de la editorial. Se detuvo junto al escritorio de Romina, de donde tomó un abrecartas filoso y puntiagudo; era mejor que nada.

—¡Candado! —gritó con la voz tensa—. No compliquemos más las cosas. Quiero ver a Gimena.

Desde allí espió dentro del despacho de Antonella. No había suficiente luz para asegurar que no hubiera nadie. Consultó su reloj, lo único que llevaba consigo además de sus interiores, y se preguntó si alguien llegaría a socorrerlos.

Un sonido en el extremo más alejado del salón llamó su atención. Aguardó agazapado detrás un escritorio. Tenía que

lograr que Candado saliese de su guarida. Percibió movimientos en el despacho de Gimena.

Se acercó sigilosamente, aferrándose al abrecartas. La puerta estaba abierta de par en par. Desde el umbral pudo ver el cómodo sillón de Gimena enfrentando la ventana. Tenía respaldo alto y, desde su ubicación, Mirko solo pudo detectar las cuerdas que indicaban que alguien estaba cautivo. Se acercó y casi se le detiene el corazón al ver el charco de sangre que empezaba a formarse bajo el escritorio. Asustado, apresuró el paso llamando a Gimena con desesperación. Quiso gritar, pero la voz se le quebró; bruscamente manoteó el sillón y lo giró, aterrado por encontrarse con Gimena herida. La sorpresa fue aún mayor cuando se encontró con Candado atado y muy mal herido, en estado de inconsciencia.

El terror se apoderó de él ante la certeza de que alguien más tenía a Gimena.

—Parece que tardaste mucho en llegar —dijo una voz a su espalda—. Una pena que Candado ya no esté presentable para recibirte.

Mirko giró lentamente y, azorado, contempló a Gonzalo Ibáñez, que sostenía a Gimena apuntándola con un arma.

—¿Estás bien? —preguntó mirándola. Gimena asintió con los ojos llenos de lágrimas—. Déjala ir. Ella no tiene nada que ver —agregó, furioso. Dio un paso hacia ellos sin poder contenerse.

—Quieto, Croata —ordenó el colaborador de la falsa fiscal Garrido, ajustando más el brazo con el que sostenía a Gimena—. No estás en posición de dar indicaciones. Además, tú la has metido en esto, ¿no?

Con un movimiento del arma, le indicó que se acercara a los sillones que enfrentaban el escritorio de Gimena. Mirko acató la indicación con la mirada clavada en ella, que estaba evidentemente conmocionada.

—Átelo, señorita Rauch —ordenó Ibáñez extendiéndole unas esposas—. Y no haga locuras que no me costaría nada ponerle un tiro en medio de la nuca.

Gimena contuvo el aliento y sollozó; no tenía más remedio que hacer lo que le indicaba. Temblando, se acercó a Mirko y lo miró aterrada. Él le devolvió la mirada para que se tranquilizara e intentó que ella comprendiera que los refuerzos estaban por llegar, aunque no podía estar seguro de que así fuera.

—Vamos llegando al final de toda esta historia, Croata —dijo Ibáñez, mientras prestaba atención al accionar de Gimena—. Muchas gracias, señorita Rauch —agregó cuando la tarea estuvo terminada—. Ahora, por favor, colóquese estas esposas y amárrese a aquel radiador.

Mirko la siguió con la mirada y en algún punto agradeció que la apartara de ellos. Ahora solo debía hacer hablar a Ibáñez para ganar tiempo; apostaba sus últimas esperanzas a que Arriaga hubiera escuchado el mensaje y alertado a la policía.

—Así que a ti te toca cerrar el asunto —dijo Mirko, tratando de atraer su atención—. ¿Dónde está Garrido?

—No puedo creer que sigas llamándola así —respondió Ibáñez, divertido, y rio de un modo contenido y algo desquiciado.

Sin soltar el arma, buscó en el interior de su abrigo y extrajo una jeringa. La miró y luego trasladó su mirada a Mirko, que empezaba a comprender qué estaba por suceder.

—Su verdadero nombre es Silvia —comentó, mientras quitaba el capuchón protector de la jeringa y la preparaba—. Todo fue idea de ella. Era su plan, su venganza, y la verdad es que no podría haber salido mejor —aclaró, acercándose a Mirko—. Cuando se puso en contacto conmigo y te nombró —continuó, jactancioso—, pensé que el destino se había acordado de mí. Sentí que mi momento había llegado. Por fin. El detalle de lujo para un plan perfecto.

—Pero ¿qué te hice? —preguntó Mirko con la intención de estirar la conversación y también para saber qué era lo que lo motivaba—. No nos conocemos.

—Odiaba cuando mi hermano elegía quedarse contigo en lugar de venir a vernos —dijo en el momento en que clavaba la aguja en el brazo de Mirko, quien intentó sacudirse, pero no pudo hacer nada para evitar que la droga entrara en su sistema—. Él siempre te idolatró y terminó muerto por no defraudarte. Si me hubiera hecho caso… pero no, él se sentía en deuda contigo.

Gimena comenzó a llorar. Intentó ponerse de pie, pero Ibáñez reaccionó rápido y, apuntando con su arma, disparó lo suficientemente cerca como para que ella pensara mejor lo que estaba por hacer. El grito de Mirko se mezcló con el de Gimena, que se acurrucó contra la pared sin dejar de sollozar.

—Todavía no es su turno de morir, señorita Rauch, no sea impaciente —dijo, maliciosamente—. Primero debemos esperar que la droga se apodere de nuestro querido amigo. Será su propia mano la que disparará el arma que los matará a usted y a Candado. ¿No es una genialidad?

Gimena quedó paralizada de terror al ver al hombre que retiraba la aguja del brazo de Mirko, sin dejar de apuntar el arma hacia a ella.

—Vas a quedarte tranquilo —agregó golpeándole el rostro y caminando a su alrededor, deteniéndose a las espaldas de Mirko. Se inclinó sobre él y le habló al oído casi en un susurro—. Será una muerte lenta y, para que no te pierdas detalle, te contaré lo que pasará cuando todo termine. La autopsia arrojará que los mataste a los dos y luego te suicidaste; una sobredosis; nadie se va a sorprender. Llegaste y encontraste a Candado y a tu novia de fiesta, te volviste loco y los mataste a los dos; emoción violenta, más que entendible. Claro que, para que todo sea más creíble, me voy a divertir un rato con tu novia mientras la droga corre por tu cuerpo hasta anularte todos los sentidos. Como será lento, tengo tiempo para disfrutar un rato. Luego, todo será más sencillo; pongo el arma en tu mano y pum. Cada pieza en su lugar. Fin de la historia. Caso cerrado.

Mirko se sacudió con desesperación; comenzaba a sentir que perdía el dominio de su cuerpo. La voz de Ibáñez se distorsionaba y la visión comenzó a nublársele.

—Gracias por todo, Croata —dijo en el momento en que le golpeaba el rostro, ahora con violencia—. Saluda a Lalo de mi parte cuando lo veas. Esto es por él.

La revelación llegó demasiado tarde y Mirko no alcanzó a escuchar esas últimas palabras. Todo sucedió a un ritmo vertiginoso; el cuerpo de Ibáñez se llenó de puntos rojos. Ambos hombres se miraron a los ojos. Mirko miraba ya sin ver. Ibáñez comprendió lo que estaba por suceder; alzó su arma y apuntó.

¡Gimena!, fue lo último que creyó gritar antes de sacudirse violentamente luego de que un fuego intenso lo alcanzara propagándose por su cuerpo; cayó de espaldas y perdió el conocimiento.

Los gritos, la humareda provocada por las balas y la cantidad de uniformados, que en pocos segundos irrumpieron en el despacho, generaron un escenario apocalíptico. El caos era tal que nadie se detenía a responder preguntas. Los médicos del servicio de atención de emergencias se ocupaban de los heridos. Gimena temblaba y gritaba descontrolada, pidiendo por Mirko, a quien ya no veía. Un hombre, de tres veces su tamaño, logró abrir las esposas y, tomando a Gimena en sus brazos, la sacó de allí sin hacer caso al ataque de nervios que la dominaba.

Ya en la calle, envolvieron a Gimena con una manta y la llevaron a una ambulancia, donde se apresuraron a brindarle los primeros auxilios. Mientras la revisaban y estudiaban sus heridas, observó salir una camilla con un hombre con respirador; era Candado. Un instante más tarde, vio que salía la camilla que llevaba a Mirko. Parecía muerto y, a juzgar por los rostros de los camilleros, era imperioso que llegara al hospital cuanto antes. Las lágrimas se deslizaron sin control por sus mejillas.

—¿A dónde lo llevan? —gritó fuera de sí.

Esa madrugada, la guardia del hospital estaba atestada de gente. Las ambulancias se sucedían unas a otras y la situación estaba al límite del desborde.

Gimena fue ingresada en estado de shock. Obnubilada por lo que acababa de vivir, paralizada por la última imagen que tenía de Mirko, no era consciente de lo que sucedía a su alrededor.

La ubicaron en un box donde una enfermera se apresuró a asistirla, mientras un policía se apostaba en la abertura para custodiar que nada le sucediese. A simple vista, la mujer comprobó que Gimena no estaba lastimada, apenas presentaba un golpe en el rostro y unos magullones en los brazos. Consiguió recostarla para estudiar su estado general, tomar su presión arterial y demás signos vitales. Cuando la revisación concluyó, la enfermera le informó que un médico se acercaría a la brevedad. Gimena asintió mecánicamente, pero no estaba prestando atención; en cambio, preguntaba insistentemente por Mirko. La posibilidad de que estuviese muerto la hundía en un agujero negro que amenazaba con ahogarla.

—Te prometo que ya mismo iré a averiguar —le aseguró la enfermera—. Pero quiero que te quedes aquí, acostada, hasta que venga el médico. ¿Entendido? —Gimena asintió—. Cuando vuelva, te contaré cómo está él. Ahora debes tranquilizarte.

Recostada en esa camilla impersonal, Gimena asimilaba lo cerca que había estado de morir. Las lágrimas volvieron a sus ojos, ya sin control, y dejó fluir el terror que había sentido. La imagen de Mirko inconsciente, sangrando, se instaló en su mente. Poco a poco un hormigueo corrosivo se esparció por su cuerpo ante la posibilidad de perderlo para siempre. Entonces recordó la jeringa. Una sobredosis letal, eso era lo que el hombre había dicho. Gimena se desesperó; las lágrimas silenciosas se convirtieron en llanto desolador.

No supo cuánto tiempo estuvo llorando sola, en posición fetal, sintiéndose pequeña e indefensa; pero agradeció ver el rostro de Arriaga asomándose. Por fin alguien conocido.

—Ya terminó todo —dijo el abogado intentando serenarla. La abrazó con fuerza, conteniéndola—. Hablé con Javier. Se iba a ocupar de avisar a tu hermano —le informó—. Debe estar por llegar en cualquier momento.

Gimena asintió y comenzó a llorar nuevamente. Conmovido, el frío abogado la sostuvo en sus brazos permitiéndole desahogarse. Así permanecieron varios minutos hasta que Gimena fue lentamente recuperando la calma. Se separó y, una vez más, preguntó por Mirko.

—No sé mucho —respondió Arriaga, evasivo. Se había cruzado con Blandes, quien le indicó que no dijera nada acerca de la salud de Milosevic hasta no resolver los pasos a seguir—. Lo están operando —agregó, cauteloso—. Por lo poco que me informaron, lo alcanzó una bala y ha perdido mucha sangre. No sé más que eso.

Gimena comenzó a llorar nuevamente y Arriaga se encargó de asegurarle que estaba en buenas manos. Saldría bien, no tenía dudas de ello.

—Mientras esperamos, ¿quieres contarme qué sucedió?

Gimena asintió y, entre sollozos, de un modo por demás desordenado, le habló de cómo Candado había aparecido de la nada.

—Él sabía que si me retenía, Mirko iría —comentó y se limpió la nariz—. Su idea era llevarme a otro sitio. Estaba por hacerlo cuando el otro hombre apareció. Candado no lo conocía;

no tenía idea de quién era. Mirko lo llamó Ibáñez, pero ante Candado se presentó con otro nombre.

—¿Cuál?

—No lo recuerdo —se excusó, apenada y angustiada—. Pero sí recuerdo que dijo algo así como que lo enviaba un viejo conocido suyo —prosiguió—, uno que venía a cobrarse una deuda —hizo una pausa intentando recordar toda la escena—. Sí, eso dijo, y lo obligó a sentarse en mi escritorio. Me forzó a que lo atara —continuó diciendo entre lágrimas—. Y entonces le disparó —al bajar la vista detectó una mancha de sangre en su blusa. Asustada, comenzó a temblar nuevamente ante los recuerdos que se agolpaban—. Quiero ver a Mirko —sollozó—. Tengo miedo de que, si saben que está vivo, vuelvan a intentarlo. ¿No lo entiende? ¡Lo van a matar!

Arriaga intentaba tranquilizarla cuando un hombre elegantemente vestido ingresó al pequeño cubículo y se abalanzó sobre Gimena.

—¡Manu! —exclamó ella y estiró sus brazos para alcanzar a su hermano.

—Acá estoy —dijo Manuel Rauch con la preocupación y el terror dibujados en el rostro. La abrazó con fuerza acariciándole la espalda para serenarla—. Tranquila, Gimena, tranquila. Ya pasó.

Arriaga se puso de pie y los contempló un instante. Su mirada se cruzó con la de Manuel. Extendió su mano y se presentó. Sin dar demasiadas explicaciones, se retiró dejando a los hermanos a solas.

Manuel estudió brevemente a Gimena. Últimamente, la

relación entre ellos oscilaba entre la preocupación y el enfado. ¿En qué estaba metida ahora? era una pregunta que lo desvelaba. El llamado de Lara, pasada la medianoche, lo había descolocado por completo. Estaba muy preocupado por Gimena; por el modo en que había elegido llevar su vida; porque, desde que su padre sufrió ese fatídico accidente, parecía a la deriva. Pero había llegado la hora de empezar a involucrarse en la vida de su revoltosa hermana.

—Me gustaría que me explicaras qué demonios está sucediendo, Gimena —demandó.

—Te juro que lo haré, Manu —respondió—, pero ahora necesito saber cómo está Mirko, por favor.

Estaba por demandar una explicación un poco más sustanciosa, cuando un médico se presentó para revisar a Gimena y lo invitó a retirarse.

En el pasillo se encontró con Lara, Carola y Javier, quienes escuchaban las novedades de parte de Arriaga. Se unió a ellos sin disimular su contrariedad.

—Por favor, ¡¿me pueden explicar qué diablos está pasando?! —chilló Manuel, ofuscado.

—Es una situación complicada, Manuel —se atrevió a deslizar Lara posando una mano sobre su brazo para tranquilizarlo—. Estoy segura de que Gimena te contará todo a su debido tiempo.

—¡¿A su debido tiempo?! —estalló—. La secuestraron, Lara —descargó el tono de su voz—. Terminó en medio de una balacera, y tú me vienes con que ella me va a explicar a su debido tiempo.

—No fue un secuestro, señor Rauch —se apresuró a aclarar Arriaga.

–¿No? ¿Cómo lo llamaría usted? –preguntó, sarcástico. Respiró hondo procurando controlar su temperamento. Luego los miró con seriedad–. Todos parecen entender lo que está sucediendo menos yo –insistió Manuel–. Mínimamente, ¿puedo saber de dónde salió este Mirko? –insistió–. Solo pregunta por ese tipo.

–Mirko es fotógrafo de la editorial –respondió Javier–. Y concuerdo con Lara. Gimena ya te contará toda la historia. Ahora lo importante es que está bien.

–Uno de los médicos que recibió a Mirko me informó que está en el quirófano –comentó Arriaga–. Por lo que Gimena me adelantó, la idea de Ibáñez era matarlo de una sobredosis –agregó el abogado–. Antes de que muriera, el tal Ibáñez iba a dispararle a ella y a Candado usando una de las manos de Mirko, para que pareciera que los había matado a ambos y luego se había suicidado.

–¡Por Dios! –soltó Manuel cubriéndose la boca con una mano, sintiendo cómo se le revolvía el estómago–. Mi hermana estuvo a punto de ser asesinada –deslizó con voz temblorosa, sin poder creer lo que escuchaba–. ¡Esto ya es demasiado!

–Afortunadamente, eso no sucedió –terminó diciendo Arriaga, haciendo caso omiso al exabrupto de Manuel–. La intervención del Grupo Especial de Operaciones de la Policía Federal fue lo que los salvó de ese desenlace.

Gimena apareció en ese momento en el pasillo. Con ayuda de Carola, se acercó a unas bancas. Manuel se ubicó a su lado. Una vez sentada, alzó la vista y, con los ojos enrojecidos, miró a Arriaga buscando una respuesta.

—Todavía no hay novedades —repitió el abogado tratando de tranquilizarla—. Lo están operando. Tenemos que esperar.

Ella asintió y se recostó sobre el hombro de su hermano, dispuesta a esperar lo que fuera. Tres veces preguntó la hora; el reloj parecía no avanzar. Lara y Carola se ocuparon de buscar café y algo para que Gimena comiese.

Todavía no había amanecido cuando un médico se acercó a ellos para informarle que la operación había concluido. El paciente había superado la cirugía satisfactoriamente; además, habían logrado contrarrestar los efectos de la droga en sangre que tenía al momento del ingreso al hospital. Solo restaba esperar su evolución.

—¿Puedo verlo? —preguntó Gimena.

—Por supuesto —dijo el médico—. Será solo un segundo. Acaban de bajarlo a terapia intensiva y, de momento, está bajo los efectos de la anestesia. Lentamente irá despertando.

Gimena asintió y se puso de pie dispuesta a seguir al hombre que la condujo a través de un corredor, hasta un elevador que los llevó al piso indicado. Mientras avanzaban, el médico la fue poniendo al tanto de lo sucedido. Una bala lo había alcanzado a la altura del hombro. Afortunada y milagrosamente, no había ningún hueso roto.

Luego de atravesar una nueva puerta, Gimena divisó la cama donde yacía Mirko. Estaba dormido, con uno de los hombros inmovilizado por un importante vendaje.

—Solo un momento —susurró el médico al dejarla acercarse a la cama.

Gimena asintió nuevamente. Avanzó hacia Mirko con ojos

anegados, sin precisar si lloraba por la alegría de verlo con vida o por la impresión de verlo tan lastimado. Contuvo las lágrimas al llegar a su lado, e instintivamente colocó una de sus manos sobre el pecho desnudo; necesitaba sentir el calor de su piel, su corazón latiendo bajo su palma. Allí estaba la confirmación y Gimena sonrió de alivio. Empujada por la desesperación que la había mantenido en pie por tantas horas, se inclinó sobre él para besar sus labios.

—Mi amor —balbuceó entre sollozos. Volvió a besarlo, esta vez, acariciando una de sus manos—. Estás vivo. Todo terminó.

CAPÍTULO 28

El sol comenzaba a iluminar las calles de Buenos Aires cuando Manuel detuvo el vehículo. A su lado, Gimena permanecía rígida con la mirada perdida en algún punto lejano.

Manuel la observó de soslayo, controlando a duras penas su indignación. Cuando recordaba que su hermana estuvo cerca de morir en medio de una balacera entre policías y narcotraficantes, se le retorcían las entrañas. No sabía si estaba más enojado con ella por ilusa, con los policías por no haberla protegido o con ese delincuente que, a su entender, la había arrastrado a esa suciedad.

Gimena estaba tan obnubilada que ni siquiera protestó cuando el vehículo atravesó los portones de hierro que ocultaban la magnífica residencia de tres plantas, donde tiempo atrás había vivido la familia Rauch Mondini. En la actualidad, Manuel había trasladado allí su centro de operaciones y había

realizado algunas modificaciones en la primera planta, donde estableció sus oficinas y acondicionó un par de habitaciones, una sala de reuniones y un gran salón para eventos privados. Buscando tenerla controlada, Manuel había resuelto llevarla allí. No quería dejarla sola, y él, por su parte, tenía mucho trabajo que atender.

Dos mujeres se acercaron al automóvil al verlo ingresar. Manuel apenas las miró. Descendió y simplemente apresuró el paso hacia el asiento del acompañante. Abrió la puerta bruscamente y miró a Gimena, que parecía estar durmiéndose.

—¿Podemos ayudarlo, señor? —se ofreció una empleada de unos sesenta años, quien, con su uniforme de empleada, aguardaba las indicaciones de su patrón.

—Sí, Amanda, por favor, prepare inmediatamente la habitación para huéspedes. La más grande —ordenó. La mujer asintió y regresó a la casa diligentemente. La otra mujer aguardaba indicaciones—. Señora Alameda, tome el bolso de mi hermana y llévelo a mi despacho.

Sin emitir palabra, la mujer se acercó y entre los dos lograron sacar a Gimena del vehículo. Manuel la alzó en sus brazos, sorprendido por lo poco que pesaba, y la condujo al interior. La señora Alameda caminaba unos pasos delante ocupándose de abrir las puertas del elevador primero y de las habitaciones después.

El edificio era imponente, parecía mentira que tiempo atrás una familia de apenas cuatro integrantes lo hubiese habitado. De las tres plantas que conformaban la vivienda, Manuel solo pisaba la primera, la que había convertido en sus oficinas

centrales, y la tercera, donde había instalado un gran gimnasio, con piscina y sauna. La segunda planta hacía más de tres años que no la visitaba.

Llegó a la habitación de huéspedes con lo último que le quedaba de fuerzas. Amanda lo aguardaba junto a la cama.

Amanda y la señora Alameda se ocuparon de desvestir a Gimena. Luego, bajo la atenta mirada de Manuel, la acomodaron bajo las mantas. Gimena parecía no ser consciente de lo que sucedía y a él se le estrujaba el corazón al verla en ese estado.

—¿Ella está bien? —preguntó la señora Alameda, algo alarmada.

—Sí, ahora sí. Le suministraron un fuerte sedante para que duerma —comentó con voz seca y tensa. Se irguió, enderezando su espalda en actitud arrogante—. Amanda, la espero en mi estudio en quince minutos. Señora Alameda, deshágase de toda esa ropa y, por favor, prepáreme el desayuno; lo tomaré en mi despacho.

Sin decir más, salió de la habitación. Le gustase o no a Gimena, Manuel tomaría cartas en el asunto; estaba harto de las chiquilinadas y las irresponsabilidades de su hermana. Era hora de que entrara en razón. Estaba furioso.

Luego de ducharse y cambiarse la ropa, Manuel se dirigió a su despacho. Consultó el reloj, eran pasadas las nueve de la mañana y apenas había dormido dos horas. En la antesala del despacho, encontró a su joven secretaria preparando todo en su escritorio; estaba comenzando el día. Al pasar frente a ella, la chica se puso de pie y, siguiéndolo, le informó que Amanda esperaba que ella la llamara para acercarse a verlo.

—Que venga inmediatamente —ordenó Manuel.

—Ya mismo le aviso y pido su desayuno —anunció.

—Perfecto —dijo al tiempo que se ubicaba tras un magnífico escritorio de pluma de caoba que había pertenecido a su padre. Alzó la vista y miró a su secretaria, que se disponía a leerle la agenda del día—. Florencia, quiero que Germán esté listo para conducir.

—¿Va a salir, señor? Tiene una videoconferencia con Australia en quince minutos —anunció la secretaria algo descolocada—. ¿Quiere que la cancele? —preguntó, aterrada por las complicaciones que eso acarrearía.

—No, Amanda es quien va a salir —aclaró, impaciente—. Llámala ahora.

—Ya está viniendo —le aseguró Florencia, que acababa de pulsar el botón del dispositivo que llevaba en su bolsillo—. ¿La agenda del día? —preguntó.

Manuel simplemente asintió y simuló prestar atención a lo que la mujer decía. Era un día complicado; lleno de actividades que, afortunadamente, lo mantendrían con la mente ocupada.

—Una cosa más, Florencia —dijo cuando su secretaria estaba por retirarse—. Llama a Raúl Olazábal; esta semana está en Buenos Aires, lo encontrarás en el hotel.

Mientras aguardaba la llegada de la gobernanta de la casa, Manuel se recostó contra el respaldo de su asiento y cerró brevemente los ojos. Ya no era tan joven, y la falta de sueño se hacía sentir. Abrió los ojos y se irguió al sentir la puerta del despacho abrirse. Se acomodó en el asiento al ver que la empleada se acercaba con el desayuno.

—Amanda, le hago un pedido que excede las obligaciones para las cuales fue contratada —comenzó diciendo y hasta en sus oídos las palabras sonaron un tanto pomposas. La mujer lo miraba sin saber qué esperar—. Necesito que vaya al apartamento donde estaba instalada mi hermana —agregó y, luego de tomar el bolso de Gimena, revolvió dentro hasta dar con las llaves. Buscó una pluma y un papel, y registró la dirección—. Aquí tiene —continuó diciendo, entregándole todo a la mujer—. Quiero que traiga todas sus pertenencias. Ropa, calzado, libros, elementos de tocador, todo. Germán la está esperando en la cochera —sentenció y volvió su atención a su desayuno—. Cuando regrese, déjelas en la habitación que está ocupando mi hermana en este momento. Avíseme cuando haya terminado.

—Por supuesto.

—Algo más, Amanda —agregó sin mucha consideración—. A partir de mañana, la segunda planta lucirá como si nunca hubiese estado cerrada. La quiero aireada, luminosa. Lista para ser habitada.

La mujer asintió y presionó sus labios para que su jefe no notara su sonrisa.

Parpadeó varias veces completamente desorientada. De primer momento, todo esfuerzo por recordar fue en vano, no podía dar con los recuerdos asociados al lugar que la rodeaba. Se irguió primero y recorrió el entorno convencida de que nunca había estado en esa habitación.

Frunció el ceño al divisar su maleta junto a una amplia abertura que bien podría conducir a un vestidor privado. *¿Dónde diablos estoy?*, se preguntó, asustada. Intentó ponerse de pie, pero la debilidad corporal que la abordó la obligó a abandonar la idea. Resignada, se dejó caer una vez más contra las almohadas y respiró profundamente.

Unos minutos más tarde, volvió a recorrer el lugar con la mirada; una claridad débil, tenue, entraba por las rendijas de las cortinas; debía ser entrada la tarde. Sobre la mesa de noche divisó un vaso con agua y un pequeño llamador; no lo usó. Poco a poco fue despojándose de la somnolencia y los pensamientos emergieron con mayor claridad. *Mirko*. Angustiada, se volvió hacia la mesa de noche donde encontró su celular. Arriaga era el único que tenía contacto con él.

Con desesperación, llamó al abogado. Para tranquilizarla le informó que Mirko estaba bien; había despertado y descansaba. Tenía planificado pasar por el hospital para verlo en el horario de visitas.

—¡Quiero verlo! —exclamó ella, ansiosa.

—Está incomunicado, Gimena —le informó—. Es por su seguridad. De esta manera está custodiado.

—¿Cuándo podré verlo?

—Una vez que declares —le aseguró—. Si te parece, hablamos el lunes para coordinarlo.

—Está bien —accedió no muy convencida pero consciente de que nada podía hacer—. ¿Puedo al menos llamar más tarde para saber cómo está?

—Por supuesto.

Con dificultad, se levantó de la cama para darse una ducha. Asombrada y algo desconcertada, cruzó el vestidor, contemplando su ropa cuidadosamente colgada. *Manuel*, pensó, indignada.

Luego de vestirse, dejó la habitación dispuesta a aclararle algunos puntos a su hermano mayor. Avanzó por un corredor exquisitamente decorado con esculturas y obras de arte que, para el gusto de Gimena, era un tanto sobrio y masculino. La detuvo un murmullo que parecía llegar de una de las salas. Intrigada, se acercó y frunció el ceño al ver a Raúl Olazábal conversando animadamente con Manuel.

—Te juro que no sé qué más hacer, Raúl —decía Manuel, con preocupación—. Acabo de recibir un informe, por demás completo, sobre ese tipo —sentenció—. Una joyita. Por lo menos, los otros eran unos inútiles sin prontuario criminal. Él es un drogadicto, involucrado no en una, sino en cuatro causas de narcotráfico; cuatro, Raúl. Estuvo preso seis años. Lo buscan por homicidio.

—Debe haber alguna explicación —decía Olazábal—. Gimena siempre fue sensata.

—¿Sensata? ¡Por Dios! —ladró Manuel, desencajado. Se acercó a la ventana y encendió un cigarrillo—. El tipo debe ser un gran amante y la ingenua de mi hermana se creyó todo lo que ese desgraciado le decía al oído.

—No la subestimes, Manu —deslizó Raúl, intentando tranquilizarlo—. Gimena siempre supo cuidarse de los oportunistas.

—Te juro, Raúl, que ya no sé qué hacer —confesó y en su voz se reflejó la angustia acumulada—. Quiero verla feliz de una buena vez; ¿por qué se mete con tipos indeseables?

Ya había escuchado suficiente. Movida por la indignación que el último comentario de Manuel le había provocado, ingresó en el despacho sin molestarse en pedir permiso.

—No sabía que venías a Buenos Aires —dijo acercándose a Raúl y sin mirar a su hermano.

Bajo la atenta mirada de Manuel, se fundieron en un sentido abrazo. Raúl era el dueño del apartamento donde ella se estaba alojando y el director general del Hotel Emperador Mondini de Santiago de Chile. Gimena lo adoraba y lo consideraba una suerte de hermano.

—Preciosa —dijo el hombre, con emoción—, Manuel acaba de contarme lo sucedido —deslizó, separándose de ella para estudiar su estado—. ¿Cómo estás? ¿Te hicieron algo?

—Estoy bien, no me hicieron nada —se apresuró a aclarar con voz tensa. Miró fugazmente a Manuel y volvió su atención a Raúl—. Lamentablemente, mi amigo no corrió la misma suerte.

—Eso me han dicho.

La joven secretaria ingresó a la sala y se acercó a su jefe con el teléfono en la mano. Susurró algo al oído de Manuel y este le indicó que atendería en su despacho.

—Los dejo conversar tranquilos —deslizó clavando su punzante mirada en Gimena. Podía ver en los ojos de su hermana toda la animosidad que sentía hacia su persona. Lo pasó por alto—. Te recomiendo descansar.

—¿A dónde me trajiste, Manuel?

—Sabes muy bien dónde estás —dijo simplemente—. Estás en casa…

Gimena lo miró con desconfianza, las palabras de su hermano

encerraban demasiados significados. Flaqueó, no tenía entereza para enfrentar a Manuel en ese momento. Resuelta, caminó hacia una de las ventanas y observó el exterior.

—No pienso quedarme aquí —disparó enfrentándolo una vez más—. No tenías derecho a traer mis cosas.

—Tus cosas están acá, porque acá es donde te vas a quedar. Ya va siendo hora de que lo enfrentes, Gimena —devolvió Manuel, con autoridad—. Así como lo hiciste en el campo, lo haces aquí… Porque bajo ningún punto de vista consentiré que sigas alojándote en el hotel —disparó. El rostro de ella se tensó levemente—. Sí, querida mía, sé muy bien que te instalaste en el hotel.

Florencia asomó el rostro pero no se atrevió a hablar. Con un gesto, Manuel le indicó que estaba yendo. Luego miró a Gimena con seriedad.

—¿Por qué? ¿Necesitas la habitación para la Barbie que recién asomó la cabeza? —gritó ella.

—Gimena —dijo Raúl tratando de frenar su exabrupto.

—¡Basta, Gimena, no te pases de la raya! —dijo Manuel—. No puedo entender cómo te metiste en algo como esto —deslizó—. Pero aquí se terminó. El lunes mismo vas a declarar y damos fin a toda esta historia. Ya le avisé a nuestro abogado para que se ocupe de acompañarte.

—Ya tengo abogado, Manuel —replicó ella, con los ojos llenos de lágrimas—. No te metas en mis asuntos, puedo manejarme sola.

—A estas alturas tu opinión me tiene sin cuidado, querida hermanita —repuso con frialdad. Dio un paso hacia ella—. No te

gusta que me inmiscuya, pero cuando ese delincuente necesitó esconderse, no tuviste ningún reparo en llevarlo al campo, y cuando volvió a la ciudad y unos narcotraficantes lo buscaban para matarlo, lo instalaste en el hotel. Así, solita, me inmiscuiste en todo este asunto.

Gimena no dijo nada. Un nudo se le había alojado en la garganta. Detestaba sentir que Manuel estaba en lo cierto. Desvió la vista y balbuceó una respuesta a modo de excusa.

—No te hagas la tonta conmigo, Gimena. Hazte cargo de tus decisiones y de tu vida —prosiguió, harto de ser considerado con ella, cuando su hermana no mostraba ni el más leve sentido de arrepentimiento—. Te haces la independiente pero con tu sueldo no podrías pagar el alquiler de un apartamento como el de Raúl; mucho menos alojarte en la mejor habitación de un hotel como el nuestro. Ni hablar de acceder a un campo como el de nuestros padres. Pero qué conveniente disponer de tantos lugares donde esconderse, ¿no?

—Basta, Manuel.

—¡Y una mierda! —estalló, furioso—. Estoy harto de tu discursito de "vivo mi vida, no necesito a nadie" —lanzó estas afirmaciones mordazmente, agitando los brazos, como queriendo darle énfasis—, "a mí no me gusta hablar de esas cosas", "tú y tus prioridades, Manuel" —dijo, sarcástico—. Llegó la hora de que crezcas, de que asumas tus responsabilidades. Te guste o no hablar de ciertas cosas es indistinto, porque tienes que hablar y decidir sobre ello —sentenció con más firmeza que antes—. Papá murió y es hora de que lo dejes ir. Como también es momento que dejes de perder tiempo y resuelvas qué vas a hacer de tu

vida. ¿Te interesa dedicarte a lo cultural, quieres tener tu propia revista o tu editorial? Me parece perfecto, tienes dinero para armar tu sueño. No reniegues de quien eres; tienes un apellido que respetar. Deja de desperdiciar tu vida en insignificancias. Crece, Gimena, crece, ya no tienes veinte años. ¡Por Dios!

Manuel sacudió la cabeza, claramente alterado, y, sin decir más, se retiró de la sala. Sintiéndose demasiado sobrecargada de emociones, Gimena permaneció varios segundos con la mirada clavada en la puerta que Manuel acababa de cerrar de un portazo.

—¿Estás bien? —preguntó Raúl, preocupado por el recelo y la animosidad existente entre los hermanos—. Está preocupado; le diste un susto de muerte. ¿Qué te anda sucediendo, preciosa?

—Tantas cosas, Raúl —respondió, evasiva. Olazábal frunció el ceño y la miró con detenimiento. La tomó del mentón para que lo mirara—. Tengo tanto para contarte.

—Pues tengo todo el tiempo del mundo para escucharte —dijo él, sujetándola de la mano y guiándola a la cocina—. Vamos, le diré a la señora Alameda que nos prepare algo para comer.

Se instalaron en el jardín de invierno y, mientras cenaban, Gimena lo fue poniendo al tanto de todo cuanto había acontecido en su vida desde que había llegado a Buenos Aires.

—Vaya historia —exclamó Raúl una vez que Gimena hizo una pausa. Le acarició la mejilla con ternura—. Ya decía yo que Étienne no tenía nada que ver contigo —aventuró. Gimena lo miró asombrada por el comentario. Le sonrió—. Desde el primer día que los vi juntos, sentí que él te contenía demasiado —continuó Raúl—. A su lado perdiste espontaneidad. Te fuiste aburguesando.

—¿Aburguesando? —exclamó ella, asombrada por el análisis. Carcajeó, no pudo evitarlo—. Jamás imaginé que esa palabra podría estar asociada a mí.

—Tampoco yo, pero así fue, te estabas aburguesando —le aseguró, ahora con una sonrisa—. Manuel estaba encantado, pero a mí no me gustaba. Prefiero a la Gimena vertiginosa, impulsiva, con la pasión desbordando sus ojos. Ahora te veo bien.

—Mirko me hace bien, Raúl —aseguró—. No importa lo que diga Manuel.

—Mira, Gimena, no te voy a mentir. A primera impresión, deja mucho que desear —dijo Olazábal con sinceridad. Se apresuró a continuar al ver que Gimena intentaba protestar—, pero si te hace feliz y demuestra estar a la altura de las circunstancias…

—Mirko no tiene por qué demostrarle nada a nadie, Raúl —lo interrumpió, indignada por la sugerencia—. Mucho menos a Manuel.

—Tu hermano te quiere, Gimena —le aseguró—. Te aseguro que quiere lo mejor para ti. Durante todos estos años soportó estoicamente tu desprecio y tu distancia porque entendía que era el precio que debía pagar por haberte hecho sufrir.

Gimena desvió la vista evitando el contacto visual con Raúl.

—Manuel hizo lo que tenía que hacer y lo sabes —terminó diciendo ahora con firmeza—. Está muy afligido por lo sucedido. Pero te adora, nunca dudes eso.

Gimena no sumó comentarios, simplemente miró a su amigo con los ojos llenos de lágrimas y, sintiéndose abatida, se dejó abrazar. No tenía más fuerzas para seguir luchando contra fantasmas.

CAPÍTULO 29

Odiaba la sensación de soledad y abandono que ese lugar le transmitía. Hacía ya tres días que estaba confinado en esa habitación y empezaba a sentirse claustrofóbico. El cirujano que lo había operado se había presentado en varias oportunidades y se mostró satisfecho con la evolución de la cicatrización. Un médico clínico se ocupó de informarle cómo habían contrarrestado la heroína que habían encontrado en su cuerpo. Los residuos de la droga se irían eliminando lentamente. Los calmantes irían mermando a medida que el tiempo pasase, no así los ansiolíticos, que lo ayudarían a paliar el deseo de consumir; pero debía considerar empezar un tratamiento. Un psiquiatra lo visitaría más tarde para hablar de ello.

Llevaba poco más de dos horas despierto, sin nada por hacer más que lidiar con los demonios que había desatado el enfrentamiento con Ibáñez. Estaba desesperado por ver a Gimena. No

veía la hora de poder abrazarla y comprobar con sus propios ojos que estaba bien. Sabía por Arriaga que su hermano cuidaba de ella y eso lo tranquilizó; pero necesitaba verla.

Era ya media tarde cuando Arriaga se presentó en la habitación. El abogado se sentía en la obligación de acompañarlo; la soledad de ese muchacho lo había tocado y, por momentos, su vulnerabilidad lo afectaba. Cuanto más analizaba su caso y más atención dedicaba a los pormenores, más indignación le provocaba.

—¿Cómo te sientes? —preguntó tratando de animarlo.

—Mejor, el hombro apenas me molesta —respondió. Entre ellos se había gestado un vínculo reconfortante que poco a poco parecía ir convirtiéndose en amistad—. Aunque con la batería de calmantes que me dan, no siento nada —soltó, con hastío—. ¿Sigo incomunicado?

—Sí, Mirko, ya lo habíamos hablado —dijo el abogado—. Te están protegiendo, eres un testigo importante —agregó con paciencia al notar la frustración que se reflejaba en su rostro.

Todo lo que quieras, pero afuera hay un policía que parece cuidar más que yo no me marche a que alguien entre —deslizó, disgustado—. Además, ¿cuándo voy a poder ver a Gimena?

—Calculo que mañana —respondió Arriaga agradeciendo el cambio de tema.

El abogado se acercó a la cama y mencionó que acababa de ver a Gimena. La había acompañado a declarar. A Mirko no le causaba nada de gracia que ella estuviera envuelta en toda esa situación. Se culpaba por haberla involucrado. Ibáñez había estado en lo cierto al mencionarlo.

—¿Qué dijo? —preguntó, de pronto alarmado.

—Principalmente, comentó cómo Candado se había presentado en la editorial y cómo Ibáñez se había adueñado de la situación —respondió. Bajó la vista a sus notas y continuó—. Aportó mucha información; parece que ambos hombres necesitaban de hablar y no se cuidaron de nada. Por otra parte, hablé con Blandes —prosiguió Arriaga—. Acordamos que hablarás con ellos cuando te sientas en condiciones de hacerlo. A mi modo de ver la situación, no se han portado para nada bien; deberían haberte protegido tanto a ti como a Gimena.

—Malditos desgraciados —masculló Mirko—. Cada vez que pienso que por culpa de ellos…

—Entiendo tu animosidad pero, tranquilo, por más indignación que tengas, no puedes ponerte en contra a la policía —sentenció Arriaga, con aspereza—. Todas las fichas están de tu lado. No lo arruinemos cuando ambos están bien.

Mirko bufó; aunque sabía que Tomás estaba en lo cierto, le costaba aceptarlo.

—Lo que ella también declaró es que Candado no conocía al tal Ibáñez, y que el tal Ibáñez dijo que venía a cobrar una deuda de un amigo en común o algo así —explicó Arriaga—. Que tras decir eso, lo obligó a sentarse en el sillón de Gimena y, ahí mismo, le disparó; quería que se desangrase.

Se quedó en silencio para que Mirko asimilara lo que acababa de escuchar.

—¿Qué sucedió con Candado y con Ibáñez? —preguntó Mirko.

—Candado falleció mientras lo operaban —informó Arriaga,

con un tono de voz neutro–. En cuanto al hombre que llamas Ibáñez –continuó el abogado– murió en la editorial. La bala que te quitaron del hombro era de su arma. Blandes me confirmó que su verdadero nombre era Leonardo Salinas Berro –agregó–, y que era secretario del Juzgado Federal de Echeguren, un juez bastante polémico por su rigidez. Es casi una ironía que haya tenido como secretario a un tipo que lo hizo firmar documentos tan opuestos a su postura.

–¿Cómo dijiste que se llamaba? –lo interrumpió Mirko, sobresaltado.

–Salinas Berro –respondió Tomás intrigado por la reacción de Mirko–. ¿Te suena el apellido?

–Sí –dijo sintiendo cómo los recuerdos emergían.

El rostro sonriente de Lalo Montañez llegó a él y se consolidó la certeza de que Leonardo Salinas Berro era su medio hermano. Los recuerdos fueron cada vez más nítidos, precisos. En algún momento, durante el tiempo que estuvieron encerrados, Lalo le había comentado que su madre se había casado con un abogado de Mar del Plata cuando él tenía cinco años. Fruto de ese matrimonio, Lalo tenía dos hermanos menores. Mirko recordaba claramente la tarde en que, luego del horario de visita, Lalo se había acercado a contarle que su madre le había propuesto cambiarse el apellido una vez que saliera de allí. *¿Escuchaste una tontería más grande, Milo?*, le había dicho, indignado. *Soy Lalo Montañez. ¿Qué es esa mierda de querer que me llame Salinas Berro? Mis hermanos se llaman así. Yo no.*

Mirko alzó la vista y miró a Arriaga, que aguardaba que compartiera con él sus pensamientos.

—Era el medio hermano de Lalo —dijo, no muy seguro de cuán importante era ese descubrimiento—. Pero no entiendo qué me reclamaba. Lalo era mi amigo —agregó, pensativo y desconcertado. Algo más vino a su mente y miró a Arriaga—. Silvia —recordó entonces—. Ibáñez dijo que el verdadero nombre de Garrido era Silvia.

Discutieron distintas hipótesis, y ambos llegaron a la conclusión de que lo mejor era compartir esa información con Blandes; tal vez la policía tendría más información al respecto. Por otra parte, era conveniente tener preparada una declaración.

Una de las enfermeras autorizadas para atenderlo se presentó interrumpiendo la conversación. Necesitaba cambiar el vendaje.

—Debo irme. Trataré de ubicar a Blandes para coordinar una reunión —dijo el abogado guardando sus papeles—. Descansa. Nos vemos mañana.

La enfermera se retiró en el momento en que un hombre delgado, de cabello canoso y corto, ingresaba a la habitación. Desde los pies de la cama, observó a Mirko. Tenía una mirada profunda, clara. Se presentó como el doctor Gustavo Laguer, jefe de psiquiatría del hospital.

El hombre era, además de psiquiatra, especialista en adicciones y por casi veinte minutos intentó que aceptase ingresar a un centro de rehabilitación. Mirko era muy consciente de que los ansiolíticos y antidepresivos que le suministraban eran los que controlaban la angustia y principalmente su deseo de consumir, pero temía lo que pudiera suceder una vez que saliera del hospital.

Conversaron largo rato; en realidad, fue Laguer quien lo invitó a hacerlo pero Mirko dijo poco y nada. Cuarenta minutos más tarde, el psiquiatra se retiraba con la sensación de haber plantado una semilla que tardaría en germinar, pero no perdía la esperanza.

Estaba pensando en lo conversado con el psiquiatra, cuando la puerta de la habitación volvió a abrirse. Con algo de disgusto, Mirko estiró el cuello para ver de quién podía tratarse y una sonrisa le iluminó el rostro al ver a Gimena.

Ella le devolvió la sonrisa y, con dos zancadas, estuvo a su lado para envolverlo entre sus brazos. No pudo contener el llanto. La angustia de lo vivido todavía la tenía con los sentimientos a flor de piel. Permanecieron abrazados un largo rato.

—Tenía tanto miedo —susurró ella—. Tanto miedo de que te hubieran lastimado.

—No más que yo —confesó, con su rostro escondido contra su cuello. Se separó un poco y la contempló, emocionado—. Qué alegría que hayas venido —dijo con la voz temblorosa—. Pensé que lo harías mañana.

—No iba a dejar pasar una noche más sin verte —respondió ella—. Los volví locos hasta que me autorizaron.

Gimena se separó un poco de él para poder apreciarlo mejor. Sus ojos celestes brillaban y una sonrisa ancha se había instalado en sus labios. Lo sintió feliz, tranquilo, y no pudo más que besarlo. El beso los reencontró, aplacando el miedo que aún perduraba en ellos.

Mirko fue el primero en separarse y le acarició el rostro con tanto amor que ella no pudo más que sonreír. Volvió a

abrazarla, pegándola a su cuerpo, como si de ese modo pudiera retenerla para siempre.

—Te juro que cuando vi cómo te tenía Ibáñez, pensé que me volvería loco —confesó—. No tendrías que haber estado en peligro. Cada vez que lo pienso… Nunca debí involucrarte.

—Ya pasó —lo interrumpió Gimena, acariciándole el rostro—. Estamos bien, ¿no?

—Ahora estoy más que bien —aclaró él dejándose mimar. Con su brazo sano, se las ingenió para atraerla hacia él y depositó un beso en la sien—. Gracias por estar en mi vida.

—Un placer —respondió ella entre risas.

Era una noche fría, destemplada; oscuros nubarrones anunciaban que también sería lluviosa. El automóvil se detuvo bajo un poste de luz que apenas iluminaba el centro de la calle. Detestaba acercarse a esa zona de la ciudad a esa hora; era demasiado lúgubre, parecía casi abandonada. Pero ella no ponía las reglas.

Antes de descender del vehículo, la mujer de lacia cabellera rubia buscó su celular. Había borrado todo lo que pudiera relacionarla con lo sucedido e incriminarla. Pero no había logrado deshacerse de varias fotos de Mirko. Entre los álbumes de imágenes, repasó varias de ellas. Las miró una última vez; era lo único que le quedaba de él. Era el hombre más inquietante, complejo e inabordable que había conocido. Y todavía la enfadaba reconocer que nunca le había dado más que sexo a la hora de intimar. Jamás sintió por ella el más leve sentimiento. Ella,

en cambio, lo amaba de un modo tan enfermizo que incluso había llegado a odiarlo por su fría apatía. Muchas veces deseó matarlo para no compartirlo con nadie, pero lo querían con vida. Ese era parte del plan.

La apenaba no haberse despedido personalmente de él; pero hubiese sido tan peligroso como mantener esas fotos. Debía deshacerse de ellas.

Un golpe en la ventanilla lateral la alertó. Alzó la vista, sobresaltada, y sus ojos se encontraron con los del custodio que había visto varias veces. Le sonrió y se apresuró a bajar la ventanilla al tiempo que deslizaba el celular en su bolso.

—Hola, Toni —saludó al hombre de aspecto amenazante y rostro jovial—. ¿Ya llegó el jefe?

—¿Cómo estás, Silvia? —la saludó—. Te está esperando…

Descendió del vehículo y, conversando sobre las últimas marchas de protestas que se habían adueñado de la plaza Lavalle, en las inmediaciones de la zona de Tribunales, cruzaron el solitario estacionamiento y se detuvieron frente a la única puerta iluminada. Subieron por una escalera angosta hasta llegar a un corredor que comunicaba con la parte trasera de un despacho.

—Por fin —masculló el juez, con algo de fastidio. Se puso de pie y ocultó su contrariedad al enfrentarla para saludarla con un beso. La guio hacia una sala contigua donde tendrían mayor privacidad—. ¿Cómo has estado, Silvia?

—Muy bien, señor —repuso la mujer, con voz neutra. Había aprendido a manejarse cautelosamente con ese hombre—. El secretario está de pésimo humor estos días.

—¿Y eso por qué?

—La muerte de Antonella Mansi le ha cerrado las puertas para conseguir más información sobre la ruta que utilizaban Candado y De la Cruz —respondió con naturalidad—. Los investigadores están completamente en blanco. Se han quedado sin pistas. Todos los caminos se han obstruido.

—Bien, eso está muy bien —concluyó el juez, con una sonrisa de satisfacción. Se acomodó en la silla y, de la primera gaveta del escritorio, extrajo un sobre que dejó caer sobre la mesa—. Eso suena muy bien —agregó—. Sinceramente estoy asombrado y agradecido por tu desempeño. Todo se ha desarrollado según lo planeado y hasta la impensada movida de Salinas Berro nos ha dejado bien parados.

—Sí, es cierto. Toda la atención se centró en él —dijo ella esforzándose por mostrarse complaciente—. Supe que sería de utilidad en cuanto descubrí que era medio hermano de Lalo. No fue difícil alimentar su odio.

—Fue una excelente sugerencia —reconoció el juez—. Los investigadores estuvieron por aquí hace unos días, querían saber cuánto daño podría haber causado a mi juzgado durante los meses que estuve subrogando a Echeguren.

La charla se estaba tornando demasiado larga para gusto de Silvia. Ella solo quería tomar su paga y desaparecer. Esa misma noche tenía vuelo a la Isla Margarita, en la caribeña Venezuela. No pensaba volver a pisar Buenos Aires.

—Bueno, querida Silvia —dijo finalmente el juez Vaccane, luego de un prolongado silencio. Le extendió el sobre—. Aquí está tu parte. El señor Casenave está más que conforme; gracias a ti, ya no tiene competencia en esta región y los investigadores estarán ocupados por un largo tiempo siguiendo las pistas que dejaste.

—Me alegro —agregó Silvia, espiando dentro del sobre—. Ambos pudimos cumplir con nuestro propósito, ¿verdad?

—¿Puedo preguntar qué fue lo que te impulsó a entrar en esto? —preguntó el juez, intrigado—. Eres demasiado sutil para hacerlo por dinero. Detecto que hay algo más.

—Hace cinco años me casé en secreto con Lalo Montañez —confesó, con voz fría. Elevó el mentón y clavó su mirada en el juez—. Cuando Candado se enteró, se presentó en mi apartamento con alguno de sus matones. Le dijo a mi esposo que él era su dueño y que, gracias a él, Lalo tenía una vida. Que había estado muy mal en no compartir a su joven esposa.

Silvia hizo una pausa y, por un momento, volvió a la habitación de mala muerte donde Candado, valiéndose de su poder, la había violado frente al mismísimo Lalo, quien, por querer defenderla, terminó con una bala en el estómago. El pobre había presenciado toda la violación mientras se desangraba.

Por unos segundos, ambos guardaron silencio. El crudo relato había afectado hasta al imperturbable juez, que por unos instantes se sintió asqueado.

—¿Sucedió en Buenos Aires? —preguntó Vaccane como si pensara en voz alta.

—No, en Paraguay, justo después de la desaparición de las modelos —respondió Silvia. Alzó la vista dispuesta a marcharse—. Tiempo pasado; están todos muertos, tal como el señor Casenave quería. Ahora puedo descansar.

—Bien, cada cosa en su lugar, como a mí me gusta —deslizó

el juez displicentemente–. Hasta donde sé, el fotógrafo está internado –siguió diciendo, con arrogancia–. Por lo que me han informado, centró todos sus comentarios en Salinas Berro y en Candado.

Silvia se tensó por primera vez desde que había ingresado a la habitación. Se acomodó mejor en su silla simulando prestar atención a todo lo que el viejo Vaccane tenía para decir.

–Fue de gran ayuda, pero no tiene idea de nada –se apresuró a responder con suficiencia–. Jamás asociaría la operación a Casenave. A Milosevic solo le interesaba vengarse de Candado. Estoy segura de que toda su declaración se basa en la información que le fuimos suministrando; no tiene nada más.

Vaccane sí había notado el leve sobresalto que relampagueó en su rostro y decidió indagar un poco más. Ella no lo sabía, y tampoco sería él quien la iluminara, pero en pocos días su nombre saldría a la luz. Se guardó esa información, después de todo, ella ya estaba fuera.

–¿Por qué él? –preguntó el juez, intrigado.

–Era el único nombre que tenía asociado a Candado. En varias oportunidades, Lalo había mencionado que estaba preso por culpa de Gómez Urduz; eso tenía que servir para tentarlo a ayudar –comentó Silvia poniéndose de pie–. Eso y la droga que le facilitaba. Así lo tuve comiendo de mi mano por mucho tiempo.

El juez Vaccane asintió satisfecho y consultó su reloj, era tarde y todavía tenía pendientes un par de asuntos. Se puso de pie imitándola y caminó hacia la puerta seguido de la mujer.

–Señorita Márquez, ha sido un verdadero placer –le dijo

saludándola esta vez con un beso en cada mejilla—. Disfrute de sus vacaciones que bien se las ha ganado, y olvídese de toda esta experiencia. Usted es joven y hermosa. Tiene derecho a disfrutar de la vida. Vaya con Dios.

—Gracias, doctor —dijo la mujer un poco sorprendida por las últimas palabras del juez. Un mal pálpito la recorrió entera y agradeció haber tomado ciertos recaudos. Se apresuró a salir de allí—. Buenas noches.

Toni, el custodio del juez Vaccane, dejó pasar a Silvia primero y, antes de seguirla, cruzó miradas con su jefe. El mensaje estaba claro.

CAPÍTULO 30

Gimena conducía su pequeño automóvil por avenida del Libertador. A su lado, Mirko contemplaba la calle, pensativo. Luego de cinco días de internación, finalmente le habían dado el alta médica, pero no parecía entusiasmado, al contrario, ella lo notaba tenso, distante, preocupado.

Últimamente, no se estaba mostrando muy comunicativo. De tanto en tanto solía caer en pozos de silencio que Gimena no entendía. Le había costado bastante convencerlo de que estaría mucho mejor instalándose con ella. *Déjame cuidarte para que te recuperes rápido*, había agregado con algo de picardía. A Mirko la idea lo incomodaba un poco. Durante el tiempo que estuvo incomunicado, había meditado sobre su vida. Era tanto lo que necesitaba confesarle y tanta la amargura que le generaba saber que si hablaba tenía muchas probabilidades de perderla, que se acobardaba.

Gimena intentó rescatarlo de su ensimismamiento. Lo puso al corriente de las últimas novedades que tenía de la editorial; le

habló de los distintos llamados que había recibido de España y de las ideas que tenía. Afortunadamente, él se interesó y poco a poco el frunce de su frente se fue relajando.

—¿A dónde vamos? —preguntó Mirko al notar que Gimena conducía por la avenida Figueroa Alcorta hacia el norte de la ciudad—. Hace rato pasamos Suipacha. Pensé que iríamos al apartamento de tu amigo o al hotel.

—Me mudé —anunció con voz tensa—. Raúl está viniendo seguido a Buenos Aires y bueno... lo del hotel es complicado.

El cambio de escenario borró de un plumazo las preocupaciones de Mirko. Su instinto le decía que Gimena no le estaba contando todo; claramente escondía algo.

—¿A dónde vamos, Gimena?

—Cuando pasó lo que pasó, Lara se ocupó de avisarle a Manuel —comenzó diciendo sin mirar a Mirko, pero sintiendo su mirada sobre su rostro—. Apareció en el hospital. Estaba preocupadísimo. Te juro que cuando me abrazó... Se asustó mucho.

Mirko sonrió y estiró su brazo para acariciarle la mejilla al notar que la voz se le había quebrado de emoción.

—Las primeras conversaciones fueron duras e incluso algo hirientes —siguió diciendo, rogando porque Mirko no intuyera todo lo que Manuel dijo sobre él—. Poco a poco nos fuimos poniendo de acuerdo —hizo una pausa y respiró hondo; lo que estaba por decir le provocaba un extraño dolor en el pecho—. Me convenció de volver a casa; de instalarme en el apartamento de mis padres, que ahora está vacío.

—¿Y qué hay de tu madre? —se atrevió a preguntar Mirko—. Nunca la mencionas.

—Hace años que no nos hablamos —informó, con sequedad—. Por lo que Manu me comentó, cuando papá murió, mamá necesitó alejarse —se apresuró a aclarar y la aflicción se filtró en su voz. Frenó ante un semáforo en rojo. Lo miró con los ojos cargados de emoción—. Mamá vive en Miami desde hace tres años con su nueva pareja, de mucho más de tres años…

Terminó de decir esto y puso en marcha el auto. Repentinamente, un fuerte nudo se le había instalado en la garganta impidiéndole seguir hablando. Condujo en silencio un par de calles más, hasta detenerse frente a un portón negro.

—Llegamos —anunció ella y, con el pulgar, señaló la magnífica vivienda.

Mirko no dijo nada. Simplemente miró el portón de hierro que empezaba a abrirse y dejaba ver la formidable residencia de tres plantas. Las cámaras de seguridad, controlando los accesos, imponían respeto.

—¿Tu familia vivía en una de estas plantas?

—Podría decirse —respondió Gimena al ingresar a la propiedad.

El lugar era mucho más imponente de lo que Mirko había anticipado. Pero lo que más lo desencajó fue descubrir que todo el edificio pertenecía a la familia Rauch Mondini. Superado por esa información, seguía a Gimena, que, entre orgullosa y apenada, le mostraba cada uno de los ambientes acompañándolo con alguna anécdota, tal como lo había hecho en el campo. A Mirko le resultó irreal.

Cruzaron una gran sala de estar que daba a una hermosa terraza y bordearon un distinguido comedor con una mesa para

dieciséis comensales. También vio los cuatro dormitorios con baño privado y una biblioteca que originalmente había sido el estudio de Antonio Rauch. Pero a Mirko no le había pasado desapercibido que había una puerta que Gimena se había salteado.

La habitación donde finalmente ingresaron era, por sobre todo, una estancia femenina, donde una imponente cama con dosel era la protagonista. Gimena la miró con algo de recelo y el recuerdo de cuando su padre la había comprado llegó a ella. *Una cama de princesa para mi princesa*, le había dicho y, más allá de que nunca le había gustado, su padre había estado tan contento que no quiso apenarlo.

—¿Estás pensando lo mismo que yo? —preguntó Mirko luego de abrazarla por detrás y apoyar la boca a la altura de su oído.

Sus labios descendieron por su cuello provocándole un estremccimiento que elevó la temperatura de su cuerpo. Gimena giró sobre sí misma para mirarlo de frente, pero Mirko no le dio tiempo a nada, pues tomándola por la nuca la atrajo contra su cuerpo para besarla con tal intensidad que cualquier otro pensamiento se borró por completo de sus mentes.

Sus bocas se fundieron; la de él grande, decidida y avasallante, imponía intensidad; la de ella tardó en reaccionar. El fervor del beso la tomó por sorpresa y encendió sus necesidades de modo tal que se encontró respondiendo de igual a igual.

—Creo que ya es hora de que nos ocupemos un poco de nosotros, ¿no te parece? —susurró apenas separando su boca de la de ella—. ¿Cuánto hace…?

—Demasiado —respondió Gimena con la respiración entrecortada.

Lo silenció con un beso mucho más intenso que el que él acababa de darle y, con urgencia, lo arrastró hacia la cama para sumergirse en la pasión. Mirko fue el primero en separarse, recordándole que necesitaba un poco de ayuda para desvestirse.

Gimena lo ayudó a desprenderse del cabestrillo que inmovilizaba su brazo. Una vez liberado, lo gratificó descubrir que, con suavidad, podía moverlo sin dolor. La miró y una sonrisa taimada asomó en sus labios. Le flameaba la mirada y se estiró para volver a apoderarse de su boca, siempre fresca, siempre apetitosa y tan ávida como la suya. Mientras la saboreaba, sus manos se ocupaban de desprender su camisa; quería sentir su piel.

Una lucha de voluntades se instaló entre ellos, agitando el deseo, liberando pasiones contenidas. Ambos demandaban, ambos se entregaban y exigían. Gimena tenía un efecto irresistible en él y Mirko se encontró entrando en ella casi como un poseído.

Gimena ahogó un grito sofocado al recibirlo y lo abrazó, acoplándose al ritmo que él imponía. Su corazón latía presuroso, desbocando los sentidos. Estallaron de un modo sublime, flotando, planeando en medio de una ola de éxtasis que los volvió uno. La retuvo en sus brazos en la caída, pegándola más a su cuerpo para no perderse. Ella balbuceó algo inentendible que le robó una nueva sonrisa.

—¡Ufff, cómo lo necesitaba! —exclamó ella, acomodándose contra el cuerpo de Mirko. El comentario lo hizo carcajear—. Lo digo en serio, fue increíble; siento que fue la primera vez que compartimos más que sexo.

Mirko se tensó. El comentario no le había gustado. Se acomodó mejor en la cama y su silencio llamó la atención de Gimena, que poco a poco recuperaba la respiración. Alzó la vista para mirarlo. La alertó la seriedad de su rostro y el destello de desilusión que notó en los magníficos ojos celestes. Giró sobre si, para poder enfrentarlo.

—¿Qué?

—Nada —dijo él, contrariado. Ella le hizo cosquillas para hacerlo reaccionar y Mirko protestó—. Solo que pensé que ya habíamos superado esa parte.

Gimena lo miró, conmovida. Mirko mostraba ser tan sensible respecto de sus sentimientos como esquiva podía ser ella. Se incorporó de la cama para enfrentarlo y, resuelta a convencerlo, se sentó a horcajadas sobre él.

—¡Por Dios! —sentenció con una mueca divertida. Él frunció el ceño y se hizo el desentendido—. No me refería a que era la primera vez que hacíamos el amor —aclaró. Lo miró directo a los ojos—. Lo que quiero decir es que es la primera vez que siento que lo hicimos de un modo completo, rotundo; como si cuerpo y alma hubiesen estado en comunión —dijo sintiendo que explicaba lo inexplicable—. No sé cómo transmitirlo —agregó, incómoda porque él parecía no esforzarse por entender—. Sentí que me robabas el alma y me la devolvías con parte de la tuya.

Embelesado, Mirko la contempló con admiración. Claro que entendía a qué se refería; él también lo había sentido y lo había experimentado por primera vez aquella nefasta noche del verano de 2007, cuando todo había empezado entre ellos. Ahora lo comprendía. Ella era como un faro en una noche de

tormenta; la luz que lo guiaba a un puerto seguro. Era el ángel que lo había salvado del infierno y lo guiaba. Ella era su paz y su esperanza. Su otra mitad y, por loco que pareciera, en más de una ocasión creyó sentir que el que compartían era un amor añejo, rotundo e inquebrantable.

Mirko alzó su mano hasta alcanzar uno de sus pechos, y sonrió al notar la reacción de ella. Pero su mente estaba anclada en otro tiempo. Ese pasado que amenazaba con revelarse en su contra lo perturbaba. Empezaba a comprender de dónde venía ese dolor en el alma al mirarse al espejo y sentirse infeliz. La amaba. Amarla era sentir que la vida le estaba dando la oportunidad de redimirse. Amarla era aceptar que, aunque el miedo a perderla fuera grande, tenía que abrir su corazón y confesar. Lo aterraba su reacción. No quería perderla; perderla era caer nuevamente en la oscuridad. Había llegado la hora de arriesgar a todo o nada. Porque eso era amarla.

—¿Y ahora en qué estás pensando? —preguntó ella, acomodándose mejor sobre él—. No me gusta cuando caes en esos pozos de silencio.

—Pienso en todo lo que nos queda por hablar, Gimena —dijo Mirko, con la voz temblorosa. Sus manos bajaron hacia la cintura de ella y allí se quedaron—, pienso que hay cosas que aún no sabes…

—No me está gustando el tono de tu voz —reclamó ella, de pronto a la defensiva—. No quiero saberlo si me va a entristecer.

—Es necesario… no quiero secretos entre nosotros —agregó.

Algo le dijo a Gimena que no era conveniente dejarlo hablar. Empujada por una suerte de intuición, se inclinó sobre Mirko.

—Pero no ahora, mi amor —dijo antes de apoderarse de su boca con desesperación—. Ahora solo quiero que me ames.

Y todo volvió a empezar.

Fue pasado el mediodía cuando Gimena lo despertó para compartir un almuerzo ligero en la cama, donde siguieron disfrutando el uno del otro sin inhibiciones. Disfrutando de su intimidad, aprovecharon para hablar mucho, principalmente sobre todo lo que les sucedía y sobre lo que esperaban del futuro.

—Necesito que hablemos también del pasado —disparó Mirko sin anestesia.

Gimena alzó la vista para mirar sus ojos, y no le agradó lo que encontró allí. Sacudió la cabeza negativamente.

—¡Otra vez! —balbuceó, fastidiada—. ¿De qué necesitas hablar con tanta insistencia?

—Del video que recibiste, por ejemplo —fue la rotunda respuesta de Mirko.

—No me interesa hablar de eso —protestó ella, incómoda—. Olvidemos esos episodios.

—Pues yo no puedo olvidarlo —sentenció—. Tampoco puedo seguir si no hablamos al respecto.

—¿Perdón? —exclamó ella—. ¿Estás pensando en terminar conmigo porque te sientes culpable por ese video? A mí no me interesa. Es pasado. Punto y aparte.

La enfrentó y, aunque ella no quisiera escucharlo, él comenzó a hablar de la deuda que había contraído con Candado y del modo en que terminó atado de pies y manos.

—Muchos habían estado en mi misma posición y los que se negaron a cumplir sus órdenes terminaron muertos —informó ganándose la atención de Gimena—. Solo debía conseguir una chica y llevarla a la habitación del fondo. Eso era todo. No me gustaba lo que estaba haciendo, pero no estaba en posición de cuestionar nada, Gimena. Simplemente aceptaba lo que tenía que hacer o era hombre muerto.

Hizo una pausa y, de reojo, la miró. Ella se había puesto de pie. Dejó la cama poniendo distancia entre ellos.

—No te quiero escuchar más —sentenció.

Pero Mirko pasó por alto el reclamo y continuó. Debía hacerlo. Pasó a hablarle de cómo la había visto y de la atracción que, inmediatamente, sintió por ella. Con estas palabras se adjudicó una dura mirada de parte de Gimena.

—No sigas —demandó con los ojos llenos de lágrimas—. No quiero escucharte más.

—¿Por qué no lo recuerdas? —preguntó como si pensara en voz alta.

—Será porque me drogaste —disparó, agresiva.

Se volvió hacia él enfrentándolo con una extraña mezcla de decepción y furia en la mirada.

Mirko sacudió la cabeza y dejó la cama. Fue directamente hacia donde habían quedado sus prendas desparramadas. Buscó su ropa interior y se la colocó.

—Solo tenía que dar con una chica que se mostrase predispuesta a seguirme el juego. Tú lo estabas y, para mejor, me gustaste —Mirko hizo una pausa enfrentando los recuerdos.

En esta ocasión, Gimena no lo interrumpió, de modo que continuó–. Nos sedujimos, tomamos un par de tragos, bailamos y fuimos a la habitación donde tenía que llevarte –siguió él. No había ni orgullo ni jactancia en su voz; todo lo contrario–. No dudaría en volver el tiempo si pudiera hacerlo. Te juro que preferiría tener una deuda con Candado antes que volver a hacerte lo que te hice. Te pido perdón desde lo más profundo de mi alma.

Gimena no decía nada. Entre avergonzada y azorada, le había dado la espalda y enfrentaba incrédula los desdibujados recuerdos que relampagueaban a medida que él avanzaba en su confesión. No quería ubicar el rostro de Mirko en la sombra que por tanto tiempo la había llenado de terror y angustia. Se sobresaltó al sentir sus manos sobre los hombros, y no pudo más que apartarse.

–Cuando todo terminó, te quedaste dormida –dijo él, abrumado por su propia confesión. Ella sacudió su cabeza–. Fui en busca de algo para beber.

–Y de un poco de cocaína, seguramente –soltó ella, dolida.

Mirko contuvo brevemente la respiración. La aspereza de la respuesta se clavó hiriente en su pecho. Estaba resultando tan duro como había imaginado que sería. Se merecía esa respuesta filosa y más.

–También, claro, me lo había ganado –reaccionó, súbitamente molesto. Respiró hondo y tomó su ropa. Las cartas parecían haberse acomodado–. Soy adicto, ¿no? Justamente eso fue lo que me metió en este lío –hizo otra pausa y, como pudo, se colocó la camisa–. Pero bueno, cuando regresé te habías marchado.

Un silencio rotundo se instaló entre ellos. De cómo Gimena digiriese lo que acababa de escuchar dependía el futuro de ambos. Mirko comprendía que había sido una apuesta arriesgada, pero no había tenido alternativa. Era a todo o nada.

Finalmente, ella se volteó a mirarlo. En sus ojos negros, Mirko solo encontró reproche e incomprensión. Bajó la vista y terminó de abrocharse la camisa.

—Tengo que reunirme con Tomás —informó él al cabo de varios segundos de intenso silencio—. Blandes nos espera para tomarme declaración.

—Mejor, porque yo necesito estar sola —fue la seca respuesta de Gimena.

Sin agregar palabra se alejó de él y se encerró en el baño.

Cuando salió del baño, Mirko ya no se encontraba en la habitación. Lo agradeció. La afectaba demasiado pensar en aquel suceso; le estrujaba el alma saber que él había sido parte de algo tan monstruoso. No sabía cómo manejar la situación cuando su corazón pujaba por perdonarlo y su cabeza dudaba. Poco y nada recordaba de aquella experiencia, solo flashes sin demasiado sentido pero, en cambio, recordaba cada momento compartido con Mirko desde que ella puso un pie en la editorial; amaba rotundamente al hombre que allí había conocido.

Se dejó caer en la cama y abrazó la almohada sintiéndose desolada. Lloró, ya no pudo contenerse. Al cabo de un rato,

para despejarse un poco, decidió nadar; eso siempre la había ayudado.

Nadó cerca de cuarenta minutos y, cuando sintió que era suficiente y que la angustia remitía, se detuvo, agitada. Fue en ese momento cuando divisó a Manuel sentado en uno de los camastros, contemplándola.

—Pero miren quién apareció —soltó Gimena, con algo de sarcasmo. Dejó la piscina y tomó la toalla para secarse—. ¿Qué te trae por aquí?, si puedo preguntar.

—Tú, por supuesto —fue la seca respuesta de Manuel, habituado a los embates de su hermana—. Vi que estabas nadando y decidí esperar a que terminaras para hablar.

Manuel ahora se cruzó de brazos sin apartar la mirada del rostro de su hermana menor. Seguía enojado con ella. Gimena lo notó.

—¿Dónde está?

—¿Quién? —preguntó Gimena, haciéndose la desentendida. Sabía muy bien por quién preguntaba, pero no se la iba a hacer fácil.

—Tu último capricho o debo decir tu última misión altruista —disparó Manuel, sabiendo que despertaría la animosidad de su hermana—. ¿Era necesario que lo trajeras acá? ¿No te alcanzó con el hotel?

Gimena desvió la vista, incómoda. No se le había ocurrido que Manuel podía molestarse por eso. Después de todo, era su casa también.

—¿Cómo pudiste terminar asociada a esos delincuentes? —insistió.

—¿Cómo pudiste desconectar a papá y seguir viviendo? —devolvió ella con mayor aspereza.

Una vez más, entre ellos se instaló un silencio helado. Se miraron, se estudiaron, se midieron. Manuel fue el primero en apartarse. Esa última estocada de Gimena le había dolido. Tardó varios segundos en reponerse y, cuando lo hizo, enfrentó a su hermana con los ojos brillosos de lágrimas y el rostro contraído.

—No tienes ningún derecho a reclamarme nada —exclamó, indignado, y toda la tristeza que sus ojos parecían reflejar se convirtieron en furia helada.

Gimena no tenía recuerdos de haber visto a su hermano en ese estado y se arrepintió de haber sido tan hiriente. Desde pequeña había sentido una devoción absoluta por él. Manuel siempre estaba a la altura de las circunstancias. Desde muy joven, tras el accidente de su padre y bajo la supervisión de su madre, se vio obligado a hacerse cargo de un imperio. A diferencia de muchas historias de traiciones y aprovechamientos, en esta ocasión los amigos de Antonio Rauch se portaron muy bien con su hijo, asesorándolo y aclarando sus dudas para forjar su futuro. Así, Manuel había cuidado de todos ellos también.

Las lágrimas de su hermano la contagiaron y Gimena dio un paso hacia él. No tenía recuerdos de haber visto a Manuel doblegado.

—¡Nunca en tu maldita vida te hiciste cargo de nada! —concluyó Manuel.

—No es cierto —respondió Gimena. No pensaba acobardarse, pero nunca había visto a Manuel en ese estado.

—¿No es cierto? Pues explícame entonces quién se hizo cargo de todo mientras vivías tu independiente libertad —exclamó Manuel, cada vez más desencajado—. ¿Quién mierda estuvo acá sosteniendo a mamá, escuchando a los médicos y tomando las decisiones que había que tomar? Porque a ti no te vi asomar la cara.

—¿Sosteniendo a mamá? —replicó Gimena, dolida por el reclamo—. Mamá estaba bien sostenida por Alfonso.

Gimena estaba tirando demasiado de la cuerda. Manuel estaba a punto de decir algo más, pero ella no se lo permitió.

—Siempre la defendiste —disparó ella, dejándose arrastrar por una peligrosa mezcla de indignación y dolor—. Tú no la viste en brazos de Alfonso, como la vi yo. Patética. Era el médico de la familia, Manuel, ¿cómo puedes defenderla?

—Cuánto más fácil fue condenar a mamá en lugar de entenderla —replicó Manuel, ofuscado—. Cuánto más fácil gritarle al mundo "yo vivo mi vida. Hago lo que quiero sin joder a nadie" —la voz de Manuel demostraba tanta tensión como amargura. Por momentos, parecía que había abierto una puerta y muchos pensamientos, emociones y rencores añejos se liberaron—. "Mi futuro está en Europa, Manu, no sabes el trabajo que conseguí. Una de las mejores editoriales me va a contratar" —prosiguió—. Abre los ojos, Gimena.

La paciencia de su hermano estaba a punto de tocar un techo peligroso. Gimena lo notó, pero no sabía qué decir sin alterarlo más. Eligió guardar silencio.

—Y te fuiste a Madrid, sin ninguna consideración —siguió obligándola a enfrentar esa parte—. Y durante ese tiempo,

viviste sin verlo y hasta supongo que nunca te preguntaste si papá extrañaría tu voz o si a él le haría bien que le tomaras o acariciaras la mano —atacó sin ningún miramiento—. Porque de seguro recordarás que eras la única que sostenía hasta el cansancio que eso le hacía bien —estaba siendo cruel, lo sabía, pero ya no sabía cómo hablarle; cómo hacerla entrar en razón—. Para ti, él estaba en su habitación; bien cuidado y atendido. Otros se estaban ocupando de que así fuera, ¿no es cierto? Pero dime una cosa: ¿Recuerdas su voz? ¿Recuerdas cómo era cuando estaba contento o cuando estaba enojado?

Gimena le dio la espalda y se alejó de su hermano. Se sentó en uno de los camastros con la vista clavada en la piscina. Sacudió su cabeza negativamente.

—Siempre fuiste igual —terminó diciendo, sin abandonar ni la frialdad, ni la rudeza—. Ves todo desde tu punto de vista, solo tu manera de entender los hechos es la que cuenta. Bajo ese manto de humildad que te esmeras en cuidar, es bastante soberbio lo tuyo, hermanita —agregó sin darle margen—. Hicimos lo que teníamos que hacer —afirmó con mayor contundencia, como si quisiera convencerla—. Pero no fue gratis, todo el dolor que sientes, nosotros ya lo sentimos; día a día lo veíamos irse un poco más, y asumimos la responsabilidad, aun sabiendo que nos ganaríamos tu odio.

Manuel hizo una pausa. El enfrentamiento era tan crudo como siempre supo que sería, y el rostro de Gimena reflejaba el intenso dolor que todo aquello le provocaba.

—Podrían haberme avisado —demandó ella ya sin fuerzas.

—Si no te consultamos fue porque creímos que necesitabas

que otros asumieran las culpas del caso —confesó Manuel, ahora con suavidad—. Y veo que no nos equivocamos.

—¿Qué se supone que quiere decir eso? —protestó.

—Que sabíamos que jamás lo hubieses admitido —respondió simplemente—. Nunca te hubieras atrevido a hacer algo así. Pero debía hacerse, aunque te cueste aceptarlo. Papá estaba muerto desde hacía más de diecisiete años —Manuel hizo una pausa y se acercó más a Gimena, que contenía las lágrimas a fuerza de orgullo—. Teníamos que dejarlo ir; *tienes* que dejarlo ir.

Por unos segundos, guardaron silencio; sabía que había mucho más por decir, la conversación apenas había rozado la superficie. Pero los puntos importantes habían quedado claros.

—Te vendría bien entrar en esa habitación para asumir que ya no está allí y dedicarle una última oración si eso te hace bien —le aconsejó Manuel y en su voz asomó el don autoritario—. Es hora de cerrar ese capítulo de tu vida, Gimena.

Sin decir más, Manuel caminó hacia el elevador para regresar a sus oficinas. A través de los cristales, los hermanos se miraron. Los ojos de Manuel estaban cargados de alivio; los de Gimena, de lágrimas.

CAPÍTULO 31

Dos horas más tarde, Mirko la encontró sentada en la cama, abrazando sus rodillas, con los ojos enrojecidos de llorar. Creyéndose el culpable de esas lágrimas, se acercó con cautela.

En silencio, Gimena alzó la vista y sus miradas se encontraron. Sin hacer preguntas, Mirko se sentó a su lado. Abrió sus brazos para recibirla y Gimena buscó refugio contra su cuerpo. Abatida como se sentía, apoyó la cabeza contra el pecho de él, y así permanecieron un buen rato.

—Gimena… —empezó diciendo él.

Ella respiró hondo. Su pecho albergaba tantos sentimientos encontrados que, de pronto, no lograba ordenar su corazón.

—Cuando estuvimos en el campo, dijiste que éramos como una suerte de equipo —deslizó ella—. ¿Lo somos?

Mirko se tomó unos segundos para responder. Se puso de lado para enfrentarla y midió sus palabras.

—Me gusta creer que sí —confesó Mirko, con suavidad—. Pero, sinceramente, creo que eres tú quien debe responder esa pregunta después de lo que hablamos hoy.

Ella asintió, pensativa. Mirko detectó su duda y eso lo mortificó.

—¿Vas a perdonarme algún día? —quiso saber él, torturado por esa duda—. Te juro que no sé qué hacer para demostrarte que estoy arrepentido.

—No me hagas esa pregunta ahora —respondió ella—. Te necesito en el presente.

Las últimas palabras de Gimena lo sacudieron. Frunció el ceño tratando de comprender qué había querido decir.

—¿Qué sucede? —preguntó Mirko.

Gimena suspiró, como si necesitara reunir coraje para hablar. Lo miró directo a esos ojos celestes que parecían ser de otro mundo. La imagen de la puerta de la habitación que debía visitar se instaló en su mente, y lo abrazó buscando la fortaleza que él le transmitía; no entendía bien por qué, pero así era. Mirko le daba fuerza y la sostenía cuando ella parecía caer. Se separó un poco y, casi sin darse cuenta, comenzó a hablar.

—Sé que debo entrar, pero no puedo —confesó con los ojos llenos de lágrimas—. Me aterra ver esa cama vacía.

—Vamos, mi amor —deslizó Mirko con cautela—. Así como en el campo me señalaste el lugar exacto donde se había estrellado la avioneta, y me hablaste de todo lo ocurrido con el dolor que eso te provocaba, ahora tienes que mirar la cama donde él estuvo descansando por tanto tiempo, para convencerte de que ya no está allí.

—Lo mismo dijo Manuel —accedió ella.

—Es que es lo que tienes que hacer y lo sabes —insistió—. Te va a hacer bien.

—Acompáñame —suplicó, tensa—. Necesito que entres conmigo.

—No, Gimena —se negó con tanta firmeza que ella se replegó desorientada por su rechazo—. Yo te acompaño hasta la puerta. Soy un intruso en esa habitación.

Mirko se puso de pie y la invitó a hacer lo mismo. Tomados de la mano, se dirigieron hacia la habitación. Una vez frente a la puerta, se detuvieron.

—Todo va a estar bien —le aseguró obligándola a mirarlo—. Te va a liberar despedirte.

Gimena finalmente se separó de él y enfrentó la puerta. La abrió con convicción y aguardó un instante. El frío del vacío que allí reinaba la golpeó con crudeza. Antes de entrar, miró sobre su hombro a Mirko, que asintió dándole coraje.

—Te amo —dijo él, con una sonrisa tranquilizadora—. Estoy contigo.

Su rostro se tornó sombrío en cuanto la puerta se cerró y Gimena desapareció tras ella. Giró sobre sus talones, y consultó su reloj. Eran casi las seis y media de la tarde. Tenía poco tiempo. Se dirigió a la habitación primero, donde en unos minutos reunió las pocas pertenencias que tenía.

Las luces que lo rodeaban se habían ido encendiendo automáticamente y su efecto lo había tensado. No se sentía cómodo allí, donde todo funcionaba sin necesidad de las personas y los fantasmas parecían abundar. Era un lugar triste, frío, cargado de demasiados recuerdos dolorosos.

Así como Gimena estaba haciendo las paces con su pasado e intentaba cerrar viejas heridas para poder sentirse entera, él también tenía deudas pendientes que debía cancelar. Le había confesado uno de los hechos más terribles de su vida; pero había callado otros. Esa tarde, sintiéndose expuesto, y luego de soportar la mirada acusatoria de Gimena, Mirko había apelado a un poco de cocaína que tenía guardada. Ahora tenía remordimientos porque sabía que le había fallado en muchos aspectos. Era la tercera recaída que sufría y era muy consciente de que no sería la última si no pedía ayuda.

Suspiró y reparó en que Gimena deseaba que él estuviera en el presente; pues era hora de dar otro paso. Totalmente resuelto a lo que estaba por hacer, extrajo de su billetera una tarjeta y, sin mucha vuelta, se comunicó con el hombre que intentaba contactar.

—Buenas tardes, mi nombre es Mirko Milosevic —se presentó—. ¿Doctor? Sí, soy yo. Tomé una decisión. Acepto; estoy dispuesto a sumarme al tratamiento. ¿Puede ser hoy mismo? Estaré allí en hora y media. Gracias.

Ya estaba hecho. Aunque podría echarse atrás, sabía que no lo haría. Cada vez más convencido de lo que estaba por hacer, tomó el celular de Gimena y envió un mensaje. El teléfono vibró tan solo diez segundos más tarde. "Voy subiendo. ¿Estás bien?", era la respuesta. Mirko contuvo la respiración. Por más difícil que le resultase, estaba haciendo lo correcto y lo sabía.

La puerta del elevador se abrió abruptamente llamando su atención. En el recibidor, apareció Manuel Rauch elegantemente ataviado de etiqueta y el rostro surcado por la preocupación. Frunció el ceño al ver a Mirko y, con gesto duro, se acercó.

—¿Quién es usted? —demandó haciéndose el desentendido, aunque tenía muy claro quién era el hombre que lo miraba con rudeza.

—Mi nombre es Mirko Milosevic —respondió—. Creo que no nos han presentado.

—¿Dónde está mi hermana? —preguntó Manuel restándole importancia a las palabras de Mirko. Lo miró con displicencia—. Acaba de enviarme un mensaje que decía que necesitaba verme.

—Gimena está en la habitación despidiéndose de su padre —deslizó Mirko, con la misma aspereza que había dicho todo lo demás—. Fui yo quien le envió el mensaje; su hermana lo necesita.

Manuel lo miró, ofuscado. Detestaba que ese hombre hablase con tanta naturalidad de un tema que para ellos era difícil de mencionar; odiaba que se metiera en la vida de su familia como si fuera parte de ella. Él era un don nadie, no tenía ningún derecho a hacer comentarios.

—No sé quién se cree usted que es —disparó Manuel, receloso—. Pero no interfiera en los asuntos de mi familia.

—Me importa una mierda su familia —repuso Mirko, analizándolo—; es por Gimena por quien me preocupo.

—¿Tengo que creerle? —devolvió Manuel, con arrogancia—. Pues sepa que usted es solo un capricho pasajero —disparó—. Pronto mi hermana se aburrirá y regresará a París, a los brazos de quien fuera su novio por más de cinco años, un hombre de su posición y clase —agregó, punzante—. Y supongo que usted, si no termina preso, tendrá algo interesante que contar.

Mirko lo miró luchando con el impacto que el desprecio de ese hombre le provocaba. Toda su vida había lidiado con ese tipo de individuos que se creían que todo el mundo tenía un precio.

—Váyase a la mierda, Rauch —sentenció y se dispuso a marcharse, pero Manuel se interpuso en su camino—. Hace un buen rato que está encerrada en esa habitación. No va a salir hasta que alguien la ayude a hacerlo. Vaya con ella, no la deje sola.

Mirko sostuvo la mirada de Manuel, que lo analizaba con detenimiento sin saber a qué conclusión arribar.

—Debe estar esperando que sea usted quien lo haga —sentenció Manuel, con un dejo sardónico, aunque en el fondo la situación lo incomodaba un poco.

—¿No se da cuenta de que es usted a quien ella necesita en este momento? —remarcó con firmeza—. Por eso envié el mensaje. Está en lo cierto, Rauch, es un tema de su familia. Es a su familia a quien Gimena necesita recuperar.

Sin decir más, Mirko se colgó la mochila al hombro y se dirigió hacia el elevador. Antes de cerrar la puerta, se volvió hacia Manuel.

—Si Gimena pregunta, solo dígale que tenía cosas que hacer —dijo finalmente.

Manuel todavía permanecía con la mirada clavada en la puerta del elevador hasta que lentamente fue recobrándose. Por un breve instante, la posibilidad de que Mirko estuviese ayudándolos lo incordió, no quería sentirse en deuda con ese hombre. Respiró hondo y lentamente se fue acercando a la habitación donde Gimena se encontraba. Esperó unos instantes antes de ingresar, a él también le demandaba un gran esfuerzo emocional atravesar esa puerta. *Aquí vamos,* se dijo colocando la mano en la manija.

Era una estancia luminosa, de paredes blancas y escasa decoración. Solo se apreciaban fotografías de la familia y un cómodo sofá que acompañaba a la enorme cama, que era la gran protagonista. Allí estaba recostada Gimena, abrazada a un portarretratos. Manuel se acercó a ella con cautela, no muy seguro de cómo debía proceder. Se ubicó junto a su hermana y, conmovido por su llanto, colocó una mano sobre su hombro. Ella se retrajo; pero no se volvió hacia él.

—Nunca comprendí por qué tuvo que sucederle algo así —balbuceó Gimena entre lágrimas—. ¿Por qué a él, Manu? ¿Por qué?

—No existe una respuesta para eso —respondió Manuel—. Sucedió y hay que aceptarlo.

Ella asintió y contuvo la respiración un instante.

—Durante el tiempo que estuve en Madrid, me gustaba recordarlo en el campo, recorriendo las tierras con su caballo. Muchas veces soñé que estaba con él —confesó con la voz cargada de sentimientos—. De tanto en tanto, lo recordaba en su escritorio, tan elegante, tan señorial y apuesto.

Manuel escuchaba en silencio. Aunque ya había pasado por todo aquello, era tan doloroso volver a atravesarlo como lo había sido la primera vez.

—Pero nunca, nunca, pude recordarlo en su avioneta hasta que fui al campo —confesó. Giró y se volvió hacia su hermano, que la contemplaba con los ojos húmedos—. Sé por Eva que nunca volviste.

Manuel desvió la vista un momento. Era cierto lo que su hermana decía y parecía extraño que hasta ese momento solo ella hubiese reparado en ese punto.

—¿Por qué, Manu? Te encantaba el campo.

—Supongo que todos recordamos dónde nos encontrábamos cuando esa avioneta se estrelló —dijo como si su afirmación lo explicara todo—. Yo estaba en la cama con Laura. ¿Te acuerdas de ella?

Gimena asintió, de pronto desorientada por el rumbo que la charla estaba tomando. Se acordaba de Laura, la sobrina de un amigo de la familia; a su padre, por algún motivo, no le agradaba.

—Habíamos viajado con papá por asuntos de la cementera; cuando terminamos, él insistió con que volara con él a la estancia —prosiguió. La voz de Manuel se escuchaba tirante, tensa, como si la lejanía en el tiempo no hubiese mitigado el dolor—. Pero yo tenía otros planes; para mí, en ese momento, era mucho más tentador un fin de semana con Laura que encerrarme en el campo con mi padre y mi pequeña hermanita —hizo una pausa y miró a Gimena dedicándole un gesto de disculpa—. Papá se puso furioso cuando me rehusé —respiró hondo y, por unos segundos, se dejó envolver por los recuerdos—. Me dijo: Manuel, una mujer que intenta separarte de tu familia no es una mujer de buenos sentimientos. La familia es quien te sostendrá; sin una familia no hay dónde volver. Y esa no es una mujer que busque familia.

Hizo una nueva pausa, pero esta fue mucho más profunda que la anterior.

—Lo mandé al cuerno. Tenía casi veinticinco años y él seguía

tratándome como un chico —confesó con amargura—. Creo que me quedé con Laura por el solo hecho de hacerlo rabiar.

—Manu —susurró Gimena con lágrimas en los ojos.

—Esa fue la última vez que lo vi —dijo finalmente—. Y todo el enojo se convirtió en un gran peso cuando me comunicaron lo sucedido —Manuel la miró como si todavía intentase comprender—. ¿Te diste cuenta de que desde ese día no volvimos a tener una familia? —preguntó, y una mezcla de amargura y angustia se filtró en su voz—. Cuando él se fue, todos nos perdimos un poco, porque él era nuestra familia. Pero retenerlo era forzar algo que ya no existía.

El silencio volvió a instalarse entre ellos. Sin embargo, ya no había ni rencor ni reproches flotando entre ambos, solo el peso de lo vivido y las marcas que había dejado en ambos.

—Es tiempo de soltarlo, Gimena —terminó diciendo Manuel ahora con renovada autoridad—. No nos hace bien nada de esto.

Esta vez, Gimena reconoció que su hermano tenía razón. Se acercó a la cómoda de donde tomó un portarretratos de marco de madera tallada, con una bella fotografía familiar. Con delicadeza, acarició el rostro de su padre y suspiró. Caminó hacia Manuel y lo besó tiernamente en la mejilla.

—Creo que me quedaré con ella —dijo—. Esta es la última foto que nos tomamos juntos, ¿no?

—Sí, tengo una copia en mi oficina —acotó Manuel dedicándole una sonrisa triste—. Esta te estaba esperando. Sabía que, tarde o temprano, sería tuya.

Se fundieron en un abrazo prolongado que sanó viejas heridas. Aunque había mucho por abordar aún, el primer paso estaba dado y ambos lo sabían. Se retiraron de la habitación caminando a la par.

—¿A qué se debe tanta elegancia? —preguntó Gimena al llegar a la cocina.

—Hay un evento importante en el hotel y me han invitado —respondió con seriedad—. ¿Por qué no me acompañas? —sugirió—. Será divertido.

—Mejor en otra ocasión —dijo Gimena con una sonrisa. Ambos sabían que ella detestaba ese tipo de eventos—. Voy a buscar a Mirko, que no estaba del mejor humor. Hoy tuvimos una discusión.

Manuel entonces comprendió a qué se debía el lúgubre talante del fotógrafo.

—Se marchó —anunció con cautela—. Cuando llegué me dijo que te dijera que tenía cosas que hacer.

Gimena se sobresaltó. Apresurada, buscó su celular. Lo llamó con apremio. Lo que había notado en los ojos de Mirko esa tarde no era solo arrepentimiento, ahora lo comprendía. Era desilusión lo que había percibido; ella no lo había perdonado y tal vez nunca lo haría, eso lo había llenado de remordimientos. Y, en un hombre como él, eso podía ser peligroso.

—¿No te dijo adónde iba? —preguntó mirando a Manuel con preocupación.

—Pues no, y no tenía por qué —acotó. Pero su hermana no lo escuchaba—. El tipo tenía algo que hacer.

—Tengo que encontrarlo.

CAPÍTULO 32

Apagó la computadora dispuesto a finalizar el día. Blandes se frotó el rostro con ambas manos; estaba cansado. Los últimos meses habían sido una locura, llevaba semanas durmiendo poco más de tres horas, soportando la presión de sus superiores, quienes demandaban respuestas.

—¿Tienes un segundo? —lo interrumpió Cachorro desde la puerta de la oficina.

—Claro. ¿Qué sucedió? Llevas una cara de mil demonios —lanzó Blandes, mientras terminaba de guardar sus pertenencias.

Andragón ingresó y cerró la puerta buscando privacidad.

—¿Te acuerdas de la mujer que se hacía pasar por la fiscal Garrido? —preguntó Andragón. Blandes asintió sin ocultar su curiosidad—. Bueno, recordarás que el Croata mencionó que el tal Salinas Berro la llamó Silvia…

—Sí, lo recuerdo —aceptó Blandes.

Cachorro Andragón sonrió orgulloso de ser el portador de esa información.

—Pues bien, mi informante me ha confirmado que su nombre es Silvia Márquez —comentó—. Pero lo más interesante es que trabaja en la Secretaría de Lucha contra el Narcotráfico —agregó extendiendo una hoja a su superior donde constaba la imagen y los antecedentes de la mujer.

Blandes tomó bruscamente el documento que Cachorro le ofrecía y lo leyó con detenimiento. El impacto de la información lo obligó a dejarse caer contra el respaldo de su asiento.

—En su momento, cuando vi el video de esa mujer recibiendo un sobre de las manos de De la Cruz, tuve la sensación de haberla visto antes.

—Sí, recuerdo que lo mencionaste —dijo Blandes sin apartar la vista del papel que tenía en sus manos—. ¿Esto está corroborado?

—No todavía; quise hablar contigo primero —se excusó Cachorro. Consultó su reloj, eran pasadas las ocho de la noche—. ¿Te parece que llame al secretario?

—Deja que yo lo hago —dijo Blandes, sabiendo que era justamente eso lo que Cachorro deseaba. Nunca había sido bueno para lidiar con el poder político.

Lo que faltaba, pensó Blandes. A todos los aditivos de ese caso, ahora había que agregar que la sospechosa más buscada terminó siendo un topo infiltrado en la mismísima Secretaría de Lucha contra el Narcotráfico.

No era nada bueno. Mucho peor si la infiltrada trabajaba a pasos del secretario de Estado y tenía acceso a documentos clasificados.

Blandes pidió hablar con el secretario, a quien conocía y a quien había provisto de información en gran cantidad de casos. Se trataba de un funcionario de intachable reputación. El hombre, al escucharlo, lo negó todo; bajo ningún punto de vista aceptaría las acusaciones que el detective estaba haciendo contra una de sus empleadas de mayor confianza.

—Tenía que corroborarlo, Roberto —dijo Blandes intentando tranquilizarlo—. Son datos que nos llegaron a través de un informante. Por eso antes que nada quise hablarlo con usted.

—Pues, lo agradezco, pero es todo mentira —protestó el secretario, de modo autoritario—. Una calumnia de ese tipo podría destrozar la reputación de una persona. Silvia Márquez es una empleada excepcional. Ha trabajado a mi lado desde hace más de tres años. Pongo las manos en el fuego por ella.

—Está muy bien, Roberto; si usted así lo dice, para mí no hay nada más que agregar —le aseguró Blandes dando por concluida la conversación. No insistiría—. Gracias por aclararme los hechos.

—Yo que usted trataría de elegir mejor a mis informantes.

Cuando la conversación terminó, Blandes miró a Cachorro. *Adiós al partido disfrutando de una cerveza*, pensó, con cansancio.

—¿Y?

—La tal Silvia lo lleva de las narices —respondió Blandes, mientras encendía nuevamente su computadora—, por decirlo de un modo elegante.

Impaciente, aguardó a poder ingresar sus códigos personales. Necesitaba verificar la información recibida con las bases de datos de la Policía Federal. No esperaba encontrar nada relevante bajo el nombre de Silvia Márquez, pero de todas formas

472

probó. No encontró nada, obviamente. Algo le decía que ese tampoco debía ser su nombre real.

Ingresó entonces en la base de datos del Poder Ejecutivo. Buscó información sobre la Secretaría de Lucha contra el Narcotráfico; allí figuraba la información básica del secretario y el personal de su entorno autorizado a recibir y manejar expedientes clasificados. Una tal Silvia Márquez figuraba como una de las pocas autorizadas. Hizo clic sobre su nombre y una nueva ventana se abrió ante él. Era una copia detallada de su legajo; la imagen era la de una mujer de lacia cabellera rubia, que le llegaba apenas por debajo de las orejas. El maquillaje era prácticamente inexistente, tanto en los ojos como en los labios. También figuraba su domicilio y teléfonos.

De la primera gaveta de su escritorio, Blandes extrajo una gruesa carpeta. La abrió frente a ambos y buscó las imágenes que tenía de la falsa Garrido. En todas las imágenes, la mujer lucía el cabello castaño, largo y ondulado, que le confería una apariencia belicosa, sensual. Sin embargo, ni él ni Cachorro Andragón tuvieron dudas de que se trataba de la misma persona.

—Ya decía yo que la había visto —comentó Cachorro, con fastidio—. Ahora la recuerdo con claridad. Estuve hablando con ella hace poco más de un mes.

—¿De qué hablaron? —quiso saber Blandes—. ¿Lo recuerdas?

—Nada importante —respondió, evasivo—. Hablamos sobre la familia; fue justo cuando Juana se encabronó y me echó dos días de casa. Ella me notó mal y me preguntó. Era muy agradable. ¡Maldita desgraciada!, me siento un estúpido ahora.

Blandes suspiró comprendiendo a qué se refería Cachorro.

Volvió a cerrar todo y a guardar la carpeta en la gaveta, bajo llave.

—Vamos a dar un paseo, Cachorro —sugirió al ponerse nuevamente su abrigo—. Quiero ver bien dónde vive esa mujer y de paso me cuentas qué fue lo que dijo tu informante.

Durante el trayecto, Cachorro lo puso al tanto de todo lo que sabía. La información era precisa, fresca y, hasta donde pudieron evaluar, confiable.

—Estoy seguro de que alguien le hizo llegar esa información a tu fuente —terminó diciendo Blandes al aparcar el vehículo frente a la dirección que figuraba en el legajo de Silvia Márquez—. Quería que la encontráramos.

—Estoy de acuerdo, Ratón, pero ¿por qué?

—Si me preguntas a mí —repuso Blandes—, le soltaron la mano.

Descendieron del vehículo y caminaron hacia la entrada del edificio. En el puesto de vigilancia mostraron sus placas para presentarse e informaron que necesitaban contactarse con la mujer que vivía en el apartamento 15 A. Uno de los vigilantes consultó el listado de inquilinos al mismo tiempo que mencionaba que llevaba días sin verla.

—No tengo registros de que haya salido —comentó y frunció el rostro en una clara mueca de desconcierto—. Pero, curiosamente, mis compañeros del turno de la mañana dejaron registrado que muchos vecinos se han quejado de un fuerte olor proveniente de ese apartamento. ¿Vienen por eso? ¿Alguien hizo una denuncia y no nos han informado?

Blandes y Andragón intercambiaron miradas significativas

y no tuvieron que decir nada para saber que pensaban lo mismo.

—Me gustaría subir —dijo Blandes sin amedrentarse—. Quiero verificar de qué se trata eso del mal olor...

—No podemos dejarlo pasar sin autorización de algún propietario —comentó el hombre a cargo de la seguridad—. Estoy llamando, pero nadie atiende.

—¿No se le ocurrió pensar que puede haber una persona muerta allí? —deslizó Andragón, con impaciencia—. Tal vez sea ese el motivo por el cual nadie responde. Eso sin tener en cuenta el hedor.

—Así y todo necesitan la orden de un juez para entrar —repuso el guardia con incomodidad.

Blandes, una vez más, se hizo cargo de la situación. Apartándose un poco, se comunicó con el juez de instrucción que sabía que no le negaría algo así. Habló menos de cinco minutos, y luego regresó junto a Andragón. Miró a los empleados de vigilancia.

—El juez Vaccane me hará llegar la orden en unos minutos, pero ya tengo su autorización de palabra —informó Blandes—. Es una suerte contar siempre con su ayuda.

—Supongo que no le molestará esperar a que llegue la orden firmada —dijo el empleado de seguridad, con firmeza.

Mirko ingresó al edificio que el doctor Laguer le había indicado. Se acercó a la recepción, donde una empleada acomodaba unos papeles.

—Buenas noches, me está esperando el doctor Laguer —anunció—. Mi nombre es Mirko Milosevic.

—Ya le aviso que está aquí —dijo la mujer con cordialidad. Tomó el teléfono y marcó rápidamente un interno—. ¿Viene a internarse?

—Sí.

—Es la decisión correcta. No se va a arrepentir —le aseguró la recepcionista—. Doctor, aquí se encuentra el señor Milosevic.

Antes de dirigirse a Mirko, buscó unos talonarios.

—Debe completar estos formularios —dijo ofreciéndoselos—. Una vez que lo haga, lo guiaré al consultorio del doctor.

—Muchas gracias. Si dejo un sobre para una persona, ¿pueden entregárselo si pregunta por mí?

—Claro —respondió la muchacha.

El hedor era realmente nauseabundo. Nadie tenía dudas de que allí dentro encontrarían un cuerpo en avanzado estado de descomposición. Para poder ingresar, debieron colocarse barbijos tanto Blandes y Andragón como los miembros de la Policía Científica.

La encontraron en la cama, como si la muerte la hubiese tomado por asalto. A simple vista no había nada fuera de lugar; salvo las dos maletas cuidadosamente ubicadas en el vestidor; alguien pensaba irse de viaje.

—Quiero que revisen bien el contenido de esas maletas —ordenó Blandes a los peritos que analizaban el lugar.

Uno de los especialistas asintió y se ocupó de marcarlas como pruebas. Durante más de dos horas permanecieron en el lugar tratando de encontrar algo importante, pero a simple vista, salvo las maletas y el cuerpo, nada llamaba la atención.

—Dejémoslos trabajar —dijo a Andragón—. Aquí ya no somos de ninguna utilidad. Vayamos a la central a esperar que llegue el cuerpo. Creo que va a ser una noche muy larga, Cachorro.

En vano, llamó más de mil veces al número de Mirko. Tampoco sirvió de mucho trasladarse hasta su apartamento para constatar lo que ya sabía; él no estaba allí. Estaba tan desesperada que se acercó a una comisaría e intentó hacer la denuncia. Pero no pudieron ayudarla, pues no habían transcurrido ni cuatro horas desde el momento en que Mirko dejara la vivienda. Le sugirieron esperar hasta la mañana siguiente; seguramente para ese entonces el hombre en cuestión habría aparecido.

Sin embargo, a Gimena no la conformó la sugerencia; al contrario, la displicencia que la mujer policía le dispensó la alteró aún más. Ella sabía que algo estaba sucediendo. De pronto, el fantasma de Garrido, junto con toda la carga que pesaba sobre Mirko, se convirtió en una amenaza monstruosa. Estaba desesperada, era ya casi medianoche y él no aparecía.

Manuel pasó a ver a su hermana cerca de la una de la madrugada. No le había agradado el estado en que había dejado a Gimena. Estaba ofuscado con Milosevic por no tener ni la más básica educación como para responder un llamado de su

hermana. Lo enfureció más encontrarla en la cocina con el celular en una mano y una copa de vino tinto en la otra. Se la notaba angustiada.

—¿Qué sucede? —quiso saber Manuel—. ¿Estuviste llorando?

—Mirko no aparece.

—Bueno, Gimena, debe haber salido con algún amigo —repuso Manuel sin darle mayor trascendencia—. Tal vez… —siguió diciendo, pero se detuvo.

—Tal vez esté pasando la noche con alguna mujer, eso seguramente estás pensando, ¿verdad? —replicó ella con aspereza—. Pues déjame que te diga que no lo creo, y si así fuera, sería lo más leve que podría suceder. Mirko es testigo de tres casos que involucran narcotraficantes buscados internacionalmente. Aunque te cueste creerlo, han querido matarlo varias veces.

Las lágrimas se alojaron en los ojos de Gimena. Manuel la abrazó, preocupado por su hermana.

—¿Hablaste con su abogado? —sugirió.

Gimena se separó de Manuel y lo miró, de pronto esperanzada. No se le había ocurrido tratar de contactarse con Arriaga. Quizás el abogado sabía dónde podía encontrarse Mirko; tal vez estaba en un lugar secreto; después de todo, era un testigo protegido. ¿Y si sucedía como en las películas y le cambiaban el nombre y el lugar donde vivía, prohibiéndole contactarse con alguien de su pasado? ¿Y si ya no volviera a verlo?

El llanto recrudeció y, entre balbuceos, compartió sus temores con Manuel, quien para sus adentros rogó que una solución así pudiera existir. Pero no lo creía, Milosevic mínimamente le hubiera pedido que cuidase de Gimena, adelantándole que ya

no volvería a verla. Si algo había comprendido de ese hombre era que le preocupaba su hermana.

—No saques conclusiones en el aire —le sugirió y se ocupó de rellenar dos copas de vino—. Intenta hablar con el abogado.

Gimena se limpió el rostro con una servilleta de papel y asintió. Tomó el celular y llamó a Arriaga sin molestarse en mirar el reloj.

—Hola —dijo una voz masculina y gruesa, con cierto sobresalto.

—Buenas noches, ¿doctor Arriaga? —dijo Gimena con voz débil—. Habla Gimena Rauch. Disculpe la hora.

—Gimena, ¿qué sucede? —repuso Arriaga.

—Mirko desapareció —balbuceó ella—. Esta tarde se marchó de aquí diciendo que tenía algo que hacer, pero no ha regresado y no atiende mis llamados. Me estoy volviendo loca.

Un silencio profundo se apoderó de la línea. Gimena miró a Manuel, desconcertada, percibiendo que tal vez no le agradaría lo que estaba por escuchar.

—Para serte sincero —reconoció el abogado—, creí que estabas al tanto de todo.

—¿Al tanto de qué? —preguntó, desolada.

—Mirko se internó en una clínica psiquiátrica para superar su adicción —informó sin anestesia—. Me envió un mensaje para contarme sus planes, por si la justicia requería de él. Debo informar de su paradero en cada uno de los juzgados donde haya causas que lo involucren.

Gimena guardó silencio asimilando la información. No podía creer que él hubiese hecho algo así sin comunicárselo o sin

haberlo discutido con ella. De pronto, toda la desesperación que había sentido por horas se transformó en enojo; frío y crudo. Estaba indignada.

—¡Cuando lo vea, lo mato! —estalló Gimena, furiosa.

—La verdad es que no te culpo —le aseguró Arriaga—. Este muchacho tiene que aprender que hay gente que se preocupa por él.

—Estaba tan asustada.

—Me imagino —afirmó el abogado ya más tranquilo—. Escucha, mañana pienso ir a la clínica. Necesito un certificado para presentar ante la justicia. Si te parece, podemos encontrarnos allí.

—Sí, gracias, doctor —dijo Gimena ya más calmada.

—Nos vemos mañana a las once —le dijo—. Intenta descansar. Mirko está en buenas manos. Confía en él. Estará bien, te lo aseguro.

CAPÍTULO 33

No pegó un ojo en toda la noche. La cama sin Mirko era demasiado grande; su casa, desoladora. Por un momento se le cruzó la idea de hablar con Raúl para volver al apartamento de la calle Suipacha, pero descartó la idea. Ese era su hogar y, como fuera, tenía que aprender a convivir con eso. Pero, sin Mirko, era difícil.

Dejó la cama antes del amanecer. Se duchó y apenas prestó atención a la ropa que se ponía. Sin embargo, detectó que nada había quedado de las pertenencias de Mirko; ni en el vestidor, ni mucho menos en el baño. ¿Por qué no había compartido su decisión con ella? Se sentía tan desilusionada. Necesitaba una explicación, la merecía y pensaba exigirla.

Detuvo el auto frente a un señorial edificio de principios de siglo XX, excelentemente mantenido. A un costado de la imponente puerta de entrada, una placa de bronce indicaba el

nombre de la institución: Clínica del Ángel. Gimena sonrió, el nombre no podía ser más adecuado.

Al entrar, lo vio a Arriaga conversando con un hombre alto y delgado de cuidada barba entrecana y gesto circunspecto. Llevaba un guardapolvo blanco y dedujo que debía tratarse del médico que atendía a Mirko.

—Hola, Gimena —la saludó Arriaga con naturalidad—. Te presento al doctor Gustavo Laguer, es director de este centro y psiquiatra de Mirko —hizo una pausa y se volvió hacia el médico—. Doctor, ella es Gimena Rauch, la novia de Mirko.

Aunque era algo fuera de lugar, a Gimena la emocionó el modo en que Arriaga acababa de presentarla. Estrecharon manos con el psiquiatra.

—Creo que Mirko ha dejado algo para usted —informó Laguer luego de saludarla. Se apartó un momento para dirigirse al mostrador de la recepción, de donde tomó un sobre—. Aquí está —dijo extendiendo la carta a Gimena—. La dejó apenas ingresó. Estaba seguro de que usted vendría.

—Quiero verlo —demandó ella sin apartar la mirada de la carta.

—Lo lamento, pero eso no será posible —comunicó el médico con un tono grave que imponía autoridad y exasperaba a Gimena—. Mirko entró en un tratamiento integral y de momento no está autorizado a recibir visitas.

—¡¿Lo están reteniendo?!¡¿Lo encontraron consumiendo?

—No, señorita —prosiguió Laguer—. Mirko ingresó aquí por propia voluntad y firmó su consentimiento de permanecer aislado todo el tiempo que sea necesario, o el que indique el tratamiento.

Se hizo un silencio intenso que envolvió a Gimena llenándola de interrogantes.

—¿Me están mintiendo? —preguntó, confundida. Miró a ambos hombres, desconcertada, hasta quedarse en el rostro de Arriaga—. Esto es por orden judicial. Tiene que ver con el Programa de Protección a Testigos. No volveré a verlo.

—Gimena —repuso el abogado sin poder creer lo que escuchaba—, no seas melodramática, por Dios. Creo que viste demasiada televisión —agregó con tono arrogante—. Nadie te está ocultando nada. La situación es tal como te la comenta el doctor Laguer. Mirko resolvió internarse solo.

—Lea la carta, señorita Rauch —sugirió el médico con gesto comprensivo—. Dele a Mirko la posibilidad de curarse.

Gimena asintió y bajó la vista al sobre que tenía en la mano. Estaba arrugado de lo mucho que lo había apretado. Alzó la vista una vez más y le aseguró al doctor Laguer que llamaría para ver cómo seguía Mirko.

—No se le va a informar nada, señorita Rauch —aclaró Laguer, apelando a su profesionalismo para que la angustia de esa chica no lo afectara—, salvo que Mirko indique lo contrario, pero puede llamar todas las veces que quiera.

—Gracias, doctor —dijo ella ya más tranquila—. Dígale que lo amo.

Se despidió de Arriaga prometiendo hablar en caso de que fuera necesario y salió de la Clínica del Ángel sin mirar atrás.

Con un nudo en el estómago y el corazón estrujado, subió al pequeño automóvil. Le costaba asimilar que no lo vería ni en un rato, ni en un día, ni en una semana; quizá en un mes.

Le costaba, además, aceptar que era por su bien. Era egoísta respecto a Mirko. Encendió un cigarrillo y finalmente abrió el sobre.

Mi amor, no te enojes por lo que hice. Digamos que esta fue una decisión de último momento y, si me hubieses acompañado hasta aquí, no habría podido separarme de ti. Pero ambos sabemos que esto es lo que tenía que hacer.

Las lágrimas le impidieron seguir leyendo. Las limpió con la manga de su abrigo y dio unas pitadas a su cigarrillo, procurando controlar las emociones.

Como si te estuviese viendo, te pido que no llores; que no me voy a la guerra, aunque sé que será una batalla dura que estoy dispuesto a enfrentar. No me voy a morir, Gimena; lo estoy haciendo para vivir.

Ahora fue una sonrisa la que afloró entre las lágrimas. Era tan propio de Mirko ese comentario. Siguió leyendo, ahora con las emociones más controladas.

No tengo idea de cuánto tiempo estaré aquí; ni siquiera me lo he planteado y, como no soy tan noble como para pedirte que no me esperes, te ruego que lo hagas. Te juro, Gimena, que haré todo lo que esté a mi alcance para convertirme en el hombre que mereces. Este es el primer paso para lograrlo.

Voy a estar bien, mi amor, en serio. Estarás en mí todo el tiempo, porque eres como mi ángel, el que me cambió la vida desde el primer día y me salvó, el que me mostró la diferencia, el que me enseñó que uno paga por sus pecados. Y yo estoy dispuesto a pagar cada centavo por tu amor. Te amo, Gimena. Eres lo único bueno que me pasó en la vida. Por favor, espérame.

Sin control, las lágrimas se adueñaron de su rostro. Se cubrió los ojos con una mano y se dejó caer contra el asiento. No estaba muy segura de cuál era el sentimiento que generaba el llanto; no sabía si lloraba por la angustia que le producía no poder contenerlo, por la emoción que le generaba saber que él había elegido curarse por ella, o por el agradecimiento porque toda una vida de infelicidad parecía estar llegando a su fin. Era una mezcla de sensaciones extrañas la que se convulsionaba en su pecho, pero empezaba a vislumbrar el final de un sinfín de padecimientos.

De regreso a la casa, repasó cada punto de su historia con Mirko. Desde la primera vez que lo vio hasta la noche que bailaron tango y ella descubrió lo maravilloso que era estar en sus brazos. En un semáforo, se limpió las lágrimas que cruzaban sus mejillas, obligándose a ser fuerte cuando él estaba enfrentando un duro desafío.

Bueno, Gimena, mientras tanto, más vale que ocupes tu tiempo en algo productivo, se dijo. Convencida de que ese era el camino por seguir, comenzó a pulir mentalmente la larga lista de pendientes que venía postergando.

Por un lado, la editorial que deseaba poner en marcha. Tras mucho meditar, había llegado a la conclusión de que era mejor comenzar de cero; no iba a mover un dedo por salvar Blooming. Por otro lado, estaba el asunto de la herencia; hablaría con Javier, él podría asesorarla; tenía que ocuparse inmediatamente de ese asunto. Por Manuel y por ella.

La tranquilizó sentir que empezaba a ponerse en movimiento. Era como si estuviese rescatándose y, al hacerlo, se fortalecía. Sonrió, no tenía más sentido angustiarse por Mirko, él estaría bien. Su mente se llenó de Mirko. Mirko y su presente; Mirko y su pasado; Mirko y lo poco que sabía de sus orígenes. Casi sin buscarlo, se encontró considerando ese punto con mayor detenimiento y se preguntó qué haría ella en su lugar. Sabía la respuesta. Ella investigaría incluso debajo de las piedras hasta obtener una explicación. No estaba segura de que Mirko tomara las mismas decisiones; algo le decía que él jamás enfrentaría algo así por sus propios medios. Tal vez…

Estaba casi llegando a la residencia cuando una llamada entrante sonó en el pequeño vehículo, quebrando sus propios pensamientos. Atendió y sonrió al escuchar la voz de Carola.

—Ya está todo arreglado para que nos reunamos el viernes —le dijo—. Mandé a Javi con todos los chicos a casa de Micky, y Lara dijo que Andrés cenaría en casa de su hermano con Ema y los mellizos. No hay excusas, Gimena.

—Pues genial —respondió con voz tensa por la emoción y la necesidad de hablar—. ¿Quieren venir a casa?

—Me parece perfecto. Lo pongo en el grupo así todas se enteran.

—Gracias, Caro. Las espero —concluyó pensando en todo lo que tenía para contarles.

Ingresó a la casa pensando una vez más en Mirko y en su situación. Podría hacer algunas averiguaciones sin decirle nada y luego ver cómo se desarrollaban los hechos; después de todo, él no tenía por qué enterarse.

Se ubicó en uno de los sillones de vestíbulo. Sin perder más tiempo envió un mensaje a Madrid. "¿Tienes algún contacto de confianza en Croacia?", preguntó directamente.

"Sí, ¿por?", fue la rápida respuesta.

La explicación era demasiado larga para seguir escribiendo. Entonces llamó a su amigo José María.

—Hola, José, así es más fácil —comentó—. Necesito averiguar sobre la familia de una persona que nació en Rovinj en el año 1978.

La conversación se extendió por varios minutos y, al final, el español prometió llamar a un colega croata para pedir asesoramiento.

—Perfecto. Muchas gracias, José. Te enviaré un correo —agregó, entusiasmada—. Allí te explico lo que necesito.

Luego de un almuerzo frugal, y comprendiendo que no podía hacer más que esperar a que la información sobre el pasado de Mirko llegara, se dirigió al comedor para ocuparse de todo lo concerniente a la nueva editorial.

La bandeja de entrada estaba abarrotada de mensajes cuando abrió su correo electrónico. Los había de todo tipo;

desde mensajes de la dirección de España, pasando por su amigo José María y los empleados de la Editorial Blooming, que temían por su futuro; también los profesionales a quienes ella había convocado para trabajar en la nueva revista. *Mi Dios.* Tomó nota de cada una de las personas que demandaban su atención y les envió un correo para informarles que su ausencia se debía a un problema personal y que en el transcurso del día –léase hasta las doce de la noche es "día"–, respondería a sus demandas. *Bien*, se dijo, consciente de que tenía mucho por delante. Consultó su reloj. Eran cerca de las tres de la tarde.

Pasadas las diez de la noche, se puso de pie. De pronto, el silencio reinante le resultó perturbador. Las luces se habían ido encendiendo lentamente con una diferencia de segundos entre unas y otras para que pareciera que alguien se ocupaba de hacerlo; pero lo que había pensado por un tema de seguridad, terminaba teniendo ribetes fantasmagóricos. Sus propios pensamientos le dieron frío.

Cansada, se dirigió a la cocina en busca de algo para comer y beber. La sorprendió encontrar allí a la señora Alameda.

–¿Necesita algo, señorita Rauch?

–La verdad es que me vendría muy bien si me prepara algo para comer, señora Alameda –dijo Gimena, en un tono suave. Abrió una puerta que comunicaba a un balcón francés, y encendió un cigarrillo–. Me voy a quedar trabajando hasta tarde.

–Por supuesto –le dijo–. Usted no se preocupe que yo me encargo de todo, así no se distrae.

La cotidianeidad del momento la llevó a pensar en Mirko. Hacía ya todo un día que no lo veía y, aunque había tenido la

mente ocupada, sentía su ausencia; lo extrañaba. Pero aceptó que era tiempo de caminar solos para poder hacerlo juntos, después.

Regresó a la mesa de trabajo y se abocó a ordenar los días subsiguientes. Un tema la llevó a otro, y se encontró diagramando la futura revista como si en pocos días viera la luz. Estaba muy entusiasmada y, deseando poder tachar ciertos pendientes, decidió convocar a su futuro equipo de colaboradores; pero no se le ocurría dónde reunirse con ellos. Eran demasiadas personas que necesitarían tomar notas, verse las caras. Buscando una respuesta, miró a su alrededor y sonrió sin remedio. La mesa en la que estaba sentada tenía capacidad para veinte personas. Sonrió. Tema resuelto. Envió el último correo del día.

Cenó analizando la documentación y los lineamientos que José María le había enviado desde España. Todo estaba dentro de los cánones de lo esperado. Solo faltaba definir un lugar donde establecerse.

Sintiéndose algo embotada, se puso de pie. Estaba cansada. Fue a su habitación y buscó un abrigo. Bebió un poco de vino, pensando en lo difícil que podría resultar estar allí sola. Se sentó en la cama y, luego de apoyar la copa y la botella en la mesa de noche, buscó la almohada de Mirko para abrazarse a ella. Todavía tenía su aroma y, por un momento, lo sintió realmente cercano.

—¿Sabes, mi amor? —dijo Gimena apoyando su mejilla en la almohada como si Mirko se encontrase allí—. Creo en nosotros. Lo vamos a lograr.

Ese viernes le costó concentrarse en otra cosa que no fuera la cena con sus amigas. Desde el duro enfrentamiento que habían tenido en casa de Mariana, no habían vuelto a hablar frente a frente; porque el encuentro en el hospital no contaba para Gimena. Mucho menos los mensajes de WhatsApp que intercambiaban. Se debían una charla cara a cara, Gimena así lo entendía.

Las tres llegaron juntas en la camioneta de Lara un poco antes de la hora acordada. Gimena las aguardó en el recibidor y sonrió al escucharlas hablar en el elevador mientras ascendían.

—¡Qué divino es este piso! —dijo Mariana admirando las molduras y los magníficos detalles de mármol tallado—. Es tan señorial, cómo me gustaba venir.

—A mí también —se sumó Carola—. Era lo mejor venir a merendar después del colegio, aunque quedaba lejos; pero veníamos con el chofer y nos atendían como princesas.

Al llegar a la segunda planta, callaron y aguardaron a que las puertas de hierro forjado se abrieran para sonreírle a Gimena, que las esperaban con ansiedad.

—Bueno, a mí me gustaba mucho más ir a sus casas —respondió Gimena, emocionada—. Acá solo había empleados —acotó, pero se llamó a silencio de inmediato, se había prometido no hacer comentarios lúgubres—. ¡Qué lindo verlas!

Una a una las fue saludando y, todavía abrazada a Lara, las guio hacia la sala de estar principal, donde la señora Alameda se había ocupado de colocar unas bandejas con gran variedad

de bocadillos fríos. Luego de intercambiar unos comentarios sobre la vivienda, Gimena les ofreció de beber.

—¿Estás definitivamente instalada acá? —quiso saber Carola.

—De momento, porque no tengo otro lugar —respondió Gimena—. Ya solucionaré ese tema.

—Pues va a ser difícil con Manuel reteniéndote —comentó Lara—. Me lo encontré en un evento antes de ayer, y me dio la sensación de que está muy contento de tenerte aquí.

—Ya veremos, Lara —accedió con seriedad primero, pero ante el recuerdo de la charla mantenida con su hermano, sonrió—. Reconozco que me gusta tenerlo cerca. Pero no estoy segura de querer vivir acá. Es muy grande y oscuro.

—Qué lindo escucharte hablar así de tu hermano —dijo Carola—. Ustedes tenían que hablar y arreglar sus diferencias. Manuel te adora; siempre te adoró.

Gimena simplemente asintió y bebió un poco de su trago para contener la emoción que las palabras de su amiga le habían generado. Para cambiar de tema, preguntó por los hijos y los esposos; todos estaban muy bien y las respuestas se agotaron demasiado rápido. Carola entonces quiso saber de los avances de la revista que Gimena iba a lanzar. También en esta ocasión las respuestas se agotaron demasiado rápido. Comieron en silencio y alabaron lo delicioso que estaba todo.

—Parece que va a estar lindo todo el fin de semana —comentó Mariana de la nada. Las tres la miraron divertidas y sorprendidas. Ella les sonrió—. Bueno, ya hablamos del tiempo, de sus trabajos, de nuestros esposos e hijos —agregó mostrando claramente que llevaría la conversación a un asunto puntual. Se

acomodó en el sillón y miró a Gimena—. No creo que les interese estirar más las cosas, ¿no?

Gimena suspiró. Mariana, fiel a su estilo, había disparado sin previo aviso, como si los temas de relleno la hubiesen cansado y necesitara ir al grano.

—Eres tremenda, Mariana —fue Lara, quien intentó ponerle freno.

—¿Qué? —protestó mirándola brevemente para volver su atención a Gimena—. Por mi parte, no sé cómo disculparme por lo que dije —empezó diciendo con altura y convicción. Miró a su amiga con los ojos brillantes, cargados de arrepentimiento—. Estaba muy asustada y no medí mis palabras. Lo siento muchísimo.

—Está bien —respondió Gimena eludiendo la mirada de Mariana. Entendía que debían hablar de lo sucedido, pero qué difícil era—. Ya pasó —agregó.

—No, no está bien ni ya pasó —sentenció Lara sumándose a las disculpas—. Nada de lo que dijimos estuvo bien, pero, sinceramente, estábamos preocupados y no nos agradaba que te estuvieras involucrando en un asunto criminal como ese.

Por unos segundos, Gimena no dijo nada. No le resultaba sencillo organizar todo lo que sentía; el enojo, la desilusión por sus reacciones, el miedo a perder a Mirko, su amor por él. Todo se mezclaba.

—Esa noche, llegué a casa de Mariana con el corazón en la boca. Hacía días que Mirko había desaparecido y no sabía si estaba vivo o muerto —deslizó Gimena y sus ojos comenzaron a anegarse—. Me dolió mucho sentir que me daban la espalda…

—Lo sabemos…

—No, no lo saben —siguió sin darles margen a que la interrumpieran—. Yo las necesitaba, necesitaba de cada una de ustedes, y me encontré con una pared; con críticas y asperezas. Me sentí sola frente a una situación que me desbordaba.

A esa altura, tenía los ojos llenos de lágrimas y un nudo tan grande en la garganta que le distorsionaba la voz. Carola, que era quien más cerca estaba de Gimena, pasó uno de sus brazos sobre los hombros de su amiga.

—Y no sabes lo mortificadas que nos sentimos por haberte hecho pasar por algo así —confesó Carola, apenada. Miró a Lara y a Mariana, rogando que dijeran algo—. Estamos acá para que nos grites todo lo que tengas ganas y nos cuentes lo que antes no supimos escuchar.

—Gimena —dijo Lara estirándose para tomar la mano de su amiga—. La realidad es que sabemos poco y nada de todo lo que pasó, y por eso sacamos las conclusiones que sacamos.

—No deberían haber sacado ninguna conclusión, Lara —acusó con amargura.

Un nuevo silencio las envolvió y ninguna se atrevió a contradecirla.

—Háblanos de Mirko, Gimena —fue Mariana quien intentó poner suavidad a la conversación—. ¿Cómo está él con lo sucedido?

—Mirko está bien —respondió con cierta tensión—. Recuperándose —agregó luego de resolver que no hablaría sobre la última discusión mantenida—. Va a estar bien. Ahora sé que va a estar bien.

—¿Quieres contarnos qué sucedió? —insistió Lara.

Gimena la miró por unos instantes. La conmovió detectar en la voz de Lara tanto cariño como preocupación. Miró a Mariana y a Carola y, en sus rostros, encontró los mismos sentimientos y algo de inquietud. Asintió, pero como no quería entrar en muchos detalles, contó a grandes rasgos todo lo que había ocurrido. Mucho de lo que escuchaban, las chicas lo sabían gracias a la televisión; pero Gimena les ofreció un enfoque diferente, al igual que muchos datos que en las noticias omitían. Cuando terminó el relato, un silencio extraño se apoderó del ambiente. Gimena aprovechó para beber un poco de vino y respiró hondo estudiando una vez más los rostros de sus amigas. Lo que acababan de escuchar las superaba ampliamente.

—Pero hay algo que no entiendo: ¿quién asesinó a esa mujer? —preguntó Carola luego de asimilar toda la información. Alzó la vista hacia Gimena—. La de su apartamento.

—Fue Antonella Mansi quien la mató —respondió con acritud—. La dejó allí como una suerte de amenaza. Más allá de que todo ese fin de semana estuvo conmigo, hay pruebas suficientes para establecer que Mirko era una víctima más en un plan maestro. La idea era que él quedara como único culpable de toda la operación.

—¿Un plan maestro? —repitió Mariana, horrorizada—. Suena aterrador, Gimena.

—Lo fue, créanme, quisieron matarlo varias veces —dijo—. Hasta donde sé, la policía cree que hay mucha más gente involucrada. No veo la hora de que todo esto termine.

Un silencio cargado de significado las envolvió y esta vez

Gimena las observó en silencio. Si bien habían manifestado no tener nada en claro, a ella le resultó evidente que estaban al corriente de todo; tal vez Arriaga había hablado con Javier, y este a su vez con Carola, pero ya no importaba. Respiró hondo recomponiéndose y se estiró para tomar un cigarrillo.

—Hubo momentos en los que todo parecía estar en su contra —continuó—. Todo estaba armado para que él quedara en el ojo de la tormenta. La muerte parecía acecharlo y la desesperación lo ponía frente a frente con su adicción —siguió diciendo, afligida por los recuerdos—. Nunca lo vi consumir, pero, cuando lo hacía, el cambio era notorio.

Se detuvo considerando sus propias palabras y el peso de estas se arremolinó en su pecho. Una lágrima escapó de sus ojos y la angustia que venía acumulando bulló en su interior. Las miró luchando por contener sus emociones.

—Antes de que vuelvan a sacar conclusiones, déjenme aclararles que Mirko nunca se puso violento —sentenció.

—Nunca lo pensamos —le aseguró Lara. Gimena la miró con suspicacia—. Jamás.

—Mirko no es violento —afirmó, con los ojos cargados de lágrimas—. Está asustado porque toda su vida se sintió amenazado, desprotegido. Recibió demasiados golpes; no se dan una idea de lo vulnerable que puede ser. Tiene la espalda llena de horrendas cicatrices, pero les aseguro que no son las únicas marcas con las que carga —aspiró su cigarrillo y, con nerviosismo, se secó una lágrima. Exhaló el humo y suspiró. La indignación volvió a ella—. Si ustedes supieran todo lo que le ha pasado en la vida, no hubiesen dicho todo lo que dijeron —dijo finalmente.

—Pero no lo sabíamos, Gimena —le recordó Lara—. Lo único que sabíamos era que trabajaba en la editorial y que lo buscaba la policía por homicidio. No te enojes con nosotras por preocuparnos o por querer protegerte —insistió—. Danos ese margen. Así como nosotras te entendemos, también entiéndenos a nosotras.

Gimena asintió y desvió la vista brevemente aceptando las palabras de su amiga. Intentando recomponerse, apagó su cigarrillo y se ocupó de rellenar las copas. Poco a poco, la tensión la iba abandonando y fue sintiéndose más repuesta.

—Bueno —dijo Mariana para reabrir la conversación—, ahora que ya hablamos de todos esos temas desagradables, yo quiero escuchar hablar del Mirko que tanta revolución causó en mi casamiento.

—Y visto y considerando que mi esposo no me va a escuchar —se atrevió a decir Lara con picardía—, puedo decir que es muy atractivo. ¡Qué ojazos!

—¿Está viviendo acá contigo? —preguntó Carola con entusiasmo.

Gimena bebió un poco de vino y dejó la copa sobre la mesa. Entonces les contó que, si bien ese era su deseo, Mirko había resuelto internarse voluntariamente en una clínica psiquiátrica para combatir su adicción. No le resultó difícil decirlo, al contrario, incluso había cierto orgullo en el tono que empleó.

—Está incomunicado por decisión propia —agregó y la voz se le quebró—. Así que no sé nada de él desde hace tres días y no tengo idea por cuánto tiempo más.

Carola volvió a pasar uno de sus brazos sobre los hombros de Gimena, reconfortándola. Ella le agradeció recostándose

contra su cuerpo. Ya no se contuvo, liberó las lágrimas y lloró por todo lo que había vivido.

—Merece tanto una oportunidad de ser feliz —agregó acongojada.

Pasó a contarles entonces sobre su vida y lo poco que sabía de sus orígenes. También mencionó al detective que pensaba contratar. Todavía aguardaba noticias desde Croacia para intentar conseguir información sobre la familia de Mirko y su pasado. Para que comprendieran mejor, las puso al tanto de lo poco que él sabía de sus verdaderos padres, y les contó la angustia que habían sembrado en su mente al deslizar que podía ser un chico robado.

—Gimena, tienes todo para darle esa oportunidad —le aseguró Lara, arrodillándose a su lado y secándole el rostro con una servilleta—. No llores más, está haciendo lo correcto. Será como un nuevo comienzo para él, una nueva vida.

—Háblanos de él, Gimena —demandó Mariana—. ¿Cómo es?

Emocionada, les habló de él. Hablar de Mirko la llenaba de fuerza y le provocaba sonrisas. A juzgar por las expresiones que fueron apareciendo en los rostros de sus amigas, Gimena supo que las estaba sorprendiendo. Para ella Mirko era todo, era su roca, su puente al futuro; su vida.

—Nunca te había visto tan luminosa.

—Es que él enciende mi luz.

CAPÍTULO 34

Durante los siguientes días, se ocupó de organizar varias reuniones. Había hablado con la secretaria de su hermano, con quien coordinó un desayuno a primera hora con Manuel; el motivo: varios. Con Javier Estrada cruzó una seguidilla de mensajes y terminaron acordando que se reunirían para sentar las bases de la nueva sociedad. Ese mismo día, almorzaría con Lara Galantes; en sus manos pondría la organización de la presentación de la nueva editorial y el lanzamiento de la revista.

Para último momento dejó el listado de los empleados de la Editorial Blooming que deseaba incorporar a la nueva sociedad. Estaba prácticamente terminado cuando un sonido proveniente de su computadora la obligó a prestar atención. José María le enviaba un correo electrónico desde Madrid. Lo abrió, expectante. Su amigo le proporcionaba los datos de un detective privado croata que había aceptado ocuparse de la investigación

que ella deseaba llevar a cabo. Junto a su nombre, teléfono y correo se encontraban detallado sus honorarios y los costos a cubrir.

Sin demora, Gimena le escribió para informarle que aceptaba sus honorarios y los tiempos estipulados.

Ya estaba hecho. Ya había hecho contacto con el detective privado que se ocuparía de investigar los orígenes de Mirko y su familia. El hombre había sido claro. Lo que buscaba podía ser imposible de hallar, tampoco era información que se conseguía de la noche a la mañana. Debía tener paciencia, él se contactaría.

Cerca de las ocho de la noche, decidió que era hora de parar. Estaba cansada pero feliz por lo mucho que había avanzado. La adrenalina que el trabajo le provocaba la ayudaba a sobrellevar el momento. Contempló la mesa de trabajo con cierta satisfacción y no pudo evitar sonreír. Miró su agenda solo para reparar en el paso de los días; tres largas semanas habían transcurrido sin Mirko. Lo pensó un instante y, llevada por un impulso, tomó el teléfono. Marcó el número de la Clínica del Ángel. Llamaba a diario y las respuestas eran siempre las mismas; él estaba bien, avanzando en su recuperación.

La sobresaltó el sonido del elevador deteniéndose en su planta. Expectante, se puso de pie y frunció el ceño con algo de fastidio al ver que se trataba de Manuel que ingresaba en el piso sin pedir permiso. Estaba vestido de etiqueta y se lo veía terriblemente apuesto; derramaba estilo, éxito y sofisticación.

—Venía a ver si tenías planes para esta noche —anunció sin siquiera saludar.

Gimena puso los ojos en blanco y sacudió la cabeza negativamente.

—Me gustaría que llamaras antes de entrar —lo amonestó—. Vivo acá, Manuel.

—Trataré de recordarlo —repuso él, displicente—. Ahora, muévete, que detesto llegar tarde.

—¿Perdón?

—Vamos a salir —anunció con sequedad—. Tenemos un compromiso.

—¿Te falló tu cita? —deslizó con algo de animosidad.

Manuel le dedicó una sonrisa forzada. Se dirigió al surtido bar y se sirvió una generosa medida de whisky.

—Pensé que te agradaría acompañarme a un evento en el Museo Fortabat —utilizó un tono tan autoritario que no hizo más que fastidiar a Gimena—. Tienes media hora para estar lista.

Gimena guardó silencio. La invitación la tentaba, pero no así el tono imperativo empleado por su hermano. Por unos segundos, se perdió en sus pensamientos y se debatió brevemente entre lo que deseaba y lo que creía adecuado.

—A ver, querida mía —dijo Manuel luego de beber un poco de su whisky—, ¿te interesa triunfar realmente o te conformas con estar a la cabeza de una editorial mediocre por el solo hecho de hacer algo? —presionó.

—¿Qué te parece? —repuso, sarcástica.

—Entonces te ducharás, te arreglarás como corresponde y vendrás conmigo a este evento —sentenció Manuel con firmeza—. Hay que ir al encuentro del éxito, solo no llega —agregó—. El

éxito se alcanza con pasión y sacrificio, además de buenos contactos —terminó diciendo. Miró su reloj—. Te quedan quince minutos. Te recomiendo apresurarte.

Aunque durante mucho tiempo renegó de todo aquello, Gimena reconocía que se sentía muy a gusto enfundada en ese costosísimo vestido parisino, rodeada de una magnífica colección de arte, disfrutando de una exquisita copa de champagne, mientras conversaba con el curador del museo y su encargado de prensa. En alguna medida, la retraía a sus días en Europa cuando, por requerimiento de los productores, debía asistir a los más distinguidos eventos culturales.

Manuel se ocupó de presentarla a todo el mundo y las autoridades del Fortabat se mostraron muy interesadas de ser parte del primer número de la revista que Gimena pensaba lanzar al mercado. Sintiéndose como pez en el agua, conversó con gran cantidad de personalidades del mundo artístico, también intercambió ideas con periodistas especializados que mostraron interés por su nuevo proyecto.

Fueron casi tres horas en las cuales Gimena se sintió nuevamente en acción. Si bien comprendía que su apellido tenía mucho que ver, estaba dispuesta a ganarse por sus propias virtudes el reconocimiento de todos ellos.

Manuel se mantuvo apartado, pero no perdió detalle de cómo su hermana se desenvolvía y florecía en el ámbito al que pertenecía. Sonrió satisfecho cuando vio que Gimena acaparaba a Gabriel Mercado, gerente de Relaciones Institucionales del Museo. Ese hombre era un buen contacto para ella.

—Parece que lo disfrutaste —comentó Manuel una vez que

cerró la puerta del vehículo y este se puso en marcha–. Te noté muy entusiasmada.

–La verdad es que sí –reconoció Gimena. Bajó la vista hacia su celular donde había registrado tres fructíferos contactos. Miró a Manuel con complicidad–. Fue muy productivo y me siento como si me hubiesen inyectado adrenalina. Gracias por invitarme, Manu. Tengo tres notas centrales con artistas destacados, con curadores y con el director de uno de los museos más importantes de la ciudad. Esto es increíble.

El vehículo se detuvo frente al edificio donde Gimena debía descender. Ella dudó, sin Mirko, el lugar le resultaba extremadamente grande y vacío. Con la mano todavía en la manija, miró a Manuel y lo invitó a compartir un trago.

Se instalaron en la sala de televisión. Ese era un lugar en el que siempre les había gustado estar. Mientras Gimena ponía música, Manuel fue por una botella de vino.

–Este es un merlot que merece ser disfrutado en ocasiones especiales –comentó Manuel, al ingresar al recinto–. Me enviaron un par de cajas de Francia para probarlo, es magnífico.

Sirvió una copa para Gimena y se la extendió. Luego se ocupó de la suya. Miró a su hermana con cierta emoción y brindó con ella.

–Por el reencuentro –propuso.

–Por el reencuentro –respondió Gimena.

Durante unos minutos bebieron en silencio, cada uno inmerso en sus propios pensamientos. La música flotaba en el ambiente y, sintiendo un poco de frío, Gimena tomó una de las mantas que siempre colgaba del apoyabrazos del sofá.

—Pensaba que te gustaba asistir acompañado a este tipo de eventos —disparó Gimena.

—Antes —respondió él mirando su copa de vino.

El silencio volvió a instalarse entre ellos, pero Manuel se encargó de desbaratarlo, cambiando abruptamente de tema.

—¿Te habituaste a vivir acá? —preguntó Manuel.

—La verdad, no. Mucho menos ahora que Mirko no está —respondió con voz aplomada. Una vez más su recuerdo se apoderó de su mente, extrañándolo—. Siempre faltó algo entre estas paredes.

Le sorprendió que Manuel asintiera no solo por estar de acuerdo con ella, sino por lo imperceptible del gesto. Le dedicó mayor atención. Se había aflojado el moño y había abierto la camisa; parecía relajado y pensativo; eso también llamó la atención de Gimena.

—¿En qué piensas? —quiso saber.

Como si el hechizo en el que había caído se hubiese roto, Manuel miró a su hermana con una pregunta dando vueltas en su cabeza.

—En realidad estoy tratando de comprender cómo puedes creer tan ciegamente en él —confesó mirándola de frente—. ¿Nunca dudaste de su palabra? ¿Nunca se te ocurrió que podía movilizarlo otros intereses?

Gimena carcajeó, sin dar crédito a lo que escuchaba.

—Por supuesto que no —respondió con contundencia—. Creo en él —insistió sorprendida por la pregunta—. Lo amo y sé que él me ama. ¿Qué clase de comentario es ese? —hizo una pausa y la risa fue mermando. De pronto, la ofuscó que estuviera

aprovechando la ausencia de Mirko para mancillar su imagen e intentar boicotear la relación–. Desde un primer momento fuiste prejuicioso con Mirko –disparó ahora con voz punzante–. No me interesa si te cae bien, yo lo amo, creo en él, en sus intenciones, en sus sentimientos –se detuvo sintiendo que se fortalecía–. Sinceramente, cuando me habla, percibo que lo hace desde el corazón y siento que con él a mi lado puedo enfrentar la muerte de papá y el abandono de mamá; ya no me siento sola.

–Yo nunca te abandoné –protestó Manuel, sorprendido por el reproche–. No volvamos sobre ese punto, que no tengo ganas de discutir.

–Tampoco yo quiero discutir –accedió–. Pero, aunque no lo creas, cuando estaba furiosa por lo que habías hecho, fue Mirko quien me hizo ver la situación desde otro lugar; es bueno que sepas que él siempre defendió tu postura.

Manuel guardó silencio. Volvía a sentirse en deuda con ese hombre y eso era algo que no le agradaba. Rellenó ambas copas en silencio y bebió un sorbo como si quisiera recomponerse.

–Vaya, eso sí que no lo esperaba –comentó encogiéndose de hombros como si le restara importancia–. Querrá congraciarse conmigo.

Fue el tono agrio que utilizó lo que más llamó la atención de Gimena.

–No creo que le interese congraciarse –respondió–. En realidad, no te traga.

Manuel puso los ojos en blanco y bebió un poco de vino demostrándole que lo tenía muy sin cuidado lo que el fotógrafo pensase.

—Mejor cambiemos de tema —dijo Gimena abruptamente—, ¿por qué dijiste que ya no te agradaba ir acompañado a estos eventos? —empezaba a intuir que la charla tenía más que ver con Manuel que con ella.

—Porque basta con que me presente acompañado para que se disparen las conjeturas y los rumores —respondió con tono amargo. Se apresuró a seguir antes de que su hermana deslizara algún comentario—. Me cansa tener que lidiar con fotógrafos o reporteros y tener que dar explicaciones que no tengo por qué dar —dijo simplemente—. Es agotador. Tengo muy claro que toda mujer que se me acerca lo hace por mi cuenta bancaria y el posicionamiento social.

—¿Perdón? ¿De qué demonios estás hablando?

Manuel suspiró. Se puso de pie y tomó el paquete de cigarrillos que ella había dejado sobre la mesa de café.

—Estoy hablando de que somos una de las familias más acaudaladas de la ciudad, Gimena —sentenció. Abrió la puerta ventana que daba al balcón y encendió un cigarrillo—. Hablo de que nuestro apellido, aunque te cueste recordarlo, está asociado a los altos círculos sociales, y quien pase a formar parte de nuestra familia entrará a un mundo al que pocos acceden.

—¡Por Dios, Manuel, no seas engreído! —exclamó Gimena sin dar crédito a lo que escuchaba—. Jamás me he sentido así.

—Porque vives en una nube, nena —disparó Manuel fastidiado porque ella no comprendiese—. Puedo asegurarte que hay una larga fila de mujeres que darían cualquier cosa por conseguir una salida conmigo. Y no lo estoy diciendo ni con orgullo ni con vanidad.

Gimena empezaba a tomar dimensión de lo que su hermano estaba compartiendo con ella; Manuel se sentía solo.

—Estoy segura de que hay muchas mujeres que se enamorarían de ti si les dieras la oportunidad de conocerte —deslizó ella con cierto pesar.

—No tengo tiempo para eso —respondió terminando su cigarrillo—. Estoy al frente de una cadena hotelera y soy el socio mayoritario de la Cementera Rauch. No tengo tiempo para salir a cenar con una mujer, o ir al cine, o intentar cortejarla...

—¡Qué aburrido sonó eso, Manu! —dijo ella, interrumpiéndolo—. Supongo que irás a eventos en los que podrías conocer gente...

—No sabes la cantidad de mujeres que van a esos eventos a enganchar esposo, amante o lo que sea que les garantice cierto pasar —protestó.

—No son todas son así, Manuel —dijo finalmente Gimena, tratando de darle ánimo—. Ana no era interesada y lo sabes.

Manuel suspiró ante la mención de su exesposa. Ese era un fracaso que, luego de cinco años, todavía le costaba digerir.

—Lo reconozco, Ana no era interesada —dijo con voz tensa—. Supongo que por eso me dejó.

—Y, por lo que escuché, no te portaste muy bien con ella —le recordó Gimena.

—Si te refieres a que me dejó porque la engañé, estás más que equivocada —respondió Manuel con voz monocorde. Ingresó a la sala y cerró las puertas. Hacía frío en el exterior—. Me dejó porque se hartó de que la dejara sola en restaurantes y hoteles —continuó claramente asumiendo la culpa del caso—. Se cansó

de que sistemáticamente olvidara nuestro aniversario y de que jamás cumpliera mi promesa de acompañarla a algún evento que a ella le interesaba.

Hizo una pausa y, por unos segundos, se perdió en los recuerdos. Respiró hondo y miró a Gimena con cierta resignación.

—Al principio era divertido sentir que debía ocuparme de todo —prosiguió—. Me sentía importante presidiendo reuniones, debatiendo con personas que admiraba, viajando de aquí para allá. Era muy estimulante que todos me prestaran atención, pero no tardé en darme cuenta de que había mucha gente a mi alrededor que esperaba mi caída.

Un nuevo silencio los envolvió y Gimena comprendió que se esforzaba por contener sus emociones. No dijo nada, solo le dio el margen que necesitaba para desahogarse.

—Afortunadamente, Raúl estaba ahí para cuidarme la espalda —continuó—. Supongo que Ana fue el costo que debí pagar; era la empresa o mi vida; y la empresa se terminó convirtiendo en mi vida —dijo. Parecía paralizado, como si el peso de sus palabras hubiese caído sobre sus hombros—. Mc la cncontré en Beijín —comentó—. Retomó su carrera. Está trabajando para una constructora estadounidense.

Gimena bebió un poco de vino comprendiendo que esa conversación tenía más que ver con su hermano que con ella. Le resultó extraño.

—Me alegro por ella. Siempre me cayó bien Ana —comentó cuando se cansó del silencio—. Pero no puede ser una cosa o la otra, Manu —se atrevió a decir finalmente—. Tiene que existir un equilibrio.

—¿Crees realmente que puede alcanzarse ese equilibrio? —preguntó Manuel con algo de incomodidad.

—Claro que sí —respondió con firmeza—. Definitivamente, no podría sacrificar a Mirko por la editorial.

Manuel asintió y ladeó la cabeza para mirarla.

—Así es como debe ser, hermanita —acordó y rozó su copa con la de Gimena—. Sinceramente, espero que él piense igual, porque, aunque no estés de acuerdo, no le voy a dar margen a nada.

—Lo estás peleando de gusto, Manuel —protestó ella—. Mirko no tuvo una buena vida; nunca tuvo una oportunidad; nunca se la dieron.

—¡¿Y tú necesitas dársela?! —preguntó con un dejo de sarcasmo al ponerse de pie—. De mi parte diré que no soy tan contemplativo, pienso tener un ojo sobre su nuca todo el tiempo —comentó suavizando la amenaza. Se acercó a Gimena y la besó en la sien—. Me voy a dormir. Ya es tarde. Que descanses.

CAPÍTULO 35

Como si los engranajes de una gran maquinaria finalmente se pusieran en movimiento, los días fueron pasando, entre reuniones, definiciones y cierres de contrato. Así, casi sin darse cuenta, el sueño de la vida profesional de Gimena fue consolidándose.

En una semana tendría sentados a su mesa a los futuros encargados de las distintas divisiones y secciones que tendría la Editorial Rauch. Cada uno de ellos había presentado una propuesta y se mostraron dispuestos a reunirse el día y en el lugar que Gimena indicase; estaban sumamente interesados en formar parte del nuevo emprendimiento.

Javier Estrada se ocuparía de coordinar todos los aspectos contables, y un representante de su estudio, de los legales. Con su hermano negoció los créditos necesarios para arrancar y juntos definieron que, tal vez, de primer momento, podría instalar

sus oficinas en la primera planta, donde muchas veces Manuel trabajaba.

Por dos semanas, se abocó por completo a levantar la nueva editorial. Parecía que nada podía detener el impulso generado por el contagioso entusiasmo que atraía a reconocidos colegas. El aval español era importante, pero no tanto como el imperio Rauch Mondini tras sus espaldas, que aportaba prestigio y seriedad. Aunque este último punto era algo en lo que Gimena prefería no pensar, reconocía que acompañar a Manuel a los distintos eventos a los que lo invitaban le había proporcionado una increíble gama de contactos y futuros entrevistados.

Ya no estaba enojada con su hermano; había aceptado que era mucho lo que él había sacrificado para que todo saliera adelante. En realidad, se sentía en falta por haberse enfadado durante tanto tiempo, por nunca haber considerado qué era lo que él en realidad sentía. Ella había estado demasiado inmersa en su propio dolor. Ese era un tiempo perdido que deseaba recuperar.

Su sueño se acercaba y se materializaba; solo faltaba que Mirko volviera a ser parte de su vida cotidiana, que volviera a estar presente. La información que recibía con su llamado diario a la clínica le transmitía tranquilidad y la certeza de que cada vez faltaba menos para verlo.

También desde Croacia comenzaban a llegar novedades. El detective había encontrado una posible punta por donde continuar la investigación. En pocos días tendría alguna confirmación de su veracidad. Eso la tenía ansiosa.

El sonido de una llamada entrante interrumpió sus pensamientos. La descolocó encontrarse con la voz de Tomás Arriaga,

con quien no hablaba desde hacía más de tres semanas. Se le aceleró el corazón anticipando novedades.

—¿Cómo está, Tomás? —lo saludó ella. El abogado había terminado por caerle bien—. ¡Qué sorpresa su llamado!

—Es que tengo novedades que quería compartir contigo —comentó con tono cargado de entusiasmo—. Primero quiero informarte que, hace ya un tiempo, Blandes y sus hombres allanaron un apartamento en busca de pruebas —comenzó—. Bueno, encontraron a la mujer que se hacía pasar por la fiscal Garrido. Lamentablemente la hallaron muerta. Su nombre era Silvia Márquez y resultó ser la viuda de Eduardo Montañez...

—¿Lalo? —lo interrumpió Gimena ansiosa por comprender.

—Exacto —respondió Arriaga—. En el allanamiento encontraron muchas pruebas, una computadora portátil y una caja fuerte oculta tras el cabezal de su cama, con gran cantidad de documentos.

—¿Qué quiere decir todo eso? ¿Ayuda a Mirko?

—Con las pruebas que se encontraron, quedó claramente establecido que fue ella quien organizó toda la operación —explicó el abogado—. Fue su idea sacar a Mirko de la cárcel para engañarlo e infiltrarlo pretendiendo que todo quedara como si se tratara de una venganza de él y no de ella. En su plan original, Mirko debía ser encontrado culpable de absolutamente todo. Fue una trampa desde el primer momento.

Gimena asintió y se puso de pie. Tomó un cigarrillo del bolsillo externo de su bolso y se dirigió hacia la puerta ventana que daba al amplio balcón. Allí había hecho colocar una mesa con dos sillas y una amplia sombrilla. Se sentó a fumar mientras

escuchaba las novedades de Arriaga. Estaba emocionada; no podía dejar de pensar en el momento en que Mirko se enterase de que quedaba libre de culpa.

—¡Ay, Tomás, cuando Mirko se entere va a sentirse tan aliviado!

—Ya lo creo, pero esa es otra cosa de la que tengo que hablarte —dijo Arriaga, y Gimena creyó sentir que el hombre sonreía—. Acabo de hablar con el doctor Laguer. Mañana sale —anunció—. Durante un mes deberá presentarse regularmente según el programa que el psiquiatra le indique, pero ya no estará internado.

Arriaga siguió hablando, aportando detalles que Gimena ya no escuchaba. La emoción fue adueñándose de sus sentidos. Su corazón, desbocado, retumbaba en su pecho de un modo ensordecedor. Su mente se ancló en la imagen del rostro de Mirko. La conmocionó la certeza de que al día siguiente lo vería; podría abrazarlo, tocarlo, sentirlo, besarlo.

—Mañana —repitió interrumpiendo al abogado—. ¿A qué hora?

—Alrededor de las diez —respondió—. Laguer quiere mantener una reunión previa con alguien de su entorno. Como estoy seguro de que le gustará mucho más verte a ti que a mí, es que quise avisarte. Lo único que te pido es que le comuniques a Mirko que voy a necesitar hablar con él cuanto antes.

Un silencio profundo se adueñó de la línea por unos segundos. El abogado sentía la respiración de Gimena, convencido de que la emoción le impedía hablar con libertad.

—Gracias, Tomás —dijo finalmente con voz suave—. Le daré su mensaje.

Estaba a pocas horas de volver a verlo. ¿Tendría el cabello largo o corto? ¿Se habría afeitado o su rostro estaría enmarcado por esa atractiva barba castaña? Lo imaginaba atravesando la doble puerta de la clínica, entornando los ojos porque la luz del sol lo enceguecería y, como siempre, habría olvidado sus lentes oscuros. Lo imaginaba atractivo, con su semblante despejado y esa sonrisa cautivadora que ella tanto adoraba.

Contaba los segundos para volver a abrazarlo. Conforme las horas avanzaban, su mente formulaba preguntas más pesimistas y la ansiedad de Gimena alcanzaba niveles insospechados. ¿Habría ocasionado algún cambio en su personalidad tantos días de encierro? ¿Habría dejado alguna secuela tantos años de consumo? ¿La seguiría amando?

Esa mañana, se presentó en la clínica. Al detenerse junto al mostrador, enfrentó a la recepcionista, quien debió haber adivinado que era quien había llamado todos los días durante los últimos dos meses, pues le dedicó una sonrisa cargada de comprensión.

—El doctor Laguer la está aguardando, señorita Rauch —le informó luego de que Gimena se presentara—. Ya mismo la anuncio.

El doctor Gustavo Laguer se apersonó enseguida y, luego de estrechar formalmente su mano, la guio hacia su despacho, donde deseaba conversar con ella sobre el estado y la situación de Mirko. A Gimena la tensó la inexpresión de ese hombre que caminaba erguido y circunspecto a su lado.

—Por favor, tome asiento —dijo el doctor con elegancia al darle paso y cerrar la puerta.

Ingresó a una habitación austera, con el mobiliario justo para ser cómoda y funcional. Impaciente, Gimena consultó su reloj; faltaban apenas quince minutos para las diez.

—No se preocupe que, en breve, Mirko estará aquí —dijo el hombre consciente de su ansiedad—. Pero quería hablar un poco con usted antes de que se presente.

—Me está asustando —expresó Gimena, que a esas alturas se encontraba al borde de sus fuerzas emocionales.

El doctor Laguer sacudió la cabeza negativamente y extrajo una gruesa carpeta de la primera gaveta de su escritorio.

—No es para preocuparse, sí para ocuparse —afirmó con contundencia—. Entre los años que Mirko llevaba consumiendo, que fueron muchos, sumado a la calidad de la droga consumida y a la absoluta carencia de una contención afectiva, podemos decir que enfrentamos secuelas considerables.

Gimena sintió cómo su estómago se estrujaba, y la acobardó saber que estaba por enfrentar una situación que la excedería por todos los costados.

—A ver, señorita Rauch —continuó diciendo Laguer, notando el efecto que sus palabras tenían en Gimena—. No es para alarmarse. Le repito, son aspectos de los que hay que ocuparse. Nada más.

—¡Dígalo de una vez, doctor, me está matando de la intriga! —exclamó Gimena—. ¿Cómo está Mirko?

Laguer asintió y le dedicó una sonrisa tranquilizadora.

—Mirko está bien, y estará mucho mejor si hace lo que tiene

que hacer —dijo tranquilizándola—. Fue duro, no le voy a mentir, por momentos parecía que no lo lograría, pero su deseo de curarse fue más poderoso que su resistencia —explicó el psiquiatra—. Sin embargo, presenta una seria dificultad para concentrarse en algo puntual; pierde atención si se le demanda de modo sostenido y por un tiempo prolongado. Los lugares cerrados con mucha gente lo abruman y lo desorientan.

—¿No va a poder continuar con la fotografía?

—Esa es la única actividad en la que logra equilibrar concentración con movimiento por un período de tiempo considerable —respondió Laguer repasando sus notas. Alzó la vista y miró a Gimena—. Mirko está bien, solo necesita que nosotros lo acompañemos un poco más. En este momento, está en condiciones de salir, lo que significa un gran desafío para él, porque se siente vulnerable y desprotegido, pero para eso estamos nosotros, ¿no?

—Para cuidarlo…

—Para darle seguridad —la corrigió el psiquiatra.

Gimena asintió y le sonrió más por nervios que por mostrarse amable. Laguer continuó hablando del programa de entrevistas a las que Mirko debía adaptarse; también le habló de la medicación que le indicaría y de la actividad física que debería hacer.

—En algún punto tiene que aprender a reactivar su cuerpo, a oxigenar su mente, a disfrutar de una nueva vida —dijo el doctor. Guardó la carpeta y, cruzando sus brazos sobre el escritorio, se inclinó hacia ella—. Mirko es un hombre que ha sufrido muchas pérdidas, abandonos y engaños; demasiados. Le cuesta confiar, le cuesta sentirse seguro con los afectos —el psiquiatra

bajó la vista brevemente y respiró hondo. Volvió su atención a Gimena—. Usted es su luz, Gimena, la fuente de toda su energía. Sé que es una carga muy pesada la que estoy poniendo sobre sus hombros, pero así es. Por otra parte, se siente completamente en falta con usted; lo atormenta no obtener su perdón, se tortura con la idea de que, antes o después, usted lo va a dejar y eso lo asusta terriblemente, porque, para Mirko, usted es como una suerte de ángel que lo guía.

A estas alturas, Gimena tenía los ojos llenos de lágrimas. Agradeció el pañuelo desechable que el psiquiatra le ofreció y la sinceridad con la que le había hablado.

—Yo siento que él es mi destino, daría todo por él y dejaría todo por su bienestar —confesó—. Es muy injusto lo que ha sucedido en su vida; ya pagó por varias vidas y más. Quiero verlo feliz, doctor, por eso evito pensar en lo que Mirko hizo.

—Entiendo —repuso el psiquiatra sin abandonar el gesto circunspecto—. Pero recuerde: él no puede evitar pensar en eso, justamente. Sería muy beneficioso para ambos que encontraran ese equilibrio.

Le extendió una tarjeta y un cronograma del régimen de entrevistas y de medicación al que debía someterse, asegurándole que contaba con ella para que supervisara que Mirko cumpliera su parte. Gimena asintió y tomó lo que el médico le ofrecía.

—Cuente conmigo, doctor.

—Excelente, señorita Rauch —dijo dedicándole la primera sonrisa. Se puso de pie—. Voy a buscar a Mirko. Si lo desea, puede esperarlo en la recepción.

CAPÍTULO 36

Se le erizó la piel al escuchar su voz. Mirko se acercaba por el corredor y claramente se lo oía conversar con un hombre. Gimena se puso de pie y, emocionada, lo observó despedirse de un enfermero. A simple vista se lo veía más repuesto, no tan delgado; tenía el cabello más largo y lo lucía lacio, apenas sujeto por una banda en la base de la cabeza. Una cuidada barba castaña le daba un marco exquisito a su rostro anguloso. Cuando finalmente giró y sus miradas se encontraron, él fue el primero en esbozar una leve sonrisa y, con su mochila al hombro, caminó hacia Gimena, como hipnotizado. Al llegar a ella se detuvo y la besó en la mejilla. Ella reaccionó al instante y, antes de que él pudiera apartarse, enroscó los brazos en torno a su cuello.

—Nunca más me hagas una cosa así —le dijo al oído con la voz cargada de emoción—. Nunca más me dejes afuera de una decisión como esta.

Mirko asintió aceptando el reclamo y la abrazó con fuerza. Se sentía tan bien volver a tenerla entre sus brazos, contra su pecho; se sentía tan bien recuperar el aroma de su perfume, la cálida sensación de sosiego que su cuerpo emanaba. Por varios segundos permanecieron allí, abrazados, conscientes de que tanto Laguer como la recepcionista tenían sus miradas clavadas en ellos. Lentamente, fueron separándose. Gimena tomó, entonces, el rostro de Mirko entre sus manos. Le sonrió y, sin poder contenerse más, posó sus labios sobre los de él.

—Tenía miedo de que no vinieras —confesó Mirko con la voz temblorosa.

—¿Dónde más iba a estar? —dijo ella—. ¿Vamos a casa?

Mirko asintió y, por sobre su hombro, miró a Laguer, que lo contemplaba con seriedad.

—Hasta el miércoles, doc —le dijo, con soltura. Luego miró a la recepcionista—. Nos vemos, Cata.

Abrazados, dejaron la clínica. Ya en la acera, Mirko la atrajo con fuerza hacia él para besarla como lo venía añorando desde el día en que había ingresado a esa clínica.

Durante el trayecto a la casa, hablaron de trivialidades. Ambos estaban demasiado nerviosos, tensos y les costaba poner en palabras todo lo que sus corazones necesitaban liberar. Por momentos, Mirko miraba el entorno con aire distante, como si se perdiera en sus pensamientos, como si buscara recordar. Gimena lo miraba de reojo, aguardando que compartiera lo que fuera con ella; pero eso no sucedió.

En silencio, llegaron a la residencia Rauch y, esta vez, Mirko sí manifestó claramente su sorpresa.

—No sé por qué pensé que te habías mudado —comentó sin ningún atisbo de animosidad.

—Te estaba esperando para conversarlo y resolverlo juntos.

Nada. Mirko no dijo nada. Gimena ingresó el pequeño Fiat a la residencia y estacionó junto a un soberbio Alfa Romeo. Mirko descendió y apenas miró a su alrededor. Con la mochila al hombro, aguardó que Gimena llegara a su lado.

—Mírame —demandó ella al detenerse junto a él.

Él así lo hizo, sorprendido por el pedido. Sin darle margen a reaccionar, Gimena tomó el rostro de Mirko y, a la luz del día, lo besó de un modo tan arrollador que la mochila cayó al suelo en el momento en que él la rodeaba con los brazos y la empujaba contra una de las paredes de la cochera.

—Necesitaba sentir que estabas vivo —le dijo ella con sus labios rozando los de él y la respiración agitada.

Mirko la miraba con ojos resplandecientes de deseo, brillantes de emoción. Se le hizo agua la boca de solo volver a sentir la presión de su cuerpo contra el de ella. Ya hablarían, ya se pondrían al tanto de lo vivido y lo sufrido durante los últimos dos meses, pero, en ese momento, solo deseaban sumergirse en su amor.

—Mejor nos apresuramos a subir a nuestra habitación o corremos el riesgo de que alguien aparezca y nos encuentre —deslizó ella, risueña.

—Me gustó lo de nuestra habitación —repitió él con una sonrisa en los labios. Volvió a besarla aprisionándola contra la pared con su cuerpo tenso—. Necesito recuperarte…

—Nunca me perdiste —dijo ella.

—Dios, ¡qué falta me hiciste! —susurró apretándola contra su cuerpo.

Gimena lo abrazó y plantó un beso en su pecho, todavía conmovida por lo que acababa de vivir. Mirko la embriagaba con sus caricias, la llevaba a un grado de plenitud tan sublime que no podía ni quería resistirse. Amaba estar entre sus brazos; amaba el contacto de sus cuerpos, el dulce sabor de sus bocas fundiéndose. Era sencillamente imposible no sucumbir ante todo lo que él le provocaba.

Poco a poco, la bruma de la pasión comenzó a diluirse y Gimena fue recuperándose. Alzó la vista y ambos sonrieron cuando sus miradas se encontraron. Giró, colocándose de lado para poder contemplarlo mejor.

—¿Sabes?, cuando hacemos el amor como recién, siento que atravesamos el tiempo —dijo con la voz cargada de sentimiento—, como si luego de mil vidas vacías, finalmente nos encontráramos. Me siento plena, poderosa; siento que nada en este mundo puede romper lo que nos une.

Los ojos de él sonrieron encendidos.

—Te extrañé mucho, mucho —confesó Mirko con contundencia—. Eras mi luz al final del túnel.

—Pues, el túnel quedó atrás —deslizó Gimena estirándose para quedar a la altura de su rostro—. Te propongo dejar atrás todo lo que no suma, Mirko. De mi parte, elijo perdonarte todo lo vivido en épocas pasadas. Libres de culpas será más fácil. Es hora de empezar a construir, mi amor. Juntos.

Terminó su declaración con lágrimas que él supo limpiar con besos. La abrazó con fuerza, reteniéndola. Gimena se acurrucó entre sus brazos y respiró hondo.

—Cómo me gusta tu olor —dijo ella todavía con los ojos cerrados—. Me compré tu perfume. Rociaba tu almohada con él y me dormía abrazada a ella —Mirko carcajeó ante el comentario—. De verdad, lo hice, pero también es cierto que me volví loca cuando Arriaga me dijo lo que habías hecho. No sabes lo asustada que estaba… No te encontraba por ningún lado… Temí lo peor.

Mirko asintió y se tomó unos segundos en responder. Lo mortificaba no haber considerado nunca ese detalle.

—No lo hubiese hecho si te lo decía —respondió él—. Era la única manera. Prometo no volver a hacerte atravesar una situación así.

Ella se irguió y lo miró a la altura de los ojos; se los notaba serenos, resplandecientes, despejados.

—La primera noche fue la más sencilla —comenzó diciendo, dejando clara su necesidad de hablar—. Fue la más sencilla porque estaba convencido de que era lo que debía hacer; pero, veinticuatro horas más tarde, ya no estaba tan seguro. Me sentía en el infierno.

—Ya está, mi amor —acotó Gimena apoyando el rostro sobre el pecho de Mirko. No quería escucharlo hablar de su padecimiento. No quería imaginarlo sumergido en el dolor—. Eso tampoco volverá a suceder.

—¿Sabes qué me propuso Laguer a la semana de estar en tratamiento? —preguntó. Gimena lo miró, intrigada, más por el tono que usó que por la pregunta—. Arteterapia.

Ella sonrió al escucharlo y asintió. La sonrisa se amplió en el rostro de Mirko, iluminándole el rostro. Se lo veía contento, entero.

—¿Y? ¿Salió algo bueno de ello?

—Soy un excelente fotógrafo —repuso él entre risas.

—Ya te había dicho que la fotografía es un arte —le aseguró Gimena, risueña—, y eres muy bueno en ello. Hace unos días estuve con Miguel y Mariana, que están encantados con el álbum de bodas, y quieren pedirte copias de varias fotografías de los chicos.

Por unos segundos, Mirko se perdió en sus pensamientos. Con aire ausente, le acarició el cabello y suspiró. Volvió su atención a ella.

—Extrañaba estos momentos —comentó él sin dejar de contemplarla—. Extrañaba estas charlas en la cama.

—También yo —dijo ella finalmente—. ¿Tienes hambre?

—La verdad es que sí.

—¿Ducha y almorzamos?

—Ducha y almorzamos.

Durante un almuerzo tardío, Gimena pasó a contarle de los avances sobre la puesta en marcha de la editorial y sobre la revista que pronto lanzaría. Mirko la escuchaba embelesado, contagiado por su entusiasmo y pasión por lo que hacía. Ese era uno de los aspectos que más admiraba en ella: su determinación y fortaleza para ir hacia delante; para buscar y alcanzar todo cuanto se proponía.

—Lo único que no termino de definir, es qué hacer con esta planta de la mansión —concluyó sorprendiendo a Mirko.

—¿A qué te refieres? —preguntó desorientado—. ¿Qué tiene que ver con la editorial?

—No sé si recuerdas que Manuel instaló sus oficinas en la primera planta —comentó Gimena. Mirko asintió—. Bueno, él insiste en que, si no tengo intenciones de vivir acá, bien podría usar este espacio para la editorial.

Mirko frunció el ceño tratando de imaginar cómo sería, y le resultó inverosímil. Gimena seguía hablando de todo lo que podría hacer en tantos metros cuadrados, y cuanto más la escuchaba, más descabellado le parecía a él.

—Perdón, pero me parece una pésima idea —sentenció Mirko ante la primera pausa de Gimena.

Ella lo miró sorprendida por su firmeza y quiso saber el motivo de su determinante comentario:

—Pero Manuel lo sugirió…

—Gimena, tu hermano es el presidente de una empresa hotelera —le recordó Mirko—. Está rodeado de personas elegantes, bien vestidas, perfumadas, que cumplen un horario. No tiene idea de cómo es el movimiento de una redacción como la que quieres establecer. Le va a dar un ataque.

Por un momento, Gimena meditó las palabras de Mirko y terminó comprendiendo a qué se refería. Recorrió el lugar con la mirada y, de pronto, la idea de convertir la residencia en una ruidosa redacción le pareció ridícula. Tendría que buscar algo más parecido al lugar que había ocupado Blooming.

—Se aceptan sugerencias…

—¿No se te ocurrió abrir una galería propia? —sugirió Mirko encendiendo un cigarrillo. Ella lo miró interesada con la propuesta—. Puede ser un espacio de usos múltiples; una sala para ofrecer conciertos o lecturas. Son ambientes elegantes.

—Exposiciones fotográficas —agregó y se lo quedó mirando maravillada por la idea.

Con gran facilidad, su mente comenzó a proyectar todas las posibilidades que brindaba un espacio así. Tenía que hablar con Manuel, necesitaría fondos y su aprobación, por supuesto; también tendría que hablar con Carola para que se ocupara de la remodelación de ser necesaria.

Fascinada con la idea, Gimena se puso de pie y se acercó a Mirko.

—¡Es una genialidad! —exclamó, encantada. Estiró su mano y aguardó que Mirko la tomara—. Ven, quiero mostrarte mi nueva oficina.

Descendieron a la primera planta por la escalera de servicio. Gimena le explicaba que había sido buena idea establecerse allí, ya que era mucho más ordenado centralizar todo desde ese despacho. Era cómodo.

—Tu hermano debe estar feliz de tenerte tan cerca —deslizó, sarcástico.

Gimena detectó un dejo sardónico en esas palabras, pero las dejó pasar. Ya se ocuparía de la animosidad que había entre los dos hombres que más amaba en el mundo.

Ingresaron a un amplio y luminoso despacho. Un escritorio blanco, de generosas dimensiones, era el protagonista. Sobre este, un gran monitor ubicado en el centro, lo dividía en dos. A

la derecha, descansaba una delgada computadora portátil; en el extremo opuesto, se veía un teléfono tipo centralita y varios lapiceros colmados de lápices y resaltadores de colores. A Mirko le agradó lo que veía. Esa oficina tenía mucho más que ver con ella que el deslucido despacho que Antonella le había dado en la editorial.

Como hipnotizado, caminó hacia un tablero colmado de nombres y rostros. Sonrió al percatarse de que se trataba de los futuros miembros del directorio de la editorial. Giró hacia el corazón del despacho y, una vez más, contempló el ambiente en general. Entonces vio el solitario portarretratos entre el monitor y el teléfono. Era una fotografía suya.

—¿Y eso de dónde salió? —preguntó.

—Te la tomé el día que visitamos la clínica de la mamá de Mariana —respondió con algo de vergüenza. Caminó hacia él—. Estabas tan concentrado que no te diste cuenta. Te veías muy lindo.

La sonrisa de Mirko se amplió y, rodeándola con sus brazos, la atrajo hacia su cuerpo. La besó con delicadeza.

—Esto sí que no lo esperaba —dijo una voz desde el umbral de la puerta de ingreso.

Ambos se sobresaltaron al ver a Manuel parado bajo el dintel, con gesto serio y algo arrogante. Sin esperar a que Gimena lo invitara, ingresó al despacho y se sentó en uno de los sillones ubicados a un costado del escritorio.

Mirko no dijo nada. Se volvió hacia Gimena como si Manuel nunca hubiese aparecido.

—Tengo que pasar por el apartamento —comentó con naturalidad—. Te dejo seguir trabajando.

—Te acompaño —dijo, descolocada porque él se marchara sin ella.

—No hace falta. Vuelvo en un rato —le aseguró—. Solo busco un par de cosas y regreso.

Caminaron juntos hasta la puerta y allí, bajo la atenta mirada de Manuel, Mirko la besó en los labios. Al separarse, Gimena permaneció varios segundos con la mirada clavada en su espalda hasta que Mirko se sumergió en el hueco que conducía a la escalera. Suspiró y se volvió hacia su hermano, que la observaba con detenimiento.

—¿A dónde fue? —preguntó Manuel con acritud.

Gimena eligió no responderle. El ambiente se había cargado de una tensión que tardaba en disiparse. No se habían mirado, mucho menos saludado, y a ella le dolía que ninguno hiciera el más leve esfuerzo por congeniar.

—¿No se habrá ido porque yo llegué? —insistió.

—Basta, Manuel —lo amonestó ella claramente mortificada. Lo miró con gesto de pocos amigos y resolvió cambiar de tema—. Hay algo que necesito comentarte…

—¿Te vas a casar con ese? —disparó repentinamente, sorprendiéndola por completo.

—No, bueno… tal vez, no sé —terminó respondiendo Gimena, desconcertada por la pregunta—. Es de la editorial de lo que necesito hablarte. En realidad, es sobre la segunda planta de este edificio.

Manuel pareció relajarse con la respuesta, algo que fastidió más a Gimena. Con gran esfuerzo, logró superar su malestar y pasó a comentarle lo que Mirko había sugerido sobre lo que

podría hacerse en la segunda planta. Omitió que la idea era de Mirko, para que no generara rechazo. No era tonta, necesitaba la colaboración de Manuel.

—Excelente idea, hermanita —le respondió, entusiasmado—. Me gusta… cuéntame un poco más.

CAPÍTULO 37

No estaba muy seguro de lo que podría encontrar en el apartamento. Arriaga le había comentado que la policía lo había puesto todo patas para arriba, pero una cosa era imaginarlo y otra muy distinta sería verlo. El precinto de seguridad colocado por la policía científica ya había sido violado. Una ola de aprensión lo invadió en el momento en que colocó la llave en la cerradura y, al abrir la puerta de entrada, el olor rancio del encierro lo recibió. Gran cantidad de imágenes de un pasado no tan lejano se agolparon en su mente, provocándole tanto incertidumbre como escozor. Tragándose las inquietantes sensaciones, respiró hondo e ingresó.

Desde el pequeño recibidor repasó el lugar. El abandono de casi tres meses y los allanamientos por parte de la policía habían hecho estragos. El ambiente olía a suciedad, a polvo, a muerte. Todo estaba revuelto, cada milímetro de ese lugar había sido

requisado sin ningún tipo de consideración. Habían quitado las fundas de los cojines del sofá y estaban tiradas por doquier. Había una mesa de café volteada y las sillas del comedor desparramadas por la habitación como si alguien las hubiera pateado.

Tratando de no pensar demasiado en lo que allí había sucedido, acomodó las sillas a su paso al ventanal; levantó las cortinas metálicas y abrió los vidrios, permitiendo que entrara un poco de aire. El lugar se veía desolador; parecía como si un fuerte tornado hubiera cobrado vida entre esas paredes y lo hubiera destrozado.

Sintió una mezcla de angustia y rencor al contemplar el ambiente recordando sus encuentros con la supuesta fiscal; las discusiones, los engaños. Resignado, respiró hondo y siguió camino hacia la habitación. Allí el panorama era aún peor. No se veía ni el suelo de todo lo que lo cubría. De reojo miró la cama y un escalofrío recorrió su espalda al notar que el colchón todavía conservaba la mancha de sangre de Serena Roger. Se le revolvió el estómago; todo allí olía a muerte, a miseria humana. Necesitaba alejarse de ese lugar. Se dirigió hacia su guardarropa dispuesto a tomar alguna de sus prendas, pero cambió de idea, todo parecía sucio, manoseado, manchado con la sangre de Serena Roger.

No había estado ni veinte minutos en el apartamento, cuando alguien golpeó la puerta. Sobresaltado, regresó a la sala principal y aguardó temeroso de atender.

—¿Está ahí, señor Milosevic? —dijo una voz que Mirko creyó familiar. La persona del otro lado de la puerta golpeó con el puño—. Soy Rosi, la encargada.

El corazón de Mirko se desaceleró una marcha, pero aún estaba alterado. Con la manga de su camisa, secó el sudor que de la nada se había adueñado de su frente. Antes de abrir, miró a su alrededor como si tuviera la más leve oportunidad de ocultar el desastre que lo rodeaba.

—¡Qué alegría verlo! Yo siempre dije que todo se solucionaría a su favor —dijo la mujer con una sonrisa que a él le resultó sincera—. Disculpe la molestia, pero en cuanto vi movimiento quise cerciorarme de que fuera usted quien finalmente aparecía.

—Muchas gracias, Rosi —respondió Mirko, con apremio. Lo ponía tenso el modo en que esa mujer lo miraba; parecía tenerle miedo—. ¿Sucedió algo?

—Bueno, sí. Hace casi dos meses, un poco menos tal vez —empezó diciendo con cierta vacilación—, una mujer se presentó. Me abordó en la acera y me entregó esto. Dijo que se lo diera a usted en mano.

La mirada de Mirko se clavó en el pequeño sobre que la mujer le ofrecía.

—¿Cómo era la mujer que se lo entregó? ¿La recuerda?

—Era joven. De unos treinta años —respondió—. Tenía un gorro de lana que le cubría la cabeza y gafas oscuras. No pude verla bien.

—Está bien, Rosi. Muchas gracias —dijo Mirko y cerró la puerta sin alargar la conversación.

Bajó la vista hacia el sobre y las palpitaciones aumentaron en su pecho al reconocer la letra de Claudia Garrido. *¿Es que nunca va a terminar esta pesadilla?¿Esta mujer no va a dejarme en paz?*, pensó.

*Querido mío, definitivamente mi mayor error fue haberte
dejado entrar tan dentro de mí. Me debilitaste, Croata,
y así como puedo asegurarte que no lamento la muerte
de Ibáñez, agradezco sinceramente que sigas con vida;
aunque no coincida con mis planes.*

*Pero las cartas ya están echadas, así que presta atención.
¿Tienes la llave que te di? Pues eso espero, porque la necesitarás. En el banco que queda en la avenida Santa Fe
al 2700 encontrarás una caja de seguridad a nombre de
Eduardo Montañez. Ya estás autorizado a acceder a ella.*

Sus pensamientos fueron interrumpidos por el sonido de una llamada entrante a su celular. Atendió mecánicamente. Se trataba de Gimena, que quería saber cómo estaba y si iba a demorar mucho más.

—Un rato —respondió con aire ausente—. Estaba pensando en llamar a Arriaga para pasar a verlo antes de volver.

—Está bien —dijo Gimena—. Él también necesitaba hablarte.

—Perfecto —repuso—. Luego te llamo. Te quiero.

Sin quitar la vista de la nota que la falsa Garrido le había enviado, Mirko llamó al abogado a su celular.

—Por fin, Mirko, ¿cómo estás? —dijo Tomás Arriaga a modo de saludo—. Estoy desde esta mañana aguardando tu llamado. Ven al estudio en una hora. Tenemos mucho de que hablar.

—Perfecto, para eso te llamaba —respondió—. Tengo que pasar por un lugar antes.

Presuroso y dispuesto a terminar de una buena vez con todo aquello, Mirko se dirigió al banco que la falsa Garrido le había

indicado. Al llegar a la sucursal, fue directamente a la zona de cajas de seguridad y por un instante temió que fuera una trampa; pero nada sucedió. Un guardia de seguridad corroboró los datos de su identificación para luego guiarlo hacia el extremo más alejado, donde descendieron por una escalera mecánica hasta un vestíbulo con un mostrador impoluto. Allí, otro custodio lo condujo a través de una puerta de doble hoja, donde se encontraba una gran cantidad de cajas de seguridad. Se acercaron al número indicado y, luego de colocar ambas llaves, le entregaron la caja en cuestión.

Con inquietud, caminó hacia una sala privada donde podría sentarse a observar el contenido. La abrió ansioso y bufó retrocediendo instintivamente al ver la bolsa de cocaína acompañada por un gran fajo de billetes. Debajo divisó un pequeño sobre con su nombre escrito a mano junto con otro de mayor tamaño. Mirko tomó el más pequeño con intriga y cierto resquemor. Lo abrió con cautela. Era una carta de puño y letra de Garrido para él.

Bueno, Croata, aquí sí que nos despedimos. Lamento verdaderamente no poder hacerlo como hubiese deseado; nos debíamos una noche más, ¿no te parece? En fin, en estos momentos me encuentro ya muy lejos y no creo que volvamos a vernos. Pero como creo que a Lalo le hubiese gustado que tuvieras una oportunidad (él te quería, siempre lo decía) pongo una gran bomba en tus manos. Está en ti decidir cómo usarla, dónde y cuándo hacerla detonar. Te ganaste ese privilegio, querido. SM.

P. D.: Disfrútala mientras te dure. Esa mujer no es como nosotros, Mirko, no te engañes. Tarde o temprano va a elegir a alguien de su clase. Ya sabes cómo es: la zorra rica al rosal, la zorra pobre al corral. Buena vida, Croata.

Bajó la vista a la caja y observó una vez más el contenido. Sus ojos cayeron en la bolsa de droga y la garganta se le tensó. *¿Es que nunca va a acabar esta pesadilla?*, se preguntó sintiendo cómo su voluntad parecía debilitarse. Desvió la vista y las palabras del doctor Laguer llegaron a él. Poco a poco fue reponiéndose. Volvió su atención a todo lo demás. Dentro del sobre de papel madera encontró una gran cantidad de papeles, dos *pendrives*, un CD y un sobre rectangular. Repasó todo muy por encima sin entender demasiado; en su mayoría eran transcripciones y fotocopias. Sin perder más tiempo, tomó lo que allí había menos la droga, y lo guardó en su mochila. Luego entregó la caja al guardia y se marchó.

Al llegar al despacho de Tomás Arriaga, lo recibió una muchacha de cabello lacio y atuendo serio, que no podía tener más de veinticinco años. Sin demora, se ocupó de conducirlo a una sala de reuniones.

Para matar el tiempo, intentó comunicarse con Gimena, pero ella no respondió; de modo que le envió un mensaje para que supiera que estaba en el estudio del abogado. Tenían mucho de que hablar.

Guardó el celular en su bolsillo al escuchar que la puerta se abría. Sonrió al ver ingresar a Tomás Arriaga elegantemente vestido con un traje de lino azul marino y una exquisita corbata

color fucsia. Tenía el rostro bronceado y el cabello un poco más largo que la última vez que se habían visto.

—Vaya que se te ve bien —dijo el abogado dedicándole una sonrisa sarcástica.

—No mejor que a ti —retrucó Mirko, poniéndose de pie—. ¿Cómo estás, Tomás?

Se saludaron con un abrazo. En algún momento, sin que ninguno lo anticipara, la relación profesional había mutado a una suerte de amistad que reconfortaba a Mirko y suavizaba al abogado.

—¿Qué tienes ahí? —preguntó Arriaga con curiosidad.

—Pasé por el apartamento. La encargada me dio una nota. Parece que una mujer se la dejó para que me lo entregaran en mano —informó empujando el sobre hacia Arriaga para que él lo estudiase—. Debe haber sido Garrido.

—¿Garrido? —preguntó y alzó la vista extrañado—. ¿La mujer que se hizo pasar por la fiscal?

—Sí, claro, ¿quién más?

—Pero esa mujer lleva casi dos meses muerta, Mirko —explicó el abogado—. La encontraron la noche en que te internaste.

Un profundo silencio se instaló entre ellos. Lo que acababa de escuchar lo impactó considerablemente. Se dejó caer contra el respaldo de su asiento como si le hubiesen propinado un fuerte golpe en el pecho. *Claudia muerta*, repitió su mente sin poder creerlo. Lentamente alzó la vista y miró a Arriaga, que aguardaba a que él asimilara la noticia.

—Mirko, ¿no hablaste con Gimena sobre todo lo que le conté? —continuó diciendo Arriaga con apremio.

Por un instante, Mirko pareció desorientarse. Enseguida apeló a los ejercicios que Laguer le había enseñado para recuperarse. *Primero lo primero*, se dijo y poco a poco fue recuperando el control.

—No hablamos de nada de eso con Gimena —respondió, pensativo—. ¿Qué sucedió?

Arriaga lo puso al tanto de todo, de la identidad de Silvia Márquez, de su muerte y también mencionó lo que habían encontrado en el apartamento de la mujer. Mirko escuchaba y asimilaba todo en silencio; no podía creer estar hablando de todo aquello.

Tenso e inquieto, se puso de pie y caminó hacia el balcón francés. Abrió el ventanal y encendió un cigarrillo, como si se encontrase en la sala de su propia casa. Arriaga no dijo nada. Simplemente lo observó mientras terminaba de informarle que habían allanado la computadora del trabajo de la falsa fiscal y que la estaban sometiendo a gran cantidad de peritajes.

—¿Estás seguro de que esta es la letra de esa mujer? —quiso saber el abogado. Mirko asintió y siguió fumando con nerviosismo—. Entonces este mensaje lo envió antes de morir —dijo. Alzó la vista y miró a Mirko con seriedad—. ¿Qué quiere decir lo de la llave?

Sin demorar su explicación, Mirko le contó que había ido al banco y había retirado el contenido de la caja de seguridad. Terminó su cigarrillo y se acercó a la mochila, de donde extrajo los sobres.

Tomás frunció el ceño, recibió lo que Mirko le extendía y analizó el contenido de uno de los sobres. Elevó la vista y miró a Mirko con cierta incomprensión.

—Es la escritura original del apartamento de la calle Aráoz —informó con voz seca—. Está a tu nombre.

—Pero ¿cómo? —protestó Mirko, desconfiado—. Hasta donde Claudia mencionó, era un apartamento de la Fiscalía.

—Otra mentira —respondió Arriaga—. Desde hace tres meses está a tu nombre. Pero dejemos eso. Ya estudiaremos ese asunto.

Continuó analizando el material que Mirko había llevado y casi se le detiene el corazón ante lo que estaba leyendo. Fue pasando cada hoja y en un momento se cubrió la boca con una mano. Sin levantar la vista de los documentos, buscó el teléfono de la mesa. Pulsó un botón y su secretaria atendió al instante.

—Adriana, por favor, necesito que ubique al doctor Carlos Estrada —ordenó—. Llame a su estudio y dígale que es urgente que venga a verme.

Mirko había seguido todo ese intercambio en silencio, pero la mención del padre de Javier y el modo en que Tomás lo estaba convocando, lo preocupó. Con curiosidad, observó a Arriaga tomar una computadora portátil y, luego de encenderla, conectar uno de los *pendrives*. El rostro se le tensó mucho más que antes y cerró los ojos sin poder creer lo que estaba viendo.

Alguien golpeó la puerta y, sin esperar que Tomás lo autorizara a pasar, Carlos Estrada asomó el rostro. Se lo notaba serio, preocupado. Él y Tomás se conocían desde hacía muchos años y si su colega lo mandaba llamar de ese modo, era porque algo importante estaba ocurriendo.

—Gracias por venir tan rápido, Carlos —lo saludó poniéndose de pie y cerrando la computadora—. Tengo que mostrarte algo.

—Pues aquí estoy —dijo Carlos Estrada. Se volvió hacia Mirko y estiró su mano para saludarlo—. ¿Cómo has estado, muchacho? Se te ve mucho mejor que la última vez que nos vimos.

Mirko lo contempló con algo de admiración. Ese hombre, aun sin conocerlo, lo había tratado con calidez, y eso él no lo olvidaba.

—Gracias —respondió Mirko, a quien la tensión de la habitación empezaba a alcanzarlo—. Un gusto volver a verlo.

—No tienes buena cara, Tomás —comentó Estrada con seriedad—. ¿Tengo que preocuparme?

—Sí, Carlos —respondió el abogado y con un ademán le indicó que tomara asiento. Le extendió los documentos que había estado leyendo—. Mira esto.

El rostro de Estrada se iba desfigurando a medida que avanzaba en la lectura. Los gestos de horror y desconcierto se iban sucediendo conforme iba tomando noción del alcance de las repercusiones que tendría esa información cuando saliera a la luz.

—Esto será un escándalo mayúsculo —dijo Carlos sin levantar la vista de los documentos—. ¿De dónde salió esto, Tomás?

—Se lo hicieron llegar a Mirko —respondió—. Es un asunto muy delicado. Nos excede, Carlos.

Estrada asintió, dejó caer los papeles sobre la mesa y, con cansancio, se frotó los ojos y el puente de la nariz. Entre esas líneas se encontraban denunciados varios conocidos y uno de sus mejores amigos. Carlos no quería creer en su culpabilidad, pero nada limpiaría sus nombres cuando tomara estado público.

—El doctor Vaccane estuvo en tu casa para tu cumpleaños, ¿verdad? —preguntó Arriaga con pesar.

Carlos Estrada asintió, abatido. Respiró hondo y se puso de pie. De pronto parecía haber envejecido varios años.

—Es uno de mis mejores amigos, Tomás —respondió con tristeza y desilusión. Volvió a llenar sus pulmones con aire fresco y se dispuso a marcharse. Se dirigió hacia Mirko—. Cuídate, joven, se te ve repuesto y me alegra.

—Gracias —respondió Mirko, que no entendía muy bien qué era lo que estaba sucediendo.

Carlos Estrada miró por última vez los documentos que ahora descansaban sobre la mesa. Al cabo de unos segundos, volvió su atención a Arriaga con amargura y convicción.

—Haz lo que tengas que hacer —sentenció con firmeza antes de dejar la sala de reuniones—. Depende de ti desbaratar toda esta operación. Ya estoy viejo para este tipo de batallas.

CAPÍTULO 38

Gimena despertó cerca de las nueve de la mañana. A su lado, Mirko dormía profundamente luego de, en apariencias, una buena noche; aunque solía caer en sueños perturbadores que lo agitaban provocándole sobresaltos y una profunda sensación de pavor.

Se tomó unos segundos para observarlo descansar. Hubiese deseado poder quedarse en la cama, pero debía asistir a una reunión que, lamentablemente, no podía postergar. El lanzamiento de la nueva editorial la tenía por demás ocupada y esa mañana había acordado reunirse con los jefes de administración y personal para ajustar números.

Desayunó verificando su agenda y fue en ese momento cuando la señora Alameda le entregó dos encomiendas que el encargado de la correspondencia de la residencia había dejado en el vestíbulo. Una era una caja pesada a nombre de Mirko.

Le indicó que se la diera cuando él se despertara. El otro era un sobre con sello postal de Croacia. Por un instante, sintió que le sudaban las manos. Hacía casi una semana que el investigador le había enviado un mensaje para avisarle que la investigación había concluido con resultados satisfactorios. Toda la información había sido despachada por correo privado. *Por fin*, pensó.

Todavía no había encontrado el momento para hablar con Mirko sobre lo que había hecho. Lo peor era que empezaba a temer que él rechazara de plano su iniciativa. Se dirigió a su despacho, donde dejó el sobre y buscó lo que necesitaba para la reunión.

Corría como alma en pena. Alguien lo acechaba, lo perseguía. Podía sentir una presencia amenazante, una nube negra que le indicaba que estaba en peligro. Despertó sofocado, le costaba respirar y un miedo helado lo abordó hasta los huesos. Tardó varios segundos en reconocer la habitación que compartía con Gimena desde hacía casi un mes.

Sin poder levantarse, giró la cabeza y lo paralizó no encontrarla acostada a su lado. En su lugar divisó una nota que, de primer impacto, le provocó un escalofrío cuando el vívido recuerdo del secuestro invadió su mente.

Una vez más, como venía sucediéndole desde que había dejado la clínica y los ataques de pánico se presentaban, la voz del doctor Laguer llegó a él, para aplacarlo y acercarle las herramientas para combatir los fantasmas que lo acosaban.

En menos de diez minutos, la realidad fue doblegando las reminiscencias del miedo y, poco a poco, aceptó que lo que acababa de vivir era una pesadilla sin ningún tipo de poder predictivo; eso lo tranquilizó considerablemente. Enfrentada y superada esa primera barrera, dio el segundo paso. Tomó la nota.

Amor, estabas tan dormido que no quise despertarte. Tuve que salir muy temprano para una reunión de último momento. Vuelvo para almorzar. Podríamos escaparnos a algún lado el fin de semana, ¿qué te parece? Te amo. Gimena.
P. D.: Llegó una caja a tu nombre.

Ya más tranquilo, se dejó caer contra las almohadas y respiró hondo para afrontar los recuerdos de la pesadilla. Le demandó un gran esfuerzo hacerle frente a la sensación de peligro que le generaba la posibilidad de que, tarde o temprano, podrían encontrarlo para ajusticiarlo.

Se irguió en la cama, y se frotó el rostro con ambas manos, tomándose unos segundos para recuperarse. Luego se dirigió al cuarto de baño. Necesitaba ducharse y salir de esa habitación; conocía los síntomas y, si no se ponía en movimiento, terminaría deprimiéndose.

Se vistió pensando en Gimena y si bien llamó su atención que no le hubiera mencionado la reunión a la que debía asistir tan temprano, no le dio mayor trascendencia. Los últimos días habían sido una locura ante la inminente presentación de la nueva editorial y el espacio de exposiciones en el edificio Rauch —como ya se lo denominaba—.

Dejó la habitación veinte minutos más tarde sintiéndose bastante repuesto, aunque la bruma de la pesadilla todavía no se disipaba del todo. Se dirigió a la cocina y sobre la mesa encontró la caja que había llegado a su nombre. Sonrió encantado.

—Buenos días, señora Alameda —la saludó al verla.

—Buen día, señor —le respondió la mujer con cordialidad al verlo aparecer—. ¿Mate como todos los días?

—Sí, gracias —respondió Mirko—. Y, por favor, ya le dije que me diga Mirko, nada de señor para mí.

—Está bien —accedió la mujer con una sonrisa—. Solo tendrá que darme tiempo para acostumbrarme —agregó mientras le acercaba la bandeja con el mate, el termo y las galletas que a él le gustaban.

Mirko miró la caja que había recibido; sabía muy bien de qué se trataba, hacía semanas que la esperaba. Tomó un par de mates pensando en que aprovecharía que Gimena no se encontraba en la casa para preparar su obsequio. Mejor se apresuraba.

Ingresó al despacho de Gimena dispuesto a comenzar cuanto antes, y se ubicó tras el escritorio. Le agradaba el cálido ambiente que había creado para trabajar. Todo tenía su aroma y la representaba. Entusiasmado, contempló la caja. Con delicadeza, la abrió para extraer su contenido y observó la bella portada. La acarició encantado con el resultado. Era una fotografía de Gimena de perfil contemplando el horizonte durante un esplendoroso atardecer en el campo de la familia Rauch.

Con detenimiento, repasó las ciento veinte páginas impresas en blanco y negro que conformaban la recopilación y

que tenían a Gimena como protagonista. Se emocionó ante el recuerdo que le traía cada imagen. Allí estaba ella hablando por teléfono, como siempre lo hacía en el oscuro despacho con el que Antonella había intentado desmoralizarla, y que, en cambio, la había llenado de bríos. Allí estaba sonriendo de emoción en una muestra de arte terapéutico. Allí estaba bailando tango con los ojos entornados, recorriendo galerías con una sonrisa en los labios y disfrutando de un bello día de sol en el campo de su familia. Allí estaba exquisitamente vestida de noche para asistir a una fiesta, y también luciendo una camiseta y unos jeans rotos para recorrer las calles de Buenos Aires. En cada imagen podía apreciarse la profundidad de su espíritu, la simpleza y calidez de su esencia. Su belleza natural.

Pero era su sonrisa contagiosa lo que siempre lograba conmoverlo, tal vez por eso había resuelto denominar el ejemplar como *Lo que más amo*; porque era ella y porque en esos ámbitos, de una manera u otra, la sintió feliz.

Satisfecho, cerró el libro y, una vez más, admiró la portada tratando de encontrar la mejor manera de entregárselo. Sus pensamientos se quebraron bruscamente cuando la puerta del despacho se abrió. Alzó la vista, sobresaltado, y para su descontento se encontró con Manuel Rauch, que lo contemplaba con cara de pocos amigos y la seguridad de saberse el dueño de todo cuanto los rodeaba. Se miraron midiéndose con firmeza.

—¿Mi hermana? —preguntó Manuel.

—Debajo del escritorio —respondió Mirko con indiferencia.

Manuel respiró hondo y decidió pasar por alto ese comentario. Contó hasta un millón para controlarse, cuando en

realidad hacía rato que quería romperle la cara a ese hombre, aun sabiendo que en un mano a mano él tenía claramente las de perder. Sin alterar la compostura, ingresó al despacho cerrando la puerta tras él.

—Creo que ya es hora de que usted y yo hablemos —dijo Manuel sin vueltas. Tomó una de las sillas ubicadas a un costado y se sentó enfrentando el escritorio—. La verdad es que detesto sentirme en deuda —agregó con parquedad.

—No me debe nada, Rauch —replicó Mirko sin moverse, pero comprendiendo a qué se refería—. Ya se lo dije, Gimena lo necesitaba.

Manuel recorrió el lugar con la mirada asimilando esa afirmación. Sus ojos se posaron brevemente en la portada del gran libro que Mirko procuraba ocultar. Reconoció la imagen.

—Pues yo no lo veo así —insistió Manuel acomodándose con displicencia en el asiento. Alzó la vista y lo miró directo a los ojos—. Como le decía, detesto sentirme en deuda y, aunque lo haya hecho por mi hermana, terminó siendo muy gratificante para mí.

—Puede quedarse tranquilo de que no voy a reclamarle nada —afirmó Mirko nuevamente esperando que ese hombre se marchara.

—De modo que —siguió diciendo Manuel como si Mirko nunca hubiese hablado—, como estoy seguro de que no lo sabe, aprovecho para comentarle que en dos semanas es el cumpleaños de Gimena —informó estudiando las reacciones de su interlocutor.

Mirko no sabía qué decir. Era mucho más que una sorpresa. Inconscientemente, bajó la vista al libro que tenía frente a él. Una sonrisa leve intentó aflorar en sus labios al pensar que no encontraría mejor oportunidad, pero la suprimió.

—Entiendo que ahora estamos a mano —dijo Manuel, con algo de soberbia, satisfecho de haberlo sorprendido.

—¿Qué día es exactamente? —preguntó, interesado.

—El 25 de octubre —respondió Manuel analizando cada línea del rostro que tenía enfrente—. Es el día posterior a la presentación —agregó e hizo una pausa esperando algún tipo de comentario por parte de Mirko, pero este se mostraba imperturbable. Continuó—. El punto es que, desde el accidente de mi padre, a Gimena no le ha gustado mucho festejar sus cumpleaños —informó—. Quiero que eso cambie. Me gustaría ofrecer una cena.

—Me parece una estupenda idea —comentó Mirko y su mirada se desvió hacia el libro que intentaba ocultar. Lo guardó en la caja.

—¿Qué es eso? —preguntó Manuel, intrigado.

—Nada de su incumbencia —respondió Mirko, cortante y, para ocultarlo, tomó el sobre que se encontraba en uno de los extremos. Los apiló.

Manuel lo miraba con curiosidad. Su apreciación de ese hombre no había cambiado, pero le reconocía dos cosas: su orgullo y su amor por Gimena. Así y todo, le costaba aceptarlo. Había soñado con otro tipo de cuñado, pero estaba dispuesto a soportarlo si le hacía bien a su hermana.

—¿Tienes claro que si la llegas a hacer sufrir te destrozo? —deslizó con contundencia al ponerse de pie. Volvieron a medirse; a palpar el recelo del otro. Mirko asintió dedicándole una sonrisa sardónica—. No lo olvides, porque te estaré observando.

Ante esa sutil amenaza, Mirko carcajeó y sacudió su cabeza negativamente.

—Pues ya que lo menciona, yo también estaré observándolo —replicó poniéndose de pie para quedar a la altura de Manuel—. Tampoco olvido que usted le causó un profundo dolor.

Manuel frunció el ceño y su furia creció ante la arrogancia de ese último comentario. Elevó la barbilla adoptando una postura desafiante y segura.

—No te pases de la raya conmigo —ladró Manuel con aspereza—. Y no te metas donde nadie te llama, ¿entendido?

Gimena entró en el despacho en ese momento, sorprendiéndolos. Miró a Manuel primero y a Mirko después, y se forzó a sonreírles consciente de la tensión que se respiraba en esa habitación.

—¿Se están conociendo? —dijo entre entusiasmada y sarcástica—. ¡Qué gusto me da! Nada me haría más feliz que los dos hombres que más amo en el mundo fueran amigos.

Se miraron una última vez y, en esa ocasión, ambos se esmeraron por disimular sus recelos. Manuel fue el primero en desviar la vista, necesitaba salir de allí.

—Digamos que estábamos intercambiando información —respondió Manuel. Se acercó a Gimena y la besó tiernamente en la sien—. Cuando puedas necesito que hablemos.

—Claro —respondió ella. Miró a Mirko de reojo y volvió atención a su hermano—. ¿Quieres almorzar con nosotros?

—No, tengo el estómago revuelto —respondió y, sin decir más, se marchó.

Gimena no le dio mayor importancia y observó a Mirko, que en ese momento tenía la mirada clavada en el sobre con el que había cubierto la caja. Sus ojos quedaron anclados en el timbre primero y en el sello de confidencial después.

—Tenía la esperanza de encontrarte en la cama —dijo Gimena caminando hacia él.

Le rodeó el cuello con ambos brazos y lo besó percibiendo su contrariedad. Se apartó un poco para observarlo y notó la tensión que su rostro mostraba.

—¿Sucede algo? —preguntó y bajó la vista al sobre que ahora Mirko tenía en sus manos.

—¡¿Qué es esto?! —demandó descreyendo de las casualidades. Gimena suspiró y se sentó en uno de los sillones.

—Eso es algo de lo que deseaba hablarte —comenzó diciendo con cautela. La expresión de Mirko se tornó dura y alerta—. Contraté un detective para que intentara averiguar sobre tus orígenes, tu nacimiento, tu familia —informó mirándolo directo a la cara—. Me pareció que necesitabas tener esa información.

—No tenías ningún derecho a inmiscuirte en mis asuntos —replicó él, ofuscado. Dejó caer el sobre y se alejó de Gimena, molesto e inquieto—. No me interesa saber nada… no lo necesito —bramó—. ¿Te das cuenta de que estás haciendo lo que siempre le criticas a tu hermano?

Gimena se puso de pie y caminó hacia él. Posó delicadamente una mano sobre el hombro de Mirko obligándolo a que la mirase.

—Si lo que te preocupa es que yo haya leído el informe, ya te aclaro que no lo hice —comenzó diciendo.

—Por supuesto que eso no es lo que me preocupa, Gimena —la interrumpió él—. No sé si estoy listo para algo así… no sé si lo estaré algún día. Justo cuando estoy empezando a sentir que tengo algo de dominio sobre mi vida, me vienes con esto…

547

—Todo lo que está en ese sobre es tuyo. El detective solo mencionó que los resultados fueron satisfactorios —dijo Gimena intentando tranquilizarlo—. Puedes guardarlo y no leerlo nunca o leerlo cuando te sientas fuerte para hacerlo. Pero ten en claro que hay información sobre ti, sobre tu pasado.

Mirko se la quedó mirado, asimilando sus palabras, aterrado por el contenido del sobre.

—No sé si pueda —confesó y se dejó abrazar por Gimena. Su mirada cayó en el grueso sobre que echaba un poco de luz sobre sus raíces.

—Todo a su debido tiempo, Mirko —le dijo y, tratando de rescatarlo, lo enfrentó—. Yo voy a estar a tu lado todo el camino. Ya no estás solo, mi amor.

—Lo sé —reconoció con una triste sonrisa.

CAPÍTULO 39

Hacía ya una semana que no se hablaba de otra cosa en las noticias. El escándalo de los *narcojueces*, como lo habían apodado, estaba en todas las emisoras y era la estrella de los programas políticos, en los que el desfile de funcionarios, analistas políticos y periodistas especializados era interminable.

Nadie jamás había sospechado de aquellos a los que ahora se acusaba. Los tentáculos del narcotráfico y la corrupción habían alcanzado el seno mismo del Poder Judicial y salpicaban al *establishment* de un modo nunca visto.

El grandilocuente juez Octavio Vaccane había sido arrestado en su propio despacho. Las fuerzas del orden habían ido por él a plena luz del día. Había sido un espectáculo digno de presenciar, y los enemigos que había hecho a lo largo de su carrera fueron testigos de la degradación del arrogante magistrado, que a los gritos amenazaba con hablar.

Mirko contempló las imágenes que transmitía la televisión, pensando que la bomba finalmente había estallado. Arriaga se había hecho cargo de la situación. Desde un primer momento, había sugerido manejar el asunto de manera anónima. Era un juego peligroso el que estaban entablando y cualquier error podía llevarlos a la tumba. De modo que, luego de hablar con un serio y prestigioso periodista, amigo de confianza, Tomás resolvió asumir la atención para no exponer a su defendido más de lo necesario.

En uno de los canales se repetían los segmentos más resonantes de la conferencia de prensa que Tomás había ofrecido la noche anterior. Mirko sonrió al ver el modo en que Arriaga se desenvolvía. La entrevista había sido pautada pura y exclusivamente para establecer y afianzar la versión de que el sobre con las pruebas había llegado anónimamente a su estudio, y que este lo había entregado a las autoridades, quienes a su vez lo sometieron a las pericias pertinentes para confirmar su autenticidad.

Mirko volvió a sonreír, admirado de la capacidad de Tomás para afirmar y sostener con convicción algo que jamás había sucedido. Podía apostar a que Arriaga lo estaba disfrutando, había conseguido mucho más que sus quince minutos de gloria. En la mayoría de los medios especializados se hablaba de él, de su estudio, de su prestigio y de los casos más rimbombantes con los que había lidiado; aunque ninguno como el presente.

—Todavía no te vestiste —protestó Gimena al verlo parado en ropa interior frente al televisor, con la toalla colgando de un hombro—. Mirko, basta. Todo ese asunto me pone nerviosa.

Mirko apagó la televisión y giró, disculpándose. Lo divirtió ver la tensión y la desesperación con que miraba las prendas que había desparramado sobre la cama.

—Ahí no veo nada apropiado para una noche como la de hoy —disparó sin anestesia al acercarse. Gimena alzó la vista y lo observó con expresión desahuciada—. ¿Puedo…?

—Adelante —accedió, resignada.

Mirko caminó hacia el vestidor. Estudió unos segundos su contenido hasta dar con el vestido que buscaba. Lo contempló con una sonrisa de satisfacción. Dos días atrás, había acudido al atelier de un reconocido modisto para quien había trabajado como fotógrafo en las épocas de Blooming. Al ver el modelo en uno de los escaparates, Mirko supo que era ideal para Gimena.

—¿Eso de dónde salió? —preguntó ella, desconcertada.

Mirko no respondió. Se acercó y le entregó la exclusiva prenda de pechera blanca, ribeteada en pequeñas puntadas de hilos dorados, que terminaba en una faja ancha que delineaba la cintura y daba comienzo a una falda amplia en figuras doradas que le rozaría la rodilla.

—Pero…

—Hazme caso porque entiendo de estas cosas, el blanco va a resaltar tu rostro para las fotos, usa maquillaje suave y solo brillo en los labios —le sugirió. Regresó al vestidor y buscó otro envoltorio—. Usa el vestido con esto —agregó, extendiéndole el paquete a Gimena.

—Pero…

—Entre muchas otras cosas, te recuerdo que trabajé mucho tiempo como fotógrafo de modas. Sé de qué hablo, Gimena. Y hoy serás una reina.

—Te amo —dijo ella, agradecida—. Prométeme que serás mi vestuarista de aquí a la eternidad.

—Hecho.

Manuel había estado de acuerdo en convertir la segunda planta en un espacio para eventos puntuales, pequeños conciertos, presentaciones de libros, muestras de arte y cualquier tipo de propuesta que derivase en un encuentro sofisticado, exclusivo y elegante. A su padre le hubiese agradado el aporte filantrópico. Tal como Mirko le había sugerido, en ningún momento Gimena mencionó que no había sido su idea, de ese modo, Manuel autorizó todas las modificaciones sin poner la más leve objeción.

En poco más de dos semanas, varias paredes fueron derribadas y lo que en un inicio eran cuatro ambientes bien definidos, se convirtió en un espacioso salón de marcado estilo señorial con claras reminiscencias de los años treinta.

Finalmente, el día del lanzamiento de la revista cultural había llegado. La gente comenzaba a presentarse. La concurrencia, aunque selecta, era variada. Entre los presentes había periodistas especializados, actores de renombre, músicos, artistas plásticos, urbanos y destacados circenses.

Gimena se encontraba en el vestíbulo recibiendo a los invitados. Conversaba con dos hombres vestidos de un modo por demás bohemio y peculiar, cuando Lara se acercó.

—Hola, Gimena —dijo su amiga al verla—. Te estaba buscando.

—Hola, Lara. Estoy recibiendo a mis invitados, como me

sugeriste —aclaró con gesto de buena alumna, luego miró a sus interlocutores y les guiñó un ojo con picardía. Volvió su atención a su amiga—. Lara, te presento a Diego Lorenzo y a Patricio Arrechen —dijo Gimena luego de los saludos—. Ellos son el subdirector y el jefe de Redacción de la editorial. Caballeros, les presento a mi amiga Lara Galantes, está a cargo del evento.

A partir de ese momento, todo fue muy vertiginoso para Gimena, que se encontró saludando a conocidos y desconocidos y agradeciendo palabras de buenos augurios. Se sentía feliz y, de tanto en tanto, se le humedecían los ojos al pensar en lo orgulloso que su padre se hubiese sentido. Entre los presentes divisó a sus amigos, a varios exempleados de la Editorial Blooming; también había representantes de museos y galerías de artes. Los había invitado muy especialmente; la satisfizo enormemente ver que habían aceptado su propuesta.

—Hora de hablar —le susurró Lara.

—¿Es necesario? —preguntó Gimena.

—Muy —le aseguró, dedicándole una sonrisa de aliento. La miró de frente tomándola por los hombros para darle coraje—. Ya te lo expliqué. Subes, siempre sonriendo. Inclinación de cabeza para saludar a unos y a otros, sin dejar de sonreír, aunque te duelan los pómulos de hacerlo. Cuando empieces a hablar, lo haces mencionando lo importante que es para ti que los presentes te acompañen; agradece su presencia y levanta la copa invitando a un brindis por muchos sueños más —le aconsejó Lara, quien respiró hondo y le frotó los hombros para animarla—. No es difícil. Tú puedes con algo así, Gimena.

—Eres de lo que no hay, Lara —exclamó entre risas—. ¿No quieres subir tú?

Mirko la observaba desde uno de los extremos del salón. Gimena era dueña absoluta de la escena, la estrella luminosa del evento y eso lo llenaba de orgullo.

Aunque Lara Galantes se había ocupado de contratar un fotógrafo para registrar absolutamente todo lo que en ese evento acontecía, Mirko resolvió llevar su cámara para congelar sonrisas y expresiones. Más tarde le prepararía un álbum especial para que ella no olvidase nunca ese increíble momento.

Conmovido, la observó subir a la tarima y enfrentar al público como si hubiese nacido para ello. Sus miradas se encontraron a la distancia y la sonrisa se amplió en su rostro. Alzó la cámara y tomó varias imágenes de ella sonriéndole a él, solo a él, como si no hubiese nadie más en el concurrido salón. A la distancia le guiñó un ojo dándole ánimos.

—Buenas noches a todos —empezó diciendo—. Me hace sumamente feliz que estén aquí esta noche acompañándome cuando uno de mis sueños más anhelado se está haciendo realidad.

Fue un discurso breve, emotivo y sentido que todos siguieron con atención. Cuando concluyó, un cerrado aplauso coronó la emoción de Gimena, que arrojó un beso al sector opuesto de donde Mirko se encontraba. Intrigado, Mirko miró en esa dirección y se encontró con Manuel Rauch, quien, sonriente y orgulloso, aplaudía a su hermana; a su lado una atractiva mujer vestida de blanco también lo hacía. Registró el momento, convencido de que a Gimena le gustaría.

Al descender de la tarima, mucha gente intentó llegar a ella para saludarla. En pocos segundos el salón se atestó de gente deseosa de felicitar a Gimena. Mirko se sintió abrumado por el amontonamiento y necesitó salir a respirar. Se las ingenió para alcanzar la terraza, donde encendió un cigarrillo. Le dio la primera aspirada contemplando el iluminado jardín y se acercó a un grupo de asientos dispuestos en un extremo apartado. Se ubicó allí y fumó tranquilo mientras repasaba los momentos congelados por su cámara. Las imágenes mostraban a Gimena irradiando alegría, con esa sonrisa contagiosa y nítida; abrazando a una de sus amigas; también estaba su hermano Manuel aplaudiéndola orgulloso y abrazándola con satisfacción. Sabiendo que a Gimena le gustaría, también había retratado a sus tres amigas con sus respectivos esposos.

A su espalda escuchó voces que creyó reconocer.

—¿Buscando un poco de paz? —preguntó Javier Estrada, sentándose junto a Mirko, seguido por Andrés Puentes Jaume.

—Un poco —respondió Mirko con algo de reparo—. Nunca te agradecí por haberme escuchado y por haberme presentado a Tomás —dijo—. Gracias, en serio, sin tu ayuda creo que no la contaba.

—Ni lo menciones —dijo Javier, restándole importancia—. Algo me dijo que valía la pena escucharte.

—¿Cómo está tu padre? —preguntó Mirko entonces—. Lo vi muy afectado cuando Tomás le mostró la información.

—Sí, lo afectó mucho. Está triste, desilusionado —comentó Javier secamente—. Dice que no quiere ejercer más. No entiende cómo Vaccane lo engañó de ese modo durante tantos años.

—¿Va a dejar de ejercer? —preguntó Mirko, sorprendido por una reacción tan drástica.

—Sí, dice que está cansado —respondió Javier—, pero para mí no puede creer todo lo que está saliendo a la luz sobre Vaccane —terminó diciendo—. Y sobre otros amigos también.

—Lo siento mucho —deslizó Mirko sintiéndose en parte culpable.

—Qué te puedo decir, Mirko, está triste porque se sintió estafado —dijo Javier con la misma contundencia con que había dicho todo lo demás—. Pero sé que apoya la decisión de Tomás, porque hizo lo que se debía hacer.

Una camarera se acercó a ellos para ofrecerles vino tinto, mientras otra colocaba dos bandejas con bocadillos sobre la mesa baja en torno a la cual estaban sentados.

—Aunque la verdad es que no me parece que esté mal que tenga deseos de disfrutar la vida —siguió diciendo Javier como si se hubiese quedado pensando en eso—. Ayer lo encontré mirando folletos de Bosnia y Croacia; parece que mi mamá tiene ganas de viajar a visitar a la Virgen Medjugorje.

Dejó de escuchar. La sola mención de su tierra llenó su mente de la imagen de ese sobre que seguía cerrado. Agradecía que Gimena no hubiese vuelto a sacar el tema. Procuraba no pensar en ello, pero ese era un pendiente que le pesaba.

El resto de los amigos se fue sumando y Mirko se obligó a prestar atención a las conversaciones para no parecer descortés. Poco a poco fue relajándose y soltándose. Con cada uno de ellos interactuó de diferente manera. Con Javier siguió conversando sobre las últimas pruebas aportadas al caso de narcotráfico y el modo en que eso había sacudido al Poder Judicial. Miguel y Mariana le agradecieron una vez más por haber sido el fotógrafo del casamiento; querían copias de muchas de las fotos tomadas a los chicos.

Gimena se sumó a ellos cuando el último de los invitados se fue.

—Gracias a todos por haber venido —dijo con la voz cargada de emoción al sentarse junto a Mirko—. Esta noche me siento tan acompañada.

—Pues muy merecido —dijo Guillermo alzando su copa—. Felicidades, Gimena.

Todos lo imitaron y Gimena sonrió apoyándose contra Mirko.

—¿Tienes puesto un Ludovico? —preguntó Carola sacándola de su estado de algarabía.

Gimena la contempló, desorientada, mientras que Mirko se volvió hacia Carola sorprendido de que reconociera al modisto. Ludovico era muy exclusivo y, por ende, poco conocido.

—¿Qué? —preguntó Gimena. Tomó un cigarrillo—. No sé de qué estás hablando, Carola. Si te refieres al vestido, habla con Mirko.

—Sí, es un Ludovico —respondió él.

—Ya me parecía que había gato encerrado —le aseguró Carola ganándose una mueca divertida por parte de Mirko. Le sonrió a su amiga—. Estás divina. Te ganaste el cielo, Gimena.

—Ya lo creo —dijo, emocionada, y estiró su mano para que Mirko la tomara. Sin soltarlo, miró al resto—. Hoy me siento feliz.

Entre brindis y risas la velada fue transcurriendo. Las campanadas del reloj de pie de la entrada anunciaron la medianoche. Las luces se atenuaron y Lara Galantes avanzó llevando en sus manos un gran pastel colmado de velas. Se acercó a Gimena mientras el resto entonaba el feliz cumpleaños.

—Vamos, no te olvides de los tres deseos —dijo Carola.

—En eso estoy —respondió Gimena. De reojo miró a Mirko y le guiñó un ojo antes de soplar.

Manuel fue el primero en saludar a Gimena seguido por el resto. Uno a uno, todos fueron saludándola y Mirko quedó para el final.

—Feliz cumpleaños, mi amor —susurró dedicándole un tierno beso en la mejilla—. Espero que te guste —agregó al entregarle una bolsa azul brillante con un gran moño plateado.

Ansiosa por descubrir de qué podía tratarse el obsequio, tomó la bolsa. De su interior extrajo una caja rectangular envuelta en papel gris perlado. Quitó el envoltorio procurando no romperlo y lo que vio le quitó el habla. Subyugada, admiró página a página. Por momentos, sonreía; por momentos, apretaba los labios; por momentos, contenía la respiración.

Mirko estaba tan absorto en las reacciones de Gimena que no advirtió que Manuel se sentaba a su lado y también contemplaba el libro de imágenes, con expresión solemne. De a poco, los demás fueron rodeándola para admirar el gran trabajo fotográfico. Era una bellísima colección de retratos de Gimena en distintas situaciones. Ante la última, los hermanos se quedaron admirando el despejado atardecer y los últimos rayos de sol que bañaban con su luz los prados en el lugar exacto lugar donde la avioneta se había estrellado. A un costado de la fotografía, Gimena contemplaba el horizonte.

—Gracias, mi amor —dijo ella.

—Te amo más que a mi vida, Gimena —susurró en su oído para que solo ella pudiera oírlo.

EPÍLOGO

Rovinj, mayo de 2016.

Era una mañana diáfana, clara; del tipo de mañanas que lo llenaba de vida. Por fin volvía a sentir la reparadora calidez del sol sobre la piel; el aroma a aventura colmaba sus pulmones. Adoraba la playa; la había añorado tanto. Allí, entre el mar y la arena, se sentía libre de todo, se sentía en estado puro; genuino. Caminaba descalzo dejándose envolver por la brisa salina y una sensación de plenitud que no recordaba haber experimentado antes.

Ya no se sentía solo. La presencia de Gimena le daba otro sentido a aquella inmensidad. Sonrió al verla a la distancia. Haberla encontrado era el milagro más grande en su vida. Cuando estaba con ella, se sentía seguro, fuerte, completo. Se sentó a su lado y, en silencio, contemplaron el oleaje tan cargado de vivencias, y el horizonte tan lleno de esperanza. Los envolvió la hipnótica sensación que el océano emanaba, y con sus miradas ancladas en las profundidades del mar, se sintieron inmersos en un sueño hecho realidad. Se tenían el uno al otro; lo tenían todo.

A su espalda, una voz ronca y distorsionada por el bramar de las olas y el rugido del viento gritó su nombre, jactándose de haberlo encontrado. Se sobresaltó y, poniéndose de pie, enfrentó al desconocido. El sol lo encandiló impidiéndole ver quién lo llamaba, tal vez por eso no anticipó los disparos que impactaron en su pecho empujándolo nuevamente a la oscuridad.

Despertó sobresaltado, con la respiración agitada y la sensación de ahogo oprimiéndole el pecho. Con desesperación, se estudió el cuerpo en busca de una herida sangrante que no encontró. No estaba muerto; no estaba herido; no lo habían encontrado. Sin embargo, la sensación había sido tan real que sembró pánico en él. Como siempre le sucedía, luego de la pesadilla sobrevino una suerte de ceguera que lo paralizó; tardó varios segundos en recuperar la nitidez de la visión. Estaba solo, acostado en una gran cama de sábanas blancas, completamente desnudo. Sin moverse, recorrió el entorno con la mirada y, con pasmosa lentitud, comenzó a volver al presente.

A su derecha, una puerta se abrió y el inconfundible perfume de Gimena terminó de depositarlo en la realidad. Respiró hondo procurando recobrar la compostura; no quería que ella se asustase. Simulando estar dormido, la vio aparecer en la habitación con una toalla rodeando su cuerpo. Mirko sonrió y se deleitó con su imagen. Era gracias a ella que podía sonreír, era gracias a ella que estaba donde estaba sin que su historia lo aplastara.

Llevaban varios días recorriendo las atractivas calles del poblado costero de Rovinj. Habían resuelto viajar a Croacia tras una larga conversación en la que, aunque nunca hablaron de casamiento, Gimena disfrazó la propuesta planteando que bien podían disfrutar de una suerte de luna de miel; se la habían ganado. Ambos sabían que no era ese el motivo del viaje, pero él aceptó sin poner objeciones.

La ciudad de calles serpenteantes, angostas y adoquinadas lo deslumbró. Era un poblado pintoresco, atractivo; tan cargado de encanto como de secretos. Tomados de la mano, con la cámara fotográfica presta a inmortalizar cuanto veían, fueron recorriendo cada rincón. Mirko guiaba y Gimena se ponía feliz en sus manos. Intuía que cada decisión que él tomaba estaba influenciada por algún motivo que todavía no compartía con ella.

Así fue como el primer día, tras perderse en el laberinto de calles empedradas, llegaron a una suerte de descanso, donde Mirko, abstraído, contempló los alrededores con curiosidad y detenimiento. Su mirada se terminó anclando en una escalera decorada con caracoles y piedras engarzadas que conducía a una vieja puerta de color verde. En silencio, registró todo con su cámara.

Una situación similar tuvo lugar al segundo día. Luego de un desayuno copioso, Mirko sugirió bordear la costa hasta una antigua iglesia ubicada sobre la cima de una loma. Escalaron la colina a través del Arco de Balbi, que daba entrada al casco histórico, hasta llegar a la catedral de Santa Eufemia, patrona de la ciudad. Ingresaron al templo con actitud solemne y Mirko mojó sus dedos en la pila bautismal para luego persignarse. Allí también tomó varias fotografías del altar y de la nave.

—Continuemos —fue lo único que dijo.

Fue recién al cuarto día cuando Gimena notó el sobre que el detective le había enviado. Estaba abierto junto al resto de las pertenencias de Mirko. Le agradó descubrirlo, pero guardó silencio; sabía que cuando estuviera listo para hacerlo él compartiría sus sentimientos y emociones con ella. No tenía duda de que muchos de los lugares que habían visitado y visitarían estaban relacionados con la información que meses atrás habían recibido sobre su pasado.

—¿Qué planes tenemos para hoy? —preguntó Gimena una vez concluido el desayuno.

Mirko sonrió antes de responder, pero su mirada acusaba sensaciones sombrías. Ese día alquilarían bicicletas. Alejándose un poco de la zona turística, se sumergieron en una calle interna que los llevó a una ruta desde donde pudieron apreciar las hermosas vistas de los parajes circundantes, y que los guio hasta la entrada del cementerio local. Allí dejaron las bicicletas y, para enfrentar lo que fuera que en ese lugar encontrarían, Mirko estiró su mano para tomar la de Gimena.

—¿Estás seguro? —preguntó ella, conmovida. Mirko asintió—. Pues vamos, entonces.

El silencio del lugar solo era alterado por el cantar de los pájaros que descansaban en la arboleda que brindaba reparo a las tumbas. Se detuvieron frente a una parcela custodiada por una cruz de piedra clara donde se leía el nombre de Amelie Kovács, hija de Soraya Kovács y madre de Iván Mirkovic. Nacida el 3 de enero de 1961. Fallecida el 10 de julio de 1978.

—Una semana antes de viajar, tomé coraje y abrí el sobre

—comenzó diciendo Mirko con voz ronca—. Por lo que allí decía, no hay registros de ningún niño con mi nombre nacido en la fecha en la que supuestamente nací. Sí, en cambio, ese día murió una mujer que tan solo dos meses atrás había dado a luz a un varón —hizo una pausa y contempló la tumba con gesto ausente—. Al parecer Amelie Kovács, madre soltera, dio a luz a un niño a quien llamó Iván, como su padre; el del niño no el de ella. Pero aparentemente el hombre no se hizo cargo de la situación —aclaró—. Según el informe del detective, ella se lio con el hijo mayor de un alto funcionario del gobierno; un militar con aspiraciones políticas tanto para él como para sus hijos. Amelie no entraba en sus planes; parece ser que ella decidió quitarse la vida el día en que se enteró de que su supuesto amor se casaba con otra mujer.

Gimena escuchaba el relato en silencio, con la mirada clavada en el epitafio donde claramente se entendía que Mirko hablaba de una chica de apenas diecisiete años, que poco había disfrutado de su vida.

—Soraya, su madre, mi madre, cuando Amelie murió, decidió cambiar el destino de todos —sentenció—. El mismo día que su hija falleció, ella dio nacimiento a otro hijo.

Entonces, con los ojos enrojecidos por la tristeza, miró a Gimena. Su semblante transmitía determinación, firmeza y resolución.

—El investigador estima que alguien la ayudó a conseguir los papeles y a salir del país. Tal vez el padre del niño, que provenía de una familia con muchos contactos —continuó sin que se alterara el tono de su voz.

—Tu padre biológico —se atrevió a decir Gimena ayudándolo a llamar las cosas por su nombre.

Mirko asintió y volvió su atención a la tumba.

—Podría decirse que en este lugar nació Mirko Milosevic —dijo con firmeza, como si hablara de otra persona—. Aquí, Soraya decidió sobre mi futuro y me convirtió en quien soy. Amelie Kovács pudo haberme traído al mundo, pero no sé quién es. Y con el tal Mirkovic, no quiero ni tengo nada que ver. Ya conocí la casa donde nací, ya pasé por el lugar donde me bautizaron y recorrí las calles donde supuestamente mi madre vivió. Es un hermoso lugar, pero no pertenezco aquí. Así que —hizo una pausa y se volvió a mirar a Gimena—, ¿podemos volver a Buenos Aires?

Ella asintió y le dedicó una sonrisa tranquilizadora para luego abrazarlo. A un costado quedaba la cruz que custodiaba la tumba de Amelie Kovács, su madre biológica, la misma que treinta y ocho años atrás dio a luz a un niño a quien llamó Iván, y que la vida convirtió en Mirko, que significa "glorioso por haber asegurado la paz".

Tomados de la mano, salieron del cementerio y, en esta ocasión, por primera vez, Mirko se proyectó sobre sus propios pasos. Por fin podía mirar para delante; por fin un horizonte diáfano se presentaba ante sus ojos. Antes de marcharse, le dio un último vistazo a la tumba. Luego buscó la mirada de Gimena, ansioso por empezar a disfrutar de la vida que tendrían en común. No quería volver a mirar atrás, donde solo había habido oscuridad y vacío. En cambio, el futuro se presentaba luminoso gracias a ella, su ángel salvador.

AGRADECIMIENTOS

Antes que nada quiero agradecer a todo el equipo VeRa por esta maravillosa nueva edición, mejorada y embellecida, de mi novela *Un ángel en la oscuridad*.

Este libro en concreto es todo un sueño hecho realidad. Mirko y Gimena desde el primer día me dieron alegrías y no me sorprende llegar a esta instancia con ellos.

La primera persona que me viene a la mente es Laura G. Miranda, que en un encuentro casual en Córdoba me dijo: "Tengo que hablar con vos". ¡Gracias, Lau!

También quiero agradecer a Natalia Vázquez que, junto con Laura G. Miranda, me acompañó en la presentación de mi última novela.

A Marcela Aguilar por la magnífica charla que tuvimos, en la que este sueño comenzó a cobrar forma.

No me puedo olvidar de mi amiga María Border, que siempre confió en esta historia. Ni de Cristy Cobos de Zea, quien desde México me hacía llegar su cariño.

Más allá de todo lo dicho, están ustedes, con sus abrazos, sus mensajes de cariño y las felicitaciones que me transmitieron cuando la noticia de que este libro llegaría a las librerías se dio a conocer. Gracias por querer tanto a mis personajes.

Hoy, mi corazón late feliz....

Elegí esta historia pensando en **ti**
y en todo lo que las mujeres románticas
guardamos en lo más profundo
de **nuestro corazón** y solo en contadas
ocasiones nos atrevemos a compartir.

Y hablando de compartir, me gustaría
saber qué te pareció el libro...

Escríbeme a
vera@vreditoras.com
con el título de esta novela
en el asunto.

Vera

yo también
creo en el amor

vera.romantica